The Last King of Shang
In Easy Chinese

Based on Investiture of the Gods

The Last King of Shang
In Easy Chinese

Based on Investiture of the Gods

Written by Jeff Pepper
Chinese translation by Xiao Hui Wang

IMAGIN8
PRESS

Copyright © 2023 – 2025 by Imagin8 Press LLC, all rights reserved.

Published in the United States by Imagin8 Press LLC, Verona, Pennsylvania, US. For information, contact us via email at info@imagin8press.com, or visit www.imagin8press.com.

Our books may be purchased directly in quantity at a reduced price, visit our website www.imagin8press.com for details.

Imagin8 Press, the Imagin8 logo and the sail image are all trademarks of Imagin8 Press LLC.

Photo credits:

- Page 11: *Three Kingdoms Youfuden* by Tomohiro Takai, painted by Hokuma Teisai circa 1805. In public domain. en.wikipedia.org/wiki/King_Zhou_of_Shang
- Page 14: iNews, "Huaiqing folk custom (folk belief) - Jiang Taigong is here". inf.news/en/culture/c28af19413f66c1e9bd95d9b879778ea.html

Written by Jeff Pepper
Chinese translation by Xiao Hui Wang
Based on the original 16th century Chinese novel by Xu Zhonglin
Book design by Jeff Pepper
Artwork by Next Mars Ltd., Luoyang, China

ISBN: 978-1959043584
Version 3.0

A complete high-quality Chinese language audio versions of this book is available on Audible.com. Standard-quality audio versions of the six books in the Last King of Shang series are also available for free on YouTube and on the Imagin8 Press website.

Visit www.imagin8press.com to find direct links to the YouTube audiobooks, as well as information about our other books.

Contents

Acknowledgements and References

We are grateful to the original authors of this story and to the scholars who have translated the book into English before us.

In writing this book we have referred to the original Chinese text as presented in *The Project Gutenberg eBook of Feng Shen Yan Yi*[1], as well as an English translation, *Creation of the Gods I, II, III and IV* translated by Gu Zhizhong[2].

These books are both available free online. See the footnotes below for tinyurl shortcut links to their websites. These shortcut links are safe and do not use any tracking software.

Also, many thanks to Yu Jin and his team of artists at Next Mars Media for their terrific cover artwork, Junyou Chen for his wonderful audiobook narration, Tzu Yang for her help in translating the poems at the beginning of each chapter, and Jean Agapoff for her careful proofreading.

---

[1] Lu, Xi Xing, *The Project Gutenberg eBook of Feng Shen Yan Yi*, Publisher unknown. 2007-2021. Shortcut link www.tinyurl.com/FengShenBang-01 resolves to https://www.gutenberg.org/files/23910/23910-h/23910-h.htm.

[2] Zhizhong, Gu (translator), *Creation of the Gods I, II, III and IV by Xu Zhonglin*. New World Press, Foreign Languages Press and Hunan People's Publishing House, 2002. Shortcut link www.tinyurl.com/FengShenBang-02 resolves to https://journeytothewestresearch.com/wp-content/uploads/2020/05/fsyy-en-cn.pdf.

About This Book

The book you are about to read is not a word-for-word copy of the original novel, which is a half-million characters long and uses nearly 14,000 different Chinese words, many of which are archaic and unrecognizable to modern readers. We have retold the story in a way that, we hope, will make it accessible to people who are learning to read Chinese. This book uses only around 1500 different Chinese words, and we tell the story using shorter and less complex sentences. We also use far fewer proper nouns compared to the original novel, which has over 430 different named characters!

To make the text easier to read, each proper noun is underlined, and each word that is not in the HSK4 vocabulary (a list of the most commonly used 1200 words in the Chinese language) is highlighted and defined on the page where it's first used.

You can listen to the audio version of this book which is available in high quality audio on Audible.com, and also in standard quality audio for free on YouTube and on the Imagin8 Press website, www.imagin8press.com.

We've tried to find and squash all errors, but it's unavoidable that some will have slipped through. If you find any mistakes, please let us know by sending us email at info@imagin8press.com. We promise to respond quickly, and we will revise the book to make any changes needed.

We hope you have as much fun reading the book as we had writing it!

Jeff Pepper and Xiao Hui Wang
Pittsburgh, Pennsylvania, USA
October, 2024
Revised December, 2024

Introduction

This book is loosely based on the historical events that led to the overthrow in 1066 B.C. of King Di Xin, the 31st in a line of Shang kings going back seventeen generations and six centuries.

The king's name in his lifetime was Di Xin of Shang (商帝辛, **shāng dì xīn**). After his death he was mockingly referred to as King Zhou (纣王, **zhòu wáng**), because **zhòu** (纣) is Chinese for "crupper," the rear strap on a saddle that goes under the horse's tail and is most likely to be soiled by the horse. For this reason, some translations refer to him as King Zhou. We call him Di Xin, because the name Zhou (纣, **zhòu**) is confusingly similar to the name of the Zhou (周, **zhōu**) Dynasty that succeeded Shang.

Di Xin, also known as King Zhou of Shang.

Unlike most of his predecessors, Di Xin was a tyrannical despot who, encouraged by his favorite concubine Daji, enjoyed inventing creative ways to torture and execute people who displeased him. Not surprisingly, he was despised by his subjects.

According to the concept of "mandate of heaven" (天命, **tiānmìng**), heaven gives its mandate to a just ruler, the so-called "son of heaven." If the ruler loses his mandate, the people have the right to overthrow him. In fact, if a ruler is overthrown, that can be taken as proof that he was unworthy and had lost heaven's mandate.

In the case of Di Xin, there were many indications that he had lost heaven's mandate. One poem said that "Heaven has sent down death and disorder; famine comes repeatedly[1]." This was partly caused by his mismanagement of the kingdom's resources, but also the result of a long-term cooling climate which caused crops to fail. To make matters worse, there were two disturbing

---

[1] Chittick, Andrew (2003). "The life and legacy of Liu Biao: governor, warlord, and imperial pretender in late Han China". Journal of Asian History. Harrassowitz Verlag.

portents in the sky. The five known planets all appeared tightly clustered together in the constellation of Cancer. And a few months later, Halley's comet blazed in the sky. Taken together, many believed that Di Xin had lost the mandate of heaven and needed to be toppled from the throne.

Matters came to a head in January of 1066 B.C., when Ji Fa, the leader of Zhou and Overlord of the West (a title given to him by Di Xin) dispatched a large army which arrived in the capital city of Zhaoge the following month. To defend the capital, Di Xin had gathered 530,000 soldiers and conscripted another 170,000 slaves. But the slaves refused to fight, and many of the soldiers turned their spears upside down or defected to the Zhou side. The Zhou army quickly overthrew Di Xin in the Battle of Muyi, described by a historian as "like crushing dry weeds and smashing rotten wood." Ji Fa became King Wu, founding the Zhou Dynasty which lasted for almost 800 years.

The overthrow of the king of Shang by a mere provincial governor was considered a disturbing precedent by the kings and emperors who followed. They didn't like the idea that their subjects might decide that they were unhappy with their ruler and should take matters into their own hands. For a local official to presume to go against his king was seen later as "a monstrous crime of insubordination and a violation of Confucian ethics," even though Confucius wasn't born until 500 years after these events.

For centuries, philosophers struggled to resolve this contradiction. The great philosopher Confucius taught that officials should be loyal to their king, just as a child should be loyal to their parents. But what if the king fails in his duties and doesn't care for his people? When the Confucian philosopher Mencius was asked about this, he replied that a king should be benevolent and merciful, but if he is not, then he is not a king but a tyrant, and tyrants must be punished. Speaking of the overthrow of Di Xin, he wrote[1], "We heard that the tyrant was punished; not that the king was murdered."

Twenty-four centuries later, Zhu Yuanzhang, the founder of the Ming Dynasty, was also fond of creative methods of torture and execution. He was worried about the precedent set by the popular uprising against the king of Shang. So in the year 1393 he ordered all mention of this historical event deleted from *Mencius*, a classic book written by Mencius and his disciples. This resulted in the disappearance of about a third of the book, and what was

---

[1] Mencius, *Mencius, Liang Hui Wang* (second part)

left became known as the *Abridged Essays of Mencius*.

The book you are about to read is not just a chronicle of the depraved actions of a bewitched king. It also examines the life-and-death decisions faced by his ministers and generals. Should they remain loyal to the king, despite the awful things he does and says? Or should they conclude that the king has lost the mandate of heaven and must be removed? There is no middle ground. And as you'll see, each individual needs to decide where their loyalties lie.

~ ~ ~

The original Chinese title of this book is 封神演义 (fēng shén yǎnyì), although it is commonly known as just 封神榜 (fēng shén bǎng). The closest word-for-word translations of these titles would be "Romance of the Naming of the Gods" and "The Granting of the Names of the Gods."

Because these are awkward in English, translators over the years have come up with many different titles for the book, including *Investiture of the Gods*, *Canonisation of the Gods*, *Creation of the Gods*, *The Legend of Deification*, *The Story of Chinese Gods*, and even *Chronicles of the God's Order*. But we have chosen to break with tradition completely and call this book *The Last King of Shang*. Of course, this doesn't match the original title at all. But we feel it best captures the theme of the book, which is the corruption and decay of the Shang dynasty and the difficult choices faced by his ministers and generals as they try to decide what to do with their incompetent and deluded king.

~ ~ ~

The original novel 封神榜 was published sometime between 1567 and 1619, roughly 2,650 years after the historical events it's based on. It is one of the great examples of what is now called shenmo fiction (神魔小说; shénmó xiǎoshuō), a genre of Chinese fiction that revolves around mythical deities, immortals, demons and monsters. *Journey to the West* and 封神榜 are the two best known examples of classical shenmo fiction.

No one knows for certain who wrote the book. The best clue lies in a 20-volume woodblock print of the book that was published during the Ming Dynasty and is now in the Library of the Japanese Cabinet in Japan. On the cover is an inscription saying that the book was carved by Shu Congfu in the Jinkai Bookstore. No author is listed. However, in the second volume it mentions that the book was edited by "Xu Zhonglin, a hermit (or 'leisure man') of Zhongshan." Nothing more is known about him. Since he is referred to as the editor, we don't know how much was actually written by him and how much he collected from other authors and storytellers.

In the book's preface, the publisher claims that the book was purchased in Chu, and that he, Li Yunxiang, "daringly continued the writing, by deleting its absurd parts and the vulgar slang… Now the book is finished and it is up to the readers to decide if it is credible or not[1]."

封神榜 is one of the great novels of classical Chinese literature, along with *Journey to the West, Water Margin, Romance of the Three Kingdoms,* and *Dream of the Red Chamber.* But of these, 封神榜 probably has had the most impact on the daily lives and language of the people. Many of the episodes in the book have become deeply embedded in Chinese culture. Nearly everyone in China is familiar with the main characters of the novel, and there are many popular idioms that come from episodes in the book.

For example, "Jiang Taigong is here, the gods avoid" refers to the power of Jiang Ziya (called Jiang Taigong after he becomes a god at the end) to review the behavior of all the gods and punish them as needed. Traditionally, when Chinese people build houses they put up banners or write the idiom on a wooden beam (see figure at right), hoping to intimidate any evil demons and keep them away from the new home.

Another popular idiom, "Jiang Taigong fishes, and those who wish to take the bait" is based on the unusual fishing method used by Jiang Ziya in the book. His fishing rod and line were very short, the hook was straight, and he used no bait. He would say to himself, "Fish, if you don't want to live anymore, come and swallow the hook yourself." Today, people use this idiom to describe someone who willingly falls into a trap or ignores the consequences of their actions.

---

[1] Shuofang Xu and Qiuke Sun, *A History of Literature in the Ming Dynasty*, translated by Li Ma, Springer Nature Singapore Ptc Ltd., 2018.

Cast of Characters

These are all the named characters in the book, sorted in each section alphabetically by their pinyin spelling. They are grouped according to their initial allegiance to Shang, Zhou (West Qi), or neither.

The original novel had over 450 different named characters[1]. To simplify things, we have avoided giving names to many of the minor characters. The ones named in the book are listed below. This list does not include characters who are only mentioned in the Naming of the Gods portion of Chapter 99.

<u>Shang Royal Family</u>

- Dì Xīn (帝辛) – Di Xin, the last king of Shang
- Jī Zǐ (箕子) – uncle of the King of Shang
- Jiāng (姜) – Jiang, the queen of Shang, daughter of Jiang Huanchu
- Sū Dájǐ (苏妲己) – Su Daji, daughter of Su Hu, the king's chief concubine, possessed by Qiānnián Húli (千年狐狸) , the Thousand Year Old Fox Demon
- Yīn Hóng (殷洪) – Yin Hong, younger son of the king and Queen Jiang
- Yīn Jiāo (殷郊) – Yin Jiao, Crown Prince, elder son of the king and Queen Jiang

<u>Shang Grand Dukes and Marquises</u>

- Chóng Hēihǔ (崇黑虎) – Black Tiger, Marquis of Caozhou, brother of Chong Houhu
- Chóng Hóuhǔ (崇侯虎) – Chong Houhu, Grand Duke of the North
- È Chóngyǔ (鄂崇禹) – E Chongyu, Grand Duke of the South
- Jī Chāng (姬昌) – Ji Chang, Grand Duke of the West
- Jiāng Huánchǔ (姜桓楚) – Jiang Huanchu, Grand Duke of the East
- Sū Hù (苏护) – Su Hu, Marquis of Jizhou, father of Daji

<u>Shang Ministers and Military</u>

- Bǐ Gàn (比干) – Bi Gan, Prime Minister, uncle of the King
- Biàn Jí (卞吉) – Bian Ji, son of a Shang general
- Cháo Léi (晁雷) – Chao Lei, a general of Zhaoge
- Cháo Tián (晁田) – Chao Tian, a general of Zhaoge

- Chén Qí（陈奇）– Chen Qi, a sorcerer at Green Dragon Pass
- Chén Tóng 陈桐）– Chen Tong, commander of Tongguan Pass
- Chén Wú 陈梧）– Chen Wu, commander of Chuanyun Pass and brother of Chen Tong
- Chóng Yīngbiāo（崇应彪）– Chong Yingbiao, son of Chong Houhu
- Dèng Chányù（邓婵玉）– Deng Chanyu, daughter of Deng Jiugong
- Dèng Jiǔgōng（邓九公）– Deng Jiugong, commander of Sanshan Pass
- Dòu Fūrén（窦夫人）– Madame Dou, wife of Dou Rong
- Dòu Róng（窦荣）– Dou Rong, a general opposing Jiang Wenhuan at Youhun Pass
- Dù Yuánxǐ（杜元铣）– Du Yuanxian, Chief Minister of the Observatory
- Fāng Bì（方弼）– Fang Bi, Chief of Guards, later a ferryman
- Fāng Xiāng（方相）– Fang Xiang, Chief of Guards, later a ferryman
- Fèi Zhòng（费仲）– Fei Zhong, an evil minister
- Fēng Lín（风林）– Feng Lin, a general and magician
- Gāo Jìnéng（高继能）– Gao Jineng, a general with a bag full of centipedes and bees
- Gāo Lányīng（高兰英）– Gao Lanying, wife of Zhang Kui
- Guō Chén（郭宸）– Guo Chen, a general under Lu Renjie at Zhaoge
- Hán Róng（韩荣）– Han Rong, commander of Sishui Pass
- Hán Shēng（韩升）– Han Sheng, elder son of Han Rong
- Hóng Jǐn（洪锦）– Hong Jin, commander of Sanshan Pass, a powerful sorcerer
- Huáng Fēibiāo 黄飞彪）– Huang Feibiao, brother of Huang Feihu
- Huáng Fēihǔ（黄飞虎）– Huang Feihu, the king's senior general
- Huáng Gǔn（黄滚）– Huang Gun, commander of Jiepai Pass, father of Huang Feihu
- Huáng Míng（黄明）– Huang Ming, brother of Huang Feihu
- Huáng Tiānhuà（黄天化）– Huang Tianhua, a disciple of Master Pure Void Virtue, son of Huang Feihu
- Jiāo Gé（胶鬲）– Jiao Ge, Supreme Minister
- Kǒng Xuān（孔宣）– Kong Xuan, a powerful magician, commander of Sanshan Pass
- Lǐ Jìng（李靖）– Li Jing, military commander of Chentang Pass
- Lóng Ānjí（龙安吉）– Long Anji, a general at Chuanyun Pass
- Lǔ Xióng（鲁雄）– Lu Xiong, an elderly general of Zhaoge
- Mǎ Shàn（马善）– Ma Shan, a bandit who joined the Shang
- Méi Bó（梅伯）– Mei Bo, Supreme Minister
- Mó Lǐhǎi（魔礼海）– Mo Lihai, a guard at Jiameng Pass

- Mó Lǐhóng（魔礼红）– Mo Lihong, a guard at Jiameng Pass
- Mó Lǐqīng（魔礼青）– Mo Liqing, a guard at Jiameng Pass
- Mó Lǐshòu（魔礼寿）– Mo Lishou, a guard at Jiameng Pass
- Ōuyáng Chún（欧阳淳）– Ouyang Chun, commander of Lintong Pass
- Péng Zūn（彭遵）– Peng Zun, a general and magician at Jiepai Pass
- Qiū Yǐn（邱引）– Qiu Yin, commander of Green Dragon Pass
- Shāng Róng（商容）– Shang Rong, Prime Minister
- Sū Quánzhōng（苏全忠）– Su Quanzhong, son of Su Hu
- Wén Zhòng Tàishī（闻仲太师）– Wen Zhong, titled Grand Tutor Wen
- Xiāo Yín（萧银）– Xiao Yin, a general at Lintong Pass
- Xīn Huán（辛环）– Xin Huan, former bandit chief
- Xú Fāng（徐芳）– Xu Fang, commander of Chuanyun Pass, brother of Xu Gai
- Xú Gài（徐盖）– Xu Gai, commander of Jiepai Pass
- Yáng Rèn（杨任）– Yang Ren, Supreme Minister
- Yóu Hún（尤浑）– You Hun, an evil minister
- Yú Dá（余达）– Yu Da, eldest son of Yu Hualong
- Yú Dé（余德）– Yu De, youngest son of Yu Hualong
- Yú Guāng（余光）– Yu Guang, third son of Yu Hualong
- Yú Huà（余化）– Yu Hua, the seven-headed general
- Yú Huàlóng（余化龙）– Yu Hualong, commander of Tongguan Pass
- Yú Xiān（余先）– Yu Xian, fourth son of Yu Hualong
- Yú Zhào（余兆）– Yu Zhao, second son of Yu Hualong
- Zhāng Fèng（张凤）– Zhang Feng, commander of Lintong Pass, sworn brother of Huang Feihu's father
- Zhāng Guìfāng（张桂芳）– Zhang Guifang, a general of Zhaoge
- Zhāng Kuí（张奎）– Zhang Kui, commander in Mianchi County
- Zhang Shān（张山）– Zhang Shan, commander of Sanshan Pass
- Zhào Qǐ（赵启）– Zhao Qi, a minister
- Zhèng Lún（郑伦）– Zheng Lun, a general

<u>Shang-aligned Gods, Immortals and Demons</u>

- Bì Xiāo（碧霄）– Green Firmament, sister of Zhao Gongming, from Three Immortals Island
- Bìyún Tóngzǐ（碧云童子）– Blue Cloud Boy, disciple of Empress Shiji
  Cǎiyún Tóngzǐ（彩云童子）– Pretty Cloud Boy, disciple of Empress Shiji
- Cǎiyún Xiānzǐ（彩云仙子）– Lady Pretty Cloud, a magician, a friend of Shen Gongbao

- Cháng Ěr Xiān (长耳仙) – Long Ears Immortal, a disciple of Grand Master of Heaven
- Cháng Hào（常昊）– Chang Hao, snake demon from Mount Plum
- Chén Gēng（陈庚）– Chen Geng, a friend of Lu Yue, leader of 3,000 soldiers
- Dài Lǐ（戴礼）– Dai Li, dog demon under Yuan Hong
- Dīng Cè（丁策）– Ding Ce, a general under Lu Renjie at Zhaoge
- Duō Bǎo（多宝）– Many Treasures, a disciple of Grand Master of Heaven
- Fǎ Jiè（法戒）– Fa Jie, a Daoist monk, master of Peng Zun
- Gāo Jué（高觉）– Gao Jue, willow demon under Yuan Hong
- Gāo Míng（高明）– Gao Ming, peach demon under Yuan Hong
- Gāo Yǒuqián（高友乾）– Gao Youqian, a Daoist immortal and friend of Grand Tutor Wen
- Guī Líng Shèngmǔ (龟灵圣母) – Spiritual Tortoise, a disciple of Grand Master of Heaven
- Hán Zhīxiān（菡芝仙）– Han Zhixian, Celestial Lotus, a powerful magician
- Hú Xǐmèi（胡喜媚）– Hu Ximei, nine-headed female pheasant sprite, friend of Daji and concubine to the Shang king
- Huǒ Líng Shèngmǔ (火灵圣母) – Mother Fiery Spirit, a Daoist, master of Hu Lei
- Jīn Guāng Xiān (金光仙) – Golden Light, a disciple of Grand Master of Heaven
- Jīn Líng Shèngmǔ (金灵圣母) – Mother Golden Spirit, a Daoist, master of Yu Yuan
- Jīnguāng Shèngmǔ（金光圣母）– Lady of Golden Light, a Daoist master and friend of Grand Tutor Wen
- Lǐ Píng (李平) – Li Ping, a friend of Lu Yue
- Lǐ Xìngbà（李兴霸）– Li Xingba, a Daoist immortal and friend of Grand Tutor Wen
- Líng Yá Xiān (灵牙仙) – Spiritual Teeth, a disciple of Grand Master of Heaven
- Lóng Tóu (龙头) – Dragon Head, a disciple of Grand Master of Heaven
- Lǔ Rénjié (鲁仁杰) – Lu Renjie, a general under Yuan Hong at Mengjin
- Lǚ Yuè（吕岳）– Lu Yue, an immortal from Nine Dragon Island
- Luó Xuān（罗宣）– Luo Xuan, the master of fire
- Mǎ Suì（马遂）– Ma Sui, a disciple of Grand Master of Heaven

- Mǎ Yuán（马元）– Ma Yuan, an immortal from Skeleton Mountain
- Qín Dàshī（秦大师）– Master Qin, a Daoist master, made the Heavenly Destruction trap
- Qióng Xiāo（琼霄）– Jade Firmament, sister of Zhao Gongming, from Three Immortals Island
- Shēn Gōngbào（申公豹）– Shen Gongbao, a disciple of Heavenly Primogenitor
- Shíjī Niángniang（石矶娘娘）– Empress Shiji, an immortal living on Skeleton Mountain, also known a Lady Rock
- Tōngtiān Jiàozhǔ (通天教主）– Grand Master of Heaven, the leader of Jie Daoism
- Wáng Mó（王魔）– Wang Mo, a Daoist immortal and friend of Grand Tutor Wen
- Wú Lóng（吴龙）– Wu Long, centipede demon from Mount Plum
- Wū Wénhuà（邬文化）– Wu Wenhua, giant under Yuan Hong at Mengji
- Wūyún (乌云）– Black Cloud, a disciple of Grand Master of Heaven
- Yáng Sēn（杨森）– Yang Sen, a Daoist immortal and friend of Grand Tutor Wen
- Yáng Xiǎn（杨显）– Yang Xian, goat demon under Yuan Hong
- Yáo（姚）– Yao, a Daoist master and maker of the Captured Soul trap
- Yú Yuán（余元）– Yu Yuan, an immortal from Penglai Island
- Yuán Hóng（袁洪）– Yuan Hong, monkey demon from Mount Plum
- Yún Xiāo（云霄）– Cloud Firmament, sister of Zhao Gongming, from Three Immortals Island
- Yùshí Pípá（玉石琵琶）– Jade Lute, a demon
- Yǔyì Xiān（羽翼仙）– Winged Celestial, an immortal from Penglai Island
- Zhāng（张）– Zhang, a trap-building immortal
- Zhào Gōngmíng（赵公明）– Zhao Gongming, a powerful magician, lives on Mount Emei
- Zhū Zǐzhēn（朱子真）– Zhu Zizhen, pig demon under Yuan Hong
- The 28 Constellations: Wood Insect（木虫）, Wood Dragon（木龙）, Wood Wolf（木狼）, Wood Elk（木鹿）, Fire Tiger（火虎）, Fire Pig（火猪）, Fire Snake（火蛇）, Fire Monkey（火猴）, Golden Ox（金牛）, Golden Goat（金羊）, Golden Dog（金狗）, Golden Dragon（金龙）, Water Leopard（水豹）, Water Ape（水猿）, Water Worm（水虫）, Water Beaver（水狸）, Earth Bat（土蝠）, Earth Pheasant（土雉）, Earth Buck（土鹿）, Earth Jackal（土豺）, Sun Horse（日马）, Sun

Rooster (日鸡), Sun Rat (日鼠), Sun Rabbit (日兔), Moon Crow (月鸦), Moon Swallow (月燕), Moon Fox (月狐), Moon Deer (月鹿)

<u>Shang Others</u>

- Bóyí（伯夷）– Boyi, Daoist, uncle of the Shang king
- Huáng（黄）– Huang, one of the Shang king's concubines
- Jiǎ Fūrén（贾夫人）– Lady Jia, the wife of Huang Feihu
- Jiāng Huán（姜环）– Jiang Huan, a criminal
- Mǎ Fūrén（马夫人）– Madame Ma, wife of Jiang Ziya
- Shū Qí（叔齐）– Shu Qi, a Daoist, uncle of the Shang king
- Sòng Yìrén（宋异人）– Song Yiren, a merchant, sworn brother of Jiang Ziya
- Wáng（王）– Wang, one of the Shang king's concubines
- Xià Zhāo（夏招）– Xia Zhao, a young Confucian scholar
- Yáng（杨）– Yang, one of the Shang king's concubines
- Yáo Fú（姚福）– Yao Fu, an attendant, works for a messenger for the king of Shang
- Yīn Fūrén（殷夫人）– Madame Yin, wife of Li Jing

<u>Zhou (West Qi) Leaders, Ministers, and Military Leaders</u>

- Bǎi Jiàn (柏鉴) – Bai Jian, deceased general under Xuanyuan, brought back to life by Jiang Ziya, builder of the Terrace of Creation
- Bó Yìkǎo（伯邑考）– Bo Yikao, eldest son of Ji Chang
- Chéng（成）– Cheng, future king of Zhou, son of King Wu
- Dèng Kūn（邓昆）– Deng Kun, Shang general at Lintong Pass, defected to Zhou
- Hú Léi（胡雷）– Hu Lei, a general guarding Green Dragon Pass
- Huang Tiānjué（黄天爵）– Huang Tianjue, youngest son of Huang Feihu
- Huáng Tiānlù（黄天禄）– Huang Tianlu, eldest son of Huang Feihu
- Huáng Tiānxiáng（黄天祥）– Huang Tianxiang, fourth son of Huang Feihu
- Jī Fā（姬发）– Ji Fa, younger son of Ji Chang, later titled King Wu
- Jiāng Wénhuàn（姜文焕）– Jiang Wenhuan, son of East Grand Duke
- Jiāng Zǐyá（姜子牙）– Jiang Ziya, Prime Minister of West Qi
- Nángōng Kuò（南宫适）– Nangong Kuo, a general of West Qi
- Ruì Jí（芮吉）– Rui Ji, Shang general at Lintong Pass, joined Zhou
- Sàn Yíshēng（散宜生）– San Yisheng, Supreme Minister of West Qi
- Tài Luán（太鸾）– Tai Luan, a general with a face like a crab

- Wèi Bēn（魏贲）– Wei Ben, a general on a black horse, fought Nangong Kuo
- Wǔ Jí（武吉）– Wu Ji, a woodcutter, saved by Jiang Ziya, later a general
- Yáng Rèn（杨任）– Yang Ren, former Supreme Minister, disciple of Master Pure Void Virtue

<u>Zhou-aligned Gods, Immortals and Demons</u>

- Chì Jīngzǐ（赤精子）– Master Pure Essence, an immortal, disciple of Heavenly Primogenitor
- Cí Háng（慈航）– Merciful Navigation, an immortal
- Dàohéng Tiānzūn (道行天尊) – Heavenly Master of Divine Virtue, an immortal, master of Wei Hu
- Dèng Huá（邓华）– Deng Hua, a Daoist immortal from Mount Kunlun
- Dù È Zhēnrén（度厄真人）– Woe Evading Sage, a Daoist, master of Li Jing, lived on West Kunlun Mountain
- Guǎng Chéngzǐ（广成子）– Master Grand Completion, an immortal
- Huáng Lóng（黄龙真人）– Yellow Dragon Immortal, a Daoist master
- Jīnzhā（金吒）– Jinzha, disciple of Heavenly Master of Bright Colors, brother of Nezha
- Jù Liú Sūn（惧留孙）– Krakucchanda, an immortal
- Lǎozǐ（老子）– Laozi, Grand Master of Heaven, founder of Daoism
- Léi Zhènzi（雷震子）– Thunderbolt, a disciple of Master of Clouds and 100th son of Ji Chang
- Lóng Jí（龙吉）– Long Ji, princess, daughter of Haotian and Golden Mother of Jade Pond
- Lóng Xu Hü（龙须虎）– Dragon Beard Tiger, an immortal, disciple of Jiang Ziya
- Lù Yā（陆压）– Lu Ya, a powerful magician, from Mount Kunlun
- Mùzhā（木吒）– Muzha, brother of Nezha
- Nánjí Xiānwēng（南极仙翁）– Immortal of the South Pole, a Daoist immortal
- Nézhā（哪吒）– Nezha, an immortal, disciple of Fairy Primordial
- Pǔ Xián Zhēnrén (普贤真人) – Universal Virtue, a Daoist, master of Muzha
- Qīng Xū Dàodé Zhēnjūn（清虚道德真君）– Master Pure Void Virtue, a Daoist immortal, lives on Mount Green Peak
- Rán Dēng（燃灯）– Burning Lamp, leader of all the immortals, disciple of the Buddha

- Tàiyǐ Zhēnrén (太乙真人) – Fairy Primordial, an immortal on Qianyuan Mountain
- Tǔ Xíng Sūn (土行孙) – Earth Traveler Sun, a dwarf
- Wéi Hù (韦护) – Wei Hu, a disciple of Heavenly Master of Divine Virtue
- Wénshū Guǎngfǎ Tiānzūn (文殊广法天尊) – Heavenly Master of Outstanding Culture, master of Jinzha
- Yáng Jiǎn (杨戬) – Yang Jian, an immortal, disciple of Jade Tripod
- Yáochí Jīn Mǔ (瑶池金母) – Golden Mother of Jade Pond, mother of Princess Long Ji
- Yù Dǐng (玉鼎) – Jade Tripod, master of Yang Jian
- Yuánshǐ (元始) – Heavenly Primogenitor, master of Jiang Ziya and Shen Gongbao, lives on Mount Kunlun
- Yún Zhōngzǐ (云中子) – Master of the Clouds, an immortal living on Mount Zhongnan
- Zhǔntí (准提) – a bodhisattva

<u>Non-Aligned Gods, Immortals, Demons, Ancients and Others</u>

- Áo Bǐng (敖丙) – Ao Bing, third son of Ao Guang
- Áo Guāng (敖光) – Ao Guang, Dragon King of the Eastern Ocean
- Cháng'é (嫦娥) – Chang'é, the goddess of the moon
- Dìdì (地帝) – Emperor Earth
- Fù Yuè (傅说) – Fu Yue, an ancient sage
- Gāozōng (高宗) – Gaozong, temple name of ancient emperor Wu Ding
- Hóng Jūn (鸿钧) – Hong Jun, master of Grand Master of Heaven
- Huángdì (黄帝) – The Yellow Emperor
- Nüwā (女娲) – Nuwa, the Mother of Earth
- Réndì (人帝) – Emperor Humanity
- Shùn (舜) – Shun, an ancient emperor
- Tāng Wáng (汤王) – King Tang, an ancient king
- Tiāndì (天帝) – Emperor Heaven
- Xuānyuán Huángdì (轩辕皇帝) –Xuanyuan, an ancient emperor
- Yáo (尧) – Yao, an ancient emperor
- Yuè Xià Lǎorén (月下老人) – Heavenly Matchmaker, the god of marriage and love
- Yī Yǐn (伊尹) – Yi Yin, a poor farmer, became minister to the first king of the Shang dynasty
- Yùhuáng Dàdì (玉皇大帝) – Jade Emperor, emperor of heaven

第 1 章
国王和女神[1]

一开始，<u>盘古</u>将所有东西分为二；
然后是阴阳，然后是四象[2]
有了天后，有了地，然后有了人；
<u>巢</u>教他们怎么建造[3]房子，远离动物

<u>燧人</u>教他们用火做饭；
<u>伏羲</u>让他们看阴阳的方法
<u>神农</u>给了他们药；
<u>轩辕</u>给了他们文化和家庭[4]

在五位皇帝的统治下，人们生活得很好；
<u>大禹</u>阻止了洪水
<u>夏</u>给了他们四百年的和平；
但<u>桀</u>王来了，把白天变成了黑夜

他每天喝酒，和他的妃子[5]们玩；
直到<u>成汤</u>王清洗了宫殿
残忍的国王活了下来，但逃离到了南方；
云和雨过去，国家再次变强

三十位国王后，<u>殷纣</u>王坐上宝座；
<u>商</u>家像一根断掉的绳一样结束了
宫里很乱；妻子和儿子被杀；

---

[1] 神　　　　shén – god, deity
[2] 四象 refers to four images in 八卦图), the Eight Trigrams. They are 少阳, 太阳, 少阴 and 太阴. These represent four aspects of a thing, such as four seasons, four directions, and the four stages of life.
[3] 建造　　　jiànzào - to build
[4] 家庭　　　jiātíng – family
[5] 妃子　　　fēizi – concubine

笨而可笑的国王只听他的邪恶参谋[1]

妲己让宫殿充满了脏乱；
她的蛇坑和火柱子给忠诚[2]的人带来了痛苦[3]
鹿台给人们带来痛苦；
他们的愤怒充满了整个天空

忠诚的大臣们或者是失去心，或者是死在火柱子上；
母亲看着自己的孩子死去；农民的脚被砍掉
国王信任[4]邪恶的大臣，忘记了关心国家；
他没有理由地发起战争，把好大臣赶[5]走

宗教的事被忘；
现在只有黑暗魔法和诡计[6]
国王的朋友是邪恶的，他不尊重上帝[7]；
他总是在喝酒，就像一只野兽

姬昌来到首都，却被限制[8]在羑里；
微子在一团尘土中逃走，等着合适的时间
连上天也愤怒了，送去了灾难；
它们像无边的大海一样盖住一切

王国里的人生活困难，人们大声哭喊
然后姜子牙出现了，人中的神
他坐着钓鱼，不是为了鱼，而是为了一个聪明的主人
飞熊来到梦中

姬昌用马车把子牙带回周；

---

[1] 参谋　　cānmóu – advisor
[2] 忠诚　　zhōngchéng – loyalty
[3] 痛苦　　tòngkǔ – pain
[4] 信任　　xìnrèn – to trust
[5] 赶　　　gǎn – to rush, to hurry
[6] 诡计　　guǐjì – trick
[7] 上帝　　shàngdì – God
[8] 限制　　xiànzhì – to limit, to confine

子牙留在他身边，把国家三分之二的土地给了他
姬昌没有活着看到最后的胜利[1]；
他的儿子坐上了宝座，每天都在努力工作

八百名侯爵[2]集合[3]在一起；
他们决定了一个计划去毁掉残忍和邪恶
天亮的时候，两军在牧野见面；
但国王的军队却转向攻击商

人们像受伤的野兽一样害怕地磕头；
血像河流一样流着，盖住了柱子
新国王穿上天衣；
他做得比成汤还好

战争结束后，战马被送回华山；
周家开始八百年的统治[4]
死去的国王挂在白旗上；
战士们死了，但他们的灵魂在周围飘[5]着

姜子牙大师生来就是一个有智慧的人；
他代表上天，任命众神
这是商和周的伟大故事；
它从父母传给孩子直到今天

☰☰☰

一开始，商王是一个好人。

他的名字叫帝辛。他的父亲是商朝[6]第二十七位国王。老国王统治了

---

[1] 胜利　　　shènglì – victory
[2] 侯爵　　　hóujué – marquis, grand duke
[3] 集合　　　jíhé – to gather together
[4] 统治　　　tǒngzhì – to rule
[5] 飘　　　　piāo – to float, to flutter
[6] 朝　　　　cháo – dynasty

商朝三十年，他死了以后，<u>帝辛</u>成为第二十八位国王。他不知道自己
会是最后一个国王。

<u>帝辛</u>和一个姓<u>姜</u>的美丽女人结了婚，<u>姜</u>是一位有权[1]大侯爵的女儿。
国王还有两个妃子，一个姓<u>黄</u>，一个姓<u>杨</u>。

七年来，国家和平。上天[2]在合适的时候带来风和雨，人们再也不会
饿了。

有一天麻烦发生了。一个叫<u>商容</u>的丞相[3]在朝廷[4]上站出来对国王说，
"陛下[5]，明天是三月十五日。是<u>女娲</u>女神的生日。你知道她救我们
国家的故事吗？"

国王笑着说，"是的，但请再给朕[6]讲一遍这个故事。"

"许多年以前，<u>不周</u>山顶着天空。两个强大的神在战斗。其中一个神
输了这场战斗，所以他把自己的头砸[7]在<u>不周</u>山上，毁[8]了<u>不周</u>山。天
空开始倒了下来。还有大火和洪水[9]。危险的动物来到我们的王国，
并且吃掉了我们国家的人。<u>女娲</u>女神听说了这个事情以后，马上来帮
助我们。她先砍[10]下了一只大乌龟[11]的腿，用腿把天空再顶起来。然后
她用多种颜色的石头修理天空。但她没有办法完全修理好天空。所以
即使是今天，太阳和月亮从东向西移动，星星从东南向西北移动。"

"这是个好故事，"国王说。"<u>女娲</u>还做了什么？"

"古人说，当世界还很年轻的时候，只有<u>女娲</u>一个人。没有动物，也

---

[1] 权　　　quán – power
[2] 上天　　shàngtiān – heaven
[3] 丞相　　chéngxiàng – prime minister
[4] 朝廷　　cháotíng – royal court
[5] 陛下　　bìxià – Your Majesty
[6] 朕　　　zhèn – the royal "we," used instead of "I" by royalty
[7] 砸　　　zá – to smash
[8] 毁　　　huǐ – to destroy
[9] 洪水　　hóngshuǐ – flood
[10] 砍　　　kǎn – to cut
[11] 乌龟　　wūguī – tortoise

没有人。所以在第一天，她造了鸡。第二天，她造了狗。第三天，她造了羊。第四天，她造了猪。第五天，她造了牛。第六天，她造了马。第七天，她开始用黄土造人。她一次造一个人。但是这花了很长的时间，她累了。于是她把一根绳子[1]放进黄土里，然后晃动[2]着绳子。一块块黄土掉在各个地方，每一块都变成了一个人。"

"现在呢？"

"即使是现在，<u>女娲</u>仍然在照顾我们国家的人。她在合适的时候带来风和雨，所以人们永远不会受饿。明天她生日的时候，你应该去她的寺庙[3]拜[4]她。"

"你说得对，"国王说。"朕会去的。"

第二天，国王从南门离开了宫殿[5]。那是一个暖和的晴天。他坐着御车走了几里[6]路，来到了寺庙。三千名[7]士兵骑马跟着他，还有朝廷中所有的大臣[8]。带军队[9]的是黄妃的哥哥<u>黄飞虎</u>将军[10]。

国王到了寺庙后，走进主殿[11]。他烧香，深鞠躬[12]，拜了<u>女娲</u>。然后他用了一些时间看了寺庙周围。在寺庙里走了一会儿以后，他看到窗帘[13]后面藏着一尊[14]<u>女娲</u>的雕像[15]。就在他看雕像的时候，一阵[16]强风从附近的窗户进来。它吹开了窗帘，国王看见了<u>女娲</u>。她是他见过的最美

---

[1] 绳子   shéngzi – rope
[2] 晃动   huàngdòng – to swing
[3] 寺庙   sìmiào – temple
[4] 拜   bài – to worship
[5] 宫殿   gōngdiàn – palace
[6] 里   lǐ – li, about 1/3 of a mile
[7] 名   míng – (measure word for people)
[8] 大臣   dàchén – a minister
[9] 军队   jūnduì – army
[10] 将军   jiāngjūn – general, high ranking officer
[11] 殿   diàn – hall
[12] 鞠躬   jūgōng – to bow
[13] 窗帘   chuānglián – curtain
[14] 尊   zūn – (measure word for gods, goddesses, statues, cannons)
[15] 雕像   diāoxiàng – statue
[16] 一阵   yízhèn – a gust (of wind)

丽的女人。她比春天的花还要美丽，比天上的月亮还要美丽。

国王的身体因为欲望[1]而发热。他对自己说，"朕有一个美丽的王后[2]，朕有妃子，但没有一个像这位女神那样美丽。朕一定要得到她！"他让他的侍从[3]给他拿来毛笔[4]和墨[5]水。他想都没有想就在寺庙的墙上写了一首给女神的爱情诗。这就是这首诗，

> 虽然有凤凰[6]和龙
>
> 但是它们对朕来说就像尘土[7]
>
> 你就像雨中一棵美丽的水果树
>
> 你就像雾[8]中的花
>
> 啊，美丽的女神，请活过来吧
>
> 从你的寺庙中下来，到朕这里来
>
> 朕带你去我的宫殿[9]！

丞相看到了这首诗。他张大了眼睛。他对国王说，"陛下，<u>女娲</u>一直是我们的好朋友。你来她的寺庙感谢[10]她。但现在你侮辱[11]了她。求求你，把这首诗从墙上洗掉吧！"

国王生气地回答说，"朕看这里没有问题。朕看见女神，觉得她很漂亮。不要再说了。别忘了朕是国王。"然后他回到了宫殿，和他的王后和妃子们共同享受[12]他们在一起的时间。

---

[1] 欲望　　　yùwàng – desire
[2] 王后　　　wánghòu – queen
[3] 侍从　　　shìcóng – attendant
[4] 毛笔　　　máobǐ – brush
[5] 墨　　　　mò – ink
[6] 凤凰　　　fènghuáng – phoenix
[7] 尘土　　　chéntǔ – dirt
[8] 雾　　　　wù – mist
[9] This may not seem like an insulting poem, but the king's suggestion that the goddess leave her temple and join him in the royal palace made it vulgar, or even obscene, at the time this novel was written.
[10] 感谢　　　gǎnxiè – grateful
[11] 侮辱　　　wǔrǔ – to insult
[12] 享受　　　xiǎngshòu – to enjoy

那天晚上，女娲女神见了一些朋友后回到了她的寺庙。她看到寺庙墙上用黑墨水写的诗。当她读了这首诗后，变得非常生气。她说，"这个国王很邪恶[1]。他在我寺庙的墙上写下脏诗。他不知道怎么去尊重神。我一定要让他成为商朝的最后一位国王！"

她叫来了她的凤凰，骑着它去了首都朝歌。她在找国王。她从天上往下看，看到了国王。但当她看到他的时候，她就知道，上天要让他再活二十八年。

回到了她的寺庙，她还在生气。她让她的仆人[2]给她取来一只叫招妖葫芦的魔[3]葫芦[1]。她把葫芦放在地上。她打开了它，用手指着它。一道明亮[5]的白光从葫芦中发出，升上天空。附近所有的魔鬼[6]都看到了明亮的光，来到了她的寺庙。天空中出现了黑云。一阵冷风吹来。

女娲等着所有的魔鬼到来。然后她让他们都回家，除了三个女妖，一个是千年狐狸妖，一个是九头雉鸡妖，一个是玉石琵琶妖。女娲对她们说，"仔细听我说。我听过西方凤凰的歌声。它告诉我，西周诞生[7]了一位新国王。我想灭[8]了帝辛王，但上天要让他再活二十八年。所以我要在他活着的时候毁了他。我要你们三个变成美丽的女人。你们必须进宫殿，并且用一切办法阻止国王参加任何与国家有关系的事情。随着时间的过去，这将结束商朝，诞生新的国家。现在走吧！"三个魔鬼变成风，吹了开去。

回到宫殿，国王想的都是那位美丽的女神。他不吃、不喝、不睡觉。他发现和他的王后和妃子们在一起没有一点快乐。他不关心国家的事情。他不知道应该怎么办。最后，他叫来了他的一个大臣，一个叫费

---

[1] 邪恶　　　xié'è – evil
[2] 仆人　　　púrén – servant
[3] 魔　　　　mó – magic
[4] 葫芦　　　húlu – gourd
[5] 明亮　　　míngliàng – bright
[6] 魔鬼　　　móguǐ – demon
[7] 诞生　　　dànshēng – to be born
[8] 灭　　　　miè – to extinguish

仲的邪恶的人。他知道，费仲为了让他开心，什么话都会说，什么事情都会做。

国王对费仲说，"除了女娲女神，朕什么都不想。朕不关心朕的王后，不关心朕的妃子，不关心国家的事情。朕应该怎么办？"

费仲给了国王一个大大的笑脸。他说，"陛下，您是世界上最有权的人。您可以得到任何您想要的东西。如果您想要一个美丽的女人，那没问题。只要让四位大侯爵中的每一个人送给您一百个他们那里最美丽的女孩子。很快您就会有四百个女孩要看。我相信您会找到一个像女神一样美丽的女人。"

国王认为这是一个很棒的主意。

第 2 章
苏护叛乱

丞相在国王的金马车前和国王说话；

在王国中，谁能像他那样忠诚智慧？

如果我知道侯爵要来，

我不会在纸上浪费墨水

国王对那份报告感到满意；

他读了以后，回到了宫殿。

夜晚来了，然后是早上；

第二天，大臣们来了，对笨国王说了赞美[1]的话

===

商王国非常大。为了帮助他统治王国，国王有四位大侯爵。每个大侯爵统治着大约四分之一的国家。每个大侯爵有大约两百个侯爵，每个侯爵统治一个小城市或者农村。

第二天早上，国王让他的侍从们给四位大侯爵中的每个人送信。信中让他们每人带一百个年轻漂亮的女人进宫殿。但商容丞相听说了这件事情。他对国王说，"陛下，这是个坏主意。请仔细想想。现在人们对他们的工作很满意，他们听你的话。但如果你这样做，他们会变得不快乐。他们不会想要你做他们的国王。如果你把所有的时间都花在听音乐，和你的妃子玩，喝酒[2]和打猎[3]，你不会做太久的国王。我以前是你爷爷和你父亲的大臣，现在是你的大臣。我告诉你，不要忘记国家的事情而只求快乐的生活！"

国王安静地坐了很久。然后他说，"你是对的。朕不会这样做的。"他离开主殿，去自己的房间和妃子们玩了一会儿。

---

[1] 赞美　　　zànměi – to praise
[2] 酒　　　　jiǔ – wine
[3] 打猎　　　dǎliè – to hunt

几个月过去了，国王从来没有忘记美丽的<u>女娲</u>女神。第二年夏天，四位大侯爵和八百位侯爵全部来到<u>朝歌</u>。在这段时间里，邪恶的大臣<u>费仲</u>变得更强大了。他想要从每个大侯爵和侯爵那里得到贿赂[1]和礼物。他们中的许多人都送给他礼物，但<u>冀州</u>侯爵<u>苏护</u>却没有。<u>苏护</u>是个好人，他不喜欢<u>费仲</u>。

<u>费仲</u>想要报复[2]。他一直等到国王不忙了。然后他对国王说，"您去年没有让四位大侯爵送来年轻美丽的女人是对的。不过听说侯爵<u>苏护</u>有个叫<u>妲己</u>的女儿。听说她和<u>女娲</u>女神一样美丽。也许您应该把她带进宫殿。"

国王喜欢这个主意，开始想着和<u>妲己</u>在一起。他命令[3]<u>苏护</u>进宫殿见他。没有很久，<u>苏护</u>就到了。他跪[4]在国王面前，等着他说话。

国王说，"朕听说你的女儿是一位好女孩。朕要她在宫殿里侍奉[5]朕。如果朕这样做了，这对你有好处。你将成为皇家[6]的人。你也会变得又有钱又强大。你觉得这件事情怎么样？"

<u>苏护</u>回答说，"陛下，我想是有人给了您错误的信息。您为什么要我的女儿？您已经有一个可爱的王后和许多妃子。我的女儿不漂亮。实际上，她什么都不懂，脸也不好看。"

国王大笑。他说，"<u>苏护</u>，你真笨。你的女儿会受到像王后一样的对待。你会成为皇家的人。"

<u>苏护</u>忘记了在和国王说话的时候要小心，他站起来大喊，"你是个很不好的国王。你不关心国家的事情。你把所有的时间都花在喝酒和玩女人上。如果你不改变，你的王朝很快就会完了！"

---

[1] 贿赂　　huìlù – bribe
[2] 报复　　bàofù – revenge involving insult or injury
[3] 命令　　mìnglìng – to order, to command
[4] 跪　　　guì – to kneel
[5] 侍奉　　shìfèng – to serve
[6] 皇家　　huángjiā – royal

国王对他的士兵喊道，"抓住这个笨人，把他丢出<u>朝歌</u>！"士兵们把<u>苏护</u>带走了。他们把他带到城北门，让他回<u>冀州</u>，永远不要再回来了。

<u>苏护</u>回了<u>冀州</u>。当他到<u>冀州</u>的时候，他的大臣们问他在<u>朝歌</u>的时候发生的事情。<u>苏护</u>对他们说，"那个傻瓜[1]国王要我女儿做他的妃子。我应该怎么办？如果我说'不'他就会命令军队来这里。但是，如果我说'好的'他将继续忘记忙国家的事情，人们会说我帮助他走上了这条路。"

一位大臣回答说，"古人说，如果国王不好，他的大臣就会离开他。我们的国王只关心女人和快乐。我们应该离开他，努力去救我们的国家。"

<u>苏护</u>同意了。他要了一支大毛笔和墨水。然后他骑着马回到了<u>朝歌</u>。他走到大门前。他一只手拿着大毛笔，一只手拿着墨水瓶。他很快在墙上写下了这首诗：

你不尊重你的大臣
你忘记了五德[2]
所以<u>冀州</u>侯爵<u>苏护</u>
将不再为<u>商</u>王工作

门口的一名士兵看到了这。他跑回宫殿，跪在国王面前，把墙上的诗告诉了国王。国王非常生气。他叫来<u>费仲</u>，告诉他他有多么生气。他说，"是时候毁掉<u>冀州</u>城了。谁来带朕的军队？"

<u>费仲</u>想了几分钟。他对国王说，"<u>冀州</u>在北方。所以北方大侯爵应该去毁掉这座城市。"<u>费仲</u>知道，北方大侯爵是一个叫<u>崇侯虎</u>的残忍[3]

---

[1] 傻瓜   shǎguā – idiot, fool
[2] 德   dé – virtue. In Confucianism, the five cardinal virtues are benevolence (仁, rén), righteousness (义, yì), propriety (礼, lǐ), wisdom (智, zhì), and trustworthiness (信, xìn). Of these, trustworthiness is considered the most important.
[3] 残忍   cánrěn – cruel

的人。

<u>商容</u>丞相听说了这件事。他担心这位残忍的将军会做出的事情。于是他去见国王说，"陛下，<u>崇侯虎</u>是北方大侯爵，但人们不喜欢他。他可能很难做好这个工作。也许你应该让西方大侯爵<u>姬昌</u>来做这个工作。他是个好人，人们相信他。"

国王听了这话。他说，"朕会让他们两个都去。他们将共同带军队。"

<u>崇侯虎</u>和<u>姬昌</u>两位大侯爵坐下来讨论攻击[1]<u>冀州</u>的计划。他们同意，由<u>崇侯虎</u>带军队先到<u>冀州</u>，<u>姬昌</u>跟在他后面。

回到<u>冀州</u>，<u>苏护</u>见了他的将军。他们知道，<u>冀州</u>城在极大的危险中。他们做好了和国王军队战斗的准备。

几天后，<u>苏护</u>听说国王军队已经到了<u>冀州</u>。国王的军队有五万名手拿长矛[2]和剑[3]的士兵。"谁带着这支军队？"<u>苏护</u>问道。

"北方大侯爵<u>崇侯虎</u>，"他的一位大臣回答道。

"那个人邪恶残忍，"<u>苏护</u>说。"但是我还是会和他谈谈。"他带着他的士兵出城。<u>苏护</u>的军队站在国王军队的对面。<u>苏护</u>站在前面。他喊道，"让我和你们的将军谈谈！"

<u>崇侯虎</u>出来见他。他骑着一匹大马，穿着明亮的金盔甲[4]，红色的长衣和玉腰带。他手里拿着一把长剑。在他身后是他的儿子和两名将军。

<u>苏护</u>向<u>崇侯虎</u>鞠躬。他说，"你好，大侯爵。对不起，我们不得不这

---

[1] 攻击　　　　gōngjī – to attack
[2] 矛　　　　　máo – spear
[3] 剑　　　　　jiàn – sword
[4] 盔甲　　　　kuījiǎ – armor

样见面。但是你知道你们的国王已经变成了一个坏的统治者[1]。他对他的大臣们很不好，他对国家的事情一点都不关心。他只想要女人和酒。现在他要我女儿做他的妃子。"

崇侯虎生气地回答，"这些都不重要。你是叛徒[2]。国王陛下命令我杀了你。你应该跪在我面前，但你却穿着盔甲、拿着剑站在那里。"他转身对他的人说，"谁来为我杀死这个叛徒？"

崇侯虎的一名将军喊道，"我来！"他骑着马向前，攻击苏护。可还没等他走近，苏护的儿子苏全忠就骑着马向前走去。两人剑对剑，打了二十个来回[3]。最后苏全忠杀[4]了那个将军。

苏护命令军队攻击。两边的士兵都高举着剑向前跑去。一场大战斗开始了。当它结束时，地上全部是死去和将要死去士兵的血。崇侯虎的军队失败了。他们逃[5]离了这座城市。

那天晚上，苏护的军队回到城外，再次攻击崇侯虎的军队。他们像饿虎一样攻击。苏护看到了崇侯虎，他喊道，"崇侯虎！下马，我要把你当犯人[6]带回冀州！"崇侯虎见自己的军队失败了，没有办法赢苏护。于是他转身，像狗一样，用最快的速度逃跑了。

几个小时后，苏护的军队第三次攻击。苏全忠看到崇侯虎，喊道，"我一直在等你。放下你的剑，从马上下来，准备去死！"崇侯虎的两名将军冲上前去，三人都和苏全忠战斗。苏全忠像海龙一样地战斗。他用剑砍向那三位将军，杀死了一个，打伤了一个。崇侯虎和他的军队逃跑了，这是他们第三次失败。苏护的军队回到了冀州。

第二天早上，苏护见了他的将军和大臣。他问他的儿子，"你抓到崇

---

¹ 统治者　　tǒngzhì zhě – ruler
² 叛徒　　　pàntú – traitor
³ 来回　　　láihuí – a round, back and forth
⁴ 杀　　　　shā – to kill
⁵ 逃　　　　táo – to run away
⁶ 犯人　　　fànrén – prisoner

侯虎那条狗了吗[1]？”

“没有，”苏全忠回答。“我们的士兵像老虎一样战斗。我自己杀死了他们的一名将军，打伤了另一名将军。但崇侯虎和他的军队逃跑了。天黑了，我不想跟着他们。”

苏护听到自己的军队赢了，很高兴。他说，“崇侯虎运气好。现在休息吧，我的儿子。”

---

[1] This phrase means "Did you capture that dog Chong Houhu?" not "Did you capture Chong Houhu's dog?" Context determines which meaning is correct.

第 3 章
<u>妲己</u>被送给国王

国王命令<u>崇</u>攻击大臣；
但他没有智慧，没有办法给出一个好的计划
失败的战斗从早上开始；
到了晚上，他输了，不得不逃离营地[1]

从古时起，欲望使王国消失；
从古时起，大臣们做的恶事永远不会停止
这并不是有关国王对<u>妲己</u>的欲望；
<u>东周</u>统治王国是上天的意愿

≡ ≡ ≡

<u>崇侯虎</u>和他的军队用最快的速度逃离了<u>冀州</u>。他的士兵中只有十分之一还活着，其中许多人受了重伤。

<u>崇侯虎</u>对他的将军们说，"我们不得不自己和<u>苏护</u>的军队战斗了。西大侯爵和他的军队在哪里？陛下让他帮我们，但他没有来。他是个叛徒。"

就在这个时候，　名士兵冲了进来，告诉他，一支很多人的军队正往这里来。<u>崇侯虎</u>不知道他们是朋友还是敌人。他跳上马，跑出去看。他看到一个将军带着几千名士兵。将军的脸黑得像锅[2]底。红胡了[3]，金色的眼睛，穿着一件红色的长衣。他骑着一只火眼妖怪。他每只手里都拿着一把金色斧头[4]。他背着一只奇怪的红葫芦。<u>崇侯虎</u>认识这个人。正是他自己的弟弟，<u>曹州</u>侯爵，大家都叫他<u>黑虎</u>。

---

[1] 营地　　　　yíngdì – camp
[2] 锅　　　　　guō – pot
[3] 胡子　　　　húzi – beard
[4] 斧头　　　　fǔtóu – axe

"我听说你们的军队失败了，"黑虎对崇侯虎说，"所以我用最快的速度来到这里。很高兴再次见到你！"

"你有多少士兵？"崇侯虎问。

"我有三千名飞虎士兵，还有两万很快就会到来。"两支军队一起前往冀州。他们在离城市只有几里的地方停了下来。

在冀州，有人告诉苏护，黑虎来了。"这很不好，"苏护说。"黑虎是一个非常好的战士。另外，他还学习过魔法。我听说他砍人头就像从袋子里取出石头一样容易。"

他的儿子苏全忠回答说，"父亲，不要这样说。你只会让他变得更强大，而你自己会更差。我不害怕。我自己去和黑虎战斗！"还没有等任何人阻止他，他就跳上马，跑出去见黑虎。

现在苏全忠还不知道他的父亲和黑虎是好朋友和结拜[1]兄弟。黑虎听说苏护的儿子来了，大声喊道，"我的小朋友！请你回去告诉你父亲，让他过来见我。"

苏全忠喊道，"不用了！我们是敌人。现在就离开这个地方，否则你会死的！"他用剑攻击黑虎。黑虎用他的两把金斧头战斗。他们打了很长时间，但都没有赢。然后黑虎转身，骑马很快地离开了。苏全忠骑马跟了上去。

黑虎一边跑一边打开了魔葫芦的盖子。他说了一些魔语[2]。突然，一团黑烟从葫芦里冲了出来。十几只大鹰从天上飞下来。它们攻击苏全忠和他的马。苏全忠用剑打退了鹰，鹰却攻击了马。马倒在地上。苏全忠被扔到地上，被黑虎的士兵抓住。

苏护听到了这个坏消息。他对自己说，"我儿子不听我的话，现在他

₁ 结拜　　　　jiébài – sworn. A "sworn brother" is like a blood brother.
₂ 语　　　　　yǔ – spoken word

成了犯人。外面有很多士兵。很快<u>冀州</u>就会输掉这场战斗。我做了什么造成了这个？也许是因为我有一个女儿。如果我没有女儿，国王就不会要她做他的妃子，我的城市也不会受到国王军队的攻击。我不能让我的家人被国王的军队抓去。最好在国王的士兵来到这里之前，把我家里的所有人都杀了。"他拿起剑，冲进了他家人的房间。

<u>妲己</u>看到了他。她笑着说，"亲爱的父亲，你怎么在这里，你为什么拿着那把大剑？"

<u>苏护</u>停了下来。他不能杀他的女儿。

城外，<u>崇侯虎</u>想用两个军队的全部士兵攻击<u>冀州</u>。<u>黑虎</u>却说，"请等等。我们不需要攻击这座城市。让我们把这座城市包围[1]起来。他们将没有食物和水，很快他们将没有办法战斗。另外，西大侯爵的军队马上就要来了。"

士兵们包围了<u>冀州</u>城。几个星期过去了。没有食物和水可以进城市。人们非常饿和虚弱[2]。最后，一位叫<u>郑伦</u>的将军来见<u>苏护</u>。他说，"先生，请让我去和<u>黑虎</u>战斗。我会想办法抓住他，把他带回到这里。如果我失败了，他们可以砍下我的头。"

<u>郑伦</u>拿起手中的两根<u>降魔棒</u>，跳上马，带三千士兵出了城。他的士兵都穿着黑色衣服，使他的军队看起来像一团黑云在地上移动。他走近敌人，大喊，"<u>黑虎</u>，出来和我战斗！"

<u>黑虎</u>出来了，他的周围都是他的<u>飞虎</u>士兵。"谁是那个要和我打的人？"他喊道。

"我是<u>冀州</u>的<u>郑伦</u>将军。你一定是<u>黑虎</u>。你手里有一个犯人。他是我侯爵的儿子。快把他交给我，否则我会把你变成尘土！"

---

[1] 包围　　　bāowéi – to surround
[2] 虚弱　　　xūruò – weak

黑虎没有回答他的话。他骑马向前，用他的金斧头向郑伦打去。郑伦用他的两根棒[1]打了回去。他们打了很长时间，但谁都没有赢。

在他们战斗的时候，郑伦看到了黑虎背上的红葫芦。他知道那是一个魔葫芦。但他也有自己的魔法。他把棒举在空中，说了一些魔语。两道明亮的光从郑伦的鼻子里发出。它们打在黑虎的脸上。把黑虎打得头发晕[2]。他从马上掉了下来。士兵们抓住他，把他当犯人一样绑[3]了起来。

郑伦的士兵把黑虎带回了冀州城。郑伦看着他们把黑虎扔在苏护宫殿门前的地上。苏护见这，往前跑去。他让他的士兵放开黑虎。然后苏护向他鞠躬。他说，"我的兄弟，请原谅我。郑伦对你很不好。我很对不起你。"然后他命令郑伦和其他将军前来向黑虎鞠躬。

黑虎回答说，"谢谢你，我的兄弟。请理解我，我是想帮助你，而不是要杀你。让我们谈谈我们怎么才能[4]让你走出麻烦，同时让我们的国王开心。"

在这个时候，崇侯虎却很生气，他仍然没有听到西方大侯爵姬昌的消息。姬昌的一位大臣来到了营地。崇侯虎对他说，"你们的大侯爵为什么不听国王的命令？他在他的宫殿里休息，而我们必须来这里战斗！"

大臣回答说，"我们的大侯爵总是说，'战争是一件可怕的事情，只有在没有其他办法的时候才应该战斗。'他让我来这里，给苏护带一封信。信中要求苏护停止战斗，把他的女儿给国王。如果他这样做了，他就可以继续做冀州侯爵。否则，他会死的。"

崇侯虎大笑。他说，"我觉得姬昌只是害怕战斗。好吧，去把信给苏

---

[1] 棒	bàng – club, cudgel	
[2] 晕	yūn – dizzy	
[3] 绑	bǎng – to tie up	
[4] 才能	cáinéng – can only, ability	

护，让我们看看会发生什么。"

大臣离开了<u>崇侯虎</u>的营地。他骑马到了<u>冀州</u>的城墙下。他喊道，"这是西方大侯爵的大臣，给你们的侯爵带了一封信。"城门打开，他被带了进去。

<u>苏护</u>和<u>黑虎</u>正在一起吃晚饭。当大臣走进房间的时候，他们抬起头向他看去。大臣说，"我有一封西方大侯爵<u>姬昌</u>给你的信。"然后他把信给了<u>苏护</u>。信中说：

我知道你是个好人，你想为你的国王做事。请听我说。如果你把你的女儿送到国王那里，你将成为国王家里的人。你会变得很有钱、很强大。<u>冀州</u>会很安全，你的家人会很安全，你城市里的人会很安全，你的士兵会活着。但如果不送你的女儿，<u>冀州</u>会被灭，你全家会被杀，很多人和士兵都会死。你我都是<u>商</u>朝的大臣。请考虑，并且做正确的事情。

<u>苏护</u>没有说一句话。他把信给<u>黑虎</u>。<u>黑虎</u>读了信。然后他说，"西方大侯爵是个好人。你应该马上把你的女儿送到国王那里。这将表示你对<u>商</u>朝的忠诚。"

<u>苏护</u>让大臣和他们一起吃晚饭，晚上在宫殿里过夜。第二天，<u>苏护</u>见了大臣。他说他会把女儿带去国王的宫殿。真是，一封信比十万士兵有用！

<u>苏护</u>和<u>黑虎</u>笑着一起喝了酒。他们以为他们的麻烦已经结束了。

第 4 章
狐妖杀妲己

世界在战争中，到处都是战斗;
国家充满着邪恶的话语
国王不听忠诚商荣的话;
可是他听邪恶大臣费仲的话

欲望使国王和狐狸结婚，并和她睡在一起;
残忍的魔鬼统治着国家，
凤凰飞走了如果狐狸能毁了王国，
女神会给她点香[1]

＝＝＝＝

黑虎离开了冀州。他回到崇侯虎那里，告诉他苏护会把妲己送给国王。崇侯虎说，"弟弟，我不明白，我的五万人没有赢，而你带去的信怎么能赢了这场战斗。"

黑虎冷冷地回答他的哥哥，"古人说，'一棵树上的水果有酸有甜，一个母亲生的儿子有好有坏。'你不应该攻击冀州。许多士兵因为你而死。我现在要走了。我再也不想见到你了。"

黑虎于是命令把苏全忠放了，送回冀州。然后他和他的军队回到了曹州。一天后，崇侯虎带了他自己的军队回到朝歌。对冀州的攻击到这结束。

苏护告诉女儿，她将成为国王的妃子。她哭了好几个小时。他告诉儿子苏全忠，在他在朝歌的时候必须管理好冀州的事情。他告诉妻子，他会离开很长时间。他和他的耂母亲说再见。

---

[1] "Receive a bit of incense" is a metaphor for a reward obtained in the human world; in this case, it's a reward given to the fox demon by the goddess Nuwa in return for destroying the Shang king.

第二天，<u>苏护</u>和<u>妲己</u>离开了<u>冀州</u>，开始了前往<u>朝歌</u>的长长旅行。和他们一起的还有三千名士兵。<u>苏护</u>骑在<u>妲己</u>马车的旁边保护她。

经过几天的旅行，他们来到了<u>冀州</u>和<u>朝歌</u>中间的一个驿站[1]。<u>苏护</u>让驿站的官员[2]给<u>妲己</u>准备一个房间。

驿站的官员说，"先生，这里不适合你们。三年前，一个魔鬼来到了这里。从那以后，没有一个人想在这里过夜。我认为你们应该继续赶路，不要停在这里。"

<u>苏护</u>说，"我是<u>商</u>王的侯爵，你以为我会怕魔鬼吗？我们不会离开。现在就准备房间！"

房间准备好以后，<u>妲己</u>走了进去。三千名士兵在房间的周围保护她。而<u>苏护</u>自己也坐在她房间的门外。那天晚上他没有睡觉。他在蜡烛[3]光下看书，但每几个小时，他就会去<u>妲己</u>的房间看看她是否还好。

在三更[4]的时候，一阵冷风从打开的窗户吹进来。感觉就像一只野兽[5]走进了房间。有人喊道，"鬼[6]！鬼！"

<u>苏护</u>跑进<u>妲己</u>的房间，把她叫醒[7]。"亲爱的，你还好吗？"他问。"你看到鬼了吗？"

她笑着说，"没有，父亲，我在睡觉，什么也没看见。请不要为我担心。"

<u>苏护</u>以为他在和女儿说话。但他却是和<u>女娲</u>送来的<u>千年狐狸</u>在说话。

---

[1] 驿站　　　　yìzhàn – courier station
[2] 官员　　　　guānyuán – officer
[3] 蜡烛　　　　làzhú – candle
[4] 更　　　　　gēng – watch. The night is divided into several two-hour periods or watches. First watch starts at 7:00 pm, second watch at 9:00, third watch at 11:00, and so on.
[5] 野兽　　　　yěshòu – wild animal, beast
[6] 鬼　　　　　guǐ – ghost
[7] 叫醒　　　　jiàoxǐng – to wake up

千年狐狸吃掉了妲己的灵魂[1]，拿了她的身体。

第二天早上，他们继续前往朝歌。几天后，他们来到了首都。黄飞虎将军让苏护把他的三千士兵留在城外，只有他自己一个人和妲己进去。

邪恶大臣费仲听说苏护回来了。听到苏护没有被国王的士兵杀死，他很不高兴。他告诉国王，苏护回来了。

"那个傻瓜！"国王喊道。"朕以前想要杀了他，但你告诉朕让他活着。然后他在墙上写下了那首诗。朕明天就杀了他。你等着看吧。"

费仲点点头，说，"陛下说得对。王国的法律是对所有人的，即使是侯爵也是。"

过了一会儿，苏护走进了主殿。他没有穿红色的长衣，只是穿了犯人的衣服。他鞠了一躬，说，"犯人苏护来了。他应该去死。"

国王回答说，"是的，你应该去死了。朕很久以前就应该这样做了。"然后他喊着让他的士兵把苏护带走，砍下他的头。

费仲却说，"陛下，请先不要生气。看看苏护的女儿。如果您对她满意，就可以让她做您的妃子，放过苏护。但是如果您对她不满意，那就砍下他们两人的头。这将让人们知道您很强大。"

国王回答说，"费仲，你总是说得很对。好吧，把那女孩子带进来。"

妲己慢慢地走进主殿。她跪下说，"国王万岁！国王万岁！"

国王仔细地看着妲己。她的头发像夜一样黑，她的唇[2]像红色的水

---

[1] 灵魂　　　　　línghún – soul
[2] 唇　　　　　　chún – lip

果，她的脸像桃[1]花一样美丽。她的身体像柳[2]树一样苗条[3]。她看起来像是九重天上的仙[4]人，又像是月亮上下来的客人。她说话的时候，都是甜香的味道。她轻声说，"有罪[5]仆人的女儿希望陛下万岁！"

国王看着妲己。他感到头发晕，灵魂离开了他的身体。他的耳朵发热，已经都看不见东西了。一分钟后，他才能站起来。他对妲己说，"朕美丽的女人，请起来！"他让仆人把她带到馨庆宫。然后他对大家说，"苏护家现在是朕的家的一部分。苏护每个月都能得到二千担的大米。他是朕的客人，将在这里住三天。然后朕的五位大臣会送他回冀州。"

然后国王站起来，离开了主殿。他和妲己一起吃了一顿长长的晚饭，喝了很多酒。然后他们一晚上都在一起。第二天，他整天和妲己躺在床上。

国王爱上了妲己。他忘记了所有的国事。他不下任何命令。没有一个大侯爵或者侯爵能见他。整个王国开始出现麻烦，但国王一点都不关心。

---

1 桃　　　　táo – peach
2 柳　　　　liǔ – willow
3 苗条　　　miáotiáo – slender
4 仙　　　　xiān – immortal
5 罪　　　　zuì – criminal

第 5 章
云中子

各色的春花在安静的蓝天下在这里生长；
白云和雨水飞过南方很远的群山
紫色[1]的雾气缠绕[2]着金色的亭子[3]；
年轻的神仙喝玉吃梨[4]

花唱着天上的歌欢迎众神；
蓝凤凰跳舞，绿色的头发在飘飞
这里是神仙住的地方，远离人间；
但一股魔鬼的力量[5]打破[6]了大门

≡ ≡ ≡

终南山上住着一位叫云中子的道士[7]仙人[8]。他在那里生活了几千年。

有一天，云中子去散步。他手拿着花篮[9]，采[10]着药。他看向东南方，看见朝歌城的天空上一片黑云。"啊，"他说，"看来朝歌城里有一只远古的狐狸[11]妖怪。她很可能在国王的宫殿里找麻烦。我最好做点什么。"

他拿起一根松树枝[12]，然后用刀做了一把细长的木剑。他把剑放在花

---

1 紫色　　　zǐsè – purple
2 缠绕　　　chánrào – to wrap, to wind around
3 亭子　　　tíngzi – pavilion
4 梨　　　　lí – pear
5 力量　　　lìliàng – power
6 打破　　　dǎpò – to break down
7 道士　　　dàoshì – Daoist
8 For centuries the Zhongnan mountains, just south of Chang'an (modern-day Xi'an), have been home to many Daoist hermits and Buddhist monks. The Daoist sage Laozi is believed to have lived there when he wrote the *Dao De Jing*.
9 篮　　　　lán – basket
10 采　　　　cǎi – to pick, to gather
11 狐狸　　　húli – fox
12 枝　　　　zhī – tree branch

篮里。然后他骑云去了国王的宫殿。

朝歌的情况不是很好。国王整天躺在床上陪着他美丽的妃子妲己。距离他上次来主殿，已经过去十个月了。他的大臣们变得非常担心。他们决定通知所有的大臣和将军们开会，并且邀请国王去和他们见面。

国王和妲己躺在床上，一边喝酒一边说话。一个仆人进来，说，"请陛下到主殿去。"国王站了起来，告诉妲己他很快就会回来，然后他穿上长衣，往主殿走去。

当他到那里的时候，他看到所有的大臣和将军都在等他。他不想和他们中的任何一个人说话。他不想看他们的报告。他只想回到床上和妲己在一起。他问道，"这是怎么回事？"

商容对他说，"陛下，我们好久不见了。你去了哪里？请你管理好国家的事情，少花点时间陪你的妃子。如果你不那样，我们担心上天会很生气，因此给我们的王国带来麻烦。"

国王对这不感兴趣。他回答说，"王国里一切都很好。朕听说北海有一点麻烦，但闻仲大师正在解决。而其他的事情，朕对任何一个都不感兴趣。你们是朕的大臣。如果你们把你们的工作做好，朕什么都不需要做！"

就在国王和大臣们争论的时候，主殿的门打开了，云中子走了进来。他穿着大袖[1]长衣。他右手拿着拂尘[2]，左手拿着花篮。他走路的时候，大地在震动[3]。老虎向他磕头，龙跪下。

云中子对国王说，"陛下，这位可怜的道士向您问好。"

国王有点不高兴，因为道士没有向他鞠躬。但他只是说，"先生，你

---

[1] 袖　　　　xiù – sleeve
[2] 拂尘　　　fóchén – whisk
[3] 震动　　　zhèndòng – to tremble

从哪里来？”

“我来自云和河。我的心像白云一样自由，我的心像水一样清。”

国王笑了笑。“如果天空变晴，河水变干，你会去哪里？”

“当天空变晴的时候，明亮的月亮就会出现。当河水变干的时候，明亮的珍珠[1]就会出现。”

国王对这话感到很高兴。他请道士在他旁边坐下。道士说，“您知道我们有道教[2]、佛教[3]、儒教[4]。其中，道教最高。”

“这是为什么？”

“道士不向任何人鞠躬，什么都不想要。他对钱或者名声[5]不感兴趣。他在森林和山中找到幸福。他在阳光下唱歌跳舞，累了就睡在星空下。他花时间和朋友在一起，他写诗，他喝酒。”

国王很高兴听到这。他说，“听起来非常好！”

“时间一年一年的过去，他却因为懂阴阳[6]而永远地生活着。他在他的能力内去帮助人们。他骑着绿凤凰去见玉皇大帝。”

“那你今天为什么来见朕？”

“今天早些时候，我在终南山上散步。我看到您的城市上空有一片黑云。我认为这里有一个邪恶的魔鬼。所以我来这里是为了帮助您除掉恶魔。这是我写的一首关于它的短诗，

---

[1] 珍珠　　　zhēnzhū – pearl
[2] 道教　　　dàojiào – Daoism
[3] 佛教　　　fójiào – Buddhism
[4] 儒教　　　rújiào – Confucianism
[5] 名声　　　míngshēng – fame
[6] 阳　　　　yáng – the masculine principle in Daoism

她很漂亮，她想做你的情人[1]
但她会喝你的精气[2]，让你虚弱[3]
如果你在还没有太晚之前找到她
你将把你的人们从可怕的命运中救出来。”

国王说，“朕不相信这座宫殿里有魔鬼。但如果有，朕怎么能除掉它呢？”

云中子把手放进花篮里，拿起了松木剑。把它交给国王，说，“这是一把魔松树剑。把它挂在主楼上，然后等着。它会在三天内杀死任何魔鬼。”

国王命令他的仆人按照云中子说的去做。然后他说，“谢谢你来到这里，告诉朕关于精灵[4]和魔鬼的事情。请留在这里保护朕。你会在高位，你会穿上好衣服，你会在整个王国里很有名。”

“谢谢您，但我是个简单的人。我对统治一个国家一点都不懂。我早上睡得很晚，光脚在山上走路。我不需要漂亮的长衣，因为我只穿旧衣服。我什么都不想要，除了参加天上仙桃宴的邀请。谢谢您听我说话，但是现在我必须走了。”说着，他转身走出了主殿。

道士走后，国王没有兴趣和他的大臣们说话。他也离开了，回去见妲己，把他和道士见面的事情告诉了她。但妲己却躺在床上。她看起来病得很重。

“啊，亲爱的！”国王哭喊道。“几个小时前你看起来还很健康。现在你却病得很重。怎么了？”

妲己抬头看着他，甜甜地笑着。她说，“陛下，刚才我在外面散步。

---

[1] 情人   qíngrén – lover
[2] 精气   jīngqì – spirit, essence
[3] Fox demons, both male and female, are common in Chinese folklore. They seduce humans with their beauty and sexual skills, then suck the life force from their victims. The older the fox demon, the more powerful it is.
[4] 精灵   jīnglíng – spiritual being

当我来到<u>中宫楼</u>时，我看到一把奇怪的木剑挂在那里。我一看到它，就开始感到很不舒服。现在我病得很重，不能和你做爱。陛下，对不起！”她开始哭了。

国王很生气。“那个道士骗了朕！他告诉朕，宫殿里有一个邪恶的魔鬼。可是他却想伤害朕可爱的<u>妲己</u>。”他转向他的仆人说，“拿下那把木剑。马上把它烧了！”

国王整个晚上都和<u>妲己</u>在一起。第二天，她感觉好多了。但<u>商</u>朝的麻烦却越来越严重。

第 6 章
火柱子[1]

商王杀了忠诚智慧的人；

这么残忍，连天上的神都听说了

忠诚勇敢的战士被烧成灰；

邪恶魔鬼包围着国王的宫殿

早上，古琴[2]弹奏着好听的歌；

但晚上是龙的口水[3]和绿光玉[4]

好人一个接一个死在火柱子上；

老人的灵魂无路可以回家

≡ ≡ ≡

云中子留在朝歌一段时间，看看会发生什么。他看到剑被烧了，城市上空还有一片黑云。他对他自己说，"现在我明白会发生什么了。商朝将结束。周朝将代替商朝。新的神将会出现。我必须要告诉人们这件事。"回到终南山前，他停下来在集市[5]的墙上写下了这样一首诗，

国王宫殿上有一片妖云

一个新的希望在西方升起

在不久的几年以后

朝歌将看到血和战争

集市上的人看到了这首诗，但他们不明白。这个时候，天文台[6]的主

---

[1] 柱子　　　　zhùzi – pillar, post

[2] 古琴　　　　gǔqín – guqin (a musical instrument)

[3] 口水　　　　kǒushuǐ – saliva

[4] These are symbols of extreme luxury and decadence. In Chinese lore, dragon saliva was used to create very expensive perfume that would last for decades without evaporating. Green glowing jade was embedded in expensive furniture and other décor.

[5] 集市　　　　jí shì – marketplace

[6] 天文台　　　tiānwéntái – observatory

大臣杜元铣骑着马走过集市。他停下来读了这首诗。他对自己说，"我也见过国王宫殿上的这片妖云。那里的情况很不好。我必须给国王写一封信。"

他整个晚上都在写信。然后他把信给了丞相商容，让他把它交给国王。

不久以后，商容被允许进国王的房间。国王像平时一样，和妲己躺在床上。他一直在喝酒。"你想要什么？"国王问。

商容回答，"陛下，我有一封天文台主大臣杜元铣的信。我这里什么都不想要，我只是在做我丞相的工作。如果你想，你可以砍下我的头。"

国王读了这封信。它说：

> 您的仆人是天文台的主大臣。我的工作是研究天空。最近我看到皇家宫殿上一片黑云。就像您知道的，当国家有麻烦的时候，就会出现魔鬼和黑云。几天前，一位道士给了您一把木剑，让您去除掉黑云，您却烧了那把剑。现在，黑云更大更强。甚至可以在九重天上看到。我一直在想这个问题。这片云同时出现在苏护带着女儿进宫殿的时间。从那以后，您忘记了国事。当您和您的女人躺在床上的时候，您的桌子上已经都是尘土，去主殿的道上长满了草。告诉您这些事情是我的工作，即使您可能会为这砍下我的头。

国王读了信。然后他把它交给了妲己，对她说，"这是杜元铣写给朕的信。对这，你怎么看？"

妲己跪倒在地。她对国王说，"我们知道道士是一个邪恶的人。现在我们知道杜元铣在帮助他。你必须杀了他。"

"亲爱的，你说得对。我们必须在其他人开始听他的话并且找麻烦之前阻止杜元铣。"国王命令他的士兵抓住杜元铣，脱下他漂亮的衣服，将他带到宫殿门口。

士兵们把杜元铣带到宫殿门口的时候，正经过大臣梅伯和丞相商容。两人看见这，马上去见国王。国王见到他们不是很高兴。他喊道，"你们想要什么？你们为什么要这样来打扰朕？"

梅伯问道，"陛下，请问您为什么要杀杜元铣？"

"他在讲宫殿上黑云的故事。这会让人们害怕，在城里造成麻烦。他是王国的叛徒。"

梅伯说，"陛下，您已经半年没来主殿了。您整天喝酒，每天晚上和您的妃子在一起。您不关心王国里的人和王国。您不听大臣们的话。现在如果杀了杜元铣，就像砸了房子的柱子使房子倒下一样。求求您，让杜元铣活下去吧！"

国王非常生气。他命令他的侍卫[1]抓住梅伯，马上杀死他。但妲己站出来。她说，"等等！陛下，我有个主意。"

"亲爱的，怎么了？"国王问。

"梅伯不是一般的犯人。所以你不应该用一般的方法惩罚[2]他。"

"你觉得朕应该怎么做？"

"我有一个主意。我想你会喜欢的。做一根铜[3]柱子，高二十尺[4]，宽八尺。在里面的上、中、下放三扇[5]火门。剥[6]掉梅伯的衣服，把他绑在柱子上，脸贴着铜柱子。几秒钟以后，他就会死去，变成一团

---

[1] 侍卫　　　　shìwèi – bodyguard
[2] 惩罚　　　　chéngfá – to punish
[3] 铜　　　　　tóng – brass
[4] 尺　　　　　chǐ – a Chinese foot
[5] 扇　　　　　shàn – (measure word for door)
[6] 剥　　　　　bō – to strip, to peel

烟。”

国王笑对着他的情人。“亲爱的，这是个好主意！”他让侍从们按照妲己说的那样去命令一些工人造柱子。

商荣听到了这一切。他想哭。他对国王说，“陛下，我现在是一个老人了，在我生命的晚年。我累了，想回家，想在最后的几年里和家人在一起。我可以走吗？”国王同意了，商荣离开了皇家宫殿，再也没有回来。

在接下来的几天里，工人们造了火柱子，而国王把所有的时间都花在了和妲己喝酒和做爱上。火柱子终于准备好了。妲己仔细看了看，说不错。国王看见了，笑了起来。他对妲己说，“亲爱的，你很聪明！我们明天给梅伯用这个。”

第二天，火柱子被带到主殿外的院子里。仆人把木头放在柱子里，点了火。很快，柱子就被烧红了。

士兵们把梅伯带到国王面前。他穿着犯人的衣服。国王说，“你知道这是什么吗？”

“不知道。”

“你这个傻瓜。你知道怎么说谎[1]，但你不知道这是什么。这是朕专门为你造的。朕会用它来烤你，这样每个人都会知道你是王国的叛徒。”

梅伯对他喊道，“我不怕死，也不怕你。我侍奉过三位国王。现在看来，商朝很快就要结束了。我很高兴我不会看见了。”

国王命令把梅伯的衣服剥去，绑在烧红的柱子上。他的身体一碰到柱

---

[1] 谎　　　huǎng – a lie

子，就叫了起来。然后他的身体变成了烟灰[1]。院子里充满了可怕的
味道。

国王心情大好，带着妲己离开了院子。但他的大臣们留下来互相说着
话。黄飞虎说，"朋友们，这根火柱子，不只是杀了梅伯。也杀了商
朝。我们的国家将变成一团烟灰。它将从地球上消失。"

那天晚上，国王为自己和妲己举办了一个宴会[2]。空气中充满了音
乐。风声带着音乐声送到了姜王后的睡觉房间。她问她的仆人，"那
是什么音乐？"

他们回答说，"陛下和苏夫人一起喝酒吃饭。"

王后说，"准备我的马车。我必须马上去见国王。"

---

1 灰　　　　huī – ash
2 宴会　　　yànhuì – feast

第 7 章
费仲策划[1]反对王后的计划

国王喜欢日夜有美丽的女孩；

他永远没有办法得到足够[2]的酒和欲望；

月亮下山了，酒还在流；

歌结束，古琴开始弹奏

他变得更加残忍，忘记了五种美德[3]；

这带来了许多杀生和极大的痛苦

忠诚的大臣不能惩罚阻止邪恶；

直到今天，它仍然被锁[4]在西塔内

≡≡≡

姜王后来到了国王的宫殿。国王见到她以后，让妲己为王后唱歌跳舞。王后在国王的右边坐下。妲己为王后跳舞唱歌。她跳得那么美，看起来她的脚从来没有碰到过地面。但王后连看都不看她一眼，也不笑。

当她跳完以后，国王对王后说，"亲爱的，生命很短。时间像水一样一年一年的过去。我们几乎没有时间享受生活。你为什么不喜欢妲己跳的舞呢？"

她回答说，"那个女人跳的舞没有什么美的。你的统治也没有什么好的。一个好国王关心他王国里的人，远离邪恶的大臣。一个好国王不会喝太多酒，也不会花太多时间和妃子在一起。但你想要的只是做爱和酒。你杀了好人，你忘记了国家的事情。如果你不改变，这将是商朝的结束。"她等了一会儿，然后又说，"我只是一个女人，如果我

---

[1] 策划　　　 cèhuà – to plot, to scheme
[2] 足够　　　 zúgòu – enough
[3] 美德　　　 měidé – virtue
[4] 锁　　　　 suǒ – lock

说得太多，还请原谅我。"然后她站起来，走出了宫殿。

国王看着她离开。他喝了更多的酒。然后他对妲己说，"朕不知道那个女人是怎么了。朕让你为她跳舞唱歌，但她连看都没有看你一眼，她的话让朕很生气。请再跳一支舞，这会让朕再次感到快乐。"

妲己回答道，"对不起，陛下。我不能再为你唱歌跳舞了。王后陛下说，我唱歌跳舞会带来商朝的结束。现在我很担心。我想侍奉你，但王后陛下说我让你成为一个坏国王。我不想找这样的麻烦！"然后她开始哭了起来。

国王抱住她。说，"亲爱的，别担心。朕知道应该拿那个女人怎么办。"然后他们继续喝酒和做爱。

妲己对王后非常生气。她想了几天。然后她秘密地给邪恶大臣费仲写了一封信，要他帮助她对王后报复。

费仲心想，"啊，这很难解决。王后的父亲是东方大侯爵。他有几十万士兵。如果我对他的女儿做点什么，他可以很容易地杀了我。但是如果我不帮助妲己，她只要在床上和国王说几句话，我的生命就结束了。我能做些什么呢？"

他一边想着他的问题，一边在家门口来回走着。就在这时，他看到一个大个子走过来。他问那人，"你叫什么名字？"

大个子跪在费仲面前，回答道，"我叫姜环。"

费仲这才知道，这人和王后是有一样的姓。他对那人说，"你在这里做什么？"

"我是您的一个仆人。我在花园里工作。我在这里已经五年了。请原谅我打扰了您。"

费仲笑了笑，说，"姜环，我有事情找你。如果你为我做这件事情，我会让你成为一个有钱有权的人。"

"先生，我不关心钱和权。我只想为您做事情。"然后两个人开始小声说着费仲让他做的事。

几天后，妲己对国王说，"陛下，因为你对我的爱让你十几个月都不去主殿。也许是时候让你去那里管理国家的事情了。"国王同意了，并且说他第二天就去。

第二天，国王坐马车前往主殿。突然，一个大个子跳到了马车前。他手里拿着一把长剑。他喊道，"你是个坏国王。你整天都在和你的妃子喝酒和玩，而王国将要结束。我的情人让我杀了你，这样她的父亲就可以成为国王了！"然后他用剑攻击国王。他很快就被国王的士兵包围住。他们把他绑起来，扔在地上。

国王的马车继续前往主殿。当他到了那里，他把这次攻击告诉了他的大臣们。"谁来帮朕问这个犯人？"他问。

费仲走上前。"虽然我这个仆人没有什么能力，但我会去做。"大个子被带到了费仲面前。他被问了后说，是王后命令他杀了国王。

费仲回到了国王身边。他说，"陛下，我会告诉您我的发现，但是您要先同意不会因为我告诉您他说的话而惩罚我。"

"朕当然不会惩罚你，"国王回答。"说吧。"

"犯人的名子叫姜环。他是东方大侯爵姜桓楚的亲戚。所以他当然也是姜王后的亲戚。犯人说，王后命令他杀了您，这样姜桓楚就可以坐上您的位子，成为国王。感谢神，您没有受伤！现在我希望您能和您的大臣们讨论这个问题，并且决定怎么惩罚这个犯人。"

国王说，"姜夫人是朕的妻子和王后。她怎么可以这样对朕？"然后他命令黄贵妃为法官。

一个仆人把犯人说的话和黄贵妃为法官的事情告诉了王后。王后赶往黄贵妃住的西宫。她跪在黄贵妃面前，说，"天和地知道我没有这样做。你了解我。你知道我是个好女人。我希望你能告诉国王，这不是我做的。"

黄贵妃说，"姜环说你叫他杀了国王，让你父亲成为新的国王。如果发现这是真的，你和你的全家都会被杀。"

王后说，"请听我说！我父亲已经是一个非常有权的人了。他统治着二百个侯爵，是皇家的人。他没有理由想当国王。另外，想想我的儿子殷郊。他是太子[1]。如果国王死了，我的儿子将成为新的国王。但是如果我的父亲坐上王位，我的儿子将永远不会成为国王。请把这些事情告诉陛下。"

黄贵妃回到国王那里，把姜夫人说的话都告诉了他。他想了想，对自己说，"王后说的也对。"他不知道应该怎么办。却看到妲己脸上挂着冷冷的笑。"亲爱的，怎么了？"他问她。

"我想王后给黄贵妃讲了一个故事，现在黄贵妃很困惑[2]。要知道，姜环承认自己是在为姜桓楚和王后做事情。那个犯人没有提到其他人。所以我认为必须对王后动刑[3]，直到她说出真相[4]。"

黄贵妃说，"苏妲己，别这样说话。你知道王后是国王的妻子。她也是我们王国的第一夫人。王后从来不能受伤或者被杀，当然也从来不能对她动刑。"

妲己回答说，"在法律下，每个人都是一样的，就连国王和王后都一样。我们都知道，王后命令姜环去攻击国王。她必须承认。如果她不这样做，她必须失去一只眼睛。"

---

[1] 太子　　　　tàizǐ – crown prince, next in line to the throne
[2] 困惑　　　　kùnhuò – confusion
[3] 动刑　　　　dòngxíng – torture
[4] 真相　　　　zhēnxiàng – truth

国王对妲己甜甜一笑，说，"亲爱的，你说得很对。"

黄贵妃离开，回到西宫看王后。她哭着说，"王后陛下，那个邪恶的女人妲己说，如果你不承认，就要挖[1]掉你的一只眼睛！求求你，救救你自己吧！"

王后回答说，"妹妹，我怎么能承认我没有做过的事情呢？我一生都是个好女人，现在我不会说一些会让我父亲成为犯人的话。无论他们是否挖掉我的一只眼睛，还是把我砍成一千块，都没关系。我是不会承认的。"

就在这个时候，国王的几个士兵赶到了。其中一人手里拿着一把短剑。"陛下，快，"黄贵妃喊道，"快承认！"

"我宁愿[2]死！"王后喊道。

士兵们抓住了王后。其中一人用短剑挖掉了她的一只眼睛。血流到地上。王后晕倒了。士兵们拿起眼睛，把它放在盘子里，然后把它带到国王面前。黄贵妃跟在他们后面。

国王看了看眼睛，然后又看了看黄贵妃。"她承认了吗？"他问。

"没有，"黄贵妃回答。"她宁愿死，也不愿意承认自己没有做过的事情。"

国王短时间没说话。然后他转向妲己说，"朕听了你的话，把她的眼睛挖了。现在我们应该怎么办？"

妲己回答说，"如果她不承认，她父亲可能会带他的军队来到朝歌。他有十万士兵。所以我们必须让她承认。让黄贵妃准备一些烧热的木头。如果王后不承认，黄贵妃就必须把王后的手放在烧热的木头上。

---

[1] 挖　　　wā – to scoop out
[2] 宁愿　　nìngyuàn – would rather

那会让她承认。”

“但<u>黄</u>贵妃说王后没有做错什么。如果我们继续对她动刑，恐怕大臣们会生气。这可能会带来麻烦。”

“陛下，我们现在不能停下来。我们骑在一只生气的老虎背上。如果我们下去，我们就会被杀死和吃掉！我们必须继续下去。”

“好吧，”国王说。然后他对他的士兵说，“如果她仍然不承认，就把她的手放在火里。”

<u>黄</u>贵妃和士兵们回到了王后的宫殿。王后躺在自己的血中。<u>黄</u>贵妃对她说，“王后陛下！你前一生做了什么，让你现在受这样的苦？那个傻瓜国王仍然要你承认。如果你不这样做，你的手就会被放在烧热的木头上！”

王后说，“我不怕死。我不会承认的！”

士兵们抓住王后的手，把它们放在烧热的木头里。她的手马上被烧伤，变成烟灰。王后晕倒了。<u>黄</u>贵妃跪倒在地上，哭了起来。

过了一会儿，<u>黄</u>贵妃回到国王那里。她对他说，“王后一次又一次地被动了刑，她仍然说她没有这样做。你是不是觉得也许其他人是犯人，并且想让它看起来像王后做的？”

还没等国王开口，<u>妲己</u>就说，“陛下，别担心。记得吗，我们有犯人<u>姜环</u>。把他和王后带到这里来，同时问他们俩。那将让王后承认。”

国王说，“亲爱的，这是个好主意！”

第 8 章
王子[1]逃离朝歌

一个美丽的女人给国家带来灾难；

千万人的死亡，还有更多的人被送走

国王听妃子的话，杀死自己的妻子；

然后他杀死了他的儿子，结束了皇家那条线[2]

伟大的人想要离开，但许多人仍然死去；

如果可以的话，聪明的人会全力不让人看见

没有人与国王站在一起，甚至军队也离开了；

他们将盔甲和武器丢在尘土中

☰ ☰ ☰

几名士兵将犯人姜环带到了西宫。王后用一只眼睛看着姜环，说，"谁给你钱让你说谎？上天会为这惩罚你的！"

姜环看着王后，说，"是你叫我攻击国王。你不记得了吗？"

"你在说谎！"她喊道。

当王后和犯人等着被问的时候，一个仆人跑到了东宫，这是国王的两个儿子殷郊和殷洪的家。殷郊 14 岁，他的弟弟 12 岁。仆人进来的时候，他们正在下棋[3]。他喊道，"殿下[4]，不要下棋了，快过来！有人想杀你们的国王父亲。犯人说，是王后让他这样做的。国王陛下现在非常生气。他命令他的士兵挖掉了王后的一只眼睛，并且将她的手烧成了灰。你们必须帮助她！"

两个男孩跑到西宫。他们看到他们的母亲躺在她自己的血中。当他们

---

[1] 王子　　　　wángzǐ – prince
[2] 线　　　　　xiàn – line
[3] 棋　　　　　qí – chess
[4] 殿下　　　　diànxià – Your Highness

看到她时，他们哭了。她对他们说，"我的儿子，看看你们的母亲。妲己告诉国王，是我命令姜环攻击他。这是在说谎。但是国王对我动刑。求求你们，为我的死报仇[1]！"然后她闭[2]上眼睛死了。

太子殷郊抓起剑，喊道，"那个叫姜环的人在哪里？"

黄贵妃指着犯人说，"他在那里。"殷郊抓起他的剑，跑到姜环身边，将他砍成两半。然后他喊道，"妲己在哪里？我要砍下她的头。"然后他跑向寿仙宫找妲己，并且要在找到她以后杀了她。

男孩正要走的时候，黄贵妃在他身后叫道，"等等！我有重要的事情要告诉你！"他停了下来，转过身来。她继续说，"亲爱的孩子，你杀了姜环。现在我们不能通过对他动刑来了解真相。很快国王就会听说你做的事情。你有极大的危险！"殷郊回到了宫殿。

过了一会儿，国王的两个将军手里拿着剑跑到了西宫。他们说，"陛下命令我们砍下两位王子的头。"

黄贵妃站在门口。她对他们说，"你们这些傻瓜！男孩们不在这里。我想你们只是想进来看看妃子。去东宫找男孩吧。那是他们住的地方。"

将军们一走，黄贵妃就让男孩们马上去杨贵妃住的馨庆宫。他们跑到那一座宫殿，把发生的一切告诉了杨贵妃。"快进来！"她对他们说。男孩们走进了宫殿。

几分钟后，两位将军来到了馨庆宫。杨贵妃喊道，"站住！你们不能进这个宫殿。"两位将军害怕得转身就走。他们走后，杨贵妃走进去，告诉男孩们，他们留在朝歌太危险了。她让他们马上去大殿，和一些年长的大臣谈谈。

---

[1] 报仇　　　bàochóu – revenge involving life and death
[2] 闭　　　　bì – to close, to shut

男孩们离开了宫殿。<u>杨贵妃</u>坐下哭了起来。她的情况很不好。她知道国王和<u>妲己</u>很快就会发现她帮助了男孩们。只要他们一发现，他们就会对<u>杨贵妃</u>动刑，直到她死去。她对自己说，"哦，这对我和王国来说都是黑暗的一天。父亲和儿子之间、丈夫和妻子之间、国王和大臣之间的纽带[1]，全都断了。王国有极大的危险，我的生命结束了。"然后她走进睡觉房间，上吊[2]了。

男孩们跑向大殿。当他们走进大殿的时候，他们看到许多大臣和官员。他们跑到<u>黄飞虎</u>将军面前，抓着他的长衣哭了起来。<u>殷郊</u>大声喊道，"将军，请你救救我们吧！我父亲对我的母亲动刑。我看到她死了。为了报仇，我用剑杀了<u>姜环</u>。现在国王命令杀死我和我的弟弟。求求你，救救我们，这样才能让<u>商朝</u>继续下去！"

<u>方弼</u>和<u>方相</u>两位大臣是兄弟。他们对其他大臣说，"国王杀死了他的王后。他还想杀死他的儿子。他用火柱子杀死了一位好大臣。但是我们应该怎么办呢？我们像集市上的一群老妇人[3]一样站在那里说话。我们说我们的国王不应该再统治我们的国家。我们都应该离开<u>朝歌</u>，去找一个新的国王。"

然后<u>方</u>家两兄弟把两位王子接过来。<u>方弼</u>带着<u>殷郊</u>，<u>方相</u>带着<u>殷洪</u>。他们带着男孩们出了大殿，从南门离开了城市。

<u>黄飞虎</u>对其他大臣说，"这里有很多大臣，但只有那两个人是对王国真正的忠诚。如果国王让士兵去追他们，他们可能会死。"

在<u>寿仙宫</u>里，国王非常生气。"那两个王子在哪里？"他问他的将军们。

他们回答说，"我们在<u>东宫</u>、<u>西宫</u>、<u>馨庆宫</u>都找过了，没有找到他

---

[1] 纽带　　　niǔdài – linkage, bond
[2] 上吊　　　shàngdiào – to hang oneself
[3] 妇人　　　fù rén – woman, usually older and married

们。"

国王说，"他们一定在大殿里。去那里，找到他们，把他们杀了。"

两位将军跑到大殿。他们喊道，"两位小王子在哪里？"<u>黄飞虎</u>告诉他们，<u>方</u>家兄弟已经把他们带出城了。两位将军回到国王面前，告诉了他。

国王喊道，"去告诉<u>黄飞虎</u>，找到<u>方</u>家兄弟和两位王子，马上杀了他们。"

<u>黄飞虎</u>得到了国王的命令。他骑上他的牛，很快地出了城。不久，他就看到<u>方</u>家兄弟和王子们走在路上。他赶到他们面前，从牛上下来。然后他跪倒在地上，对王子们说，"陛下命令我来这里杀你们。我不能那样做，但我必须听国王的命令。求求你们，请你们自己结束生命吧。"

<u>殷郊</u>跪下说，"哦，将军，求求你了，让我们活下去吧。"

"我不能那样做。这是国王给我的命令。"

"好吧。那就杀了我，但是让我弟弟活下去。"

<u>殷洪</u>说，"不，这不对。我哥哥是太子，而我只是一个没有才华[1]的小男孩。砍下我的头，让他活下去。"

两个男孩哭着争论着，其他三人听着。最后<u>黄飞虎</u>说，"好了，别哭了。不管用什么代价[2]，我们必须救我们的王国。我有一个主意，但你们不能告诉任何人。如果国王听说了我的计划，我和我的家人都会死。<u>方弼</u>，你带两个男孩去见<u>姜桓楚</u>，他是他们的外公[3]，也是东方大侯爵。让他组织一支许多人的军队。<u>方相</u>，你去见南方大侯爵<u>鄂崇</u>

---

[1] 才华　　　cáihuá – talent, ability
[2] 代价　　　dàijià – cost, price
[3] 外公　　　wàigōng – maternal grandfather (mother's father)

禹。告诉他也组织一支许多人的军队。他们必须一起攻击朝歌，除掉这个邪恶的国王。"

然后黄飞虎转身回了朝歌。他对国王说，"陛下，我想要追上王子，但我找不到他们。我问了很多人，但没有人看见过他们。"

国王点点头。然后妲己对国王说，"陛下，恐怕两位王子去见他们的外公了，还会组织一支强大的军队。你必须阻止他们。马上让三千士兵骑马追他们！"于是国王命令黄飞虎这样做。

黄飞虎对他的一个将军说，"国王让我组织三千骑马的士兵。你去组织三千名士兵，但是只要那些年老多病的人。那将是国王的军队。"

第二天早上，一支年老多病的军队出发了，速度很慢地去追两位王子。但方家兄弟和两位王子已经走了两天了。

方家兄弟和两位王子来到了一个路口。一条路往东，是去大侯爵和太子外公姜桓楚的地方。另一条路往南，是去南方大侯爵鄂崇禹的地方。方家兄弟决定，还是让两位王子自己走，这会比较安全。于是殷郊走东边的路，殷洪走南边的路。方家兄弟回朝歌，让男孩们自己前行。

两位年轻的王子一直生活在宫殿里。他们不知道在没有舒服的床和好吃的食物的情况下，在路上走会有多难。他们都又累又饿，走得很慢。

中午的时候，殷洪来到了路边的一座小房子。他走进了房子。看到一家人在吃晚饭，他大声说，"给王子拿吃的来！"那一家人跳了起来，把他带到一个座位上，给他拿来米饭和其他食物。他们问他的名字。"我是殷洪，国王的小儿子，"他回答道。一家人都向他磕头。殷洪吃了晚饭。吃完饭以后，他向那家人说了谢谢，然后继续向南走。当夜晚到来的时候，他走到了一个没有任何房子和饭店的地方。但他在森林里看到了一座古老的寺庙。他推开门，在地上躺下，很快就睡着了。

这个时候，他的哥哥<u>殷郊</u>正向东走。他也非常累和非常饿。当夜晚到来的时候，他看到了一座大房子。他打开门，喊道，"有人在家吗？"

"谁在那里？"一个声音从黑暗中说。

"我是一个游客，只是路过这里。时间不早了。你能让我在这里过夜吗？"

"你的声音听起来像是<u>朝歌</u>人。是吗？"

"是的，先生，我是<u>朝歌</u>人。"

"进来，进来。"

<u>殷郊</u>走进房子。他看向黑暗的地方，看到了一个老人。他走近一看，发现那人正是丞相<u>商容</u>。<u>商容</u>看到了<u>殷郊</u>。他马上在王子面前跪下。他问道，"殿下，你为什么会在这里？为什么只有你一个人？"

<u>殷郊</u>告诉他，他的母亲被动了刑以及她的死，国王命令杀死两位王子，还有国王做的其他可怕的事情。<u>商容</u>听着他的故事。当王子说完以后，<u>商容</u>说，"那国王断了丈夫和妻子之间、父亲和儿子之间、国王和大臣之间的纽带。他必须下台。殿下，我陪你回<u>朝歌</u>。我会请求国王在王国被灭之前改变他自己。"

再说在路上，三千名士兵终于到了一条往南和一条往东的路口。将军们知道军队走得太慢，没有办法赶上王子。于是一位将军带着五十名最强的士兵，向东走去。另一个将军又带了五十名士兵，向南走去。其他的士兵被命令等在那里，等两位将军回来。

第 9 章
丞相之死

≡ ≡ ≡

五十名向东的士兵和五十名向南的士兵在找两位王子。他们走了一整天直到黑夜。半夜的时候，向南的士兵来到了<u>殷洪</u>睡觉的古寺庙。他们进入了寺庙。在火把[1]光下，他们看到了睡着的王子。将军喊道，"殿下！殿下！我们是来带你回宫殿的！"

<u>殷洪</u>说，"将军，我跟你走，死了也可以。但是我累得走不动[2]了。"将军帮着年轻的王子骑上他自己的马，他走在马旁边。他们走回路口。

这个时候，向东的士兵来到了<u>丞相</u><u>商容</u>的家。将军走进家门。他看到丞相和<u>殷郊</u>坐在一起。将军说，"殿下！丞相！国王陛下请你们回宫殿。"

<u>殷郊</u>抬头，看到了将军。他说，"好吧，我和你一起回宫殿。但是我对自己能活多久不抱什么希望。也许我的弟弟会比我活得更久，这样

---

[1] 火把　　　huǒbǎ – torch
[2] 走不动　　zǒu bú dòng – cannot walk

他就可以为我们母亲的死报仇。”

将军对商容说，“丞相，我带殷郊回宫殿。你等一会儿再回来，这样就没有人会认为我们在一起计划着什么。”他向丞相磕头，然后带着殷郊离开了。

那群士兵带着殷郊向路口走去。在那里，他们遇到了带着殷洪的另外一群士兵，还有在那里等着的其他士兵。他们一起回到了朝歌。

来到皇家宫殿门口，两位小王子就看到黄飞虎将军和一大群大臣站在那里等着他们。殷郊对他们说，“各位大臣，各位将军，你们都知道，我和我的弟弟没有做错什么。请帮助商朝，请救救我们的生命！”

“别担心，”大臣们说。“我们会为你说话的。”

把王子带回来的两位将军去见国王。他们告诉他，两位王子现在回到了朝歌。国王对他们说，“朕不需要见他们。只要砍下他们的头，埋[1]了他们的尸体[2]。”

“陛下，”其中一位将军说，“没有您写下的命令，我们怎么能杀死他们呢？”

国王没有说一句话，就拿起毛笔和墨水。他在一张纸上写道，“杀死王子。”他把纸交给了将军。

将军们带着国王的命令回到了大门口。但是当他们来到那里的时候，其中一位大臣抓住了国王的命令并将它撕[3]成一片片，说，“国王正在做可怕的事情，而你们这些傻瓜正在帮助他！你们真的打算在城门口杀了两位王子吗？那将是一场灾难[4]。我们都去大殿吧。我们会请

---

[1] 埋　　　　　mái – to bury
[2] 尸体　　　　shītǐ – dead body
[3] 撕　　　　　sī – to tear, to shred
[4] 灾难　　　　zāinàn – disaster

国王来和我们谈谈这件事。"于是他们都走去了大殿。几位将军走在两位王子的周围，保护着他们。

当他们来到大殿的时候，大臣们敲响了钟和鼓[1]，告诉国王他们想见他。寿仙宫里，国王和妲己在一起，喝酒聊天。他们听到了钟声和鼓声。国王对妲己说，"大臣们想和朕谈谈。他们可能希望朕让王子们活下去。朕应该怎么办？"

妲己回答说，"今天命令杀了王子，其他的事情明天可以商量。"国王拿起毛笔和墨水。他写道，"今天杀了王子。如果你们有问题，我们明天可以谈谈。"他把命令交给一个仆人，让他把它带到主殿。

但是两位王子的命里是不会在那一天死的。天上有一座山，赤精子来自太华山，广成子来自九仙山。两位神仙没有事情可以做，就一起旅行。他们只是路过朝歌，就看见两道明亮的红光从王子那里升上天空。仔细一看，他们看到王宫上空有一片死亡[2]的黑云。他们明白，商朝就要结束了，但两位王子应该活下去。广成子说，"我们救救两位王子吧。"

两位神仙带来了一阵大风。风带起尘土，移动大石，盖住阳光，把白天变成黑夜。黑暗盖在宫殿的上空。雷[3]声和闪电充满着天空。大殿里所有的大臣都倒在地上，双臂[4]抱头。当风停了，他们看了看周围。两位年轻的王子走了。

大臣们互相说，"上天不会伤害那些没有做错事情的人。地球不会断了商朝的命脉[5]。"

大约就在这个时候，丞相商容来到了朝歌。他走进了大殿。他对其他大臣说，"我的朋友们，我一直在森林里过着安静的生活。我不知道

---

[1] 鼓　　　　gǔ – drum
[2] 死亡　　　sǐwáng – death
[3] 雷　　　　léi – thunder
[4] 臂　　　　bì – arm
[5] 命脉　　　mìngmài – lifeblood

国王会杀了他的妻子，还想杀死他的儿子，整天和他的妃子一起玩。在这种事情发生的时候，你们一直过着好生活，却没有做任何事情去帮助国家！"

"我们能做什么？"他们回答。"国王每天都和<u>妲己</u>在一起。我们从来见不到他。"

<u>商容</u>对他们说，"我要去见国王，虽然这样肯定会让我死去。我会告诉他真相。只有这样，当我死后遇见远古时候的国王，我才能面对他们。"然后他让士兵敲钟，敲鼓，叫国王过来。

国王听到钟声和鼓声以后很生气，但是他还是起来坐马车去了大殿。走进大殿，他看到有一个人跪在地上。"那人是谁？"他问。

"那是以前的丞相，不怕死的前来给您我的报告，"<u>商容</u>说。他没有抬头，将报告交给了一位大臣，大臣把它放在国王面前的桌子上。

在报告中，<u>商容</u>首先告诉国王，国王最开始为王国的人们和国家做了很多好事。但是，他说，最近国王听了叛徒的话，整天喝酒、和妃子们玩，对自己的王后动刑并且杀了她，还命令杀死自己的孩子。他告诉国王，是时候让国王改变自己了。国王必须杀死<u>妲己</u>和其他邪恶的大臣。<u>商容</u>说，只有这样，我们才能回到一个健康和幸福的国家。

国王生气得脸都红了。他对侍卫喊道，"把这个傻瓜带到宫殿门口，用金锤[11]把他打死。"

当侍卫向<u>商容</u>走去时，老丞相喊道，"我侍奉了三位国王。我像照顾一个没有母亲的孩子一样照顾这个国家。大家都看得见，这个王朝很快就要没了。你死了以后，见到你的先人，你会对他们说些什么？"

"马上杀了那个老东西！"国王喊道。

---

[11] 锤　　　　chuí – hammer

"我不怕死！"<u>商容</u>说。"你呢？"然后他把自己扔向一根石头柱子上。他的头砸在石头上。血从他的头上流出，他倒在地上死去。

大臣们看着这，却不敢说话。国王命令将<u>商容</u>的尸体抬出城，扔到野地[1]里。

---

[1] 野地　　　yědì – wild field

第 10 章
姬昌找到雷震子

大雾缠绕着岐山；

早上的风带着东南的雷声

雷声叫醒了梦中的蝴蝶[1]；

闪电从黑暗中传来，移动尘土

五分之三[2]让人们看到了岐的成功之路；

现在有一百个儿子在周首都

王朝没有剩下多少时间，龙和虎不久会来；

他们将杀死老国王，带来周的新日子

☰ ☰ ☰

一位名叫赵启大臣，走上前。他对其他大臣说，"朋友们，我愿意放弃我的生命，与丞相一起下地狱[3]。"然后转向国王，他说，"你是一个罪人！你杀了你的妻子和丞相。你不听你大臣和侯爵的话，你只听妲己和邪恶大臣费仲的话。你的统治就像一棵没有根的树。它很快就会倒下！"

国王对他大喊，"你怎么敢对朕说这话！"然后他转向他的侍卫，说，"把这个罪人放在火柱子上！"

赵启说，"死亡对我来说没有什么，因为我过着很好的生活。但你是罪人。你会失去你的王位，会受一万年的苦！"

侍卫已经在火柱子内点了火。现在柱子已经很热了。他们脱下赵启的衣服，把他绑在火柱子上。几秒钟后，他就变成了灰。只剩下一团

---

[1] 蝴蝶　　　　húdié – butterfly

[2] Zhou actually controlled two thirds, not three fifths of the nation. But "three of five", or three fifths, is something powerful, influential, or significant. Here, it probably refers to the discovery of Ji Chang's hundredth son, Thunderbolt.

[3] 地狱　　　　dìyù – the underworld

烟。

国王转身走出了主殿。他上了马车，回到了寿仙宫。在那里，他和妲己坐下来，和她一起喝了一杯酒。他对妲己说，"今天商容杀了他自己，朕把赵启放上了火柱子。但无论朕杀了多少这些傻瓜，活着的人还在侮辱朕。还有，朕很担心姜桓楚。等他听说他女儿死了，他可能会带一支军队来攻击朕。朕怎样才能阻止这种情况？"

妲己甜甜一笑，说，"陛下，我只是一个女人。对这些事情我都不知道。也许你应该问问费仲，他总是有好主意。"

国王见了费仲。国王将发生的事情告诉了他，邪恶的大臣跪下说，"陛下，您说得对，四位侯爵可能会找麻烦。也许您可以把他们都带到朝歌，砍下他们的头。那么八百侯爵就像没有头的龙，或者没有牙的老虎。"

国王听了这，很高兴。他让四位大侯爵前来朝歌。

一位送信的人来见西方大侯爵姬昌。他把国王的命令交给了大侯爵。姬昌读了命令，向送信人说了谢谢。然后他对他的大儿子说，"我的儿子，我被命令去朝歌。我已经猜到我会有七年的时间在朝歌。这是上天的意思。不要想着去见我。我不在的时候，你将代替我的统治。照顾好这里的人，永远要按照法律做事情，听年长人的话。七年后我会回来的。"

然后他和他的母亲、他的妻子、他的妃子和他的九十九个儿子说了再见。他带着五十个人前往朝歌。

他们走了大约七十里路以后，姬昌对他的人说，"找一个在雷雨的时候可以住的安全的地方。"

人们互相说着，"晴天怎么会下雨？"但几分钟后，天空变得黑暗，有雷声和闪电，开始下起了大雨。

几分钟后，雨停了，天空中出现了一道亮光。<u>姬昌</u>说，"雷雨过去后出现一道明亮的光，这表示一位强大的战士已经到来。去找他吧。"那些人不明白他说的话，但他们按照他说的做了。他们听到一个婴儿[11]的哭声。走近一看，他们看到那是一个男婴儿。他们抱起婴儿，带到<u>姬昌</u>面前。

<u>姬昌</u>说，"我有九十九个儿子。如果我让这个男孩成为我的儿子，那将是一百个。"

当他看着男婴儿时，一个高大的道士出现了。他说，"我叫<u>云中子</u>。我正在找刚刚到这里的强大战士。"<u>姬昌</u>向道士鞠躬，并且让他的人将男婴儿交给道士。

道士对<u>姬昌</u>说，"这孩子叫<u>雷震子</u>。请让我带这个孩子去<u>终南山</u>。我会成为他的老师。以后，我会把他还给你。"<u>姬昌</u>磕头。道士抱着男婴儿转身离开了。

<u>姬昌</u>和跟着他的五十个人又走了几天。他们终于到了<u>朝歌</u>。<u>姬昌</u>见了另外三位大侯爵。他们谁也不知道自己为什么会被叫到<u>朝歌</u>。他们在一起坐了几个小时。他们聊天、喝酒、争论。几个小时后，<u>崇侯虎</u>累了，就去睡觉了。其他三人继续在那里说话。第二更的时候，他们听到有一个侍从小声说，"今天晚上你们喝酒说笑，但是明天你们的血会流在地上。"

<u>姬昌</u>说，"这话是谁说的？"侍从们都没有出声。<u>姬昌</u>又问了一遍，但还是没有一个侍从出声。<u>姬昌</u>生气地对侍卫们喊道，"把他们都拉出去，砍了他们的头！"

听到这话，侍从们就都把一个叫<u>姚福</u>的人推上前。<u>姬昌</u>让其他侍从离开。然后他转向<u>姚福</u>说，"你为什么说那话？告诉我真相，你会得到

---

¹¹ 婴儿　　　　yīng'ér – baby

奖赏的。否则，你会失去你的头。"

姚福回答说，"先生，我在一位皇家送信人的家里工作。送信人告诉我，国王杀死王后以后，他害怕四位大侯爵。妲己让国王把你们都带到这里来，这样他就可以砍下你们的头。看着你们喝得这么开心，想到明天你们就要死，我就难过。"

姜桓楚问侍从，他的女儿，也就是王后是怎么死的。姚福把对她动刑的事情告诉了他。姜桓楚倒在地上，哭了起来。"我明天去见国王！"他说。

再说在寿仙宫里，费仲告诉国王，四位大侯爵已经到朝歌了。他对国王说，"明天大侯爵们会来向您报告。不用麻烦去看他们的报告。只要告诉侍卫把他们绑起来，砍下他们的头就行了。"

第二天，四位大侯爵来见国王。姜桓楚第一个向国王报告。国王看都不看报告。他对大侯爵说，"你和你的女儿打算杀了朕，想要拿走朕的王位。这种罪就像一座山一样重。"他对他的侍卫说，"把这个犯人带出去，把他砍成一千块！"

在被拉出去的时候，姜桓楚喊道，"你这个傻瓜！我一直是国家的好仆人。但你是一个邪恶的暴君[1]。你杀死了王后，甚至还想要杀死自己的孩子。你只听你的邪恶妃子和邪恶大臣的话。我不怕你，也不怕死！"

---

[1] 暴君　　　bàojūn – tyrant

第 11 章
大侯爵之死

你怎么能说出天的秘密，
当国王伤害忠诚的大臣并给邪恶权力的时候
如果不是忠诚的大臣们，
我们会看到血肉飘飞

还记得被关七年的古国王，
他研究了<u>伏羲</u>说的话，给了我们<u>八卦图</u>[1]
从古时起，命运总是照顾有智慧的国王；
而就在这个时候，太阳光正照着<u>岐山</u>

≡≡≡≡

另外三位大侯爵非常害怕地看着侍卫把<u>姜桓楚</u>拉走。其中一人说，"陛下，国王有着国家的最高统治权，他的大臣是他的双臂和腿。如果您连<u>姜桓楚</u>的报告都没有看就杀了他，那将会毁了国王和大臣之间的纽带。请您考虑一下！"

然后，他们虽然仍然害怕，还是把他们的报告交给了国王。国王看了报告，变得很生气。最后他撕了报告，用拳头[2]打桌子，大喊，"把这些叛徒带走，砍下他们的头！"

<u>费仲</u>对这很满意，但是他不想让自己的朋友<u>崇侯虎</u>和其他人一起被杀。他跪在国王面前说，"陛下，四位大侯爵都是有罪的人，但有些人更坏。<u>姜桓楚</u>想要杀死国王，他当然应该被杀死。<u>鄂崇禹</u>和<u>姬昌</u>对您说了可怕的话或者说了您的坏话。但是在我看来，<u>崇侯虎</u>的罪只是跟着其他的人。他以前为您工作得很好。我们求您放了他，这样他将

---

[1] King Wen of Zhou (1099 – 1050 BCE), a wise and fair king, visited the Shang court of Jou the Terrible, who threw him in prison for seven years. While in prison, King Wen reflected on the ancient Eight Trigrams developed by Fuxi 1800 years earlier. He decided to stack one trigram upon another trigram to form a hexagram. This arrangement is called the post-heaven Bagua circle.

[21] 拳头　　　quántóu – fist

来可以努力地为您工作。"

国王同意放了崇侯虎，但是说其他三人必须死。然后黄飞虎和其他几位大臣上前跪在国王面前。他们说，三位大侯爵都是好人，他们很努力地为国王工作。但是国王对他们说，"他们都是叛徒，要杀死朕，对朕说可怕的话。你们怎么能让朕放了他们呢？"

大臣们回答说，"陛下，这三位大侯爵都有一支许多人的强大军队。如果您杀了他们，那些军队难道不会发起战争吗？"

国王想到了这一点。他说，"好吧，朕就放了姬昌吧。但另外两个必须马上死！如果你们继续试着让他们不死，朕也会对你们做一样的事情！"

几名侍卫上前，将两位大侯爵拉出了主殿。其中一人拿出剑，砍下了鄂崇禹的头。还有几个人把姜桓楚的手脚绑在一根柱子上，把他砍成一千块。国王回到了寿仙宫。那天晚上，两位死去的大侯爵的侍从离开了这座城市，用最快的速度骑马回家。

第二天，费仲来到国王面前。他说，"陛下，您一定要小心姬昌。他说着一件事，却想着另一件事。如果您让他回家，他会和南方和东方的军队在一起，我们将会有一场战争。这就像把龙送回海洋，把老虎放回森林。太危险了！"

国王回答说，"朕已经放了他。朕还能做什么？"

"把这交给我吧，"费仲笑道。

第二天，姬昌带着侍从离开了这座城市。他走了大约十里路。在那里，其他几位大臣在等着他。他们说，"我们听说你今天要离开。我们为你准备了吃的东西和酒。回家前请和我们一起吃东西喝酒。"

姬昌很高兴，和他们在一起吃、喝、聊天了好一会儿。这时，费仲骑马向他们走来，拿来更多的酒。其他大臣看见了他。他们都不喜欢费仲。于是他们马上和姬昌说再见，回了城。

费仲和姬昌坐了下来。他们一起喝了很多酒。姬昌已经喝了很多了，所以他说话变得没有那么小心。费仲说，"大侯爵，听说你可以看到将来。这是真的吗？"

他回答说，"是的。我扔金币[1]，我用易经读它们。这种方法永远不会失败。"

"我们都知道陛下在管理国家的事情上遇到了麻烦。你能看到这个王朝的命运吗？"

姬昌很笨地说，"将来是一片黑暗。我看过，我们的国王将是商朝的最后一位国王。"

"王朝什么时候结束？"

"还有几十年，不会再多了。"

费仲点点头。"你也能看到我的命运吗？"

"是的。你的命运很奇怪。有些人因为生病而死，有些人因为其他人做的事情而死。但我看到你的命运是冻[2]死在冰里。"

费仲笑道。"大侯爵，那你自己的命运呢？"

"我会在我年老的时候幸福地死去。"

他们又说了一会儿话，喝了一会儿酒。然后费仲说自己在朝歌有事情要做，必须回去。他骑马回到宫殿，去见国王。他说，"姬昌是个可怕的人。他说，商朝将在几十年后随着您的死亡而结束。他说我会冻

---

[1] 币　　　　bì – coin
[2] 冻　　　　dòng – to freeze, frozen

死在冰里。但是他说他自己将因为年老而死亡。"

国王用拳头打着桌子。他说，"那个老傻瓜！朕放了他，现在他还这样说话！让一些士兵把他带回这里。朕要砍下他的头！"

就在这个时候，姬昌和他的人骑马向西走去。他知道自己酒喝多了，对费仲说错话了。而且，他知道自己的命运就是七年在朝歌，所以现在回家还太早。他向东看去，看到一个将军和几个士兵骑马向他走来。将军说，"大侯爵，陛下命令你马上回朝歌。"

"我知道，"他回答。他告诉他的人继续骑马回家。他说，"我将在七年后回家。告诉我的儿子听他母亲的话，和他的兄弟们在一起和平地生活，照顾好那里的人。"然后他跟着将军回到了朝歌。

将军把姬昌带到国王面前。国王仍然很生气。"你这个老傻瓜！"他说。"朕放了你，现在你却在关于朕和王朝的事情上说了谎。朕现在就应该砍下你的头。"

"陛下，我是个傻瓜。但我知道上有天，下有地，中间有国王。我怎么能说你的谎话呢？"

"你说了朕的命运，但是你都在说谎！"

"我只是用金币和易经来看你的命运。这种方法已经被用了几个世纪。它不会失败的。"

"哦？朕会让你看到它的失败。你认为你会活得很长，但是现在朕就要杀了你。侍卫，把他带到外面，砍下他的头！"

但是还没有等侍卫把他带走，黄飞虎和其他五位大臣就走进了主殿。黄飞虎说，"陛下，我们只关心国家的命运。王国的人们爱姬昌。如果你杀了他，就会有麻烦。另外，他判断将来的方法也很好。请命令他判断不久的将来，并且告诉你明天会怎么样。"

国王笑了。"好吧。姬昌，明天会发生什么？"

姬昌扔了几个金币在地上，看着它们。然后他看着国王。"陛下！明天中午，太庙将着火并且被烧毁。快去做点什么！"

但国王对他的侍卫说，"把这个老傻瓜关起来。我们看看明天中午会发生什么。"

第二天，大臣们都在黄飞虎的家里，看着太庙。天气很好，天空中没有一点云。但是就在中午的时候，一道很大的闪电从天上下来。它打在太庙上，使太庙烧了起来。然后一阵强风吹来，让火烧得更大更热了。在很短的时间内，整个寺庙都变成了灰。

大臣们马上去见国王。他们说，"陛下，就像姬昌说的那样，太庙已经被烧毁了！现在我们都知道他是一位大圣[1]人。您必须放他自由！"

国王回答说，"好吧，朕会放了他。但朕不会让他回家找麻烦的。他将留在朝歌，直到王国再次和平。带他去羑里[2]。"就这样，姬昌在羑里安静地生活了几年。他对国王和其他任何人都不生气。

---

[1] 圣　　　　shèng – sage
[2] Youli (羑里) was a small district near Zhaoge. It is thought to be located in present-day Henan province, near the city of Tangyin.

第 12 章
<u>哪吒</u>的诞生

<u>金光洞</u>[1]中藏着一件少有的宝贝；
它被放在地球上是为了帮助有德的人
<u>周</u>朝已经开始变强；
但这是<u>商</u>朝结束的开始

从古时起，上天的意愿带来帮助；
但即使这样，灾难也会到来
时间流转，王朝有起有落[2]；
国王、大臣、人们，都化[3]为尘土

≡≡≡≡

当死去的南方大侯爵和东方大侯爵的侍从回家的时候，他们将两位大侯爵的事情告诉了地方上的侯爵。不久之后，四百名侯爵组织了他们的军队。一支六十万士兵的军队攻击了往<u>朝歌</u>去的两个山口。国王的军队已经在那两个山口，他们阻止了侯爵的军队。

第三个山口叫<u>陈塘关</u>，由一位叫<u>李靖</u>的将军守卫[4]着。他是一位道士，跟着一位叫<u>度厄真人</u>的神仙学习了多年。

<u>李靖</u>有两个儿子。他的妻子有了第三个孩子，已经怀孕[5]三年半，但是还没有生下孩子。<u>李靖</u>和他的妻子想，孩子这么晚还没有出来，一定是一个魔鬼或者是一个妖怪。

但是有一天晚上，<u>李</u>夫人做了一个梦。在她的梦中，一个道士走进她睡觉的房间，告诉她，"夫人，快点，你的好宝宝来了！"然后道士

---

[1] 洞　　　　dòng – cave, hole
[2] 有起有落 yǒu qǐ yǒu luò – to rise and fall
[3] 化　　　　huà – to melt
[4] 守卫　　　shǒuwèi – to guard
[5] 怀孕　　　huáiyùn – pregnant

向她扔了东西。当她醒来的时候，她感觉到孩子来了。过了一会儿，一个奇怪的婴儿出生了。它看起来像一个在地上滚[1]来滚去的球。<u>李靖</u>非常害怕，他用剑打它。球分了开来，一个漂亮的婴儿出来了。他的脸像月亮一样白。右手腕[2]上一个金手镯[3]，肚子上一块红丝绸[4]。<u>李靖</u>把婴儿抱在怀[5]里。

第二天，一位道士来看他。他对<u>李靖</u>说，"我叫<u>太乙真人</u>。我住在<u>乾元山</u>上。我可以看看孩子吗？"

<u>李靖</u>抱起婴儿，把他交给了道士。道士小心地看着婴儿。他说，"这不是一般的男孩。他真的是一个从天上下来的叫<u>灵珠子</u>的仙人。这是你的第三个儿子，你就叫他<u>哪吒</u>吧[6]。"

"好的。非常感谢，"<u>李靖</u>回答道。

"请允许我教这个男孩好吗？"

"我们很愿意。"

道士向他说了谢谢。<u>李靖</u>邀请他留下来吃饭，道士却说他在<u>乾元山</u>有事情要做。他站起来就离开了。

<u>哪吒</u>开始跟着<u>太乙真人</u>学习道教。七年过去了。现在这个男孩已经比太多数男人都高了。有一天，他去<u>陈塘关</u>外散步。那天很热。<u>哪吒</u>在附近看到了<u>九湾河</u>。他脱下了衬衫。然后他把红丝绸放进水里洗身体。每一次他把红丝绸放进水里，河水就会变红，地就会震动。

<u>东海龙王</u><u>敖光</u>注意到地在震动。他让一个夜叉[7]去找出原因。夜叉去

---

[1] 滚　　　　gǔn – to roll
[2] 腕　　　　wàn – wrist
[3] 手镯　　　shǒuzhuó – bracelet
[4] 丝绸　　　sīchóu – silk
[5] 怀　　　　huái – bosom, chest. Chinese say "hold in bosom," not "hold in arms."
[6] After Nezha (哪吒) became a deity he was given the title "Third Lotus Prince" (莲花三太子), but the name 哪吒 itself is meaningless.
[7] 夜叉　　　yèchā – yaksa, a nature spirit

了九湾河。他看见那个高个子男孩把他的红丝绸放在水里，震动着大地。他从水里出来，说，"孩子！你为什么要把水变成红色，震动大地？"

哪吒抬起头来。他看到一只大兽[1]，蓝脸红毛，嘴很大，手里拿着一把大斧头。"你是什么兽？"他问。

"你是谁，说我是兽？"夜叉生气地回答。他冲向哪吒，想要用斧头砍他。哪吒没有武器，但他打了夜叉的头。夜叉倒在地上，死了。

敖光的一个士兵看到了这。他跑到敖光面前，说，"陛下！一个小男孩杀了您的夜叉！"

敖光很生气。他站起来，准备去和小男孩打。但还没有等他离开，他的三儿子敖丙就进来了。他对他的父亲说，"父亲，放心。你不需要这样做。我去给你抓这个罪人。"

敖丙和一群龙士兵冲出宫殿，向九湾河冲去。他们来到了哪吒站的地方。敖丙说，"你就是那个杀了我父亲的夜叉的男孩？告诉我你的名字和你来自哪里。"

"是的，是我，"哪吒回答。"我叫哪吒。我是陈塘关将军李靖的三儿子。我来这河里洗澡。你的夜叉没有理由地攻击了我，所以我当然杀了他。你是谁？"

"我是东海龙王敖光的三儿子敖丙。"然后敖丙攻击哪吒。但是哪吒只是笑笑。他把他的红丝绸扔到天空中。千万个火球出现，掉在敖丙的身体上。敖丙倒在地上。哪吒走到他那里，打在他的头上，马上杀死了他。

哪吒觉得他应该送给父亲一份礼物。于是他从龙的尸体上取了一根筋

---

[1] 兽　　　　shòu – beast

[1]，想做一条好的腰带给他的父亲戴。然后他回到家，手里拿着龙的筋。

士兵们回到了敖光那里。他们告诉他，男孩是李靖的儿子，男孩刚刚杀了敖光的三儿子。敖光很不高兴，非常生气。他变成了一个年龄很老的读书人，去见李靖。

李靖听说敖光来了。他很高兴，因为他们两个是好朋友和结拜兄弟。他来到外面欢迎他的老朋友。敖光却冷冷地对他说，"弟弟，你的一个儿子今天在九湾河洗澡。他用魔武器把水变红，震动大地。然后他杀了我的一个夜叉。我让我的儿子去看看发生了什么事，你儿子也杀了他。更坏的是，你儿子从我儿子的身体上拿了一根筋！"

李靖说，"我的好朋友，这不可能是真的。我想我儿子今天没有离开我的家。请等在这里。我会去问他的。"他去找哪吒。哪吒把在河那边发生的事情告诉了他。

李靖叫喊着说，"哦，我的儿子，你给我和我们家带来了很大的麻烦。过来，把你刚才告诉我的事情告诉你叔叔。"

两人去见敖光。哪吒对他说，"叔叔，对不起，我杀了你的儿子。我不是故意的。筋在我这里。如果你想要，你可以把它拿回去。"

这让敖光更加生气。他对李靖喊道，"你儿子真可怕！我的夜叉是玉皇大帝任命[2]的，我的儿子是雨神。你儿子杀了他们两个！明天我去见玉皇大帝。他会知道应该要对你们做什么。"然后他转身冲出了房子。

李靖和他的妻子都哭了，以为玉皇大帝会杀了他们全家。哪吒跪在他们面前，说，"父亲，母亲，记住我是太乙真人的徒弟[3]。我马上去

---

[1] 筋　　　　jīn – tendon
[2] 任命　　　rènmìng – to appoint
[3] 徒弟　　　túdì – disciple

见他。他一定会帮助我们的。"

哪吒抓起一把土扔到天空中。然后他用魔法，站在土上，飞向乾元山。他到了太乙真人那里，跪在他面前。他把发生的一切告诉了他的师父[1]，他请求帮助。

太乙真人对哪吒说，"过来。打开你的衬衫。"哪吒打开衬衫。仙人用手指在哪吒的胸口，画了一个隐形[2]符咒[3]。然后他说，"去天宫。找到宝德门，在那里等敖光。"然后他告诉哪吒，敖光到了以后应该怎么做。他最后说，"如果你有什么麻烦，回来找我。不用担心你的父亲和母亲，他们不会有事情的。"

哪吒去了天宫。他找到了宝德门。大门有四根很大的柱子。每根柱子上都缠绕着一条红胡子龙，它的工作是收云造雨。宫殿内有三十六座小宫殿和七十二座大殿。到处都是美丽的花园，长满了各种[4]颜色的花草。宫殿里有许多大臣和侍从，都穿着各种颜色的长衣。漂亮的鸟飞在他们头上的天空中。

哪吒在那里等着。很快敖光就到了，但是他看不见哪吒，因为那个男孩是隐形的。哪吒跑到敖光面前，打在他的背上。敖光倒在地上。哪吒举起拳头，准备杀了敖光。

---

[1] 师父　　　shīfu – master
[2] 隐形　　　yǐnxíng – invisible
[3] 符咒　　　fúzhòu – magic spell
[4] 各种　　　gè zhǒng – various

第 13 章
两个仙人之间的战斗

即使是<u>石矶</u>也可以变得聪明；
她的灵魂在石头里等了一万年
她从月亮、星星和地球中取得力量
她用了几年时间学习<u>离</u>、<u>坎</u>和<u>天干</u>[1]

看云起，看雾升；
听龙的歌声和虎的<u>咆哮</u>[2]
用火面对灾难，赢得胜利；
黑暗没有办法与光明争

☰☰☰☰

<u>敖光</u>从地上抬起头来。他看到<u>哪吒</u>抓住他不放，准备杀了他。他说，"原来是你！你先杀了我的夜叉。然后你杀了我的三儿子。现在你竟然敢在<u>天宫</u>里攻击我这个雨神！你是有罪的人，你会为这付出代价！"

<u>哪吒</u>回答说，"闭嘴，否则我也会杀了你。你不知道我是个神仙。我的真名是<u>灵珠子</u>。我是<u>太乙真人</u>的徒弟。上天让我做<u>李靖</u>的儿子，这样就可以让我在马上要到来的<u>商</u>、<u>周</u>战争中做将军。我正在<u>九湾河</u>洗澡，那两个人来侮辱我，所以我当然要杀了他们两个。现在你要把这件事情告诉<u>玉皇大帝</u>吗？他只会笑话你。"

接着<u>哪吒</u>开始一个一个地剥掉<u>敖光</u>的龙<u>鳞</u>[3]片。血从鳞片的地方流了出来。他说，"现在，我要你忘记想要去和<u>玉皇大帝</u>说话。跟我一起

---

[1] 离 (lí) and 坎 (kǎn) are two of the Eight Trigrams, where each trigram is a combination of three solid or broken lines that symbolizes different natural phenomena and aspects of life. And the Heavenly Stems are used in the 60-year calendar cycle, said to have been invented by the Yellow Emperor in 2700 B.C.
[2] 咆哮　　páoxiāo – roar
[3] 鳞　　lín – fish's scale

去陈塘关，否则我就杀了你。"

敖光没有别的选择。他同意了。哪吒让他起来。但是又停了下来，说，"我听说龙可以变得很大或者很小。我不想让你从我的身边飞走。变成一条小蛇[1]。我带你去陈塘关。"敖光再一次没有其他选择。他变成了一条小蛇。哪吒把他抱起来，放在长衣袖子里。然后他飞到了陈塘关。

李靖见到了儿子。"你去了哪里？"他问。

"我去了天宫，请我的敖光叔叔不要和玉皇大帝谈我的事情。他在这里。"他把小蛇从袖子里拿出，扔在地上。

蛇变成了人的样子。正是敖光。他生气地对李靖说，"你这个儿子是邪恶的兽！他杀了我的夜叉，他杀了我的儿子，然后他剥了我的鳞片。看！"他给李靖看了鳞片被剥下来的地方。他继续说，"我要叫四海龙王一起去见玉皇大帝！"说着，他变成一阵风吹走了。

李靖和他的妻子看着龙王飞走了。他们都很担心，但他们知道自己的儿子非常强大。他的妻子对男孩说，"哪吒，你去外面玩一会儿。"

哪吒走到了外面。他走过山口。他看到了一座石楼。走到楼内，他看到了一张大弓[2]和三支箭[3]。他自己对自己说，"我师父告诉过我，我要成为将军，要和商朝战斗。也许我应该学习怎么使用弓箭。"他拿起弓和一支箭，将箭射[4]向西南方向。箭在空中飞过，一直飞到骷髅山上的一个山洞。

这个山洞是一个叫石矶娘娘仙人的家，她有两个徒弟，名叫碧云童子和彩云童子。箭射中了碧云童子，马上杀死了他。彩云童子看到了。他跑去告诉石矶娘娘。石矶娘娘从碧云童子身体上把箭拿了出来。看

---

[1] 蛇　　　　shé – snake
[2] 弓　　　　gōng – bow
[3] 箭　　　　jiàn – arrow
[4] 射　　　　shè – to shoot

着它，她说，"我知道这支箭。是震天箭。它应该在陈塘关，一定是李靖射出的，杀了我的徒弟。"

她骑上凤凰，飞快地从空中飞过，到了陈塘关。她喊道，"李靖！现在就从这里出来！"

李靖跑出去看她。他磕头说，"您的徒弟向您跪拜。什么事情把您带到这里？"

"别对我说那些好话。"她给他看了那支箭，并且告诉他这支箭刚刚杀死了她的一个徒弟。

李靖说，"这支箭我认识。这是震天箭。这是轩辕皇帝留下的。是陈塘关的宝贝，从远古到现在没有人能用这把弓箭！请给我几分钟时间，这样我就可以找出是谁干的。"

他回到房子里，想着也许他的仙人儿子就是射箭的人。他让哪吒来见他。当男孩来到的时候，他说，"我的儿子，我想是时候让你学习怎么使用弓箭了。"

哪吒回答说，"是的，父亲，我想学习！其实，就在几分钟前，我在一座石楼里发现了一把弓和三支箭。我射了其中的一支箭，但我不知道那支箭怎么了。"

父亲喊道，"你这个不孝[1]的儿子！你不停地给这个家带来越来越多的麻烦。"他告诉男孩那支箭做了什么。

哪吒说，"父亲，请不要生气。请带我去骷髅山上看看这位神仙。"于是两人马上飞向骷髅山。彩云童子遇到了他们。哪吒以为要打起来了，于是他用了所有的力气打了那男孩。彩云童子倒在了地上。石矶娘娘冲出山洞，看到她的二徒弟躺在地上。"你这个妖怪！"她叫道。哪吒将红丝绸扔向空中，想要将石矶娘娘包住。但石矶娘娘只是

---

[1]孝　　　xiào – filial piety, the obligation of a child to a parent

打开长衣的袖子，把红色的丝绸收了进去。哪吒没有其他武器。他转身，用最快的速度飞走了。

石矶娘娘对李靖说，"这和你没关系，你现在可以回家了。"然后她飞着跟在哪吒的后面。

哪吒飞到乾元山，跪在师父面前。他说，"师父！石矶娘娘认为我杀了她的徒弟。现在她想杀我。求求你救救我！"

太乙真人回答说，"去花园里藏起来。我来解决。"

他等着。很快，石矶娘娘来到了他的山洞。"哥哥，"她说，"你的徒弟杀了我的一个徒弟，打伤了另一个。他还攻击了我。叫他马上出来。"

太乙真人笑了笑，说，"妹妹，请不要生气。听我说。我们都学过道。我们知道一场大战争马上就要发生。商朝马上就要结束。周朝将代替商朝。而一个名叫姜子牙的神仙，会造出许多神。为了准备马上到来的战争，我的师父让我把所有的徒弟都送去地球，参加战斗。哪吒是我的一个徒弟。他将帮助姜子牙建立新的周朝。现在，很对不起，你的徒弟已经死了。不过你放心，等战争结束，你的徒弟就会变成神。"

石矶娘娘还在生气。她回答说，"虽然我们都学过道，但是还是要看看谁更强。"

太乙真人开始告诉石矶娘娘他为什么更强。但石矶娘娘不让他说完。就用剑攻击他。

太乙真人很快跑进了他的山洞。他向昆仑山磕头，说，"师父，请原谅我。你的徒弟不能按照你的命令不杀任何人。"然后他从山洞里出来，开始和石矶娘娘战斗。他们用剑战斗了几个来回。然后石矶娘娘把她的魔手帕[1]扔向了他。他说了几句魔语，指向手帕。手帕掉在了地上。

他从袖子里拿出九龙神火罩，扔向石矶娘娘。它掉在了她的头上。他转过身，看到哪吒正很有兴趣地看着这场战斗。他对哪吒说，"你现在必须回家。四海龙王已经和玉皇大帝见面了。玉皇大帝让他的侍卫去抓你的父亲和母亲。快去救他们吧！"然后，看到哪吒脸上的样子，他又说，"不行，你不能要我的九龙神火罩。"

然后他转过身来对着石矶娘娘。拍了拍手。九龙神火罩里起了火。九条火龙出现。他们缠绕在石矶娘娘身上，烧死了她，让她变成她原来的样子，一块没有被雕刻[2]的大石头。

哪吒飞回了家。四海龙王已经到了，准备杀死他的父亲和母亲。哪吒对他们说，"我是你们想要的人，不是我的父亲和母亲。我会付出我生命的代价。"然后他用剑砍掉了自己的左臂。然后他切开了自己的肚子。然后他把自己所有的骨头也都打断了。

哪吒死了。他的灵魂随着风飘起，一直飘到乾元山。

---

[1] 手帕　　　　shǒupà – handkerchief

[2] 雕刻　　　　diāokè – to carve. This is probably a Daoist reference. In the *Dao De Jing*, an "uncarved block of wood" refers to a person's original nature, unaffected by cleverness. It is the simple and natural state that one should return to. The *Zhuangzi* says, "If you were to meet someone who understands great plainness, who subscribes to nonaction and returns to the simplicity of the uncarved block... you would really be surprised!"

第 14 章
哪吒再生

谁知道神仙的力量；
他们甚至可以让死人回生
一粒朱砂[1]就能让死人醒来；
莲花叶汤治灵魂
哪吒不是这个世界的人，他不需要骨和肉；

但他需要香才能成为神仙
从现在开始，他必须征服[2]这片土地，并将它交给真正的国王；
并帮助西岐的周人扩大[3]他们的王国

＝＝＝＝

太乙真人坐在乾元山的山洞里。抬起头，他看到哪吒的灵魂向他飘来。他说，"你不能留在这里。回到你陈塘关的家，在梦中去见你的母亲。告诉她为你造一座寺庙。如果人们拜你三年，你将能回到人的样子。现在走吧！"

哪吒的灵魂回到了家。他一直等到晚上他母亲睡觉的时候。然后他进到她的梦里，说，"妈妈，是我，你的儿子哪吒。我死了。我没有地方放我的灵魂。请为我造一座寺庙，在那里人们可以拜我。只有这样，我才能去天上。"

殷夫人从梦中醒来。她告诉她的丈夫她在梦中看到的。李靖却生气地说，"忘了哪吒吧。那男孩已经找了太多的麻烦了。"

但第二天晚上，哪吒又来到了他母亲的梦中。他一夜又一夜的来到她的梦中。一个星期后，他对她说，"妈妈，如果你不按照我的要求去

---

[1] 朱砂　　　zhūshā – cinnabar
[2] 征服　　　zhēngfú – to conquer
[3] 扩大　　　kuòdà – to expand

做，我会给家里带来很多麻烦。"

殷夫人不想和丈夫争论。于是她小声地告诉她的几个仆人，让他们去森林里造一座寺庙。那是一座美丽的寺庙，在森林很深的地方，有高高的白墙。正中是一尊金色的哪吒雕像，周围是侍从和侍卫。人们开始来寺庙。他们向哪吒祈祷[1]，哪吒总是回答他们的祈祷。

李靖不知道这座寺庙。但是有一天，他带着他的军队从另一座山回来。他看到很多人去森林里一座奇怪的寺庙。"这是什么？"他问他的人。

士兵回答说，"这座寺庙大约在六个月前出现。里面有一位神，他回答人们的祈祷。"

"这位神是谁？"

"哪吒神。"

李靖非常生气。他走进去，看到了他儿子的金色雕像。他踢[2]了它一脚，把雕像踢倒，打碎了它。然后他走到外面，告诉他的士兵把寺庙烧了。

那时候哪吒的灵魂不在寺庙里。但是那天晚上晚些时候，他回到了寺庙。他只看到烟和灰。他的一个侍从告诉他，李靖毁了这座寺庙。"啊，父亲，"他喊道，"你怎么能这样对你的儿子呢？"他不知道应该怎么办。于是他去乾元山见他的师父。他跪在师父面前，问他应该怎么办。

太乙真人说，"时间不多了。很快姜子牙就要来了。你必须准备好帮助他。"他让他的一个侍从给他带来两朵莲[3]花和三片莲花叶子。他把花撕成三百小块，这些是为了人身体中的三百块骨头。他把碎片放

---

[1] 祈祷　　　　qídǎo – to pray, prayer
[2] 踢　　　　　tī – to kick
[3] 莲　　　　　lián – lotus

在地上。然后他把三片莲花叶子放在碎片上，这些是为了天、地和人。然后他把一点点金丹[1]放在中间，将自己的一些气[2]推了进去。最后，他抓住哪吒的灵魂，扔到了中间。一个很大响声，一个年轻人跳了起来。他又大又强。

哪吒向太乙真人磕头。他说，"谢谢师父。现在我要报复我的父亲。"

"先跟我去花园，"太乙真人说。他们走进花园。太乙真人给了哪吒几件魔武器。一把战斗用的火尖枪，两只快行的风火轮，一块红丝绸来代替他丢了的那块红丝绸，一个战斗用的乾坤圈和一块金砖[3]。"现在回陈塘关，"他说。

哪吒用风火轮很快地回到了陈塘关。"父亲，马上出来！"他喊道。

李靖出来说，"你这个邪恶的兽！你死之前带来了麻烦。现在你再生了，你带来了更多的麻烦！"

"你毁了我的寺庙！"哪吒喊道，他用火尖枪攻击他的父亲。他们打了好几个来回。李靖知道自己不能打赢他的儿子，于是转身骑着马向东南方向跑去。哪吒骑着风火轮跟了上去。他很快追上了他的父亲。但是就在这个时候，他们看到一个年轻的道士走了过来。正是李靖的二儿子木吒。

木吒对弟弟说，"哪吒，住手。你千万不能杀你自己的父亲！"

哪吒说，"哥哥，这不是你的战斗。你不了解情况。"然后他把发生的一切告诉了木吒。"所以你觉得谁是对的，是李靖还是我？"

木吒回答说，"父亲和母亲在孩子的事情上总是对的。"

---

[1] 丹　　　　dān – elixir
[2] 气　　　　qì – life force
[3] 砖　　　　zhuān – brick

哪吒说，"那个人已经不是我的父亲了。"这让木吒非常生气。他攻击了哪吒。哪吒打了回去。几个来回以后，哪吒把金砖扔向他的哥哥，把他打倒在地。然后他又开始追李靖。

李靖知道自己的速度和战斗都不能和哪吒比。他想，也许他应该杀了自己，这样他就不用输给哪吒了。但是就在这个时候，他听到一个声音在唱歌，

> 暖和的风吹过森林
> 美丽的花漂[1]在水上
> 你问我住在哪里
> 远在白云之中

这是李靖儿子的师父，文殊广法天尊。"师父，救我！"李靖喊道。

"去我的山洞里等着，"师父回答。李靖走进了山洞。

几分钟以后，哪吒骑着风火轮赶了过来。他看见文殊广法天尊站在那里。"你见到李靖将军了吗？"他问。

"是的，他在我的山洞里。年轻人，你是谁？"

"我是哪吒，太乙真人的徒弟。叫李靖马上出来。"

"我从来没听说过你。现在走开，别再在这里找麻烦了。"哪吒攻击文殊广法天尊，但文殊广法天尊从袖子里拿出遁龙桩，扔到了天空中。大风吹来，空气中充满了雾，哪吒开始感到困惑。过了一会儿，他发现自己被紧紧地绑在一根金色的木桩[2]上，几个金圈缠绕着他的身体。他不能移动。

文殊广法天尊喊道，"金吒！"这是哪吒的哥哥。"给我打这个年轻

---

[1] 漂　　　　piào – to float, to drift
[2] 桩　　　　zhuāng – stake, pole, pile

人。"金吒开始打哪吒。过了一会儿，文殊广法天尊说，"好了，够了。你现在可以停下来了。"

几分钟后，太乙真人来了。文殊广法天尊笑了笑，对他说，"我在给你徒弟一点教训。现在，放了他，把他带到这里来。"太乙真人走到哪吒面前，挥[1]了挥手。金圈从哪吒的身上掉了下来。他对哪吒说，"跟我来。跪下来，向你叔叔磕头！"

哪吒没有别的选择。他向文殊广法天尊磕头，说，"师父，谢打了。"

文殊广法天尊回答说，"从今天开始，父亲和儿子之间不应该生气。"他转向李靖，告诉他可以离开了。然后他告诉哪吒，他也可以离开了。

但哪吒还是很生气。他又开始追他的父亲了。李靖回头看，只见哪吒跟在他后面。"我现在应该怎么办？"他想。

就在这个时候，他又看到了一个道士。"请帮帮我！"李靖喊道。

道士问，"有什么问题吗？"

"哪吒过来了。他想杀了我！"

就在这个时候，哪吒骑着风火轮赶了过来。道士转向李靖。打在李靖的背上，向他吐[2]口水。然后他说，"去和那个男孩战斗。我会看着你的。"

李靖知道自己不能赢自己的神仙儿子。但他还是开始战斗。战斗开始了。哪吒以为自己会容易赢得战斗，但是他的父亲很强，打得很好。"我觉得道士是在帮他，"他想。于是他转身，用火尖枪攻击道士。

---

[1] 挥　　　huī – to wave
[2] 吐　　　tǔ – to spit

道士吐出一朵白莲花。它阻止了魔法火尖枪。他对哪吒说，"你为什么要攻击我？"

哪吒回答说，"因为你在帮助李靖！"他再一次攻击了道士。道士双臂向天。一座美丽的宝塔[1]从天掉下来，掉在哪吒的头上，将他困[2]在里面。宝塔内起了火。哪吒开始被火烧着。非常的疼。

道士说，"现在你愿意和你父亲讲和吗？"

"好吧，我愿意，"哪吒回答。

道士灭了火，说，"叫他'爸爸'，给他磕头。"哪吒没有别的选择，他按照道士说的去做。然后道士对李靖说，"我把这宝塔送给你。只要哪吒给你找麻烦，你可以把这座宝塔放在他身体上，烧他。现在，你们两个要一起和平地生活。忘记过去，在和商朝的战争中帮助周王。哪吒，你现在可以走了。"

哪吒离开，回到了乾元山。

李靖对道士说，"师父，请问您的贵姓大名？"

道士回答说，"我是燃灯道人。现在是放弃你有钱有权的时候了。你必须进山，成为一个隐士[3]。就像你知道的那样，商王是邪恶的，必须被灭。很快，周王在将要到来的战争中需要你的帮助。当这种情况发生的时候，你可以出山，参加战斗。"

李靖向燃灯道人磕头。他回到家，辞[4]了陈塘关将军的工作，做了山中的隐士。

---

[1] 宝塔　　　　bǎotǎ – pagoda
[2] 困　　　　　kùn – to trap
[3] 隐士　　　　yǐnshì – hermit
[4] 辞　　　　　cí – to resign

第 15 章
姜子牙离开昆仑山

子牙回到了人世界；

他的头发白了，看起来像个野人

他太老了、太慢了而不能工作；

他想要赚钱，但人们只看到一个傻瓜

磻溪不在飞熊梦中；

但渭河知道，繁荣[1]将要到来

很快，子牙就该开始一个新王国；

它将带来八百年的繁荣

≡≡≡≡

元始天尊是道教的祖师[2]。他住在昆仑山上的一座大宫殿里。

他担心商朝将要灭了。于是他叫道教和儒教的所有首领[3]来见他。他们谈了很久。首领们决定造三百六十五个新神。为了造这些新的神，他们会用那些在马上要到来的商、周战争中死去的人。把那些人变成雷神、火神、星神、山神、云神、雨神和其他神。

首领们需要地球上有人来选出这三百六十五个人，把他们变成神。姜子牙是元始天尊的徒弟中的一个，他就成为了那个人。

于是元始天尊坐在自己的金色宝座[4]上，让姜子牙来见他。姜子牙走过来，在师父面前磕头。

"你在昆仑山上多久了？"师父问。

---

[1] 繁荣　　　　fánróng – prosperity
[2] 祖师　　　　zǔshī – grandmaster
[3] 首领　　　　shǒulǐng – leader
[4] 宝座　　　　bǎozuò – throne

"师父，"姜子牙说，"我三十二岁来这里。我现在七十二岁了。"

"商朝马上就要结束，周朝将要到来。必须要造新的神。我要你离开这座山，去地球上生活。你将帮助新的周王，成为他的将军和丞相。这是你的命运，

　　你会穷二十年

　　在河边钓[1]鱼时，一位圣人会找到你

　　让你成为国王的丞相

　　你将在九十三岁的时候成为将军

　　一群强大的人将建立一个新王朝

　　你将在九十八岁的时候任命新的神。"

姜子牙不想离开昆仑山。他研究道四十年了，却没有能成为仙人。他还有很多东西要学。他告诉他的师父他不想去。但他的师父说，"这是你的命运。你必须这样做。"姜子牙就这么伤心地拿了他的东西，离开了昆仑山。

他对世界上的事情一点都不知道。但他记得，他有一个叫宋异人的结拜兄弟，住在朝歌。于是他决定去看看他的兄弟。

宋异人是一个有钱人，房子很大，仆人很多。他出来见姜子牙。"弟弟，"他说，"我好多年没见到你了。今天见到你，我真是太高兴了！"

两兄弟坐下来，喝了酒，吃了一顿素食[2]。宋异人问，"这四十年来你在天上做什么？"

"我学到了很多东西。我学会了怎么提水，怎么照顾树木，怎么烧火，怎么做仙丹。"

---

[1] 钓　　　　diào – to fish
[2] 素食　　　sùshí – vegetarian

宋异人回答说，"那些工作是仆人做的。你不是仆人。你应该开始你自己的生意。还有，你需要一个妻子。"

第二天，宋异人去见了一个姓马的老朋友，他有一个还没有结婚的女儿。他送那朋友四两银子的礼物，那朋友同意让女儿和姜子牙结婚。

宋异人回去告诉姜子牙，他已经给他找了一个妻子。他说，"你会喜欢她的。她接受过好的教育。她从来没有和男人在一起过。她六十八岁，所以她会很适合你。"

他们很快就结婚了。但姜子牙对结婚以后的生活真的不感兴趣。他一直想着自己以前在昆仑山的生活。他想学习道，对妻子和做生意不感兴趣。

有一天，马对他说，"我们和你哥哥在这里过着很好的生活。但如果他死了呢？我们应该要有自己的生意，这样我们才能永远有钱，过好的生活。"

"你说得对，"他回答说。"可是我能做什么呢？我对生意完全不了解。我只会做耙子[1]。"

"好吧，我们开始做耙子的生意吧。附近有许多竹[2]树。砍一些树，做一些耙子，然后把它们拿到朝歌的集市上卖。这很容易。它会给我们带来一点钱，这比没有钱要好。"

于是姜子牙做了一些耙子。然后他带着耙子走了三十五里路去了朝歌集市。他在那里一整天，但没有卖掉一个耙子。他背着耙子走回家。他告诉妻子，"朝歌没有人需要耙子。"

她回答说，"你这个老傻瓜！每个人都需要耙子。你只是不知道怎么

---

[1] 耙子　　　　bàzi – rake
[2] 竹　　　　　zhú – bamboo

卖。”他们开始互相大喊大叫。

<u>宋异人</u>听到了喊声。他跑过去说，“请不要争论！还有其他赚钱的方法。我们这里有很多小麦[1]。我会让我的仆人把小麦做成面粉[2]。你可以把面粉带到集市去卖。”

面粉做好放进袋子以后，<u>姜子牙</u>拿着袋子去了<u>朝歌</u>集市。他去了几个地方，但没有人愿意买他的面粉。最后，一个人停下来，要买一分钱面粉。<u>姜子牙</u>把面粉袋子放在地上，开始给那人拿出一点面粉。

但就在这个时候，一匹受惊吓[3]的马在路上快跑而来。<u>姜子牙</u>和那人跳到一边，但是马腿却碰到面粉袋子。袋子飞向各个地方，所有的面粉都吹走了。那人没有买面粉就走了，<u>姜子牙</u>没有赚到钱，空着袋子走回了家。

当他回到家时，他的妻子很高兴看到空的面粉袋子。“这太好了！”她说。但后来<u>姜子牙</u>把事情的经过告诉了她。她又开始对他大喊大叫，接着他们就大声争论起来。

<u>宋异人</u>走过来，阻止了他们的争论。“不用担心一点点面粉，”他说。“我有另一个主意。我在<u>朝歌</u>有几家饭店。其中一家大饭店是在城南门附近。你可以去那里当老板。”

但这也没有用。人们去<u>姜子牙</u>的饭店，但是都很怕他，都没有留下来吃东西。他只能回家告诉<u>宋异人</u>，他也不能当饭店的老板。

“好吧，我们再试一次，”<u>宋异人</u>说。“我给你五十两银子。去买一些猪和羊。把它们带到<u>朝歌</u>的集市去卖。那应该很容易。”

但这也不顺利。上天对<u>商</u>王很生气，所以好几个星期没有下雨了。国王让人们祈祷下雨。在这段时间里，任何人都不允许杀死任何动物。

---

[1] 麦　　　　mài – wheat
[2] 面粉　　　miànfěn – flour
[3] 惊吓　　　jīngxià – frightened

姜子牙不知道这事。所以当他把猪和羊带到集市时，侍卫把他所有的动物都带走了。他们要抓姜子牙，但他丢下动物，逃跑了。

他回了家，没有钱也没有了动物。他伤心地把事情的经过告诉了宋异人。"我是一个很不好的生意人，"他说。"我丢了你的钱。我不知道应该怎么办。"

但宋异人只是说，"别担心，不过就是几两银子。来，我们去花园里喝点酒。"

第 16 章
玉石琵琶妖

魔鬼不断到来，王国中人们的命运黑暗；

上天的意愿给首都带来苦难

奇怪的力量并没有伤害天空中的星星；

是邪恶的精灵杀死了忠诚的大臣

一千年的工作没了

为了获得一天的幸福

如果不是子牙的智慧，

没有人会在火中看到琵琶[1]魔鬼

＝＝＝＝

姜子牙和他的结拜兄弟坐在花园里，一边喝着酒，一边享受着好天气。他看到池塘[2]里的金鱼，他听到鸟儿在树上唱歌。他看着周围。他笑着对宋异人说，"这里是建楼的好地方。"

"我为什么要在这里建楼？"宋异人回答。

"它会给你带来好运气。如果你在这里建一座楼，你家将有三十六位玉带大臣和几位金带大臣[3]。"

"你说的很有意思。我多次试过在这里建楼，但每次我建楼时，它都会被烧毁。我就不再试了。"

"那是因为这里有邪恶的精灵。但别担心。你建楼，我来解决邪

---

[1] 琵琶　　　　pípá – Chinese lute
[2] 池塘　　　　chítáng – pond
[3] In ancient China, leather belts with sheets of ornamentation, called dàikuǎ (带銙), were worn by officials as indicators of their rank. The highest ranking wore jade, and the second highest wore gold.

精。"

于是<u>宋异人</u>叫来了几个工人。他们开始建楼。经过几天的工作，他们准备放上主梁[1]。那天晚上，<u>姜子牙</u>静静地坐在花园里，等着。半夜的时候，一阵强风吹来，把一团团的尘土吹向空中。新的楼烧了起来。<u>姜子牙</u>在楼内看到五个邪恶的精灵。火从他们的嘴里出来。风使火变得很热，把大地都变红了。

<u>姜子牙</u>拿出剑。他从火中走向精灵，说，"魔鬼，出来吧！你们已经找了太多的麻烦了。现在你们必须死！"

一声很大雷响震动大地，让精灵跪倒在地。"大人！"他们喊道，"求你放了我们。我们以前是动物，但我们已经学习了好几年的<u>道</u>。现在我们是精灵。如果你杀了我们，我们学的都将白学了。很对不起给你带来了麻烦。"

"好吧，"他回答说。"离开这里，去<u>岐</u>山。在那里等我。不要找任何麻烦。等一会我需要你们帮忙做一些事情。"五个精灵向他磕头，然后飞向了<u>岐</u>山。

在他和精灵说话的时候，<u>马夫人</u>和<u>宋异人</u>的妻子在一边看着他。他们看不见也听不见精灵，所以他们以为<u>姜子牙</u>只是在和他自己说话。"老人，你在跟谁说话？"<u>马夫人</u>问。

"哦，我只是在解决一些邪恶的精灵，"他回答说。

"你可以和精灵说话？"

"是的。而且我还是一个算命[2]先生。"就在这时，<u>宋异人</u>过来了解情况。<u>姜子牙</u>把事情的经过告诉了他。

---

[1] 梁　　　　liáng – beam, rafter
[2] 算命　　　suànmìng – fortunetelling

马夫人对宋异人说，"我丈夫是个算命先生。我们应该在城里给他一家商店，这样他就可以开始做算命的生意了。"

不久，宋异人在朝歌南门附近给弟弟开了一家不错的小商店。姜子牙挂上了几个小字幅[1]。左边的字幅上面写着，"只讲道。"右边的字幅上面写着，"永远说真话。"后面的墙上挂着第三个字幅，上面写着，"袖里是天地，壶[2]里是日月。"他打开商店，坐着等顾客。四个月里，他每天都去商店，但没有顾客进来。

终于，一个砍木头的人走进商店。他是一个住在森林里的大个子。他把烧火的木头丢在地上，低头看着姜子牙。他指着后面墙上的字幅问道，"那是什么意思？"

姜子牙回答道，"意思是我知道过去，知道将来，知道天地中的任何东西。而且，我会长生不死。"

砍木头的人说，"老人，你说大话了。如果你知道过去和将来，你应该能说出我的将来。如果你是对的，我给你二十个铜币。如果你错了，我会打你，毁掉你的商店。"

"这是我的第一个顾客，他是个很坏的人！"姜子牙想。但他说，"那没问题。我会在一张纸上写三句话。你必须完全按照纸上写的去做。可以吗？"

砍木头的人同意了。姜子牙在纸上写了三句话。砍木头的人读了它，

　　向南走。
　　你会发现一个老人坐在树下。
　　他会给你一百二十个铜币，四盘食物和两碗酒。

砍木头的人认为这不可能是对的，因为二十年来从来没有人给过他那

---

[1] 字幅　　　　zìfú – sign
[2] 壶　　　　　hú – jug

么多钱。但他拿起烧火的木头，开始向南走。不久，他看到一个老人坐在树下。那人喊道，"砍木头的人！过来！"

砍木头的人向他走了过去。

"你烧火的木头看起来不错，"老人说，"我用一百个铜币买下所有的烧火木头。"砍木头的人很高兴地卖掉了烧火木头。他也很高兴那个人给了他一百个铜币而不是一百二十个，因为他不想付钱给算命先生。他把烧火的木头给了那个人。当那个人进房子拿钱的时候，砍木头的人把地打扫干净了。

几分钟后，一个年轻的仆人走了出来。他拿着四盘食物，一壶酒和一个碗。"请吃些东西，喝些酒，"仆人说。砍木头的人把壶里的酒都倒进碗里，这样就是一碗酒，而不是两碗。可是他把碗里的酒喝完以后，却看到壶里又是满满的酒。他把酒倒进碗里，也喝了下去。然后他吃了四盘食物。

那人提着一袋钱币[1]从房子里出来。他说，"我本来想给你一百个铜币。但我看到你把我家门前的地打扫干净了。所以我另外再给你二十个钱币。去给你自己买点酒吧。"

砍木头的人向<u>姜子牙</u>算命商店跑去，喊道，"<u>朝歌</u>有个神仙！<u>朝歌</u>有个神仙！"

他来到算命商店，对<u>姜子牙</u>说，"先生，你真是个神仙！现在<u>朝歌</u>人会很高兴，不会再有麻烦了。"

"好吧，好吧。把我的二十个铜币给我，"<u>姜子牙</u>回答道。

"我必须为你做更多的事情，"砍木头的人说。然后他跑到外面，看了周围。他看到了一个看起来很有钱的人。砍木头的人抓住那人，拉

---

[1] 钱币　　　　qiánbì – coin

着他往商店走去。

"你在做什么？"那人说，"我在城里有生意，我没有时间。"

"跟我来。你必须见见这位算命先生。"

"不，我不要。放开我。"

"如果你不跟我走，我让你和我一起跳河，结束我们的生命。"有钱人没有办法，只好跟着砍木头的人进了<u>姜子牙</u>的商店里。

<u>姜子牙</u>给有钱人算命。他告诉有钱人，他那天会收到一百零三两银子。那人走出商店，笑着摇了摇头。走的时候，砍木头的人对他喊道，"如果算命先生说的没错，你必须付给他半两银子。"有钱人只是挥手让他走开，继续走他的路。一群人在一起看着这一切。

两个小时后，有钱人回来了。他说得很大声，人群中的每个人都能听到，"这个算命先生真是上天送来的神仙！就像他说的那样，我收到了一百零三两银子！"

这让<u>姜子牙</u>在整个<u>朝歌</u>中很有名。每个人都想让他算命，他们都很愿意付给他半两银子。他带了很多银子回家，这让他的妻子非常高兴。

<u>姜子牙</u>的名子传得很远很远。它甚至传到了一个名叫<u>玉石琵琶</u>魔鬼那里，她住在<u>朝歌</u>向南几里的一个墓地[1]里。<u>玉石琵琶</u>是七年前被<u>女娲</u>叫来的三大魔鬼之一。她是杀死<u>妲己</u>并取走她尸体的<u>千年狐狸</u>的朋友。她经常在晚上去见<u>妲己</u>。每次去见<u>妲己</u>的时候，她都会停下来吃一、两个宫里女侍从。

一天早上，她去见了<u>妲己</u>以后，要离开宫殿。在飞过城市的天空时，她低头看，看见<u>姜子牙</u>的算命商店的周围有一群人。"我想知道他能不能算命，"她对自己说。于是她飞下，站在地上，变成了一个美丽

---

[1] 墓地　　　　mùdì – cemetery

的年轻妇人，穿过人群走到了<u>姜子牙</u>的商店里。她说，"先生，你能给我算命吗？"

<u>姜子牙</u>看见她。他马上知道她是个魔鬼。"当然，夫人，"他对她说。然后他抓住她的手不放。

"你竟然敢这样做！"她叫着，每个人都能听到。"我是一位妇人。马上放开我！"

人群中有人对<u>姜子牙</u>大喊大叫，说他自己是个老人，不应该这样碰一个妇人。但他对他们说，"我的朋友们，这不是一个妇人。这是一个邪恶的魔鬼。"

她试着逃离他。<u>姜子牙</u>抓起一块砖，砸在她的头上。她倒下了，血流到了地上。"算命先生杀了一位妇人！"人们喊道。

就在这时，<u>比干</u>丞相骑着马走过。他停下来问发生了什么事。有人说，"这里有个算命先生，叫<u>姜子牙</u>。一个妇人让他算命。他抓住了她。她和他争论。所以他用砖砸了她的头，把她打死了！"

丞相命令侍卫抓<u>姜子牙</u>。他们把他抓到丞相面前，但他仍然不肯放开那个妇人的手。"你对那个妇人做了什么？"他问。

"先生，"<u>姜子牙</u>回答，"我不是犯人。这是一个邪恶的魔鬼。你知道这几天<u>朝歌</u>有妖气。我想原因也许就是这个魔鬼。"

<u>比干</u>说，"我带你去见国王。他会决定怎么解决你的事。"于是他们都去宫殿见国王。

当他们来到宫殿时，国王正和<u>妲己</u>坐在一起。国王看着他们说，"这看起来像一个妇人，而不是一个魔鬼。"

<u>姜子牙</u>说，"陛下，如果你把她放进火里，就能看到她的真样子。"

110

国王同意了。于是侍卫们找来了许多烧火的木头。他们点了火，等着
火变得又大又热。然后把妇人扔了进去。他们等了四个小时，但妇人
的身体一点都没有被烧伤。最后国王说，"在火里四个小时已经夠长
了。算命先生是对的。她是个魔鬼。"

第 17 章
蛇坑[1]

蛇坑里充满了邪恶，它的精神充满了天空；
里面都是宫里女仆人的血肉
那么多漂亮的骨头，没有地方埋它们；
他们的味道缠绕在他们的灵魂附近

以前他们梦想着家，现在只有他们自己对着月亮唱着歌；
痛苦和孤单[2]，他们没有办法休息
痛苦的空气充满在天空中；
但这也对周的统治有帮助

≡≡≡≡

姜子牙看着邪恶魔鬼的身体躺在火中，没有被烧坏。他想看看魔鬼的真样子。所以他的嘴里、鼻子里和眼睛里发出魔火。魔火向着魔鬼的身体飞去。魔鬼张开眼睛，坐了起来。它看着姜子牙，说，"你为什么要这样对我？"

国王和他的大臣们看到并听到了这。他们不敢相信尸体会坐起来说话。"陛下，"姜子牙说，"请进去。一场大雷雨就要来了。"就在这时，一道很大的闪电从天而下。地面震动了。火灭了。当烟雾被吹走后，恶魔的尸体不见了。一把玉琵琶躺在地上。

妲己对自己的好朋友玉石琵琶被杀感到非常生气。她心里想，"姐姐，别担心。我要向姜子牙报仇。他和我不能同时活着。"她虽然很生气，但还是对着国王笑了笑，说，"陛下，我想要那块玉琵琶。我可以日夜为你弹奏[3]琵琶。而且，看起来姜子牙是一个聪明强大的

---

[1] 坑　　　kēng – pit, hole in the ground
[2] 孤单　　gūdān – loneliness
[3] 弹奏　　tán zòu – to play an instrument

人。你应该在宫殿里给他一份工作。"

"亲爱的，好主意，"国王说。他让侍从将玉琵琶放在<u>摘星楼</u>。然后他把王国的天文台主大臣的工作给了<u>姜子牙</u>。

第二天，<u>妲己</u>去了<u>摘星楼</u>。她拿起玉琵琶，把它搬到了楼顶。她知道，如果玉琵琶收取天地日月之气五年，她的朋友就会回来，再次变成魔鬼。

几天后，<u>妲己</u>为国王弹奏琵琶、跳舞。所有的妃子都笑着看着。但在房间的后面，大约有七十名宫里的女侍从在哭。<u>妲己</u>问她们是谁。一个仆人告诉她，她们是死去王后的侍从。

<u>妲己</u>去找国王。她告诉他关于七十个女侍从的事情。她对他说，"那些女侍从会给我们带来麻烦。她们必须死。"

"当然，亲爱的，"国王笑了。"朕会让人马上杀了她们。"

"不，请等一会儿。我有一个更好的主意。你应该在<u>摘星楼</u>前挖个坑。五十尺深，周围二百四十尺。把几千条蛇放进坑里。然后剥去女侍从的衣服，把她们扔进坑里。"

国王喜欢这个主意，但他得到的蛇还不够。于是他让他王国的人们把蛇送进宫殿。<u>朝歌</u>所有的蛇都被送到了宫殿。当<u>朝歌</u>再也没有蛇的时候，人们就到农村去找更多的蛇。

国王的大臣<u>胶鬲</u>不知道国王为什么要这么多蛇。他问国王的侍卫首领，这些蛇是干什么用的。侍卫首领回答说，"国王要杀死所有王后的女侍从。她们将被扔进<u>摘星楼</u>前的一个大坑里。然后蛇会咬[1]死她们。"

<u>胶鬲</u>和大臣们跑到了<u>摘星楼</u>。他们看到一群女侍从站在大坑附近。她

---

[1] 咬　　　　yǎo – bite

们被剥去了衣服，被绳子绑着，害怕得哭着。

<u>胶鬲</u>去见国王。他跪在国王面前说，"陛下，这些女侍从没有做错什么。但是你要用这种可怕的方法杀死她们。以前从来没有国王做过这样的事情！"

国王只是回答说，"这些女侍从是邪恶的妖怪。朕必须解决她们。"

<u>胶鬲</u>生气地说，"国王应该是王国里的人的好父亲。但你不关心他们。你不听大臣们的话。你杀了两个大侯爵，你用火柱子杀死了其他的好人。现在你想杀死这些没有做错任何事的女侍从。我告诉你，不要整天跟<u>妲己</u>妃子玩了。别再听<u>妲己</u>和那个邪恶大臣<u>费仲</u>的话了。只有这样，你才能救这个王国，给王国带来和平。"

国王跳起来喊道，"你怎么敢这样对朕说话！侍卫，剥掉这个傻瓜的衣服，把他扔进蛇坑里！"

但还没等侍卫抓住他，<u>胶鬲</u>就喊道，"你是个暴君，死亡很快就会来找你。"他从窗户跳了出去，砸在地上，死了。

"把那尸体扔进蛇坑里！"国王叫道。"把女侍从也扔进去！"

国王的侍卫抓起每一个女侍从，把她们扔进坑里。蛇包围住她们，咬她们，开始吃她们的身体。国王和<u>妲己</u>看了一会儿。然后国王拍了拍<u>妲己</u>的胳膊，说，"亲爱的，这真是说不出的好啊。"

<u>妲己</u>笑着说，"陛下，我还有一个好主意。你可以再挖两个洞。把树放在其中一个洞里，然后把肉挂在树枝上。这将是'<u>肉林</u>。'另一个洞里放满酒，叫它为'<u>酒池</u>。'只有陛下你一个人能使用<u>肉林</u>和<u>酒池</u>。"

"太好了！"国王说，他告诉他的仆人再挖两个洞，造<u>肉林</u>和<u>酒池</u>。当完成后，国王和<u>妲己</u>吃了一顿很好的晚饭。

"陛下，我还有一个主意要告诉你。我觉得你应该让女侍从和太监[1]打起来。看着会很好玩。让赢的人从酒池中喝酒。但是失败的人应该被杀死，他们的尸体应该被扔进<u>肉林</u>。"国王喜欢这个主意，命令他的仆人按照<u>妲己</u>说的去做。

<u>妲己</u>有把这些人全部杀掉的理由。当然，她真的是狐狸精。每天深夜，当国王睡觉的时候，狐狸精就会变成她原来的样子。然后狐狸精喝血，吃死去人的肉。

<u>妲己</u>的坏事还没做完。她还想对<u>姜子牙</u>杀死了她朋友<u>玉石琵琶</u>精报仇。有一天，当她和国王喝酒时，她要求他建一座新楼。她希望它有四十九尺高，上面有一个很大的楼台。她叫它为<u>鹿台</u>[2]。"陛下，"她说，"如果你建这个楼，它将让所有人看到你是多么的强大。它就像天上的一个宫殿。神仙会从天上下来见你。他们会在你面前磕头，叫你为'大王'。你和我将永远生活在一起。"

"当然，亲爱的，"国王说，他喝了太多的酒。"但是谁能为朕建这个楼呢？"

"我认为<u>姜子牙</u>是最适合这份工作的人，"她回答道。"他是个聪明的人，他懂阴阳。"于是国王叫<u>姜子牙</u>来见他。

<u>姜子牙</u>不知道国王为什么要叫他过去。所以他给自己算命，看到很大的危险马上就要到来。他对<u>比干</u>说，"再见，我的朋友。谢谢你帮助我。我不知道我们是否会再见面。"然后他去了宫殿。

<u>姜子牙</u>来到了宫殿，国王说，"朕有个建新楼的主意。朕叫它<u>鹿台</u>。"然后他给<u>姜子牙</u>看了<u>鹿台</u>的设计，说，"朕要你帮朕建这个

---

[1] 太监　　　　tàijiàn – eunuch
[2] The Deer Terrace (鹿台, lùtái) was an actual structure in ancient Zhaoge, near the city of Hebi in Henan Province. It was believed to be the site of the infamous "Lake of Wine and Forest of Meat" (酒池肉林, jiǔchí ròulín) described earlier in this chapter. The 酒池肉林 was rediscovered in 1999 during an archaeological survey. It was 430 feet long, 66 feet wide and 5 feet deep. 酒池肉林 has become a Chinese idiom for excessive extravagance and debauchery.

楼。这是一个重大的工作，但朕知道你可以做到。"

姜子牙看着鹿台的设计。他心里想，"这座楼建不起来。妲己和国王是想给我找麻烦。我最好快点离开朝歌！"

如果你想知道姜子牙后来怎么样了，请阅读下一本书。

第 18 章
逃离朝歌

白天和黑夜，
渭河不停地流
子牙一个人坐着钓鱼，
鱼钩[1]在水面上

在飞熊[2]梦之前，
他就在河边等着
当太阳慢慢掉在他身后时，
他想着自己的白发

☰ ☰ ☰

国王给姜子牙看了鹿台的设计。他说，"朕想要你为朕造这个。这是一个很困难的工作，但朕知道你可以做到。"

姜子牙看着设计。他心想，"这座楼建不起来。妲己和国王想要困住我。我最好快点离开朝歌！"

国王看着姜子牙说，"要多久？"

姜子牙研究了鹿台的设计。他想了一会儿。然后他回答说，"这是一个很大的工作，陛下。这将需要三十五年，也许史长。"

国王转向妲己，问她怎么想。她说，"陛下，如果要等到我们都老了鹿台才能造好和享受，那又有什么用呢？我不相信这个人。他只是一个可怜的魔法师[3]，对怎么造东西一点都不知道。"

"你说得对，亲爱的，"国王说。他转向他的侍卫，说，"把这个魔法师带走。用火柱子杀了他。"

---

[1] 钩　　　　gōu – hook
[2] 熊　　　　xióng – bear
[3] 魔法师　　mófǎ shī – magician

"陛下，"姜子牙马上说道，"请等一等，听我说。造鹿台需要许多工人和很多的钱。但是王国已经没有钱了。人们在受饿，国家在战争中，你把所有的时间都花在床上和你的妃子在一起。请不要在这条路上继续走下去了。这将会毁了你和你的王国。"

国王生气极了。他对他的侍卫喊道，"抓住这个傻瓜！把他切成小块！"可还没等侍卫抓住他，姜子牙就跑出了宫殿。他跑到九龙桥，跳下桥，消失在水下。侍卫们追着他。当他们到桥上时，他们低头看着水面，但他们看不到他。他们以为他淹[1]死了，其实姜子牙已经在看不见的水云上飞走了[2]。

几分钟后，大臣杨任来到桥上。前大臣被火柱子烧死后，他被国王任命为大臣。杨任看到桥上的四个侍卫正在低头看着水面。他问他们在看什么。他们告诉他，姜子牙跳下桥了。

"他为什么要这么做？"杨任问。

侍卫首领回答说，"陛下让他负责建一座很大的新楼，名叫鹿台。姜子牙说了反对国王的话。所以国王非常生气。他命令我们把他切成许多块来杀死他。这就是姜子牙为什么要跳下桥的原因。"

"这鹿台是怎么回事？"杨任问。侍卫首领告诉了他。

杨任对这种情况很不高兴。他去见了国王，国王和妲己一起在摘星楼里。杨任跪在国王面前说，"陛下，我们国家现在有三个大问题。在东方，已故[3]大侯爵姜桓楚的儿子正在和我们战斗。在南方，已故大侯爵鄂崇禹的儿子也在和我们战斗。而在北方，闻仲太师在北海打了十年，还没能打赢。在这三场战争中死了很多好人，而且代价很大。我们没有更多的人了，也没有更多的钱了。陛下，请停止这个很笨的

---

[1] 淹　　　　yān – to drown
[2] One of Jiang Ziya's magical abilities is to travel by using water to become invisible. Sometimes this is referred to as 水遁 (shuǐ dùn), or "water escape," though he also uses this trick to simply travel, as he does again later in this chapter.
[3] 已故　　　　yǐ gù – late, deceased

计划。"

但国王不想听到这些。他告诉他的侍卫，"把这个叛徒带出这里，把他的两只眼睛都挖掉。"侍卫按照命令做了。他们挖出了<u>杨任</u>的眼睛，然后把眼睛放在盘子上带回给国王。

即使国王挖了<u>杨任</u>的双眼，但<u>杨任</u>仍然继续做好自己的工作，帮助国王。天空中，一位名叫<u>清虚道德真君</u>的道士仙人看到了这一切。他让自己的一个徒弟去把杨任带到他天空中的山洞。他的徒弟飞向<u>摘星楼</u>。然后他制造[1]了一大团尘土，将<u>杨任</u>藏在尘土中的身体带走了。

国王的仆人把发生的事情告诉了国王。国王对<u>妲己</u>说，"在朕要杀死两位王子的时候，也发生了这样的事情。看起来这些天这种情况经常发生。没什么可以担心的。但现在朕需要有人来负责<u>鹿台</u>的建造。"他选择了残忍的北方大侯爵<u>崇侯虎</u>。

道士的徒弟将<u>杨任</u>的身体带到了道士的洞中。道士将一点仙药倒入两只眼洞里。然后他吹了一口仙气。"<u>杨任</u>，起来！"他喊道。<u>杨任</u>坐了起来。这时每个眼眶[2]里都有一只小手。每只手的手心里都有一只小眼睛。现在<u>杨任</u>又能看见了，但他还可以用新的眼睛看到天地之间所有的秘密。

他看着周围，看到了道士。他鞠躬说，"谢谢你，先生。请让我做你的徒弟，让我一生侍奉你。"道士同意了。<u>杨任</u>跟在<u>清虚道德真君</u>的身边好几年。

回到<u>朝歌</u>，<u>崇侯虎</u>带来了来自王国各地的几千名工人。他让他们日夜地工作。许多工人，主要是年轻人和老人，死在工作中。他们的尸体被扔进了<u>鹿台</u>的地基[3]里。还有许多人试着逃离这个国家。

<u>姜子牙</u>在水云上飞回了自己的家。他的妻子见到他，说，"欢迎回

---

[1] 制造　　　zhìzào – to create, to make
[2] 眼眶　　　yǎnkuàng – eye socket
[3] 地基　　　dìjī – foundation (of a building)

家，丈夫，大臣！"

他告诉她，他不再是国王的大臣，国王想要杀死他。他说，"我们需要离开朝歌。我们去西岐吧。我们可以在那里等，直到我帮助新国王的时候。"

但他的妻子却不高兴了。她说，"丈夫，你应该听陛下的话，建造这个鹿台。我们会有很多钱。当其他人都知道风向哪吹时，你为什么要这样和国王争论？你只不过是一个可怜的魔法师，而且你是个傻瓜。我不会跟着你去西岐的。"

"妻子必须跟随她的丈夫。我们在西岐会过上好生活，你在那里会有钱、会幸福。"

"不，我是朝歌人，我不会离开的。我不想再是你的妻子了。离婚[1]吧。"

姜子牙写了一封离婚书，拿在手里。他对妻子说，"只要这离婚书在我手里，我们还是丈夫和妻子。"她连一秒钟都没有等，抓住了那离婚书。他轻声说，"与这个女人的心比，蛇咬、黄蜂[2]刺[3]都不算什么了。"

姜子牙收拾好东西，离开了家。他向西岐走去。他走过了许多河流和大山。最后，他来到了临潼关。在那里，他看到了几百个人。他们坐在地上哭。

"你们是谁，为什么在这里？"他问。

其中一人回答说，"我们都来自朝歌。国王命令崇侯虎负责鹿台的建造。他命令每三个人中必须要有两个人做这工作。已经有几万人死了。如果我们去那里，我们可能也会死。所以我们离开了朝歌。但现

---

[1] 离婚　　　líhūn – divorce
[2] 黄蜂　　　huángfēng – wasp
[3] 刺　　　　cì – sting, thorn

在我们不能出关，因为指挥官[1]不会让我们通过的。"

"别担心，"他说，"我会解决这件事的。"他放下行李[2]，去见指挥官。指挥官听说有朝歌的官员来见他，就让姜子牙进去。可是听了姜子牙的话后，他生气了。

他说，"你不是朝廷官员，你只是一个可怜的魔法师。国王给了你钱和权，但你却转身反对他。你说你想帮助这些人，但我看到的只是一群叛徒和胆小[3]的人。按照法律我应该抓你，把你送回朝歌。但这是我们第一次见面，所以我会好心地放你走。现在离开这里。"

姜子牙回到人群中。他把指挥官说的话告诉了他们。他们都开始哭了。"请不要哭，"他告诉他们。"我可以帮你们，但你们必须严格按照我说的去做。等到晚上，然后闭上眼睛。你们可能会听到风的声音。别担心。并且不要张开眼睛。如果你们张开眼睛，你们就会死。"

当夜晚到来的时候，人们都闭上眼睛等着。姜子牙向昆仑山磕头。然后他开始说一些魔语。一阵大风吹来。它把所有的人都带走了。风带着他们过了临潼关，穿过其他几个山口和几座山，一直到了金鸡山。然后风把他们安全地放在地上。姜子牙告诉他们，"你们现在可以张开眼睛了。你们现在在西岐的金鸡山。你们现在可以走了。"

西岐由西方大侯爵姬昌统治。但姬昌是个犯人，被国王命令住在羑里。所以西岐由姬昌的大儿子伯邑考管理。

伯邑考把这几百个人照顾得很好。他给了他们食物、住的房子和工作。他还与人们谈话，他们把朝歌发生的一切都告诉了他。

伯邑考对他的大臣们说，"我父亲已经做了七年的犯人。他的家人没有人去看他。如果我们不能帮助他，要这九十九个儿子又有什么用

---

¹ 指挥官　　　zhǐhuī guān – commander
² 行李　　　　xínglǐ – luggage
³ 胆小　　　　dǎn xiǎo – coward

呢？我必须去见他。我会把家里的三大宝贝送给国王。也许那个时候，国王会让我父亲回家。"

第 19 章
给国王的礼物

忠臣的儿子
因国王的狐妖而死
邪恶的国王只和他妃子玩，
而不听他大臣的话

宁愿被一万刀砍死，
也要保护他的名声
历史会讲出他的伤心故事；
眼泪像珍珠一样掉下。

≡≡≡

伯邑考和母亲说再见。然后去见他的弟弟姬发，说，"我在朝歌的时候照顾好西岐。不要改变任何事情，照顾好你的兄弟们。"

然后他出发前往朝歌。他很快就过了五个山口，过了黄河。最后，他来到了朝歌，在一家酒店里过夜。

第二天，他去了国王的宫殿。他等了一整天，但没有人让他进去。他不敢自己进去。于是他回到了酒店。他在第二天、第三天和第四天都去了，但仍然没有被邀请进宫殿。终于到了第五天，当他在门口等的时候，他看到丞相比干骑马过来。他跪在丞相面前。

"谁跪在我面前？"比干问。

"我是伯邑考，罪人姬昌的儿子。"

比干下了马，帮着年轻人站起来，说，"公子[1]，请起来。你怎么会在这里？"

---

[1] 公子　　　　gōngzǐ – prince

"先生，我父亲得罪[1]了陛下，你在国王那里为他说话，救了他的命。我的家人永远不会忘记这。现在我父亲已经在羑里做了七年的犯人。我们很担心他。我来这里是想请陛下让我父亲回家。为了报答[2]，我给国王带来了贵重的礼物。"

"这些礼物是什么？"

"我带来了四件礼物。首先，我带来了一辆来自远古黄帝的神车。它可以去坐车人想去的任何地方，不需要赶车的人或马。第二，我带了一块魔毯[3]，让任何喝醉[4]酒的人躺在上面就可以醒过来。第三，我带来了一只会唱歌跳舞的白脸猴子。它知道三千八百首歌。最后，为了国王的快乐，我带来了十个美丽的年轻女人。"

"这些都是很好的礼物，但恐怕陛下走得太远了，没有办法改变他自己。实际上，这些礼物可能会让事情变得更坏。但是，我会告诉他，我们将看看他会做些什么。"

比干到宫里告诉国王，姬昌的儿子来看他。国王命令年轻人进宫。伯邑考走进来，跪倒在地，然后跪着走，直到走近宝座。他没有从地上抬起头来，对国王说，"陛下，您的有罪大臣的儿子想与您谈谈。"

"说吧，年轻人，"国王说。

"我们家很感谢您让我父亲活着。我现在请求您让他回到他的家人身边，这样他就可以在家里过完他生命的最后几年。如果您这样做了，您的仁慈[5]将被记住一万年。"

他说话的时候，妲己站在窗帘后面偷偷[6]地看着他。她喜欢她看到的。这个年轻人长得高大，有力气，漂亮。她从窗帘后面出来，一直走到国王旁边。她对国王说，"陛下，我听说这个年轻人是一位大音

---

[1] 得罪　　dézuì – to offend
[2] 报答　　bàodá – in return
[3] 毯　　　tǎn – carpet, blanket
[4] 醉　　　zuì – drunk
[5] 仁慈　　réncí – kindness
[6] 偷偷　　tōutōu – secret

乐家[1]，是弹奏古琴[2]的大师。”她转向<u>伯邑考</u>，甜甜一笑，说，“听说你古琴弹得很好。你能为我弹奏一首歌吗？”

<u>伯邑考</u>仍然看着地上，对国王说，“陛下，我父亲已经受苦七年了。我的心碎了。请问在这种时候，我怎么能享受音乐呢？”

“<u>邑考</u>，”国王回答说，“给朕弹奏一首歌。如果朕喜欢，朕会让你和你的父亲自由。”

这让<u>伯邑考</u>很高兴。他感谢国王。仆人带来了古琴。他坐在地上，把古琴放在膝盖[3]上，开始弹奏这首歌，

> 柳树在早上的风中摇动
> 桃花在阳光下开放
> 不关心马车向东还是向西
> 草像绿色的毯子一样盖在大地

音乐从<u>伯邑考</u>手指间传来，像玉石的叮当[4]，像森林中松树的声音。国王喜欢音乐。他对<u>妲己</u>说，“你说得对，这个年轻人弹得真好。”

<u>妲己</u>也很喜欢音乐。但她真正想要的是享受<u>伯邑考</u>。她觉得他很漂亮，很有力气。然后她看着国王，认为他又老又虚弱。她对自己说，“我必须把这个漂亮的年轻人留在这里。我会想办法把他弄到我的床上。我想他会比那个老国王有意思得多。”

她对国王说，“陛下，我有一个主意。你可以让<u>姬昌</u>回家，因为我们不需要他。但把<u>伯邑考</u>留在这里。他可以教我弹奏古琴，他也可以在任何你想要的时候为你弹奏。”

“这是个好主意，”笨国王说，他同意了。

---

[1] 音乐家　　　yīnyuèjiā – musician
[2] 古琴　　　　gǔqín – a plucked seven string instrument, similar to a zither, that according to legend has been played in China for five thousand years.
[3] 膝盖　　　　xīgài – knee(s)
[4] 叮当　　　　dīngdāng – to tinkle, to jingle

妲己命令宫里的仆人准备宴会。在宴会上，她举起她的金杯，一次又一次地给国王干杯，直到国王喝得大醉，甚至坐不起来。当他睡着的时候，她让仆人把他放到床上。然后她让伯邑考教她弹奏古琴。

两人坐在地上，每人膝盖上都放着一把古琴。伯邑考给她讲了有关古琴的事，什么时候弹，什么时候不弹，怎么拿古琴，怎么用手弹古琴等等[1]。妲己听着，对着他笑，和他坐得很近。

伯邑考知道妲己是想勾引[2]他，但他知道，跟着她走，对他是一个可怕的错误。所以他坚持着他的心像冰一样。上课时他甚至没有看妲己一眼。

妲己见自己和那个年轻人没有任何发展。于是她又命令了一个宴会，叫伯邑考坐在她旁边。他回答说，"我是犯人的儿子。我不敢坐在王后旁边。如果我这样做了，我将死一万次！"他仍然坐在地上，甚至没有抬头看她。

妲己还有一个主意。她让仆人收了宴会。然后她对他说，"我们继续上课。但是你离我太远了。我不能这样学习。我会坐在你的腿上。你可以抱着我，抓住我的手。这样你就可以教我怎么用手弹奏。我会学得更快。"

伯邑考现在有麻烦了。他对自己说，"我想，死在这里是我的命运。但是我宁愿做一个受尊敬[3]的鬼，也不愿意做一个不受尊敬的人。"然后他对她说，"陛下，如果我按照你的要求去做，我就跟野兽没什么不一样了。你是王后，是国家的母亲，受到所有人的尊敬。请不要这样降低自己。如果人们知道了这件事，他们将永远不会再尊敬你了。"

这时妲己对伯邑考非常生气。她命令他离开宫殿。那天晚上晚些时候，国王在床上问她上课上得怎么样。她回答说，"我必须告诉你，

---

[1] 等等　　　děng děng – and so on, et cetera
[2] 勾引　　　gōuyǐn – to seduce
[3] 尊敬　　　zūnjìng – honorable

那个年轻人没有兴趣教我弹古琴。他只想用我的身体来为他自己享受。当我知道他想做什么的时候，我把他赶走了。"

第二天早上，国王命令仆人将<u>伯邑考</u>带回宫中。他说，"你昨天为什么不给王后好好上课？她还是不能弹奏古琴。"

年轻人说，"陛下，学习弹奏古琴是需要时间的。"

国王不想说任何有关勾引的事情。所以他说，"年轻人，再给朕弹奏一首歌。"<u>伯邑考</u>坐在地上弹奏着这首歌，

> 我的忠诚直到上天
>
> 愿陛下长生不老！
>
> 愿风雨在合适的时候到来
>
> 愿王国强大，永远不灭

国王喜欢这首歌，找不出任何问题。<u>妲己</u>见这，说，"陛下，听说白脸猴子唱歌很好听。让我们听它唱歌吧。"

仆人们把猴子带了出来。<u>伯邑考</u>给了它两块木板[1]，可以在它唱歌时用它们来给它弹奏。猴子唱了一首好听的歌。国王听着这首歌，忘记了自己的愤怒[2]。<u>妲己</u>听着，所有邪恶的想法[3]都离开了她的身体。她甚至忘记了自己是谁。狐狸精从她的身体里飘了出来。

<u>妲己</u>不知道猴子不只是一只猴子。那是一个研究了 千年道的强人精灵。它看见了狐狸精。它丢下木板，攻击了<u>妲己</u>。王后向后跳了起来。国王打向猴子，用拳头打死了它。

<u>妲己</u>哭了起来，说，"那个年轻人想用猴子杀了我！"

"我什么都没做！"<u>伯邑考</u>叫道。

"你怎么能这么说呢？"国王喊道。"大家都看到你的猴子想要杀死

---

[1] 板　　　　bǎn – plate, clapper
[2] 愤怒　　　fènnù – anger
[3] 想法　　　xiǎngfǎ – thought

王后！”

“陛下，猴子是野地里的动物。它们不总是按照别人告诉它们的去做。这个猴子喜欢吃水果。当它看到王后面前的水果时，它想要拿那些水果。另外，小猴子怎么会伤害人呢？它没有任何武器。”

国王想了一会儿。慢慢地，他的愤怒消失了。他对妲己说，“这个年轻人说得对。猴子是野地里的动物。”

妲己说，“陛下，你对这个人一直很好。让他再弹一首歌。但如果有任何愤怒或有意见，那么你必须杀死他。”

“当然，亲爱的，”国王说。

现在伯邑考知道，他逃不过妲己扔出的网[1]。他坐在地上又弹了一首歌。

> 国王总是对人们好
> 他永远不会对他们残忍
> 烧热的柱子把肉变成灰
> 长蛇把肚子当食物
> 大海上满是血
> 森林里到处都是尸体
> 人们很饿
> 但是鹿台却很满
> 农田[2]正在消失
> 但是国王却吃得很好
> 愿国王除掉邪恶的大臣
> 为国家带来和平

国王喊道，“侍卫，抓住那个叛徒，杀死他！”

---

[1] 网　　　　wǎng – net
[2] 农田　　　nóngtián – farm

<u>伯邑考</u>却说，"等一下！我还没有唱完这首歌。"然后他唱道，

> 愿国王放下他的欲望
> 愿他除掉邪恶的王后
> 当邪恶不在时
> 大臣们会很愿意服从[1]
> 当欲望消失时
> 王国将会和平
> 我不怕死
> 但你必须杀死邪恶的<u>妲己</u>

然后他站了起来，将古琴直接扔到了<u>妲己</u>的头上。王后跳开，倒在地。

"侍卫！"国王喊道。"想要用古琴杀死王后是一种可怕的罪行。把他扔进蛇坑里！"

"等一等，"<u>妲己</u>说，她从地上站起来。"把他交给我。我来收拾他。"她让士兵们把他的脚和手钉[2]在木板上。然后她命令士兵们一点一点地切掉他的肉。<u>伯邑考</u>一直对她大喊大叫，直到死去。

他死后，<u>妲己</u>对国王说，"我有一个主意。我们把肉切成小块。然后我们就用它做肉饼[3]，送去给<u>姬昌</u>。如果他吃了饼，那就表示他只是一个人，你可以让他回家。但如果他拒绝，那就表示他是圣人，你就应该杀了他，不留麻烦。"

国王同意了。<u>伯邑考</u>的肉被送到厨房，做成肉饼。然后他命令把肉饼送给在<u>羑里</u>的<u>姬昌</u>。

---

[1] 服从　　　fúcóng – to obey
[2] 钉　　　　dīng – nail
[3] 饼　　　　bǐng – pie, patty

第 20 章
<u>散宜生</u>贿赂大臣

从古到今邪恶的大臣都爱钱，
伤害忠诚和好人
为了活命，
他们强求把金和银放进他们的包里[1]

他们只想着他们自己，
不想他们国家的痛和苦
但一切都可能在一秒钟内改变，
他们没有看见剑已经向下。

≡≡≡

<u>姬昌</u>在<u>羑里</u>当犯人的七年里，从来不去外面说话，也从来不找任何麻烦。他把时间花在了研究算命上。他写了一本书，后来被叫做《易经》。他还通过弹奏古琴让自己轻松。

有一天，他在弹古琴时，听到最下面的琴弦[2]传来一阵不愉快[3]的声音。那是死亡的声音。他停止了弹奏，用金币算命。就是通过这他知道儿子死了。他还知道，国王想把他儿子的肉给他吃。

不久之后，一个送消息的人拿着一盘肉饼来了。他对<u>姬昌</u>说，"陛下担心你的健康。他昨天去打猎，杀了一头鹿，就让厨房把鹿肉做成饼给你吃。"

<u>姬昌</u>知道这是一个陷阱[4]。如果他拒绝吃饼，国王就会知道他是一个强大的魔法师，并会杀死他。于是他对送消息的人说，"我们的国王是多么仁慈啊！尽管他打猎了一整天已经很累了，但他还是有时间去

---

[1] in the original poem, the ministers demanded that coins be put in a 锦缠 (jǐn chán), a special purse made of rich brocade that was used as a tip jar for performers in ancient time.
[2] 弦　　　　xián – string
[3] 愉快　　　yúkuài – joy
[4] 陷阱　　　xiànjǐng – trap

想他有罪的大臣。陛下万岁！"

他吃了一个肉饼。然后他又吃了一个，然后又吃了一个。送消息的人看着他吃饼，但什么也没说。然后他离开了，回到了朝歌。他去了宫殿，对国王说，"犯人姬昌多次感谢你给他的肉饼。他吃了三个。然后他磕头说，'陛下万岁！'他再次磕头，让我把他的话告诉你。"

国王笑着对费仲说，"所以，姬昌吃了自己儿子的肉。看起来他不是一个强大的魔法师，只是一个普通[1]人。朕认为如果让他回家不会有危险。"

费仲说，"陛下，请小心。我觉得姬昌是想骗您。他知道，如果他拒绝吃饼，您会杀了他。让他回家是危险的。西方已经有麻烦了，不要再有其他的麻烦了！"

国王说，"没有人，即使是圣人，也不会吃自己儿子的肉。但也许你是对的。朕会把他留在羑里。"

这个时候，和伯邑考一起前往朝歌的士兵和仆人听说他们的主人被杀了。那天晚上，他们都逃回了西岐。回到家后，他们把伯邑考的事告诉了他的弟弟姬发。

姬发哭着说，"国王怎么能做出这种事？尽管我父亲被关了七年，但我们仍然对国王忠诚。但是现在国王杀了我的哥哥。国王和他王国里的人之间的纽带已经断了。"

这时，姬发的一名将军站了起来，大声喊道，"我们应该战斗了！我们必须带军队去朝歌，除掉这个邪恶的国王，给我们的国家带来和平！"

但一个叫散宜生的大臣站起来说，"公子，你应该砍下那个人的头。他是个傻瓜，会给我们带来很大的麻烦。"

---

[1]普通　　　pǔtōng – ordinary

姬发说，"我为什么要砍下我的将军的头？"

散宜生说，"想想你父亲姬昌。他已经被关了七年，但他仍然对国王忠诚，他还活着。如果你带军队去朝歌，国王会在我们的军队到城市之前杀了他。"

当大臣们想到这的时候，房间里变得安静了。然后散宜生继续说，"你们知道姬昌算过命，告诉过我们他要做七年的犯人。他告诉过我们不要让人去救他。但是你哥哥不听，现在他死了。他不应该去朝歌。他应该用不同的方法做事。他应该贿赂邪恶的大臣费仲。这样，费仲就会和国王谈，并帮助放了姬昌。只要姬昌自由了，我们就可以组织一支军队，去打国王。"

姬发对散宜生说，"大臣，你说得不错。告诉我，我们现在该怎么办？"

"选出你的两个最好的大臣。让他们穿上生意人的衣服。其中一人要给费仲送上贵重的礼物。另一个人要把贵重的礼物送给另一个叫尤浑的大臣。他们俩都能让国王听他们的话。通过贿赂他们俩，你将会得到保证国王会去做我们想要做的事。"

姬发同意了。于是，他的两个大臣拿了带到朝歌去的贵重礼物。他们过了五关，过了黄河，来到朝歌。他们没有住在大臣们住的宾馆里。而是住在生意人住的小酒店里。

第二天晚上，其中的一位大臣去见费仲。费仲对他说，"你是谁，这么晚了，你为什么会在这里？"

大臣回答说，"先生，请原谅我这么晚来这里。你对我们很好，你救了我们师父姬昌的命。我们感谢你。我有一些小礼物要送给你。我还带来了西岐的大臣散宜生的一封信。"

大臣将散宜生的信交给了费仲。信上说，

　　费仲大臣。很对不起，我从来没有见过你。但是我们西岐所有的人

都感谢你的帮助。我们的师父姬昌很笨地说了一些让陛下生气的
话。但因为你的帮助，他还活着，住在羑里。请收下这些小礼物，
它们是我们对你的感谢。也请你想想我们的师父，他老了、病了，
他想回家。如果你能和国王说说这件事，我们会感谢你一万年。

费仲看了看礼物，里面有两千四百两黄金和四个白玉币。"这些礼物
很贵重！"他心想。他让大臣回西岐。他说他需要一点时间让他考虑
怎么帮助放了姬昌。

就在同时，另一位大臣与尤浑进行了相同的见面。两位大臣很满意地
回了西岐。

费仲和尤浑都对贿赂感到非常高兴，但是他们当然没有互相之间说任
何有关见面或贿赂的事情。

几天后，国王正轻松地和费仲、尤浑下棋。国王赢了所有的比赛。之
后他们举行了一场宴会。国王说，"听说姬昌吃了他儿子的肉。所
以，他当然不是魔法师。"

费仲说，"陛下，您知道我从来不信任姬昌。我让我的一些人去羑里
看着他。他们告诉我，姬昌对您是忠诚的。他在每个月的一号和十五
号为您烧香。他为您的健康和王国的和平祈祷。七年来，他从来没有
说过您的坏话。"

国王转头问尤浑，"那你觉得姬昌怎么样？"

尤浑听到了费仲的话。现在他知道，费仲也收了贿赂。他知道他需要
做更多的事情来得到他刚刚收到的贿赂。于是他对国王说，"我也听
说姬昌一直对陛下忠诚。七年来，他没有做任何伤害国家的事情。而
且，我认为姬昌可以帮助我们赢得我们在东部和南部的战争。也许您
可以让他做王爷[1]，让他指挥[2]侯爵的军队。只要东边和南边的叛乱分

---

[1] 王爷　　　　wángyé – prince
[2] 指挥　　　　zhǐhuī – to command

子[1]听说了这，就会放下武器回家。"

国王很高兴听到他最信任的两位大臣都同意这一点。于是他命令放了姬昌，并且让姬昌来见他。一个送消息的人去羑里告诉了姬昌。

姬昌对羑里的人们说了再见，前往朝歌去见国王。他穿着白色衣服进了宫殿，因为他是犯人。他向国王磕头，说，"按照罪人姬昌犯的罪行，应该被杀死，但陛下却选择了让我回家再次见我的家人。愿你活一万年！"

国王回答说，"姬昌，你做了七年的犯人，却从来没有说过一句反对朕的话。你是一位忠诚的大臣。朕让你回家。朕也任命你为王爷[2]，是所有侯爵的首领，所以你可以用他们的军队来保护王国。这里将有一场为你举行的大宴会。宴会结束后，你可以在街道上游行[3]三天。"姬昌再次磕头。

接下来的两天，姬昌在街道上游行。第二天晚些时候，他看到一大群骑马的人从另一个方向过来。他看到是黄飞虎将军骑在他的大牛身上。姬昌下马，向黄飞虎鞠躬。黄飞虎下了牛，向姬昌鞠躬，邀请他晚上晚些时候到他家去。

两个人吃喝了一会儿。然后黄飞虎对姬昌说，"我的朋友，我看你今天很开心。但你必须看看发生了什么！我们的国王整天和费仲这样的邪恶大臣喝酒聊天。他整个晚上都在和他的妃子们玩。他杀死了许多忠诚的大臣。他把人扔进了蛇坑。你必须为这做点什么！别再在街道上游行了。马上回西岐，做点什么，帮帮你的国家！"

姬昌感觉自己刚从梦中醒来。他向黄飞虎鞠躬，感谢他。姬昌说，"谢谢你，我的朋友。我马上就走。但是我怎样才能回家呢？"

黄飞虎回答说，"我可以帮你。穿上军队官员的衣服。拿着这些虎符

---

¹ 叛乱分子　　pànluàn fèn zi – rebel
² Now that the king has named Ji Chang as a prince, the original book sometimes refers to him as Prince Wen. But to avoid confusion we will continue to call him Ji Chang.
³ 游行　　　　yóuxíng – parade

[1]，”他给了他一些虎符。“你就能顺利通过五座山口了。”

姬昌再次鞠躬感谢黄飞虎。那天晚上，黄飞虎命令他的人打开城门。姬昌和一小群士兵在黑暗的保护下离开了这座城市。

---

[1] 符　　fú – a tally. Tiger tallies, called hǔfú (虎符) were used in ancient China as a way for kings and emperors to authorize and delegate the power to generals to command and dispatch an army. The tiger was a symbol of courage.

第 21 章
飞行五关

≡≡≡≡

姬昌那天晚上没有回酒店。酒店的官员在等他。见他没有出现，他们去告诉了费仲。

费仲去见国王，但他很害怕。他去了摘星楼，在国王面前一次又一次地磕头。然后他说，"陛下，我必须告诉您，姬昌只在城市街道上游行了两天。现在他走了。没有人知道他在哪里，但我认为他已经离开了这座城市。"

国王非常生气。他说，"你告诉朕，朕应该让他做王爷，原谅他的罪行！"

费仲继续磕头。他低着头说，"陛下，谁能懂人心？您知道这句话，'海水干了可以看见底，但即使一个人死了，也没有人能知道他心里在想什么。'犯人姬昌离开不到一天。还有时间抓住他。您可以让士兵把他带回朝歌，然后您可以砍下他的头。"

国王命令三千名骑马的士兵去抓住姬昌。士兵们从西门离开了这座城

---

[1] 吉祥　　　jíxiáng – auspicious

市。

现在姬昌并不着急。他已经过了黄河，正骑马向第一个山口走去。他慢慢地骑着马向西走，享受着美好的天气。突然，他听到身后传来许多马匹的声音。转过身，他看到一团尘土升到空中。"哦，不好了！"他对自己说。"我真是太笨了。那一定是国王的军队。如果他们抓住了我，我就是一个死人了。"然后他开始用最快的速度骑马向西，国王的军队紧跟在他的后面。

而就在同时，终南山上，云中子正坐在他的山洞外。他低头看，只见一支军队在追着姬昌。他马上让他的一个徒弟去把雷震子叫来。几分钟后，雷震子来了，他给他的师父磕头。

"徒弟，"云大师说，"你父亲有危险。你一定要快去救他！"

"我父亲？他是谁？"雷震子问。

"你不记得了吗？他是西方大侯爵姬昌。现在快去虎儿崖找武器，然后再回来见我。"

雷震子离开了山洞，前往虎儿崖。他看着周围，但没有看到任何武器。他正要离开时，闻[1]到了很香的味道。他跟着味道而去。他来到一条从山上流下来的小溪[2]旁边。这是一个美丽的地方。周围都是树木和草。狐狸和鹿在树林中走来走去，鸟儿在头上飞过。抬起头，他看到树枝上挂着两颗红杏[3]。他把两颗杏子从树枝上采了下来。

"我吃一个，另一个给我的师父，"他想。但是他吃了一个以后，实在是太好吃了，所以在还没有来得及停止之前，他把两个都吃掉了。

过了一会儿，"啪[4]"的一个很响的声音，他的左臂下突然出现了一只长长的翅膀[5]。然后又是一个很响的"啪"的声音，他的右臂下出

---

[1] 闻　　　　wén – smell
[2] 溪　　　　xī – stream
[3] 杏　　　　xìng – apricot
[4] 啪　　　　pā – popping sound
[5] 翅膀　　　chìbǎng – wing

现了另一只翅膀。然后他的身体开始发生变化。他的脸变成了深蓝色，头发变成了红色，牙齿变长，眼睛变大。他的身体变成了二十尺高。

他站在那里，不知道发生了什么事。就在这时，一个徒弟走过来对他说，"兄弟，师父命令你马上去见他。"

雷震子回到了师父的山洞。他低着头，长长的翅膀拖[1]在地上。云中子看到了他。"太好了，太好了！"他说。"跟我来。"

他们一起走到附近的桃花园。云大师拿起一根金色的大棒。他把它给了雷震子，开始教他怎么使用它。雷震子学会了怎么上下左右挥棒，怎么像森林中的老虎一样转身，以及怎么像龙一样从海中跳出。棒在空中飞，空气中充满了明亮的光。

结束后，云大师在左翅膀上写下了一个"风"字，在右翅膀上写下了一个"雷"字。然后他告诉他的徒弟，"这两个字会让你飞过天空。现在快去，帮你父亲逃离追他的士兵。帮他过五关。但你不能伤害任何士兵。当你完成后，回到这里，完成你的学习。"

雷震子飞快地到了地上。他看到一个穿着黑色衬衫的人骑着一匹飞跑的马，几千个士兵在追着他。他对那人喊道，"你是西方大侯爵吗？"

姬昌抬起头，看到一只很大的鸟拿着一根金色的棒。他吓坏了，但还是喊道，"你是谁？你怎么知道我的名字？"

雷震子跪倒在地，磕头。"父亲，原谅我，我不是要故意吓你的。"

姬昌有很多儿子，但没有一个是这个样子。他回答说，"你为什么叫我父亲？我不认识你。"

"我叫雷震子。七年前你在森林里找到了我，让我成为你的儿子。现

---

[1] 拖　　　　tuō – to drag

在你有危险。我可以帮你过五座山口，安全回到西岐。"

"好吧。但你不能伤害或杀死任何士兵。我已经遇到了很多麻烦，我不希望你把事情变得更坏。"

"当然。我师父也跟我说过一样的话。"然后雷震子飞上了天空。他往回飞向军队，来到他们面前。他挥着金棒，喊道，"站住！"

士兵们停了下来。他们中的一些人往回走了。但两位将军说，"攻击！"然后冲向雷震子。

第 22 章
大侯爵回来

吃了儿子后姬昌回了家，

他的眼泪再也干不了

但这不会改变他是谁，

他仍然对他的国王忠诚

没有人能说出上天写了什么，

但罪恶总是带来血和灰

地球上发生什么并不重要，

上天决定谁必须离开以及什么时候离开。

≡≡≡

雷震子看到两位将军向他走来。他举起他的金棒，对他们说，"我的朋友们，请停下来。我叫雷震子。我是西方大侯爵姬昌第一百个、也是最小的儿子。他一生都是忠诚的大臣。他对父母孝顺[1]，对朋友很忠诚，他坚持法律，努力成为国王的好臣民[2]。但国王使他被关了七年。最近，国王放了他，并允许他回家。那你们为什么要追他，并且想要抓住他呢？我的朋友们，你们不需要让大家来看你们的勇敢。回家吧，让我们安静一下。"

其中一位将军大笑，说，"你这个难看的野兽！你的话是傻瓜的话！"然后他冲向雷震子，用剑攻击他。

雷震子用他的金棒轻松挡[3]住了剑。然后他说，"请停下来。我很愿意和你战斗，但我师父和我父亲都告诉我不要伤害你们或你们的士兵。在你再次攻击我之前，请看这个。"

将军们看着雷震子跳起飞向天空。他飞下来到附近一座山的一边。他

---

[1] 孝顺   xiàoshùn – filial (obedience and loyalty to a parent)
[2] 臣民   chénmín – subject of a ruler
[3] 挡   dǎng – to block

把他的金棒挥向另一座山。随着一个很响的声音，山被砍成两半。他对将军们说，"你们觉得你们的头比那座山还硬吗？"

这就是将军们需要看到和听到的一切。他们转身带着士兵们回了<u>朝歌</u>。<u>雷震子</u>回到父亲身边，说，"我和将军们谈过了，让他们回<u>朝歌</u>。他们现在就离开。现在该带你回<u>西岐</u>了。"

"谢谢你，"<u>姬昌</u>说。"可是我的马呢？七年来，它一直是我忠诚的仆人。"

"父亲，马不重要。随它去吧。"

<u>姬昌</u>伤心地拍拍马的头。他说，"我不想把你留在这里，但士兵们可能会再次回来。现在去找另一个主人吧。"然后他爬上了<u>雷震子</u>的背，闭上眼睛。他感觉到风吹在脸上，<u>雷震子</u>跳上天空，在空中很快地飞行。几分钟后，他们飞过了所有五座山口，来到了<u>金鸡山</u>。<u>雷震子</u>来到地上，说，"父亲，我们到了。我必须把你留在这里。照顾好自己。我会再见到你的。"

<u>姬昌</u>看了看周围。他说，"可是儿子，我们还没到<u>西岐</u>城。我们还在远离城市的山上。你为什么要把我留在这里？"

<u>雷震子</u>回答说，"父亲，我必须把你留在这里。我师父让我只带你过五座山口。剩下的路你必须自己走。当我的魔法更强大的时候，我会和你在一起的。"他跪下来，向父亲磕头。然后他跳上天空，飞回<u>终南</u>山。

<u>姬昌</u>没有马可以骑，他转身开始向西走。他走了一整天。他是个老人，当一天结束时，他已经很累了。他在路边的一家酒店停了下来，吃了点晚饭，上床睡觉了。但到了早上，他发现自己没有带钱。他没有办法付食物和房间的钱。

店员[1]是个年轻人，非常生气。他说，"你怎么能住在这里吃我们的

---

[1] 店员　　　diànyuán – clerk

食物，却不付钱呢？"

姬昌回答说，"对不起，年轻人，我身上没有钱。我所有的钱都在西岐城。请让我离开。我很愿意在短时间内把钱付给你。"

店员生气地说，"你可能不知道，但你是在西岐。这里没有人会偷别人的东西。西方大侯爵用仁慈来统治，但是我们必须服从法律。这里的每个人都生活在和平与幸福中。现在，你必须付钱，否则我会带你去见大臣。"

就在这时，酒店老板来了，想知道那两个人为什么要争论。他仔细看了看那客人，发现他正是西方大侯爵姬昌。酒店老板磕头说，"殿下，请原谅我们。我们有眼睛，但没有看到你。我是这家小酒店的老板。这酒店是我家传下来的，有一百多年了。请坐下来喝点茶。"

姬昌很高兴。他说，"先生，我很高兴见到你。你有一匹马可以让我骑到城里吗？当然，我回来时会付钱给你。"

"殿下，我们不是有钱人，我们没有马。但是我们有一头老驴[1]。你可以骑驴去，我会和你一起去，保证你安全到城里。"

姬昌听到这话很高兴。很快，他和酒店老板离开了酒店，开始向西行。他们走了几天，才来到西岐城。那是晚秋。树木从绿色变成了红色，冷风吹过。姬昌已经离开了七年，他很想他的家人。

西岐城里，姬昌的母亲正坐在家里。她感到一阵奇怪的风从窗户吹进来。她算了命，知道儿子要回来了。很快，她告诉了她的孙子们和大臣们。他们都从城里出来，在路上等着姬昌的到来。

很快，姬昌就骑着酒店老板的驴来了。他的儿子姬发站出来。他说，"父亲，你被关了七年。你的孩子们没有做任何事来帮助你。我们并不比有罪的人更好。请原谅我们。我们很高兴再次见到你！"

姬昌开始哭了。他说，"我的朋友们，我的儿子们，我从来没想过我

---

[1] 驴　　　　lǘ – donkey

会回家再见到你们！我很开心，但同时也感到有点难过。"

大臣<u>散宜生</u>上前说，"古时，<u>汤王</u>被关在<u>夏台</u>多年。当他终于获得自由时，他统一[1]了整个国家，成为<u>商朝</u>的第一位国王[2]。现在你又回家了，也许你会像<u>汤王</u>一样，你在<u>羑里</u>的日子也会像他在<u>夏台</u>的日子一样。"

<u>姬昌</u>却说，"你的话对我没有一点意思。一个忠诚的臣民，一定不会做这样的事情。我是罪人，但陛下对我很仁慈，只把我关了七年。现在他放了我，任命我为王爷，并命令我与叛乱分子战斗。我永远不会反对我们的国王。我请你永远不要再说这样的话了。"

他回到家里见妻子和母亲，然后穿上官员的长衣。他骑着马车走在街道上，向<u>西岐</u>城的人们问好。城里的人都出来见他。他们唱歌，跳舞，喊着他的名字。

他看着人们，想到了自己的儿子<u>伯邑考</u>。他记得吃过他儿子的肉。他倒在地上，喊叫着。他的脸变得像纸一样白。然后他的肚子发出了奇怪的声音。他张开嘴，吐出了一块肉。肉掉在地上。然后它长出了四只脚和两只长耳朵，变成了一只兔子[3]。兔子向西跑去，不见了[4]。

<u>姬昌</u>看见兔子逃跑了。然后他又吐出了三块肉。它们也变成了兔子，向西跑去。

大臣们带他去看医生，医生让他休息几天。休息后，他见了他的大臣们，并告诉他们他被关起来、然后被国王放了以及在<u>雷震子</u>和酒店老

---

1 统一　　　　tǒngyī – to unite
2 King Jie (桀) was the last ruler of the Xia Dynasty, which was the first dynasty in China. It was said that he drank day and night with his concubines and made a lake of wine large enough to float full sized boats. Cheng Tang (成汤) led an uprising against Jie. Tang was exiled to Xiatai but was later released, Tang then led an army that deposed Jie and established the Shang dynasty in the 16th century B.C.
3 兔子　　　　tùzǐ – rabbit
4 According to the *Book of Documents* (书经, shū jīng), one of the five classics of ancient Chinese literature, when Ji Chang vomited up his son's flesh he created rabbits on earth. The Chinese words for rabbit (兔) and vomit (吐) are both pronounced tù.

板的帮助下逃回西岐的整个故事。"请保证酒店老板拿到够用的钱，感谢他帮助我，"他说。

然后大臣散宜生再一次想要让姬昌反对国王。他说，"大人，现在王国三分之二的国土和四百名侯爵都在反对国王。现在你回家了，就像龙回海或虎回山一样。现在是我们站出来的时候了。"

他的一位将军说，"大人，我们现在需要行动[1]。我们有四十万士兵和六十名将军。要攻击山口，包围朝歌，砍下妲己和费仲的头。我们可以任命一位新国王，为王国带来和平。"

但姬昌又一次拒绝反对国王。他说，"你们俩都是忠诚的臣民，但现在你都像罪人一样说话。你们怎么能忘记国王是王国的首领？大臣必须对国王忠诚，就像儿子必须孝顺父亲一样。我没有经过考虑就说了反对国王的话，国王那样惩罚我是对的。现在我感谢国王让我回家。我希望叛乱分子放下武器。请停止这样的谈话，我希望我再也不会听到你们这样说话了。"

将军回答说，"那么你儿子伯邑考呢？他去朝歌只是为了帮你，你知道国王对他做了什么。我们必须有一个新的国王！"

"不，是我儿子自己造成的。我告诉过他，我将做七年的犯人，我告诉过他不要来看我。他不服从我的命令。他不明白情况。这就是他丢了生命的原因。现在我回来了，我的工作是帮助西岐的人们过上更好的生活，而不是发起战争。"

散宜生和将军听了他的话。他们向姬昌磕头。

"现在，"姬昌继续说，"我想在城西建造一座新楼，名叫灵台。可以用来算命，看到将来。这将帮助西岐人。但我担心它太贵了。"

"请不要担心，"散宜生说。"你对人们很好。他们很感激你，并很愿意帮助建这楼。如果你愿意，你可以付给他们银子，让他们随便来

---

[1] 行动　　　xíngdòng – to act

去。”

这让姬昌很开心。他坐下来，写下了将要贴在城门上的通知。

去。”

这让姬昌很开心。他坐下来，写下了将要贴在城门上的通知。

第 23 章
飞熊之梦

姬昌是国王的忠诚仆人，
他忠诚的臣民很高兴为他工作
他们建灵台，
他把钱放进他们的口袋[1]里

西岐有着很强的根底[2]，
而王朝却被淹在海下
不用讨论孟津的命运，
一切都在飞熊的梦里。

≡ ≡ ≡

姬昌的通知上写着：

> 西岐是一片和平的土地，但这里经常发生洪水和
> 干旱[3]。我们需要一种办法来了解天气情况。因为这个原因，我希
> 望在城市西边的地方造一个灵台。这个工作需要很多工人。如果
> 有人想做这个工作，我就付给你一钱银子。你可以任何时候开始
> 或离开。如果你不想做这个工作，我不会命令你或其他任何人去
> 做这事。

城里的人读了通知。他们很高兴知道要建灵台，他们更高兴的是知道
他们的工作将会得到银子。许多工人都站出来，在短短十个月内，这
个工作就完成了。

灵台建成后，姬昌看出阴阳不太对。灵台一边需要一个水池。他把这
件事告诉了散宜生。不久之后，一群工人开始为水池挖洞。在他们挖

---

[1] 口袋　　kǒudài – pocket
[2] 根底　　gēndǐ – foundation
[3] 干旱　　gānhàn – drought

146

的时候，他们发现了一具[1]埋在地下的骷髅。他们把骷髅的事告诉了姬昌。他告诉工人们去把骷髅埋到别的地方去。

这时，已经是晚上了。姬昌在灵台吃了晚饭，然后他决定不回他的宫殿，而是在灵台的一个房间里过夜。

那天晚上，他做了一个奇怪的梦。梦中，一只大白虎从东南方向飞了过来。它冲进了姬昌睡觉的房间。然后灵台后面传来"轰！"的一个很响的声音，一道明亮的白光射向天空。

姬昌从梦中醒来。他想了想，却不知道这是什么意思。早上，他问散宜生梦的事。

"殿下，"散宜生说，"这是一个非常好的梦。梦中的动物不是老虎。那是一只飞熊。这表示一位大师会很快来到这里，为你做事。那明亮的白光是西岐将来的和平幸福。"

姬昌谢了散宜生。然后他回到自己的宫殿，想着谁会是那位大师。

同时，让我们回到姜子牙那里。他帮助了那些想要离开朝歌的人以后，就去了森林里的一间小茅屋[2]里住了下来。小茅屋附近有一条河。每天，他坐在地上，背靠[3]着柳树，钓鱼。他一边钓鱼，一边念[4]着道教经文[5]，他的心一直在道上。

有一天，当他正在念道教经文和钓鱼时，他听到附近有一个人。那人唱着这首歌，

　　走过山走过岭[6]

　　空中都是我斧头的声音

　　斧头一直与我在一起

---

[1] 具　　　jù – (measure word for dead bodies, coffins and tools)
[2] 茅屋　　máowū – hut, cottage
[3] 靠　　　kào – against, depend on
[4] 念　　　niàn – to recite
[5] 经文　　jīng wén – scripture
[6] 岭　　　lǐng – hill

我用它来砍烧火木头

兔子在地里跑

鸟儿在树上歌唱

我只是一个快乐的砍木头人

我没有钱，但我不把它放在心上

我卖掉我的木头来买食物

我有米饭、蔬菜[1]和好酒

晚上我睡在树下

我的生活很好，我没有任何烦恼[2]

歌唱完后，砍木头的人走到姜子牙面前。他把烧火的木头丢在地上，坐了下来。他说，"先生，我经常看到你在这里钓鱼。我可以和你聊聊天吗？"

姜子牙答道，"当然可以！就像老故事里一样，一个钓鱼人和一个砍木头人之间的聊天！[3]"

砍木头人说，"先生，我叫武吉。请告诉我你的贵名，你从哪里来？"

"我叫姜子牙，但有的时候也叫飞熊。"

武吉大笑。"我的朋友，大圣人会有两个名字。但你什么都不是。你只是一个整天坐着钓鱼的老人。你让我想起了那个整天等着兔子跑来砸在树上的人。在我看来，你不像一个大圣人。"

然后砍木头人仔细看了姜子牙的鱼线。他又笑了，说，"我的朋友，

---

¹ 蔬菜　　　　shūcài – vegetable

² This song is very similar to the song of the woodcutter who Sun Wukong meets in Chapter 1 of *Journey to the West* (see our book, *The Rise of the Monkey King*).

³ This conversation is very similar to the one between the fisherman and the woodcutter in Chapter 10 of *Journey to the West* (see our book, *The Emperor in Hell*). There are many stories and songs in Chinese folklore about a fisherman and a woodcutter discussing the meaning of life. Although education was valued in ancient China, Daoism stressed the value of living in simplicity and harmony with nature. Thus, educated people may talk at length without getting anywhere, but simple people such as these can quickly get to the heart of the matter.

你看起来很老，但你这些年什么也没学到。看看这个鱼钩！"他举起手中的鱼钩。这只是一根直的铁片。"你可以钓一百年，但你什么也钓不到。让我告诉你应该怎么做。首先，把这根针烧红，然后把它弯[1]成钩子。然后在上面放一点肉。等鱼来咬，然后马上把鱼从水里拉出来。"

姜子牙只是对着砍木头人笑了笑。他说，"我的朋友，你只知道故事的一半。我对钓鱼不感兴趣。我在等着钓一位侯爵，或者一位国王。"

"所以，你想做侯爵或者做国王？你对我来说就像一只猴子。"

"好吧，我可能看起来不像侯爵或国王。但是你的脸色看起来也不太好。你的左眼有点绿，右眼有点红。这告诉我，你今天要在城里杀一个人。"

武吉站了起来。他说，"我们只是在友好地聊天。你为什么突然对我说这么可怕的话？"然后他拿起烧火的木头，转身走开了。

砍木头人来到了城市。他走过集市，想要卖掉他的烧火木头。就在这时，姬昌正走过集市前往灵台。侍卫骑马在他的前面，喊道，"让开！让开！"武吉忙转身让开。他背上还背着一捆[2]烧火木头。一根长长的烧火木头有一头很尖[3]。就在武吉转身的时候，那根长长的烧火木头打在一名侍卫的头上，他马上就死了。

其他侍卫马上抓住了砍木头人。姬昌停下了马。他低头问砍木头人，"你为什么要这样做？"

武吉说，"我不是故意要杀那个侍卫的。我想要让开。我的木头晃动了一下，打到了那个侍卫。"

"对不起，你杀了人。现在你必须付出生命的代价。这就是西岐这里

---

1 弯 wān – to bend
2 捆 kǔn – (measure word for bundles and bunches)
3 尖 jiān – sharp point

的法律。"

他命令他的人在地上画一个大圈。他命令<u>武吉</u>留在圈子里，直到他被杀死的时候。这是<u>西岐</u>那里的习惯。既然<u>姬昌</u>可以通过算命知道一切，那么没有人，即使是犯人，也不敢试着逃离这个圈子。他们知道自己会被抓住，对他们来说事情会更坏。

<u>武吉</u>在圈子里等了三天。他想到了在家等他的母亲。他开始哭了。就在这时，<u>散宜生</u>路过，看到砍木头人在哭。他说，"你为什么哭？<u>西岐</u>这里的习惯是杀人要付出生命的代价。哭不会改变这一点。"

<u>武吉</u>回答说，"先生，请原谅我。我知道我必须付出生命的代价。这不是我哭的原因。我想起了在家等我的可怜的母亲。当我被杀死后，将没有人照顾她。她将死在家里，她的骨头将不会被埋掉。想到这里，我的心就碎了。"

<u>散宜生</u>想了一下这事。然后他说，"别哭。这件事我会和殿下谈谈的。也许你可以回家，照顾你母亲一段时间，然后再回来受死。"<u>武吉</u>磕头感谢。

<u>散宜生</u>去了<u>灵台</u>，和<u>姬昌</u>谈了这件事。<u>姬昌</u>同意让砍木头人回家一段时间。于是<u>武吉</u>被允许出城回家。

当他回到家时，他的母亲说，"我亲爱的孩子！你去哪了？我怕你在山上被老虎吃了。我已经好几天没能吃东西、没能睡觉了。"

<u>武吉</u>将事情的经过告诉了她。他告诉她遇见那个用直针钓鱼的老人。然后他告诉她老人算命的事，以及集市上杀人的事。

她对他说，"我的孩子，那不是普通的钓鱼人。他是一位大圣人。你必须回到他身边，求他救你的命。"

<u>武吉</u>感谢了母亲。然后他就去找<u>姜子牙</u>了。

第 24 章
从钓鱼人到丞相

姜子牙离开了忙乱的朝歌，
休息在这绿水环山的地方
他读道书打发[1]时间，
三条金鱼对着他笑

空中都是鸟儿的歌声，
他听到了溪流的声音
早上的露水[2]盖满了花园，
等着姬昌的到来。

＝＝ ＝＝

武吉去了他之前见到钓鱼人的溪边。那里，坐在一棵树下的正是姜子牙。武吉偷偷地走到他身后。姜子牙头也不回，说，"你不就是我前几天遇到的那个砍木头的人吗？"

"是的，先生，"武吉说，"我就是。"

"那天你杀人了吗？"

武吉倒在地上哭了起来。他把那天城里发生的一切告诉了姜子牙。然后他说，"秋天到了，我必须回城里。我会因为杀了那个人而被杀死。没有人可以照顾我的母亲，我担心她很快就会死去。我求求你，求求你救救我们吧！"

姜子牙说，"这是你的命运。命运是很难改变的。你杀了人，所以现在你必须付出生命的代价。我能做什么呢？"但武吉还是继续哭着。最后，姜子牙说，"好吧，我来救你。但你必须成为我的徒弟。"

武吉磕头同意了。姜子牙继续说，"既然你是我的徒弟，我必须帮

---

[1] 打发　　　dǎfā – to pass (time)
[2] 露水　　　lùshuǐ – dew

你。回家在床边挖一个四尺深的洞。今晚就睡在里面。告诉你的母亲在你身上扔几粒米。就这样。你不会再有麻烦了。"

<u>武吉</u>跑回家告诉母亲。"我们必须按照圣人的话去做！"她说。<u>武吉</u>按照他师父的话挖了一个洞，母亲往他身上扔了些米，那天晚上他就睡在洞里。也就在那天晚上，<u>姜子牙</u>说了几句魔语，盖住<u>武吉</u>的星星，让天上看不到它。

第二天，<u>武吉</u>回来了。<u>姜子牙</u>说，"我不要你把所有的时间都花在砍木头上。每天下午你必须学习兵法[1]。如果你这样做，你将成为大臣。记住古人说的，'没有人生出来就是将军或大臣；一个人必须努力工作才能在生活中取得成功。'"

就在同时，<u>散宜生</u>正在想着那个砍木头人。他对<u>姬昌</u>说，"你还记得那个砍木头的人，那个杀死侍卫的人吗？我让他回家照顾他的母亲。但他还没有回来。我想知道他怎么了。"

<u>姬昌</u>算了命。他说，"啊，我明白了。砍木头人跳进一个很深的水坑里淹死了。所以他死了。我们现在不需要做任何其他事情了。"

冬天来了又去，春天来了。有一天，<u>姬昌</u>说，他想出城享受好天气。他骑马出了东门，陪着他的是他的大臣和几百名士兵。他们骑马时看到了各种颜色的花朵，高高的草和美丽的鸟儿。农民在农田里工作，年轻女孩在采茶叶。

过了一会儿，他们来到了一座小山上。<u>姬昌</u>见他的士兵比他先到，已经杀了许多鹿、狐狸和老虎。它们的血把地变成了红色。<u>姬昌</u>看到这，很不高兴。他对他的大臣说，"这是不对的。要知道古皇帝<u>伏羲</u>不吃肉[2]。<u>伏羲</u>说，'人饿了吃肉，渴了就喝血。但我只吃谷物[3]，因

---

[1] 兵法　　　　bīngfǎ – the art of war. The Chinese title of Sun Tzu's famous book is 孙子兵法 (sūnzi bīngfǎ), *Master Sun's Art of War*.

[2] Fuxi (伏羲) is a mythical emperor, the brother and husband of the goddess Nüwa. It is said that he created humanity and invented music, hunting, fishing and cooking.

[3] 谷物　　　　gǔwù – grain

为我希望所有生物[1]都能和平地生活。’我们在这里，享受美丽的天气。当动物因为我们而受苦时，我们怎么能自己在享受呢？”

<u>散宜生</u>鞠躬。他告诉士兵们不要再杀动物了。

过了一会儿，他们看到一些人坐在溪边喝酒唱歌。他们中的一些人唱着这首歌，

> 记住杀了暴君的<u>汤王</u>[2]
>
> 这是上天和人们的意愿[3]
>
> 六百年前
>
> <u>汤王</u>给这片土地带来了和平
>
> 今天我们又多了一个暴君
>
> 他喜欢酒、女人和杀人
>
> 当他的臣民受饿时
>
> <u>鹿台</u>到处都是血
>
> 我洗耳不听权和钱
>
> 每天我坐在溪边钓鱼
>
> 每天晚上我都研究星星
>
> 我没有任何担心地生活着
>
> 直到我的头发变白

“那首歌写得很好！”<u>姬昌</u>说。“去看看是谁写的。”他的一位将军骑着马来到那群唱歌人的面前，问他们这首歌是谁写的。

其中一人告诉他，“这首歌是一个钓鱼的老人写的。他住在大约三十五里外的一条小溪旁边。他每天都在那里钓鱼。我们听到他在那里唱这首歌。”

<u>姬昌</u>对<u>散宜生</u>说，“你听到‘我洗耳不听权和钱’这句话了吗？这让

---

[1] 生物　　　　shēngwù – creature

[2] This is Cheng Tang, the first king of the Shang Dynasty and mentioned in Chapter 22. He overthrew King Jie, a tyrant and the last king of the Xiao Dynasty.

[3] 意愿　　　　yìyuàn – will (decision)

我想起了一个关于古时<u>尧</u>皇帝的故事。他有一个儿子，但那儿子什么都不行。所以他在找一位好人成为下一个皇帝。有一天，他发现一个人坐在溪边，在水里玩金勺子[1]。他问那个人在做什么。那人说，'我已经远离了名声、钱和家。我只想住在森林里。'<u>尧</u>说，'先生，我是皇帝。我看你是个好人。我不希望我什么都不行的儿子成为下一个皇帝。你愿意接受这份工作吗？'那人马上跳进溪里，开始在水里洗耳朵。"

<u>散宜生</u>笑了起来，两个人继续骑马享受天气。很快，他们来到一群砍木头人面前，他们唱着这首歌：

当龙在空中升起时，云出现

当老虎来时，风吹起

但是没有人来见我

记得在农田里工作的<u>伊尹</u>[2]

他等着<u>汤</u>王找到他

记得<u>傅说</u>，又穷又被人们忘记[3]

他等着<u>高宗</u>王梦见他

从古到今天，有些人成为了有名的人

而其他人仍然被人们忘记、没有钱

我一生都生活在溪边

在阳光下休息

当国王和侯爵倒下时

我笑着抬头看天空

等着聪明的统治者

<u>姬昌</u>想这又是一首好歌。他让他的将军去问是谁写的。砍木头人告诉

---

[1] 勺子　　　sháozi – spoon, ladle

[2] According to legend, Yi Yin was a farmer living in obscurity. King Tang had to ask him five times to join his government. He became a high official in Tang's government.

[3] Gaozong (高宗) was the temple name of Emperor Wu Ding (武丁) of the Shang Dynasty. He dreamed that he would meet a sage named Yue, and sent officials throughout the land to find him. Fu Yue was discovered in a woodshed and became Chancellor in Wu Ding's government.

将军，这首歌是住在小溪附近的一位钓鱼的老人写的。

"我们应该去看看这个钓鱼的老人，"姬昌说。但就在这时，来了一个砍木头的人。他背着烧火木头，唱着这首歌，

> 春天里，水不停地流
> 春天里，绿草美丽
> 我看了但没有看见金鱼
> 世界不认识我
> 他们认为我只是一个钓鱼的人
> 整天坐在溪边

"这一定就是我们要找的圣人！"姬昌说。

散宜生却看着砍木头人说，"殿下，这可不是圣人。这是武吉，是去年在集市上杀了你侍卫的那个人。"

姬昌说，"不可能。我算过命说砍木头人去年杀了他自己。"但他也同意这个人是武吉。他命令抓砍木头人。然后他生气地说，"你怎么敢逃跑，想要逃开你的命运！"

武吉倒在地上，向姬昌磕头。他说，"殿下，我一直是个好人。你放我自由的时候，我去见了一个叫姜子牙的钓鱼的老人。他们也叫他飞熊。他收我为徒弟，让我勇敢地生活和工作。先生，即使是虫[1]也想着要活得越长越好。人不应该也这样做吗？"

姬昌和散宜生商量了一下。然后他放开了武吉，让他带他们去见那个钓鱼的老人。他们都骑马去溪边，但当他们到的时候，钓鱼的老人不在那里。他们去了在附近的他的小房子，但男孩仆人说钓鱼的老人不在家，他不知道他的主人什么时候回来。

散宜生对姬昌说，"殿下，我觉得我们做错了。要知道，古时的皇帝去见大圣人的时候，他们不是随便去的。他们要选一个好日子，他们

---

[1] 虫　　　　　chóng – insect, worm

洗澡，他们不吃肉。我们应该回家，用正确的方法做这些事情。"

姬昌同意这个计划。他们回到了城市。姬昌命令他的大臣们花三天时间为第二次去溪边做准备。第四天，他们穿上最好的长衣，回去溪边。姬昌坐上了马车。

当他们走近小溪时，姬昌告诉大家停下来等着。他从马车上下来，静静地走到小溪边。他看到姜子牙坐在溪边钓鱼。姬昌静静地站在他身后。姜子牙在唱这首歌，

> 风从西边吹来
> 白云在天空中飞舞
> 年底我会在哪里？
> 师父来，五凤凰唱歌
> 很少有人真正知道我是谁

当他唱完，姬昌轻声说，"你真的幸福吗？"

姜子牙转过身，看到了王爷。他跪倒在地，说，"殿下，请原谅我，我不知道你在这里。"

姬昌帮他站起来，说，"我一直在找你。我以前来过这里一次，但我并没有准备好见你。现在我已经准备好了，你也在这里。我很高兴见到你。"

"殿下，我是个老人。我一点都不知道怎么做大臣或将军。你不应该浪费时间来见我。"

散宜生说，"这些日子，国家有麻烦。我们的国王整天喝酒，和妃子们玩。他对他王国的人们比对狗还要坏。他杀死了四位大侯爵中的两位。许多侯爵都起来反对他。我主人今天带着礼物来了，希望你能帮助他管理国家。"然后他把礼物放在姜子牙面前的地上。"请，"他说，"上殿下的马车，跟我们回他的宫殿。"

但姜子牙却不愿意上马车。他说，"我是一个低下的人，我怎么能坐

殿下的马车？"

<u>姬昌</u>和<u>散宜生</u>想让他坐马车，都被他拒绝了。最后，他们问<u>姜子牙</u>是不是愿意骑上拉马车的马。他同意了。就这样，他们都骑马回了宫殿。

他们到了宫殿，<u>姬昌</u>任命<u>姜子牙</u>为<u>西岐</u>丞相。<u>姜子牙</u>开始做丞相时已经八十岁了。他的工作做得很好。<u>西岐</u>和平，人们幸福。

<u>姜子牙</u>新工作的消息传到了附近一个山口的指挥官那里。他让送消息的人去<u>朝歌</u>，告诉国王<u>西岐</u>发生的事情。

第 25 章
魔鬼宴会

<u>鹿台</u>是为神仙建造，
但只有魔鬼来参加宴会
普通人不能逃离普通的世界[1]，
普通人怎么能看穿普通人的陷阱？

如果你想骗一个聪明人，
你的恶行只会让事情变得更坏
只有像国王这样的傻瓜才会听<u>妲己</u>的话，
杀死好人。

☰ ☰

送信人骑了几天的马才到首都。他向丞相、也是国王的叔叔<u>比干</u>报告了这事。<u>比干</u>马上去<u>摘星楼</u>见国王。

"陛下，"<u>比干</u>说，"我刚刚听说西方大侯爵<u>姬昌</u>任命<u>姜子牙</u>为丞相。这很不好。你知道东方大侯爵和南方大侯爵已经在反对我们了。在北方，<u>闻太师</u>正忙着与那里的叛乱分子战斗。如果<u>姬昌</u>也起来反对我们，我们就有大麻烦了。"

国王听了。但还没等他说话，一个侍从进来告诉国王，北方大侯爵<u>崇侯虎</u>要见他。国王让侍从把他带进来。

"陛下，"<u>崇侯虎</u>说，"您命令我造<u>鹿台</u>。我很高兴地告诉您，经过两年四个月，这个工作已经完成了。"

"太好了！"国王说。"因为你在这里，朕不得不告诉你一些事情。朕刚刚听说<u>姬昌</u>任命<u>姜子牙</u>为<u>西岐</u>丞相。朕该怎么办呢？"

---

[1] In the original poem, this line reads "Muddy bones cannot escape the muddy world." Muddy bones (濁骨) means an ordinary person, as opposed to a saintly person who is clear (清) and beyond worldly things.

崇侯虎笑这说。"陛下，不用担心他。我认识那个人。他就像井[1]底的青蛙[2][3]。他知道的很少，他没有办法做任何伤害我们的事情。如果您让您的军队去和他战斗，所有的侯爵都会笑话您的。"

"你是对的，"国王说。"现在，朕想看看鹿台。朕会带王后一起去看看。你和比干可以在那里和我们见面。"

不一会儿，国王和妲己坐御马车前往鹿台，身后跟着几十名仆人和女侍从。这真的是一座美丽的楼。楼很高，蓝色的顶。楼内有几个大殿。每个大殿的天花板[4]上都放有明亮的白色珍珠，所以它看起来像夜晚满是星星的天空。大殿里的一切都是用玉和金做成的。

国王很喜欢它。但比干想到的只是为这个工作付出的极大数量的钱，以及所有为造它而死的工人。他想，"墙上的画是用人们的血画的，大殿是用死人的灵魂建造的。"

国王命令举办一个音乐和舞蹈的宴会。他对妲己说，"亲爱的，你还记得你对朕说的话吗？你说鹿台建成后，神仙会从天上下来，来那里见朕。现在鹿台完成了。你觉得神仙什么时候会来？"

妲己对神仙当然完全不了解，更不知道该怎么叫来他们。她这么说，是为了骗国王造鹿台。她需要一些时间来想出一个计划。"陛下，"她对他说，"神仙现在不能来。他们会在满月和天晴的时候来。"

"五天后会有满月，"他回答说。"那我们回去吧，然后去见神仙。"他对妲己有很强的欲望，所以他把她带到他们的床上，和她一起玩了一整夜。

接下来的四天里，妲己想着怎么骗国王，让国王以为有神仙来见他。第四天晚上，她给了国王很多酒。他睡着了。一等他睡着，狐妖就从

---

[1] 井　　　　jǐng – well
[2] 青蛙　　　qīngwā – frog
[3] There is a popular Chinese folk tale of a conceited frog who lived at the bottom of a well. The frog thought he knew everything about the world, but in fact he only knew what little he could see by looking up at the sky from the well.
[4] 天花板　　tiānhuābǎn – ceiling

妲己的身体里出来。她随着一阵风飞到了城外三十五里的墓地，那里有轩辕皇帝的墓地。还住着几十个强大的魔鬼。

其中一个魔鬼，九头雉鸡，向她问好。她说，"亲爱的，你为什么来这里看我们？我以为你正在宫里享受生活，已经把我们都忘了。"

"我的老朋友，"狐妖回答说，"我没有忘记你们。国王建了一座鹿台，想在那里见神仙。我希望你和其他魔鬼改变你们的样子，让你们看起来像神仙。明天晚上满月的时候来鹿台。"

九头雉鸡说，"对不起，我明天晚上不能去，我必须做一些其他的事情。而这里的三十九个魔鬼都很强大，完全可以改变她们的样子。她们明天晚上都会去鹿台。"

妲己谢了她，回到了宫中。早上，她对国王说，"陛下，今晚是满月。三十九位神仙将来到鹿台。如果你遇见他们，你将会有长久而幸福的生活。"

国王听到这个消息很高兴。他让比干晚上来鹿台。比干觉得这是个笨的想法，但他说他会来的。

晚上，国王、妲己和比干带着几十名仆人和女侍从来到鹿台。一场大宴会已经准备好了。他们在凉快的夜晚坐等着，星星在头顶发着亮光。终于，月亮从东方的天空升起。一阵大风吹来，厚厚的云盖着天空，大地因大雾而变得很冷。然后天空中，出现了三十九位神仙。当然，她们并不是真正的神仙，她们是魔鬼。她们中的一些人已经有几百岁了。这些魔鬼接受了天地日月的气，有改变样子的能力。现在她们看起来都像道士圣人。她们穿着蓝色、黄色、红色、白色和黑色的长衣。

其中一个魔鬼喊道，"今天我们很荣幸[1]来参加商王的宴会。愿王朝再有一千年！"

---

[1] 荣幸　　　　róngxìng – to honor

国王让比干走上楼台，拿酒给她们。比干看到三十九位道士圣人坐在三排椅子上，每排十三把椅子。"真奇怪！"他想。"她们看起来确实像神仙。"

他向魔鬼问好，并从一个金壶里给她们倒酒。她们看起来很漂亮。但是，尽管她们可以改变她们的样子，但她们没有办法改变自己的味道。她们很难闻，像狐狸一样。比干闻了闻，心想，"神仙好看，闻起来也很干净。这些神仙很好看，但她们很不好闻。我觉得这些都是魔鬼。"

他给了每个魔鬼更多的酒。狐狸魔鬼以前从来没有喝过国王的酒，这酒很厉害。她们喝着喝着就醉了。她们开始失去改变她们样子的能力。她们的狐狸尾巴[1]再次出现，可以看到它们挂在长衣外面。比干看到了。"哦，不好，"他想，"我在这里给一群狐狸魔鬼倒酒。"他倒完了酒。然后他骑上了他的马，用最快的速度离开了鹿台。两名侍从骑在他前面，举着红灯笼[2]给他们照路。

当他骑马离开楼台时，他遇到了骑马向他走来的黄飞虎将军。他对黄飞虎说，"我的朋友，我刚刚和陛下、妲己在鹿台上。我为三十九位神仙倒了酒。但后来我才知道，她们不是神仙，而是邪恶的魔鬼。我可以在月光下看到她们的狐狸尾巴。我应该怎么办？"

"放心吧，"黄飞虎回答说，"我会解决这件事的。你回家睡觉吧。"

黄飞虎命令他的人看着出城的城门。他告诉他们要注意从鹿台走出去或飞走的魔鬼。如果他们看到了，他们就要跟着她们，看看她们要去哪里。

不久之后，宴会结束了，狐狸魔鬼们都离开了鹿台。她们喝得大醉，飞行困难。其中几人倒在地上。她们三、五人一群，慢慢地走回了她

---

[1] 尾巴　　　wěibā – tail
[2] 灯笼　　　dēnglóng – lantern

们在轩辕皇帝墓地的家。士兵们见这，向黄飞虎报告。

第二天早上，黄飞虎命令三百名士兵将烧火木头抬到墓地前，在狐狸魔鬼去的洞口生起大火。他们点了火，看着火燃烧起来。当火烧完后，士兵们拉出了死去的狐狸精的尸体。空气中都是烟和烧黑的肉的味道。

黄飞虎让他的人把没有烧坏的死狐狸找出来，并放在一起。他让他们剥下这些狐狸的皮，为国王做一件皮长衣。他想，"这会让国王高兴，因为这将表示我们的忠诚。也是对妲己的严重提醒。"

但有句老话说，"管好自己的事，你不会有麻烦，但你管别人的事，灾难就会跟着而来。"

第 26 章
<u>妲己</u>设计报复

在一个风雪的夜晚，
比干想送国王礼物来改变他的想法
他想要从国王的心里除掉邪恶，
但现在他成了邪恶的下一个目标[1]

<u>妲己</u>身体中魔鬼的心冷得像冰，
它的邪恶将被人们传说万年
可惜<u>商</u>朝已经走到了这一步，
它就像雨消失在春天的河流中一样。

≡ ≡ ≡ ≡

冬天来了。大风从北方吹来，大雪给首都<u>朝歌</u>盖上了银色的珍珠毯子。富人坐在炉子[2]旁，喝着热汤，取着暖。穷人没有米饭吃，也没有烧火木头烧炉子。

国王和<u>妲己</u>一起坐在<u>鹿台</u>上，喝着酒。一个侍从过来，说，"<u>比干</u>来了。他想见您。"

国王让侍从把他带进来。<u>比干</u>进了房间，国王说，"叔叔，天气很冷，还在下雪。你为什么不在暖和的家里呢？"

"陛下，"<u>比干</u>说，"<u>鹿台</u>很高，直到天上。这里一定很冷。所以我给你带了点东西可以让你暖和。"然后他把狐狸皮长衣给了国王。国王穿上了它。

"叔叔，谢谢你，"他说。"朕从来没有见过这么漂亮的长衣。"然后他邀请<u>比干</u>喝酒，和他一起享受<u>鹿台</u>。

当<u>妲己</u>看到那件用狐狸魔鬼皮做成的长衣时，她感觉像是一把剑刺进

---

¹ 目标   mùbiāo – target
² 炉子   lúzi – stove

163

了自己的心里。她想，"比干，我要杀了你，你这个老混账[1]。"但
她没有向国王表示出她的生气。而是对他笑了笑，说，"陛下，你是
一位强大的国王，这片土地上的龙。你怎么能穿用狐狸这样低下的动
物做的长衣呢？"

"你说得对，亲爱的，"国王回答。他脱下长衣，把它给了侍从。

妲己想了好几天，想着应该怎么报复比干。然后有一天，她有了一个
主意。当她和国王在一起喝酒时，她改变了她的样子。现在的她没有
像以前那么漂亮了。国王看着她，脸上带着困惑。妲己抬头看着他，
问道，"你为什么这样看着我？"

国王说，"因为你像花一样可爱，像玉一样美丽。朕想把你抱在怀
里，永远不要放开你。"但这并不是他的意思。他其实是在奇怪，为
什么他的妃子现在不怎么好看了。

"哦，陛下，我并不美丽。但你应该见见我的结拜妹妹，胡喜媚。她
比我美丽一百倍。"

"哦，朕想见见她！"国王说。

"她是尼姑[2]。她花了几年时间在山洞里研究道。她住在紫宵庵。我
记得她以前跟我说，'如果你想见我，就烧点香，说出我的名字。我
马上来找你。'"

"亲爱的，请烧点香，把她带到这里来！"

"陛下，我们必须用正确方法做。明天晚上我会洗澡，然后我会在月
光下把茶和水果放在桌子上。然后我再烧香。"

那天晚上四更的时候，国王正在睡觉，狐妖从妲己的身体里出来。她
去了轩辕皇帝的墓地，去见九头雉鸡。

九头雉鸡看到千年狐妖，非常生气。"你叫我的姐妹们去你的鹿台，

---

[1] 混账　　　hùnzhàng – bastard
[2] 尼姑　　　nígū – nun

我就帮了你。那天晚上她们都被杀了！这是你的错。"

<u>千年狐妖</u>陪着她一起哭了起来，说，"对不起，妹妹。但别担心，我们会报仇的。"然后她把她的计划告诉了<u>九头雉鸡</u>。<u>九头雉鸡</u>听了，同意了这个计划。

第二天，国王什么都不想，只想见到<u>妲己</u>美丽的妹妹。他等了一整天。终于，月亮从天上升起。他和<u>妲己</u>上了<u>鹿台</u>。<u>妲己</u>对国王说，"陛下，请你理解，我妹妹是神仙，也是尼姑。如果她来这里看到你，她可能会害怕。请你去另一个房间等。"

国王同意了。<u>妲己</u>洗了手。然后她烧了香，喊出了她妹妹的名字。很快，风开始吹起来，云盖住了月亮，空气中都是雾气。天气变得很冷。然后他们听到了像玉石叮叮当当的声音。"骑着风和云的<u>胡喜媚</u>来了！"<u>妲己</u>喊道。

国王在旁边的房间等着，从窗帘向外看着。云不见了，月亮又出来了。月光下，他看到了一位道士尼姑。她穿着粉红[1]色的长衣，一条丝绸腰带和一双草鞋。她的脸像雪那样白，嘴巴又小又红，脸颊[2]像桃子一样。她是国王见过的最美丽的女人。国王以为<u>妲己</u>已经很漂亮了，但<u>胡喜媚</u>就像天上的女神，像从<u>月宫</u>来的嫦娥。他的心跳得很快，他觉得很热。"如果我能和<u>胡喜媚</u>上床，我很愿意放弃我的王位，"他想。

两个女人一边说着话，一边喝着茶。<u>妲己</u>要了一顿素食宴会，两人一起吃饭。她们知道国王在看、在听，所以<u>胡喜媚</u>用了所有的办法让国王更增加对她的欲望。看着她，国王坐不住了。最后他咳嗽了一声，让<u>妲己</u>知道，他不能再等了。

"亲爱的妹妹，"<u>妲己</u>说，"我有一件事一定要问你。请不要生我的气。"

---

[1] 粉红　　　　fěnhóng – pink
[2] 脸颊　　　　liǎnjiá – cheek

"没问题，亲爱的，"胡喜媚回答。

"我已经告诉了陛下你的大德。他想见你。但他要我先问你，看看你是不是同意。"

"哦，姐姐，"胡喜媚说，"我想我不可以见他。你知道，我是尼姑。我和他坐在同一张桌子上是不符合规定的。"

"不，"妲己说。"你不仅是一个尼姑，你现在还是一个神仙。你已经超出了三界[1]的规定。另外，我们的国王是天子。他有权与任何他想见的人见面。记住，你我是结拜姐妹，所以国王实际上是你的姐夫[2]。和很近的亲戚见面没有一点问题！"

胡喜媚点点头，说，"那我就按照你说的去做。"

国王一听这话，就出来了。他向她鞠躬。他们互相问好。然后他坐了下来，给妲己和胡喜媚让出了宝座。他看着胡喜媚，她回头看他，眼中满是欲望。

妲己知道国王被欲望弄醉了。她站起来说，"陛下，请原谅我。我得去换衣服。请陪一下我妹妹。"

妲己走后，国王为胡喜媚倒酒。他把杯子给她。她轻声说，"陛下，您太好了。"

国王觉得自己好像着火了。他邀请她和他一起在搂台上散步。她同意了。他们在月光下走了出去，胡喜媚的手放在国王的手臂上。她把身体靠在他身上，他能感觉到她身上火热的温度。

"亲爱的，"国王说，"离开那个紫宵庵，和你姐姐一起住在宫里！一生很短，在这里你会很幸福。你将有钱、权和快乐。"她没有说话，只是继续把自己的身体靠近他的身体。

---

[1] The three realms defined in Buddhism are the realm of sensuous desire (kāma), the realm of the material world (rūpa-dhāt), and the realm of formlessness (rūpa-dhātu).
[2] 姐夫　　　jiěfū – brother-in-law

见她没有反对，国王就把她抱起来，带到附近的一个房间。他轻轻地把她放在床上，脱掉她的衣服。然后就是云雨之事[1]。

之后，当他们再穿上衣服时，<u>妲己</u>进来了。她笑着对他们说，"嗯，你们两个在做什么？"

"我们刚刚在做爱，"国王说。"这是由上天决定。从现在开始，你们两个就和朕一起住在这里。"他又命令举行一个宴会。他们结束后，他再次和他们俩做爱。

好几天，国王没有离开那间他与<u>妲己</u>和她妹妹躺在一起的房间。他们每天都在做爱、唱歌和喝酒。

但有一天，<u>妲己</u>哭了起来。她倒在地上，吐着血。国王对<u>胡喜媚</u>说，"朕以前从来没有见过这样的事。这是怎么了？"

"啊，她的旧病发了。我们一起在<u>冀州</u>的时候，她得了心病。她几乎死了。医生给了她一种特别的汤，用有七个口的人心做的。"

"朕必须做这个，"国王说。"可是，朕哪里能找到一颗有七个口的心呢？"

"陛下，我可以通过算命知道。"

"马上算命！"国王说。

<u>胡喜媚</u>动了动手指，好像在算命。过了一会儿，她说，"陛下，<u>朝歌</u>只有一人有这种心，但我想他不会愿意给出他的心。那人是你的大臣<u>比干</u>。"

"太好了！<u>比干</u>是朕的叔叔。他应该很高兴给出一点他的心，让朕的

---

[1] According to legend, the lady Yaoji (瑶姬) died unmarried, was buried at Wushan and became a goddess. Later, the king of Song was traveling through the area. He dozed off under a canopy and dreamed of her sharing a pillow with him. She left him with this poem: 旦为朝云，暮为行雨，朝朝暮暮，阳台之下; "Dawn is the clouds, dusk is the rain, day and night, under the canopy." Over time, "clouds and rain" became a metaphor for lovemaking.

王后活下去。"他让<u>比干</u>马上去见他。

<u>比干</u>正在家里，有送信人到来命令他去宫殿。"这很奇怪，"他对自己说。"朝廷上什么都没有发生。为什么国王要见我？"然后又来了一个送信的人，然后又来了一个。终于，当第六个送信人到来时，<u>比干</u>问他是发生了什么事。送信人讲了<u>胡喜媚</u>的到来，<u>妲己</u>奇怪的病，以及算命的事情。

<u>比干</u>吓坏了。他去和妻子说再见。"亲爱的，"他说，"邪恶的<u>妲己</u>病了，傻瓜国王想要用我的心去给她治疗[1]。我想你不会再看到我活着了。"

"丈夫，"他的妻子哭着说，"你从来没有做过任何让国王想要你死的事情。他怎么能让你这么残忍的死呢？"

他的儿子进来了。他也哭了。他说，"父亲，别担心。<u>姜子牙</u>知道会发生这样的事情。他给你留了一张纸条[2]。"然后他把纸条交给父亲。

<u>比干</u>看了纸条。然后他烧掉了纸条，将灰与水混合[3]在一起。他喝了它。然后他穿上官员长衣，骑着马前往宫殿。

当他来到宫殿时，其他大臣问他发生了什么事。他回答说，国王需要他的心，但他不明白真正的原因。然后他上<u>鹿台</u>去见国王。

国王说，"叔叔！朕的王后病得很重。她只能通过喝由特别的心做的汤来治疗，那就是一颗有七个口的心。王国里只有你一个人有这样的心。请给朕一小块你的心。"

<u>比干</u>说，"如果我的心被毁坏了，我还怎么活？你是一只笨狗，你想不清楚。我觉得，你喝酒太多，做爱太多。如果你杀了我，你的王朝

---

[1] 治疗　　　zhìliáo – to treat an illness
[2] 纸条　　　zhǐtiáo – note
[3] 混合　　　hùnhé – to mix

就结束了！”

国王对他喊道，“如果国王要你死，你必须死。现在就按照朕的命令去做，不那样做的话，朕就让朕的侍卫把你的心挖了！”

<u>比王</u>向一名侍卫要了一把剑。他对国王说，“等我死了，我会见到天上古时的国王。我没有什么可害怕的。你能说这样的话吗？”他向<u>祖庙</u>磕头。然后他打开了自己的官员长衣。他把剑刺进自己的胸，开了一个大洞。他把手伸进洞里，取出自己的心，扔在地上。胸口的洞上没有一滴血流出来。

所有人都看着他。他站直了身体，穿好长衣，没有再说一句话，离开了搂台。

当他走出<u>鹿台</u>时，其他大臣都喊道，“<u>比王</u>，国王怎么样了？”但他没有回答。他从他们身边走过，骑上马，向首都的北城门走去。

第 27 章
太师回来

王朝的生死已经写好，
没有什么能改变它的命运
前一分钟大臣们在讨论和平，
下一分钟军队又开始战斗

普通人试着改变命运，但都不成功，
只有神仙们决定他们生活的方向
邪恶的人最后总会得到惩罚，
他们试着逃跑，但上天不听。

☰ ☰ ☰ ☰

比干骑马很快离开了城市。骑了几里后，他听到路边有一个卖白菜[1]的女人。她喊道，"先生，好吃的白菜。它们没有心！"

比干停下了马。他对她说，"但是，如果一个人没有心呢？"

"一个没有心的人会马上死去！"她回答说。比干一听这话，大叫了一声，从马上掉了下来。血从他的胸口流出。女人用最快的速度逃走了。

这是什么情况？比干还能活着，是因为姜子牙写的纸条里的魔法。魔法保护了比干不受伤害，但只有比干相信它有用，魔法才会有用。如果卖白菜的女人说，"人即使没有心也能活"这样的话，比干会继续活下去。但她说他会死。他相信了她，然后就死了。

几分钟后，两名将军赶到。他们是黄飞虎送来的，黄飞虎命令他们跟着比干。他们看到地上比干的尸体。他们转过身来，用最快的速度骑马去告诉黄飞虎和其他大臣发生的事情。

---

[1] 白菜　　　báicài – cabbage

其中一位叫夏招的大臣，一位年轻的儒教读书人，非常生气。"那个暴君杀了自己的叔叔！"他喊道。"这违反[1]了法律和所有正确的事情。我现在就要去见他。"他甚至没有得到允许，就直接跑进了鹿台。

国王在鹿台上，等着妲己的心汤做好。他抬起头，看到了夏招。"你想要做什么？"他问。

年轻的读书人说，"我是来杀你的！"

国王笑了。"朕不认为一个年轻的大臣可以杀死一个国王。"

"哦，国王可以为了做一碗汤而杀死自己的叔叔吗？比干是你叔叔，你父亲的弟弟。你和那个贱人[2]妲己违反了法律。你是个邪恶的暴君，我现在就杀了你！"

他抓起一把剑，向国王跑去。但国王是一个非常好的战士。他轻松地让开了，夏招的剑只刺在了空中。国王的侍卫们向夏招跑去。但还没等他们抓住他，夏招就跑到搂台的边，跳楼死了。

就在同时，比干的尸体也被带回了城里。葬礼[3]准备工作正在进行中。

也就在同时，大将军闻太师骑着他的大黑麒麟[4]回城。他刚刚在北海打败[5]了叛乱分子。当他走近城市的时候，他看到了葬礼的旗帜[6]。"这是谁的葬礼？"他问。

"比干，"有人说。

闻太师进了城。他看了看周围。他看到了很大的鹿台。他看到了两根高大的黄色柱子。然后他进了宫中的大殿，看到国王桌子上的灰。

---

[1] 违反　　　wéifǎn – against, violation
[2] 贱人　　　jiàn rén – bitch, slut
[3] 葬礼　　　zànglǐ – funeral
[4] 麒麟　　　qílín – unicorn
[5] 打败　　　dǎbài – to defeat
[6] 旗帜　　　qízhì – flag

"这里的一切都变了！"他说。"那些黄色的柱子是什么？"

<u>黄飞虎</u>说，"叫火柱子。它们的中间是空的，由黄铜做成。如果有人做了国王不喜欢的事情，柱子里就会生起火。当柱子烧热时，犯人被绑在柱子上，先把脸贴上去。他们很快就会被烧成灰。就这样，许多好人死了，更多的人离开了这座城市。"

<u>闻太师</u>非常生气。他的额头[1]上有第三只眼睛。他的三只眼睛都因为生气而发亮，第三只眼睛发出白光。他喊道，"敲钟，请陛下到大殿来！"

在<u>鹿台</u>，国王正陪着<u>妲己</u>休息。她喝了心汤，病很快就好了。一个侍从走了进来，说，"陛下，<u>太师</u>从<u>北海</u>回来了。他让你到大殿去。"

国王安静了一分钟。然后他说，"我会去的。"

一个小时后，国王走进大殿。他对<u>太师</u>说，"你打败了<u>北海</u>的叛乱分子。朕真的很感谢你。"

"谢谢陛下，"<u>闻太师</u>回答说。"十五年来，我一直与妖怪、魔鬼、叛乱分子和强盗战斗。你知道我会为我的国王和我的王国做任何事情。可是听说<u>朝歌</u>这里有麻烦了。我还听说有几个侯爵统治的地方叛乱了。这让我很担心，所以我回来了。请告诉我发生了什么事。"

"<u>姜桓楚</u>和<u>鄂崇禹</u>两位大侯爵想要一起杀了朕，取朕的王位。所以朕杀了他们。现在他们的儿子们起来叛乱。"

"还有谁听到<u>姜桓楚</u>和<u>鄂崇禹</u>说要杀你？"国王对这没有答案。

"那些黄色的柱子是什么？"

"当大臣不忠诚时，朕会用它们。"

"那座很大的新搂是什么？"

---

[1] 额头　　　étóu – forehead

"朕在很热的夏天去那里。那里凉快，朕还可以看到城市不错的风景。"

<u>闻太师</u>生气了。他说，"现在我明白了为什么侯爵统治的地方要反对你了。你没有负起对国家的责任。你不听好大臣的话。你把所有的时间都花在和你的妃子玩，和邪恶的大臣策划不好的事。你把国家的钱花在了像<u>鹿台</u>和那些铜柱子这样的可笑的工作上。"

<u>闻太师</u>继续说，"我记得你父亲做国王的时候。人们很高兴，我们的王国和平。现在到处都是麻烦。我需要考虑一下这个问题。过几天我会给你报告的。"

国王起身回<u>鹿台</u>。<u>闻太师</u>去见其他大臣。他说，"请告诉我一切。"

<u>黄飞虎</u>向他鞠躬，然后开始说话。他把<u>妲己</u>来到<u>朝歌</u>后发生的一切告诉了<u>闻太师</u>。他说完后，<u>闻太师</u>说，"这都是我的错。我离开<u>朝歌</u>太久了，我也允许了这样的事情发生。现在我必须做点什么。四天后，我会把报告交给国王。"

大臣们都回家了。<u>闻太师</u>在家里把自己关了三天，写了一篇给国王的报告。第四天，他去见国王。他说，"陛下，我为你准备了一篇报告。"然后他把报告放在国王面前的桌子上。国王读了它。报告首先讨论了国王的失败。然后它给出了十个建议[1]：

1. 毁<u>鹿台</u>
2. 毁火柱子
3. 填平蛇坑
4. 填平酒池，毁肉林
5. 把<u>妲己</u>赶出首都
6. 砍下<u>费仲</u>和<u>尤浑</u>的头
7. 打开粮仓[2]为饿肚子的人们提供吃的
8. 送大臣到侯爵统治的东部和南部讨论和平问题

---

[1] 建议　　　jiànyì – proposal
[2] 粮仓　　　liángcāng – granary

9.　　　去山中找圣人

10.　　　鼓励人们勇敢地自由说话

国王读完后，<u>闻太师</u>给了他一支毛笔。说，"陛下，请签[1]下你的名字。"

国王回答说，"对第一个建议，朕必须想一想。<u>鹿台</u>是一座美丽的搂，朕花了很多时间和钱建它。对第五个建议，朕不会把<u>妲己</u>送走的，因为她是一个有德的好王后。对第六个建议，朕不想杀<u>费仲</u>和<u>尤浑</u>，他们为朕工作得很好，没有罪。所以，我同意你所有的建议，除了第一、第五和第六。"

<u>闻太师</u>告诉国王，这十个建议都很重要。"人们对<u>鹿台</u>非常不满意。死去的人变成的鬼因为<u>妲己</u>而哭。而天上的神也因为<u>费仲</u>和<u>尤浑</u>而生气。为了救王国，你必须做这十件事。"

国王站了起来。"今天就到这里吧。朕和你应该以后再讨论这个问题。朕会同意其中的七个建议，但不会同意所有十个。"

就在国王准备离开的时候，<u>费仲</u>和<u>尤浑</u>走进房间。他们还不知道发生了什么。<u>费仲</u>正想和国王说话，但<u>闻太师</u>走到他们中间，说，"你们是谁？"

"我是<u>费仲</u>。"

<u>闻太师</u>说，"啊，原来就是你让国王反对他王国里的人！"他一拳打在<u>费仲</u>的脸上，把他打倒在地。

"看你做了什么？"<u>尤浑</u>喊道。

"你是谁？"<u>闻太师</u>问道。

"我是<u>尤浑</u>。"

"所以！你们两个在共同努力，让自己变得有钱有权，而国家却在受

---

[1] 签　　　qiān – to sign one's name

苦！"说着，他举起拳头，将尤浑打倒在地。他向侍卫喊道，"抓住这两个叛徒，杀死他们！"

国王说，"那两个人侮辱了你，但这还不够杀死他们。他们都将受到法律的审判[1]，朕将看看他们会受到什么惩罚。"

闻太师觉得自己可能做得太过了。他跪在国王面前说，"陛下，我只想要人们幸福，国家和平。我其他什么都不想要。"

会议就这样结束了。但不久之后，一个送信人来告诉闻太师，东海那边有了新的叛乱。

闻太师去见国王。他说，"东海那边有新的叛乱。我必须解决这个问题。我需要带二十万士兵去那里。等我回来之后，我们可以继续讨论那个报告的事情。"

国王听说闻太师要离开首都，非常高兴。他很快同意了这个计划。

几天后，军队准备离开。国王与闻太师、黄飞虎将军一起走出东门。国王向闻太师举杯。但闻太师把杯子给了黄飞虎。他说，"这酒就让黄将军喝吧。将军，我不在的时候，你必须照顾好王国。不要害怕做必须做的事情。"

然后他转向国王说，"我希望你能更好地照顾国家。听听你忠诚的大臣们的意见，不要做任何让事情变得更坏的事情。我会在一年后回来，也许更短。"然后他骑着马来到军队的最前面，他们骑马向东走去。

---

[1] 审判　　　shěnpàn – trial

第 28 章
惩罚北方大侯爵

<u>太师</u>胜利[1]而回，
但是他不知道王国里的邪恶
国王没有做好他的工作，
国家破碎，一片混乱[2]

<u>太师</u>提出了十个救王国的建议，
他要除掉所有邪恶的大臣
国家应该幸福富强，他做了计划，
但知道没有什么会很快发生。

☰☰☰☰

当国王听说<u>闻太师</u>要离开首都时，他当然很高兴。他马上命令放了<u>费仲</u>和<u>尤浑</u>，并让他们重新回去工作。然后他为自己安排了一个宴会，并邀请他所有的大臣来御花园。

那是一个美丽的春日。花园里满是花和鸟。绿水从一座金桥下流进一个都是金鱼的蓝色池塘。花园里有一条白色的石板路，路的两边有两条雕刻的石龙。宫里可爱的女侍从带着吃的和喝的走过花园。

国王坐在书房里，<u>妲己</u>和<u>胡喜媚</u>坐在他的两边。其他大臣都在花园里。<u>黄飞虎</u>一边吃一边对大臣们说，"对不起，我不能享受这个宴会。王国正在被叛乱分离，我怎么能享受那些花呢？国王必须改变，否则这个王朝恐怕很快就会结束。"其他大臣都点头表示同意。

宴会在中午结束。但当大臣们走进书房感谢国王时，他说，"这是一个非常美丽的春日，你们为什么要离开？留下来，朕会来和你们一起喝酒。"大臣们没办法，只能留下来。

---

[1] 胜利　　shènglì – victory
[2] 混乱　　hǔnluàn – chaos

喝酒、唱歌、跳舞还在继续。当夜晚到来时，国王命令点起蜡烛。书房里，妲己和胡喜媚已经喝醉了。两个女人睡着了。然后妲己身体内的狐妖从她的身体里飞了出来。它随着一阵冷风飞走了，去找人肉。

宴会中所有人都感觉到了冷风。有人喊道，"魔鬼来了！魔鬼来了！"黄飞虎半醉半醒，却跳了起来。他看到狐妖向他走来。在黑暗中，他看到它有一双像金灯一样的眼睛，一条长长的尾巴和非常尖的爪子[1]。黄飞虎没有武器，就从栏杆[2]上断下一块木头，打向魔鬼。他没有打到，魔鬼攻击了他。

"把我的猎鹰带来！"黄飞虎喊道。他的侍卫去拿猎鹰，它很大，有金色的眼睛。鹰飞上了天空。它看到了狐妖，用爪子攻击它。狐妖大叫一声，躲进了附近山边的几块大石头下。

国王看到这。他命令他的侍从挖开石头去找狐妖。他们挖了两、三尺深。没有找到狐妖，却发现了一大堆[3]人骨。国王看到了那堆东西。他说，"道士圣人告诉朕，宫里有一股邪气，朕却不相信。但现在朕知道他是对的。"

宴会就这样结束了。大臣们感谢了国王，然后都回家了。妲己还在床上，但脸上有严重的抓伤。早上，国王看到她的脸，问发生了什么事。"陛下，"她说，"昨晚你去和大臣们一起喝酒后，我去花园里散步。我走路碰到了一根树枝，脸上被树枝碰伤了。"

"亲爱的，你要更加小心！"国王说。"宫里有狐妖。"然后他把发生的事情告诉了她。但他不知道，他正在给一个狐妖讲这个故事，他更不知道这几年他一直在和那个狐妖睡觉。

就在同时，姜子牙在给姬昌做丞相。有一天，他读到一个报告，说又发生了一场反国王的叛乱，闻太师被送去阻止叛乱。接着又传来了报告，说国王命令将比干的心从他的身体里挖出来，为妲己做药汤。这

---

[1] 爪子　　　　zhuǎzi – claw
[2] 栏杆　　　　lángān – railing
[3] 堆　　　　　duī – pile

时又传来了第三份报告，说崇侯虎与费仲一起秘密策划，为他们自己造富，而人们却在受饿。

姜子牙去见姬昌，把最近了解到的都告诉了他。他说，"在我看来，我们必须除掉崇侯虎。如果他留在陛下的身边，灾难就会跟着来。就像你知道的，陛下给了你攻打叛徒和叛乱分子的权力。而崇侯虎是叛徒。如果你除掉他，你将帮助陛下再次成为一个强大的统治者。"

姬昌说，"告诉我，如果我们让军队攻打崇侯虎，谁指挥军队？"

"我会像狗或马一样为你工作。"

姬昌听到这话很高兴，但也怕姜子牙太着急攻城。所以他说，"好。但我会和你一起去，这样我们就可以一起讨论重要的事情。"

他们集合了一支十万士兵的军队。姬昌带着一把牛尾巴锤子和一把黄斧头，都是国王送给他的，表示他有权攻打叛徒和叛乱分子。周军队离开西岐城，耳边响起人们的开心的叫喊声。

几天后，周军队到了崇城，在城外建了营地。崇侯虎不在那里，但这座城市由他的儿子崇应彪指挥。崇应彪对他的将军们说，"姬昌决定攻打我们。你们还记得几年前他逃离了朝歌。现在他没有理由地攻打我们。好吧，如果他想丢了自己的生命，那对我来说很好。"然后他让他的将军们抓住姬昌，把他带到朝歌。

第一场战斗是姬昌的一位叫南宫适的将军和飞虎军队的一位将军之间的战斗。两人在马背上战斗，马转圈，剑在飞。飞虎将军很强，但南宫适更强。他们打了三十个来回。不久南宫适把另一个人从马上打了下来。一些士兵跑上去砍下了那个人的头。他们把头带回营地，交给了姜子牙。

崇应彪见这，非常生气。他用拳头敲打着桌子，喊道，"全军做好准备。明天我们再打！"

第二天，崇城的城门打开，一支大军队冲了出来。他们冲向对面的军队，然后在不远的地方停了下来。他们看到一个老道士骑着马跑向前线。他有一头的白发和长长的银色胡子。他戴着一顶金帽子，穿着丝腰带的长衣，手里拿着一把剑。那正是姜子牙。姜子牙喊道，"崇军队指挥官！马上来见我！"

崇应彪骑着马走向前。他穿着金色的盔甲和一件红色的长衣。他喊道，"谁敢攻打我的城市？"

"我是丞相蒋子牙。你和你父亲的邪恶像海一样深。你们像饿虎一样拿人们的钱，你们像野狼一样伤害他们。你们对陛下不忠诚。现在我师父姬昌正在做陛下交给他的工作。"

然后姬昌骑马来到姜子牙旁边，喊道，"崇应彪！下马，跟我们来。我们会把你带回西岐，杀死你和你的父亲。而你的士兵不需要为你而死。"

崇应彪喊道，"姜子牙，你说大话，你只是一个胆小的笨老人。还有姬昌，你是我们王国的叛徒！"然后他转向他的将军们，问道，"谁来为我除掉这些傻瓜？"

一名来自崇城的将军骑马向前，挥着斧头。但他没有办法打败任何一个敌人，所以崇应彪又让两名将军参加战斗。姜子牙见这，命令六位侯爵参加战斗。因为他们的人没有姜子牙的人多，崇应彪自己骑马向前，参加了战斗。

他们战斗了二十个来回。崇应彪的两名将军被杀。见他们的人没有姜子牙的人多，崇应彪带着他的将军和剩下的军队逃回了城里。他们关了城门。崇应彪与将军们坐下来决定怎么与周军队战斗。

周军队这里，姜子牙想要马上攻城。姬昌却说，"如果攻城，玉和石都会被毁[1]。很多人会死。我们没有理由杀死这座城市的人们，我们要救他们。"

---

[1] To burn both jade and stone (玉石俱焚, yù shí jù fén) is a Chinese idiom meaning to destroy indiscriminately.

姜子牙心想，"我师父像尧、舜一样有德[1]。"所以他决定等。他让南宫适带着一封信去曹州，送给崇侯虎的弟弟，他是曹州侯爵，人们叫他黑虎。他希望黑虎能来帮助他们。然后他等着。

---

[1] Emperor Yao was born around 2717 BC. He was one of the first emperors of China, and is revered for his wisdom and fairness. He had nine sons but did not feel any of them were worthy to take his place, so he selected a brilliant young man named Shun to be the next emperor.

第 29 章
两位大侯爵之死

☰ ☰

南宫适离开前往曹州。他在酒店住了一个晚上，第二天去见崇黑虎。

"你怎么来这里见我了？"崇黑虎问。

"大人，我有一封信要给你。是丞相蒋子牙写给你的。"

崇黑虎打开信，开始读了起来。

亲爱的崇黑虎，

大臣应该对他的国王忠诚，帮助他，让人们和王国得到好处。但是，如果国王是邪恶的，或者如果国王做了对人们和王国有伤害的事情，那么大臣就不能帮助他。你知道你哥哥一直在做邪恶的事情。他的罪像山一样大。为这，他被神和人们讨厌。

我的师父，西方大侯爵，有权惩罚你的哥哥。但如果他这样做了，人们可能会死。所以我要求你做正确的事。抓住崇侯虎，将他带到周营地。

---

[1] 贪婪　　　tānlán – greedy

如果你这样做了，你将成为一个大家都知道的有德和勇敢的人。如果不那样做，人们会认为你和你哥哥一样。他们将没有办法分出玉和石头。请你考虑并及时给我们你的回答。

丞相，<u>姜子牙</u>

<u>崇黑虎</u>看了信，然后又读了一遍。他坐下来想着。然后他自己对自己轻声地说，"<u>姜子牙</u>说的没错。即使是孝顺的兄弟也应该知道什么时候该做正确的事。如果我抓了我的哥哥，我将救<u>崇</u>家，让他们不死。如果这是不孝，那我死后会向父母说对不起。"然后他抬头看着<u>南宫适</u>，说，"我会按照你们的丞相的要求去做。没有必要回这封信。告诉<u>姜子牙</u>，我会把我哥哥抓起来，带到<u>周</u>营地。"

第二天，他带着三千名<u>飞虎</u>战士前往<u>崇</u>城。到了城里，他的侄子[1]<u>崇应彪</u>出来欢迎他。

"叔叔，请原谅我！"他说。"我穿着盔甲，所以我不能给你一个正式的鞠躬。"

"亲爱的侄子，我听说<u>崇</u>城被攻击了。我带了三千名最优秀的士兵来帮助你保卫这座城市。但是告诉我，<u>姬昌</u>为什么要攻城？"

"叔叔，我不知道。但我当然很高兴你在这里帮助我们！"

第二天早上，<u>崇黑虎</u>带<u>飞虎</u>士兵出城，去和<u>周军队</u>战斗。他穿着金色的盔甲，外面穿着一件红色的龙长衣，骑着一个火眼妖怪。他的脸黑得像锅底，黄色的眉毛[2]，金色的眼睛和长长的红色胡子。<u>姜子牙</u>看到他，他明白发生了什么。他让<u>南宫适</u>出去和他战斗。

"<u>崇黑虎</u>，"<u>南宫适</u>喊道。"你哥哥是罪人。他伤害了许多好人。我们可以抓他！"然后他举起剑，攻击<u>崇黑虎</u>。他们开始战斗。两人靠得很近，用武器砍杀。他们战斗了二十个来回。然后<u>崇黑虎</u>轻声说，

---

[1] 侄子　　　zhízi – nephew
[2] 眉毛　　　méimáo – eyebrow

"我们现在停止战斗吧。等我抓了我哥哥，我再来见你。"

南宫适又一刀砍向他的敌人，然后让马转身向后，喊道，"崇黑虎，你太强大了。请不要来追我！"

崇黑虎转身骑马回城。崇应彪一直在看着这场战斗。他问崇黑虎，"叔叔，你的敌人逃跑的时候，为什么不用你的魔鹰？"

崇黑虎说，"我亲爱的侄子，你忘了姜子牙是昆仑山上厉害的魔法师。他会杀死我的鹰。但别担心，我们赢了这场战斗。现在我们必须做计划。我们需要你的父亲在这里。请让送信的人去找他，让他马上回到这里来。"

崇应彪让送信人去朝歌，将情况告诉了崇侯虎，让他回崇城。

崇侯虎读了信。他马上去见国王，说，"陛下，姬昌给我们找麻烦了。他不想安静地生活。他带了一支大军队来到崇城，攻打了我的弟弟。求求您，求求您帮忙！"

"姬昌是个罪人，"国王回答。"马上去崇城。带上三千人，抓住那个叛徒。"

几天后，崇黑虎看到哥哥带着他的三千人的大军队走近城市。他对他的一个士兵说，"带二十个人在城门内等着。你听见我挥剑的声音，就把崇侯虎抓起来，带他去周营地。"然后他对另一个士兵说，"我一出城，就把崇侯虎的家人抓起来。带他们去周营地。"然后他骑马出城，来到了崇侯虎的营地。

崇侯虎看到弟弟走近营地。他出来欢迎他的弟弟。崇应彪也在那里，他出来欢迎叔叔。然后他们三个一起骑马回到了城市。他们刚进城门，崇黑虎就把剑拿出一半，然后他又把它推了进去，发出一声很响的声音。二十名士兵马上跑了出来。他们抓住崇侯虎和他的儿子崇应彪。

"亲爱的弟弟，"崇侯虎叫道，"你在做什么？"

崇黑虎说，"哥哥，你不是一个好大臣。你给人们带来了很大的苦难。你让自己变得很富，而人们却在受饿。但是我们的大侯爵是一个聪明、明白的人。他能分出好和坏。而我，我宁愿得罪我们的先人，也不愿意看到我们崇家被毁。我必须抓你。"

崇侯虎和儿子被带到周营地，妻子和女儿已经在那里等着他了。他对妻子说，"啊，我弟弟对我太残忍了。谁能想到他会做这样的事情呢？"

崇黑虎也进了营地。他下了马，去见姜子牙和姬昌。

"崇黑虎，"姜子牙说，"你是个忠诚的大臣。你把人们的幸福放在你自己的家之上。你真是个英雄[1]。"

姬昌却吃惊地看着崇黑虎。他问，"你在这里做什么？"

崇黑虎回答说，"我哥哥犯了天罪。我把他带到这里来受审判。"

"但他是你哥哥啊！"

姜子牙开口了。他对姬昌说，"人们讨厌崇侯虎。即使是小孩子也讨厌他。但现在他们知道，崇黑虎是个有德的人，而且比他哥哥好多了。"

然后他命令把崇侯虎和崇应彪带进来。两人跪在姬昌、姜子牙和崇黑虎面前。姜子牙说，"崇侯虎，你犯了那么多罪，我没有办法把它们都说出来。是时候让你们受到上天的惩罚了。侍卫！把他们带到外面，砍下他们的头。"

姬昌吃惊得说不出话来。侍卫抓了两名犯人，把他们带到外面。几分钟后，侍卫回来了，手里拿着两个头。姬昌从来没有见过这样被砍下的头。他用袖子遮住[2]眼睛，大声喊道，"这太可怕了！我一定会因为这而死。"

---

[1] 英雄　　　yīngxióng – hero
[2] 遮住　　　zhē zhù – to cover

不久，崇侯虎的家人被放了后，姬昌回到了西岐的家。他感到不舒服。他什么都不能吃、不能喝。每次闭上眼睛，他都会看到崇侯虎站在他面前，哭喊着让姬昌把命还给他。医生来看他，但他们给的药对他没有一点帮助。

所有由崇侯虎统治的地方现在都由崇黑虎统治。它们成为一个新的国家，不受朝歌国王的统治。国王知道这事后非常生气。他命令他的军队前往西岐，去抓姬昌和崇黑虎。

但他的大臣们却跪在他面前说，"陛下，请你考虑一下。很多人讨厌崇侯虎，认为他残忍，对人不关心。他们很高兴他被抓并被杀。也许现在不是你行动的好时候。"国王同意等。

姬昌的健康情况一天比一天坏。他叫姜子牙去他床边。姜子牙走了进来，跪在床边。姬昌对他说，"我必须告诉你一件重要的事情。我感谢陛下让我成为西方大侯爵。我应该对他忠诚。我错了，让崇侯虎和崇应彪死了。崇侯虎和我是一样的级别[1]，所以我无权杀死他。现在我听到他一直在哭。当我闭上眼睛时，我看到他站在我的床边。我想我活不了多久了。"

他继续说，"我死后，你一定不能起来反对国王。如果你这样做了，你死后要见到我就很难了。"

泪水从姜子牙的脸上流了下来。他说，"是你让我做了丞相。我不敢对你不服从。"

就在这时，姬发进来了。姬昌对他说，"我亲爱的儿子，我死后，你必须接我的位。你还年轻。不要听任何反对国王的人说的话。当然，我们的国王无德，但他仍然是我们的国王，我们必须对他忠诚。现在，跪在丞相面前，接受他为你的父亲。"

姬发跪下，向姜子牙磕头。

---

[1] 级别　　　jíbié – rank

姬昌继续说，"我亲爱的儿子，记住要爱你的兄弟们，对王国里的人们要仁慈、要帮助。如果你按照我说的做，我就可以放心地死去了。"姬发向他磕头。

姬昌接着说，"陛下对我很好。想到我再也见不到他，我就很难过。我也不能回羑里去帮助那里的人了。"然后他死了。死时九十七岁。那是商朝帝辛王在位第二十年。

葬礼结束后，姜子牙提出让姬发成为新的西方大侯爵，叫他为武王[1]。姬发的第一个命令是给所有官员都升一个级别。所有二百个侯爵和所有的地方首领都来到城里，向他磕头。

这个消息传到了朝歌宫里的文书[2]那里。他决定要告诉陛下，西岐有一位新王。他去摘星楼见国王。

---

[1] This means "The Military King."
[2] 文书　　　　wénshū – secretary

第 30 章
黄飞虎叛乱

当国王想要玩弄大臣的妻子时，
他使王位虚弱，邪恶胜利
他只听妲己魔鬼的话，
不听黄夫人聪明的建议

有德的女人受人尊敬，
很笨的国王给所有人带来灾难
现在叛乱分子顶住强大的天柱，
他们想从国王的手中救王国。

☰☰☰

国王的侍卫让宫里的文书进摘星楼。文书向国王磕头。他说，"陛下，我有个坏消息。姬昌死了。他的儿子姬发现在叫自己为武王。这可能是一个大问题。我认为你应该马上用军队去惩罚他。"

国王笑着说，"姬发最近才停止喝母乳[1]。他能对朕做什么？"

"是的，他还年轻。但要记得他得到了姜子牙、散宜生、南宫适的帮助。他们几个在一起就很危险。"

"姜子牙？他只是一个魔法师，没有别的了。"

宫里的文书鞠了躬，离开了宫殿。他对自己说，"这个国王是个傻瓜。恐怕王朝很快就要结束了。"

时间飞快地过去。很快到了元旦，这是国王统治的第二十一年。所有的大臣都来见国王，他们的妻子也来见妲己王后。麻烦就从这时开始。

贾夫人是黄飞虎的妻子。她是来见妲己王后的。妲己听说贾夫人来

---

[1] 母乳　　　mǔrǔ – breast milk

了，心想，"黄飞虎，你用鹰来杀我。现在你漂亮的小妻子来见我。她会走进我的陷阱！"

妲己的女侍从们把贾夫人带进来见她。妲己说，"亲爱的贾夫人，很高兴见到你！你比我大几岁。你应该成为我的结拜姐姐。"

贾夫人说，"哦，娘娘[1]，我怎么能这样呢？你是王后，我只是一个普通的女人。这就像树林里的野鸡成为美丽凤凰的姐姐一样。"

妲己说，"哦，不，亲爱的。我只是一个侯爵的女儿。但你是王爷的妻子，陛下的亲戚。"

两人坐下来，喝了几杯酒。这时，一个宫里的女侍从进来了，说，"陛下来了。"

"哦，不！"贾夫人叫道。"我不能在这里见他。我是大臣的妻子。这将违反法律。我能藏到哪里去呢？"

妲己笑了笑，说，"姐姐，别担心。去那里。"她指着大殿的后面。贾夫人跑去躲在大殿后面。然后国王进来了。他看到桌子上的杯子和盘子。

他对妲己说，"亲爱的，你在和谁一起喝酒？"

"我正和黄飞虎王爷的妻子贾夫人说话。陛下，你见过她吗？"

"当然没有。朕不能见大臣的妻子。那会违反规定的。"

"可是陛下，记住，黄飞虎的妹妹是你的妃子。所以，贾夫人其实是你的亲戚。你可以在不违反规定的情况下见她。"国王想到了这一点。然后妲己继续说，"她真的很漂亮。我想你真的会喜欢她的。请允许我带她去摘星楼。然后你可以在那里见她。"

将要见到美丽的贾夫人，国王很兴奋。所以他离开去等着。妲己去找贾夫人。她见贾夫人不舒服，想要离开，就说，"姐姐，请先别走。

---

[1] 娘娘　　　　niángniang – empress

跟我去摘星楼吧。你可以从那上面看到整个王国！”

贾夫人没有选择，只能跟着妲己来到了摘星楼的顶搂。往下看，她看到了一个坑。坑里都是人的骨头和几千条蛇。

“那是什么？”她问。

妲己说，“那是蛇坑。想要将邪恶的人赶出宫很难。所以，如果我们在这里发现任何邪恶的人，他们就会被剥光衣服、扔进坑里喂蛇。”妲己见贾夫人吓坏了，只是笑了笑，让宫里的女侍从们把酒拿来。

正在她们喝酒的时候，一个宫里的女侍从走过来，告诉她们国王来了。妲己对贾夫人说，“姐姐，别担心。去那边，”她指着栏杆。“等我。”

国王进来了。他在妲己旁边坐下。然后他看向栏杆边站着的美丽的贾夫人。“那是谁？”他问。

“那是黄飞虎王爷的妻子，”妲己说。贾夫人没有选择。她转身向国王鞠躬。国王看着她，眼中带着欲望。

“请坐，”他对她说。

贾夫人仍然站着。妲己对她说，“你是我嫂嫂[1]。你和我们坐在一起没有什么不对的。”

现在贾夫人看出了陷阱。她害怕了，但她对国王说，“陛下，我来这里见我的妹妹。现在请允许我服从规定，马上离开。”

国王对她笑了笑，说，“请坐。如果你不坐下，朕只能站着。”他倒了一杯酒给她。

现在贾夫人看到她被困在陷阱里了。她知道，自己是没有办法活着离开摘星搂。她拿起那杯酒，扔到国王的脸上。她喊道，“傻瓜国王！我的丈夫一直是你忠诚的仆人。但你不但没有感谢他，相反还要侮辱

---

[1] 嫂嫂　　　sǎosao – sister-in-law

我，你违反了天地中所有的法则[1]。你和你的邪恶王后离你们的死亡不远了！"

国王让他的侍卫去抓贾夫人。但在他们抓住她之前，她跑到栏杆上。她喊道，"亲爱的丈夫，我将用我的生命保护我们的名声。请照顾好我们的孩子！"然后她跳楼死了。

很快，贾夫人死去的消息传到了黄飞虎的妹妹、贾夫人的嫂嫂黄妃那里。她跑到摘星楼，上楼去找国王。她用手指着他说，"你这个该死[2]的暴君！你欠我哥哥的命。他在东海与海上的强盗战斗过。他还与南方的叛乱分子战斗过。我家里的每一个人都对你忠诚。今天，贾夫人来见王后。但你没有办法控制你的王后，没有办法控制你自己的欲望。现在我嫂嫂死了。几年以后，当人们讲起我们王国的故事时，你的名字将弄脏我们的历史！"

然后她转向妲己说，"还有你，你这个贱人。你毒害[3]了国王的心，把我们的王国弄得很乱。现在你又给我嫂嫂带来了死亡！"她跑过去，用全力打了妲己的脸。妲己倒在地上。黄妃又打了她二、三十下[4]。

现在的妲己已经是一个真的狐妖，可以很轻松地向黄妃打回去。但她知道国王在看着。于是她喊道，"陛下，救救我，救救我！"

国王跑过去，把黄妃从妲己身上拉了下来。但黄妃却因为生气而变得不冷静，她转身打在了国王的脸上。"你这个暴君！"她喊道，"你怎么能保护那个贱人。我会让她为杀死我妹妹付出代价的！"

国王这时很生气。他用一只手抓住她的头发，另一只手抓住了她长衣的前面。然后他把她抓起来，扔过栏杆。她掉在地上，马上就死了。

国王从栏杆上往下看。他看到了黄妃破碎的尸体，躺在贾夫人的尸体

---

[1] 法则　　　fǎzé – law
[2] 该死　　　gāisǐ – damn
[3] 毒害　　　dúhài – to poison
[4] 下　　　　xià – (measure word for a repeated action)

旁边。他对自己做的事情感到难过，但他没有对妲己说什么。

贾夫人的侍从还在附近的大殿里等着她。几个宫里的女侍从过来，告诉了他们发生了什么事。贾夫人的侍从们跑到黄飞虎将军面前，黄飞虎正在与兄弟们、将军们一起享受大宴。他们喊道，"殿下，不好了！不好了！"然后他们告诉他，贾夫人从摘星楼的栏杆上跳了下去，然后国王把黄妃扔死了。

黄飞虎听到他们的话，却不知道要说什么。他的弟弟黄明跳起来说，"哥哥，我想我知道发生了什么事。国王看到了你的妻子美丽，想要她成为自己的。你的妻子没有选择，只能跳楼死了。黄妃可能听说了这件事，和国王争论，才使他把她扔出了摘星楼。"

他继续说，"你们知道圣人说，'如果国王统治错误，人们就会找新的国王。'我们都对王国忠诚。我们在北方、南方、东方和西方为我们的王国战斗过。但现在我们不再对这个暴君忠诚。我们必须反对他！"他和其他人都跳了起来，手里拿着剑。

黄飞虎说，"住手！我妻子的死和你有什么关系？请记住，黄家已经为王国做事几百年了。你现在怎么能因为一个女人死了就反对国王呢？"

其他人对这感到很吃惊，都站着不动。他们不知道该怎么办。然后黄明笑着说，"哥哥，你说得对。这与我们完全没有关系。为什么要生气？"然后他和其他人又继续去吃喝、说话。

黄飞虎还在生气。他对他们说，"你们为什么都在笑？"

其中一位将军冷冷地看着他，回答说，"哥哥，说实在的，我们都在笑你。"黄飞虎无话可以说。将军继续说道，"我们都知道，你已经是王国最高级别的将军。但对其他人来说，谁知道他们是怎么想？他们可能会认为你的高位是因为国王很喜欢你的妻子。"

这时黄飞虎气红了脸。他喊道，"不要说了！我们要离开朝歌！"然后他停了一下，又说，"但是我们要去哪里呢？"

黄明回答说，“你知道古人说，‘好人选择好的师父。’西岐国王已经控制了王国的三分之二土地。他是个好人。我们去那里吧。”

然后黄明想，“我哥哥可能会改变主意。我最好要保证这种情况不会发生。”他对他哥哥说，“我们应该现在就报仇，不要等到以后。我们现在就去和国王战斗吧。”

他们都去了国王的宫殿。黄飞虎骑着他的牛，其他人骑着他们的马。他们都穿着盔甲，手里拿着剑。他们来到宫门时，太阳刚刚升起。其中一名将军喊道，“告诉暴君，马上出来。否则，我们就砸了大门进去！”

国王一个人坐在宫殿里，想着昨天晚上发生的事情。一个侍卫跑进来告诉他，黄飞虎和他的人在外面等着，手里拿着剑。国王穿上盔甲，骑着马出去见他们。

一名将军举起剑，喊道，“暴君！你侮辱了你大臣的妻子！”然后他冲向国王，用剑砍去。国王很轻松地挡住了这一攻击。然后黄明骑马上前，也拿剑攻击。黄飞虎见这，骑着牛往前走，参加了战斗。

国王身体高大有力气，是个好战士，但他没有办法赢三个人。就像一条龙与三只野虎打。他打了三十个来回，然后转身骑马穿过宫门。他的侍卫关上并锁了大门。

黄飞虎和他的人也转身。他们从西门骑马出了朝歌。在那里，他们与家人见面，一起骑马前往孟津[1]。

国王坐在朝廷上，不说一句话。他的大臣们进来想知道发生了什么事。他们问他，“陛下，黄飞虎为什么要反对你？”

国王回答说，“贾夫人侮辱了朕的王后。然后她觉得有罪，所以她从

---

[1] Today, Mèngjīn (孟津) is a district in the city of Luoyang. In ancient times it was a ferry crossing for the Yellow River. It is believed that King Wu of Zhou and his allies crossed the Yellow River here on their way to Zhaoge, leading to the theory that the original name was actually Méngjīn (盟津), "ferry crossing of the alliance."

栏杆上跳了下去。黄妃来了，也侮辱了朕的王后。在她们争论的时候，她不小心砸在栏杆上。"他没有解释他为什么会与黄飞虎和他的人打起来。

大臣们对这不知道应该说什么。这个故事听起来很假，但他们当然不能对国王说。这时闻太师来了。他刚从东海那里回来。他也问发生了什么事。国王给他讲了他刚刚告诉大臣们的一样的故事。

闻太师说，"我认识黄飞虎。他是一个好人，对你和王国忠诚。因为那天是元旦，他和妻子来到宫殿。但摘星搂是你住的地方，不是主宫殿的一部分。贾夫人怎么会在那里？"

国王没有回答。闻太师继续说，"那么黄妃一定是听说了她嫂嫂死了的消息，才来到这里。但我想你对她很生气，把她从搂台上扔了下去。这些死不是贾和黄的错。是你的错！你知道古人说什么，'如果国王统治错误，人们就会找新的国王。'黄飞虎起来反对你，我一点也不奇怪。陛下，你应该原谅他。我这就去找他，请他回来。"

有一位大臣开口说，"闻太师，你说得对，陛下应该对贾夫人和黄妃好一点。但另一方面，黄飞虎攻击国王是错的。"

闻太师想了想。然后他说，"也许你是对的。马上让送信的人去山口的指挥官那里。告诉他们关上大门，不要让叛乱分子通过。这样我就有时间追上他们。"

第 31 章
逃与追

忠诚有德的人都离去了，
没有雨，人们都很饿
聪明的<u>太师</u>很快得到了控制权，
而邪恶的大臣继续给人们带来苦难

不用去考虑过三关，
敌人正从四个方向过来
敌人追着军队，但它在明亮的太阳下消失不见了，
别担心，他们的命运早已经被写好了。

☰☰☰

<u>黄飞虎</u>一群人从西门离开了<u>朝歌</u>。他们过<u>孟津</u>，过<u>黄河</u>，骑马来到<u>临潼关</u>附近。<u>黄飞虎</u>听到喊叫声，只见一团尘土升上天空。回头一看，他看到一支大军队正在走近。然后他看向左右，看到那两个方向又有两支军队过来。然后他回头看，只见又有一支军队从<u>临潼关</u>向他走来。

他深深地叹气[1]，心想，"我怎么能与这四支军队战斗呢？我能做的就是让自己和家人等死。"

在天上，神仙没有事可以做。在以前，道教大师们都喜欢去<u>玉虚宫</u>听课。但是这些天没有课。一切都停了，要等<u>姜子牙</u>造了新的神以后。于是，神仙们就把时间花在去附近的山上走走和采花上。

其中一位叫<u>清虚道德真君</u>的神仙正经过<u>临潼关</u>上空，突然听到下面传来一人伤心的声音。往下看，只见<u>黄飞虎</u>和他的人被四支军队包围。"好吧，"他想，"看起来需要有人来救这些人。"他告诉他的一个精灵仆人，用旗帜包起这些人，把他们藏在深山里。精灵按照他说的

---

[1] 叹气   tànqì – to sigh

194

做了。

闻太师带着军队向黄飞虎的地方走去。他看了周围，但没有看到任何人。他见了其他三支军队的将军，他们说他们也没见过黄飞虎一群人。闻太师想，"这很奇怪。有人告诉我，黄飞虎过了黄河，正向临潼关过来。我们从四个方向来包围他，但他不在这里。他在哪里呢？"

清虚道德真君见闻太师停了下来。他想了想，"我必须让这些士兵走开，这样黄飞虎才能继续通过关口。"他从长衣里拿出一把魔土，向东南方向扔去。土变成了一群人，用很快的速度骑马向朝歌而去。闻太师看见了他们，让四支军队都去追。军队一路骑马追到孟津，却一直没有追上。

等军队离去后，清虚道德真君命令他的精灵将黄飞虎和他的人送回路上。人们看了周围，很困惑。他们看到的军队已经不见了。"上天一定帮了我们！"黄明说。

但他们还是必须要通过临潼关。关口由张凤带的一群士兵守卫，张凤是黄飞虎父亲的结拜兄弟。

黄飞虎带着他的人来到临潼关，张凤带着一群士兵出来。"听我说，"他说，"你父亲和我是结拜兄弟，你是国王忠诚的臣民。不要给你的先人丢脸。从你的牛上下来，让我带你回朝歌。也许有些大臣会为你说话，你和你的家人就不会被杀了。"

黄飞虎说，"叔叔，你知道我们国王把所有的时间都花在了和妃子们喝酒和玩上。他听邪恶的人的话，他不听忠诚大臣的话，他不关心国家的事情，对人们残忍。我做了几百件事来帮助他，但他忘记了这一切，并侮辱了我。我怎样才能对他忠诚？请让我们过去吧。"

听到这些话，张凤生气了。"叛徒！"他喊道。他一剑砍向黄飞虎，但黄飞虎挡住了这一剑。他再次攻击。这次黄飞虎生气了，也开始了攻击。他们战斗了三十个来回。张凤是个好战士，但他是个老人。他累了，不能再打了。他转身骑着马走了。

张凤回头看，见黄飞虎正在追他。他收起了剑。他把手伸进长衣里，向追着他的人扔了一把链[1]锤[2]。然而黄飞虎知道这武器。当锤子向他飞来时，他用剑向上砍去，砍断了链子。然后他用另一只手抓住了飞来的锤子。

张凤见这，逃回了关口。士兵们在他身后锁上了大门。他坐了下来，呼吸[3]很重。他想了一会儿下一步的计划。然后他命令萧银将军来见他。

萧银进来等他的命令。张凤说，"我们打不赢黄飞虎。所以今天晚上，我要你带三千人，带着弓箭。包围他的营地。然后让你所有的人一起射箭。杀了每一个叛乱分子，然后砍下他们的头，把它们带到我这里来。"

萧银走了。但他记得，几年前，他在黄飞虎的军队做事，并被升为将军。他不想通过杀死黄飞虎和他的家人这样的方法来报答这份仁慈。于是他偷偷去了黄飞虎的营地，见了叛乱分子的首领。

"先生，"他说，"你还记得几年前我在你这里做事。你让我成为将军。我必须告诉你，张凤已经命令我今天晚上用弓箭杀死你们所有的人。我不能那么做。这是反对上天的罪行。"

黄飞虎回答说，"我非常感谢你来告诉我这些。如果不是你，今天晚上我全家都会死。不过，告诉我，你能做些什么来帮助我们离开这里？"

"给我几分钟，让我回到关口。然后你要在最早的时间里攻击。我会为你打开大门。"

---

[1] 链　　　　liàn – chain
[2] This is a small hammer or mallet with a chain attached, making it possible for the user to throw it, then retrieve it afterwards.
[3] 呼吸　　　hūxī – to breathe

黄飞虎马上集合了他的人。他们一边喊着，一边挥着剑，骑马向山口走去。大门打开，他们冲了进去。

张凤听到了飞跑的马声。他看到了发生的事情，就出去追黄飞虎。但当他走过大门时，并没有看到对面站着的萧银。萧银一剑砍向他。张凤从马上掉下来，死了。

"谢谢！"黄飞虎一边骑马离去，一边对萧银喊道。"我不知道什么时候才能报答你今天做的一切。"

他们骑了大约八十里路，到了下一个关口潼关，才停了下来。这个关口的指挥官是陈桐。这人也认识黄飞虎。几年前，他在黄飞虎那里做事。他不服从命令，黄飞虎要杀死他。但其他几位将军请求黄飞虎仁慈，所以他没有被杀死。不过，陈桐还是不喜欢黄飞虎，很高兴现在有机会惩罚黄飞虎。

他穿上盔甲，准备战斗。

他看到黄飞虎就喊道，"将军你好！你以前是一名高级别的将军，但现在你只是又一个在逃的罪人。闻太师告诉我，你会来这里。从你的牛上下来。我将送你回朝歌。除了这，你没有什么可以做了。"

黄飞虎回答说，"将军，你错了。以前你是在我的指挥下，我对你就像对自己的兄弟一样。你违反了我的命令，但我可怜你，没有杀你。但即使是这样，你还是侮辱了我。很好。现在就从马上下来，和我战斗。如果你赢了，我就和你一起去朝歌。"

然后黄飞虎用剑攻击。陈桐用自己的剑挡住了，他们打了二十多个来回。不过，黄飞虎的战斗能力更强，所以陈桐转身，跳上马，用最快的速度骑马离开了。

黄飞虎追了上去。但很快陈桐拿出了一把魔标枪[1]。这支标枪是神仙送给他的。它从来没有错过要打的东西。他把标枪扔出。打在了黄飞

---

[1] 标枪　　　　biāoqiāng – javelin

虎胸口。他大叫一声，倒在了地上。

黄明和另一位将军看到了这。他们冲上前去攻击陈桐。但陈桐再次扔出标枪，杀死了另一位将军。然后，他不想与黄明战斗，转身逃走了。

黄飞虎营地里的人们看到那两个死去的战士，都非常伤心。他们没有了首领，没有了计划，没有地方可以去，也没有地方可以回。

天上，清虚道德真君在青峰山的云上静坐。突然，他的心跳了一下。他低头看，只见黄飞虎已经被杀了。他马上叫他的一个徒弟来见他。

那徒弟是个年轻人，身高九尺，皮肤光滑[1]，眼睛明亮，身体强大像老虎。他穿着一件麻腰带的长衣，穿着一双简单的草鞋。"师父，我能为你做点什么？"他问。

"你父亲需要你的帮助，"清虚道德真君回答道。

"我父亲是谁？"

"他就是商朝的王爷黄飞虎。他被魔标枪杀死了。把他救活。然后向他介绍你自己。你们将在马上要到来的战争中一起战斗。"

"师父，我不明白。这个人怎么可能是我的父亲？"

"十三年前，我在云上。突然，我看到了一道明亮的光。我低头看，光是从你的头上发出来的。当时你只有三岁。我马上知道你有一个很好的将来，所以我把你带到这里来做我的徒弟。你叫黄天化。"

然后，清虚道德真君给了男孩一把剑和一个花篮，并告诉他怎么救活他父亲。男孩向他的师父磕头。然后他拿起一把土，扔到空中，飞快地骑着它去了潼关。

---

[1] 光滑　　　　guānghuá – smooth

第 32 章
黄天化见父亲

用五道之力，你可以变成像空气一样，
在风上走得很远
你可以走过活人和死人的地方，
飞过泰山和邙山

即使有困难，也要救父亲，
有一颗强大的心，就不会怕狼
父亲和儿子相见在潼关，
他们俩都是齐国和周朝有德的顶梁柱。

≡ ≡ ≡

黄天化从青峰山上飞了下来。下午五点左右，他来到了黄的营地。附近有一群人和马站在灯的周围。人们看到他，都去拿他们的剑。"你是谁？"他们叫道。

黄天化说，"这位穷道士是从青峰山来。听说殿下有麻烦了。我可以帮助他。快带我去找他！"

人们仔细地看着他。他黑色的长发盘[1]在头上。他穿着一件长衣，宽大的袖子在风中飘。他一只手拿着一个奇怪的花篮，背上绑着一把剑。他看起来像一只强大的老虎。

他们把他带到了黄飞虎的弟弟黄飞彪那里。黄飞彪马上看出，这男孩长得很像自己的哥哥。他对男孩说，"你能把我的哥哥救活吗？如果可以，你会像给世上带来新生命的父亲和母亲一样。"

男孩被带到营地的后面。在那里，他看到黄飞虎躺在地上，冰冷，没有了生命。他的脸发白，眼睛紧闭。他旁边是另一具尸体。"那是

---

[1] 盘　　　　　pán – coil

谁？"他问。

"那是我们的结拜兄弟。两人都被陈桐的魔标枪杀死了。"

"给我拿点水来，"黄天化说。水拿来后，他从花篮里拿出一些丹药，与水混合。他打开黄飞虎的嘴，将药水倒进他的嘴里。药水流进死人的身体，流到他的所有内脏[1]和身体上所有八万四千根头发。

"现在我们等着，"黄天化说。他们等了一、两个小时。然后死人大叫了一声，张开了眼睛。

"我在哪里？"黄飞虎看着周围问道。"这里是死人的地方吗？你们为什么都和我在一起？"其他人告诉他发生了什么事。黄飞虎站起身来，感谢男孩。

男孩跪下说，"父亲，你不认识我吗？我是你的儿子黄天化！你还记得，在我三岁的时候，你送我去青峰山跟清虚道德真君学习。我已经在那里十三年了。"他的父亲看着他，高兴得哭了。

黄天化看了看周围，看到了他的两个叔叔和他的三个兄弟。但他没有看到他的母亲。"父亲，你为什么不带上我母亲？如果暴君国王抓住了她，对我们家来说，将是可怕的一天！"

黄飞虎开始哭了。他告诉儿子，他的母亲是怎么从摘星搂跳下去的，为的是不让国王侮辱她。然后他告诉男孩，国王也把他父亲的妹妹从摘星楼扔了出去。男孩听了这话，就说，"父亲，我不会回青峰山的。我要留在地球上，为我母亲的死报仇！"

就在这时，一个送信人冲进来告诉他们，陈桐在营地外，叫着要战斗。黄飞虎吓得脸都变成了灰色。但他的儿子说，"父亲，别担心。去和他战斗吧。我会保护你的。"

黄飞虎穿上盔甲，骑着牛出去见陈桐。陈桐吃惊地看到这个他以为已经死去的人。黄飞虎喊道，"你用标枪打我，但上天不想我死。"然

---

[1] 内脏　　　　　nèizàng – organ of the body

后他攻击陈桐。他们两个开始打了起来。十五个来回后，陈桐转身骑马离开。

黄飞虎跟了上去。突然，陈桐转过身，又向他扔了一根魔标枪。但黄天化却把花篮对着标枪。标枪在半空中转身，掉进篮子里。陈桐扔了更多标枪，但每一根都被花篮接住。

陈桐看到道士男孩把他所有的标枪都收去了。他举起剑，冲向男孩。黄天化却用自己的剑指向陈桐。一道星光从剑尖飞向陈桐。当它打到陈桐的时候，他的头从他的身体上飞了出去，滚到了地上。

"陈桐死了！"人们喊道。他们冲向大门。他们破门进去，冲到大门的另一边。

黄天化停下，喊道，"父亲，我必须回青峰山去和师父谈谈。但我们会再次见面。我会在西岐见你。小心点！"

黄飞虎看到儿子离开，心里难过。但他继续带着他的人，骑马向下一个山口走去。这就是穿云关，由陈桐的哥哥陈梧守卫。

黄飞虎一群人到了关口，陈梧出来见他们。他没有穿盔甲，也没有带武器。"欢迎殿下！"他喊道。

"你好，"黄飞虎回答。"我们反对国王而有罪，正在逃离朝歌。我很对不起你，你弟弟昨天在想要阻止我们通过潼关时死了。"

陈梧说，"你们家对国王忠诚已经很多很多年了。但我们都知道，这个国王是个暴君，对你不好。我弟弟不明白情况。他应该死。你们可以通过这里，没有问题。不过，请你们进来和我们一起休息一会儿。"

黄飞虎并不知道陈梧已经知道了他弟弟的死。当听到弟弟死了，陈梧气得七孔[1]出烟[2]。

---

[1] 孔　　　　　kǒng – orifice
[2] This is a Chinese idiom meaning that someone is seething with anger. The seven orifices (holes) of

人们下了马，进了大门。<u>陈梧</u>请他们到大殿来吃点东西。等他们吃完饭，<u>黄飞虎</u>说，"谢谢你，我的朋友。现在我们必须走了。请你打开另一扇门，让我们过去。"

"当然，"<u>陈梧</u>回答。"但是我们已经为你们准备了一些酒。请和我们一起喝几杯。"<u>黄飞虎</u>没有办法拒绝，于是他和他的人又坐下，喝了一点酒。他们坐着说了几个小时的话。很快就到了晚上。

"先别走，"<u>陈梧</u>说道。"你们已经走了很多天了，一定很累。我们很愿意让你和你的人在这里住一个晚上。"

<u>黄飞虎</u>心里对这感到不太舒服，但又找不到拒绝的理由。于是他和他的人把行李搬进去，然后他们都上床睡觉了。其他人马上就睡着了。但<u>黄飞虎</u>睡不着。他一直想着自己家多年为<u>商</u>王工作。"谁能想到我们现在会成为反对国王的叛乱分子！"他想。

到了第一更，然后是第二更，然后是第三更。<u>黄飞虎</u>还是睡不着。他想，"我以前有权有钱。现在我在这里逃命！"

突然，一阵冷风吹进了房间。蜡烛灭了，房间里一片黑暗。

> 看不见、冰冷的鬼进入并吹灭了蜡烛
> 它把白云送走，它让黄叶掉下
> 雨想来，船想远行
> 听着雨声，满是伤心的泪

一个声音轻声叫道，"大人，别怕。这是你的妻子<u>贾</u>夫人。你在极大的危险中！房子的主人正在准备一场大火，要将你们全部烧死。快起来，马上离开那里！现在我必须回死亡之地了。"

<u>黄飞虎</u>跳了起来。他叫醒了其他人。他们跑到门口，却发现门的另一边被锁上了。他们砸了门。他们看到门的另一边放满了烧火木头。很快，他们把行李推出楼，跳上马，离开了。当他们骑马离开时，他们

---

the human head are the two eyes, two ears, two nostrils, and the mouth.

回头看了一眼。他们看到陈梧和他的将军们举着燃烧的火把向大楼跑去。

陈梧见他来得太晚了。他和他的人跳上马，骑马向黄飞虎和他的人追去。他喊道，"你这个叛乱分子！我要杀死你和你的全家。你现在还活着，但你逃不出我的网！"

两群士兵碰到一起，他们手对手，剑对剑。黄飞虎与陈梧战斗。几个来回后，他刺进了陈梧的心，杀死了他。

其他人的战斗也很快就结束了。陈梧的人被打败了。一些人被杀，剩下的人回到了穿云关。

下一个关口是八十里外的界牌关。"嗯，至少我们不用在界牌关战斗了，"黄明对黄飞虎说道。"那里的指挥官是你父亲，老黄滚。"

在界牌关，黄滚等着儿子的到来。当他听说他的儿子反对国王并杀死了那么多将军和士兵时，他非常生气。他命令三千名士兵抓他的儿子和其他人。他还准备了十辆关犯人的车，把他们送回朝歌。

第 33 章
关口战斗

☰☰

黄飞虎和他的人已经近界牌关。他们看到几千名士兵在等着他们，他们看到了关犯人的车。"情况看起来不太好，"一位将军说。

当黄飞虎骑着牛靠近城门时，他对黄滚说，"父亲，你那无用的儿子求你原谅，我不能向你磕头了。"

"你是谁？"黄滚问道。

"我是你的大儿子。你怎么能问这样的问题呢？"

黄滚喊道，"黄家对国王忠诚有几百年了。我们从来没有做过任何邪恶的事情，我们从来没有过叛徒的罪行。但是现在你因为一个女人而离开了你的国王。你已经砍掉了你的宝玉腰带。你是一个叛乱分子。你侮辱了你的先人和你的父亲。我不知道你怎么面对我。"

黄飞虎眼中流出泪水。他说不出话来。黄滚继续说，"想做孝顺的儿子，就从牛上下来吧。我带你去朝歌。你将是国王的真正大臣，将受尊敬地死去。否则的话，你如果真的不孝，就杀了我吧。那你就可以

---

[1] 命名　　　mìngmíng – to give a name

做你想做的事了，我就不用看到或听到任何这些事情了。"

这时，黄飞虎已经哭了。他说，"不要再说什么了，父亲。现在就带我去朝歌。"然后他准备从牛上下来。但还没等他下来，弟弟黄明就开口了。

"哥哥，不要这样做！"他说。"国王是个暴君。我们为什么要对暴君忠诚？你为什么因为这个老人说的话而愿意杀了自己呢？"

黄飞虎这时不知道该怎么办了。他只是坐在牛上，想着，但不说话。黄明转身对黄滚说，"将军，听我说。你错了。即使是老虎也不会杀死自己的孩子。难道你不知道暴君杀了你的女儿，还使你儿子的妻子杀了她自己？难道你不关心她们，你不想为她们报仇？古人说，'如果统治者是邪恶的，人们会找新的统治者。'如果父亲不仁慈，他的儿子可能会离开他。"

听到这话，黄滚非常生气。他攻击黄明，用剑砍向他。黄明挡住了他的攻击。他对黄飞虎喊道，"哥哥，我让你父亲忙着。你现在就用最快的速度离开山口。"

黄飞虎一群人冲出了关口。黄滚见这，跳下马。他非常伤心，想要用剑杀了自己。但黄明却跳下马，抓住了他。他说，"先生，请等一下，听我说。你儿子让我很生气。他侮辱了我，并多次想要杀死我。我不能对你说什么，因为我害怕你儿子会听到我说的话。但现在他走了，我可以自由说话了。我有一个计划。"

"你有什么计划？"黄滚问道。

"快去追你儿子。告诉他我是对的，老虎永远不会杀死它的孩子。请他回来和你一起吃晚饭。告诉他你和他一起去西岐。但是只要他一回来，就让你的士兵拿走他们的武器。然后你可以把他们都关进犯人车里，带到朝歌。对我来说，我只希望你和国王能原谅我。"

黄滚说，"将军，你是个好人。我会按照你说的做。"他跳上马，去追黄飞虎。他喊道，"我的儿子，我决定和你一起去西岐。请回来。

我们都可以吃点东西，喝点酒，然后我们就去<u>西岐</u>。"

<u>黄飞虎</u>不知道父亲为什么会改变主意。但他还是回到了山口。他向父亲磕头。然后他们都坐下来吃喝。

在他们吃晚饭的时候，<u>黄飞虎</u>下面的两个人放火烧了所有放谷物的搂。<u>黄滚</u>看见火，跑到外面。<u>黄飞虎</u>一群人马上骑马出了大门。"我被骗了！"<u>黄滚</u>说。

"将军，"<u>黄明</u>说，"我现在必须告诉你真相。国王是一个邪恶的暴君。但<u>姬昌</u>是一个聪明的、好的统治者。我们要去<u>西岐</u>与他和他的军队集合。欢迎你和我们一起去。"

他等了几秒钟，让老人考虑一下。然后他说，"当然，我们刚刚烧掉了你所有的谷物。如果你不跟我们一起走，你将没有办法交税[1]，你肯定会被国王杀死。"

<u>黄滚</u>想了想。然后他说，"好吧。<u>黄家</u>已经忠诚了几百年。但我们现在都是叛乱分子。"他向<u>朝歌</u>磕头八次。然后他带着他所有的士兵和侍卫，离开了<u>界牌关</u>。

<u>黄滚</u>对<u>黄明</u>说，"我希望你知道，你正在带着整个<u>黄家</u>走向死亡。下一关是<u>汜水关</u>。那里有个叫<u>余化</u>的魔法师。他们叫他为七头将军。他从来没有输过一场战斗。如果我带你去<u>朝歌</u>，我可能会活下去。但现在看来，我们都要死在<u>汜水关</u>了。"

他们骑了大约八十里路，下午晚些时候来到了<u>汜水关</u>。关口的指挥官，一个名叫<u>韩荣</u>的人，挡住了城门，准备战斗。

第二天，<u>余化</u>将军出来大喊，说他已经做好战斗的准备。<u>黄飞虎</u>骑着他的牛往前走，说，"我要和他打。"

<u>余化</u>有一张金色的脸，红色的头发和胡子，还有两只金色的眼睛。他

---

[1] 税　　　　　shuì – tax

盔甲下穿着虎皮长衣，一条玉腰带。"你是谁？"他对<u>黄飞虎</u>喊道。

"我是王爷<u>黄飞虎</u>。我在反对邪恶的暴君。我们要去<u>西岐</u>与那里的圣人集合。你是谁？"

"我是<u>余化</u>。对不起，我们以前从来没有见过面。告诉我，你为什么要反对我们的国王？"

"这是一个很长的故事。但简单地说，国王是一个不关心人们的残忍暴君。但<u>西岐</u>的首领是个好人、聪明人，他已经控制了<u>商国三分之二</u>的国土。国土被灭是上天的意愿。现在，你能让我们通过吗？"

"殿下，我不可能让你通过。你正试着爬树去抓鱼[1]。你在反对国王，这使我们成为了敌人。现在下马。我会带你回<u>朝歌</u>，国王可以决定怎么解决你。你不可能通过这个关口。"

"我已经通过了四个关口。你这里是最后一个。让我们看看你能不能阻止我！"说着，<u>黄飞虎</u>举剑攻击。他是一个非常好的战士。他的剑像一条银蛇缠绕在<u>余化</u>身上。<u>余化</u>没有办法攻击回去。他转身逃跑了。但是他一边逃跑，一边转身举起了他的<u>戮魂幡</u>。一朵黑云从里面飘了出来。它缠绕住<u>黄飞虎</u>，将他扔到地上。士兵们抓住他，把他关了起来。

<u>黄滚</u>看到了这。他说，"你这个傻瓜！你不听我的话。现在这些人会因为抓到你而得到奖赏，而不是我。"

第二天，<u>余化</u>又出来准备战斗。<u>黄明</u>和另一个将军骑马出来和他战斗。他们战斗了大约二十个来回。然后，和以前一样，<u>余化</u>骑马离开了。然后他转过身，举起了自己的<u>戮魂幡</u>。两人被黑烟包围。他们从马上掉了下来，被抓住。

又过了一天，又有两名将军与<u>余化</u>战斗。两人都被黑烟包围并被抓住。而之后的第二天，最后两位<u>黄</u>的将军也经历了一样的命运。现在

---

[1] In other words, you are attempting the impossible.

余化有七个犯人。黄滚一个人和他三个年龄还小的孙子在一起。

余化再次出来，做好了战斗的准备。三个孙子中的一个出去打他。孙子刺伤了余化的腿，但接着他也被抓住了。

黄滚不能再等了。老将军脱下盔甲，然后脱下玉带和长衣。他穿上了悼念[1]的白色长衣。然后他带着两个孙子走到大门口。他对侍卫说，"请告诉你的指挥官，黄滚要见他。"

然后黄滚跪在门口等着。

---

[1] 悼念　　　　dàoniàn – to mourn

第 34 章
叛乱分子见丞相

没有走正道而造成了混乱，
这全是因为笨国王引起的麻烦
国王被欲望控制，
不关心他的责任，所以国家受苦

将军和大臣要为有德的统治者工作，
韩荣为什么要阻止他们？
哪吒站在路中，
当他拿起金砖的时候要小心！

≡≡≡≡

黄滚看到韩荣出来了。将军们站在指挥官的左右两边。黄滚说，"先生，这个犯人给你磕头了。黄家有很多罪行，我们必须受到惩罚。但我求你放过我七岁孙子的一条命。如果让他活下去，黄家就能活下去。将军，请你能不能考虑一下？"

韩荣回答说，"将军，我不能这么做。我是这里的指挥官，我必须服从法律。你们黄家享受着许多的富贵和名声，但你们却选择反对国王。现在我必须把你们所有人，包括你的孙子，送到朝歌去。朝廷将决定谁有罪，谁没有罪。如果我按照你的要求去做，我会和你一样成为叛乱分子。"

"大人，"黄滚叫道，"放过一个小孩子会有什么伤害呢？古人说，'如果你能帮助别人，但你不帮，就像空手从宝山回来一样。'我求你可怜可怜这个小孩子。"

但韩荣还是拒绝了。他把黄滚和他的孙子们以及黄家的其他人一起关了起来。

之后，韩荣与余化还有其他的将军举行了宴会。他说，"余化，我要你和犯人一起去朝歌。只有这样，我才能保证他们能顺利到那里而不会出现麻烦。"

第二天，余化带着三千名士兵，送十一个犯人前往朝歌。

而这时，乾元山上，一位名叫太乙真人的神仙正坐在他的床上。突然，他的心开始跳得很快。他不知道为什么。他算命，发现黄飞虎和他的家人有危险。

他叫来他的徒弟哪吒。他说，"徒弟，我见黄飞虎和他的家人有危险。去帮助他们过汜水关。等完成以后，你马上回来。"

哪吒接到这个工作非常高兴。他拿起火尖枪，骑着风火轮飞向穿云关外。他在那里等着，直到看到一支军队向他走来。一大团的尘土。旗帜在风中飘，剑在阳光下发光。

风火轮上哪吒站在路的中间，开始唱歌：

> 我活了很久了，我不知道我的年龄
> 我只服从我的师父，我不怕上天
> 无论谁来这里
> 他们都必须付给我金子

一名士兵骑马来到余化面前，说，"将军，路中间的一辆马车上站着一个奇怪的人。他在唱歌。"

余化让他的人停下来。他骑马朝那个人走去。"你是谁？"他喊道。

"你不需要知道我的名字。我在这里住了很长时间了。任何经过的人都必须付给我金子。无论你是国王还是普通人，你都必须付钱。"

余化笑道，"我是将军，把犯人带到朝歌。如果你想活下去，就让开。"

"好。只要付我十个金币，你就可以通过。"

余化非常生气。他攻击了那个人，但不知道他正在攻击一个神仙。哪吒轻松地挡住了他的剑。余化没有办法赢，逃跑了。然后他又转过身，挥着他的戮魂幡。但哪吒只是笑了笑。他挥了挥手，旗帜就飞到了他手中。他把它放在包里。"你还有多少？"他笑着。

余化回来，再次攻击哪吒。哪吒把他的金砖扔到了空中。它掉下来，砸在余化的头上。他几乎从马上掉了下来。他骑马走了。哪吒又把金砖扔到了空中。余化的所有士兵都转身，用最快的速度骑马离开。

哪吒走到关犯人的车旁边。他看着车里又累又脏的人。他说，"我是李哪吒，太乙真人的徒弟。我师父见你们遇到了麻烦，让我来帮助你们。"然后他用他的金砖砸开了关犯人的车，放了这些人。他继续说，"我要回汜水关，去打开关口的门。你们可以顺利地通过。"黄飞虎和其他人都跪倒在地上，向哪吒磕头。

在汜水关，韩荣正在和将军们喝酒，余化回来了。"你在这里做什么？"他问。余化告诉他自己与神仙的战斗。韩荣说，"我们必须把那些叛乱分子带回朝歌。如果我们不这样做，国王永远不会原谅我。"

几分钟后，一名士兵冲进来说，"门外有一个人。他骑在他的风火轮上。他想和七头将军战斗。"

"就是那个人打败了我！"余化喊道。他们都出去看。

韩荣问道，"你是谁？"

"我是李哪吒，太乙真人的徒弟。师父让我去帮助黄飞虎。商朝马上就要灭了，上天已经决定让黄家帮助新王朝。我是来帮他们去西岐的。你为什么要违反上天的意愿呢？"

韩荣和他的士兵攻击哪吒，但哪吒像龙那样强大，像闪电那样快。许多士兵从马上掉下来。剩下的人忙着逃命。

余化骑上他的妖怪，攻击哪吒。哪吒挡住了他的攻击。然后他打了余化，打断了他的手臂。余化转身逃走。

战斗就这样结束了。汜水关这时已开。黄飞虎和他的人穿过关口的大门，继续向西岐走去。他们感谢哪吒，哪吒说，"照顾好自己。我们会再见面的。"然后哪吒回到了乾元山。

黄的一家和他的军队继续向西岐走去。他们爬过许多山，走过许多河流。他们在西岐城外停了下来，建营地。

黄飞虎一个人进了城。他看到城里的人都很健康，穿着好衣服，很有礼貌。集市上有很多食物。他问丞相的家在哪里。一个人指着一座金色的桥，告诉他丞相的家在桥的另一边。

他走到丞相家的门口，告诉侍卫他来见丞相。过了一会儿，姜子牙出来见他。"请原谅我没有骑马去城外欢迎你，"他说。

"我现在是一个没有国家的人，"黄飞虎回答。"我就像一只失去树林的飞鸟。你会好心地留我在这里吗？"

"当然可以。但是告诉我，你为什么反对商朝？"黄飞虎把发生的一切告诉了他，以及为什么会成为叛乱分子。

姜子牙说，"我们的国王很高兴有你在这里。请等一会儿。我需要和他谈谈。"

姜子牙去宫殿见姬发。他解释了发生的事情。姬发听到这个消息很高兴。他要求带黄飞虎去见他。

第二天，黄飞虎被带去见姬发。他说，"陛下，我并不是一个人。我和我的父亲、我的兄弟、我的儿子、我的结拜兄弟，一千名侍卫和三千名士兵在一起。他们都在岐山等着。请告诉我，他们这些人怎么办。"

"把他们都带到城里去，"姬发回答道，"每个人的级别都不变，和原来一样。"黄飞虎感谢了姬发。他的家人和他的军队进了西岐城，他们都成为了西岐的一部分。

但很快战争威胁[1]着整个国土。

如果你想知道发生了什么，你就要阅读下一本书。

---

[1] 威胁　　　wēixié – to threaten

第 35 章
两位将军加入[1]西岐

黄家像飞鹰一样西行；

他们希望来西岐，不管路有多长

在安静的土地上，军队经过五个关口；

战斗中的流血永远不会停止

子牙做出了救周朝的聪明计划；

但闻太师没有办法改变国王的邪恶

军队很强大，但已经失去了它的美德；

晁田一人走在战争的风和雾中

===

闻太师很生气。他刚想抓黄飞虎，却发现他在追风。那个叫清虚道德真君的神仙骗了他。当他知道发生了什么后，就马上赶回朝歌去保护国王和宫殿。

他见了国王的大臣们，并告诉他们发生了什么事。"我们不需要担心黄飞虎，"他告诉他们。"这里和西岐之间有五座山口。山口由忠诚的指挥官和许多士兵守卫。即使黄飞虎有翅膀，也不可能越过那五关，到西岐。"

但很快，送信的人开始带来坏消息。首先，一个送信人说黄飞虎杀了临潼关的指挥官，过了关口。这时第二个送信人来说黄飞虎杀了潼关的指挥官，也过了关口。第三个送信人来报告说，黄飞虎已经通过了穿云关。然后第四个送信人说，界牌关的指挥官已经离开了他的工作，去了西岐。

终于，来了一个送信人，说氾水关的指挥官韩荣急着需要更多的士兵。闻说，"我告诉过已故的国王，我会保护他的儿子。但我没想到

---

[1] 加入　　　　jiārù – to join in

这位国王会是一个这么不好的统治者。东方和南方的大侯爵已经起来反对国王。而现在我们失去了黄飞虎。我不知道我们能不能打赢这场战斗，也不知道王朝会不会倒下。然而，我告诉已故的国王，我会保护他的儿子。所以这就是我必须做的。"

他叫他的将军们来和他讨论这件事。其中一位将军说，"我们不用担心西岐的叛乱分子。他们和我们之间有五个山口。另外，我们没有够多的钱来打一场新的战争。我们不用管西岐。"

闻回答说，"记得那句老话吗，'当你因为渴了而将要死去，挖井已经来不及了。'我们现在必须准备与西岐战斗。"

"我们需要知道更多，"一个叫晁田将军说。"我要去西岐。如果需要，我会和他们战斗。"

第二天，晁田、晁雷和三万士兵离开了朝歌。他们过了黄河和所有五座山口，然后在西岐城西门外的营地住了下来。他们等了一会儿。然后晁雷骑马向城门走去。

他喊道，"这是晁雷将军。我是国王军队的首领。我们不想让你们的士兵死去，所以我想要和一个西岐战士战斗。谁来与我战斗？"

飞虎军队的首领南宫适将军骑马出门。他喊道，"晁将军，你为什么要带军队来我们的城市？"

晁雷回答说，"我是来抓姬发的。他叫自己为国王，但陛下不同意。另外，他还收留了叛乱分子黄飞虎。你必须回去，把姬发和黄飞虎绑起来，然后把他们带出来给我。如果你不这样做，你和这里的人就会受苦。"

南宫适笑道，"晁雷，你们的国王是个邪恶的暴君。他把他的大臣们切成小块。他把他们烧死在火柱上。他把他们喂蛇。他把自己叔叔的心拿给自己的妃子妲己吃。他杀了许多没有做错事的人。但在西岐，我的国王用仁慈和智慧[1]来统治。人们爱他，他们很幸福。你为什么不加入我们呢？"

晁雷没有回答。他骑马向南宫适走去。两匹马相遇，两把剑举起，两个人开始战斗。大约三十个来回后，晁雷累了。南宫适把他从马上打了下来。士兵们把他绑起来，把他带到城里。

当他被带到姜子牙面前时，晁雷拒绝下跪。"你为什么不请求原谅？"姜子牙问道。

"我是天臣，"晁雷回答，"你只是一个卖面、做篮子的小人。我为什么要跪在你这样的人面前？"

他说这话的时候，房间里的其他将军都控制不住地笑了起来。姜子牙明白他们为什么笑。他对他们说，"这个人说的是真话。我们知道，过去，伊尹是一个很穷的农民，但他却成为了商朝第一位国王的丞相[2]。这就是命运。有些人很早就变得伟大[3]，有些人很晚，有些人永远不会变成伟大。"然后他用手指着晁雷，说，"把他带出去，砍下他的头。"

士兵们把晁雷带到外面。黄飞虎马上说，"丞相，请让我和他谈谈。也许我可以让他来我们这边。他可能对我们有用。"

姜子牙同意了。黄飞虎走到外面，发现晁雷跪在地上等着剑。他说，"将军！看看你周围。你的国王现在是在位，但这就像春天里的几个冷天。你知道这不会长久。而且你知道，我们的王是个好人，就像古时候的尧和舜一样。我已经和丞相谈过了。他会让你活下去，你原来的级别不会变。请你考虑一下！"

晁雷说，"谢谢。但我侮辱了你们的丞相。他为什么要让我活下

---

[1] 智慧　　　　zhìhuì – wisdom
[2] According to legend, Yi Yin was a slave. When his master's daughter married the king of Tang, he became the king's slave. He was a good cook, so the king made him his chef. While serving meals to the king, he often offered his advice. He earned the king's trust, was named a high-ranking minister, and ruled for several years as regent after his death.
[3] 伟大　　　　wěidà – greatness

去？"

"这事就交给我吧。"他们一起回去见姜子牙。

晁雷跪下。他说，"我侮辱了你，应该被杀。我很感激你让我活着。"

姜子牙答道，"你已经同意加入我们了。我们现在都是在同一边。你可以活下去。现在就把你的军队带进来吧。"

"我哥哥还在外面。让我去和他谈谈。我会想办法把他带到我们这边来。"姜子牙同意了，晁雷离了城。

到了哥哥的帐篷[1]，晁田问他是怎么逃出来的。晁雷说，"他们把我带到姜子牙面前。我没有下跪。我侮辱了他。但后来我和黄飞虎谈过，所以现在我觉得我们应该加入西岐。我们一起回到城里吧！"

"你这个傻瓜！"晁田喊道。"你不记得我们一家都在朝歌吗？你不关心你的父母、你的妻子、和你的孩子吗？他们都会被杀死。"

"那我们该怎么办？"两兄弟聊了一会儿。然后晁雷回城见姜子牙。他说，"我哥哥愿意加入我们。但他是国王任命的将军。他要你请一位高级别的将军去见他。"

"没问题，"姜子牙回答。他看向黄飞虎，说，"去见他。把他带回这里。"黄飞虎马上离开。但等他走后，姜子牙与南宫适、还有另外两名将军谈了话，并给他们下了秘密命令。

黄飞虎来到了商营地的门口。晁田见了他。"进来，进来！"他笑着说。但黄飞虎一进营地，士兵们就从左右两边跳了出来。他们抓住黄飞虎，把他绑起来。

黄飞虎大声喊叫，和他们打了起来，士兵们却不放手。晁田告诉他，"就像那句老话说的，'你穿破了铁鞋找东西，然而它却在合适的时

---

[1]帐篷　　　　zhàngpéng – tent

间没有用任何力气就出现了。'现在我们有了你。我们带你回朝歌。"

晁家两兄弟马上离开营地，带着绑在马上的黄飞虎回朝歌。他们走了大约三十五里路，天快黑了，突然发现他们的路被两个将军挡住了。其中一人说，"马上放开黄飞虎将军！"

晁田大喊一声，"你敢！"然后用剑攻击他们。他们开始战斗。紧接着，另一名西岐将军骑马上前，开始与晁雷战斗。战斗进行了一段时间。晁雷累了，骑马转身逃走了。两位西岐将军抓了晁田。然后他们放了黄飞虎。他们想要找到晁雷，但他已经不见了。

晁雷已经从两位西岐将军手中逃了出来，但他不认识这地方，很快就走丢了。他转了好几圈，却找不到路。半夜的时候，他来到了一条路上。路上有一小群拿着灯笼的士兵。在中间的是南宫适。

晁雷想与南宫适战斗，但他没有那么强，也不是一个像南宫适那样的优秀战士。南宫适轻松打败了他。晁雷被绑了起来，带回了西岐城。

天还没亮，晁家两兄弟就被带到了姜子牙面前。黄飞虎对他说，"谢谢丞相！你救了我的命。"

姜子牙说，"听说晁田要你去他们的营地，我就怀疑他了。所以我让三位将军等着你。事情完全按照我想的那样发生。"

然后他转向晁家兄弟。他冷冷地说，"你们是骗子，是叛徒。但你们骗不了我。侍卫，把他们带到外面，砍下他们的头。"

当他们被拖出去时，晁雷喊道，"丞相，请等一下！"姜子牙抬手阻止了侍卫。

"说，"他说。

"丞相，大家都知道西岐王是个好人。我们很愿意加入你们。但是我们的父母、妻子和孩子都还在朝歌。如果我们加入你们，他们都会被杀死！"

"你有一颗狼心。你为什么不早点告诉我这些？"

晁雷开始哭了起来。"我们很笨，我们没有想到。我们应该告诉你的。"

姜子牙问黄飞虎这是不是真的。黄飞虎说他们的家人还在朝歌，在极大的危险中。

"好吧，"姜子牙说。"晁田将被留在这里做人质[1]。晁雷可以带着我的秘密命令回首都。他将会把你们两家的人带回西岐这里。"

兄弟二人都向姜子牙磕头。然后晁雷出发前往首都。

---

[1] 人质　　　rénzhì – hostage

第 36 章

第一次攻打<u>西岐</u>

按照御中的命令西行，玉片成两半[1]；
长长的<u>旅途</u>[2]中，旗帜在空中飘动
吃惊地看到画图的战斗斧头变成了<u>豹子</u>[3]；
更吃惊的是看到冰花变成了佛剑

<u>张桂芳</u>抓住敌人，得了新位子；
当他在风和森林中战斗的时候，他的战斗技术就像宝石
虽然聪明智慧，但他还是被打败了；
无力反对暴君和上天的意愿

———

<u>晁雷</u>走了几天，走过山越过水。到了首都，他马上去见<u>闻太师</u>。

"将军，<u>西岐</u>的情况怎么样了？"<u>闻</u>问道。

<u>晁雷</u>答道，"我先和<u>南宫适</u>战斗。我们打了三十个来回，但谁也赢不了。第二天，我哥哥与另一位将军战斗并打败了他。在那之后，几天里有更多的战斗。但现在我们几乎没有吃的了。<u>韩荣</u>还没有来帮我们。军队饿了，打不了了。我们需要你的帮助。"

<u>闻</u>说，"我不知道<u>韩荣</u>为什么不给你们需要的吃的东西。好吧。带上三千名士兵，把一千担[4]大米带回你的军队。"

<u>晁雷</u>按照他说的做了。不过他没有告诉<u>闻</u>，他把他的家人和<u>晁田</u>的家人也带回了<u>西岐</u>。他向<u>姜子牙</u>磕头，说，"我已经把我们的家人从<u>朝</u>

---

[1] In ancient China, a piece of jade would be split in half and shared by two parties to document a contract, an agreement, a royal declaration, or (in this case) a declaration of war.

[2] 旅途　　　lǚtú – journey

[3] 豹子　　　bàozi – leopard

[4] 担　　　　dān – picul, a measure of weight, about 60 pounds

歌带到了西岐城。丞相，谢谢你。我们永远不会忘记这的。"

三天后，闻太师开始感到担心。他不明白韩荣为什么不给晁的士兵吃的东西。他烧香，占扑[1]。从这，他知道晁雷骗了他。他很愤怒，他让一个叫张桂芳的将军前往西岐。他下面有十万士兵受他的指挥。

张桂芳和他的军队走了几天。他们到了西岐城，在离南门外几里的地方建了营地。

城内，黄飞虎对姜子牙说，"这个张桂芳我认识。他是一名魔法师。你知道的，在一对一的战斗之前，战士们会互相告诉他们的名字。张桂芳知道对面战士的名字后，会大声喊道，'你为什么不下马？'那人就会从马上掉下来并被抓住。我们必须小心，不要告诉他我们的名字。"

其他将军听到这话，却笑了，不相信这事。

第二天，张桂芳的一位将军和姬昌的第十二个儿子发生了一场战斗。姬昌的儿子在战斗中被杀死了。

接下来的一天，张桂芳喊着要和姜子牙战斗。姜子牙说，"想要打败老虎，就必须进它的山洞。"他骑马出城与张桂芳战斗。他一身道士打扮，白色的长衣和长长的白胡子。他拿着两把剑，骑着一匹黑马。他的将军们骑在他的左右两边。他的士兵跟在他们身后，戴着金色和银色的头盔[2]。

张桂芳在对面等着他。他穿着白色长衣、银色盔甲和银色头盔。他骑着一匹白马。他看起来像一尊用冰雕刻而成的雕像。

张桂芳骑马向前。他说，"姜子牙，你怎么能反对你的国王？你就该去死。下马放弃吧。如果你不这样做，我会砸毁你的城市。我不管玉

---

[1] 占扑　　　　zhānbǔ – a divination, an action or ritual to help someone see the future. There are two different Chinese words for this: 算命 is used for a divination related to personal fate, and 占扑 is for one related to events.
[2] 头盔　　　　tóukuī – helmet

和石头会不会一起被毁掉。"

姜子牙笑道，"将军，你站在错的一边了。难道你不知道一个好大臣为一个好主人工作吗？你是一个忠诚的将军，但不能对你国王做的非常笨的事情看不见。在这里，我们服从法律，但你们的国王跟随邪恶。请听我的。转身回朝歌吧。"

张桂芳命令他的一名将军攻击姜子牙。一名将军骑马上前，挡住了攻击。在他们战斗的时候，张桂芳骑马上前，攻击骑着大牛的黄飞虎。他们战斗了十五个来回。这时张桂芳喊道，"黄飞虎，从你的牛上下来！"黄飞虎从牛上掉了下来。张桂芳的一些士兵想要抓住他，但姜子牙的两个战士打退了他们，并将黄飞虎带回到他们身边。

战斗进行了一段时间。张桂芳抓了南宫适和另一名将军。然后他们回到了他们的营地。他们把两个犯人放在木车上，准备送回朝歌。

第二天，张桂芳再次来叫姜子牙跟他打。但姜子牙拒绝出来。他挂起停止战斗的牌子[1]。张桂芳看到牌子，笑着说，"好。让我们享受暂时的休息吧。"

而就在这时，太乙真人正坐在山洞里，心里有些奇怪。他做了占扑，想知道发生了什么。然后，他让他的徒弟带哪吒去见他。哪吒到后，向师父磕头。

太乙真人对哪吒说，"你叔叔姜子牙需要你的帮助。西岐有麻烦了。他们将面对三十六支军队。现在就去那里，看看你怎样才能帮助他们。"

哪吒又磕了头。然后他拿起武器，跳上他的风火轮，去见他的丞相叔叔。他跪在姜子牙面前。

"你是谁，你从哪里来？"姜子牙问道。

"这个可怜的徒弟叫李哪吒。我的师父，太乙真人，让我来为你工

---

[1] 牌子　　　　páizi – a sign

作。我能帮你什么？"

"你来得正是时候。我们正被国王的一位将军攻击，他叫张桂芳。他是一位伟大的魔法师。他已经抓了我们最好的两位将军。我们不得不挂上停战[1]的牌子。"

哪吒说，"叔叔，是时候结束停战了。我会去见这个魔法师，并抓住他。"

姜子牙命令拿下停战的牌子。几乎是同时，张桂芳就叫了一声战斗。哪吒说要和张桂芳战斗。"小心点，"姜子牙说。"这个魔法师只要叫你的名字就能让你倒下。"

"叔叔，别担心，"哪吒说。然后他骑上风火轮，出了城。

他看到一个高大但很难看的人在等着他。那人蓝脸，红头发，长牙。那人拿着两根狼牙棒，每只手里一根。

哪吒说，"我不知道你是谁。但别挡我的路。我要和张桂芳战斗。"那个叫风林的人生气了。他攻击哪吒。他们战斗了二十个来回。然后风林骑着马走了，就像一阵强风吹走了一片树叶。哪吒像大雨打花一样追着他。突然，风林转过身来，吐出一团黑烟。云中有一个红色的球。它直接飞向了哪吒的脸。

哪吒对自己说，"这不是道。这是魔术。"他向烟雾和球挥了挥手，它们都消失了。风林愤怒地转身要和哪吒战斗。但哪吒却把他的乾坤圈扔向了那人。它打中了他，打断了肩膀[2]的骨头。风林受伤，没有办法战斗，他慢慢地回到了自己的营地。

张桂芳听说了这件事，非常生气。他骑马出去见哪吒。"所以，"他看着站在风火轮上的人说，"你是哪吒。"

"当然，"哪吒回答。"你是那个喊叫名字让人倒下的傻瓜吗？"

---

[1] 停战　　　　tíngzhàn – truce, ceasefire
[2] 肩膀　　　　jiānbǎng – shoulder

这让张桂芳更愤怒了。他攻击了哪吒。他们打了很长时间，大约有三、四十个来回。一个为他的国王和国家而战斗，另一个为整个世界而战斗。两人都是非常优秀的战士。但哪吒是神仙。张累了。他想要用魔术，喊道，"哪吒，从你的风火轮上下来！"

哪吒听到了这魔语。他的脚想动，但他阻止了它们。他的身体没有动。

张一遍又一遍地试着，用的是一样的话。最后，哪吒说，"你真是个傻瓜！你可以看到我不会从我的风火轮上掉下。你为什么一直像老狗一样对我叫？"

张再次攻击哪吒，但他的剑没能打中他。过了一会儿，哪吒抓起他的乾坤圈，重重地扔在张的头上。

第 37 章
<u>姜子牙</u>上<u>昆仑</u>山

<u>姜子牙</u>第一次回宫；
当他靠近玉台时，雾气在玉台前飘开
人间的梦在绿水上飘走；
青[1]山看着智慧的统治者死亡

战争一开始，军队和普通人就遇灾难；
将军和士兵因为奇怪的魔法而死
他们的命运是接受<u>封神榜</u>；
一座新台在<u>岐</u>山上从地而起

≡≡≡

<u>哪吒</u>的<u>乾坤圈</u>在空中飞过。它打中了<u>张</u>，砸断了他的左臂。<u>张</u>能骑在马上，却不能战斗，于是转身逃跑。他给<u>朝歌</u>的<u>闻太师</u>送了信，要求增加士兵。

<u>哪吒</u>回到<u>西岐</u>城，见了<u>姜子牙</u>。

"怎么了？"<u>姜子牙</u>问道。"那个魔法师叫过你的名字吗？"

<u>哪吒</u>回答说，"我把<u>乾坤圈</u>扔向他，砸断了他的手臂。他叫了三次我的名字，但我却没有回答他。"

<u>哪吒</u>怎么可能不去管<u>张桂芳</u>的魔法？任何从有精有血生出来的人，都有三魂七魄[2]。<u>张桂芳</u>一叫他们的名字，这些魂魄就从身体里被送出到各个地方。但<u>哪吒</u>是莲花生的，没有魂魄。这就是为什么魔法没有办法碰他。

---

[1] 青　　　qīng – green, verdant

[2] A person has three 魂 (hún), the "spiritual soul" which goes to heaven and can leave the body, and also seven 魄 (pò), the animal soul which is attached to the body and goes to earth at the time of death. These are often translated into English as just "soul" and "spirit".

姜子牙很担心。他不知道如果国王送来一支更大的军队，他会怎么做。他洗了澡，穿上干净的长衣，去见了姬发。他说，"殿下，我一定要去昆仑山见我师父。"

"别太久了，"姬发回答，"我们这里需要你。"

"两、三天后我就回来。"

姜子牙向姬发鞠躬，然后骑云飞向昆仑山。他看着周围。他已经十年没有见过这个地方了，一切看起来都很新。阳光明亮。千万棵树木像绿色的毯子盖在山上。绿草和各种颜色的花朵让空气中充满甜香。凤凰在天空中飞，黑猴在树上休息。山间可以看到蓝狮子和白象[1]。这里比天上还要美丽。

姜子牙进了宫，跪在师父面前，说，"您的徒弟祝师父长生不老！"

元始说，"我很高兴你来看我。我有一份工作给你。你必须去岐山，造一个封神台。这里有一篇重要的文书，封神榜[2]。把它挂在台上。这将是你一生中最重要的工作。"

姜子牙接过封神榜。然后他说，"师父，请帮帮我。一个名叫张桂芳的强大魔法师正在攻击西岐。我是一个不强大的徒弟，没有知识或能力可以用来对他。你能帮我吗？"

但元始说，"每一件小事我都要帮你吗？你现在是丞相，非常有钱有权。你们的统治者仁慈、聪明。当你需要时，你会得到其他人的帮助。你不需要我的帮助。现在走吧。"

姜子牙起身，准备离开。但元始抬起手。他说，"等一等。还有一件事。离开这里后，不要回答任何在后面叫你的人。如果你这样做了，西岐将被三十六支军队攻打。"

---

[1] 象　　　　xiàng – elephant

[2] This document lists the names of all the mortals and immortals who are fated to be elevated to gods. It is called 封神榜 (fēng shén bǎng), which is also the popular title of this book.

姜子牙走出宫殿，手里拿着封神榜。他正走着，就听到身后有人在叫，"姜子牙！姜子牙！"

姜子牙当然没有转身，因为他想起了师父刚才跟他说的话。他继续走着。他听到那个声音说，"姜子牙！你怎么能忘记你的老朋友？我们在这宫殿里一起生活了四十多年。可是现在你做了丞相，连话都懒得和我说了？"

姜子牙转过身来。他见到了自己的老朋友申公豹，申公豹也是元始的徒弟。那人穿着一件长长的丝绸长衣，戴着一条蓝色的围巾[1]。他的草鞋下有云雾。他手里拿着一把明亮的金属[2]剑。

姜子牙说，"兄弟，我不知道是你。如果我得罪了你，我感到非常对不起。"

"你手里拿的是什么？"申公豹问道。

"是封神榜。师父让我把它放在我将要在岐山上建造的一座新楼台上。"

"哥哥，告诉我。你站在哪一边？"

"真是一个奇怪的问题！我们师父让我帮助西岐王姬发灭商朝。现在，我是西岐的丞相。这是上天的安排。"

"我们等着看吧。我现在就要走了。我要去朝歌帮忙保护商朝和国王。如果我们想要继续成为朋友，你必须帮助我。"

"可是弟弟，我们必须服从师父的命令！"

"不，我要你保护商朝。看，和我比，你什么都不是。你只学习了四十年。但我比你强大多了。我可以移山搬海。我可以打败龙和老虎。

---

[1] 围巾　　　　wéijīn – scarf
[2] 金属　　　　jīnshǔ – metal

我可以坐在鹤[1]上飞到第九重天，骑在光上一千年。”

“你很强大，但我也很强，”姜子牙说。

“你一点点强大不算什么。如果你砍下我的头，它可以在红云上飞行千里。当它回到我的颈[2]上时，我又变得完整了。你能做到吗？”

姜子牙笑道。他说，“弟弟，让我砍下你的头，把它扔到空中。如果你以后能活下去，我就烧了封神榜，跟着你去朝歌。”

“你同意了？”

“当然。一个人说的话，就像泰山一样重。”

申公豹拿下围巾。他用左手抓起头发。他用右手挥剑，砍下了自己的头。他的左手把头举到空中。它飞了起来，越飞越高，直到消失在天空中。

元始的一位朋友，南极仙翁，正在看着这。他看到两个人在争论。然后他看到申公豹砍下了自己的头。他看到那个头飞向空中。“哦，姜子牙，”他说，“你被骗了。”然后他叫来他的一个徒弟。“快。把你自己变成一只白鹤。飞起来，抓住那个头，把它带到南海。”徒弟按照他说的做了。

然后，南极仙翁来到了姜子牙身边。他说，“你是个傻瓜。你不知道申公豹是魔法师吗？他骗了你。你师父叫你不要转身，可是你不听他的。现在，你将要面对三十六支军队。”

姜子牙说不出话来。他只是看着地面。南极仙翁继续说道，“我叫徒弟去取他的头。如果三个小时后他的头还不回来，申公豹就死了。那你就不会有麻烦了。”

姜子牙说，“兄弟，求求你，不要这样。道教教我们要仁慈、有同情

---

[1] 鹤　　　　　hè – crane (bird)
[2] 颈　　　　　jǐng – neck

心。无论<u>申公豹</u>做了什么。你都必须对他仁慈。"

"好吧，"<u>南极仙翁</u>说。他挥了挥手。白鹤张开了嘴。头掉在<u>申公豹</u>的颈上。他张开眼睛，看了周围。他看到在他颈上的头是反的。他拿起他的头，把它转过来，再放在他的颈上。

<u>南极仙翁</u>对他说，"你怎么敢这样骗<u>姜子牙</u>！现在就离开这里。"

<u>申公豹</u>对姜子牙说，"等着吧。我要把<u>西岐</u>变成血海骨山。"然后他离开了。

<u>姜子牙</u>也离开了。他手里拿着<u>封神榜</u>，朝着<u>西岐</u>城走去。当他飞过一座山时，他看到了一片大海。大浪[1]拍打在岩石[2]边。天空中满是黑云，大风吹过树林。然后一个全身没穿衣服的人从海浪中走了出来。<u>姜子牙</u>飞下来见那人。

那人说，"大神仙！我被困在这里一千年了。几天前，一位名叫<u>清虚道德真君</u>来看我。他说，我很快就会遇到一位伟大的师父，我应该为他工作。请把我从这个地方放出来，我将成为你的仆人！"

"你是谁？"<u>姜子牙</u>问。

"我叫<u>柏鉴</u>。我是<u>轩辕</u>大帝的将军。我在战斗中被杀死了，从那以后就被困在这里。"

"好吧，"<u>姜子牙</u>说。他伸出手。一道闪电从每个手指上发出。闪电飞向大海，把<u>柏鉴</u>放了。

他说，"<u>柏鉴</u>，你一定要跟我一起去为<u>西岐</u>工作。"<u>柏鉴</u>跪倒在地，磕头。

两人继续向<u>西岐</u>城走去。很快，<u>姜子牙</u>就看到了五位神仙在等着见他。他们都喊道，"丞相，我们是来为你工作的！"

---

[1] 浪　　　　　làng – wave (of water)
[2] 岩石　　　　yánshí – rocks

"好，"姜子牙说。"去岐山。开始建造封神台。这位柏鉴，将监督[1]这个工作。等建完封神台，我就回来。"

五位神仙和柏鉴上了岐山，开始建封神台。姜子牙继续向西岐城走去。

他到了西岐城。见了姬发，但没有把发生的一切告诉他，因为上天的意愿一定不能说出来。

那天晚上，他命令晚上攻打张桂芳的营地。这次攻击完全是非常突然。哪吒和西岐士兵们打得很好。很快，他们到了南宫适那里，将他从关犯人的车中放了出来。

张桂芳和很少一些活下来的商将军逃到了岐山。他马上写了一份报告，送到朝歌，要求增加士兵和食物。

报告到了闻太师那里。他读后，眼睛张得很大。"什么？我给了张桂芳一支大军队，但他却没有赢。看来我这老人得去西岐，自己来解决这件事情。"

他的一个将军说，"先生，请再想想。朝歌这里需要你。你在山里有很多强大的道士朋友。请他们帮助我们！"

这好像是个好主意。但却造成了四位道士大师的死。

---

[1] 监督　　　jiāndū – to supervise

第 38 章
西岐四和尚[1]

从古开始，王道永远是仁慈；
可笑的战争造成失败和死亡
士兵们冲前求名声；
他们只发现灾难，断了和神的联系

极好的技术和少见的宝贝，谁会有它们？
为胜利而战斗，什么是真的？
最好闭上眼睛，坐在山上；
找到快乐，回到你的天真[2]

☰ ☰ ☰

闻太师拍手说，"真是个好主意！我太忙了，都忘记了我的那些道士老朋友。"然后他转向他的将军们说，"我要离开几天。"

他走到外面，骑上了他的麒麟。他们一起升上了天空。他们骑在云和风上，来到了西海的九龙岛。他下到一个大山洞附近。一个年轻人从山洞里走了出来。

"你师父在吗？"闻问。

"在，"年轻人说，"他正在和他的朋友下棋。"

"请告诉他，闻太师来这里见他。"

年轻人回到山洞里。几分钟后，四个老道士走了出来。"闻哥，"其中一人说，"很高兴见到你！"

闻说，"我是来请你们帮忙的。昆仑山的道士神仙姜子牙一直在帮助

---

[1] 和尚　　　héshang – monk
[2] 天真　　　tiānzhēn – natural or innocent

姬发反对国王。我让张桂芳去阻止他，但他赢不了。我不能自己去，因为首都需要我。我请你们四个帮帮我。"

"没问题，"他们说，"我们很愿意帮助你。请回朝歌。我们很快就会在那里见你。"

第二天，四名道士骑着水云飞到了朝歌。城里的人看到他们，吓坏了。这四名道士身高十六尺左右，非常难看。第一位是王魔，脸像月亮那样圆。他穿着灰色长衣，戴着长围巾。第二位是杨森，黑脸，红胡子，黄眉毛。他穿着一件紫色的长衣。第三位是高友乾，有一头红色的长发，嘴的上下都长着长长的尖牙。他穿着一件深红色的长衣。第四位是李兴霸，深咖啡色脸，长长的胡子。他戴着金色的王冠[1]，穿着黄色的长衣。

四位道士很快就找到了闻太师的家。闻带他们到宫殿见国王，国王被他们的样子吓坏了。然后，四位道士离开了这座城市，飞往西岐。

他们发现商士兵躲在离城七十里左右的岐山上。张桂芳和风林见了他们。两位将军都走路困难。王魔问，"你们受伤了吗？"

风林将最近的战斗告诉了他们。王魔从袖子里拿出一些药，用牙咬碎，放在他们受伤的地方。受伤的地方马上就好了。

王魔让将军们带着军队回西岐城。然后他让张桂芳去和姜子牙战斗。

杨森把魔符咒给了两位将军。他说，"把这些符咒放在马上。当它们看到我们的兽时，它会让它们不害怕。"

张桂芳一人骑马向城门走去。他喊姜子牙出来和他战斗。很快，姜子牙出来了，后面跟着几百名士兵。他骑着一匹大黑马，拿着一把剑。他说，"张桂芳，你已经被打败过一次了。怎么又来了？"

张桂芳回答说，"胜利和失败，这就是一个战士的命。但现在情况发

---

[1] 王冠　　　　wángguàn – crown

生了变化。看！"

四只奇怪的动物出现在<u>张桂芳</u>的身后。<u>王魔</u>骑着一只妖怪。<u>杨森</u>骑着一只狮子。<u>高友乾</u>骑着一只豹子。而<u>李兴霸</u>骑着一只麒麟。

<u>西岐</u>军的马看到了这些奇怪的动物。它们吓得跳了起来，把<u>姜子牙</u>和他的将军们扔在地上。只有<u>哪吒</u>还在他的<u>风火轮</u>上。

四名道士低头看着<u>姜子牙</u>，大笑。他们说，"老人，慢慢起来！"

<u>姜子牙</u>站起身来，整理了一下他的帽子和长衣。他向四位道士鞠躬，说，"兄弟们，你们好。你们是谁，你们从哪里来，我能为你们做些什么？"

<u>王魔</u>说，"我们四个和你一样是道士。我们来自<u>九龙岛</u>。<u>闻太师</u>让我们来帮你。我们有三个建议给你。"

"如果你们的建议很好，你们可以给我三十个。请告诉我它们是什么！"<u>姜子牙</u>回答。

"第一，你们的国王<u>姬发</u>必须同意他是<u>商朝</u>的臣民。"

"哥哥，我们的国王一直是忠诚的臣民。这没问题。"

"第二，你必须把<u>西岐</u>所有的宝贝都送给<u>商</u>士兵。第三，你必须把<u>黄飞虎</u>给我们。"

<u>姜子牙</u>说，"我觉得你的三个建议没有问题。请允许我回城，给陛下写一封信。感谢陛下对我们的仁慈。"

他们都回到了自己的营地。<u>黄飞虎</u>对<u>姜子牙</u>说，"丞相，我不希望我们的国王和我们的城市因我而受苦。请把我交给他们，这样他们就可以把我这个犯人带到<u>朝歌</u>。"

"别担心，"<u>姜子牙</u>回答。"我不打算接受他们的三个建议。但是我们不能让我们所有躺在地上的将军去战斗。我需要一些时间来考虑接下来该怎么做。"

233

姜子牙洗了澡，然后又去昆仑山看师父。还没等他说话，元始抬手说，"我知道四位道士在西岐找麻烦。他们骑着四只古兽。"然后他转向他的仆人，告诉他，"把我的兽带过来。"

过了一会儿，男孩带着那只兽回来了。它有麒麟的头，龙的身体和狼的尾巴。师父说，"我选择你造新的神。现在，我把我自己的兽给你，这样你就可以没有害怕地去见那四只兽了。"

然后，他把一根长长的木杖[1]给了姜子牙。他说，"去北海。有人会在那里等你。用这根杖保护你自己。里面藏着一张纸条。如果你遇到麻烦，请取出纸条，读一下。你会知道该怎么做。"

姜子牙向师父磕头。然后他拿起杖，骑上兽，飞向北海。那只兽把他带到了海岛[2]附近的一座山上。山边上开满了美丽的花朵，高大的竹树和松树。他能听到下面大海的声音。

突然，黑云出现。然后一个奇怪的生物从云中走了出来。它有鱼的身体，但头像骆驼[3]。它的手有很尖的爪子，一只脚看起来像老虎的脚。

那生物喊道，"姜子牙！给我一块你的肉！"

姜子牙说，"为什么？我们不是敌人。"

"你没有办法逃走。现在就给我一块你的肉！"

姜子牙不知道该怎么办。他从杖中拿出纸条，读了起来。现在他知道该怎么做了。他说，"你想吃我吗？只需要将这根杖从地下拉出来。如果你能做到，我就让你吃了我。"然后他把杖的一头推到地下。

杖长到大约二十尺长。野兽想要把它从地里拉出来，但杖没有动。野兽不停地试着，但它没有办法移动它。然后姜子牙双手举向天空。闪

---

[1] 杖　　　　　zhàng – staff, stick
[2] 岛　　　　　dǎo – island
[3] 骆驼　　　　luòtuó – camel

电和雷声从他的每一根手指上发出。野兽想要放开杖，但怎么也放不开了。"吃我的剑！"姜子牙喊道。

"大仙，"野兽喊道，"请原谅我！我不知道你是谁。这都是申公豹的错。"

"什么？"姜子牙回答。"申公豹和这有什么关系？"

"哦，大仙，我是龙须虎。我在这里生活了很多年，吃着太阳和月亮的灵气。两天前，申公豹来看我。他说你今天会来这里。他说如果我吃了你的一块肉，我就能活一万年。我很笨地相信了他。请原谅我。"

"我会让你活下去，但必须要你成为我的徒弟。"

"我愿意。"

姜子牙让他闭上眼睛。然后他发出了很大的雷闪电，龙须虎发现他手又可以动了。他跪在他的新师父面前。姜子牙将杖从地上拉了出来，两人前往西岐城。他对他的将军们说，"这是来自北海的龙须虎。他是我的新徒弟。"

日子一天天过去了。没有人从西岐城出来，把黄飞虎带去商军队那里。过了八天，杨森对王魔说，"哥，已经八天了。姜子牙还没把犯人带出来。让我们去问问他为什么。"

风林和四位道士带着商军队，向城墙走去。他们喊着让姜子牙出来。很快，姜子牙骑着他的兽出来了。哪吒、龙须虎、黄飞虎都和他在一起。

王魔大喊一声，并用剑攻击姜子牙，战斗就开始了。哪吒骑着风火轮向前冲去，与王魔战斗。

接着，杨森上前向哪吒扔出一颗魔珍珠，将他从魔轮上打了下来。王魔想砍下哪吒的头，却被黄飞虎挡住了。

杨森又扔了一颗魔珍珠，这次是扔向黄飞虎，把他从牛身上打下来。但龙须虎跑上前去，攻击王魔，高友乾马上扔出一颗魔珍珠，打中了龙须虎的颈。

姜子牙的三名将军受伤，他一个人在战斗。李兴霸扔出一颗魔珍珠，打中了他的心。他痛苦地叫了一声，转身向北海逃去。他看到王魔在追他。所以他让他的兽飞到空中。王魔却喊道，"你不知道吗，任何道士都能飞在云中！"他让自己的妖怪跟着姜子牙。

飞在空中的时候，王魔扔出了一颗魔珍珠。它打中了姜子牙的背，将他从野兽身上打倒在地。王魔从他的妖怪身上下来。他站在姜子牙身边，准备砍下他的头。但就在这时，他听到有人在唱，

> 轻风吹着柳树
> 花儿掉在水面上
> 如果有人问我住在哪里
> 我的家在白云中

王魔看了周围，只见是文殊广法天尊。"哥哥，你在这里做什么？"王魔问道。

大师回答说，"亲爱的朋友，不要伤害他。我来这里是为了告诉你，上天已经决定了几件事。首先，商朝将结束。第二，西岐诞生了新王。第三，道教打破了不杀生的规定。第四，姜子牙将享受天下的钱和权。第五，他将造新的神。我的朋友，听我说。在你可以的时候，快回你的山洞吧。很快就会太晚了。"

王魔不想听到这一切。他举起剑，开始攻击文殊广法天尊。但就在这时，一个身穿黄色长衣的年轻道士从大师身后走了出来。他说，"王魔，住手。我是文殊广法天尊的徒弟，金吒。"

王魔和金吒开始战斗，剑对剑。在他们战斗的时候，文殊广法天尊从袖子里拿出一根柱子[1]。他把它扔到空中。掉在王魔身上时，三个金

---

[1] Manjusri's weapon is 遁龙桩 (dùn lóng zhuāng), a pillar-like rod with three golden rings, and

环紧紧地捆住了他。一个在他的颈上，一个在他的身上，一个在他的脚上。他动不了了。

金吒举剑，对着王魔的颈。

第 39 章
姜子牙冰冻岐山

四神仙没有理由地与天战斗；

他们用奇怪的技术把事情弄得一团乱

人们带着封神榜从西方而来；

向北走，他们会知道长生不老

多少伟大的人在这片土地上消失了；

许多邪恶的事引起这些罪行

七月下了一千尺的雪；

你和费死了，去了九泉之下[1]

＝＝＝＝

金吒一剑就砍下了王魔的头。王魔的灵魂离开了他的身体，飞向了封神台。

姜子牙还躺在地上，受了重伤。文殊广法天尊将一些仙丹倒进他的嘴里。很快，姜子牙就张开了眼睛。他看见文殊广法天尊，说，"哥哥，你怎么来了？"

文殊广法天尊笑道，"是上天的意愿。"然后他转身对金吒说，"帮你叔叔回西岐。"他们走后，文殊广法天尊埋了王魔的尸体。然后他回到了自己的家。

姜子牙和金吒回到了西岐。国王和他的所有将军都欢迎他们。"你在哪里？"姬发问道，"我们都担心你。"

"如果不是金吒和他的师父，我今天也不会活着，"姜子牙回答道。

在商营地中，三位道士非常担心。他们都看到王魔在天空中追着姜子

---

[1] The underworld is said to consist of nine wells, one after the other, giving rise to the term 九泉之下 (jiǔquán zhī xià), "under the nine springs."

牙，但王魔还没有回来。杨森用手指做了一个占卜。然后他喊道，"哦，不！我们哥哥学道千年，却死在了五龙山上。"

第二天早上，三位道士来到西岐城门口，要求姜子牙出来见他们。姜子牙受伤后还是很虚弱，但他还是出去见他们，哪吒和金吒陪着他。

三个道士喊道，"姜子牙，你这个妖怪！你杀了我们的兄弟。现在我们不能让你活下去！"

他们冲上前去攻击姜子牙。哪吒和金吒马上挡住他们。六名战士剑对剑打了起来。红云充满天空。然后姜子牙将手中的魔杖扔向空中。一道闪电和一阵雷声。魔杖下来，打中了高友乾的头。他马上就死了，灵魂飞向封神台。

杨森愤怒极了，冲向了姜子牙。但哪吒把他的乾坤圈扔向他。在道士想要抓住那个圈时，金吒用他的魔柱子去抓他，三个环缠绕在他的身体上。然后金吒用剑把他砍成两半。杨森的灵魂也飞向了封神台。

现在四大道士只剩下李兴霸一人了。他与张桂芳、风林一起冲上去战斗，风林在战斗中被黄飞虎的一个儿子杀死。他的灵魂也飞向了封神台。

张桂芳见他们打不赢，就和李兴霸一起回到了商营地。他给朝歌的闻太师送了信，要求增加士兵。

第二天，姜子牙出城，要求见张桂芳。两个人开始战斗。一个为保护他的国王而战斗，另一个为救他的国家而战斗。三十个来回后，两人都赢不了。姜子牙命令敲鼓，命令全军战斗。几十名骑马的人包围了像野虎一样的张桂芳。

金吒和他的弟弟哪吒与李兴霸战斗。李兴霸不能赢他们两个。他骑着他的兽飞走了。

现在张桂芳一个人在战斗，他的将军或者死了，或者被打败了。他知道自己不可能活着出去。他喊道，"我的国王，我不能再为你工作了！"然后他用短剑刺向自己。他的灵魂飞向了<u>封神台</u>。

<u>李兴霸</u>飞离战斗地方很远。过了一会儿，他来到了山边，从野兽身上下来了。他累极了，躺下休息。过了一会儿，他听到有唱歌的声音。抬头看，他看到一个年轻的道士向他走来。年轻人鞠躬说，"兄弟，你好！你是谁，你从哪里来？"

"我是<u>九龙岛</u>的道士<u>李兴霸</u>。我正在打一场伟大的战斗，但我们这边被打败了。我来这里休息一下。"

"见到你真是太好了！我是<u>木吒</u>。师父让我去帮叔叔<u>姜子牙</u>。我师父告诉我，如果我遇到一个叫<u>李兴霸</u>的人，我应该抓住他，把他带到<u>姜子牙</u>那里。"

<u>李兴霸</u>笑道，"你这个笨孩子。你怎么敢这样侮辱我！"他站起来，用剑砍向<u>木吒</u>。他们在山边打了起来。<u>李兴霸</u>是个强大的战士，但<u>木吒</u>背上背着两把魔剑，一雌[1]一雄[2]。他摇了摇左肩。雄剑飞向空中，掉在<u>李兴霸</u>身上，砍下了他的头。<u>李兴霸</u>的灵魂飞向了<u>封神台</u>，加入了其他人。

在<u>朝歌</u>，<u>闻太师</u>接到了报告。他看了，知道<u>风林</u>和所有四名道士都被杀死了。他马上让所有将军过来讨论怎么帮助<u>张桂芳</u>。但他不知道<u>张桂芳</u>也被杀死了。

一位叫<u>鲁雄</u>的老将军走上前。他说，"我想去帮助<u>张桂芳</u>。"

<u>闻</u>笑着对白发将军说，"谢谢你，我的老朋友。但你已经活了很多年了。这对你来说可能很难。"

老人回答说，"<u>太师</u>，年轻并不像你想的那么重要。一个好的将军必须了解情况。他必须把他的士兵们集合起来像一个人那样地去战斗。他必须知道怎么使一支不强的军队变得强大。他必须知道什么时候攻

---

[1] 雌　　　　cí – female
[2] 雄　　　　xióng – male

击，什么时候退。他必须把危险变为安全，把失败变为胜利。给我几个好的参谋[1]，我会给你带来胜利。"

闻听到这些话很高兴。他说，"太好了。我会给你两个我们国王最好的参谋。"然后他命令费仲和尤浑两位恶大臣马上去见他。

当他们来到时，闻告诉他们，"我们需要你们的帮助。风林被杀，张桂芳被打败。你们要和鲁将军一起去，帮助他把失败变为胜利。"

两位大臣吓坏了。费仲说，"太师，我们对战争一点都不懂。我们是大臣，不是士兵！我们帮不了你。"

"你们两个都很聪明。当情况发生变化时，你们知道该怎么做。这就是我们现在需要的。不用再讨论。快走吧！"

费仲和尤浑没有选择。他们只能同意去。很快，他们就和鲁将军还有五万士兵一起走向战争。

那是夏天。天气非常热。天空中没有一朵云，也没有风。士兵和马没有水喝。他们在很热的天气里非常痛苦。然后，消息传来，张桂芳被杀了。鲁将军决定先等一等再去西岐城。他带着他的军队进入岐山附近的森林，等着朝歌的命令。

在西岐城，姜子牙听说有一支大军队住在岐山附近的营地。他让南宫适带五千人小军队前往岐山看着商军队。

第二天，他们就接到了姜子牙的命令。他们要到岐山山顶附近。"如果我们这样做，我们就会死！"一位将军说。

南宫适回答说，"我们不能不服从命令。"他们开始向山上走去。没有水可以喝，也没有水做饭。天气又热又干，树木都快要干死了，鸟儿从天上掉下死去。商军队看到他们上山，都笑他们笨。

很快，姜子牙又带着三千人来了。不久之后，带着很重外衣和帽子的

---

[1] 参谋　　　　cānmóu – advisor

车来了。"这些是干什么用的？"士兵们问。"如果我们穿上这些，我们只会死得更快。"

那天晚上，姜子牙一个人去了山顶。他拿出剑，向昆仑山鞠躬。然后他说了一些魔语，在地上倒了一些魔水。很快，一阵强风吹过森林。空气变凉快了。

商将军鲁雄笑着说，"这天气对战斗就好多了！"但风一直吹着，天气也越来越冷。三天来，风吹着，天气变得更冷了。第四天，开始下雪了。

商士兵穿着很少的衣服和金属盔甲。他们都冻坏了。年老的鲁雄将军几乎冻死。但在山顶上，周军队穿上暖和的衣服，很舒服。

雪在不停地飘下。在山顶附近，只有两尺的雪，但向下，却有四、五尺深。

然后姜子牙又去了山顶。他开始念不同的魔语。雪停了。大太阳又回来了。雪开始化了。水在很急的河流中从山边冲下来。

然后姜子牙又念了几句魔语。天气变得非常冷。水变成了冰。很快，山的一边就被冻住的冰海盖住。

姜子牙选了二十个人，对他们说，"下山去商营地。抓他们的将军。"周士兵进入了商营地。他们发现每个人都被冻在冰里。他们轻松地抓了鲁将军、费仲和尤浑。他们把三个犯人带上山来见姜子牙。

第 40 章
商军队包围西岐城

＝＝＝

当三个犯人被带到周营地时，费仲和尤浑跪倒在地求原谅。但鲁雄将军却站在那里，什么也没说。

姜子牙没有去管那两位跪下的大臣。他对鲁雄说，"将军，你要学会分真假。每个人都知道你的国王是邪恶的。全国三分之二的人都知道这一点，他们现在跟着我们。你为什么继续不按照上天的意愿去做？"

"不用多说，"鲁雄回答。"我为陛下而战斗。现在我要为他而死。"

姜子牙让他的士兵杀了三名犯人。然后他回到岐山顶，念了一些魔语。黑云不见了，太阳又回到了天空。很快，冰化了。两、三千商士兵已经死在冰中，其他的却逃回了朝歌。

在朝歌，闻太师不知道该怎么办。他最优秀的将军被杀了，他的四个道士朋友也被杀了。"我们现在应该让谁去西岐？"他问。

---

[1] 伞　　　sǎn – umbrella

他的一位将军回答说，"太师，情况很严重。我们送往西岐的每个人都失败了。现在是时候让魔家兄弟去了。"

闻马上同意了。他给魔家四兄弟写了一封信，告诉他们西岐的情况，命令他们去那里。魔家兄弟看了命令，笑了起来。其中一人说，"他为什么这么担心姜子牙和黄飞虎？这对我们来说很容易。这就像用一把大剑杀死一只小鸡。"

魔家兄弟集合了十万士兵。他们走过山越过河，住在西岐城外的营地。

城内，黄飞虎见了姜子牙。他说，"丞相，这些兄弟非常强大。我们在东海战斗时，我是他们的指挥官。"

"跟我说说他们吧，"姜子牙说。

"最大的叫魔礼青。他有一把魔剑。它会造出一股有几千把剑的黑风，可以杀死任何被黑风包围住的人。它还会造出火和烟雾，烧毁附近的任何人。接下来是魔礼红。他有一把魔伞。当它被打开时，大地变得黑暗。当他转动伞时，大地会晃动。第三个是魔礼海。他有一把魔琵琶。当他弹奏琵琶时，火和风出现，会杀死附近的所有人。而最小的是魔礼寿。他有一只魔白狐狸，他把它装在一个袋子里。当他放出狐狸时，它变成一头白色的飞象，吃掉所有经过的人。"

听到魔家兄弟在找他，姜子牙很担心。但木吒、金吒和哪吒都说，"叔叔，别怕！上天站在我们这边！"姜子牙出了城门去见他们。

他礼貌地鞠躬，说，"你们是魔家四兄弟吗？"

魔礼青说，"姜子牙，你到处找麻烦。你砍下了我们将军的头，不服从陛下的命令。放下你的武器，放弃吧。如果你不这样做，我们将毁了你的城市。"

"先生，你错了。我们服从陛下的所有法律，没有让一个士兵过那五个关口。"

"胡说[1]！"魔礼青喊道。魔家四兄弟全都冲上前去攻击姜子牙。周将军打了回去。战斗进行了几个小时。

魔家兄弟的魔法非常强大。魔伞拿走了哪吒的乾坤圈和金吒的魔柱子。姜子牙想要用魔杖，但对魔家兄弟没有用，也被魔伞拿走了。

战斗变成了和周的战争。火、烟雾和千万把剑从魔礼青的魔剑中发出，杀死了许多周士兵。魔礼红打开魔伞，将天空变成黑色。魔礼海弹琵琶时更多的士兵死去。终于，魔礼寿放出了他的狐狸。它变成了一头很大的白象，杀死了更多的士兵。九名周将军也被杀死了，其他士兵大部分或死或伤。整个军队转了方向逃回城内。

商军队对他们的胜利感到高兴。商营地里唱歌跳舞。魔家四兄弟在一起商量接下来的行动。他们同意去包围城市，攻打城墙和城门，希望抓住姜子牙和姬发。他们以为他们可以在一天内打败这座城市。

第二天，商军队包围了城市，叫姜子牙出来。姜子牙不想和他们打。他留在城内，挂了停战牌子。但商对停战牌子看都不看。他们把梯子[2]靠在墙上，开始爬梯子。

周军队为了阻止商军队进城而战斗着。他们用石灰[3]瓶、石球、燃烧的箭和长矛。商军队试了三天，却没能越墙进城。

魔家兄弟让士兵退回。他们决定等到西岐城没有吃的和水的时候。但两个月后，这座城市仍然有够多吃的和喝的。他们决定试试他们的魔武器。

这天晚上，一阵奇怪的风吹过西岐城。姜子牙开始担心起来。他用金币占卜，看到魔家兄弟开始用他们的魔武器了。很快，他洗了澡，换上干净的衣服，向昆仑山磕头。然后，他用强大的魔法将整个北海抓

---

[1] 胡说　　　húshuō – nonsense
[2] 梯子　　　tīzi – ladder
[3] 石灰　　　shíhuī – lime (limestone powder). In the 12th century A.D., Chinese navies filled thin bottles with poison, lime and iron pickles and flung them onto opposing ships. When they broke on the decks, sailors could not open their eyes and could not fight. Sometimes the lime was mixed with explosives.

起，挂在城市的上空，保护这座城市。

魔家兄弟开始用他们强大的武器。他们用了他们的魔剑、魔伞、魔琵琶和狐狸。黑云盖住了天空，冷雾盖住了大地。

但是云雾并没有碰到城市。天亮时，姜子牙将北海送回了原来的地方。魔家兄弟看了看这座城市，发现它完全没有受到魔法的影响。

魔家兄弟没有再试魔法。他们又等了两个月，希望西岐城吃的东西会吃完。这座城市几乎没有吃的了，只够再吃几天。连鸟和动物也饿了，离开了城市。但就在这时，两个年轻的道士来到了这座城市。一个穿着红衣，另一个穿着蓝衣。他们要见姜子牙。

"你们从哪里来，为什么来这里？"姜子牙问。

"我们是道行天尊的徒弟。我们师父让我们来这里，是要给你们一些吃的。"

"那太好了。它在哪里？"

其中一个年轻人从包里取出一小碗米，拿在手里。将军们看着它，都试着不笑出来。但姜子牙让他的一名助手[1]把米送到城里的三个粮仓。两个小时后，助手回来了，说，"先生，所有的粮仓现在都放满了米！"

现在，他们有够多吃的，有够多的士兵来守卫城市，但他们仍然没有办法打败魔家兄弟。姜子牙等着。商军队继续包围着城市。

两个月后，又有一位道士来到了城门口。他又高又瘦。他穿着丝绸腰带长衣，戴着一顶冲天帽，穿着草鞋。姜子牙见了他。道士说，"这个徒弟叫杨戬。我师父让我来这里帮你。告诉我，攻城的将军在哪里？"

姜子牙把魔家四兄弟的事情告诉了他。杨戬说，"我需要更多地了解

---

[1] 助手　　　　zhùshǒu – aide, assistant

他们。取下停战的牌子。我会在城门外和他们见面。"

一些士兵取下了停战牌子。马上，魔家兄弟要求姜子牙出来战斗。但杨戬和哪吒却出去了。

魔礼青看着高大的道士，却不认识他。"你是谁？"他问。

"我是杨戬。丞相是我的叔叔。你怎么敢在这里用你的邪恶魔法。我会给你上一课。然后你将死去，没有人会给你埋尸体！"

魔家兄弟冲上去。杨戬和哪吒开始和他们打起来。魔礼寿放出了狐狸。它变成了一头很大的白象。大象有一只大嘴巴和像尖刀一样的牙齿。它一口就把杨戬吃了。哪吒见这，跑回城墙内。他告诉姜子牙，大象吃了道士。

魔家兄弟很开心。他们一起喝酒。他们决定让狐狸进城吃姜子牙和姬发，魔礼寿把狐狸从袋子里拿出来，放了它，告诉它该怎么做。狐狸飞向城市。但杨戬已经把自己弄得很小，躲在了它的肚子里。狐狸飞起来的时候，杨戬伸手紧紧抓住狐狸的心，杀死了它。然后他又把自己变大。他回到了姜子牙身边。

"你在战斗中被杀死了。你怎么还活着？"姜子牙问道。

"我可以改变我的大小，我知道七十二种变化。我可以变成任何我想变的动物。刚才，我躲在狐狸的肚子里。当魔家兄弟让狐狸来杀你的时候，我杀了它。"

"有你的强大，我们没有什么可害怕的！"姜子牙说道。"你是不是可以考虑一下变成狐狸，回到商营地，偷走魔家兄弟的武器呢？"

杨戬变成狐狸，飞向商营地。魔家兄弟看着它。一个说，"看来我们的狐狸没有吃任何人。"然后他们把狐狸放在袋子里。他们喝了点酒，睡着了。在他们睡觉的时候，杨戬从袋子里爬了出来，变回了人的样子，抓起魔武器，带着它们回到了姜子牙身边。然后他又回到商营地，爬回袋子里。

早上，<u>魔</u>家兄弟看到他们的武器不见了。他们在营地里到处找，但没有找到。<u>魔礼红</u>说，"我们需要那些武器来打败<u>周</u>。我们现在怎么办？"

而就在这个时候，<u>青峰</u>山上，<u>清虚道德真君</u>叫来他的徒弟<u>黄天化</u>。他对徒弟说，"你一定要去<u>西岐</u>。帮你父亲<u>黄飞虎</u>和你们的王<u>姬发</u>。"然后他给了<u>黄天化</u>两把锤子，一只玉麒麟，还有一支魔标枪。

<u>黄天化</u>坐麒麟飞到<u>西岐</u>城。他马上去见他的父亲。那天晚上，他放弃了素食，吃了肉。第二天，他脱下了道士长衣。在大红色长衣外他穿上金色盔甲，去见<u>姜子牙</u>。

<u>姜子牙</u>见了他，说，"年轻人，你是道士。你为什么穿得像个士兵？"

<u>黄天化</u>说，"我是来这里打<u>魔</u>家兄弟的，所以一定要穿成像一个将军。"

"好吧，但别忘了你是道士。至少，戴上这条丝绸腰带。"他把一条丝绸腰带给<u>黄天化</u>，<u>黄天化</u>戴上了。"现在，小心点！"

"别担心。我师父告诉我该怎么做。我一点也不怕这些<u>魔</u>家兄弟。"然后他骑上自己的玉麒麟，手里拿着两把锤子，出了城。

第 41 章
闻太师去西岐

闻太师带着军队出了首都城；
西风来自西下的太阳
人们因为国王统治不给力而受苦；
而忠诚的大臣们失去了他们的生命

我们知道离开的日子，却不知道回来的日子；
我们只知道成长的时刻，却不知道死亡的时刻
四位将军跟随他们的首领，在西方战斗；
人们在心中还记着周的第一位国王

魔家四兄弟向西岐城门走去。他们看到一个年轻的将军出来见他们。他骑着一只玉麒麟，戴着金色的头盔，在大红色长衣外穿着一件金色盔甲。他拿着两把银锤。

年轻人喊道，"我是王爷黄飞虎的大儿子黄天化。我的国王命令我来抓你们这些犯人。"

魔礼青笑着向年轻人跑去。两人开始战斗，一把长剑对着两把银锤。二十个来回后，魔礼青将玉环扔向黄大化，打中他的背，将他从麒麟上打了下来。他躺在地上，没有动。魔礼青举剑要砍下黄天化的头。

哪吒看到这。他大喊，"不要伤害我哥哥！"他骑着风火轮冲上前去与魔礼青战斗。另一个魔家兄弟也冲上去。哪吒转身回城，不想和他们两个战斗。

一些周士兵出来把黄天化的尸体送回城内。黄飞虎看到儿子的尸体，哭了起来。然后，他把尸体带到姜子牙那里准备埋了。但一个年轻的道士来到城门口，要求见姜子牙。走进大殿，年轻人说，"我是清虚道德真君的徒弟。他叫我把哥哥的尸体带回山里。"

姜子牙同意了。男孩把尸体带回了青峰山。在那里，清虚道德真君大师打开了死人的嘴，倒入了一些魔药。一个小时后，黄天化张开了眼睛。

"师父，发生了什么事？"黄天化问道。

"你这个傻瓜！"师父很生气地说。"我把你送到西岐，你却忘了你是道士！首先，你不吃素食，而是吃肉。然后你脱下了道士长衣。你究竟在想些什么？我让你回到生命，是因为姜子牙需要你的帮助。"

黄天化说不出话来。他一次又一次地向师父磕头。师父继续说，"现在回西岐再试一次。这一次，用这个武器。"他给了黄天化一个东西。

第二天，黄天化再次出去和魔将军们战斗。"我要和你们战斗到死！"他对他们喊道。

魔礼青先攻击他。他们打了几个来回。然后黄天化转身离开。当他的敌人追赶他时，他收起了银锤。然后他把手伸进一个袋子里，拿出一个发光的魔钉子，七寸[1]半长。他把它扔向了魔礼青。钉子刺穿了他的心，马上杀死了他。然后钉子回到了袋子里。

接着，魔礼红冲了过来。黄天化抓起钉子，飞快地扔向他。他的敌人没有时间躲开钉子。它直接刺穿他的心，杀死了他。

魔礼海大叫一声，"你这个畜生[2]，我要杀了你！"，他对黄天化发起了攻击。但短短几分钟后，他也被魔钉刺死了。

只剩下了一个兄弟，魔礼寿。他把手伸进包里，放出他的魔白狐狸。但他并不知道，那只狐狸却是杨戬。狐狸咬断了他的手。魔礼寿痛苦地尖叫着。很快，黄天化又扔了钉子，魔兄弟中的第四个也死了。

魔家四兄弟都死了，黄天化和杨戬、哪吒一起回了城。

---

[1] 寸　　　　cùn – inch
[2] 畜生　　　chùsheng – beast

几天后，战斗的消息和<u>魔家</u>四兄弟死了的消息传到了在<u>朝歌</u>的<u>闻太师</u>那里。"<u>姜子牙</u>，你真是个魔鬼！"他说。"够了。明天，我会请求陛下允许我自己去<u>西岐</u>。只有这个办法，我们才会赢这场战争。"

他去见国王，国王同意让他去<u>西岐</u>。<u>闻太师</u>很小心地说，"陛下，这位老大臣会努力打败叛乱分子，带来和平。我走的时候，希望陛下能听大臣们的意见。我几个月后就会回来。"

<u>闻</u>骑上了他的黑色麒麟。但麒麟尖叫一声，站了起来，将<u>闻</u>扔倒在地。<u>闻</u>从地上爬起来，在整理他的帽子和长衣时，一位年轻的大臣说，"<u>太师</u>，这是一个不好的情况。也许你不应该去。"

但<u>闻</u>回答说，"一个战士必须做他的工作，不应该考虑他的家、他的健康或他的生命。对一个战士来说，受伤甚至死都不算什么。请不要再说了。"

他重新骑上麒麟，带着他的三十万军队离开了<u>朝歌</u>。过了几天，他们来到了<u>黄花</u>山。这是一个美丽的地方。山边长满了高大的松树。花朵使地面看起来像是用玉石和绿宝石做的。小溪从山上流下来，鸟儿在树上唱歌。

<u>闻</u>命令他的军队停下来建营地。他骑着他的麒麟在不远的地方。他看着山的美丽，对自己说，"啊，如果<u>朝歌</u>有一天能变得和平，我愿意住在这里！"

然后他看到一个骑着黑马的人。那人在红色长衣外穿着金色盔甲，正带着一大群强盗。强盗首领喊道，"你是谁，你在这里干什么？"

<u>闻</u>笑着回答，"我喜欢这个地方。我希望我能住在这里，每天休息、读道教书。可以吗？"

"你这个道士魔鬼！"那人喊道，然后开始攻击。

两人打了起来。<u>闻</u>用他的两根金杖，另一个人用他的斧头。<u>闻</u>是一个非常好的战士，很轻松地挡住了这个人的攻击。他停止了战斗，骑着他的麒麟离开了。强盗首领骑着马跟了上去。闻看到那人跟着他，就用一根金杖指了指地面。一面高高的金墙出现在那人的周围，将他困在里面。闻停下脚，下了麒麟，坐下来等着，看看接下来会发生什么。

很快，又出现了两个强盗首领。当他们走近时，其中一个喊道，"你是谁？你对我们哥哥做了什么？"

闻说，"谁？那边那个傻瓜？我请他把这座山给我。他开始和我争论，所以我杀了他。"

两人大喊一声，冲向闻。闻再次骑着麒麟跑开了，然后转身指了指地面。其中一个人被水包围。另一个人被许许多多树包围。闻对他自己做的事情很满意，他从麒麟上下来，坐在地上。

又来了一个强盗首领。当他听到他的三个兄弟都被杀了的时候，他飞到了空中。他在上面对着闻喊道，"你是个妖怪！你杀了我的三个兄弟，我怎么能让你活下去？"然后他飞了下来，用两把大锤子攻击了闻。

闻喜欢这个人。他很轻松地挡住了那人的攻击，然后骑麒麟离开了。"你这个该死的道士，别从我身边逃开！"那人喊道，然后追了上去。很快，闻叫来了那地方的一个夜叉，让他向强盗首领扔一块大石头。

闻走到那个躺在大石头下的人身边。他举起金杖，那人叫道，"道教大师，我得罪了你，对不起。如果你让我活下去，我会很感激你的。"

"告诉我你的名字，"闻说。

"我叫辛环。"

闻回答说，"我不是道士。我是朝歌的闻太师。我只是路过这个地方。你的兄弟们没有理由地攻击我。如果你成为我的徒弟，帮我打败

<u>西岐</u>，我就让你活下去。如果你做得好，你将成为高级大臣。你做决定吧。”

<u>辛环</u>说，“我当然愿意做你的徒弟，”强盗首领回答道，“我求你让我的三个兄弟活下去。他们也会很愿意帮助你。”

<u>闻</u>让地方上的夜叉把强盗首领身上的重石搬开。那人想要站起来，但他的身体很虚弱，倒在了地上。<u>闻</u>帮着他站了起来。然后<u>闻</u>说，“你要走开一点。”<u>辛环</u>走开了。

<u>闻</u>张开手。一声很大的雷声从他手中发出，震动了大山。其他三个强盗首领从他们金属狱、水狱和木狱中被放了出来。

首领们看着周围。他们看到他们的兄弟站在<u>闻</u>的旁边。三人大喊一声"抓住那个魔鬼！"然后举起武器，全都冲向<u>闻</u>。

第 42 章
强盗首领加入闻太师

灾难以奇怪的样子出现；
来自上天的神仙们加入了战斗
他们的魔法很强大，但他们仍然被打败了；
普通人和神仙什么都不怕，但所有人都受伤了

以前，商王统治下的国家繁荣；
但随后是很乱、失败和新国王
黄花山有强大的将军；
他们一起前往岐山

≡≡≡

三个强盗首领还没到闻太师面前，辛环就举起了手。他说，"兄弟们，请放下你们的愤怒。这是我的师父，闻太师。"

其他三个强盗首领很快从马上下来。他们跪下，向闻太师磕头。他们说，"太师，我们听说了关于你做的好事。我们感谢上天把你带到我们的山上。如果我们得罪了你，我们感到很对不起。"

他们带着闻太师来到了他们的营地。他们告诉他，他们不想成为强盗，但王国里有太多的麻烦，他们到山上来找和平。

"来，加入我吧，"闻太师说。"如果你们帮我打赢了西岐的战斗，你们都会成为朝廷大臣。"

"如果你让我们加入，我们很高兴和你一起去。"

"你们有几个人？"

"就一万多。"

"我们将带走所有愿意和我们一起去的人。如果他们不愿意，我们会

给他们钱和吃的，他们可以回家。”

人们听到这个消息很高兴。七千人同意加入<u>闻太师</u>的军队。

他们走了几天。有一天，他们看到路边有一块石牌，上面写着"<u>绝龙岭</u>。"<u>闻太师</u>读了牌子。他停了下来，静静地坐了很久。

"怎么了？"<u>辛环</u>问道。

"我跟着一位神仙学习了五十年。当我完成了学习后，我的老师让我去帮助<u>商</u>朝。她告诉我，'如果你看到"灭"这个字，灾难就会到来。'现在我看到这个字，我有点害怕。"

其他人都笑了。一个说，"<u>太师</u>，上天会保护好人。字和这个没有关系。你是一位伟大的将军，你一定会成功的。"但<u>闻太师</u>什么也没说，他也没有笑。

几天后，<u>商</u>军队赶到，在城墙外建了营地。<u>闻太师</u>给了<u>辛环</u>一封信，让他带给<u>姜子牙</u>。<u>辛环</u>进城，来到宫殿，把信交给了<u>姜子牙</u>。

信中写道，

> <u>商</u>朝太师、陛下军队指挥官<u>闻仲</u>向丞相<u>姜子牙</u>问好。

> 你知道反对国王是得罪上天的罪行。陛下让军队来阻止你，但你拒绝了他们的命令。相反，你与陛下的军队战斗，杀死了他的将军，并将他们的头挂在城墙上。

> 按照陛下的命令，我是来停止你的叛乱。如果你关心你城市的人们，现在就出来接受你的惩罚。如果你不这样做，你的城市就会被毁。

<u>姜子牙</u>读了信。然后他对<u>辛环</u>说，"请带给<u>闻太师</u>我的最美好祝愿[1]。我的回答是，'我们将三天后在战斗中见。'"

---

[1] 祝愿　　　zhùyuàn – wishes

三天后，<u>闻太师</u>从<u>商</u>营地中看出去。他听到了炮[1]响声。然后，他看
到一队[2]士兵从大门里出来。他们穿着绿色长衣，举着四面绿色旗
帜。手拿剑和矛。这一队士兵看起来像一座铁做的城市。

在第二声炮响声中，又有一队士兵出来了。他们身穿红色长衣，举着
红色旗帜，手拿弓和箭。

在第三声炮响声中，又有一队士兵出来了。他们穿着白色长衣，举
着白色旗帜。手拿弯刀。

在第四声炮响声中，身穿紫色长衣，手拿紫色旗帜的士兵走了出来，
走在最前面的是黑衣将军。士兵们手拿斧头。

在第五声也是最后一声大炮响声中，一队骑着马和其他动物的人走了
出来。<u>姜子牙</u>在中间，骑着他的大兽。<u>黄飞虎</u>骑着一头五色牛在他的
身边。<u>哪吒</u>、<u>金吒</u>、<u>木吒</u>、<u>杨戬</u>、<u>黄天化</u>和几位将军都和他在一起。
他们穿着黄色长衣，举着黄色旗帜。

<u>闻太师</u>骑着他的黑麒麟向前和他们见面。他有浅[3]金色的脸，留着长
长的胡子。四个强盗首领在他身边。他们在<u>姜子牙</u>不远的地方停了下
来。

<u>姜子牙</u>向前走去。他说，"<u>闻太师</u>！请原谅我不能很正式地向你问好
[4]。"

<u>闻太师</u>回答说，"<u>姜</u>丞相，你在<u>昆仑</u>山上学习了很多年。你怎么能这
么笨，连自己在做什么都不明白？"

<u>姜子牙</u>答道，"你怎么能说我笨呢？是的，我是<u>昆仑</u>山的徒弟。我从
来没有违反上天的意愿，我一直服从法律。我们从来没有带军队反对
国王陛下，也从来没有过五关。在<u>西岐</u>，我们的国王是个好人，人们

---

[1] 炮   pào – cannon
[2] 队   duì – team, squad, formation
[3] 浅   qiǎn – pale
[4] A soldier in full armor cannot bow.

都很幸福。"

"你是个有罪的人。你用任命自己的国王来侮辱陛下。你砍下了我们将军的头。你收留了叛徒黄飞虎。你不仅不放弃，还敢和我战斗！"

"太师，你错了。谁都知道，朝歌的王已经不适合统治这个王国了。如果国王不再适合统治，大臣可以离开。这就是为什么黄飞虎和几乎所有的大侯爵和侯爵都加入了我们。他们都是叛徒吗？说到你们的将军，他们因为来这里攻打我们而失去了生命。太师，你是个好人，受到所有人的尊敬。我不知道你为什么来这里。在攻打我们之前，请你再想一想。你不想违反上天的法律，让你的名声受到永远的伤害。"

闻太师没有办法回答这个问题。他的脸变红。但后来他看到黄飞虎，他生气了。他说，"黄，你这个叛徒！马上过来！"黄没有动，闻太师转身对他的将军们喊道，"谁来帮我杀了这个叛徒？"

三个强盗首领冲上前去。黄飞虎与另外两名将军和他们战斗。在他们战斗的时候，辛环飞到空中，掉在姜子牙身上，挥动着两把锤子。还没来得及打丞相，黄天化就上前挡住了他。

闻太师骑着麒麟向前冲去，攻击姜子牙。他们战斗得很厉害。闻太师扔出他的杖。它打中了姜子牙的肩膀，将他从他的兽上打了下来。哪吒骑着风火轮向前冲去，攻击了闻太师。闻太师把哪吒从风火轮上打了下来。金吒和木吒冲上前去，但闻太师的魔杖打中了两人。

杨戬冲上前，加入了战斗。闻太师扔出了他的杖，但它们却是到了杨戬身上后又飞了出去。闻太师对自己说，"他是多么强大的战士啊！"

战斗打得更厉害了。两边的将军都用了他们的魔武器。尖的长矛和箭在空中飞。天黑了下来。风吹起地上的灰和石头。士兵们在强风中站不起来，看不清东西和方向。

对西岐的士兵来说，魔法实在是太强大了。他们放弃了，放下了武器和旗帜，逃回了城市。在他们身后，地上满是死人和马的尸体。西岐军队被打败了。

商军队大赢，回到了他们自己的营地。

姜子牙决定再等几天，然后再攻击。所以，三天后，他的军队再次出去。这一次，姜子牙对敌人魔法已经做好了准备。当闻太师扔出他的杖时，姜子牙用自己的魔杖将闻太师的杖断成两半。

"姜子牙，你这个妖怪。你怎么敢打坏我的魔武器！"闻太师喊道。但姜子牙再次攻击，将闻太师从麒麟身上打了下来。在敌人军队大乱的情况下，西岐的士兵杀死了几千个敌人。这一次战斗，是西岐的一次大赢。

姜子牙见了他的将军们。他们决定那天晚上再次攻击。他们计划同时从三个方面攻打商营地。同时，杨戬将进入商营地，烧毁商粮仓。

但是在商营地里，闻太师却感觉到空气中有些奇怪的东西。他烧香，占卜。他看出姜子牙计划在这天晚上要突然攻击。他笑了。然后，他见了他的将军们，为攻击做好了准备。

夜晚到来的时候，姜子牙的士兵偷偷地出了城，来到了商营地附近。突然，炮声大响，他们从三各方面攻击商营地。

第 43 章
闻太师败了

夜里战斗会带来极大的危险；
士兵们扔掉他们的盔甲逃走了
在烟和火中，他们想要回到路上；
当他们找家的时候，他们的精神越走越远

有多少勇敢的人白白死去？
有多少士兵在他们的梦中死去？
谁知道吉立[1]的话会流传这么久；
他们把神仙带到了北山[2]

≡≡≡

战斗很快就结束了。哪吒和黄天化开始攻击营地前方。黄飞虎从左边攻击。南宫适从右边攻击。金吒和木吒等了几分钟，然后冲进去加入攻击。在他们与商士兵战斗的时候，杨戬进入营地，用自己的魔火烧毁了粮仓。黄色的火像金色的蛇一样高高地在天空中升起。空气中全是烟雾。在黑暗和烟雾中，商士兵分不清是敌人还是朋友。闻太师骑上麒麟想要打回去，却挡不住周军队。周军队穿过商营地，杀死了许多商士兵。

闻太师见这场战斗他们失败了。他带着他的将军们逃回了岐山，辛环在头顶上的高空转着飞，保护他们不受到攻击。

在高高的终南山上，云中子在山洞里看了这场战斗。他决定是时候让徒弟雷震子去帮助周了。他叫来了雷震子，对他说，"现在去吧，去看看你的哥哥姬发和你的叔叔姜子牙。小心一个有翅膀的人。"

---

[1] 吉立 (Jí Lì) is a minor character in the story, a general and a disciple of Grand Tutor Wen, later killed by Nezha.

[2] 北邙 (běi máng), the Northern Mountain, is where immortals gather, ceremonies take place, and important events unfold. It is believed to be the final resting place for many emperors.

雷震子张开翅膀，飞快地飞向岐山。他看到闻太师和他的军队逃离了战斗。他决定攻击那些士兵。

闻太师看到了飞人。很快，他叫来了辛环，让他飞上去保护逃跑的军队。辛环飞了起来，手里拿着两把锤子。雷震子用他的金棒攻击。他们在离地面三千尺的天空中战斗。雷震子更强，所以几个来回后，辛环飞走了，他败了。

雷震子决定不追他。相反，他飞往西岐城。他进了宫殿，向姜子牙鞠躬，说，"叔叔，你好。"

"你是谁？"姜子牙问道。

"我叫雷震子。我是云中子的徒弟。我的父亲是姬昌。七岁那年，我帮助父亲在五关的地方逃离危险。现在，我师父让我来这里帮你。"

姜子牙带着年轻人去见他的哥哥，国王姬发。年轻人向国王问好。国王回答说，"亲爱的弟弟，我很高兴见到你。我们的父亲多次告诉我关于你的事。"两兄弟聊了很久。

而就在这个时候，闻太师集合了军队，在岐山建营地。他很不开心。他在战斗中失去了两万多名士兵。这是他一生中最严重的失败。他坐在地上，想着自己的失败和这么多士兵的死。

他的一位将军说，"太师，不要放弃希望。你不知道吗，许多圣人住在山上的洞里。他们中的一些人非常强大。也许你可以向他们请求帮助。"

闻太师站起来说，"这是个好主意！我完全忘记了我在金鳌岛上的朋友。"他告诉他的将军们，他将离开几天。

他骑上麒麟，飞向空中。很快，他就来到了东海的金鳌岛。他看着周围。很大的海浪拍打着海岸。他听到孔雀[1]在唱歌，看到一只麒麟睡在草里。鹿和狐狸穿过森林。桃子挂在树枝上。天上，白云飘过天

---

[1]孔雀　　　　kǒngquè – peacock

空。

他在美丽的岛上走了一圈，却没有看到任何人。他正要离开，突然听到一个声音喊道，"闻哥，你要去哪里？"

他转过身来。是道教大师菡芝仙老朋友。"菡芝仙，你好！"他说。"我在找你和其他人。"

她说，"前几天，申公豹来过这里。他要求我们帮助你。所以，我们都在努力建造十个死亡陷阱。去白鹿岛，你会遇到其他人。"

闻太师谢了她。他飞到了白鹿岛。他在那里看到了他的其他朋友。他们告诉他，九个陷阱已经准备好了，只要金光圣母完成她的陷阱，他们就可以离开前往西岐。

很快，金光圣母神完成了她的工作，加入了他们。他们一起飞到了岐山上的商营地。他们与商将军见面，给他们讲了十个陷阱。然后，他们和商军队一起，走了七十里去西岐城。

西岐城里，姜子牙听到了商军队回来的声音。他和哪吒、杨戬一起爬上城墙，向外看去。他们看到黑云和冷雾盖住了商营地。十几股厚厚的黑烟在空中升起。姜子牙看着这，却不明白商营地里究竟发生了什么。

第二天，闻太师走出商营地，叫姜子牙出来。

姜子牙带着他的将军和五队士兵出来了。他看到十个难看的道士站在闻太师身后。他们都骑着鹿。他们的脸有很多种颜色，绿色、红色、黄色、白色和粉红色。

其中一位秦大师骑鹿向前。他鞠躬说，"你好，姜子牙！"

姜子牙也向他鞠躬，说，"兄弟，你好。你是谁，你从哪里来？"

"我是秦大师。我和我的兄弟们来自金鳌岛。我们是截道士[1]，你是

---

[1] Jie Daoism does not really exist. In this book, it is supposedly a sect of Daoism founded by 通天教主

禅道士。所以我们都是兄弟。你为什么要侮辱我们？”

“兄弟，你这是什么意思？”姜子牙问道。

“你杀了魔家四兄弟。这不是侮辱吗？”

“兄弟，你知道陛下是个邪恶的暴君，上天已经不再站在他那边了。西岐这里多了一位新统治者。你也知道凤凰在岐山上唱歌。你应该尊重上天的意愿。你怎么看不出这其中的真相呢？”

“如果你的话是真的，上天要姬发做新王。但是我们呢？我们来这里为了保卫陛下，这不是上天的意愿吗？姜子牙，我们不应该战斗，因为那样会违反上天的意愿。但是我们建造了十个死亡陷阱。我想让你来看看。”

“如果这是你想要的，我不敢和你争论。”

两个小时后，姜子牙进入了商营地。他的四名将军与他在一起。秦大师带着他们在营地周围转了一圈，给他们看了十个陷阱。它们是：天罚、地怒、风吼、寒冰、金光、流血、烈火、囚魂、红水和红沙。

“姜子牙，你觉得怎么样？”他们看过十个陷阱后，秦大师问道。

“没问题，”他回答说。“这些我都知道，都能被打败。”

姜子牙离开商营地，带着他的将军们回城。他非常担心。杨戬问道，“你真的能破开那十个陷阱吗？”

姜子牙只是坐着摇摇头。“我怎么能？这些陷阱充满了神秘[1]和截道魔法。我不明白它们的意思。”他想了一会儿。然后他又说，“我甚至不知道它们的名字。”

(tōngtiān jiàozhǔ), Heavenly Master Manjusri. The other sect mentioned in the book, Chan Daoism, is real and is known in the west as Zen.
[1] 神秘　　　　　shénmì – mystery

第 44 章
<u>姜子牙</u>的灵魂飘到<u>昆仑</u>山

黑魔法和恶魔让事情变得困难；
鬼和诅咒[1]从古传到今
你不需要神的飞剑来伤害别人；
你不需要命运之书来找到他们的灵魂[2]

有多少英雄离开了这个世界？
如果他们离开，其他人将代替他们的位子
上天的意愿是由命运写的；
一缕[3]缕灵魂离开，然后又回来

=== ===

"跟我说说这些陷阱吧，"<u>闻太师</u>说道，他和十个<u>截</u>道士坐在<u>商</u>营里。

一个接一个道士将自己的陷阱告诉了他。

第一个说，"<u>天罚</u>陷阱是我师父用世界诞生前的力量做的。它有三面旗帜，代表天、地、人。这个陷阱将普通人化为灰，并将神仙碎成小块。"

第二个说，"<u>地怒</u>陷阱有地球的所有力量。它出现，然后消失，然后再出现。它有一面红旗帜。旗帜带来上面的雷声和下面的火。普通人或神仙没有一个能活下来。"

第三个说，"<u>风吼</u>陷阱带来了世界诞生前造出的魔风和火。风与火之中，是几百万把的尖剑。普通人和神仙都被切成小块。没有人能活下

---

[1] 诅咒　　　zǔzhòu – curse

[2] In Chinese folklore, 取命笺 (qǔ mìng jiān) is a letter or card that contains information about a person's fate or life path. A person can consult their 取命笺 to see the future or understand coming events.

[3] 缕　　　lǚ – (measure word for wisps and strands)

来。”

第四个说，“寒冰陷阱其实是一座剑山。中间是风和雷。上面是一座像狼牙一样的冰山。下面是一片像尖剑的冰湖[1]。当上面的冰和底部的冰碰在一起的时候，它们会杀死里面的任何人，即使他们有魔法。”

第五个说，“金光陷阱是用日、月、天、地的力量做成的。里面有二十一面魔镜，每面都挂在一根高高的柱子上。如果里面有普通人或神仙，镜子就会发出金色的光。光变成血流。没有人能活下来。”

第六个说，“流血陷阱也有风和雷，但也有很多黑沙[2]。如果有人在里面，风就会把沙子吹向他们。当沙子打中他们时，它会把他们的身体变成血，杀死他们。”

第七个说，“烈火陷阱有三种火，空气之火、石之火和神仙肚子里造的火。那里有三面红旗帜。如果有人在里面，大火就会把他们烧成灰。无论他们是懂魔法的神仙，他们都会死。”

第八个，一个名叫姚的人说，“囚魂陷阱关闭了生之门，打开了死之窗。它有一面白旗帜。如果有人在里面，他们的灵魂就会被带走，这个人会马上死亡。”

第九个说，“红水陷阱里面有一个台，上面有三个葫芦。如果有人在里面，红色的水就会像洪水一样从葫芦里流出来。当水碰到人时，它会变成血，他们就会死去。”

第十个也是最后一个说，“红沙陷阱有三个部分，一个为天，一个为地，一个为人。每个部分都有红色的沙子。每一粒沙子就是一把尖剑，可以将任何普通人或神仙的骨头变成尘土。没有人能逃离。”

闻太师听到这非常高兴。他说，“这太好了。再过几天，我们就要打

---

[1] 湖　　　hú – lake
[2] 沙　　　shā – sand

败西岐了！”

但姚说，“等一下，我的朋友们。我们不需要用所有这些陷阱。姜子牙不强，西岐军队小。我可以用我的囚魂陷阱，只要二十一天，我就可以很轻松地杀死他。那么西岐就会像一条没有头的蛇。它会很快死去。”

闻太师和其他人都同意了这个计划。姚走到他的囚魂陷阱前。他用草做了一个姜子牙的雕像，并在上面写了"姜子牙。"在雕像的头上，他放了三只小灯，每一只灯代表了姜子牙的一个灵魂。他在它的脚下放了七只小灯，每一只灯代表了姜子牙的一个魂魄。然后他念了一些魔语。他每天都念魔语，一天三次。

三天后，姜子牙开始感到很虚弱。他吃不下饭，睡不着觉。他在与将军们的会议上没有说话。每个人都开始担心他。

又过了七天，他失去了三个灵魂中的一个和七个魂魄中的三个。他躺在床上，不说话。

一个星期后，他又失去了一个灵魂和三个魂魄。他闭着眼睛，睡了一整天。他的将军们开始认为道家的魔法和这个有关系。他们把他从床上拉起来，带他去了一个会议，但他没有说话，也没有张开眼睛。

一星期后，姜子牙失去了第三个灵魂和第七个魂魄。他停止了呼吸，看上去已经死了。他的将军们站在他的尸体旁哭了。杨戬却把手放在尸体上，说，"等一等！它仍然有温度。他可能还活着。让我们等着看看会发生什么。"

姜子牙的灵魂和魂魄都离开了他的身体。因为他在昆仑山上学习了四十年，那是他最后的灵魂和魂魄飞去的地方。在昆仑山的一边，南极仙翁正在散步，他看到空中飘着的灵魂和魂魄。很快，他抓住它们，把它们放进葫芦里，然后关上了葫芦。

南极仙翁想把灵魂和魂魄带到他的师父元始那里。但他遇到了另一个神仙，赤精子。赤精子说，他很愿意解决这件事。所以南极仙翁把葫芦给了他。

赤精子带着葫芦来到了西岐城。他见了姬发，说，"我是来帮姜子牙的。他的尸体在哪里？"姬发把他带到了姜子牙躺着的房间。赤精子看着尸体。然后他说，"别担心，我的朋友们。只要我让他的灵魂和魂魄重新回到他的身体，姜子牙就会醒来。现在我必须去囚魂陷阱。"

赤精子离开了城市，飞往了商营地。他看到十个陷阱上面的空中有着黑烟、冷雾和飞鬼。当他飞近囚魂陷阱时，看到姚在转圈走，念着道教魔语。每几分钟，姚就会停下来，用棒打在雕像旁边的地上。每次打在地上，灯都会灭，但接着又亮了起来。无论多少次姚打在地上，灯都不会灭。姜子牙不会死。

很快，赤精子跑了进去，想要抓住雕像。可还没等他抓住，截道士中的一个就看到了他。道士大喊，"赤精子，你怎么敢进来！"然后向他扔了些黑沙。赤精子用最快的速度飞走了，然后他回到了城里。

他告诉姬发要小心看住尸体，因为他还有工作要做。然后他飞回昆仑山。见到南极仙翁，他说，"兄弟，这比我想的要困难。我不得不去见我们的元始师父。"

但他的师父告诉他，"对不起，对这我做不了任何事情。你必须要去见我哥哥。"

"那是谁？"赤精子问道。

"老子[1]。"

赤精子一路飞到了老子的家玄都山。这是一个美丽的地方。地上长满了各种颜色的花和绿草。他看到许多神仙。有的在小声说话，有的在静坐，有的在下棋。他听到了龙和凤凰的歌声。

---

[1] This is the great saint known in the west as Lao Tzu, author of the *Dao De Jing* and considered one of the founders of Daoism.

他在老子住的山洞外等了一会儿。一个大师走了出来。赤精子告诉大师他为什么来。不一会儿，大师把他带进了山洞。赤精子走了进去，跪了下来，对老子说，"愿您长生不老！"

老子说，"你的问题是由上天决定。道士做囚魂陷阱的时候，用的是我的魔图¹八卦图。"他把图给赤精子，说道，"这是图。你拿去，用它来救姜子牙。现在走吧。"

赤精子回到了西岐城。他一直等到三更。然后他飞到了商营地。他打开了图。它变成了一座黄金做的多色桥。在他过桥进入囚魂陷阱时，这座桥保护了他。他抓住了雕像飞到空中，用最快的速度离开了营地。但姚看到了他。他向赤精子扔了一些黑沙。沙子打在他身上，让他吓得大叫一声，把魔图掉了。姚拿起了图。赤精子抱着雕像，飞回了城市。

回到城里，他把自己做的事告诉了姬发和将军们。"我拿了雕像和姜子牙的灵魂和魂魄，"他说，"但我却丢了老子的魔图。"他打开葫芦，将雕像中的灵魂和魂魄倒入葫芦中。然后他把葫芦放在姜子牙的头上。他敲了葫芦三次。灵魂和魂魄进入了姜子牙的身体。

姜子牙张开眼睛，坐了起来。看看周围，他看到了赤精子。"哥哥，谢谢你救了我的命！但是你是怎么做到的？"赤精子告诉了他发生的一切。

"我们怎么才能把图拿回来？"姜子牙担心地问道。

"休息几天，然后我们可以谈谈，"神仙回答说。

几天后，他们都在一起讨论下一步该怎么做。他们正说着，杨戬走了进来，说，"我们有客人。黄龙来了。"他们都站起来欢迎神仙。

叫黄龙的道士对他们说道，"我是来帮你们解决十个陷阱的。许多神仙也会来帮助我们。但这些神仙是从天上来的，他们不会进入这样的

---

¹图　　　tú – map

267

地方。所以你们必须为他们建造一个干净的新亭子。用草建亭子，在墙上挂灯笼和花。地上放上干净的地毯。"

不到一天，新亭子就建好了。<u>姜子牙</u>和将军们前往亭子里等神仙。很快，他们就来了。有<u>广成子</u>。还有<u>赤精子</u>、<u>黄龙</u>、<u>太乙真人</u>、<u>文殊广法天尊</u>、<u>清虚道德真君</u>和其他许多神仙。

等他们都到了，<u>广成子</u>说，"朋友们，现在你们都在这里，是帮助好人，打倒邪恶的时候了。<u>姜子牙</u>，你必须毁掉那十个陷阱。"

"什么，我？"<u>姜子牙</u>问。"亲爱的兄弟们，我在<u>昆仑</u>山上只学习了四十年。我的力量不强。你们中有人会帮我做这事吗？"

其他神仙都不想代替他做这事。但就在这时，他们听到了天空中鹿的叫声，空气中充满了香甜。

第 45 章
第一次攻打陷阱

天罚陷阱非常危险；
但地怒陷阱更可怕
秦完一生中的一切，都是命运书写的；
但袁角的死，却是因为他的贪婪[1]

两个神仙被火和雷杀死；
但还有三个没有被带走
十个陷阱没有一点作用；
但名字已经写在封神榜上

≡ ≡ ≡ ≡

所有人都抬起头来。一个神仙正从云中慢慢飘下来。那是燃灯道人，所有神仙的首领，佛祖的徒弟。所有神仙都出来欢迎他。

"对不起，我来晚了，"燃灯道人说。"请原谅我。我见过这十个陷阱。它们都非常强大。我们必须攻打它们。我将是你们的指挥官，我将在这场战斗中带着你们。"姜子牙太高兴了，把指挥权给了神仙。

就在这时，一个送信人从商营地赶来，带着闻太师给姜子牙的信。姜子牙读了信。然后他在信的下面写道，"三天后我们将在战斗中与你见面。"他把信还给了那个送信人，送信人再把信带回给了闻太师。

闻太师看向周营地。他看到多色的云和金色的灯笼飘在营地的上空。他说，"看来昆仑山来了很多帮周的神仙。"十位道教魔法师也看到了。他们也没有什么办法，所以他们只能等。

第三天上午，商营地的每个人听到周军队开炮。十个道士从商营地中

---

[1] The Daoist immortal 袁角 (Yuán Jiǎo) made the Cold Ice trap, and 秦完 (Qín Wán) made the Heaven's Punishment trap.

走了出来。他们在营地前将十个陷阱排成一排。

然后周的将军们出来了。哪吒和黄天化在前面。在他们的后面是由燃灯道人为首领的十几位神仙和将军们。

第一场战斗是在天罚陷阱前。一名道士魔法师站在陷阱前。一个叫邓华的周神仙冲上前去。他对道士喊道，"别以为你这么厉害。我是邓华，昆仑山的神仙！"他用剑攻击道士。

道士魔法师挡住了剑，然后转身跑进了陷阱。邓华紧跟在他的后面。道士拿起三面旗帜，扔向空中。当旗帜掉在地上时，发出了很大的雷声。邓华倒在地上，死了。道士跑到他身边，砍下他的头，举在空中。他喊道，"你们昆仑山的神仙！看看你们朋友的结果吧。还有谁敢进入我的陷阱？"

燃灯道人看了看周围。他看到了文殊广法天尊。"去解决那个道士！"他喊道。

文殊广法天尊笑笑。当他走上前去，他唱着，

　　我敢用我的尖剑
　　玉龙害怕地叫了起来
　　紫色的云从我的手中升起
　　白云在我的头上
　　我在玉宫里种过桃子
　　我在金塔里说过道
　　但现在我已经离开了我天上的家
　　我来到人间，唱着这首歌

然后他对道士说，"我的兄弟，你为什么要把这些邪恶的陷阱带到这里来害人？我得到命令去毁了你的陷阱，所以我必须杀了你。对不起，但这是法律。"

道士笑道，"你对我的陷阱一点都不了解。你会死在这里。"

道士攻击文殊广法天尊，却被挡住了。他转身跑进了陷阱里。文殊广法天尊小心地、慢慢地进入陷阱。他用手指了一下地面，出现了两朵大莲花。他站在花上，飘进了陷阱。然后他伸出左手。五道白光从他的手指中射出。在每一道光柱的顶上都出现了一朵白色的莲花。每朵花上有五个金灯笼。

道士拿起三面旗帜，扔向空中。它们掉在地上，但什么也没发生。莲花在保护文殊广法天尊。

文殊广法天尊将剑扔向空中。三个环马上将道士包围住，将他紧紧抓住。文殊广法天尊转向昆仑山，磕头说，"你的徒弟对不起了，但他今天必须杀人。"然后他挥剑，砍下了道士的头。然后他走出了现在已经没了力量的陷阱。

闻太师看到了发生的事情。他愤怒地喊道，"文殊广法天尊，别走。我要来和你战斗！"可是文殊广法天尊连看都没有看他一眼。他一点也不怕商将军。

还有九个陷阱。其中一名道士魔法师大声说，"谁敢进入我地怒陷阱？"一个周将军，他是普通人，骑着马进入陷阱。奇怪的云来了，接着是雷声和火。年轻的将军化为尘土，他的灵魂飞向了封神台。

道士说，"你们为什么要让普通人进入我的陷阱？杀死他们太容易了。让一个有魔法的人来！"

燃灯道人叫出另一个叫惧留孙[1]神仙，他站了出来。惧留孙很小心地进入陷阱。当他看到陷阱里面的危险时，他打开了头顶上的一扇小门。魔云飘了出来保护他。他命令他的黄巾[2]精灵将道士绑起来，扔在地上。道士重重地掉在地上，火从他的七个孔中出来。他还活着，

---

[1] Kakusandha Buddha is the first of the five Buddhas of the present kalpa, or age. He was born in India. His father was a Brahmin priest. He led a family life for four thousand years and had a wife and son. Then he renounced family life, and achieved enlightenment after only eight months of study. In all, he lived for 40,000 years.

[2] 巾   jīn – scarf, towel

但地怒陷阱被毁了。他成了周军队的犯人。

第二个陷阱被破坏，闻太师现在更生气了。他对惧留孙喊道，"别走，我要来和你战斗！"

但其中一位周神仙却说，"闻太师，想一下你说的话。我们不是在用身体的力量战斗，而是用魔法。你不应该有这样的行动。"闻太师停下脚，羞愧[1]地不说话了。

两个军队回到了自己的营地。周营地中，一些神仙问燃灯道人接下来该怎么做。他回答说，"下一个陷阱是风吼。但要毁掉这个陷阱，我们需要定风珠。"

"我们在哪里可以找到这珍珠？"他们问。

"我的朋友度厄真人[2]有。我会给他写一封信。姜子牙，让两个人去他的山洞。把我的信给他，我希望他能把魔珍珠给你。"

姜子牙选了散宜生和晁田将军去拿珍珠。他们坐渡[3]船过黄河。他们走了几天，终于来到了山顶上神仙的山洞。山上长满了高大的、像龙一样的古松树。

他们在山洞外等着，直到一个年轻人告诉他们可以进去。散宜生把信交给了度厄真人。神仙读了信。然后他说，"当然，我会把珍珠给你们。但要非常小心。不要丢了。"

散宜生接过珍珠，然后两个人用最快的速度骑马回去。但是当他们来到黄河时，他们找不到任何渡船可以带他们过河。"这很奇怪！"散宜生说。"前几天有很多渡船，现在都没了。"

他们骑马在河岸上来回走了两天，找过河的方法。他们没有看到一只渡船。最后，他们问那里的人在哪里可以找到渡船。那人回答说，

---

[1] 羞愧　　　xiūkuì – shame
[2] In Book 1, Woe Evading Sage is mentioned as the spiritual master of Li Jing, a Shang general who was the father of the immortal Nezha and his brothers Muzha and Jinzha.
[3] 渡　　　　dù – ferry

"最近，有两个邪恶的人来到这个地方。他们非常高大，非常强。他们告诉所有坐渡船的人离开。每个人都害怕他们，所以就都离开了。现在只有一只渡船，离这里大约有五里路。你们可以坐那只渡船，但我觉得它会非常贵。"

他们骑马去了渡船。他们在那里看到两个非常高大的人。这两个人没有用船。他们用木筏[1]，用很重的绳子将它拖过河。他们仔细看，看到那两个人正是<u>方弼</u>和<u>方相</u>。这是几年前救过国王两个儿子的两位商将军。

"兄弟，你们好！"<u>方弼</u>说。"你要去哪里，为了什么？"

<u>晁田</u>回答说，"你能带我们过河吗？就像你们知道的，<u>商</u>王是个邪恶的暴君。我们决定帮助<u>西岐</u>的圣人统治者。<u>西岐</u>城附近正在进行一场战争，我们打算用这颗魔珍珠来帮助我们赢得这场战斗。"

"一颗魔珍珠？"<u>方弼</u>说。"我从来没有见过任何一颗。我能看看吗？"<u>晁田</u>从长衣里拿出来。<u>方弼</u>马上抓起珍珠，放进他自己的长衣里。"这将是你们过河的钱，"他说。

<u>晁田</u>没有办法与<u>方弼</u>打，因为这个人比他高了一倍多。<u>散宜生</u>对丢了珍珠感到非常难过，他想要在河里把自己淹死。但<u>晁田</u>阻止了他。他说，"我的朋友，不要杀了自己。如果我们死在这里，<u>姜子牙</u>永远不会知道发生了什么。我们必须回去告诉他这个事。他杀了我们，比我们很丢脸地把自己杀了要好。"

<u>散宜生</u>同意回<u>西岐</u>城。两人骑着马向城里走去。过了一会儿，他们遇到了一大群士兵和马车，他们向同一个方向慢慢移动。仔细看，只见是<u>黄飞虎</u>将军给<u>西岐</u>送吃的东西。

<u>散宜生</u>下了马。<u>黄飞虎</u>从大牛身上下来，问道，"你们要去哪里？"

<u>散宜生</u>开始哭了。他讲了他们怎么丢了魔珍珠的事。"别担心，"<u>黄</u>

---

[1] 木筏　　　　mùfá – raft

飞虎说。"在这里等着，我帮你们把珍珠拿回来。"然后，他骑上牛，像风一样快地走了。

过了一、二个小时，他看到方家兄弟走在路上。听到他来了，方家兄弟转过身来。他们马上跪下说，"殿下！你要去哪里？"

"我在找你们。听说你们有一颗魔珍珠。马上给我。"方弼没有争论。他从长衣里拿出珍珠，给了黄飞虎。

黄飞虎说，"我必须告诉你们，我不再为商王工作了。现在西岐有一位圣人统治者。他统治着王国的三分之二。既然你们两个没有家可回，就跟我走，为西岐的统治者工作。我敢肯定，你们会得到一个很高级别的工作。"

方家兄弟同意了。他们三人回去，与散宜生和晁田见面。黄飞虎把珍珠给了他们，让他们快快回周营地。

到了周营地，他们把珍珠交给了姜子牙，告诉了他整个事情。丞相把珍珠给了燃灯道人。

"现在我们有了珍珠，"燃灯道人说，"我们可以解决这个风吼陷阱了。我们明天就可以这样做。今天晚上我们休息吧。"

第 46 章
第二次攻打陷阱

神仙和佛不经常抱怨[1]；

抱怨会给这个世界带来麻烦

用力量而不是智慧，你就失去了一千年的学习；

战斗，你将付出万劫[2]的代价

我们有多少次带着痛苦回想过去；

想想很久以前是谁伤害了我们？

这是封神榜的日子；

我们一起在梦想的世界里散步[3]

≡ ≡ ≡

第二天早上，一位商神仙骑着一只很大的鹿走出了营地。他两手各拿着一把剑。他喊着让周军队出来战斗。

燃灯道人看了周围，却没有看到任何有进入风吼陷阱命运的人。但就在这时，黄飞虎带着方家两兄弟回到了营地。"他们刚才加入了我们，"黄飞虎说。"他们是优秀的战士。"

燃灯道人看着他们，就知道他们的命运了。但他没有其他选择。"方弼，"他说，"去破开那个风吼陷阱。"

方弼是个好战士，但他对魔法却一点都不懂。商神仙看了他一眼，然后转身骑鹿回到了风吼陷阱里。方弼紧跟着他进了陷阱。神仙拿起一

---

[1] 抱怨　　　bàoyuàn – to complain

[2] 劫　　　jié – kalpa, a measure of time. A regular kalpa is 16,798,000 years. The longest, a maha kalpa, is described this way by Buddha: "Imagine a huge empty cube sixteen miles in each side. Once every hundred years, you drop a tiny mustard seed into the cube. The cube will be filled before the kalpa ends."

[3] In the original poem, this line refers to 南柯梦 (nán kē mèng), the South Kuo Dream. This is a dreamlike world where events are not as they seem. In the classic novel *Dream of the Red Chamber* the character Xue Baochai has a dream in which she visits South Kuo and learns of the impermanence and fleeting nature of life, and that the world is not always what it appears to be.

面黑旗，开始挥着旗帜。一阵大风吹来。风变成了千万把尖剑。方弼马上就被切成碎片，灵魂飞向封神台。

"你应该感到羞愧！"神仙喊道。"你把一个普通人送进了我的陷阱？送一个懂魔法的人过来！"

燃灯道人将定风珠给了一位叫慈航道人的周神仙。

慈航道人走到陷阱前，喊道，"我的朋友，你为什么要自己找死？你师父告诉过你不要来这里。"

商神仙说，"你以为你的魔法比我强？我不这么认为。你最好现在就离开，让别人来打。"

然后，商神仙把剑挥向慈航道人。在他们打了几个来回之后。神仙跑回陷阱里。慈航道人紧跟着他，头上戴着魔珍珠。神仙挥着黑旗。什么也没发生。风也没有来。然后慈航道人将他的魔葫芦扔向空中。一朵黑云从葫芦里出来。商神仙被吸[1]进了葫芦里。

慈航道人从陷阱中走出来，拿着葫芦。他把它倒过来。商神仙的衣服掉在了地上。神仙已经死了，他的灵魂飘到了封神台。

闻太师见这，骑着麒麟向前，准备战斗。但燃灯道人对他说，"闻太师，你怎么这么生气？我们只破了你的三个陷阱。你还有七个。"

又一位商神仙上前。这就是有寒冰陷阱的神仙。一样的事情发生了。商神仙喊着要有人出来和他战斗。燃灯道人让一个普通人士兵去和他战斗。两人打了几个来回。神仙跑进了他的陷阱。士兵紧跟在他后面。这一次，神仙挥着紫色的旗帜。一座冰山从天上掉下，碎成一堆像狼牙一样尖的冰。士兵被砸碎，灵魂飞向封神台。一个周神仙跑上前去。一道明亮的白光从他的手指中射出，冰化了。他砍下商神仙的头，将他的灵魂送入封神台。

---

[1]吸　　　　xī – to suck, to inhale

现在，只剩下六个陷阱了。

又一个商神仙女人从金光陷阱前走出。一个普通人士兵出来和她战斗。两人打了几个来回。神仙转身跑进了她的陷阱。士兵紧跟在他后面。神仙拉着一根绳子，晃动着魔镜。一道金光射出。它杀死了士兵，并将他的灵魂送到了封神台。周神仙广成子向前跑去。他拉开他的魔长衣，挡住了金光。然后，他用他的魔法打碎了所有的镜子。他扔出一块石头，打中了商神仙的头，马上杀死了她。她的灵魂飘到了封神台。

现在，只剩下五个陷阱了。

接下来的战斗发生在流血陷阱前。一名士兵进入陷阱，被黑沙化为血流。这一次，在周这边的太乙真人站了出来。太乙真人骑着两朵绿色的莲花进入陷阱。他指向天空，带来一道白光，保护着他的身体。黑沙碰不到他。太乙真人将自己的九龙神火罩[1]扔向了神仙。他拍了拍手。九龙神火罩起火了。九条火龙出现。他们缠绕着商神仙，将他烧成了灰。他的灵魂飞向了封神台。

现在只剩下四个陷阱了。闻太师气得三眼射出白光，头发发直。他对剩下的四位道士说，"我愿意为我的王失去生命。但我从来不想让我的六个朋友去死！请你们所有人都回家吧，把我留在这里。我会自己和姜子牙战斗。"

四位道教大师让他一个人坐着。他要想办法，打败姜子牙和周军队。忽然，他想起了自己的老朋友，强大的魔法师赵公明[2]。"如果有人能帮助我，那就是他！"他想。

他让他的两个将军守卫营地。他骑上麒麟，飞向赵公明住的山洞。他敲了山洞的木门。一个年轻人走了出来。

---

[1] This is the same weapon that Fairy Primordial used in Chapter 13 to defeat Princess Shiji.

[2] The character Zhao Gongming appears for the first time in this story, and later become known as 财神 (cái shén), the God of Money. In Chinese folklore he can control thunder and lightning, ward off plagues and disasters, bring happiness, and chase away criminals.

"你师父在吗？请告诉他，朝歌的闻太师来看他了。"

年轻人走了进去。几分钟后，赵公明出来了。他笑道，"闻兄弟，你怎么来了？你是朝歌有钱有权的人。我以为你已经忘记我了。"

他们一起走进山洞，坐了下来。闻太师给他讲了六神仙的战斗和死亡。"我不知道该怎么办，"他说。"你能帮我吗？"

赵公明回答说，"当然。你应该早点来这里。现在，回西岐。我很快就会在那里和你见面。"

闻太师感谢了他，骑着麒麟离开了。赵公明和他的两个徒弟开始往山下走。突然，两只老虎从树林里跳了出来。其中一只黑虎向他跑来。"欢迎你，我的朋友！"赵公明说。"我需要你的帮助。"然后他把手放在老虎的颈上，念了一个魔语。他骑上老虎，他们一起在空中一路飞到西岐。

当他来到商营地时，士兵们非常害怕飞来的黑虎。但闻太师站了出来，说，"朋友们，别怕。这就是赵公明。他是来帮助我们的。"

接着，麒麟上的闻太师和黑虎上的赵公明一起出了营地。他们喊姜子牙出来战斗。

第 47 章
赵公明帮助闻太师

宝贝很多，但不要给别人看；
请记住，它们并不完全相同
王朝就要结束，但他们仍然在说着胜利；
但是当他们遇到敌人时，他们必须想到失败

一个人不能骑虎，那只是一个梦想；
但是，即使没有计划，也可以打败一条龙
可悲[1]的是，商王的统治马上就要结束；
而他最亲近的人也帮不了他

☰☰☰

"姜子牙，出来吧！出来和我战斗！"赵公明喊道。

哪吒进去告诉姜子牙外面有人在喊叫的事情。"小心点，"燃灯道人说。"这是峨眉山的赵公明。他是一个非常强大的魔术师。"

姜子牙骑着他的兽出了自己的营地。跟在他身后的是哪吒、雷震子、黄天化、杨戬、金吒和木吒。他看到杏黄色旗帜，一个高大的道士骑着一只黑虎。他骑兽向前鞠躬。"朋友，你是谁，你从哪里来？"他问。

"我是赵公明，来自峨眉山。你们破了我们六个陷阱，杀死了我的六个朋友。我知道你是昆仑山元始的徒弟。今天，我们要战斗，看看谁更强大。"

不等回答，他就对着姜子牙挥剑。他们打了几个来回。然后赵公明将剑扔向空中。它掉下来，打中了姜子牙的背，杀死了他。其他人也加入了战斗，从各个方向攻击。赵公明要和太多的人战斗，于是他转身

---

[1] 可悲　　　　kěbēi – sad

骑虎回了商营地。他受了一些伤，但他用灵药很快就治好了。

然而，姜子牙已经死了。金吒将尸体抬回了姬发的宫殿。他们把尸体放在床上。尸体冰冷没有生命。脸发白。姬发和其他人看着尸体，不知道该怎么办。

这时，广成子进了房间。他对其他人说，"别担心，死是他的命运。"他将一些灵药放入一杯水中，打开姜子牙的嘴，将药倒入他的嘴里。然后他们等着。

大约两个小时后，姜子牙张开眼睛，坐了起来。"哦，太痛苦了！"他喊道。

广成子笑道，"就在这里休息一会儿吧。我去看看赵公明接下来打算做什么。"

第二天早上，赵公明骑着他的黑虎出了商营地。燃灯道人在等着他。赵公明说，"兄弟，我们不应该这样战斗。佛教、道教和儒家都是一家人。红花，白根和绿叶都是同一朵莲花的一部分。"

燃灯道人回答说，"兄弟，我们是按照上天的意愿来到这里。如果你要和我们战斗，你只会让你自己丢脸。你为什么要找麻烦？"

赵公明说，"你以为我不比你厉害还是不比你聪明？我可以阻止太阳，我可以移动月亮。你怎么觉得敢和我战斗！"

就在这时，黄龙走上前。他说，"赵公明，你来了。这表示你的名字在封神台的名单[1]上。这表示你的命运是要死在这里。"

这让赵公明很生气，因为他知道黄龙的话是真的。他扔出魔绳缠绕住黄龙，把他绑了起来。

其他的周神仙用他们的魔武器冲向赵公明。赵公明将手中的二十四颗魔珍珠扔向空中。当它们在空中飞行时，珍珠发出五种颜色的光。然

---

[1] 名单　　　míngdān – list

后珍珠掉了下来，打中了赤精子，将他打倒在地。赵公明再次将珍珠扔向空中，打中了广成子，将他也打倒在地。他不停地扔出珍珠，又倒了三个周神仙。

最后，他抓起黄龙，将他带回了商营地。闻太师让他的士兵把黄龙挂在高高的旗杆[1]上，让周看到他。他把符咒放在黄龙身上，阻止他逃跑。

周军队回到了自己的营地。这天晚上晚些时候，杨戬把自己变成了一只飞虫。他飞到商营地，飞到黄龙那里。他在他耳边低声说，"叔叔，你的徒弟杨戬来放你离开。我应该怎么做？"

黄龙回答道，"把我身上的魔符咒拿掉。"杨戬找到了符咒，把它从黄龙的身上拉了下来。黄龙飞回周营地，杨戬跟在他的后面。

第二天早上，赵公明又出来了，喊着让燃灯道人出来。燃灯道人一出来，赵公明就用剑攻击他。然后他把他的魔珍珠扔向空中。燃灯道人已经为这做好了准备。他用第三只眼睛向上看珍珠。他看到了它们，但不知道它们是什么。还没等珍珠掉到地上，燃灯道人就骑着他的鹿很快向西南方向走去。赵公明追了上去。

他们骑了几里路。然后燃灯道人遇到了两个人。一个穿着绿色的衣服，黑脸，另一个穿着红色的衣服，白脸。他们在下棋。他们问燃灯道人为什么骑得这么快。燃灯道人向他们讲了商、周之间的战斗，以及赵公明的攻击的事情。

"哦，别担心他！"他们说。燃灯道人和他们说了再见，骑鹿离开了。

几分钟后，赵公明骑着他的黑虎来到这里。"你们两个是谁？"他喊道。

其中一个人说，"啊，你一定是赵公明！我会告诉你的，

---

[1] 杆　　　　　gān – pole

我们生活在美丽的云中

我们手中长出金色莲花

我们喜欢喝酒

我们在火上做饭

我们骑龙看蓝色大海

夜很安静，花都睡着了

如果你一定想要知道，我们是<u>武夷</u>山的隐士。听到你攻击我们的朋友<u>燃灯道人</u>，我们很不高兴。这是违反上天的事情。"

<u>赵公明</u>冲着他们大叫一声，拿剑攻击。他们开始战斗。很快，<u>赵公明</u>将自己的魔绳扔向空中。但红衣人有一个魔金币，叫做<u>落宝金币</u>。他从虎皮袋里拿出金币，扔到空中。金币在空中升起，然后掉下。魔绳跟着金币，就像狗跟着它的主人一样。<u>赵公明</u>看到它掉在地上，愤怒地叫了起来。他把魔珍珠扔向空中，但红衣人再次扔出他的金币，抓住了珍珠。

在没有魔武器的情况下，<u>赵公明</u>将剑高高扔向空中。红衣人再次扔出了金币，但因为那把剑是普通的剑，没有魔法，所以金币对它没有影响。剑掉下，打中了红衣人。他死了，他的灵魂飞到了<u>封神台</u>。

那人的兄弟愤怒地喊了一声，攻击<u>赵公明</u>。<u>燃灯道人</u>停下看战斗。现在，他回来了，向<u>赵公明</u>扔了一块石头。石头砸在<u>赵公明</u>身上，几乎把他从老虎身上打下来。<u>赵公明</u>痛苦地叫着，骑虎向南而去。

<u>燃灯道人</u>走近那个穿着绿衣的人。他说，"先生，我感到很对不起，你的朋友在要帮助我的时候被杀了。请告诉我，穿红衣的人扔在空中的金币是什么？"

那人回答说，"那是<u>落宝金币</u>。来，你看。"他把金币给了<u>燃灯道人</u>。他还给他看了魔绳和魔珍珠。

"哦，太美了！"<u>燃灯道人</u>说。"地球刚被造出来的时候，这些珍珠照耀[1]着玄都山。但后来它们消失了，从那以后就没有人见过它们。我很高兴看到你现在有了它们。"

"这些珍珠对我来说一点都没有用。请你把它们拿走吧。"

燃灯道人感谢他。他把珍珠带回周营地，给其他人看。

回到商营地，赵公明向闻太师和其他人讲了自己的失败，以及失去魔绳和魔珍珠的事情。"我必须把这些武器拿回来。为这，我需要去三仙岛。我的三个妹妹住在那里。她们可以帮助我。"

他跳上他的黑虎，马上飞向三仙岛。他来到一个山洞，礼貌地在门口等着，直到三个妹妹来见他。年龄最大的是云霄，第二个是琼霄，最年轻的是碧霄。

她们请他进去坐。他告诉她们他怎么失去他的宝贝的故事。然后他请求她们的帮助。

云霄摇了摇头。"对不起，哥哥，我们帮不了你。当三个宗教[2]在一起并在封神台上排列出名单时，我们所有人都在房间里。你知道凤凰在岐山上唱歌，告诉世界上的人，那里诞生了一位新的圣人统治者。现在，我们必须等姜子牙造新的神。只要发生这种情况，我就会为你取回珍珠。但现在，我们没有办法帮助你。"

"什么？你不想帮你自己的哥哥吗？"赵公明喊道。

"我想帮，但我不能。请回山上等着。新的神将很快被造出来。"

赵公明生气地站了起来，走出了山洞。他走了大约两里路，就听到身后有人喊道。他转过身，看到一个女道士。她的黑发盘在头上，充满了强大的魔法。那是他的老朋友，名叫菡芝仙的强大魔法师。

"我的朋友，你要去哪里？"她问。

---

[1] 照耀　　　zhàoyào – to shine
[2] 宗教　　　zōngjiào – religion

赵公明把发生的事告诉了她。她对他说，"你是说你自己的妹妹不想帮你吗？我们回去再和她们谈谈。"

他们一起回到了山洞。他们坐下后，菡芝仙对他的妹妹们说，"你们都是一家人。你们怎么能拒绝帮助你们的哥哥呢？要知道，周现在有他的魔绳和魔珍珠。他必须把它们找回来！想想如果你们不帮助你们的哥哥，而别人却这样做了，你们会感到羞愧的。就像我一样。"

碧霄说，"姐姐，就把金蛟剪给他吧。"

云霄想了一会儿。然后她对赵公明说，"好吧，把魔剪刀[1]拿去。去燃灯道人那里。告诉他，'把魔珍珠还给我。如果你拒绝，我会用这些魔剪刀给你找很多麻烦。'他会把珍珠还给你。不过，我告诉你，在这种情况下你必须非常小心。"

赵公明接过剪刀，同意会听他妹妹的话。他很快离开了小岛。菡芝仙对他说，"只要我的武器准备好了，我就去加入你。"

赵公明回到了商营地。他把剪刀拿给闻太师看，告诉他自己去三仙岛的事。

第二天早上，闻太师骑麒麟、赵公明骑虎出了商营地，叫喊着要燃灯道人出来。

在周营地中，燃灯道人已经知道了魔剪刀的事情。他告诉大家在里面等着，然后他骑着鹿一个人出去见敌人。

赵公明喊道，"燃灯道人！把我的魔珍珠还给我！如果你这样做，我就不会和你争论，我们的战斗也就结束了。"

燃灯道人回答说，"这些珍珠是佛教的宝贝。你不能有它们。甚至不要梦想把它们拿回去。"

"那就没什么可以说的了，"赵公明喊道。他骑着他的黑虎向前走

---

[1]剪刀　　　　jiǎndāo – scissors

去。他们两个开始战斗。然后<u>赵公明</u>拿出魔剪刀，扔到了空中。

第 48 章
赵公明生病

≡ ≡ ≡ ≡

金蛟剪是靠采天、地、日、月的灵气而生的一对龙。当它们被扔向空中时，两条龙尾巴锁在一起。它们的身体可以把任何东西切成两半，就像剪刀剪[1]纸一样。

燃灯道人看到剪刀向着他掉下。他从鹿身上跳下来，跑开了。但是剪刀打中了鹿，马上将它剪成两半。

燃灯道人回到了周营地。他告诉大家关于魔剪刀的事情。他们都非常害怕。就在他们说话的时候，一个人走进了房间。他很矮小，留着长长的胡子，穿着一件红色的长衣。没有人知道他是谁。燃灯道人问他，"我的朋友，你是谁，你从哪里来？"

那人回答说，"我叫陆压。我住在昆仑山的一个山洞里。听说赵公明来了，他有一把金蛟剪。我可以让剪刀变得没用，我可以杀了赵公明。"

其他人听了，但什么也没说。他们不知道他说的是真话还是假话。但

---

[1] 剪　　　　jiǎn – to cut

他们让他留在营地里。

第二天早上，赵公明又骑着他的黑虎出门了。他喊着让燃灯道人出来。但陆压却出来了。

"你是谁？"赵公明问道。

"你怎么会认识我呢？我不是道士，也不是圣人。我是昆仑山的陆压。这是我的故事，

> 我像云，我的心像风
>
> 我飘到任何我想去的地方
>
> 我飘在东海的明月上
>
> 我在南海上骑龙
>
> 我在山上骑虎
>
> 我没有钱，我没有权
>
> 没有人知道我的名字
>
> 我不关心长生的桃子[1]
>
> 三杯酒，我很开心
>
> 我静静地坐在石头上，听着鹿的叫声
>
> 我和朋友们下棋
>
> 我写诗给上天享受
>
> 你许多年的努力很快就会消失
>
> 赵公明，我是来杀你的！"

听到这话，赵公明骑着黑虎向他冲了过来。陆压拿剑攻击。几个来回的战斗后，赵公明将剪刀扔向空中。但陆压只是笑了笑，说，"啊，我就知道你会这样做！"他变成了一道彩虹[2]，轻松地逃走了。

陆压回到周营地后，说道，"我知道怎么打败赵公明。但我需要姜子

---

[1] In Chinese mythology, the Jade Emperor and his wife Xi Wangmu gave their guests peaches of immortality at the annual Peach Festival. In *The Immortal Peaches*, Book 3 of the *Journey to the West* series, the monkey king Sun Wukong stole some of these peaches and ended up in serious trouble.

[2] 彩虹　　　cǎihóng – rainbow

牙的帮助。"

"我当然会帮你，"姜子牙说。"告诉我你要我做什么。"

陆压给他一张纸，上面写着魔语。他说，"去岐山，在那里建一个平台。做一个草人，在上面写上'赵公明'。把灯放在它的头上，另一个灯放在它的脚下。然后每天向雕像祈祷三次，念纸上的魔语。这样做二十一天。那么我们就可以杀了他。"

姜子牙按照陆压说的做了。他带着三千名士兵去了岐山。他们造了平台并做了雕像。每天，姜子牙在雕像周围走三圈，念魔语祈祷。

这样过了几天，赵公明开始觉得不舒服了。他觉得自己的心在燃烧。他来回走动，却还是不舒服。

闻太师担心赵公明，想让他休息。但一位道士神仙却对他说，"太师，我们不能坐着、等着。那样我们怎么能赢呢？现在是我用烈火陷阱的时候了。"也不等闻太师，他就骑着鹿走出商营地，喊着让周出来战斗。

周神仙听到他的喊声。他们谁也不想出去，但最后陆压说，"我去。"他走出营地，笑着唱了一首歌。

"你是谁？"商营地的神仙问道。

"我叫陆压。谢谢你准备了这个陷阱。我想看看这个陷阱。"

道士神仙非常生气，用剑攻击陆压。经过几个来回的战斗，他又回到了陷阱中。陆压紧跟着他。他马上就被来自天空、地面、地球上的火包围。但火碰不到陆压。四个小时里，陆压站在火里，唱着，笑着。然后他把手伸进长衣里，拿出一个葫芦。一道光从葫芦中射出，射到三十尺高的天空中。光顶上是两只眼睛。一道白光从眼睛里射了下来。它打中了道士神仙的头。头掉在地上，灵魂飞向封神台。

陆压把葫芦放回长衣里。他转身走出陷阱。但就在这时，商营地的另一位神仙姚跑了过来。他有一张金色的脸，红色的胡子，嘴里长着长长的尖牙。他的声音像雷声。他对着陆压喊道，"别跑！来我的囚魂陷阱吧。"这是一个非常强大的陷阱。它关闭生命的门，打开死亡的窗。这是姚之前想要杀死姜子牙时用的陷阱。

还没等陆压做出回答，赤精子就跑上前，进入了陷阱。他对这个陷阱非常了解，因为他以前进去过一次。他一进入陷阱，就被一阵强大的黑沙飞云打中。但赤精子从他的长衣里拿出一面镜子，举了起来。黑沙转了方向，砸在姚身上。姚倒下。赤精子走向他，砍下了他的头，将姚的灵魂送去了封神台。

这两个陷阱被毁掉了，所以商营地只剩下两个陷阱。闻太师对这很担心。但他也担心赵公明，赵公明累了，只想睡觉。

闻太师不知道赵公明为什么一直睡着。他用金币占卜，才知道姜子牙在雕像前的祈祷让赵公明的精神变得很虚弱，使他接近死亡。他说，"很快陆压就会向雕像射箭，那个时候就是赵公明的死亡！我们能做什么？"

他决定让两个神仙去岐山偷雕像。接着，陆压感觉到有些奇怪。他占卜，知道了闻太师的计划。

很快，他就把杨戬和哪吒送到岐山。哪吒飞快地骑着风火轮，杨戬骑着马。

两位商神仙在空中飞向岐山。他们向卜看，只见姜子牙低着头在雕像周围走来走去，念着魔语祈祷，烧着香。两位神仙飞了下来，抓住雕像，像风一样飞走了。

姜子牙没有看到他们，但他听到了一些声音。他抬头看，发现雕像不见了。他看了周围，却没有在任何地方看到它。就在这时，哪吒来了。哪吒说，"姜子牙，小心点！有人要来偷雕像！"

姜子牙答道，"你来晚了！我刚才正在磕头，就听到有声音。我抬头看，发现雕像已经不见了。快，把它拿回来。如果你不这么做，我们都会死！"

哪吒转身，骑着风火轮向商营地飞去。很快，杨戬骑着马赶了过来。当他听到发生的事情时，他知道他没有办法抓住偷东西的人。于是他抓起一把土扔到空中。然后他坐下来等着。

回到商营地，两位神仙看到闻太师坐在椅子上。他们给了他雕像。营地马上就消失了，两位神仙发现自己站在野地里，只剩下他们自己了。

杨戬骑着马向他们走来，挥剑。然后哪吒骑着他的风火轮赶了过来。战斗很快就结束了。两位神仙被杀，灵魂飞向封神台。

"雕像在哪里？"哪吒问。

"在我这里，"杨戬回答。"听说那两个人偷了雕像，我就把自己改变成了闻太师的样子。我告诉他们把雕像给我。现在那两个偷东西的人都死了，我们可以把雕像带回岐山了。"他们回到岐山，把雕像交给了姜子牙。

回到商营地，闻太师听说了自己的计划失败的消息。他坐下来哭了起来。过了一会儿，他去看了睡在他床上的赵公明。他说，"亲爱的兄弟，醒醒！"然后，他把事情的经过告诉了赵公明。

"哦，我完了！"赵公明说。"我为什么不听我妹妹的话？亲爱的闻兄弟，看来我很快就要死了。多年前，在玉皇大帝[1]的时候，我成了神仙。谁能想到，我现在会死在陆压的手里？等我死后，请把金蛟剪包在我的长衣里，把它还给我三个妹妹。"他开始哭了起来，再也说不出话了。

现在，商营地只剩下两位道士神仙了。其中一个有着红水陷阱。他跑出营地，向着周营地喊道，"你们谁来红水陷阱见我？"

---

[1] The mythical Jade Emperor was born the crown prince of the kingdom of Pure Felicity and Majestic Heavenly Lights and Ornaments. After his father died, he ascended the throne. He was a good and wise king. He then decided to cultivate his Dao. He attained Golden Immortality after 1,750 eons of study, each eon lasting for 129,600 years. A hundred million years after that, he finally became the Jade Emperor.

燃灯道人对清虚道德真君说，“去破那个陷阱。”清虚道德真君走上
前去。

第 49 章
<u>姬发</u>被困<u>红沙</u>陷阱

一个想法带来了理解，万事停止；

不为做而做[1]，不为发生而发生，不用担心

白玉在我心中，大多数人没有办法理解；

这个世界的金子对我来说什么都不是

在石头岸边，河流用梵语[2]对我说话；

山的颜色挡住了清凉的水

有时我坐在河边；

月亮像鱼钩一样低挂在天空中

≡≡≡

当他走进陷阱时，他看到陷阱里充满了红色的水。他从袖子里取出一朵白莲花，丢在水里。然后他站在花上。他在那里漂了两个小时，没有受到红水的影响。

道士神仙知道，他已经输掉了这场战斗。他想要逃跑。但<u>清虚道德真君</u>却拿出了魔扇。它叫<u>五火七禽扇</u>。它生出五种火，它是由七种不同的鸟的翅膀做成的。扇子非常强大，可以将石头烧成灰，使大海变干。他对着道士神仙挥了挥扇子。神仙大叫一声，然后化成红灰死去。<u>清虚道德真君</u>和其他人回到了<u>周</u>营地。

第二天早上，<u>陆压</u>见了<u>姜子牙</u>。他说，"<u>赵公明</u>今天中午就会死。<u>红水</u>陷阱已经被打破了。"

他从花篮里拿出一把小弓箭，给了<u>姜子牙</u>。他说，"回<u>岐</u>山去吧。用这把弓箭射雕像。先射左眼，再射右眼，再射心。"

---

[1] In Daoism this is called 为无为 (wéi wú wéi), "doing without doing." It is one of the key principles of Daoist living.

[2] 梵语　　　　fàn yǔ – Sanskrit

姜子牙回到岐山，射了雕像的左眼。商营地中，赵公明痛苦地叫了一声，闭上了左眼。姜子牙射了右眼，赵公明又喊了一声。然后姜子牙射向心，赵公明死了。

姜子牙回到了周营地。当他到的时候，燃灯道人告诉他，"还剩下一个陷阱。它是红沙陷阱，最强大、最邪恶的陷阱。我们需要有人得到上天的祝愿来打破这个陷阱。"

"我们应该让谁去？"姜子牙问道。

"一定是我们的王，姬发，其他人都会失败。"

姜子牙让人去找姬发谈话，请他来营地。不久之后，姬发来了。"大师，"他对姜子牙说，"你要我做什么？"

"殿下，我们已经破掉了十个陷阱中的九个。只剩下红沙陷阱。只有你可以打破它。你会帮助我们吗？"

"你们都在这里，是因为你们对人们的爱。我怎么能拒绝你呢？"

燃灯道人说，"殿下，请脱下你的长衣。"姬发脱了长衣。燃灯道人用手指在国王的胸口和背上写了一些魔字。国王重新穿上长衣，燃灯道人在国王的王冠上写了更多的魔字。然后，他告诉哪吒和雷震子在国王进入陷阱时保护他。

三人向商营地走去。一位道士仙人骑着鹿出来见他们。他有一张像冰一样冷的脸，留着长长的红胡子，带着两把剑。"谁要和我战斗？"他喊道。然后他开始攻击。

哪吒上前挡住了他的剑。神仙转身，跑进了他的陷阱。哪吒、雷震子和姬发跟在他身后。神仙抓起一把红沙，向他们扔了过去。沙子打在姬发身上，把他和他的马都送进了一个深坑里。沙子也打在哪吒和雷震子身上，两人都掉进了坑里。

在周营地，他们看到陷阱出现黑烟。"别担心，"燃灯道人说。"一百天后，他们都将被放出来。"

姜子牙答道，"可是姬发是个普通人。他怎么能在那个陷阱里活一百天呢？"

"相信上天，别担心。"

在商营地中，闻太师因为赵公明的死而极不开心。每天，他都会走进陷阱，往姬发身上一把把地扔红沙。红沙应该会造成极大的痛苦。但因为姬发身上有魔字，他并没有受到沙子的伤害。

就在这个时候，申公豹去三仙岛看赵公明的妹妹。申公豹是姜子牙的老朋友，元始的徒弟，却是站在商王这一边。

申公豹告诉她们，她们的哥哥被姜子牙的箭射死了。妹妹们都哭了。申公豹对她们说，"你们哥哥让我告诉你们，他很对不起没有听你们的话。"

大妹妹云霄回答说，"我们不能离开这个岛。如果我们这样做了，上天说我们就会死，我们的灵魂会飞到封神台。但我们的哥哥不听，这就是他为什么会死。"

琼霄却说，"姐姐，你说什么？你没有心吗？我们必须去看看他的尸体，即使这表示着我们会死。不管怎么样，我们都流着相同的血。"

说完，琼霄和碧霄就向西岐飞去。云霄对自己说，"我一定要跟她们一起去，保证她们不会有麻烦。"她骑上凤凰，追着她们飞去了。

她们听到一个声音在喊，"等我！"转过身，她们看到了菡芝仙。"我和你们一起去西岐，"她说。

过了一会儿，她们听到另一个声音在喊，"妹妹们，等我！"她们转过身，看到了另一个叫彩云仙子的女人。她说，"申公豹说我应该跟你们一起去西岐。很高兴认识大家！我们一起去吧。"

不一会儿，五个女人来到了商营地。她们让守卫告诉闻太师，她们已经到了。太师出来见她们。他们都坐了下来。

云霄告诉他，"我哥哥离开他在三仙岛的家来帮助你。现在他已经死了，被姜子牙的箭射死了。我们来这里是为了得到他的尸体，并将它带回家。你能告诉我们它在哪里吗？"

闻太师回答说，"赵公明死前对我说，'对不起，我没有听妹妹们的话。我造成了自己的死亡。'然后他让我把金蛟剪和他的长衣给你们。它们都在这里。"他把剪刀和长衣都给了她。然后他开始哭了，五个女人也跟着哭了。

"让我们看看他的尸体，"云霄说。她们跟着闻太师来到了营地的后面。看到他身上的血，她们控制不住自己的愤怒。碧霄说，"姐姐，我们抓住杀哥哥的人，也射他三箭！"

云霄说，"是的，别忘了陆压。我们也会杀了他。到那时我们就报了仇。"

第二天，五个女人和闻太师向周营地走去。云霄喊道，"陆压，出来见我！"

陆压拿起剑，跑出营地去见她。他的袖子在风中飘起。他向女人们鞠躬。云霄说，"那么，你就是陆压？"

"是的，我就是。"

"你为什么要杀我哥哥赵公明？"

"如果你愿意听我说，我会告诉你一切。"

"我愿意听。"

"通向智慧的路只有跟随道。我学习道、跟随道多年，在天皇那时成为仙人。但是你哥哥犯了一个可怕的错误。他站在一个残忍的暴君那边。他将自己的魔法力量用在邪恶上，而不是做好事。他违反了上天的意愿，这就是为什么上天让我来杀他。我的朋友们，难道你们看不出这个地方不适合你们吗？在这里，你们只会发现像山的武器和像海的火。如果你们留在这里，我担心你们都会死。"

云霄低头看着地面，不说一句话。琼霄却喊道，"你这个畜生！你怎么敢对我们说谎。你杀了我的哥哥。现在我要报仇！"说着，她拿起剑，冲向了陆压。

陆压打了回去，他们打了好几个来回。然后碧霄将一件魔武器扔向空中。这是混元金斗，一种非常强大的武器。它抓住了陆压，把他扔到了地上。碧霄跳到他身上，把他绑起来，在他的身上写下魔字，把他挂在旗杆上。

她对其他人说，"陆压用弓箭杀了我哥哥。现在我们要用一样的方法杀了他。"带着弓箭的五百人来了。箭像雨点一样掉在陆压身上，但当它们靠近时，却化成了灰，掉在了地上。

"对不起，妇人，我现在必须走了，"陆压说。然后他变成了彩虹，消失了。

云霄非常生气。第二天，她和另外四个女人一起出去，喊着让姜子牙出来见她。姜子牙出来了，他的徒弟在他的左右两边。他向她鞠躬，说，"我的道教朋友们，你们好！"

"姜子牙！"她喊道。"是的，我们是道士。我们不关心这个世界上的事情。我们来这里只是因为你的魔箭杀死了我们的哥哥。现在你必须为你做的事付出代价。"

"不，你错了。你哥哥违反他主人的意愿来到这里，找了麻烦。他给他自己带来了灾难。"

"你怎么敢说这些谎话！"琼霄喊道。她用剑攻击他。姜子牙打了回去。黄天化和杨戬也加入了战斗。碧霄、云霄和彩云仙子都冲上前去和他们战斗。

第 50 章
黄河陷阱

黄河的邪恶跟着三界；

在这场灾难中，即使是神仙也会受苦

这条河弯了九十九回，藏着它的本性[1]；

它的三十三个海岸藏着风和雷声

研究道的人随便地谈着天国的花园；

谁能说自己了解灵魂和圣子？

在这种情况下，你必须完全换骨；

然后你就会发现，黑魔法并不能带来美好的生活

☵

真是一场战斗！那是从彩云仙子向黄天化扔了一颗魔珍珠开始。珍珠打中了他的眼睛，将他从麒麟上打倒在地。金吒冲上前去，抱起他，把他带走了。

姜子牙将魔杖扔向空中。它打中了云霄，将她从凤凰上打了下来。然后杨戬就让他的天狗去攻击琼霄。狗咬了她的肩膀，撕破了她的长衣。

菡芝仙向周战士发出了强大的黑风。它使天空变暗，使山摇动。彩云仙子又扔出一颗魔珍珠，打中了姜子牙的眼睛。

杨戬打退了琼霄，将姜子牙带回了营地。燃灯道人将丹药给姜子牙和黄天化，将他们两人治疗好了。

战斗结束了。但云霄很生气。姜子牙的魔杖打伤了她，她的妹妹碧霄也被天狗咬伤了。

她对闻太师说，"给六百个你最强的士兵。我会造出最强大的陷

---

[1] 本性　　　běnxìng – nature, inherent quality

阱。”然后她去了营地的后面。她拿起一支粉笔[1]，画了一座大楼。它有许多门和窗，还有线指向哪里进、哪里退。士兵们开始建造陷阱。

半个月后，陷阱已经建好了。闻太师看了看，对她说，“请解释一下这个陷阱是怎么工作的。”

“它用天、地和人的力量。它有神仙的所有秘密。如果一个神仙进入，他们就会成为普通人。如果一个普通人进入，他们就会死。陷阱拿走他们的魂魄、他们的灵魂、他们的精神和他们的生命。没有人能逃离，就连三大宗教的首领也逃不掉。”

闻太师很喜欢他看到的。他骑着黑麒麟带着五个女人走出营地，喊着姜子牙来见他。姜子牙出来的时候，云霄说，“姜子牙！你和我都有强大的力量。我们都可以移山移海。但现在我有一个比你见过的任何东西都更强大的陷阱。试着打破它。如果你打破了它，我们就离开西岐，不再打扰你了。但如果你不能打破它，你们都会死。”

杨戬回答她，说，“妇人，我们会很高兴看到你的新陷阱。但是，当我们进去看它时，请不要想着骗我们。”

“当然，”云霄回答。“只要你不用你的狗攻击我们，我们就不会对你做任何事情。现在就去看看吧。”

杨戬、姜子牙和其他人走进了陷阱。他们看到一个小牌子，上面写着“九曲黄河陷阱。”他们看到几百名士兵举着五色旗帜。有冷风和黑雾。过了一会儿，他们转身走出了陷阱。

当他们在陷阱外面时，碧霄喊道，“什么？你又要用你的天狗攻击我们吗？”很快，云霄将她的混元金斗扔向空中。它抓住了杨戬，把他扔进了陷阱。

金吒愤怒地喊了一声，用剑攻击琼霄。云霄只是对他笑了笑，将混元

---

[1] 粉笔　　　　fěnbǐ – chalk

金斗扔到了空中。混元金斗把金吒扔进了陷阱。

木吒是下一个。他喊道，"你怎么敢带走我哥哥！"他把叫吴钩剑的武器扔向她。

云霄只是说，"这些都不是魔法！"然后她用混元金斗把木吒扔进了陷阱，和他哥哥在一起。

接下来，她就用剑攻击姜子牙。然后她把混元金斗扔到了空中。但姜子牙已经为她做好了准备。他挥着一面魔黄旗。金花从旗帜中出来，挡住了混元金斗的去路。混元金斗在天空中转动着，却掉不下来。

姜子牙没有受到混元金斗的伤害。他回到了周营地。但是现在有三个人在红沙陷阱里，还有三个人在黄河陷阱里。在商营地，闻太师命令开宴。

第二天，五个女人出去叫燃灯道人出来。当他出来时，云霄对他说，"燃灯道人！你侮辱了我们。这就是我造黄河陷阱的原因。看看你能不能打破它。你应该让一个有强大力量的人来。"

燃灯道人回答说，"道士朋友，不要这样做。当封神榜被造出来时，你就在那里。你怎么能不明白这里发生了什么？赵公明最后是不会成为神仙，所以他的命运就是死。"

云霄没有回答。她把混元金斗扔向空中。赤精子跑上前与她战斗。混元金斗抓住了赤精子，把他扔进了陷阱里。他马上就变得像个喝醉酒的人。千年学的道化为尘土。

广成子看到了这。他对云霄说，"你怎么能这样用你的道教力量做恶？"他开始与云霄战斗。但是在他们战斗的时候，琼霄拿起了混元金斗，把它扔到了空中。它抓住了广成子，并将他扔进了陷阱，和那里的其他人在一起。

很快，三姐妹用她们的混元金斗，又从周那里抓到了九位神仙，他们中包括太乙真人、慈航道人和清虚道德真君。短短几分钟，十二位神仙都失去了千年学道而得到的智慧。

只剩下了两个神仙，燃灯道人和姜子牙。三姐妹想要用混元金斗抓住燃灯道人，但他很快就变成了一阵风，消失了。她们回到商营地，闻太师又命令了一顿大宴。

在周营地中，燃灯道人对姜子牙说，"我们的兄弟不会被杀，只是他们的智慧都没了。我们没有办法与这些女人战斗。我必须去昆仑山请求帮助。"

他飞到昆仑山与他的师父元始见面。可是当他到了那里，一个徒弟告诉他，元始已经准备去西岐了。徒弟说，"回去准备一个地方欢迎他。"

燃灯道人回到了周营地。他和姜子牙都洗了澡，烧了香，等着他们的师父。很快，元始来了。他坐着他的九龙马车。燃灯道人和姜子牙向他磕头。

元始走进为他准备的房间。姜子牙又磕头，说，"你的徒弟中有很多都在黄河陷阱里。请把他们从这可怕的命运中救出来。"

元始回答说，"这是他们的命运，没有人能改变。不要再说了。"他们三个静静地坐了很久。半夜的时候，天空中出现了一朵明亮美丽的云。营地上空有千万个点亮的灯。

第二天，元始说，"现在我在这里，我想看看陷阱。"他坐着他的九龙马车。燃灯道人在前面带路，姜子牙跟在后面。到了商营地，一个徒弟喊道，"云霄！出来见元始。"

云霄出来了，两个妹妹在她左右。她们向元始鞠躬，说，"叔叔！请原谅我们不懂礼貌。"

"受苦是我徒弟的命运。但是，即使我也不会违反上天的意愿。你们为什么不按照上天的意愿？"

然后，不等她回答，元始坐着九龙马车进入了黄河陷阱。他的马车在离地面两尺的美丽的云朵上。他看了周围，看到他的十二个徒弟躺在地上。他们的眼睛闭着。"啊，"他对自己说，"他们没有办法放下自己的欲望。现在他们已经失去了一切。"

就在他转身离开的时候，彩云仙子向他扔了一颗魔珍珠。但在珍珠来到他之前就化为尘土。云霄看到这。她的脸变得很白，但她什么也没说。

元始回到周营地的时候，燃灯道人问他十二神仙怎么样了。他回答说，"他们失去了神花，他们的神门关闭了。他们现在只是普通人。"

"你能救他们吗？"

"我必须和我哥哥商量一下。"然后他笑着抬头看向天空。"啊，他来了。"

他们都到外面去见老子。当大师从天上下来的时候，元始对他说，"我知道在新的周朝八百年中你会帮助我。"

"所以我来了，"老子笑着回答。然后他问，"你看过陷阱了吗？"

"是的。它就像我们想的那样。我一直在等你。"

"你应该毁了它。不用等我。"然后他们两个静静地坐了一天一夜。

第二天，老子对他的弟弟说，"我们去打破陷阱吧。我们不应该在这个世界的红尘中停留太久[1]。"元始同意了。

元始坐着他的马车，老子骑着他的蓝牛。一团红雾出现，空气中都是烧香的味道。他们一起去了黄河陷阱。

老子喊道，"你们三姐妹出来见我们！"

---

[1]"红尘 (hóng chén), literally "red dust," refers to the bustle and activity of human affairs. It comes from a poem "Ode to the Western Capital" by Ban Gu, a writer and historian of the Eastern Han Dynasty. It refers to the flying dust raised by horses and carriages on busy roads.

三姐妹从陷阱中走出来。但她们没有鞠躬，也没有向她们的客人问好。

"你们怎么敢这样！"老子说。"就连你们的师父见我们都会鞠躬。"

碧霄回答说，"我们有我们自己的师父。既然你不尊重我们，我们也不会尊重你。"

老子说，"嗯，你真是个勇敢的小野兽，不是吗？"然后，三姐妹转身走进了陷阱。老子和元始紧跟在她们后面。

陷阱里面会发生什么？而三姐妹和被困在里面的神仙会变成什么样子？如果你想知道，你必须阅读下一本书。

第 51 章
闻太师的失败

≡≡≡

黄河陷阱内，老子看了四周。他看见了他的许多徒弟。有些人躺在地上睡着了。还有的人像喝醉了一样走来走去。有几个人死了。
"啊，"他对自己说，"一千年的学习，都没了。"

琼霄看到他走来走去。她马上把金龙剪刀扔向空中。老子看到剪刀升到空中，又开始掉下来。他伸出一只袖子。剪刀掉进袖子里消失了。

接下来，碧霄将混元金斗扔向空中。但老子让他的精灵抓住混元金斗，把它带回他在天上的家。

"别再偷我们的武器了！"三姐妹喊道。他们用剑攻击老子和元始。但两位道主并不想降低自己去打那样的战斗。老子让他的精灵去抓云霄，把她困在山下。元始让他的徒弟把杖扔到空中，它掉下来，砸碎了琼霄的头。然后元始打开了一个小盒子。碧霄掉进了盒子里，变成了一池血。不到一分钟，三姐妹都死了。他们的灵魂飞向了封神台。

老子用手指向地面。一声响雷传来，马上所有的徒弟都从邪恶的魔法中被放出来。他们都向老子和元始磕头。

元始对他们说，"太可惜了，你们学了一千年的智慧都丢掉了。但这是你们的命运，命运是很难躲开的。现在你们必须在将要到来的战斗中帮助姜子牙。用我们从三姐妹那里拿来的所有武器。现在我们必须离开你们，回家。"老子和元始飞走了。

彩云仙子和菡芝仙还活着。他们回到闻太师那里，告诉他三姐妹死亡的消息。

还剩下一个陷阱，红沙陷阱。第二天，南极仙人走出了周营地。他喊道，"我是来破红沙陷阱的！"

最后一位造陷阱的仙人出来了，他姓张。他说，"兄弟，你是个好人，但你还不够强大，没有办法打破这个陷阱。你进去就会死！"

张转身跑进了红沙陷阱。南极仙人跟在他的身后。张在陷阱里拿起一些红沙扔了出去。但南极仙人只是挥动着他的扇子，将沙子吹走了。他喊道，"张，你今天逃不掉了！"然后他挥剑砍下了张的头。张的灵魂飞向了封神台。

陷阱已经不再有力量了。南极仙人看了陷阱的四周。他看到了哪吒、雷震子和武王[1]。他放出一道雷电。哪吒和雷震子跳了起来。但武王却躺在地上。他死了。

当姜子牙听说武王死了，他哭了。但南极仙人告诉他，"别担心，受苦一百天是他的命运。现在我要让他活过来。"他从长衣里拿出一些丹药，放在水里，然后倒进武王的嘴里。

两个小时后，武王张开了眼睛。他对姜子牙和其他人说，"再次见到你们，我真的是太高兴了！"

现在所有的神仙都集合在一起。燃灯对他们说，"我们已经打破了所有十个陷阱。我们的工作就要完成。广成子，你必须阻止闻太师进入佳梦关。赤精子，你必须阻止他进入其他五个关口。慈航道人，你留

---

[1] This is Ji Fa, which is the name used for him in previous books. But he took the name King Wu when he was named king of West Qi.

在这里。你们其他人可以走了。"

等神仙走后，姜子牙把将军们集合起来。他告诉他们，第二天将有一场大战斗。将军们去让他们的士兵做好准备。

在商营地里，闻太师正在与彩云仙子和菡芝仙说话。他知道战斗马上就要到来。他正在等更多的士兵从朝歌赶来。就在这时，他听到了雷一样的大炮声和许多人的喊叫声。一个送信人跑了进来，告诉他姜子牙在外面，想和他谈谈。他骑上他的黑麒麟，出去见他。

姜子牙说，"闻太师！你已经在这里三年了，但你仍然没有赢。你还有什么陷阱要给我们吗？"然后他让他的士兵把那个被抓住的造地怒陷阱的神仙带来。那人被带来后，姜子牙拿出一把剑，砍下了他的头。

这对闻太师来说真的是太难过了。他大喊一声，冲上前去，想要杀死姜子牙。黄天化挡住了他。菡芝仙和彩云仙子两个仙女都冲上前去，却被杨戬和哪吒挡住了。所有其他的神仙、将军和士兵都冲上前去，一场大战斗开始了。双方战斗得像狮子和老虎一样。

几位神仙开始用魔法。菡芝仙发出一股邪恶的黑风，但慈航道人却用一颗魔珍珠挡住了风。姜子牙将魔杖扔向空中。它掉在菡芝仙的头上，杀死了她。彩云仙子听到声音。她转头看去，被哪吒刺死了。两个灵魂飞向了封神台。

闻太师看见两位仙女的死亡。他失去了信心，转身跑回商营地。他的将军和士兵紧跟在他的后面。

姜子牙让他的军队准备好在那天晚上继续攻击。他让黄天化、哪吒、雷震子三人从三个不同的方向攻击。他让杨戬把商营地的谷物全部烧掉。他让黄飞虎带五千士兵向左边攻击，南宫适带五千士兵向右边攻击。然后他告诉几位将军，他们应该带三千名士兵到商营地的大门，大声喊，"如果你们继续支持暴君，你们就会死。如果你们想活下去，就加入我们吧。"

闻太师用第三只眼看到了一场大攻击就要到来。他告诉他的将军们守卫营地的右边、左边和后方。他自己去大门守卫。

夜晚到来，姜子牙让他的军队偷偷地移动到他们的地方。然后，随着一声炮响，他们都同时向商营地发起了攻击。到处都是战斗。神仙、将军和士兵都为自己的生命而战斗。在大门那里，闻太师想要阻止周士兵。姜子牙看见了他，将魔杖扔向空中。闻太师移动的速度不够快，杖击中了他的左肩，他伤得很重。

商军队挡不住周军队。周军队冲上前去，包围了商营地。粮仓被烧毁，黑烟升上空中。

周士兵喊道，"你们为什么要为暴君放弃生命？加入我们，幸福地生活！"一半的商士兵放下武器，来到周这边。其他大部分人转身离开营地回了家。闻太师的军队之前有三十万人，现在只剩下十分之一了。

"我们现在该去哪里？"一位将军问闻太师。

闻太师看了四周。他看到一条通往营地的路。"这条路通向哪里？"他问。

"佳梦关。"

"那我们就去那里吧。"

闻太师和他的军队沿[1]着通往佳梦关的道路慢慢前进。过了一会儿，他们来到了一座小山上。山上有一面黄色的旗帜。旗帜下站着一个道士。这是广成子大师。

"广成子大师，你在这里做什么？"闻太师问道。

"我在等你。难道你不知道你做的事违反了上天的意愿吗？你帮助了暴君，伤害了许多好人。我不能让你进入佳梦关。请转身离开。"

---

[1] 沿(着)　　yán (zhe) – along

"你怎么敢这样跟我说话！"闻太师喊道。他骑着他的麒麟冲上前去，攻击广成子。他们剑对剑战斗了一会儿。然后广成子向空中扔了一些东西。闻太师知道这是一颗魔印章[1]，他没有办法与它战斗。他让麒麟换了方向，向西逃去。

"你为什么转身走了？"一个将军问道。

"我们没有办法打败这魔印章。我们试试过五关，然后回到朝歌。"

他们走了好几天，直到他们看到五个山口中的第一个。但就在山口前，他们又看到了一面黄旗帜。在那旗帜下站着赤精子大师。

"闻太师，"赤精子大师说，"你不能通过这些关口。燃灯命令我来阻止你。请转身回去。"

闻太师气得鼻子发出黑烟，火从他的嘴巴和耳朵里出来。他喊道，"赤精子！你我都是道士，你怎么能对我说这种话？我不会转身的！"

他骑着麒麟向前冲去，攻击了赤精子。但赤精子拿出他的魔镜子，准备用它来打败他的敌人。

---

[1] 印章　　　yìnzhāng – a Chinese seal stamp used to mark a document or object to show who owns it or created it. It's used by pressing the carved lower surface into red or black ink, and then stamping it. This weapon used by Master Grand Completion (广成子) is a "magic overturning seal."

第 52 章
闻太师之死

☰☰☰

闻太师知道，如果魔镜子发出红色的光，他就会死。于是他马上骑着他的黑麒麟走了。他决定带着军队前往青龙关。但走了半天后，他们遇到了另一支军队。他们听到了炮声，看到了红旗飘在空中。然后哪吒骑着他的风火轮过来。

"闻太师，"他喊道，"你不能这样回家。这里就是你死亡的地方！"

闻太师和他的四名将军包围了哪吒，攻击他。哪吒杀死了其中两人。其他人和他们的士兵一起退后，但哪吒挡住了他们的路，喊道，"放下武器，救你们自己吧。"

"我们要跟着你们的国王！"大多数士兵喊道，并放下了他们的武器。哪吒带着自己的军队和两万商士兵回到了西岐。

闻太师坐在帐篷里，想着自己的失败。"我从来没有被这样打败

---

[1] Dùyǔ (杜宇) was an emperor in ancient China. According to folklore he turned into a cuckoo after he died, and cried out to his people in sadness.

过，"他说。

"别担心，"他的一位将军说。"胜利和失败在士兵的生活中都很常见。我们回朝歌，计划下一次攻击吧。"

但第二天，情况变得更不好了。当他们走在路上时，另一支军队站在他们面前。走在军队前的是黄天化。他大声说，"受姜子牙丞相的命令，我是来阻止你的。你已经失去了许多你的人。你没有什么可以做的了。请投降[1]吧。"

闻太师听到这话，很生气。他带着两个将军，向黄天化发起了攻击。在战斗中，两位将军都被杀了。闻太师带军队离开。他见周军队没有追他们，就慢慢行走，一直走到山脚下，找到休息的地方。他们吃了晚饭，躺下休息一晚。

但到了半夜，他们被炮声弄醒[2]了。抬头一看，闻看到武王和姜子牙坐在山顶上，喝酒，谈笑。闻太师骑上麒麟，冲上山要与他们战斗。但当他到那里时，雷声响起，两个人消失了。他看了四周，但即使有第三只眼，他也看不见任何人。

然后他又听到了炮声。往下看，他看到一支大军队包围着这座山。他冲下去与他们战斗，但他们又消失了。第三次听到炮声，他再次抬头，看到武王和姜子牙在山顶上笑他。

他再次冲上山与他们战斗。这一次，雷震子飞向他，挥动着他的人棒。闻太师让开了，但棒击中了他的麒麟，将这动物切成两半。然后雷震子飞走了，只剩下闻太师自己一个人和死去的麒麟。

他脸向天，说，"上天放弃了商朝。我一直很忠诚，但我没有办法改变事情。"然后他集合了还和他在一起的一些士兵，开始向朝歌走去。他们没有吃的，大家又累又饿。

---

[1] 投降　　　tóuxiáng – to surrender
[2] 弄醒　　　nòng xǐng – wake up

不久，他们来到了一个小村庄[1]。闻太师让他的士兵去要吃的东西。一位村民[2]邀请闻太师到他家去。他为将军带来了吃的和茶。闻太师吃完饭后，他又邀请其他士兵进去吃点东西。闻太师问了他的名字，并告诉他，他会把他的仁慈告诉国王。

感觉好些了，闻太师和他的人离开了村庄。他们开始向朝歌走去，但很快就失去了方向。他们听到附近有砍木头的声音。看到了一个砍木头的人，闻太师问他怎么去朝歌。砍木头的人回答说，"向西南走十五里左右。在那里，你会找到通往朝歌的路。"

他们不知道，砍木头的人其实是杨戬，他改变了他的样子，这将让闻太师和他的士兵走错的路。

他们走了二十多里。发现自己在一个很危险的地方。他们的周围都是高山、陡峭[3]的悬崖[4]和飞流的河水。他们觉得他们看到了草中的恶精灵，野兽在洞中看着他们。

闻太师听到声音。他抬起头，看到一个道士站在附近。他发现那是云中子，问他，"哥哥，你在这里做什么？"

"我是受燃灯的命令来到这里的，"神仙回答道。"这里是绝龙岭。你会死在这里。"

闻太师记得，多年前，他的老师告诉过他，"如果你看到'灭'这个字，就会有灾难。"他很担心，但是他的脸上是勇敢的样子。他回答说，"你以为我是一个小孩子吗？你和我都知道怎么用五行[5]来行走。你能对我做什么？"

云中子没有回答，一道闪电从他的手中射入地面。八根火柱子从地上出现，将闻太师包围起来。每根柱子宽十尺，高三十尺。

---

[1] 村庄　　　　cūnzhuāng – village
[2] 村民　　　　cūnmín – villager
[3] 陡峭　　　　dǒuqiào – steep
[4] 悬崖　　　　xuányá – cliff
[5] 五行　　　　wǔxíng – five elements

闻太师笑了笑，说道，"你觉得这小孩子的魔法能阻止我吗？"他用手做了一个魔法，保护他不受到火的伤害。

云中子又从他的手中发出一道闪电。每根火柱子上都跳出四十九条火龙。但闻太师说，"你的魔法很普通。我要走了。"

他直接跳到了空中。但是当他来到柱子顶的时候，他砸在了一个倒放在柱子顶的紫金大碗上。他的帽子从头上掉了下来，他倒在了地上。云中子从手中发出更多的闪电，让火变得越来越热。很快，闻太师就变成了地上的灰。

即使这样，他还没有完全死去。他的灵魂飞到了朝歌，飞到了国王的宫殿。宫殿里，国王正在和妲己喝酒。突然，国王变得非常困。他在桌子上睡着了。在梦中，他看到闻太师站在他面前。

闻太师说，"陛下，按照你的命令，我带军队前往西岐。但我被打败了，丢了生命。请对你的臣民仁慈，听你忠诚大臣的话，远离酒和邪恶的女人。服从上天的意愿。现在我必须走了，因为如果我再不走，我就很难到封神台。"然后他的灵魂飞到了封神台。他的灵魂受到了柏鉴的欢迎，柏鉴是受姜子牙命令建造封神台的人。

国王醒来，想起了自己的梦，就把梦告诉了妲己。但妲己只是说，"陛下，梦是从心里来的。你只是担心西岐的战斗。我相信闻太师做得很好，没有输掉任何战斗。"

国王回答说，"我的王后，你说得对！"他就把这个梦忘了。

西岐战斗到这时就结束了。但战争还没有结束。申公豹听说闻太师死了。他决定去找能够帮助打败西岐的神仙和魔法师。

有一天，他看到一个年轻人在山边玩。这个年轻人个子矮小，大约有四尺高，土色的脸。申公豹对年轻人说，"你是谁，从哪里来？"

年轻人回答说，"我是土行孙。"

"你学道多久了？"

"大约有一百年了。"

<u>申公豹</u>向他笑了笑，说，"你不可能成为神仙，但有可能在人间变得有钱有权。"

"我怎样才能做到这一点？"

"离开这座山，去<u>三山关</u>。我会给你一封信。把它拿去交给关口的指挥官。他会给你一份那里的工作。"

"谢谢你！"年轻人说。

"告诉我，你会魔法吗？"

"我每天可以在地下走一千里。"

"让我看看！"

<u>土行孙</u>转动身体，消失在地下。然后他从不远的地面上爬了出来。

"太好了！"<u>申公豹</u>说。"去，从你师父那里偷一些魔绳子和五瓶丹药。然后就去<u>三山关</u>吧。"<u>土行孙</u>按照他说的做了。

第 53 章
邓九公攻打西岐

渭河水日夜流
西岐的战争什么时候才能结束？
老虎和豹子已经离开了它们的洞
貔貅[1]住在敌人塔楼的塔顶

好心人为死去人的骨头流泪
当跟随他的人在写关于酒的可笑的诗时
上天的意愿谁知道？
战争的武器被用了一次又一次

☰☰☰

闻太师的军队现在只有几百人。他们逃到了汜水关。当他们来到山口时，他们告诉指挥官，他们的首领已经死了。指挥官让送信人到朝歌去告诉国王。

国王听到这个消息，就对大臣们说，"真奇怪！就在几天前，我做了一个梦。梦中，闻太师告诉我，他死在了绝龙岭上！现在听到他死了。我该怎么做？"

一位大臣说，"陛下，三山关的指挥官是一个名叫邓九公的人。他是一位伟大的战士。要想打败西岐，只有他能做到。"国王同意了。他命令将白杖和黄斧头交给邓九公[2]。

送信人把杖和斧头带给了邓九公。邓九公任命了一位新的关口指挥官，然后去和他的将军见面，计划攻打西岐。他的女儿邓婵玉是一位

---

[1] 貔貅　　píxiū – a Chinese mythical creature, similar to a winged lion. They are protectors of the dead. According to legend, the pixiu defecated on the floor of heaven. The Jade Emperor was angry and spanked the creature so hard that its anus was permanently sealed. The Emperor then declared that from then on, the Pixiu could only eat gold, silver, and jewels.

[2] In ancient China, the scepter was a symbol of the king's authority, and the axe symbolized the king's military might and ability to implement justice.

技术非常好的战士。她参加了将军们的会议。

第二天，一个非常矮小的年轻人来到了山口的门前。那是<u>土行孙</u>。他要见<u>邓九公</u>。当他被带进去见<u>邓九公</u>时，年轻人把<u>申公豹</u>的信交给了他。

<u>邓九公</u>不知道该对这个年轻人做什么。他看起来不像一个战士或首领。他想了想，然后说道，"<u>土行孙</u>，我看<u>申公豹</u>要我给你一份工作。好吧。你将是为我们军队提供吃的官员。"

不久后，军队向<u>西岐</u>出发。他们用了大约一个月的时间才到了敌人的城市。当他们来到时，他们在城门外建了营地。

<u>姜子牙</u>看到军队在建营地。一个送信人告诉他，是<u>邓九公</u>在带着那支军队。

"你们对这个<u>邓九公</u>了解多少？"他问他的将军们。

<u>黄飞虎</u>回答说，"他是一位优秀的将军。"

<u>姜子牙</u>笑了笑，说，"打败大将军比打败大魔法师容易。"

<u>南宫适</u>说，"我去见他们。"他骑马出去见<u>商</u>将军。一位将军在等他。他留着长长的黄胡子，长着一张像螃蟹[1]一样的脸。

"你是谁？"<u>南宫适</u>喊道。

"我是<u>太鸾</u>将军。现在下马投降。如果你不这样做，事情对你来说会非常不好。"

<u>南宫适</u>只是笑了笑，说，"<u>太鸾</u>，难道你不知道<u>闻太师</u>，<u>魔家四兄弟</u>，还有其他<u>商</u>将军的结果吗？一些人失去了心，另一些人化为灰和土。你就像一只小虫，飞来飞去，却没有力量。在你还能回家的时候，回家吧。"

---

[1] 螃蟹　　　　pángxiè – crab

这让太鸾非常生气。他骑着咖啡色的马冲上前去，用剑砍向南宫适。南宫适打了回去。他们战斗了几个来回。太鸾很强。他一刀砍向南宫适，砍断了他肩膀上的盔甲。南宫适吓坏了，于是转身骑马回城。

"别担心，"姜子牙告诉他。"胜利和失败在战争中很常见。将军必须知道怎么了解情况，这样他才能决定下一步该怎么做。"

第二天，邓九公带着全军出了营地。他们站成五个方队，面向[1]西岐城。他喊着让姜子牙出来。

姜子牙已经做好了准备。他开了三炮。左边的军队出现在两面绿旗和一位穿绿盔甲的将军后面。又是一声炮响，右边的军队出现在两面白色旗帜和一位穿白盔甲的将军后面。然后第三队出现在两面黑色旗帜和一位穿黑盔甲的将军后面。然后第四队出现在两面橘[2]色旗帜和一位穿橘色盔甲的将军后面。

最后，两排将军出来了。他们都戴着金色头盔，在红色的长衣外穿着金色的盔甲。姜子牙骑着他的大马在中间，他的白色长发随风飘起。

邓九公看着这一切。他说，"姜子牙打败了这么多将军，这并不奇怪。他是一位强大的首领。"他骑着马向前走，喊道，"姜子牙，你好！"

姜子牙在穿着盔甲的情况下用力地鞠躬，回答说，"邓指挥官，我很高兴见到你。"

"姜子牙，你们的武王是邪恶的。但你是一个聪明的道士。你怎么能这么笨地帮助他呢？你与我们的国王战斗，你违反了国家的法律。你将输掉这场战争，失去你的生命，你城市的许多人将无代价地死去。从马上下来，现在就投降吧。"

"邓将军！你说话时像个傻瓜。几乎整个国家都支持武王。你只有二十万士兵，也许还有十个将军。你就像一只羊在打老虎，或者一只鸡

---

[1] 面向　　　　　miànxiàng – to face
[2] 橘　　　　　　jú – orange (color)

蛋打在石头上。你会输的。转身回朝歌去，告诉你的国王，西岐不想和他战斗。让双方和平生活。如果不这样做，你就会有像闻太师一样的命运。"

邓九公转身对将军们说，"这人只是一个在朝歌卖面粉和算命的人。他怎么敢这样对我说话！"他冲上前去，手里拿着剑。但黄飞虎却冲上前去，挡住了他的攻击。两人打过来打过去。然后双方的其他将军冲上去加入战斗。很快，十几位将军在西岐城的城墙下手对手、剑对剑地战斗。

几个来回后，周军队向前冲去。邓九公见他们打不赢。他转身骑马回到营地，紧跟在后面的是他的将军和士兵。姜子牙和他的人骑马回到了西岐城。

回到商营地，邓婵玉看到父亲受了重伤。她说，"爸爸，照顾好自己。我会去那里为你报仇。"

"小心点，我的孩子！"邓九公说。

邓婵玉骑着马走到城墙，大喊着要人过来和她战斗。姜子牙听到这话。他很担心。他对他的将军们说，"在战争中，有三件事是可怕的，道士、佛教徒[1]和女人。许多人都是强大的魔法师。我们必须非常非常地小心。"

哪吒回答说，"师父，徒弟想要去见她。"姜子牙同意让他去。

他骑着他的风火轮出去了。他看到一个美丽的年轻女人骑马向他走来，她的剑在空中举起，黑色的长发在风中飘起。她对他喊道，"你是谁？"

"我是哪吒。而你只是一个年轻的女孩。你怎么敢和我战斗！你可能对战斗有一些了解，但你没有办法赢我。回到你的营地，找一个更强的人来和我战斗。"

---

[1] 佛教徒　　　fójiào tú – a Buddhist

她用剑攻击哪吒。哪吒也攻击她。几个来回后，她大喊，"你对我来说太强了！"然后转身骑马离开。

哪吒笑着跟了上去。他对自己说，"当然，她只是一个女孩。"

邓婵玉骑马离开，还被哪吒追赶着。当她看到他走近时，她收起了剑。她从长衣里抓起一块小石头，转身扔向哪吒。它击中了他的鼻子。哪吒满脸是血，转身骑马回城。

当他回来时，黄天化笑着说，"将军应该看每个方向，对任何事情都做好准备。你怎么会被一块小石头打败呢？"

邓婵玉回到父亲身边。她告诉他，她用石头打了哪吒，打败了他。听到这个消息，他很高兴。

第二天，邓婵玉又出去喊人和她战斗。哪吒对黄天化说，"我觉得你应该和她战斗。让我们看看应该怎么做！"

"小心点，"姜子牙对黄天化说。

黄天化骑上玉麒麟，出去见女孩。"你是谁？"邓婵玉喊道。

"我是黄天化，是王爷黄飞虎的大儿子。你就是昨天用石头砸我哥哥的那个笨女孩吗？我会让你为这付出代价的！"

他用两把锤子攻击她。她也用剑攻击，然后转身骑马离开，喊道，"你敢跟着我吗？"黄天化骑着麒麟跟在她身后。追了一会儿，女孩从长衣中又抓起一块石头，转身，扔向黄天化。它打在了他的脸上。他流了很多血，逃回了城里。

当他回到城里时，哪吒已经在等着他。他说，"我听说将军应该永远知道他周围发生什么。看起来你被一个年轻女人打败了。你的鼻子坏了。要知道，鼻子就像山根。如果你打断了它，你将有一百年的坏运气。"

这些话让黄天化很生气。他们两个开始互相大喊大叫。终于，姜子牙听到了喊叫声。他对他们说，"住口！你们俩在为我们的国王工作时都受伤了。没有必要互相战斗。"

第二天，邓婵玉又骑马出城，喊着要人来和她战斗。这一次龙须虎出来了。这个奇怪的动物有鱼的身体，但有一个像骆驼一样的头。他的手有很尖的爪子，一只脚看起来像老虎的脚。邓婵玉看见他，叫道，"你是什么动物？"

那动物回答说，"你这个笨女孩，我是龙须虎。我是姜丞相的徒弟。受我师父的命令，我是来和你战斗的。"

她还没来得及说什么，龙须虎就张开了爪子。一团团小石头从每一个爪子里发出来。它们像一千只愤怒的小鸟一样向她飞来。在石头向她飞来时，她转身骑着马走了。她向龙须虎扔了一块石头。动物的头躲开了，但小石头击中了他的颈。她又扔了一块石头，把那个动物打倒在地。她看到他掉了下来。她转过身来，骑着马向他走去，高举着剑，准备砍下他的头。

第 54 章
土行孙攻打西岐

打败西方的将军们有着很好的技术
他们可以打开土地而消失
他们可以像闪电一样极快攻击营地
并像雷声一样极快地给出命令

他们冲向丞相的宫殿，几乎死去
害怕失去媒人[1]的承诺[2]
聪明的统治者知道婚姻是上天的意愿
普通人的聪明计划化为灰

＝＝＝

就在邓婵玉准备砍下老虎的头时，她听到有人喊道，"等一下！"她转过身来，看到杨戬向她跑来。她转身与他战斗，但他是一个非常优秀的战士。她逃跑了，然后她又转身，向他扔了两块石头。石头一点都没有伤害到他。

然后杨戬让他的天狗去攻击她。狗跳起来，咬了她的颈。她痛得哭了起来，流着血，骑着马回到了商营地。

土行孙看到邓九公和邓婵玉都受了重伤。但他有他从师父那里偷来的魔丹药。他把一颗魔药放进葫芦里，加了一些水。然后他用一根羽毛[3]把药放在邓九公受伤的地方。他的痛和伤马上消失了。

然后他对邓婵玉做了相同的事情，把药放在她的颈上。她的伤也马上消失了。

那天晚上，邓九公为土行孙和所有将军举行宴会。土行孙问他，"先

---

[1] 媒人　　　　méirén – matchmaker
[2] 承诺　　　　chéngnuò – to promise
[3] 羽毛　　　　yǔmáo – feather

生，你和姜子牙打过多少次了？"

"我们和他打过几次，但我们从来没有打败过他。"

"你要是让我做指挥官，你早就打败西岐了。"

邓九公想了想。第二天，他任命土行孙为商军队指挥官。年轻人马上带着商军队向西岐城的城门走去。他喊道，"哪吒，出来和我战斗！"

哪吒听到年轻人在叫他。他骑着他的风火轮出去了。他看了四周，却没有看到任何大将军在等着他。最后，他低头看，看到一个小矮人站在那里。他说，"你是谁，小矮人，你为什么要发出这么大的声音？"

"我是土行孙，我是这支军队的指挥官。从马上下来，现在就向我投降。"

哪吒笑了笑，用剑向下砍去。土行孙用棒挡住了。哪吒很难与这个小矮人战斗，因为他太小了，动得太快了。他从风火轮上下来，这样他就可以更好地看到这个小矮人。但是土行孙扔出了他的魔绳子，这是他从师父那里偷来的。哪吒马上被绑了起来。他躺在地上，没有动。土行孙将犯人哪吒带回商营地。

邓九公问道，"你是怎么抓到他的？"

"我有我自己的办法，"小矮人回答。

邓九公命令将犯人关在营地的后面，之后送往朝歌的国王那里。

第二天，土行孙又出去了，喊着让黄天化出来。经过短短的战斗，土行孙也用他的魔绳子抓住了他。

邓九公非常高兴。那天晚上，他和土行孙一起吃了晚饭。他们俩都喝了很多酒。土行孙对他说，"先生，如果你早点任命我为指挥官，这场战争现在就应该结束了，你就能打败西岐。"

邓九公想都没想就说，"将军，如果你能打败西岐，我就把我的女儿给你做妻子。"

这让小矮人非常高兴。那天晚上他一点都睡不着，一直想着邓婵玉要成为他的妻子。第二天，他又走到城门口，这次他叫着让姜子牙出来。他们打了起来。土行孙将他的魔绳子扔向空中。击中了姜子牙，他从马上掉了下来，躺在地上。但还没等小矮人抓住他，一些周士兵就抓起了他，把他带回了城里。

在丞相宫殿里，姜子牙躺在地上，被紧紧地绑着。他的将军们想要取下魔绳子。但每次碰到它，绳子就会变得更紧。最后他说，"不要碰绳子。就这样吧。"

杨戬仔细看了绳子。他说，"我知道这根绳子。我以前见过。在我们与十个陷阱战斗时，我看到过这根绳子。它是用在烈火陷阱里，这是一位叫惧留孙的神仙制造的。"

姜子牙说，"我知道惧留孙。他不会做这样的事情。"

在他们说话的时候，一个送信人进来，说城门口有个道教小孩子，要见姜子牙。他们让他进来。男孩走进了房间。他说，"先生，受我师父的命令，我是来把你从这根魔绳子上救出来的。"然后他用手指着姜子牙，说了几句魔语。绳子从姜子牙身上掉了下来。男孩没有再说什么，转身走了出去。

"让我和这个小矮人战斗，"杨戬说。姜子牙同意了。于是，第二天，杨戬就出门与土行孙战斗。他们开始了战斗。小矮人扔了魔绳子，杨戬却用了自己的魔法。绳子缠绕在一块大石头上，而不是杨戬。然后杨戬让他的天狗去攻打土行孙。但还没等狗追到他，小矮人就跳到土里消失了。

土行孙从商营地内的地下出现。他对邓九公说，"今天晚上我要打赢这场战争。我要进入地底，进入西岐城。我要杀了他们的王和姜子牙。这两位首领死了，战争就会很快结束。"

那天晚上，西岐城里，一阵奇怪而强大的风开始吹来。门窗飞到地上，小房子被砸碎，树木倒下，旗杆断成两半。姜子牙知道有奇怪的事情发生。他马上烧香，占卜。"不好了！"他说。"这个小矮人今天晚上会来城里，想要杀掉我们！"

姜子牙没有告诉武王那个要杀他的计划。但他要国王在一个秘密的房间里过夜，周围有四位将军。

土行孙在地下走着，来到了西岐王宫国王睡觉的房间里。他看了四周，发现自己在国王的睡觉房间里。他对自己说，"我穿坏了铁鞋，但现在我却得到它了[1]！"他看到国王和他的一个妃子，他们正在吃晚饭和弹奏音乐。他听见国王说，"亲爱的，我们玩得很开心，但现在我们该睡觉了。"他们脱了衣服，很快他就看到他们俩都睡着了。

他偷偷地走到床边。他站在睡着的国王身边。然后他拿出刀，砍下了国王的头。它掉在地上。他并不知道这是由杨戬变出的假国王。

妃子没有醒来。他看着她。她的脸像桃花一样美丽。他充满了欲望。他想要那个可爱的妃子。他大声说，"你是谁，为什么还在睡觉？"

妃子醒了。她看着他，问道，"你是谁？你晚上一直在这里吗？"

"我是土行孙。我是商营地的将军。我刚刚杀了国王。你是想活还是想死？"

"先生，我只是一个无用的女人。请不要杀我。如果你觉得我不太难看，我可以侍奉你。"

土行孙说，"好吧。和我做爱，我会让你活下去。"她对他笑了笑。他脱掉衣服，跳上床。他抱着美丽的妃子。她抱着他。但妃子的手臂非常非常有力。土行孙没有办法呼吸。

---

[1] The Chinese proverb 踏破铁鞋无觅处 (tàpò tiě xié wú mì chù) means "I wore out my iron shoes but got it without effort." In other words, someone searches for so long that they wear out their iron shoes, but when they stop looking for it they come upon it with no effort.

"亲爱的，请不要把我抱得那么紧！"他说。

"你这个傻瓜！"她喊道。"看看你和谁在床上！"他看了看她的脸，发现那不是美丽的妃子。是<u>杨戬</u>。他想要逃跑，但<u>杨戬</u>把他抱起来，把他抱出宫殿。

<u>杨戬</u>抱着没穿衣服的小矮人来到<u>姜子牙</u>面前。他问，"我们要怎么解决他？"

<u>姜子牙</u>说，"把他带到外面，砍下他的头。"

<u>杨戬</u>把小矮人抱到外面。他把小矮人从右手换到左手，这样他就可以拿起他的剑。当他这样做时，<u>土行孙</u>用脚向下，碰到地面。他马上就在土中消失了。

<u>杨戬</u>回去告诉<u>姜子牙</u>，小矮人已经逃走了。他说，"先生，我需要去见<u>惧留孙</u>。他可以告诉我们关于这个小矮人和魔绳子的事情。"

<u>姜子牙</u>回答说，"好的。快点回来。如果那个小矮人回来了，我们需要你在这里。"

<u>杨戬</u>飞离<u>西岐</u>城，向<u>惧留孙</u>住的山上飞去。

第 55 章
土行孙被抓

把自己藏起来一直都不是一件好事

一切都有安排，你为什么要做这些事情？

你失去了纯真[1]，被贪婪带着走

你离开你的老师，走向了战争

经过千万次的骗人，最后都回到真相

杨戬的能力不是来自这个世界

最后，两个人变为一个人

他们接受了媒神给的婚姻

═══

杨戬不知道怎么才能找到惧留孙住的那座山。他飞了一会儿，但他走错了山。那里有什么？

> 他看到树木和天空一样高
>
> 他听到绿雾中猴子的叫声
>
> 他听到绿阴下鹤的歌声
>
> 绿水清清，空气中充满松树的香气
>
> 漂亮的鸟儿和大飞虫飞来飞去
>
> 鹿在树林中跳着跑着
>
> 他站在绿草地上，却看不见任何人
>
> 它比蓬莱山更美丽

杨戬在森林中散步，享受着周围的美丽风景。很快，他来到了一座大房子。

他站在一棵松树下，望着这座房子。大门打开了，一位美丽的妇人走了出来。她穿着一件红色的丝绸长衣。两个年轻人拿着扇子和旗帜走

---

[1] 纯真　　　　chúnzhēn – innocence

在她前面，八名年轻女人走在她旁边。他躲在树后面。

妇人指了指<u>杨戬</u>躲在的那棵树。她对仆人说，"去那边。看看那个人是谁。"

<u>杨戬</u>听到这话，就走上前去。他说，"请原谅我。我叫<u>杨戬</u>。受<u>姜丞相</u>的命令，我来拜见<u>惧留孙</u>道教大师，但我不知道他住在哪里。"

"你为什么要找他？"那位妇人问。

"一个叫<u>土行孙</u>的小矮人，在<u>西岐</u>城给我们制造麻烦。他想要杀死我们的丞相和我们的国王。我想他是<u>惧留孙</u>的徒弟。"

那位妇人回答说，"你说得对，他是<u>惧留孙</u>的徒弟。你应该马上去见他。"然后她告诉他在哪里可以找到道士住的山。

"请问您的贵名？"他问。

"我是<u>龙吉</u>公主[1]。父亲是<u>昊天上帝</u>[2]，母亲是<u>瑶池金母</u>。我被命令在桃子节上提供酒，但我做得很不好。我父亲惩罚了我，把我送到这座山上生活。"

<u>杨戬</u>向她鞠躬，然后他上到天空，飞向了<u>惧留孙</u>的山上。他到了山上，进了道士的山洞，跪在他面前。"叔叔，您好！"他说。

"你好，"<u>惧留孙</u>回答。"你怎么来见我？"

"叔叔，告诉我，您的魔绳子不见了吗？"

<u>惧留孙</u>跳了起来，看了四周。他没有在任何地方看到他的魔绳子。他说，"是的！但你怎么知道的？"

"一个叫<u>土行孙</u>的小矮人，正在帮助<u>商</u>军队攻打<u>西岐</u>城。他用您的魔

---

[1] 公主　　　　gōngzhǔ – princess
[2] Her father, 昊天上帝 (Hàotiān Shàngdì), is the Supreme God of Heaven, the Ruler of the Three Realms. He was the supreme deity until the Creation of the Gods that occurs at the end of this book, when the Jade Emperor appears.

绳子抓了我们几位将军，他甚至想要抓我们的丞相。"

"那只畜生！"惧留孙喊道。"他竟然敢偷我的宝贝！杨戬，谢谢你。现在回西岐城。我很快就会到那里，我会解决这件事的。"

杨戬回到了西岐城。几个小时后，惧留孙在一束[1]金光上到了。他走进丞相宫殿，向姜子牙鞠躬。姜子牙也向他鞠躬，他们一起坐了下来。

惧留孙说，"我已经很久没有看过我的宝贝了。没想到那只小畜生竟然会偷走它们。不过没有关系，我可以轻松地抓住他，拿回我的魔绳子。"

第二天早上，姜子牙自己一个人骑着马出了城门。一个送信人跑去告诉邓九公。土行孙听到了这。他说，"指挥官，别担心。我会抓住他，我们今天将取得胜利。"

他冲出商营地，用棒攻击姜子牙。姜子牙打了回去，他们打了好几个来回。然后姜子牙骑马离开了。土行孙追了上去。他把一根魔绳子扔到空中。它没有下来。但小矮人对这却没有多想，因为他能想到的只有美丽的邓婵玉。他知道，如果他赢了战斗，这个年轻女人将成为他的妻子。

他又把另一根魔绳子扔到空中，然后又扔了一根。它们都没有下来。最后，他的包里已经没有魔绳子了。

姜子牙转身面对他，大喊道，"小矮人！没有那些魔绳子，现在就和我战斗吧！"

土行孙知道自己赢不了姜子牙。他开始把脚踩[2]在地上，这样他就可以从土中逃走。但是他听到一个声音从云中传来，说，"土行孙，你要去哪里？"惧留孙用手指着地面。地面马上变得像铁一样。土行孙

---

[1] 束   shù – (measure word for bundles and bunches)
[2] 踩   cǎi – to step on, to stamp

用力把脚砸在地上，但地面并没有为他打开。

惧留孙挥了挥手。一根魔绳子缠绕在土行孙身上，将他紧紧地捆住。大师对他说，"你这个畜生！我从来没有想过你会偷走我的宝贝！告诉我，你为什么要这样做？"

"师父，我遇到了一个骑在老虎上的道士。他告诉我他的名字叫申公豹。他说我永远不可能成为神仙，但我可以在人间享受钱和名声。他叫我偷你的魔绳子和丹药，去三山关帮邓九公。师父，请原谅我！"

姜子牙转身对惧留孙说，"兄弟，他是个该死的畜生。他想要杀死我，也想要杀死我们的国王。他对我们没有用。你应该砍下他的头。"

惧留孙听到了这。他跳了起来，对小矮人说，"什么？你为什么要杀了姜子牙和国王？他们对你做了什么？"

土行孙回答说，"师父，请听我说。我抓了周的两位将军。这让邓九公非常高兴。他告诉我，如果我打败西岐，打赢了战争，我就可以和他的女儿结婚。所以我进城，就是想要杀了那两个人，给邓九公带来胜利。"

惧留孙听了这话。然后他低下头，做了占卜。他对姜子牙说，"和邓婵玉结婚是这个畜生的命运。但我认为这可能对我们有好处。让我们一起帮助完成这件事。选一个好人并且是一个读书人做他的媒人。把他送去商营地。"

"我会让散宜生去，"姜子牙回答。他去见了散宜生，让他去商营地，和邓九公商量结婚的事。

第 56 章
邓九公背叛[1]

婚姻真的是由上天决定

红线连着两个人[2]

敌人走到一起

愤怒过去了，两鸟同飞

子牙的计划很难理解

媒神的计划很聪明

上天的计划很神秘

暴君国王没有上天的祝愿

≡ ≡ ≡

散宜生走到商营地门口。他告诉侍卫，他想见邓指挥官。一名侍卫告诉邓。开始，邓不想与敌人的将军见面，但后来他决定听听散宜生说的话也没有什么不好。他让侍卫带散宜生来见他。

散宜生被带到邓九公的帐篷里。他们互相问好，一起坐下。

"指挥官，"散宜生说，"我来是要商量一件大事。昨天我们抓了你们的一位将军。我们很吃惊地听说他是你的女婿[3]。"

"什么？这个女婿是谁？"

"指挥官，你当然认识他。那就是土行孙。他是你女儿的丈夫。"

"我女儿没有丈夫。她对我来说就像一颗珍珠。许多年轻人向她求婚[4]，但对她来说都不够好。"

---

[1] 背叛　　　　bèipàn – to betray

[2] In Chinese folklore, marriages are fated before birth. An invisible red thread is thought to connect the feet of two people that are supposed to be married.

[3] 女婿　　　　nǚxù – son-in-law

[4] 求婚　　　　qiúhūn – proposal (marriage)

散宜生能看出指挥官员正在生气。他回答说，"指挥官，请你不要生气，听我说。土行孙是个好人。他是一名道士，是惧留孙的徒弟。他被申公豹骗了，还爱上了你的女儿。为了赢得她的心，他来到我们的城市，并想要杀死我们的国王和姜子牙。我们抓住了他。我们打算杀了他，但他求我们让他活下去，这样他就可以和你女儿结婚。我和姜子牙商量过这个问题。我们都同意放他自由，回到你身边，这样他就可以和他爱的女孩结婚。"

邓九公回答说，"大臣，我告诉你真相。这个土行孙是个好战士，懂一些魔法，所以我让他成为了将军。他抓了哪吒和黄天化，还几乎抓了姜子牙。我和他一起吃了晚饭。我喝多了。我很笨地告诉他，如果他打败了西岐，他可以和我的女儿结婚。但是他被抓了，所以他没能打败你们。这件事情结束了。"

"指挥官，你知道，一个人说的话，像泰山一样重。话说出来，就没有办法收回它们。每个人都知道你要把你的女儿给土行孙。如果你改变主意，人们会怎么看你？"

邓九公想了想。这时，太鸾走了过来，在他耳边轻声说了几句话。

邓九公笑了，他对散宜生说，"大臣，我明白了。请给我一些时间和我女儿商量这件事情。"

散宜生谢了他，回到了西岐城。他向姜子牙讲了这次见面的情况。姜子牙笑道，"如果他认为他可以这样骗我，他真的是个傻瓜。"

第二天，太鸾离开商营地，去西岐城。他被允许进城与姜子牙和惧留孙见面。太鸾鞠躬说，"我只是一个战士，你们却对我这么尊重。我应该向你们磕头。"

姜子牙回答说，"你是来为你们的军队说话的，所以你是我们的客人。请坐，告诉我们你为什么来这里。"

太鸾说，"我的指挥官让我告诉你们，他喝醉了后才把他女儿给了土行孙。他爱他的女儿，但他知道承诺就是承诺。所以他会允许她和土行孙结婚。他选了后天，那是最吉祥的结婚日子。如果你和散宜生把这个年轻人带到婚礼[1]上，他会感到非常荣幸。之后，他很愿意与你讨论其他事情。"

姜子牙同意了，太鸾回到了商营地。他把这次见面告诉了邓九公。邓九公笑了笑，说，"好。明天将是姜子牙和西岐的最后日子。选三百名最优秀的士兵。给他们短刀，让他们在帐篷外面。当我把酒杯丢在地上时，他们都应该全部冲进来，把姜子牙和他的将军们切成碎块。另外，在营地的右边放一大群士兵，在左边放另一大群士兵。当他们听到炮声时，就应该开始攻击。"

两天后，结婚的日子到了。姜子牙命令五十名强大士兵抬着结婚礼物。他让雷震子和南宫适准备左右两边的攻击。他让剩下的军队准备攻击商营地。

邓九公为婚礼准备好了营地。他在地上放了地毯，挂了灯笼和旗帜。中午的时候，散宜生进入了商营地大门。太鸾和邓九公都出来欢迎他。

散宜生说，"我们很高兴你同意了这门婚姻。姜子牙丞相马上就到。他会把你的女婿和结婚礼物都带来。"

"谢谢你，"邓九公回答。"我们在这里等丞相吧。"

不久，姜子牙和惧留孙就到了。姜子牙向他的敌人问好。然后他们都进入了指挥官的帐篷。到处都是花和丝绸，但他也能感觉到空气中充满着死亡。

姜子牙命令，"把礼物拿来。"五十名士兵开始抬上礼物。周的一位将军站在一个大盒子旁边。盒子里有一门大炮。将军点了导火索[2]。大炮轰响着。地面震动。五十名周士兵马上放下礼物，拿出武器。邓九公和太鸾都感到吃惊。他们跑出了帐篷。

---

¹ 婚礼　　　hūnlǐ – wedding
² 导火索　　dǎo huǒ suǒ – fuse, trigger

几千名周士兵冲进营地。他们轻松地打败了三百名商士兵。左右两边的商军队想要前进，但都没有办法打败雷震子、南宫适和周军队。

邓婵玉看着商军队被打败了。她转身逃跑。但是土行孙看到了她。他知道她会扔石头，所以他用他的魔绳子把她绑了起来。他抱起她，把她带回了西岐城。

邓九公和他的军队逃跑了。周军队追了他们五十里，然后才转身回了西岐城。

姜子牙和他的将军们在他的宫殿里见面，讨论这天的战斗。这是周军队的一次伟大胜利。他对土行孙说，"今天是你和邓婵玉结婚的吉祥日子。今天你们将成为丈夫和妻子。去吧。我明天再和你谈。"然后姜子牙和他的将军们去享受婚礼宴会。

土行孙进了邓婵玉等在那里的房间。他对邓婵玉笑了笑。但她对他大喊，"你这头猪！你背叛了你的指挥官。你是叛徒。现在你想让我做你的妻子？你到底是什么样的人啊？"

土行孙安静地回答，"我不是普通人。而且你应该知道，散宜生前两天和你父亲谈过话。你父亲同意我们今天结婚。这一点没有改变。"

"我父亲这么说只是为了骗丞相。他失败了。现在我已经准备好去面对我的死亡。"

"话说出来后就没有办法收回。承诺就是承诺。我告诉你，我进入西岐城并想要杀死国王只是因为我爱上了你。我想要你成为我的妻子。姜子牙和惧留孙明白这一点。这就是他们放我走的原因。另外，惧留孙做了占卜，知道结婚是我们的命运。亲爱的妹妹，全军队都知道你是我的妻子。请好好想想！"

邓婵玉什么也说不出来。她低下了头。土行孙说，"亲爱的，你就像一朵美丽的圣花。我现在能成为你的丈夫是我的运气。"

他想要把她拉向自己，但她把他推开了。"你可能是对的，"她说。

"但我需要和我父亲谈谈这件事。我们明天可以成为丈夫和妻子。"

土行孙对她充满了欲望。他又拉住她，想要吻[1]她。她哭着说，"你如果一定要这样做，我就和你打，直到死去！"

他一直想要吻她，想要脱掉她的衣服。她不停地阻止他。最后他说，"好吧。我不会一定要你这样做。但我希望你和你父亲谈完之后不要改变主意。"

她说，"我已经是你的妻子了。我怎么会改变主意呢？"

"好吧，"他说。他伸手帮她站起来。她站了起来。突然，他抱住她的腰[2]，把她抱了起来。他把她放在他的肩上，让她没有办法和他打了。她说，"将军，你骗了我。你怎么能这样对你的妻子？"

"亲爱的妻子，如果我不这样做，你永远不会停止与我战斗。"想到这她笑了。

他脱掉她的衣服，把她抱到床上。他们整个晚上都在做爱。

早上，他们洗澡、穿衣。然后他们去见姜子牙。丞相说，"邓婵玉，你现在是周将军了。但你的父亲仍然是我们的敌人。我不想和他战斗。我们该怎么办？"

邓婵玉跪在姜子牙面前，回答说，"我现在是周的人了。请相信我。我会和我父亲谈谈，要求他投降。"

"我相信你。但你的父亲可能不会同意你的想法。带上一支军队。"邓婵玉感谢他。不久之后，她带着一支大军队离开了这座城市。

城外五十里，邓九公与他的将军和士兵已经建好了营地。他正在与他的将军们见面。他告诉他们，"这是一次可怕的失败。现在我们就像一只被困在围栏[3]里的鹿。我们不能前进，也不能后退。我们现在该

---

[1] 吻　　　　wěn – to kiss
[2] 腰　　　　yāo – waist
[3] 围栏　　　wéilán – fence

怎么办？"

就在这时，一名侍卫跑过来告诉他，他的女儿带着一支挂着周旗帜的军队在营地门口。邓九公告诉侍卫让她进来。

她进来，跪在她父亲面前。他伸手帮她站起来。"亲爱的女儿，你想告诉我什么？"他问。

"父亲，你喝醉了，把我给了土行孙。然后你想要骗姜子牙，邀请他来你的营地。现在我是孙的妻子，也是周军队的一名将军。你要知道，大半个王国都已经加入了西岐。我们都看到，这是上天的意愿。连闻太师，也不能违反上天的意愿。"

她的父亲什么也没说。她继续说道，"父亲，你认为商王在这次失败之后会让你活下去吗？请不要再为那个邪恶的暴君战斗了。现在是你为一位聪明的好国王做事的时候了。"

邓九公想了一会儿。然后他说，"我的孩子，你是对的。但我不能就这样骑马走进西岐城，并且跪在姜子牙面前。"

"那没问题，父亲。我先去请他出来见你。"

她回到西岐城，把父亲的决定告诉了姜子牙。姜子牙集合了一支小军队，向城外走了大约一里路。他等着邓九公。很快，邓九公在他的军队前面骑着马过来了。

姜子牙骑着马走向前。他说，"你好，指挥官。"

邓九公鞠躬说，"丞相，我是来向你投降的。你会原谅我吗？"

姜子牙笑着回答道，"我们现在都是同一个朝廷的大臣。没有必要那样说话。"然后他们一左一右骑马回到了西岐城。他们的两支军队紧跟在后面，一起前行就像一支军队一样。

几天后，邓九公投降的消息传到了朝歌的商王那里。国王很生气。他把他的大臣们集合在一起。他告诉他们，"我命令邓九公攻打西岐城。他没有能打败敌人。他让他的女儿和敌人军队的将军结婚。然后他成了叛徒，加入了<u>周</u>军队。他必须受到惩罚。我们应该怎么做？"

一位大臣走向前来。他说，"陛下，如果一个将军在战斗中被打败，他可能会害怕你会惩罚或杀死他。所以他会投降。也许你可以找到一位将军，他是你比较近的亲戚。他会努力战斗，如果事情变得不好，他也不会投降。"

"你心中有人了吗？"国王问。

"陛下，也许你可以用<u>苏护</u>。他是<u>冀州</u>侯爵，是王国中最重要的侯爵之一。而且他是你的亲戚，因为他的女儿是你的王后。"

"这是个好主意！"国王说。他让送信人去告诉<u>苏护</u>，他被任命为<u>商</u>军队新的指挥官。

第 57 章
苏护与西岐战斗

苏护想加入周
商王国在海中漂流
红日下到山后
花朵掉下，漂在水面上

人们希望跟着一位聪明智慧的统治者
风已经让船转了方向
国王的家人和官员都已经离开
孤单的人自己一人睡在红楼里[1]

＝＝＝＝

苏护听到国王的命令，心中很开心。他不想为国王战斗，他认为这是对人们表示他对他们忠诚的一种方法。

那天晚上，他与儿子苏全忠和妻子一起吃晚饭。他告诉他们，"我从来没有想过妲己会忘记我们教给她的东西，成了一个这么残忍的女王。因为她，许多侯爵都对我生气。但现在我可以让他们看看我是什么样的人。我要带着这支军队，向西岐国王投降。然后我就和其他侯爵一起打败商王！"

第二天，苏护集合了他的将军们。他让他们准备好带军队前往西岐。于是，旗帜飘飞，十万大军队离开冀州，走向西岐。他们走了几天，直到他们看到了那座城市。他们停下来建营地。

一个送信人告诉姜子牙，苏护的军队已经到了。他集合他的将军们讨论这事。"你们觉得他怎么样？"他问。

黄飞虎回答说，"苏护是个好人。他说了自己的想法。他给我写了几

---

[1] The "lonely one" refers to the king, in this case, the king of Shang. "Red chamber" is a symbol of wasteful luxury.

封信，告诉我他对商王很不满意。他想加入我们。”

但三天过去了，苏护仍然留在自己的营地里。姜子牙不明白为什么。最后，他让黄飞虎去见他。黄飞虎骑上他的五色牛，在大炮的轰响中出了城。他骑到苏护营地门口，大声喊道，“苏护将军请出来见我好吗？”

苏护没有出来。相反，他的一位将军骑着他的马出来了。他对黄飞虎喊道，“我带着命令来抓你。马上从那头牛上下来。”

黄飞虎只是笑了笑。他说，“将军，你没有强到可以和我战斗。回到你的营地，让你的指挥官出来。”

将军喊道，“你怎么敢这样！”然后他重重地攻击了黄飞虎，让黄飞虎很吃惊。他们打了二十个来回。然后黄飞虎抓了将军。他把他绑起来，带他回去见姜子牙。

将军拒绝在姜子牙面前跪下。“杀了我吧，”他说。“没有必要讨论其他任何事情。”但姜子牙却命令把将军关起来。

第二天，又有一位将军从商营地出来。这是郑伦，一个黑脸魔法师，拿两根降魔棒，能从鼻子里射出白火。

黄飞虎又出来了。他看到黑脸魔法师，说，“你是谁？”

“我是郑伦，你是叛徒！放下武器，马上投降。”

“不要像傻瓜一样。回去告诉你的指挥官出来见我。我有重要的事情要告诉他。”

郑伦没有回答。他对黄飞虎挥动着棒，两人开始打了起来。几个来回后，魔法师从他的鼻子里射出两道白火。白火击中了黄飞虎，使他从马上掉了下来。几名商士兵跑上去，抓住了将军，把他带回了商营地。苏护把他关了起来。

第二天，黄飞虎的儿子黄天化请求允许他与郑伦战斗。他骑上玉麒麟，出去战斗。但他也被抓了，并与父亲一起被关了起来。

姜子牙不明白发生了什么。"我以为苏护是来这里投降的！"他说。"他为什么要攻击并抓了我的两个最好的将军？"

第二天，郑伦又从商营地出来，喊着要战斗。土行孙对姜子牙说，"指挥官，我还没有做任何帮助你的事情。请让我出去和这个魔法师战斗。"

姜子牙同意了。当小矮人准备离开时，他的妻子邓婵玉请求允许和他一起去。姜子牙让她和他一起去。

在大炮的轰响声中，土行孙和邓婵玉骑着马向营地大门走去。郑伦骑着他的玉麒麟在那里等着。他看到一个女人和一个很矮的男人。他笑着说，"那么，你们是谁？"

土行孙回答说，"受我们丞相的命令，我是来抓你的。"

"你想抓我？你看起来就像一个还在喝母乳的婴儿。"

"你这个该死的傻瓜，你怎么敢侮辱我！"土行孙喊道。他从马上跳下来，滚在地上，用棒打麒麟的腿。郑伦想要用棒打小矮人，但他没有办法打到他。最后，他从鼻子里射出两道白光。土行孙倒在地上，被一些商士兵抓住。

这让邓婵玉非常愤怒。她骑着马走到魔法帅面前，长发随风飘起，用剑砍向他。他向她挥动着棒，却打不到她的脸。她转身骑马离开了。然后她停了下来，转过身来，扔了一块小石头。飞石砸在郑伦的脸上。他不停地流血，非常痛苦，逃回了自己的营地。

商营地中，土行孙被带到了苏护面前。苏护低头看着他，说，"这个小矮人有什么用？把他带出去，砍下他的头。"

"不，等一等！"土行孙说，"让我回去向我的指挥官报告。然后我会回来，你就可以砍下我的头。"

苏护和他的将军们听到这话都笑了起来。"他真的是个傻瓜，"苏护说。"现在砍下他的头。"

"好吧，如果你不让我走，我还是会走，"孙说。然后他转动身体，消失在地下。

苏护看到了这。他转身对将军们说，"西岐有很多有才华的人。这就是为什么我们没有打败他们。"

第二天，郑伦又想和邓婵玉战斗，于是叫她出来和他战斗。但姜子牙决定让哪吒去。哪吒骑着他的风火轮出去了。他什么都没说，用长矛攻击魔法师。他是一个强大的战士，很快在与郑伦的战斗中他开始成为更强的一个。魔法师从他的鼻子里射出白火。但是哪吒没有魂魄，所以白火对他没有一点影响。

郑伦又试了一次，然后又试了一次。哪吒笑道，"你这个傻瓜。你得了什么病，让那些东西从你的鼻子里流出来？"

郑伦再次攻击，他们打了三十个来回。最后，哪吒把他的乾坤圈扔向空中。它掉在郑伦的背上，使他受了重伤。他几乎从马上掉下来，但他还是想办法回到了营地。

苏护见了郑伦。他说，"将军，这是上天的意愿。大多数侯爵现在都支持周。很快，他们就会集合在一起，向朝歌的商王发起攻击。谁都知道商王是个恶人，必须从王位上下来。你知道古人怎么说的，'好鸟在好树上休息，好大臣侍奉好主人。'让我们一起加入周。你看怎么样？"

郑伦回答说，"指挥官，我不能同意，我不能跟着你。我对我们的国王忠诚。如果我早上死了，你可以早上去周那里。如果我下午死了，你可以下午去周那里。我的心不会改变。"

苏护离开房间，想了想。晚些时候，他命令放了黄飞虎和他的儿子，并邀请他们和他一起吃饭。他告诉他们，"我的朋友们，我需要解释一下情况。很长一段时间来，我一直希望加入周。但是我已经和郑伦谈过这件事了，他仍然对国王忠诚。我很难去<u>周</u>。"

<u>黄飞虎</u>回答说，"如果你想加入<u>周</u>，现在就去做。别担心<u>郑伦</u>，我们会面对他的。你必须做你心里想的事，不要去想别人的看法。"

<u>苏护</u>站起，带着两个犯人来到了营地的后门。"请把我说的话告诉丞相。"两人离开了营地。他们回到<u>西岐</u>城，向<u>姜子牙</u>报告了一切。

就在同时，<u>郑伦</u>因为受伤而非常痛苦。他睡不着。他醒着躺在床上，想着他的指挥官正准备投降。

第二天，一个陌生[1]的人来到了<u>商</u>营地。他有三只眼睛，穿得像道士。他被允许进入营地，被带到<u>苏护</u>面前。他说，"先生，我来这里是为了帮助你打败叛乱分子。"

"你是谁，你从哪里来？"<u>苏护</u>问。

"我叫<u>吕岳</u>。我是从<u>九龙岛</u>来的，但我不需要船过河。我的灵魂可以在没有人看到的情况下走动。是<u>申公豹</u>叫我来这里的。"

就在这时，他听到有人痛苦地喊叫。"那是谁？"他问。

<u>苏护</u>告诉他，"那是<u>郑伦</u>将军。他在战斗中受伤了。"

"请把他带出来，这样我就可以见到他了。"<u>郑伦</u>被抬了出来，道士看着他。他说，"这次受伤是乾坤圈造成的。我可以解决它。"他从长衣里拿出一颗药，在葫芦里和水混合。然后他把一些药放在受伤的地方。痛马上消失，受伤的地方长好了。<u>郑伦</u>向<u>吕岳</u>鞠躬，拜他为师父。这并没有让<u>苏护</u>高兴。

<u>苏护</u>以为<u>吕岳</u>马上就要出去和<u>周</u>战斗。但他没有。他只是在等。几天后，又有四位道士来了。他们是绿脸、黄脸、红脸和黑脸，他们穿着不同颜色的长衣。他们非常高大，大约有十六、七尺高，看起来像虎狼一样可怕。

---

[1] 陌生   mòshēng – stranger

苏护看到这四个战士来到他的营地，很不高兴。吕岳没有得到苏护的允许，就对他们说，"你们谁愿意打第一场战斗？"

绿脸道士回答道，"我愿意！"他跑出商营地，大声喊着要战斗。

第 58 章
瘟疫[1]之神吕岳

瘟疫一次又一次到来

但姜子牙的能力很强

他为一个强大的国家打下了基础

保护人们不受灾难

灾难到来时，神仙和鬼怪在哭喊

士兵和普通人都受到战争之苦

和平的日子什么时候到来？

当吉祥的云盖满万寿台

☰☰☰

姜子牙看到了道士。他让金吒出去见他。当金吒走近时，他看到这个人有一张绿色的脸，红色的头发，长长的牙齿和金色的眼睛。道士说，"我和哥哥都是九龙岛的人。你以为你比我们强，所以我来看看谁更强。"

他们开始战斗，剑对剑。几个来回后，道士逃跑了。金吒追了上去。突然，道士从长衣里拿出头痛磬，敲了三下。金吒感到头晕。他的头开始疼痛，脸发白。他逃回丞相宫殿，痛苦地喊叫。

第二天，姜子牙让金吒的弟弟木吒去战斗。他看到一个道士，黄脸像月亮一样圆，留着长胡子，穿着黄色长衣。"你是那个让我哥哥头疼的恶魔吗？"木吒问道。

"不是，"道士回答说，"但我也是吕岳的徒弟。"

"没关系，"木吒回答。"你们都是巫师[2]。"他高举长剑冲向道

---

[1] 瘟疫　　　wēnyì – plague
[2] 巫师　　　wūshī – sorcerer, wizard

士。他们打了好几个来回。黄脸道士跑开了，然后他转身挥动着几面旗帜。木吒觉得自己被火烧到了。他脱掉衣服跑回丞相宫殿，大喊，"我感觉自己快要被烧死了！"

第三天，又有一位道士从商营地出来，大喊，"谁来和我战斗？"他有着一张红脸，一双大眼。雷震子从周营地出来。他跳到空中，向道士砍去。道士跑开了，然后转过身来，用剑一指，雷震子掉在地上。然后他慢慢站起，痛苦地走回了丞相的宫殿。

第四天，吕岳命令第四位道士与周战斗。这个人有一张黑脸，穿着黑色的长衣。

姜子牙很担心。与他们战斗的道教魔法师好像从来不断。这让他想起了十个陷阱，他想知道会不会有十个道教魔法师。他让龙须虎出门去面对道士。

龙须虎没有剑。相反，他向道教魔法师扔石头。但道士却拿出一根鞭子[1]，挥动着。龙须虎丢下石头。他转身，慢慢地走回丞相的宫殿，白色的口水从他的嘴里流出来。

姜子牙不知道该怎么办。他并不知道这四位道士都是带着瘟疫的人。其中一个用头痛磐把瘟疫带到东方，一个在西方用发烧幡，一个在南方用昏迷剑，一个在北方用散瘟鞭。

不久，一个送信人告诉姜子牙，一个三眼道士刚从商营地出来，要求见他。这是吕岳，那四位道士的师父。

周的大炮轰响，姜子牙骑着马出了城门。他看到一个高大的道士，青脸。那人穿着红色长衣，骑着骆驼。道士说，"你是姜子牙吗？"

"是的，"丞相回答说。"告诉我，你从哪里来，为什么要伤害我的徒弟？难道你不知道商王是暴君吗？你一定听说过，凤凰在岐山上唱歌，许多伟大的人加入了我们，上天站在我们这边。你们可能赢了几

---

[1] 鞭子　　　　biānzi – whip

次，但最后你们还是会输。”

道士说，“我叫吕岳，来自九龙岛。你已经见过我的四个徒弟了。现在是我让你看看我的力量的时候了。姜子牙，你的死日已经近了！”

但丞相只是笑他。“我从许多其他魔法师和巫师那里听到了相同的话。一切都随风而去。现在你也将要加入他们。”

吕岳大喊一声，然后攻击。杨戬、哪吒、黄天化和土行孙马上加入了战斗。他们五人围住了道士。郑伦上来帮助他的师父，但还是五个周对两个商。

吕岳摇了摇头。他变成了一个长着绿脸、长尖牙、三个头和六只手臂的动物。每只手都拿着不同的武器。他攻击了姜子牙。丞相退了下去。所有的周战士都转向吕岳，同时攻击他，将他从骆驼上打了下来。他受伤了，跑回了自己的营地。然后哪吒刺了郑伦的肩膀，他也跑回了商营地。战斗结束了。

商营地中，吕岳用神药治疗他自己和郑伦的伤。他笑着说，“姜子牙，你以为你赢了。但你没有办法逃离你的命运！”

那天晚上，吕岳命令四名徒弟秘密进入周营地。每个人都拿着一个放满瘟疫丹的葫芦。他们把瘟疫丹放在河里、池塘里和井里。然后他们回到了商营地。吕岳对苏护说，“看到了吗？不需要剑或战斗。西岐城的所有人都将在六天内死去。你会赢得你的战争，我可以回到我的岛上的家了。”

第二天，人们喝了水，生病了。街道上没有一个人，空气中都是人们痛苦的叫喊声。只有哪吒没有生病，因为他是从莲花中再次出生的，还有杨戬，他可以按照他自己的意愿改变身体。

郑伦认为这是攻打城市的好时间。杨戬见他向城里走来。他把两把土扔到空中，喊出一些魔语。许多高大的战士马上出现在城墙上。郑伦见到了战士，不敢靠近城市。

杨戬知道，他的魔法只能继续几个小时。他很担心，不知道下一步该怎么做。但就在这时，他看到了一道明亮的金光。那是他的师父，玉鼎真人。杨戬向师父磕头，师父说，"杨戬！你必须去火云洞。在那里，你会看到三位大师。求他们给你长生不老药来帮助人们！"

等了不到一秒钟，杨戬就跳入空中，飞向了火云洞。这是一个美丽的地方，长满了古老的松树和很香的草。绿凤凰在远山飞过，龙在清凉的溪流中休息。他走到山洞前等着。

过了一会儿，一个年轻人走了出来。杨戬鞠躬说，"我是杨戬，玉鼎真人的徒弟。我师父让我来见三位大师。"

年轻人说，"你知道三位大师是谁吗？"

"对不起，我不知道。"

"他们是天帝、地帝、人帝。跟我来。"

年轻人把他带进了山洞。杨戬看到山洞里坐着三个人。中间的那个人头上有两个角。左边的人穿着虎皮和树叶做成的长衣。右边的那个人穿得像皇帝。

杨戬向他们鞠躬。他说，"我的师父玉鼎真人让我来这里见你们。我的国王和他的臣民因为魔法师吕岳带来的瘟疫而生病。许多人将要死去。我求求你们，救救他们吧！"

左边的人站了起来。他说，"商国的人在和平与幸福中生活了很多年。但现在王朝正在结束，全国各个地方都在发生战争。申公豹违反上天的意愿，带着巫师去帮暴君国王。"然后他走到山洞后面，拿起一样东西，带回给了杨戬。

"拿着这个，"他说。"这里有三颗药。给你的国王和他的大臣们一颗。给姜子牙和他的徒弟们一颗。把第三颗放在城市中给人们用的水里。"

杨戬接过丹药，鞠了一躬，转身离开。

"等一等，"大师说。"跟我来。"他们一起走到外面。大师弯腰，采了一些草药。他把草药交给<u>杨戬</u>，说，"这是<u>柴胡</u>。如果放在水中煮[1]，它可以治疗任何病。"

<u>杨戬</u>将丹药和草药带回了<u>西岐</u>城。每个人都按照大师的话去做，很快城里的人都重新变得健康起来。

<u>吕岳</u>当然不知道丹药。他等了八天，直到他肯定城里的每个人都死了。然后他告诉他的徒弟和<u>苏护</u>，他们赢得了战争。

但<u>苏护</u>想自己去看看。他偷偷去了<u>西岐</u>城。他向城门内看去，看到街道上有很多人，还有许多士兵。他回来对<u>吕岳</u>说，"你的魔法失败了。你竟然敢这样骗我？"

<u>吕岳</u>又吃惊又愤怒。他做了占卜，然后对<u>苏护</u>说，"啊。<u>玉鼎真人</u>让他的徒弟去<u>火云洞</u>取丹药！"他马上命令从各个方向攻击这座城市。<u>苏护</u>给了他一万二千士兵去攻击。

<u>黄龙真人</u>看到士兵来了。"打开所有的城门！"他命令道。"等士兵在城内时，我们再面对他们。"

---

[1] 煮   zhǔ – to boil, to cook, to poach

第 59 章
二王子回来

═══

商军队攻打城市，四座城门各有三千名士兵。杨戬在东门等着他们，哪吒在西门等着他们，玉鼎真人在南门等着他们，黄龙真人在北门等着他们。

在东门，杨戬命令自己的狗攻击带头攻击的道士。当道士与大狗战斗时，杨戬用剑将他砍成两半。道士的魂魄飞向了封神台。攻打东门的士兵转身逃命。

在西门，哪吒用剑刺杀道士将军，打败了他。在南门，玉鼎真人砍下了敌人的头。两位被打败的将军的灵魂飞向封神台，他们的士兵逃跑了。

但是在北门，强大的巫师吕岳正在带着商士兵。他与黄龙真人战斗，几乎就打败了他。其他周神仙围着他，战斗得很厉害。木吒扔出一把钩子，切断了吕岳的左臂。巫师骑着骆驼逃跑了。他没有办法走到商营地，于是他和他的最后一个徒弟骑到附近的野地里，在一块石头上坐下。

当他们坐在石头上休息时，他们听到附近有一个人在唱歌。抬头一看，他们看到一个高个子男人。那人穿着道士长衣，头上戴着战士头盔。他手里拿着一根大棒。"你是谁？"吕岳问道。

"我是韦护，"那人回答说，"我是道行天尊的徒弟。我师父让我来帮助姜子牙打败巫师吕岳。"

"你敢！"吕岳的徒弟喊道，对着那人攻击。

"嗯，我是个有运气的人！"韦护说。"看来我找到了我要找的巫师！"他们两人开始战斗。几个来回后，韦护将他的棒扔向空中。它掉在那徒弟的头上，马上杀死了他。他的灵魂飞到了封神台，与其他三个徒弟在一起了。

吕岳想要用一只手与韦护战斗，但没有办法躲过韦护的棒。当韦护将棒扔向空中时，吕岳在一道黄光下飞走了。

很远的山洞里，赤精子大师静静地坐着。一个送信人进了山洞，告诉他必须去昆仑山参加为姜子牙举行的表彰[1]会议。大师叫来他的徒弟殷洪，他是商王的第二个儿子。

"徒弟，战争进行得很顺利。很快，姜子牙将过五个山口，在孟津与其他侯爵见面。现在就去找他，看看你能不能帮助他。"然后大师说，"只有一个问题。你是商王的儿子。你与他战斗感觉怎么样？"

"师父！"年轻人喊道，"我是国王的儿子，但他也是我的敌人。我父亲听了妲己的话，就挖了我母亲的眼睛，烧坏了她的手，直到她死去。他还命令杀死我和我哥哥。我准备好了为我母亲的死报仇，即使它会让我死去。"

"你保证以后不会改变主意吗？"大师问。

"我不敢做任何违反你意愿的事情，"殷洪回答道。

"很好。去佳梦关，与火灵圣母见面。你将没有办法看到她，但她会

---

[1] 表彰　　biǎozhāng – to honor, to praise

看到你。带着这些武器。"他给男孩一把剑、一件长衣和一面小镜子。"这把剑会保护你。穿上这件长衣，没有人会伤害你。关于这面镜子，你看到它一面是白色的，另一面是红色的。如果你把白色的一面对着人，他们就会死。但是，如果你把红色的一面对着人，他们就会回到生命。现在去吧。"

殷洪转身，开始走出山洞。师父喊道，"等一下！"年轻人转过身来。大师说，"永远不要忘记我告诉你的话，不要忘记你的承诺！"

"如果我改变主意，愿我被烧成灰！"年轻人回答说。大师点了点头，殷洪离开了山洞。

殷洪前往西岐。走了一会儿，他停下来在山边一片美丽的森林里休息。突然，一个人骑马向他走来。他留着长长的红胡子，黄色的眉毛和金色的眼睛。他穿着黑色长衣，骑着一匹黑马。他攻击了殷洪。殷洪用剑攻击了回去。

然后第二个人骑着一匹黄马来了，加入了战斗。殷洪没有办法和他们两人战斗，于是他拿出镜子，用白色的一面对着两人晃动。他们俩都从马上掉下来，躺在地上不动了。

又有两个人挥动着剑向他走来。殷洪把镜子对着其中一人晃动，那人从马上掉了下来，躺在地上。

第二个人见这，停下了马。他从马上下来，向殷洪磕头，说，"大仙人，原谅我们！"

"我不是大仙人。我是王子殷洪，商王的儿子。"那人继续磕头，请求原谅。"我不会伤害你或你的朋友，"王子说。

他把镜子的红色一面向另外三个人晃动。他们醒来了，好像从梦中醒来一样。在他们攻击之前，第四个人说，"等一等，兄弟们！这是王子殷洪！"

人们都向王子磕头。殷洪对他们说，"你们都很勇敢。我要和西岐国王一起和<u>商</u>王战斗。请跟我在一起。"

其中一个人问道，"可是你是<u>商</u>王子。你为什么要反对你自己的父亲？"

"他可能是我的父亲，但他是一个邪恶的暴君。他对人们残忍，违反了上天的意愿。现在，你们愿意跟我去<u>西岐</u>吗？"

人们同意了。他们告诉他们的三千人，他们要加入<u>西岐</u>。这些人烧毁了他们的营地，做了带有<u>西岐</u>大字的旗帜，然后向<u>西岐</u>走去。

很快，他们看到前面的路上有一个人，骑着一只黑虎。他留着长长的白胡子，穿着一件道士长衣。大家害怕老虎，但<u>殷洪</u>却骑着马向那人走去。他问，"先生，请问你的贵名？"

"我是<u>申公豹</u>。我相信你就是王子<u>殷洪</u>。"

"是的。我师父让我去<u>西岐</u>，去帮助他们的国王。"

"可你是<u>商</u>王的儿子！为什么儿子会这么不孝顺，要和自己的父亲战斗呢？"

"即使是孝儿子，也不能违反上天的意愿。"

"哦，你真是个小傻瓜！"<u>申公豹</u>说。"任何儿子都不应该攻击自己的父亲。那你呢？如果你的父亲被打败了，你就永远不会成为国王。你就失去王位，一千年来人们都会说你<u>殷洪</u>这个不孝的儿子。"

<u>殷洪</u>没有说话。他想了一会儿。然后他说，"你是对的。但我对我的师父承诺过。"

"承诺什么？"

"让我烧成灰。"

<u>申公豹</u>笑道。"这是一个疯狂[1]的承诺。你肉做的身体怎么能化为

---

[1] 疯狂　　　fēngkuáng – crazy

灰？你必须决定你要走哪条路。但如果你想帮助你的父亲，就去西岐，加入苏护。"

"可是苏护的女儿杀了我妈妈！"

"年轻人，放下你的愤怒。当你成为国王，你就可以按照你想要的去报仇。"

说完，申公豹骑上他的老虎走了。殷洪让人将旗帜上的西岐改为商，继续向西岐走去。

当他们走近商营地时，一个送信人跑到苏护面前，告诉他，"王子殿下到了。他想马上见到你。"

苏护说，"可是两位王子都死了。"

送信人回答说，"这是二王子殷洪。你必须马上出去。"

郑伦说，"指挥官！你还记得两位王子被魔风带走了。我想他们是被一些神仙救了，现在殷洪已经回来帮我们了。你最好去看看他。"

苏护同意了。他和郑伦去见了殷洪。苏护说，"殿下，请你告诉我你是怎么来到这里的？"

殷洪回答说，"我父亲命令杀死我和我的哥哥。但是我们被一些神仙救了出来。现在我是来帮你的。"

苏护把情况告诉了王子。然后，王子的军队在商军队的营地里加入了商军队。

第二天，殷洪从商营地出来要和周战斗。黄飞虎出来见他。殷洪十年没见到他，也没认出他。他说，"我是王子殷洪。你是谁，你为什么要背叛你的国王？"

"我是王爷黄飞虎。"

王子回答说，"我认识一个叫<u>黄飞虎</u>的人，但你不是他。"然后<u>殷洪</u>向<u>黄飞虎</u>发起了攻击，两人开始打了起来，打得非常厉害。

第 60 章
马元帮助商军队

马元在紫门下练习了很久

他很愤怒也很残忍

他充满了五恶

虽然他看起来像三朵花和好的水果一样[1]

商王的统治马上结束

武王的军队很强大

马元出家学习佛教

但西岐记得它是多么害怕失去它的心

≡ ≡ ≡

当他们两人战斗的时候，双方都出现了更多的将军，直到最后有十个人在战斗，有普通武器，也有魔法武器。殷洪打不赢这么多敌人，就跑了。然后他突然转过身来，对着黄飞虎晃动镜子的白色一面。黄飞虎从马上掉下来，被抓了。然后王子对着黄天化晃动了镜子，他也被抓了。

当他们回到商营地时，殷洪将镜子的红色一面向两名犯人晃动。他们张开了眼睛。黄飞虎见到了王子，生气地说，"你说你是殷洪，怎么不认识我？我是王爷黄飞虎。我在朝歌的王宫门口救了你的命，我帮你从你父亲那里逃了出来。"

"啊，原来是你！"殷洪喊道。他跳了起来，松开了两个犯人的绳子。"对不起！但是告诉我，你为什么要为周战斗？"

"殿下，我必须告诉你，你父亲是一个非常邪恶的人。他杀了我的妻子和妹妹。"

---

[1] The expression "three flowers, good fruits" describes someone who is good from the inside out, and appears to be of good character, healthy and kind.

殷洪命令将那两个人的盔甲和武器还给他们。郑伦对这很不高兴，但殷洪却说，"这人救了我的命。我必须为他做相同的事情。"然后他把两人带到营地门口，保证他们能够安全离开营地。

第二天，殷洪骑马走出商营地，叫姜子牙出来。丞相出来后，王子对他说，"你以前是朝歌的大臣。现在你是一个叛徒。对你的国王你怎么可以这么不感谢呢？"

姜子牙鞠躬说，"殿下，国王必须爱他的臣民，听他的大臣的话。但商王却成了大家的敌人，他只听他邪恶王后的话。西岐国王有上天的祝愿，控制着三分之二的国家。我认为你不应该违反上天的意愿。"

殷洪不想听这话。他喊道，"谁能帮我杀了这个人？"他的几个将军骑着马向前走，挥动着他们的剑。几位周将军骑马上前挡住他们的攻击。战斗开始了。两名商将军被杀，一人死在哪吒的长矛下，一人被杨戬的狗杀死。他们的灵魂飞向了封神台。

殷洪看到打得不顺利，就拿出镜子，把白色的一面对着哪吒晃动。但当然，它没有什么用，因为哪吒是由莲花做成的，而不是肉和骨头。就在他忙着做这事的时候，邓婵玉向殷洪扔了一块石头，打在了他的脸上。血流得很厉害，他转身逃跑。哪吒见这，挥剑向他砍去，但殷洪的魔长衣保护着他。商战士回到营地，周战士回到西岐城里。

回到城里，杨戬对姜子牙说，"我知道那面魔镜子。它是赤精子大师的。我必须去和他谈谈这件事。"

他飞去见山洞里的赤精子大师。他进了山洞，鞠躬，说道，"大师，我们和商军队战斗有困难。姜子牙让我来这里向你借魔镜。"

大师回答说，"镜子在殷洪那里。我让他去帮助姜子牙。你应该向他要镜子。"

"殷洪恐怕已经加入了商那边。"

赤精子大师叹气。"我把我所有的宝贝都给了他。现在他背叛了我。

好吧。回西岐。我很快就会到那里。”

三天后，赤精子大师到了西岐。他见了姜子牙，说明了情况。然后他走到城外，叫殷洪出来。

当殷洪出来的时候，他吃惊地看到了赤精子大师。“师父，”他说，“你的徒弟不能向你深鞠躬，因为他穿着盔甲。”

“殷洪！”赤精子大师说。“你不记得你的承诺吗？你想让你的身体化为灰吗？在还没有太晚之前远离这条路吧。”

“师父，我怎么能反对我自己的父亲呢？你知道古人怎么说的，‘在你想要成为神仙之前，首先要做一个好人。’如果我杀了自己的父亲，我怎么能做一个好人呢？”

“你父亲背叛了这个国家。他杀死了许多忠诚的大臣。他不停地喝酒、贪婪欲望。他被人们讨厌，也被上天讨厌。如果继续支持他，那将是商朝的结束。现在从马上下来。”

“我不能那样做。”

“你竟然敢违反上天的意愿！”大师喊道，他用剑砍向殷洪。

“师父，请你控制住你的愤怒，”殷洪说着，挡住了这一攻击。大师又一次对他攻击。这次殷洪生气了。他喊道，“师父，现在我必须攻击回去了！”两人开始战斗。殷洪拿出魔镜子，却被大师看见了。很快，他在一道金光上逃走了。

殷洪回到了商营地。正在他和苏护说话的时候，一个陌生人进来见他们。这个人有八尺高，皮肤是绿色的，嘴里长满了长长的尖牙。他穿着一件红色的长衣，戴着骷髅骨项链[1]。火从他的眼睛、耳朵和鼻子那些对方发出来。殷洪的将军们吓坏了。

那人鞠躬问道，“你们谁是殷洪？”

---

[1] 项链　　　　xiàngliàn – necklace

"我是，"殷洪说。"你是谁？"

"我是骷髅山的马元。申公豹让我过来帮你。"

殷洪给陌生人提供了晚饭和睡觉的地方。第二天，那人走出营地大门，喊着姜子牙。姜子牙听说后，说，"我知道我命运中要遇到三十六个不同的敌人。所以我必须去见见这个人。"他走出城门，他的将军们走在他两边。

姜子牙见到那个高大道士，说，"先生，请问你的贵名？"

"我是马元。申公豹让我来这里，帮王子打败你和叛乱分子。"

姜子牙回答说，"我觉得申公豹不喜欢我，所以他才让你与我和我的军队战斗。但是告诉我，你为什么不听上天的意愿和人们的意愿呢？"

马元笑道。"殷洪只是对父亲孝顺，就这样。姜子牙，你不尊重国王，不尊重儿子对父亲的孝顺。现在是我杀你的时候了。"

马元攻击了，一剑砍向丞相，战斗开始了。姜子牙和他的将军们与马元战斗。突然，一只大手出现在道士身后。它向前伸出，举起一名将军，把他扔在地上。马元把脚踩在将军的腿上，让他不能动。

然后他打开那人的胸，拿出他的心，在姜子牙和他的将军们的面前吃了起来。

每个人都吓坏了。但突然，小矮子土行孙喊道，"我是来面对你的！"然后跑上前去，挥动着棒，打在道士的腿上。开始的时候，马元在笑，但后来他因为腿被打了而生气了。他想要用他的第三只手魔法抓住孙，把他扔到地上。但孙只是消失在地下。

当他看着地面时，邓婵玉向他的脸扔了一块石头，打中了他的鼻子。他开始流血。杨戬跑上前去攻击他。马元打不赢他，却用第三只魔手将杨戬抓起，将他扔到地上。然后他打开将军的胸，拿出他的心，吃了起来。

周将军见这，都退回城中。马元回到了商营地。但很快他就出汗，肚子痛得厉害。

郑伦对他说，"我的朋友，你刚刚吃了两颗人心。试着喝点热酒，对你的肚子有好处。"

但疼痛变得更重了。很快，马元就滚在地上，抓着自己的肚子痛得大喊。他不知道杨戬会变换[1]。所以当他以为自己在吃杨戬的心时，其实是在吃一种毒药[2]，这会让他重病三天。

再说西岐城，赤精子大师和文殊广法天尊来到了丞相宫殿。

文殊广法天尊说，"姜子牙，我们是来帮你面对马元的。"

"谢谢你！"姜子牙回答。"你们打算怎么做？"

文殊广法天尊告诉他该怎么做。这天下午晚些时候，姜子牙骑马来到商营地门口。他没有喊叫马元，只是看了四周。

一个侍卫跑到马元面前，告诉他姜子牙在营地门外。马元跑到门口喊道，"别走，我是来找你的！"

---

[1] 变换　　　biànhuàn – to transform
[2] 毒药　　　dúyào – poison

第 61 章
二王子之死

八卦图中藏着秘密
但只有很少人知道它们
变换和魔法是神秘的
后悔你过去的错误和想法

殷洪后悔他的承诺，但老师不会救他
上天的意愿很明白，他不能行走在地球上
商王的罪行世界上都知道
一块木头[1]怎么能救一个人的命运？

≡≡≡

马元想要追上姜子牙，但姜子牙在骑马，而他在走路。过了一会儿，他停下来大口呼吸。姜子牙转身对他喊道，"马元，你敢跟我打吗！"马元又开始向丞相跑去，但姜子牙骑马走了。这种情况继续了一整天，直到晚上。太阳就要下山的时候，马元发现自己在一个陌生的地方。他在一座山上。四周都是黑云，危险的大鸟从头顶飞过。

他累了，天也要黑了，所以他靠着一棵树坐下来休息。他在那里坐了几个小时，没有动。半夜的时候，他抬起头，看到山顶上有火。姜子牙和武王在那里，坐着喝酒。他跳了起来，爬上了山顶，但当他到了那里时，两个人已经不见了。

他往下看，看到山下到处都是士兵。他很生气，跑下去和他们战斗，但他们都消失了。现在他又生气又累又饿。

他沿着一条山路慢慢走着。他听到了一个声音。低头一看，他看到一个女人躺在草地上。"大师，救救我！"她喊道。

---

[1] A "piece of wood" means something small or insignificant, when compared to the fate of the entire world.

"你是谁？你想要什么？"他问她。

"先生，我是一个已经结婚的女人。我本来要去看我丈夫的家人，但我心脏病[1]发了。你能不能去村庄里给我拿点热水？这会把我从死亡中救回来。"

"亲爱的妇人，村庄太远了。我想在我回来之前你就会死去。我很饿。请让我吃顿饭。"

"当然，如果你能帮我，我很愿意请你吃饭。"

"不，我不是这个意思。求求你让我吃掉你。"

"你怎么能吃我呢？"女人喊道。但马元走向前去。他把脚踩在她的胸口上，用剑切开她的身体。他把手伸进去，想要找到她的心。但他找不到。这个女人没有心和任何其他内脏。

正当他想着这事，文殊广法天尊向他走了过来。马元想要将手从女人的身体里拿出来。但她的胸口受伤的地方闭起来了，他的手被锁在她的身体里。他抬起头，看到文殊广法天尊举起了剑。"哦，师父，"马元叫道，"请不要杀我！"

就在文殊广法天尊准备把剑砍下的时候，一个黄脸短胡子的人走了过来。文殊广法天尊转头看他。那人说，"先生，我是来自西方的佛。请不要杀马元。他的名字不在封神名单上，因为他的命运就是要成为一个佛教徒。如果你把他交给我，我就教他佛道。"

文殊广法天尊说，"先生，你是一位伟大的天师。你当然可以带走这个人。"他将马元的手从女人的身上放开。

佛祖走到马元身前，剃[2]掉了他的头发。他说，"我的孩子，你很笨地度过了你的一生。现在是你成为一个新人的时候了。跟我去七宝林吧。"马元同意了，两人就离开了。

---

[1] 心脏病　　　xīnzàng bìng – heart disease
[2] 剃　　　　　tì – to shave

文殊广法天尊回到西岐城，将事情的经过告诉了其他人。

商营地里，殷洪因为马元没有回来而担心他。早上，在炮声轰响和士兵喊叫声中，他走到城墙边，叫姜子牙出来。姜子牙骑着马出了城门。两人打了几个来回。然后姜子牙骑马向东南方向走去，殷洪追了上去。

他们来到了一座金桥上。姜子牙骑马过桥，叫殷洪和他战斗。殷洪骑马上了桥。他并不知道这是赤精子大师用老子的魔图造的一座魔桥。

当殷洪上桥时，他变得非常困惑。他以为他和他的父亲商王在朝歌。他以为自己看到了黄贵妃，然后看到了杨贵妃。他和她们说话，但她们没有听到他的话。然后他看到了他死去的母亲。她说，"我的儿子，你背叛了你自己的师父。你正站在老子的魔图上。几分钟后，你就会化为灰！"

"妈妈，救救我！"他喊道。但已经太晚了。赤精子大师收起图，图里有殷洪。殷洪和他的马都化为灰。风吹过，灰飞走了。殷洪的灵魂飞向了封神台。

赤精子大师开始哭了起来。他说，"我刚才杀了自己的徒弟。现在谁愿意和我一起学习呢？"

慈航道人说，"别担心，我的朋友。这是他的命运。"

在商营地那里，苏护还在想去周那边的办法。他给姜子牙写了一封信。在信中，他告诉姜子牙那天晚上的攻击，并说苏护和他的家人将在战斗中去周那边。他把信绑在箭上，并让他的儿子把箭射向西岐城。

姜子牙读了这封信。他让他的军队准备好，他们在二更时发起了攻击。商军队没有准备，他们只战斗了一会儿。在战斗中，周军队抓了郑伦，把他绑了起来。

战斗结束后，苏护带着家人进了城。他被带去见姜子牙。他磕头说，

"丞相，我犯了重罪。你还让我活着，你太仁慈了。"

"请起来，"姜子牙回答。"你是一个大英雄。我们都尊敬你。"

然后郑伦被带了进来。他拒绝下跪。姜子牙说，"把他带到外面，砍下他的头。"

苏护冲上前，说，"丞相！你说得对，郑伦应该死。但他是一位非常优秀的将军。我们可以用他。请让他活下去。"

姜子牙笑着说，"我就希望你会这么说！去和他谈谈吧。"

苏护走到外面。他对郑伦说，"将军，你看不出这里发生了什么吗？全国三分之二的人已经加入了周。很快，姜子牙和他的军队将前往朝歌，把老国王拉下王位。请记住那句老话，'一个好大臣会选择一个好主人。'你必须选择正确的一边！"

郑伦听了。他觉得自己刚刚从梦中醒来。他回答说，"谢谢你，我的朋友。你的话是对的。我想来周这边，但我认为丞相不会接受我的。"

"不用担心，"苏护回答。他们一起走了进去。他对姜子牙说，"郑伦想来周这边，怕你和你的将军不要他。"

"我们不再是敌人，"姜子牙回答。他转向郑伦说，"将军，你是个好人，一个伟大的将军。让我们忘记过去吧！"然后他命令为新来的人举行一场大宴会。

第 62 章
<u>羽翼仙</u>到来

大乱和战争，没有一天和平的日子

人们受苦，像天上的星星一样孤单

地上堆满了死人尸体

国王用钱来买羽毛箭

士兵们仍然愿意为他们的统治者做事

但上天不希望宫门站在那里不倒

大灾难带来大苦难

<u>西岐</u>城中的死亡和流血

＝＝＝＝

在首都<u>朝歌</u>，老国王听说他妻子的父亲<u>苏护</u>已经去了<u>周</u>那边。他感到吃惊和愤怒。

<u>妲己</u>听到了这。她对国王说，"陛下，你对我太好了，现在我父亲做了这件可怕的事情。他的家人必须受到惩罚。求求你，把我的头砍下来挂在城墙上。这将向人们表示你服从法律。对我来说，我很愿意为你而死。"

她轻轻地把头靠在国王的腿上，哭了起来。她的眼泪像雨一样掉卜。国王感到他的身体里有欲望升起。他抬起她的头，说，"亲爱的，你不可能知道你父亲在想什么。请不要担心。我不想因为这让你变得不美丽。"

第二天，他命令<u>三山关</u>的指挥官<u>张山</u>成为在<u>西岐</u>的<u>商</u>军队的新指挥官。任命送到了<u>张山</u>那里。他带着十万士兵，向<u>西岐</u>城走去。

军队走了几天。当他们来到<u>西岐</u>城外的<u>商</u>营地时，将军们向<u>张山</u>问好。其中一人说，"记住那句老话，'一支走了一百里路的军队太累

361

了，是不能战斗的[1]。' 请休息吧。我们明天就可以攻击了。"

就在同时，姜子牙正准备带军队前往孟津，在那里他将与其他侯爵集合，开始与朝歌最后的战斗。他命令他的人将所有旗帜改为红色。他的一位将军不明白这一点。他说，"先生，旗帜就像我们军队的眼睛。它们告诉我们该做什么以及怎么动。如果它们都是相同的颜色，人们就会感到困惑。你为什么要这样做？"

姜子牙回答说，"红色是火的颜色。现在天气很冷，士兵们需要像火一样战斗。不过别担心。我们会在每面旗帜上放一小块各种颜色的布[2]：绿色、黄色、粉红色、白色或黑色，这样我们的士兵就知道该怎么做了。"

就在这时，一个送信人走了进来。他告诉姜子牙，商军队新任命的指挥官张山要见他。他让邓九公出去见他。邓九公在来周这边之前，是三山关的指挥官。

张山见这，就让自己的一名将军出去见邓九公。他们两人互相大喊大叫，然后开始战斗。但邓九公是更强的战士，他很快就用剑击中了那个人，马上杀死了他。

张山见这很愤怒。第二天，他自己出来，要求见邓九公。他喊道，"你这个叛徒！你竟然敢杀一个被你国王送到这里来的将军？你该死。但我要抓住你，把你带回朝歌去见你的国王。"

邓九公回答说，"你只是一条穿着衣服的狗。尽管你知道他喝酒、贪婪欲望、对他的臣民一点也不关心，你还在为商王做事。不要丢掉你的生命。加入我们，救救人们。"

"你应该被切成一千块！"张山喊道，他冲向敌人。他们开始战斗。

---

[1] He is quoting *The Art of War*, Chapter 7, where Sunzi says, 是故卷甲而趋，日夜不处，倍道兼行，百里而争利，则擒三军将。"Therefore, if you pick up your armor and rush off, not stopping day or night, marching doubletime for a hundred *li* and then fighting, your commanders will be captured by the enemy."

[2] 布　　　　bù – cloth

邓九公有麻烦了。他的女儿邓婵玉看到了这。她向张山扔石头，砸在他的脸上，使他流了很多血。他几乎从马上掉下来，但还是想办法回到了商营地。

他坐下来，想要阻止出血。一个陌生的道士走到他面前鞠躬。这个人有一双明亮的眼睛和一张像鹰嘴一样的嘴。他穿着黑色长衣，穿着草鞋，背着一个葫芦，腰间一把剑。"你怎么受伤了？"他问。

"一个女将军用石头打了我的脸，"他回答说。

道士拿出一些丹药，与水混合，放在将军的脸上。受伤的地方长好了。

"谢谢你！"张山说。"你是谁？"

"我的名字叫羽翼仙。我来自蓬莱岛[1]，如果可以的话，我会在这里帮助你。"

张山谢了他，然后闭上眼睛休息。第二天，羽翼仙来到营地外，叫姜子牙出来。

姜子牙说，"我们的命运中会受到三十六次攻击，而我现在只有三十二次。还有四次。我还是出去见见他。"

他带着他的大军队，排成五方队，出了城门。他所有的将军都和他一起骑马出去了。他对道士说，"我可以知道你的贵名吗？"

"我是蓬莱岛的羽翼仙。你为什么要告诉别人，你会拉掉我的羽毛，打断我的骨头？"

"我从来没有说过这样的话。也许有人想要在我们之间制造麻烦。请你好好想想。"

---

[1] In Chinese mythology, Mount Penglai is the home of the Eight Immortals. Everything there is pure white, its palaces are made from gold and silver, and jewels grow on trees. The rice bowls and wine glasses never become empty no matter how much people eat or drink from them; and there are enchanted fruits that can heal any ailment, grant eternal youth, and even resurrect the dead.

羽翼仙想了一会儿，然后说，"也许你是对的。让我们忘记这一点。但从现在开始要小心你说的话。"

道士转身回商营地。哪吒却大喊，"残忍的道士，你竟然敢侮辱我叔叔！"他骑着风火轮冲了上去，用剑砍向道士。其他将军也加入了战斗。雷震子用了他的金棒。土行孙打中了他的腿。杨戬的狗咬了他的颈。黄天化用魔钉刺入他的手臂。因为没有办法与他们所有人战斗，道士逃回了商营地。

他很多受伤的地方都在流血，他拿出一些丹药，与水混合，放在受伤的地方。它们马上就长好了。他对张山说，"我本来不想打，但他们先攻击了我。现在他们都必须死。给我拿点酒来。今天晚上晚些时候，我会把他们的城市变成一片大海。"

城中，姜子牙感觉到了一股强大的风。他做了一个占卜，知道了道士打算做什么。他马上洗澡，穿上干净的衣服，向昆仑山鞠躬。然后他放开头发，让它们披[1]在肩上。他挥剑，拿起北海，放在西岐城上保护它。

见这，元始从花瓶中取出一些魔水，放在北海的水面上。

那天晚上，羽翼仙变成了一只大金鸟。他飞过城市，挡住了月亮和星星。他看到北海盖在城市上空，笑了起来。"姜子牙是个傻瓜。他以为他能阻止我吗？"他开始拍打翅膀，想要把水变成云。但是他越是拍打翅膀，水就越深。

最后，他放弃了，飞走了。他飞了很久，直到他来到一座大山前。山脚下有一个山洞。洞里有一位神仙，他已经有几千岁了。

羽翼仙非常饿。他想把神仙吃了。但神仙看见了他，用手指了指。这大鸟掉在地上。

羽翼仙说，"大仙人，对不起。我想吃了你，因为我太饿了。但我不

---

[1] 披　　　　pī – to spread out

知道你有这么大的力量。请原谅我。"

"你这只笨鸟，你应该直接向我要吃的东西。这一次我会帮助你的。离这里大约二百里，就是<u>紫云崖</u>。许多道士去那里吃好吃的素食。去那里，他们会给你吃的。"

<u>羽翼仙</u>谢了神仙。他飞向<u>紫云崖</u>，变回人的样子。他看到许多道士吃着孩子们给他们的吃的东西。他走到其中一个孩子面前，要一些吃的东西。

"对不起，东西都吃完了，"孩子回答。"请明天再来。"

<u>羽翼仙</u>生气了，开始对孩子大喊大叫。一个黄衣道士走过来，说道，"请不要生气。我想我们还有一些年糕[1]。"

孩子跑了，过了一会儿就带着八十块年糕回来了。<u>羽翼仙</u>把它们都吃掉了。孩子又拿来了二十八块，<u>羽翼仙</u>也吃掉了它们。他谢了道士和孩子，然后飞回山洞感谢神仙。但神仙只是用手指了一下，<u>羽翼仙</u>掉在了地上。

---

[1] 年糕　　　niángāo – rice cakes

第 63 章
<u>殷郊</u>回来

<u>申公豹</u>想要找麻烦
这使国王的儿子死亡
他先让小儿子同意叛乱
然后他给大儿子带来了灾难

他找了很多麻烦
他说的好听话给他带来了许多痛苦
虽然这是上天的意愿
真的有必要谈这些吗？

☰☰☰

当<u>羽翼仙</u>躺在地上时，神仙向他走了过来。"你有问题吗？"他问。

"我吃了一些年糕，"道士回答说，"但现在我的肚子真的很痛。"

"啊，这很不好。试试吐出来。这应该会有帮助。"

<u>羽翼仙</u>吐了。但是年糕没有吐出来。相反，一串[1]白色的鸡蛋从他的嘴里出来。他拉了拉绳子，却发现绳子缠绕在他的心上。当他拉的时候，他的心里非常痛苦。他吓坏了，跳起来想要逃跑。

"你要去哪里？"神仙喊道。"你应该知道，我叫<u>燃灯</u>。你竟然敢伤害<u>姜子牙</u>！他按照神的命令去结束<u>商</u>王的统治，使人们可以和平地生活。"然后<u>燃灯</u>对他的精灵说，"把他挂在树上！"

"大师，求你了！"<u>羽翼仙</u>喊道，"让我活下去吧。我不会再找麻烦了。"

"太晚了。你学习<u>道</u>一千年了，但你仍然不能分出好和坏。"然后他

想了一会儿，说，"好吧。如果你接受我做你的师父，我会让你活下去。"

"当然可以。你现在是我的老师了，"羽翼仙说。燃灯点了点头。他挥了挥手，松开了那串鸡蛋。然后两人一起离开了，回到了燃灯的家。

就在同时，广成子大师正在九仙山的山洞里静坐。他决定是时候给姜子牙送去一些帮助了。他叫来了商王的大儿子殷郊。

年轻人到了，广成子大师告诉他，"不久，武王将带军队攻打孟津。你报仇的时候马上要到来了。我希望你做那支军队的将军。你会去吗？"

殷郊回答，"会的。我父亲是商王，但他的妃子妲己是我的敌人。她杀了我的母亲，并想要杀死我和我的弟弟。我要去跟她报仇。"

"好吧。去找一些武器。"然后他告诉年轻人在哪里可以找到一个有武器的山洞。殷郊找到了山洞。那是一片美丽的草地，周围有可爱的树木和花。

他走到洞门前。当他走近时，它们就自己开了。走进去，他看到一张石桌。桌子上放着一碗热汤。"这汤闻起来很香！"他对着自己说道，然后把它们都吃了。

过了一会儿，他觉得很奇怪。他的身体开始晃动。他的身上出现了四只新手臂和两个新头。他的脸变成了深蓝色，头发变成了明亮的红色。他的牙齿变长了，额头中出现了第三只眼睛。

他慢慢地走回到了广成子大师那里。大师拍手说，"太好了！"然后他给了年轻人三件魔武器，一对剑，番天印和落魂钟。然后他说，"现在你有一个强大的身体和三件魔武器。你必须帮助武王和他的军队通过五个关口。别忘了做这件事！"

"师父，你放心。我父亲是暴君，武王是圣人。如果我忘了帮助武王，那我的头就会被锄头[1]砍下！”

他在空中跳起，开始在一团尘土上向西岐城飞去。走了一会儿后，他感到非常累，于是在一座美丽的山脚下停下来休息。当他坐在地上时，一个人骑着马向他走来。他穿着一件红色的长衣，上面挂着金链子。他拿着两根狼牙棒，每只手一根。在他身后有另一个人骑在马上，穿着黄色的长衣，拿着一把长剑。就和殷郊一样，两个人都有三只眼睛。

那些人对着殷郊喊道，“你在我们山上干什么？”

“我是殷郊，暴君商王的儿子。我父亲违反了上天的意愿，犯下了许多可怕的罪行。师父命令我去西岐城，加入武王的军队。你们看起来像强大勇敢的人。你们愿意加入我吗？”

他们聊了一会儿，然后停下来吃饭。饭后，两个强盗同意加入殷郊和周军队。

他们继续他们的旅途。很快，他们就遇到了一个骑着大黑虎的道士。殷郊对他说，“先生，请问你的贵名？”

“我是申公豹，昆仑山的徒弟。可以问一下你要去哪里？”

“师父的命令，要我去帮助姜子牙和我商王父亲战斗。”

“为什么儿子会攻击他的父亲？你为什么要结束他的王朝？如果你的父亲自然死去，你就会成为国王。但是如果他被周杀死，王朝就结束了，你什么都不是了。想想吧。你最好用你的力量和武器来帮助你的王朝和你的臣民。”

“你可能是对的。但这是上天的意愿，是我师父的命令。”

申公豹见这不行。于是他说，“你说你要帮助姜子牙。你知道他杀了你的弟弟吗？”

---

[1] 锄头　　　　chútóu – hoe

"这是真的吗？"殷郊问。

"是的，这是真的。你弟弟也被叫去帮助武王。但姜子牙却用了魔图，把这个可怜的男孩化成了灰。难道你对自己的兄弟没有爱吗？"

"我怎么知道你的话是不是真的？"

"去西岐的商营地。你会找到张山将军。问问他你弟弟怎么了。"然后申公豹转身骑着他的黑虎走了。

几天后，殷郊来到了西岐。他去了商营地，要求见张山。他走进了将军的帐篷，张山抬头看，看到殷郊站在他面前，三头六臂。他的左右两边站着两个强盗。

"我能帮你什么吗？"张山问。

"我是殷郊。你知道我弟弟的事吗？"

"是的。他在老子的魔图上化成了灰。"

殷郊愤怒地喊叫着。他转身骑马向西岐城门走去，叫来了姜子牙。两个强盗骑着马和他在一起。

过了一会儿，姜子牙骑马出来见他，他的将军们在他身边。哪吒看着对面的三个人，笑了起来。他说，"三个人有九只眼睛，这真奇怪。那往往可以是四个半人了。"

"姜子牙！你为什么要杀我弟弟？"殷郊喊道。

姜子牙回答说，"是他自己造成的。和我没有关系。"

"你怎么敢这样！"殷郊喊道，他发起了攻击。哪吒骑上前去挡住攻击，却被番天印从风火轮上打了下来。然后其他几位将军攻击殷郊，但殷郊敲了他的落魂钟，抓了黄天化。黄飞虎冲上前去帮助儿子，但也被落魂钟抓住。其他的周将军退回城里。

商营地中，殷郊仔细看着黄天化和黄飞虎，认出了他们两人。"很久以前，你救了我，"他对黄飞虎说。"因为你的仁慈，我会放了你们俩。"

"谢谢殿下，"黄飞虎说道。"但是告诉我很久以前的那一天。你被魔风带走后怎么了？你去了哪儿？"

殷郊不想多说什么，于是答道，"一位神仙帮了我。我留下来和他一起学习道。但现在我回来为我的兄弟报仇。这次我会让你走，但要小心。如果我再抓住你，你就会死。"

黄天化和黄飞虎回到西岐城，把事情的经过告诉了姜子牙。

第二天，一个叫马善的三眼强盗从商营地出来了。邓九公出去面对他。战斗很快就结束了，马善被抬回城内，面对姜子牙。马没有跪下。他只是说，"不用说话。杀了我吧。"

"好吧，"姜子牙说。他让他的一个将军砍下这个人的头。但将军的剑却像流水一样穿过了马善的颈。他又试了两次，都不能杀死马善。

"这是什么魔法？"姜子牙问。他让另一位将军用一根大棒砸这个人的头。棒打在马善的头上，但它直接穿过了他的头，一点都没有伤到他。

"用魔火烧死他！"姜子牙对他的几个将军说。哪吒、金吒、木吒几人都向马善射出了魔火，但那人只是站在那里笑他们。

"够了，"马善对他们说。"我现在得走了。"他转身走出了城。

他走后，杨戬说道，"我们需要了解这里发生了什么。我必须先去九仙山，了解一下殷郊。然后我就去拿一面照妖镜，这样我们就能看到这个马善到底是什么样的妖怪了。"

杨戬在空中跳起，飞向九仙山。他找到广成子大师，问他为什么殷郊要攻击周而不是帮助他们。

"那个傻瓜，"广成子大师说。"我告诉他要帮助你们，而不是攻击你们。而且他还有我所有的魔武器！"他叹气说，"回你们的城市去吧。我很快就会来。"

然后，杨戬去找云中子大师，向他要照妖镜。大师把它给了他，他就回城了。

第二天，杨戬走出城门，叫来了马善。当那人走近时，杨戬转身背对着他，向后面看，看到了镜子里的马善。他没有看到人，他看到了一根灯芯[1]。然后他收起镜子，和他打了几个来回，然后骑马回城。他把他见到的事告诉了姜子牙。

姜子牙说，"所以，他其实是一盏[2]灯。这就是为什么我们不能用剑或棒伤他。我听说，世界上只有三盏魔灯。一盏在昆仑山，一盏在玄都山的宫殿，一盏在灵鹫山。他一定是这三盏灯中的一盏。去问一下！"

杨戬先去了昆仑山。他以前从来没有去过那里，他很高兴看到这是一个多么美丽的地方。这个地方长满了大枫[3]树。金色的阳光穿过树林。他可以看到各种颜色的鸟儿在树上飞。很远的地方，高楼在云中升起。

他看到一个穿着白色长衣的年轻人。"兄弟，请告诉我，你师父的魔灯还亮着吗？"

年轻人笑了笑，说，"当然亮着。"

杨戬谢了他，飞向灵鹫山。这里是燃灯的家。

杨戬跪在地上，向着燃灯磕头。"叔叔，"他说，"请看看你的魔灯。它还亮着吗？"

燃灯看了那盏灯。它是黑的。"哦，不好了！"他喊道。"你怎么知

---

[1] 芯　　　　　xīn – lamp wick
[2] 盏　　　　　zhǎn – (measure word for lamps)
[3] 枫　　　　　fēng – maple tree

道的？"杨戬把发生的一切告诉了他。

"谢谢。你回去吧。我很快就会到那里。"燃灯说。

杨戬回到了西岐城。他到那里后不久，广成子大师就到了。大师站在商营地外面，大声喊道，"殷郊！马上出来！"

第 64 章
燃烧的西岐城

火大师罗宣离开了他的家
那是一个火灾年[1]
燃烧的山像液体[2]黄金一样流动
天空就像一片火海

就连武王也被天空中的火吓坏了
他倒在地上，向神祈祷
不是罗宣制造的麻烦
却是因为神仙都来到了西方

☰☰☰☰

殷郊向营地外看去，见他的师父广成子站在门口。他骑着马出去，对师父说，"师父，对不起，我不能向你鞠躬。我穿了太多的盔甲。"

广成子很生气。他说，"你这个畜生！你不记得你出山前对我说了什么吗？"

"师父，请听我说。当我来到这里时，我遇到了一个叫申公豹的人。他想要让我改变态度，帮助商，但我不愿意这样做。然后他告诉我，我弟弟被姜了牙杀了。就在那时，我决定我不能为那个人做事。我必须杀了他。"

"你不该相信申公豹。是你弟弟造成了他自己的死亡。"

"什么？你是说我弟弟太笨了，自己走到魔图上杀了自己吗？这不可能是真的。师父，请你回山里去吧。我一定要报仇。"

---

[1] The original poem says it was "the year of 丙 (bǐng) and 丁 (dīng)." These are two fire elements in the Chinese zodiac. They are called heavenly stems, and each occurs every ten years in the sixty year cycle.
[2] 液体　　　yètǐ – liquid

广成子愤怒地大喊，挥剑砍向殷郊。殷郊说，"师父，你为什么要攻击我？我不想和你战斗。"

"现在放弃这个很笨的计划，否则你将带给自己死亡！"广成子喊道。

殷郊的脸变得很红。他说，"师父，如果你继续攻击我，我就只能攻击回去了。"他向他的师父发起了攻击。他们打了几个来回。然后殷郊扔出了番天印。神仙看到了这。他在一道金光上飞走了。

广成子回到了丞相宫殿。他对姜子牙说，"申公豹告诉我的徒弟，你杀了他弟弟。我们战斗了。他想要用番天印杀死我。我只能逃跑。"

燃灯说，"原来是我自己的灯芯找了麻烦。这是一个严重的问题。我们先面对马善吧。"他把自己的计划告诉了姜子牙。

第二天，姜子牙一个人骑马出门，要求见马善。殷郊不明白丞相为什么要这么做，但还是让马善出去见他。

马善骑着马出了营地，手中高举剑。他砍向姜子牙，姜子牙转身向东南方向骑马而去。马善追了上去。没过多久，他们来到了一位坐在一棵大树下的老道士面前。道士让姜子牙骑马过去。然后他跳起来喊道，"马善！你知不知道我是谁？"

马善用剑向道士挥去，却没有击中。那位道士正是燃灯，他从长衣里拿出一盏灯。他把它扔到空中。它掉在马善身上，把他困在里面。马善马上变回了原来的样子，那是一根在灯内燃烧着的灯芯。燃灯把灯给了他的一个徒弟，然后他回到了城里。

殷郊听说马善已经变成了灯芯，被带走了。他非常生气，骑马走出营地，大喊着要和姜子牙战斗。

"去吧，"燃灯对姜子牙说。"见见他。如果你遇到麻烦，请用杏黄旗。"

姜子牙骑马出去，左右各有将军。殷郊向他喊道，"你这个畜生！你把我弟弟化成灰！你和我不能在同一片天空下生活！"他们开始战斗。周军队和商军队的其他将军也加入了战斗。殷郊扔出番天印，姜子牙却用杏黄旗盖住了自己。印章在空中飞来飞去，但没有办法靠近旗帜。姜子牙用杖攻击敌人，把他打下马。姜子牙的将军们想要杀死倒在地上的殷郊，但一些商将军抓起他，把他带回了营地。

就在他们回商营地的时候，两个陌生的道士来到了营地。其中一人深红色的脸，红头发，红胡子。他穿着红色的长衣，骑着一匹红色的马。他说，"我是火龙岛的罗宣。申公豹让我帮你们。"

另一位道士也穿着红色长衣，但是黄脸，留着长胡子。

殷郊欢迎他们，给他们一个睡觉的地方。第二天早上，两位道士骑马出了营地，叫姜子牙出来。

姜子牙向外看去，看到了他们。"那个人全身都是红的，"他说。

"那个营地里有很多长得很奇怪的人，"他的一个徒弟说。

姜子牙和他的将军们骑马出去见那两位道士。他们打了几个来回，但周的将军们太强了，道士只好逃回了自己的营地。罗宣在战斗中受了一些伤。他从葫芦里拿出一些药，和水混合，吃了起来。受伤的地方很快就长好了。

他很生气地对殷郊说，"我们必须毁掉西岐城。没有其他的办法了。"

那天晚上，两位道士骑着红马靠近城墙。他们在墙边射出燃烧的箭。箭掉到哪里，火就在那里烧起来。很快，整个城市都在燃烧。男人、女人和孩子们在街上跑着，叫喊着，但没有安全的地方可以让他们去。

武王看见了大火。他跪下来向天祈祷，"我让神仙们生气了，给我的臣民带来了这场灾难。请烧我的房子，但不要烧毁我臣民的房子。"

但事情变得更坏了。罗宣打开了一个魔瓶。一万只火鸟从瓶子里飞了出来。他们飞过城市，吐出火。城里的一切都在燃烧。

就在这时，龙吉公主来了。她以前就帮助过杨戬。她是昊天大帝和瑶池金母的女儿。她被命令在桃子节上给酒，但做得很不好，为了惩罚她，她被送到一座没人的山上生活。

现在，她看到了正在毁掉西岐城的大火。很快，她就把一张魔雾网盖住了整个城市上空。网又凉又湿[1]。它灭了所有的大火。它还抓了所有的火鸟。

罗宣在城里，想要放出更多的火。他看到了她做的事。他向她喊道，"你竟然敢灭我的火！"

但公主只是对他笑了笑，说，"你违反了上天的意愿，想要伤害将来的国王。我是来帮助他的。现在离开这个地方，否则你会后悔的。"

罗宣向她扔了一个燃烧的龙轮。她将她的魔四海瓶对着他，龙轮消失在里面。四海的大水灭了龙轮的火。

罗宣生气地向公主射出带火的箭。她把瓶子拿出来。所有的箭都射进了瓶里，消失了。他用剑攻击她，但她挥了挥手。一把大剑出现在她的手中。她把剑砍向罗宣，砍下了他的头。但很快他就改变了自己的样子，现在他有三个头和六个手臂。他向她扔了更多的火武器，但它们都消失在她的瓶里。因为没了武器，他转身用最快的速度骑马离开了。

公主在丞相宫殿外的石院子里见了姜子牙。她说，"我是龙吉公主。我用了一些道士的小技术灭了火。现在我来帮你打败商王。"

在离城不远的一片野地里，罗宣坐在一块石头上，努力地大口呼吸。他听到一个人从他身后走过来。那人唱了这首歌，

　　"我只是一个穷读书人
　　我没有钱，我只吃蔬菜

---

[1] 湿　　　　shī – wet

我不想要名声或有高级别
我只想住在森林里
我在溪流中钓鱼
我在山洞里看书
我读诗，喝酒
现在我要帮助新国王
罗宣必须死！"

罗宣说，"你是谁？"

"我叫李靖。"这个人是哪吒、木吒和金吒的父亲。他以前是陈塘关的指挥官，后来成为了燃灯的徒弟。"我要去西岐帮助新王。我没有礼物给他。但现在我要让你成为犯人。这将是我送给国王的礼物。"

第 65 章
太子被抓

战斗的鼓声打响[1]了，太阳下山了

这一天殷郊将被杀

即使有魔印章，殷郊也会失败

如果你离开地球时没有旗帜，你能休息吗？

好的意愿不能帮助他们

但他们的名字会被记住

可惜两个儿子都为他们的承诺付出了代价

他们的灵魂随风飘去

≡≡≡

李靖的话让罗宣很生气。他发起了攻击。两人打了起来，剑对剑。李靖将自己的金塔扔向空中。罗宣想要逃跑，但太晚了。塔掉在他的头上，马上杀死了他。他的灵魂飞向了封神台。

李靖继续往西岐城走去。他见了姜子牙和其他神仙将军，并把罗宣的事告诉了他们。

燃灯对他们说，"罗宣死了很好。但殷郊还有魔印章。它非常强大，我们需要一种办法来对它。我们需要把所有四面魔旗都收来，它们是离地焰火旗、青莲宝色旗、杏黄旗和素色云界旗。现在我们只有杏黄旗。我们必须得到其他三面。"

"我会拿到离地焰火旗的，"广成子说。"老子有这旗。"

他在一道金光上飞走了，很快就来到了玄都山。老子的一个徒弟向他问好。"兄弟，"他说，"你能不能告诉老子，我是来见他的？"

徒弟走了，几分钟后又回来了。"老子说你不用见他。他会给你旗

---

[1] 打响 　　　　dǎxiǎng – to start

帜。这里就是。"他将离地焰火旗交给了广成子。神仙谢了那徒弟，然后带着旗帜回了西岐。

接着，他飞到西方去见佛祖。佛祖有十六尺高，圆圆的黄脸像月亮。佛祖说，"兄弟，对不起，我们以前没有见过面。我们很高兴你今天能来见我们。"

广成子鞠躬，说，"你知道的，姜子牙正准备除掉暴君，欢迎一位聪明有智慧的新国王的到来。但暴君的儿子殷郊却在找麻烦。我们需要青莲宝色旗来阻止他。"

"对不起。我们的方法与你们的方法不同。我不希望我们的旗帜在人间中变脏。"

"是的，我们的宗教不同，但我们是一家人，我们生活在同一个世界里。我们都同意，人心应该服从上天的意愿。"

"兄弟，这也许是对的，但青莲宝色旗一定不能碰人间的尘土。"

正当他们讨论这个问题时，准提[1]走了进来。她对佛祖说，"兄弟，我们俩都看了东南方向，看到红光升到几千尺高的天空。这表示佛教传向东南的时候到了。为这，我们必须与其他宗教一起工作。请把旗帜交给他吧。"

佛祖点了点头，将青莲宝色旗给了广成子。道士谢了两位佛，然后回到了西岐。

燃灯说，"好了，现在我们有了四面旗帜中的三面。我们可以在南方挂一面，在东边挂一面，在西边挂一面。那会让殷郊逃往北方。我们可以在那里抓住他。"

"但是第四面旗帜，素色云界旗在哪里？"广成子问道。

---

[1] Zhunti Daoren (准提道人), "Person of the Way," is based on Cundi, a multi-armed female bodhisattva. She brought the Buddha's wisdom and laws from the West and enlightened the people of the Shang Dynasty. She is sometimes considered a manifestation of Guanyin.

其他神仙都不知道它在哪里。龙吉公主在另一个房间里。她听到他们说话，就进来加入他们。她说，"我知道这面旗帜在哪里。我妈妈有。每次当瑶池需要举行会议时，她都会举起素色云界旗叫来神仙。"

"你能帮我们拿到它吗？"

"不能。只有南极仙人能拿到它。"

听到这话，广成子跳了起来，飞向了昆仑山。他在那里等着，直到他看到南极仙人。他告诉神仙关于旗帜的事情。神仙回答说，"当然，我会帮助你的。回你的家等我吧。"

南极仙人穿着官员长衣，戴着玉项链，手里拿着白石牌，飞向了瑶池。他到了那里。他看了四周，只见四周都是玉宫殿。宝石盖满着它们，地是用美丽的多色砖块做成的。

他走向瑶池金母，向她磕头。他说，"金母，你知道聪明的国王出现了，凤凰在西岐唱歌。最近，三大宗教的首领举行了会议。他们决定从这场伟大的战争中死去的人中造新的神。现在，暴君国王的儿子、广成子的徒弟殷郊，正在违反上天的意愿。我们必须阻止他。所以我请求你把素色云界旗交给我们，这样我们就可以抓住他了。"

金母看着他，什么也没说。但过了一会儿，两扇金色的门打开了。四对年轻的女侍从走了进来，拿着素色云界旗。她们说，"金母殿下说，'暴君王必须死，武王必须在朝歌上位。你是按照上天的意愿做事，所以我会把这面旗帜给你。'你现在可以走了。"

南极仙人谢了她们，回到了西岐。他把旗帜交给了姜子牙。然后他说了再见，回到了他在南极的家。

燃灯对神仙们说，"我们不能再等了。文殊广法天尊，拿着青莲宝色旗，在岐山东边等。赤精子，拿着离地焰火旗，在南边等。武王如果同意帮我们，就拿着素色云界旗去西边。姜子牙，你跟着国王。我会拿着杏黄旗去营地的中心。"

然后燃灯叫来了他的将军。他说，"黄飞虎，你要攻击商营地的大门。邓九公攻击左边。南宫适攻击右边。哪吒和杨戬在左边等着。雷震子在右边等着。黄天化跟我来。李靖、金吒和木吒等着看战斗情况，在需要你们的地方帮忙。"

神仙、将军和几千士兵开始准备。在商营地中，殷郊的将军们看到了这。他们说，"殿下，这看起来很不好。也许我们应该退回到朝歌，等国王的帮助。"

"别担心，"殷郊回答。"我有番天印。就连我的师父也怕它。"

大炮开始轰响，战斗开始了。黄飞虎带着军队破了大门。商军队在面对这么多神仙和士兵的时候，打得很困难。殷郊用了他的魔武器，但并没有像他希望的那样。他用自己最强的武器，番天印，攻击杨戬。但杨戬懂得变换，并没有被魔印章伤到。

几位商将军在战斗中死了。殷郊被来自每个方向的将军包围，他们用剑、长矛和棒攻击他。他骑马向岐山跑去。黄飞虎追了他三十里，然后转身回城。

战斗结束了。这对周来说是一次伟大的胜利。殷郊在外面过了一夜，不知道接下来要做什么。

第二天早上，文殊广法天尊在岐山的东边山上出现。他说，"殷郊！今天你会死！"

很快，殷郊就向文殊广法天尊扔出了魔印章。但神仙挥动着他的魔旗帜。印章飘在空中，没有办法越过旗帜掉下。殷郊把印章收回，穿上长衣，骑马向南跑去。

很快，他就见到了赤精子。大师喊道，"殷郊！你违反了你的承诺。现在你会看到和你弟弟一样的命运！"殷郊将魔印章扔向他，神仙却挥动着魔旗。再一次，印章飞在空中，没有办法掉下。殷郊向中心逃去。

燃灯在那里等着他。他喊道，"你这个该死的傻瓜！你承诺过，然后你违反了它。现在你将面对死亡！"殷郊用剑攻击神仙。然后他扔出了印章，但它没有办法靠近燃灯的旗帜。他逃往西方。

姜子牙和武王带着大军队在那里。到处飘着龙凤旗帜。武王看到那三头六臂的东西，吓坏了。但姜子牙对他说，"陛下，请放心。这只是太子。"

"哦，"国王说，"朕必须下马向他鞠躬。"

"不，请不要那样做。他是我们的敌人。我会解决他的。"

殷郊攻击姜子牙，但丞相挥动着旗子，魔印章没有办法碰到他。殷郊生气地骑马向北走去。周军队追赶着他。

当他向北骑马时，这条路变得越来越窄。很快，这条路对他的马来说太窄了。他下了马，继续跑。他回头看，看到周军队紧跟在他身后。他抬起手，将魔印章向山扔出。一声轰响，山被砍成两半。在两半之间有一条路，刚好够他跑过去。

周军队从每个方向包围了他。殷郊在一团尘土上飞了起来。但燃灯拍了拍手。山的两半撞在一起，将殷郊的身体困在了两山之间。只能看到他的头从地上伸出。

第 66 章
巫师洪锦

≡ ≡ ≡

武王和姜子牙骑马来到了殷郊被困在山中的地方。武王从马上跳下来，向年轻的太子磕头。他说，"殿下！你的大臣姬发是你可怜的仆人。我永远不会对你做这样的事情。我丞相做的事，将伤害我的名声一万年！"

姜子牙拉住国王的手臂，把他拉了起来。他说，"殷郊违反了上天的意愿。他没有办法逃离死亡。"

"丞相，求求你，让太子活着吧！"

燃灯对国王说，"陛下，你不明白。太子违反了上天的意愿。你没有什么可以为他做的。"

武王跪下，烧香，然后对太子说，"殿下，我已经做了我能做的，但大师们都说必须惩罚你。对不起。"

---

[1] The five vital breaths (五气朝元) is a term from Daoist inner alchemy. It refers to the vital breath, or *qi*, in the five viscera. Each one corresponds to one of the five elements: the heart (fire), liver (wood), kidneys (water), lungs (metal), and spleen or stomach (earth). Daoists practiced inner alchemy to control and refine these breaths during meditation.

神仙带着还在哭的国王下了山。然后广成子又回到了山顶。他拿起一把锄头，挥动着它。殷郊的头滚到地上。

殷郊的魂魄飞向了封神台，但它还没有准备好进去。它飞到了朝歌的王宫。一阵大风吹来，白天变成了黑夜。国王正在和他的妃子们喝酒，这时他听到一个声音在叫他。他变得非常累。他上床睡觉，马上就睡着了。他的妃子们也和他一起睡在御床上。

在他的梦中，一个陌生的人来到他身边。这个人有三个头和六只手臂。那人说，"亲爱的父亲，我是你的大儿子，殷郊。我的头被锄头砍掉了。请你改变一下，成为一个好国王。选一个好人当丞相。如果不这样做，姜子牙就会带着他的军队来朝歌，你的王朝就会结束。现在我必须走了，否则我将没有办法进入封神台。再见。"

商王醒过来，很困惑。"真奇怪！"他叫道。妲己、胡喜媚和王贵妃也醒来，问他发生了什么事。他告诉她们这个梦。

"这个梦来自你心里想的。不要相信它，"妲己说。国王同意了，他把这个梦从心中扔了出去。

几天后，他听说殷郊和指挥官张山都死了。他需要一位新的指挥官。他选择了洪锦为三山关的指挥官，他是一个强大的巫师。洪锦带着十万士兵，向西岐行进。他的军队加入了商军队的其他部分。

第二天，洪锦来到城门口，要求见姜子牙。很快，大炮轰响，城门打开了。一支大军队在方队中行进。有长得像老虎的将军，也有长得像神的道士仙人。在军队的中心，是穿着道士长衣的姜子牙。

"你是姜子牙吗？"洪锦问。

姜子牙没有回答，只是说，"将军，你叫什么名字？"

"我是指挥官洪锦。你违反上天和我们国王的意愿。陛下命令你从马上下来，成为我的犯人，回朝歌。"

姜子牙只是笑了笑。他说，"如果你是一个伟大的将军，你必须知道，所有八百名侯爵和整个王国都已经站在周这边了。很快，我们将一起带军队进朝歌，把你的暴君国王从王位上拉下来。现在到我们这边来，否则你会遇到灾难。"

洪锦大喊着攻击姜子牙。他们打了几个来回。然后洪锦在地上插了一面黑旗。旗帜变成了一扇黑色的门。洪锦骑着马进了门，消失不见了。

一位年轻的周将军冲进门，马上被洪锦的剑杀死。然后洪锦从门口走了回来，拿起了旗帜。"还有人想死吗？"他问。

邓婵玉喊道，"该死的！我来了！"并攻击了他。洪锦又把黑旗插在地上，骑着马穿过了黑门。但邓婵玉并没有跟着他。她把一块小石头扔进门里，砸在巫师的脸上。他痛苦地尖叫着，关上门，拿起旗帜，跑回商营地。

夜里，洪锦用了一些丹药，把受伤的脸治疗好了。第二天，他又出来了，叫来邓婵玉再和他战斗。

但龙吉公主阻止了她出去面对他。她说，"我知道这个魔法。它有两扇门。黑旗是内门，但还有一面白旗是外门。让我来解决这件事。"

她从姜子牙那里借了一匹马，骑马出去见巫师。洪锦问她的名字。她回答说，"你不需要知道我的名字。从马上下来，准备去死吧。"

洪锦攻击她，然后他把黑旗插在地上，骑着马穿过了黑门。但龙吉却在地上插了一面白旗。它变成了一扇白色的门。她骑着马穿过白色的门，出现在洪锦的身后。她用剑砍向他的背，击中了他的盔甲。他痛苦地叫喊着，骑马离开了。

公主跟在他身后，喊道，"我要追你到天上地下，直到我把你的头拿在手里！"

洪锦跳下马，想要在一团尘土上飞走。但公主跳上了一团木。她知道

---

[1] 插　　　　　chā – to insert

木可以控制土[1]。

<u>洪锦</u>现在非常害怕，他把一个东西扔进了海里。它变成了一条大海龙。<u>洪锦</u>跳上它的背，骑着它出了海，弄出很大的浪，浪像雷声一样拍打着。但是公主把一个小东西扔进了海里。它变成了一个很大的生物，一只大海豚[2]。

她跳到海豚的背上。海豚游到大龙身边。大龙失去了力量，停止了游动。公主轻松地抓住了<u>洪锦</u>，把他绑起来，带回了<u>西岐</u>。

---

[1] Each of the five elements conquer another. Wood conquers earth, earth conquers water, water conquers fire, fire conquers metal, and metal conquers wood. But as the historian Pan Gu pointed out in the second century A.D., fire comes from wood, metal comes from earth, water comes from metal by melting, wood comes from water through plant growth, and earth comes from fire as ashes.

[2] 海豚　　　 hǎitún – dolphin

第 67 章
军队指挥官姜子牙

将军在金塔被命名，许多神在那里
大块的金子挂在袖子里[1]
飞熊的梦现在成真了
他已经很老了，但现在他遇到了自己的命运

周朝继续，它的工作被传下去
还没有出生的人将谈说今天在这里的人
好命运或长生，这两个都有的人很少
这个故事将被传说很长时间

☰☰

龙吉公主带着被绳子绑住的洪锦，回到西岐城，去见姜子牙。丞相命令南宫适将军砍下巫师的头。将军带着洪锦走了出去。他的一个士兵举起剑，准备砍下巫师的头。但就在这时，一个陌生的道士跑了过来，喊道，"住手！住手！"

南宫适让士兵等着，然后他带着道士走进去和姜子牙谈。

丞相问道，"兄弟，你从哪里来？"

道士回答道，"丞相，我叫月下老人[2]。我必须告诉你，洪锦和龙吉公主将是丈夫和妻子。"

姜子牙听了这话很吃惊。他让邓婵玉去和公主谈谈这件事。她告诉了公主。她回答说，"我被惩罚才被送到人间。现在看来，情况变得更坏了。但是月下老人对婚姻有权力，我什么都不是，所以怎么能说不

---

[1] Robes in ancient China did not have pockets, so valuables were placed in the sleeve behind the elbow.

[2] This is Yuè Xià Lǎorén (月下老人), literally "The Old Man Under the Moon" and sometimes just called Yue Lao. He is the god of marriage and love. He lives in the underworld, and appears at night to tie predestined couples together with a red cord, after which nothing can prevent their union.

呢？"

姜子牙和月下老人听到这话都很高兴。丞相放了洪锦。他回到自己的营地，集合了他的军队。然后他带着军队回来，加入了周军队。商王在位三十五年三月三日，他和龙吉结婚。

终于，经过多年的战斗，西岐军队准备向东进军。姜子牙去了武王的朝廷，告诉他为什么是时候打朝歌的所有理由。

武王静静地坐了很久。然后他说，"丞相，你说得对，商王是邪恶的，伤害了他的臣民。为这，我们应该攻打他。但还记得我的父亲姬昌说过的话。他说，无论怎样，任何人都不应该攻击他的国王。如果我允许你攻打朝歌的国王，我就是对我父亲的不忠诚。我认为我们应该等。给他时间，看看他是不是会改变。你怎么想？"

姜子牙回答说，"我不会忘记你父亲的话。但是所有的侯爵和他们的军队都会在孟津等着我们。如果我们不去，会发生什么？"

"他们可以做他们想做的。我们必须做正确的事。"

"但是陛下，我们不能这样看着人们受苦。我们必须服从上天的意愿！"

大臣散宜生走向前去。他说，"陛下，请听丞相的话。商王以前多次攻打我们。让我们去孟津，与侯爵们见面吧。我们将一起等着国王的改变。这样，王国的人们就会有和平，侯爵们就会信任我们。"

武王同意了。他决定是时候任命姜子牙为周指挥官了。第二天，工人们开始建造一个高台。它是用来向天、地、河、山祈祷。工人们在十天内就完成了高台。

国王为军队写下了下面的规定：

  这规定是为周军队所有士兵写的。

首先，听到鼓声就进，听到锣[1]声就退，战斗中不能面对敌人而逃跑，接到命令就马上行动。如果你违反这个规定，你将被杀死。

第二，你必须尊重其他士兵和官员，准时回营地，并服从所有营地的规定。如果你违反这个规定，你将被杀死。

第三，你不能喝醉，你必须马上向你的指挥官报告做的坏事，你不能说谎。如果你违反这个规定，你将被杀死。

第四，你必须为将军说好话，不抱怨，服从命令。如果你违反这个规定，你将被杀死。

第五，你不能发出很大声音，不能与其他人战斗。如果你违反这个规定，你将被杀死。

第六，你不能偷军队的钱和吃的。如果你违反这个规定，你将被杀死。

第七，你不能相信鬼和妖怪，不能借梦来说谎，不能说任何找麻烦的话。如果你违反这个规定，你将被杀死。

第八，你永远不能不分对和错，不能与其他士兵战斗，也不能引起士兵之间的互相战斗。如果你违反这个规定，你将被杀死。

第九，你一定要对当地的人们好，永远不做对女人进行性[2]伤害的事情。如果你违反这个规定，你将被杀死。

第十，你不能偷其他士兵的钱或东西，不能说别人的坏话。如果你违反这个规定，你将被杀死。

第十一，你不能偷听官员们说的秘密。如果你违反这个规定，你将被杀死。

第十二，你一定不能把军队的计划告诉敌人。如果你违反这个规

---

[1] 锣　　　　luó – gong
[2] 性　　　　xìng – sex, nature, character

定，你将被杀死。

第十三，你必须一直按照命令去做，即使这会使你的工作或级别发生变化。如果你违反这个规定，你将被杀死。

第十四，你不能到处乱跑，不能大声说话，不能不服从命令。如果你违反这个规定，你将被杀死。

第十五，你不能为了逃离战斗而假生病、假受伤或假死亡。如果你违反这个规定，你将被杀死。

第十六，如果你管钱或管吃的东西，你一定不能给你的朋友另外更多的钱或吃的东西，或卖钱和吃的东西。如果你违反这个规定，你将被杀死。

第十七，如果你监视[1]敌人，你必须小心，准确报告你看到的。如果你违反这个规定，你将被杀死。

三月十五日，<u>散宜生</u>去见<u>姜子牙</u>，带他去国王的宫殿见国王。<u>姜子牙</u>穿着他的道士长衣。他走向国王。国王鞠躬，说，"指挥官！请和我一起坐马车。"两人上了皇家马车。

他们一起坐马车从城里到<u>岐</u>山。红旗在路两旁飘起。几千人看到了他们。

他们来到了高台。国王和丞相下了皇家马车，坐上了皇家轿子[2]。仆人把轿子抬到高台上。

高台有三十尺高，正方样子。它有三层[3]楼。他们进入一楼，看到一百二十五名侍卫。其中二十五人穿黄色长衣，站在中心。还有二十五人穿绿色长衣，站在东方。一样多的人穿白色站在西方，穿红色站在南方，穿黑色站在北方。

---

[1] 监视　　jiānshì – to spy, to monitor
[2] 轿子　　jiàozi – sedan chair
[3] 层　　　céng – (measure word for floors, layers, levels)

他们上了二楼。在那里，他们看到三百六十五名侍卫站成一个大圆圈。

他们上了顶楼。他们看到七十二名将军，每人都拿着武器。

顶楼上，散宜生帮着国王从轿子上下来。国王转身对姜子牙说，"指挥官，请从轿子上下来，面向南。"

散宜生对大家说，"国王让这位大臣向五山四河各位神仙祈祷。上天仁慈，但朝歌的国王却不爱上天。他让他的臣民们受苦，他喝酒和女人玩，他忘记了自己的孝道，他取了忠臣的心，他把忠诚的侯爵关了起来，他只听跟着他的人的话。因为这个原因，神仙们已经远离了他。我们聪明智慧的武王现在任命姜子牙为军队指挥官，攻打暴君，让所有人都能和平生活。希望所有的神保护我们，帮助我们取得胜利。"

更多的大臣们讲了话，说着相同的话。然后，在音乐响起的时候，一位大臣给了姜子牙黄色的皇家斧头、白色的杖和龙凤官印章。他们给了他一顶全是宝石的金头盔，姜子牙把它戴在头上。还有人给了他一条玉腰带，他戴上了。最后，有人给了他一把御剑，他也戴上了。

姜子牙转身对武王说，"谢谢陛下。我只是一个老仆人。但我知道，每个仆人都必须做好他的工作，否则国家不会有和平，大臣们不会为他们的国王做事，军队也不会看到胜利。你任命我为指挥官，并给了我这权力。我会用我最大的能力做好这份工作。"

然后姜子牙说，"告诉将军们，我三天后见他们。我必须先去和我的神仙兄弟们谈谈。"他离开了高台，来到了岐山的南边。在那里，他见了哪吒和其他神仙。当他们说话时，天空中传来了音乐声。他们抬头看，元始飘了下来。他们都跪下说，"大师万岁！"

元始笑着说，"姜子牙，你在昆仑山上学习了四十年。现在你是一个强大的首领！"他对仆人说，"把酒拿来！"

姜子牙喝了第一杯，大师说，"希望这杯能帮助你为你的国王做事！

"他喝了第二杯，大师说，"希望这杯能帮助你和平地管理国家！"他喝了第三杯，大师说，"希望这杯能帮助你带着侯爵们！"

喝完三杯酒后，<u>姜子牙</u>跪在大师面前。大师问，"<u>姜子牙</u>，你为什么跪着？"

"大师，我有有关将来的问题。"

"你不需要担心这一点。这里有一首诗让你记住，

> 在<u>界牌关</u>的陷阱杀神仙
> 在<u>穿云关</u>会生病
> 小心<u>达</u>、<u>兆</u>、<u>光</u>、<u>先</u>、<u>德</u>[1]
> 万仙陷阱后，将会有和平。"

"你的徒弟会记住这一点的，"<u>姜子牙</u>说。然后大师在一阵风上飞走了。

<u>文殊广法天尊</u>也正准备离开，徒弟们都来到他身边，问着他们的将来。

<u>金吒</u>问道，"请问，大师，在马上到来的战斗中，我会怎么样？"

<u>文殊广法天尊</u>回答说，"你会成为神仙。"

<u>哪吒</u>问道，"我的将来是什么？"

"你会在<u>汜水关</u>做出伟大的事情。"

<u>木吒</u>问道，"那我呢？"

"一定要用我教给你的魔法。"

<u>雷震子</u>问道，"我会怎么样？"

---

[1] These are the five sons of General Yu Hualong of Tong Pass, where Jiang Ziya is fated to fight the Shang army. They are, from oldest to youngest: Yu Da, Yu Zhao, Yu Guang, Yu Xian, and Yu De.

"你将用两颗杏子给国家带来和平。"

杨戬问道，"我的将来是什么？"

"你和其他人不一样。我只能告诉你这些了。"

李靖问道，"我的命运怎么样？"

"你那普通人的身体将升天，成为灵鹫山的守卫。"

最后，黄天化问了自己的命运。大师一分钟没有说话。然后他说，"我亲爱的徒弟，我不能告诉你有关你的将来。但我有几句话要你记住。"

师父说了什么话，黄天化会怎么样？姜子牙的军队会怎么样？要知道答案，你必须阅读下一本书

第 68 章
两个道士挡军队

由于想要阻止叛乱，
他们将被记住许多年
国王听了并记住了他父亲的话

仁慈的人生活在仁慈中，
勇敢的人生活在勇敢中
我读完这个故事，一个人流泪，
尝着自己的眼泪[1]

☰ ☰ ☰

<u>西岐</u>的将军们看着神仙们飞向他们山里的家。<u>黄天化</u>还在想着其中一位神仙对他说的话，

你必须远离一个叫<u>高</u>的人
蜜蜂[2]一起飞在<u>金鸡</u>山上空
做伟大的事，人们会记住你一千年
但如果你忘记了我的话，你就会受苦

<u>土行孙</u>也在想着对他说的话，

你可以飞快地走在地下
但你必须非常小心！
小心悬崖附近的血
野兽会咬你，你会死

将军们和他们的军队开始为将要到来的战斗做准备。三天后，<u>姜子牙</u>

---

[1] This poem is about Boyi and Suqi, the two Daoists who are met by King Wu and Jiang Ziya on the road to Mengjin. King Wu recalls his father's instructions to remain loyal to the Shang king, no matter what. In Chinese folklore, Boyi and Suqi are revered for their loyalty, however misguided it may have been.

[2] 蜜蜂　　　mìfēng – bee

爬上了岐山上的高台。他低头看，看到六十万士兵正准备前进。他将周的军队分成四个小的先行队。他命令黄天化在前，南宫适在左，武吉在右，哪吒在后。

为了保证军队有足够的食物和用的东西，他让杨戬、土行孙和郑伦去做这事。他和他们一起喝了三杯酒，并把红花戴在他们的胸前。

周军队中有一百位将军，其中包括文王的三十六个儿子。

姜子牙叫黄飞虎去高台上见他。他告诉他，"商朝会被灭。但我们仍然必须非常小心。他们的一些将军是强大的魔法师。黄将军，你必须训练[1]我们的士兵，保证他们为将要到来的战斗做好准备。"

武王去见他的母亲，和她说再见。他说，"母亲，我接到命令要和姜子牙一起去孟津见其他侯爵。我不会离开太久的。"

"你应该去，"她说。"一定要听姜子牙的建议。"他们一起吃了最后一顿晚饭。

第二天，军队开始向孟津前进。那天是商王帝辛在位三十年三月二十四天。

他们离开西岐城后不久，就遇到了站在路中间的两个道士。他们不喜欢商王，但他们不希望军队攻打他。"我们想和你们的指挥官谈谈！"他们说。

武王和姜子牙骑马前去见道士。他们试着想要鞠躬，然后他们说，"很对不起，由于我们的盔甲，我们不能向你们鞠躬。告诉我们，你们为什么要阻止我们前进？"

"你们要去哪里？"道士问道。

"我们要去孟津，再从那里去朝歌。国王是邪恶的，他受到惩罚是上天的意愿。所有的侯爵都同意这一点。"

---

[1] 训练   xùnliàn – to train

"儿子永远不应该说他父亲的错误，大臣不应该告诉别人他主人的邪恶。是的，国王是邪恶的，但我们应该帮助他改变他做事的方法。古人说，'仁慈能感动邪恶的心，大爱能赢得强盗的心。'你们应该对国王忠诚，努力把邪恶变为仁慈。"

武王没有说话。但姜子牙回答说，"我明白你的话，但你没有看到真相。天在掉下来，地在分开，海在燃烧。上天很生气，它要我们做这工作。"

这时，其他将军变得着急愤怒。两位道士注意到了这情况。他们抓住武王的马缰绳[1]，大声喊道，"你是一个不孝顺的儿子！"

其他将军冲上前去要杀道士，姜子牙挡住了他们，说道，"不要杀他们。他们是圣人。"

两个道士转身就走。他们不想看到将要到来的战争，后来战争结束后，他们拒绝吃来自新王朝的食物。他们去山里住，吃野菜和野草。没有人再见过他们。

周军队继续向孟津前进。当他们来到金鸡山时，看到山上又有一支军队。红旗在风中飘。姜子牙让南宫适去和他们谈。南宫适骑马走向军队，周的大炮在他身后轰响。

不久，他来到了一位骑着黑马的将军面前，这个人名叫魏贲。"你是谁，你为什么要阻止我们？"南宫适问道。

"你是谁，你们要去哪里？"魏贲回答。

"我们要去首都杀掉商王！"南宫适说，然后用剑向那人砍去。他们打了三十个来回。

---

[1] 缰绳　　　　jiāngshéng – reins

敌人的将军是一位非常优秀的战士。南宫适很快就累了，全身是汗。魏贲冲上前去，抓住了南宫适。他说，"我不会伤害你。回你的军队去，告诉姜指挥官来见我。"

南宫适回到军队中，向姜子牙报告。姜子牙非常愤怒。"你是我军队中四分之一人的将军。你输掉了这场争论。现在你还敢回到这里，让我去见那个敌人？"他命令他的人把南宫适绑起来，砍下他的头。

魏贲在商那边看见并听到了。他喊道，"不要伤害他！让我和姜指挥官谈谈。我有重要的话要对他说。"

姜子牙和二十几名将军慢慢向前走去。士兵们举着红旗骑在他们旁边。魏贲从马上下来，跪在姜子牙面前。他说，"指挥官，我能战斗，我能骑马，我能带军队。但直到现在，我还没有找到一个好的主人。我想和你一起反对商王。请接受我。"

姜子牙回答说，"我们运气很好能见到你。我们很高兴你加入我们的军队。"然后他转向南宫适说，"因为你做的事我应该杀了你。但我会原谅你，因为魏贲加入了我们。他将代替你成为先行左队的首领。你会和我在一起。"南宫适感谢他让他活着。

在朝歌，商王听说周军队正在前进。他命令三山关的指挥官孔宣，一个强大魔法师，去攻打周军队。

孔宣带十万士兵，向汜水关前进。当他到了那里，发现周军队已经离开了。他又前进了两天，来到了金鸡山。他建了营地，准备着战斗。

第 69 章
金鸡山的麻烦

惩罚罪人杀暴君，

这是玉虚宫的计划

这是上天给的命运，

但从来都不容易

只有一只很笨的孔雀才和上天战斗，

金鸡山挡路的东西倒了

不需要谈骗人技术，

所有的徒弟都要去西方[1]

≡≡≡

姜子牙坐在帐篷里，想着刚刚到来的军队。他想，"这很奇怪。元始告诉过我，会有三十六次攻击。我们已经有了三十六个。"但后来他用手指算了一下，发现只有三十五个。所以，这一定是最后一个。

他命令黄天化骑着玉麒麟出门见敌人军队。他喊道，"我是黄天化，姜子牙军队的将军。告诉我你的名字，这样我杀了你以后就可以把它写下来。"

"你只是一只小鸡，"商将军回答说。"你怎么敢和我战斗？"他用长矛攻击黄天化。黄用两把锤子打回去，然后他骑马离开了。商将军跟在他身后。突然，黄天化转身扔出火龙镖，把那人从马上打了下来。黄天化砍下了他的头，回到了自己的营地。

---

[1] Yuxu Palace on Mount Kunlun is the home of Heavenly Primogenitor, the leader of Chan Daoism. In the last line, "go to the west" refers to the Buddhist traditional belief that souls go to die in the west.

姜子牙拿起毛笔，正准备写一些关于黄天化胜利的事情。但是当他把毛笔放入墨水时，毛笔尖断了。姜子牙对这没有说什么，但他知道这是什么意思。黄天化很快会丢了他的头。

第二天，孔宣又让一位将军出去战斗。这个人穿着粉红色的长衣和金色的盔甲，手里拿着一把弯刀。姜子牙让砍木人武吉出去。商将军喊道，"你是谁？"

"我是武吉，姜子牙指挥官军队中的将军。"

"姜只是一个钓鱼的老人，而你是一个可怜的砍木人。你们是很好的一对！"

武吉愤怒地喊了一声，想要刺向商将军。商将军挡住了他。他们继续战斗。商将军累了。武吉刺中了他的胸口，杀死了他。

现在孔宣已经失去了两个将军。他又送出了一位名叫高继能将军，他有一个装满蜈蚣[1]和蜜蜂的袋子。姜子牙让哪吒出去。高继能害怕哪吒和他强大的武器。当哪吒拿出乾坤圈时，那人就逃回了自己的营地。

第二天，孔宣骑马出了门。他穿着金色的盔甲，骑着一匹红马。明亮的绿光、黄光、红光、白光和黑光从他的背上发出。他叫姜子牙出来。

姜子牙骑着马走了上去。孔说，"你以前是商朝的大臣，现在却是叛乱分子。如果你现在停下来，你可以留住你的土地。否则，我将毁掉你所有的城市。"

姜子牙回答道，"你为什么要为这么残忍的国王战斗？每一颗心都起来反对他。将军，现在就加入我们，我们将欢迎你。"

---

[1] 蜈蚣　　　wúgōng – centipede

孔愤怒地喊了一声并开始攻击。和龙吉公主结婚的巫师洪锦骑马前去帮助他的指挥官。他喊道，"所有八百名侯爵都加入了我们。你为什么要一个人战斗？"

洪锦有几面魔旗。他把其中一面旗帜插到地上。当他向旗帜挥动弯刀时，它变成了一扇门。但当他想要进门时，孔只是笑了笑。他转过身来，背对着洪锦。黄光从他的背上射出来，打中了洪锦，洪锦消失了，只留下他的马。

姜子牙退到了自己的营地。他想到了孔宣和从他背上射出来的光。他知道五道光与五行有关，但他不知道是什么。他决定在那天晚上发起攻击，希望能给他的敌人一个突然攻击。

那天晚上晚些时候，在商营地中，孔宣发出了他的光。洪锦倒在地上，被抓住了。一阵强风吹过营地。孔宣用手指占卜了一下，知道了那天晚上的攻击。他命令他的将军们为周的攻击做准备。

周来的时候，商已经为他们做好了准备。雷震子被孔宣的黄光抓住了。哪吒被他的白光抓住了。黄天化遇见了高继能和他的一群蜈蚣和蜜蜂。它们咬了他的玉麒麟，麒麟跳起来，将黄天化扔到地上。高继能用剑杀了他。

两边的几百名士兵战斗了一整夜。尸体盖满了山，草地被血洗红了。

战斗结束后，黄飞虎听说儿子死了，他哭了。姜子牙对他说，"将军，你儿子的名字会被记住一千年。现在我们必须除掉那些蜈蚣和蜜蜂。去找崇黑虎。告诉他用他的鹰来灭掉那些危险的虫子。"

黄飞虎马上离开了。他骑着牛来到了飞凤山。当他来到那里时，他看到三位将军正在互相战斗。但仔细一看，他发现他们在笑着互相开玩笑[1]。三个人一见到他就停止了战斗。其中一人说，"黄飞虎王爷，很高兴见到你！"

---

[1] 开玩笑　　　kāiwánxiào – to joke

"将军，你怎么会认识我的？"黄飞虎问道。"你们为什么要战斗？"

"我们认识你。我们战斗只是为了玩。"

黄飞虎说，"我在姜子牙的军队里。我们将去孟津见其他侯爵，并开始与商王战斗。我的儿子被一群蜈蚣和蜜蜂杀死了。我需要崇黑虎的鹰帮忙除掉它们。"

"我们可以带你去见他。他正在为将要到来的战斗训练他的军队，但他还不能开始战斗。他必须等武王到来。我们明天去见他吧。"他们邀请黄飞虎留下来过夜。

第二天，他们四人骑马去崇城与崇黑虎见面。黄飞虎向他问好，然后解释说，他们需要他的帮助。崇黑虎马上同意了。他们一起骑马去周营地，与武王见面。

"陛下，"崇黑虎说，"孔宣竟然敢阻止你。你这是在按照上天的意愿做事！"

武王回答说，"我想上天现在不和我们在一起。如果不是那样，我为什么会面对这样的问题？你觉得我是不是应该退回，请求商王原谅？"

"不，陛下！所有的侯爵都要靠你，将军、士兵和普通人也是这样。"

武王同意了。第二天，崇黑虎和几位将军骑马向商营地走去。高继能见了他，高继能说，"你们都是叛乱分子和叛徒！你们为什么这么远跑来这里，找这么多麻烦？"

"你这个该死的傻瓜！"崇黑虎回答。"黄天化是你杀的吗？"

高继能笑了笑，说，"是的，而且我们已经抓到了哪吒和雷震子。你能为这做什么呢？"他攻击了崇黑虎，崇黑虎用两把斧头打了回去。

更多的<u>周</u>将军加入了战斗。<u>黄飞虎</u>冲上前去，大喊道，“我要杀了你！”

更多的<u>周</u>将军加入了战斗。<u>黄飞虎</u>冲上前去，大喊道，“我要杀了你！”

第 70 章
神秘的五盏灯

准提来自西方，

她的美德深而强大

莲花叶随风飘，

莲花不受雨水影响

孔宣被金弓银矛打败

轻摇的树下，

他变成了准提的孔雀[1]

≡≡≡

这时高继能正在与周的五位将军战斗。他打开了他的袋子。千万只蜈蚣和蜜蜂飞了出去。周将军们吓坏了，但崇黑虎却打开了他背着的葫芦。黑烟冲出。黑烟化为千万只鹰。它们飞上天空，很快就吃掉了所有的蜈蚣和蜜蜂。

高继能喊道，"你竟然敢杀我的魔虫！"他与周五位将军战斗，但和他战斗的将军太多了。黄飞虎刺中了他肋[2]下。当他从马上掉下来时，黄飞虎砍下了他的头。

孔宣看着自己的将军死去。他冲向周的五位将军。黄飞虎大笑说，"你真是个傻瓜！"

但孔宣已经对他们做好了准备。他向五位将军射出五道光，他们都消失了。他回到自己的营地，再次摇动光，五位将军都倒在了地上。他们被绑住抓了起来。

---

[1] This is about the downfall of Kong Xuan, the commander of Sanshan Pass, who is defeated by Zhunti's many weapons. He is transformed into his original form, a peacock, and is ridden away by Zhunti at the beginning of the next chapter. The lotus referenced in the second line is a metaphor for Buddhism.

[2] 肋　　　lēi – rib

在周营地里，将军们开会讨论五光的问题。杨戬说，"我们需要了解一下，这个孔宣究竟是什么样的妖怪。我还有从云中子那里得到的照妖镜。明天姜指挥官见孔宣的时候，我会用它。"

第二天，姜子牙出去和孔宣谈。杨戬站在附近的旗帜下。他拿出镜子，看着孔宣。孔宣看见了他。笑着说，"杨戬！一个战士不可以在暗里这样做事。过来，看着我！"

杨戬走近一些，看着镜子里的孔宣。他看到一个有许多颜色的东西，滚来滚去。他不明白他看到的东西。

孔宣攻击了他。两人打了三十个来回。杨戬放出了他的天狗，那条狗却消失在孔宣的光中。很快，杨戬在光还没来得及打到他之前就骑马离开了。"回来，再来和我战斗！"孔宣喊道。

接着，李靖走向魔法师。他将自己的金塔扔向空中，它却消失在黄光中。孔宣抓住了他。李靖的两个儿子金吒和木吒冲上前去，却也被红光抓住。

姜子牙看到他的许多最优秀的将军都被光抓住了。他冲上前去。孔宣想要用绿光打他，但姜子牙用他的杏黄旗包住自己。它保护他不受光的伤害。

在他们战斗的时候，邓婵玉抓起一块小石头扔了出去，砸在了孔宣的脸上。魔法师想要逃回他的营地。当他骑马时，龙吉公主刺伤了他的左肩。他痛得叫了起来，几乎从马上掉下来。

周营地中，姜子牙与将军们坐在一起。"我们能做些什么？"他问他们。

武王让一位送信人来请姜子牙到武王的帐篷与他见面。到了那里，武王说，"我的士兵离开了他们的家人，来为西岐战斗，但我输了许多的战斗。我也很担心，因为我是一个不孝的儿子，违反了已故国王的意愿。你认为现在是我退回的时候了吗？"

"陛下，"姜子牙回答说，"那将违反上天的意愿。"

"但是，如果上天和我在一起，为什么我会遇到这么多麻烦呢？"

姜子牙想了想。他想，也许是时候回家了。他命令军队准备好在早上出发。几分钟后，陆压跑进了帐篷。他气喘吁吁[1]地说，"先生，你不能退回。这将让我们所有人都进入危险中。我们的战斗是上天的意愿。"

这个时候姜子牙不知道该怎么办。他让军队留在营地，直到他发出更多的命令。

第二天，陆压就出去和孔宣打了起来。他几乎被抓住。他只是想办法变成了一道彩虹，逃走了。他对姜子牙说，"我不知道他是什么。但他非常强大。"

土行孙来了，为军队带来了食物和用的东西。他听到了发生的事情。"我要和这个魔法师战斗！"他喊道。

他跑了出去，用棒攻击孔宣。孔宣低头看着这个小矮人，笑道。"哦，原来这个小东西是来和我一起玩的！"他想要用弯刀打土行孙，但他没有办法碰到他。他想，"是时候让这个小矮人死了。我这就下马，把他踢死。"

孔宣下了马。他习惯了骑马战斗，而不习惯在地上，所以他很难与土行孙战斗。小矮人打了他好几次，但每当弯刀靠近时，他就跳开了。在他们战斗的时候，邓婵玉又扔了一块石头，砸在了孔宣的脸上。孔宣流了很多血，逃走了。

第二天早上，孔宣要求再次与邓婵玉战斗。但姜子牙不让她和魔法师战斗。他命令在营地大门上挂上停止战斗的牌子。

---

[1] 气喘吁吁　　qìchuǎnxūxū – breathless, panting

就在这时，燃灯来了，说，"我非常了解这个人。我去见他。"姜子牙取下停止战斗的牌子，燃灯出去见孔宣。

"放下武器投降！"燃灯喊道。但孔宣没有放下武器。他们开始战斗。燃灯将他的魔珍珠扔向空中，孔宣却让它们消失了。燃灯扔出了他的紫金钵，但它也消失了。

燃灯喊道，"徒弟，过来！"一只很大的鹰飞向他们，攻击了魔法师。一道红色的光射向天空。有一个像雷一样的很大声音。鹰倒在地上。

燃灯化为一道光，飞走了。后来，他问鹰看到了什么。鹰回答说，"我不知道。他的身体被很多颜色的光保护着。他有两只翅膀，所以他可能是一只鸟，但我不知道是什么鸟。"

一个送信人来了，说有一位佛祖来见他们。姜子牙和燃灯出去见佛祖。是准提道人，她是一位从西方带来佛的智慧的佛祖[1]。准提说，"我是来自西方的佛祖。我看到孔宣挡住了你们的路。我来这里是要带他回去，所以他就能快乐地生活在西方。"

燃灯说，"我们很高兴你来这里！"准提出去见魔法师。

---

[1] Zhunti Daoren (准提道人) is male in this story, but he is modeled after Cundi (准提), a female bodhisattva who is an incarnation of Guanyin and is sometimes called the Queen of Heaven.

第 71 章
三关战斗

丞相指挥战斗的车
和勇敢的士兵
主人们喝酒玩得高兴，
人们在家门口唱歌

剑在天上的光中发亮光，
军队的旗帜在阳光下飘飞
上天在他们一边，他们来了，
就像海浪打在沙子上一样[1]

☰☰☰☰

"请出来，我想和你谈谈，"准提说。

孔宣从商营地出来。他看到一个长得很奇怪的佛祖，一只手里拿着一根小树枝。他说，"你是谁，你想要什么？"

准提回答说，"孔宣，请停止所有的杀人行动，跟我走。我们一起去西方。你可以除掉羽毛上的所有脏东西，成为仙人。"

孔宣挥动着弯刀对着准提，她只是挥了挥小树枝。弯刀刺在了空中。孔宣再次用金杖攻击，但佛祖再次挥动她的小树枝，杖掉在地上。然后他试着用红光打准提。但佛祖只是笑了笑。那里出现了一道像闪电一样的亮光，一声像雷一样的轰响。当孔宣再一次可以看见和听见时，准提就在他身后。现在她有二十四个头，十八只手，手里拿着许多不同的东西。她唱道，

"金色的光来自太阳
大道来自西方

---

[1] This poem contrasts the decadence and complacency of the Shang nobles and common people, with the immense power of the approaching Zhou army.

千万条项链，千万颗宝石

许多光一个接一个诞生

神杖不经常看见

你怎么能拿七宝杯？

让我们一起去莲花台

我们将看到大道的完成。”

准提将一条丝绸戴在孔宣的颈上，说道，"现在，请让我们看看你原来的样子。"

孔宣变成了一只美丽的孔雀。准提爬上鸟背，对姜子牙说，"我们现在必须走了。你的朋友在营地等你。再见。"他们飞向天空，向西飞去。

姜子牙和将军们去孔宣的营地，让他的军队投降。然后他们回到了周营地，所有被孔宣抓住的人都在那里等着他们。军队向汜水关走去，在那里休息了三天。

汜水关的指挥官韩荣站在城墙上，向远看着西岐军队。他给朝歌发了急信，要求马上送来更多的士兵。

姜子牙决定同时攻打三个关口。他命令黄飞虎攻打佳梦关，洪攻打青龙关。他自己带军队攻打汜水关。

在佳梦关，指挥官骑马出去见苏全忠。"你这个该死的叛乱分子，"他喊道，"你自己的妹妹是商朝的王后。你怎么能这么邪恶，竟然敢反对她呢？"但苏全忠是更好的战士，经过长时间的战斗，他杀死了关口的指挥官。

在青龙关，洪锦命令南宫适骑马前行，与守卫关口的一个叫胡雷的将军战斗。他打败了将军并抓住了他。南宫适把他带回了营地，胡却不愿在洪锦面前跪下，说，"你以为你是大将军，但在我眼里，你只是一头猪。我希望我能吃你的肉，喝你的血。"洪锦没有回答。他只是告诉他的士兵砍下这个人的头。

但几分钟后，一个送信人进来报告说，<u>胡雷</u>等在营地外面，准备战斗。"砍下那个送信人的头，"<u>洪锦</u>喊道。"他怎么敢送假报告？"

但在这样做之前，他们先向外看了看。果然，<u>胡雷</u>就站在那里，手里拿着剑。<u>南宫适</u>与他战斗，他们再次抓住了他。然而，这一次，他们不知道该怎么对他。他们不想再砍下他的头。他们请<u>龙吉</u>公主过来给他们一些建议。她笑着说，"他在用一种非常简单的魔法。我可以轻松解决它。"她从长衣里拿出一根针，插进了<u>胡</u>的头顶。"来吧，现在来砍下他的头，"她说。他们那样做了，<u>胡雷</u>死了。

关口的指挥官知道他的军队没有办法赢<u>周</u>。他命令取下<u>商</u>旗帜，升起<u>周</u>的旗帜。但就在他准备投降的时候，一位女道士来找他。"我能为你做些什么？"指挥官问道。

"我是<u>火灵圣母</u>。<u>胡雷</u>是我的徒弟。我听说他被<u>周</u>杀了，我要报仇。告诉我，你为什么不和这些叛乱分子战斗？"

"师父，他们人太多了。我只有两万名士兵和几名将军。我必须投降，才能救我的军队和人们的生命。如果你生我的气，那就杀了我吧。"

"那就没有必要了。再次升起<u>商</u>旗帜。挂起停战的牌子。并给我三千名士兵。我要交给他们一份特别的工作。"

她命令三千名士兵脱掉鞋子，穿上红色的衣服，把头发披在肩上。他们每个人都在脚底写下"风"和"火"两个字。每个人一只手拿弯刀，另一只手拿旗帜，背上贴着一张纸葫芦。

她训练了他们七天，然后她命令取下停战牌子。她骑着一头金眼骆驼走出关口，身后跟着她的士兵。<u>洪锦</u>在等她。她大喊，"<u>洪锦</u>，我来了！"然后挥动着两把古剑冲向他。"从马上下来，否则你会死的。"

洪锦想要用他的魔法门，但火灵圣母取下了她的金帽子。马上有一缕金光从她的头顶射出。洪锦看不见她，但她能看见他。她用剑刺他。他受了伤，骑着马走了。

三千名士兵冲进了周营地。他们经过的地方，都带来了风和火。整个营地都在燃烧。

龙吉公主看到她的丈夫骑马离去，却没有时间去帮他。她在营地里跑来跑去，用念魔语来灭大火。她却没有看到火灵圣母从她身后走过来，在她的背后刺了一刀。

第 72 章
神仙之间的争论

三鞠躬表示对宫殿中大仙的尊敬

凤凰双双跳舞，

鹿在绿色围栏前唱歌

这是不停的战斗和许多死亡的开始

周很强大，

得到西方的智慧[1]

龙吉公主痛苦地喊叫着。她骑马去找她的丈夫，他也受了重伤。两人回到周营地，在他们受伤的地方放上了药。他们让送信人去见姜子牙，告诉他失败的消息，并且想要更多的士兵。

姜子牙听到这个消息，很担心。他马上带着哪吒和三千名士兵骑马去佳梦关。"发生了什么？"他到了那里就问道。

洪锦回答说，"本来我们赢了，但后来火灵圣母来了。在她的金光后面，我们看不到她。她有三千名士兵，他们把所有的东西都烧了。"

过了不久，火灵圣母出来喊道，"姜子牙，是你吗？"

"是的，"他回答。"你为什么要帮助商王，让他继续做邪恶的事？这违反了上天的意愿。请到我们这边来，加入我们。"

---

[1] This poem describes Grand Completion's three visits to the palace of the leader of Jie Daoism, Grand Master of Heaven. The disagreement between Grand Completion and Grand Master's disciples leads to a war between the Chan and Jie sects, resulting in endless bloodshed until it's settled by Hong Jun in Chapter 84.

"你只是一个很笨的钓鱼老人！"她喊道，用剑砍向他。他打了回去。她取下金帽子，一道明亮的金光从她的头上射出。姜子牙看不见她，所以她就砍向他的胸。他受了重伤，骑马向西走去。

她的三千名士兵冲进了姜子牙的营地，放火把它烧了。许多周士兵被烧死。空气中充满着黑烟。

火灵圣母追着姜子牙跑。他年龄大了，行动慢，伤又重，所以她很轻松就追上了他。她向他扔了一把锤子，打中了他的后背。他从马上掉到地上。

当她走近她的敌人时，她听到有人在唱歌。她抬起头，看到了广成子大师。她对他喊道，"大师，你不应该在这里！"

"我师父让我来的。我一直在等你，"他回答说。

他们打了起来。火灵圣母想要躲在她的金光中，但大师穿着一件收光的魔衬衫。他能清楚地看到她。她想要刺伤他，但没打中。他拿出他的番天印，扔向空中。它掉在她的头上，把她的头砸碎了。血、头发和碎骨头到处飞。她死了，她的灵魂飞到了封神台。

广成子大师走到附近的一条小溪边。他取了一些水，把水和一些丹药混合在一起，然后把它们放进了姜子牙的嘴里。他说，"姜子牙，我师父命令我来救你。我现在必须离开了。小心点。"

姜子牙看着他离去。他开始慢慢地骑马回到他的营地。一阵强风吹来。它非常强大，周围的树木都倒下了。一只黑虎出现在前面的路上。老虎上是他的敌人申公豹。

"你好吗，我的兄弟？"姜子牙说。

申公豹答道，"今天遇见我，真是你运气不好。你是孤单一人。这次没人能帮你了。"

"兄弟，你为什么不喜欢我？"

"你不记得那天在昆仑山上？我叫你的名字，但你不回答我。然后你让那个年轻人拿了我的头，把它带到南海，杀了我。我从来没有忘记过这。现在是你死的时候了。"

"兄弟，那不是我。南极仙翁命令年轻人把你的头拿下来。我救了你的命。你就这样报答我吗？"

"我知道你们俩都想让我死。别想骗我。"

他攻击了姜子牙，因为姜子牙太老太累了，没有办法与他战斗。他骑着马走了，申公豹紧跟在后面。申公豹扔出一颗魔珍珠，打在姜子牙的背上，再次把他打下了马。

就在这时，惧留孙出现了。他被送来保护姜子牙。"住手！"他喊道。申公豹转身就想逃跑。"你要去哪里？"他喊道。他扔出一根魔绳，抓住了申公豹。

惧留孙告诉他的精灵把他带到麒麟崖，并把他关在那里。然后他帮着姜子牙站了起来，给了他一些仙药。

"谢谢你，我的兄弟！"姜子牙说。"受到这样攻击，一定是我的命运。"他骑上马，回了营地。

惧留孙骑着一道光回到了昆仑山上的宫殿。他看到了元始，他刚刚离开宫殿，周围有八名侍从，他们拿着旗帜、香炉和羽毛扇。惧留孙跪在路边。

"我能为你做些什么？"元始问道。惧留孙讲了发生的事情。元始去了麒麟崖。他让精灵把悬崖抬起，把申公豹放进去关了起来。"把他留在那里，直到姜子牙造神之后，"他对精灵说。

"你不能这样做！"申公豹喊道。

"我必须这样做。如果我放了你，你只会再次伤害姜子牙。"

"师父，我向你保证。如果我再给姜子牙找麻烦，就将我的尸体扔进北海。"

"好吧，"元始说。"你可以走了。"他让精灵放了申公豹。

就在这时，广成子拿着金帽子来到通天教主的美丽宫殿。他看到了古老的柏树、桃树和松树。空中都是白鹤和黄鸟的歌声。他在玉门外等着，直到一个年轻人来见他。"年轻人，"他说，"请你告诉你的师父，广成子在门外等着，好吗？"

不久之后，年轻人回来了，并带着广成子进入了宫殿。通天教主说，"广成子，你今天为什么来这里？"

"师父，对商朝的战争已经开始了。但火灵圣母已经加入了商朝。她重伤了洪锦、龙吉公主和姜子牙。我的师父命令我去见她，但她也想杀了我。我不得不用我的番天印来保护自己。可惜的是，她被杀了。我来这里是为了求你原谅我，把她的金帽子还给你。我等着你的命令。"

"我许多徒弟的名字都在封神榜上，许多人将死去。请告诉姜子牙，如果他们中有人反对他，我允许他可以用他的打神鞭打他们。现在你可以走了。"

广成子鞠躬离开了宫殿。在外面，他看到几乎所有通天教主的徒弟都在等着他。他们听了通天教主的话，很生气。其中一人喊道，"火灵圣母的死是对我们所有人的侮辱。这是广成子的错，现在我们的师父站在他那边！"他们挥动着剑，对他大喊大叫。

广成子只是笑了笑，说，"兄弟姐妹们，我能为你们做些什么？"

其中一位名叫龟灵圣母的女神喊道，"你竟然敢侮辱我们！我现在就要为火灵圣母报仇！"

"姐姐，"他回答说，"火灵圣母的名字在封神榜上。她的死是上天的意愿，也是她自己做的事情带来的。你想要报复我，那就是太笨了。"

龟灵圣母再次向他喊叫，并用剑攻击。广成子挡住了她的攻击。然后他扔出了他的番天印。她知道这武器可以杀死她，所以她变回了她原来的样子，一只最古老的乌龟。

这时其他人更生气了。他们都冲向广成子，挥动着剑，对他大喊大叫。他知道他不可能赢这群仙人。他转身跑回了宫殿。他冲进通天教主的房间，跪在他面前。"师父，请帮帮我。我没有办法和他们所有人战斗！"

通天教主让龟灵圣母到他面前。"你为什么要攻击广成子？"他问道。

她回答说，"他杀了我的妹妹，现在他来这里侮辱我们的宗教。"

"你怎么敢那样做！广成子没有做错任何事情。他来这里还金帽子，让我们感到荣幸。你是侮辱我们宗教的人。从现在开始，不允许你来这里听我的课。"

广成子离开了宫殿。但所有的徒弟都还在那里，现在他们比以前更生气了。他们都大喊着，"抓住广成子！不要让他逃了！"

没有其他选择，广成子第三次跑回了宫殿。

第 73 章
蚯蚓[1]

流水日夜不停，

不管太阳和月亮

海变成干地，

不安静的海变得安静了

大将军用剑吃饭，

英雄喝着战争的酒

或早或晚，都由天决定，

血和泪掉在大地上[2]

☰ ☰ ☰

通天教主有些不高兴。"广成子！"他说，"你怎么又回来了？"

"我想要离开，"广成子回答说，"但你的徒弟们在外面等着我。他们大喊大叫，向我挥动着武器。我求求你，请让我安静地离开。"

通天教主让徒弟来宫殿。他说，"你们这些畜生！竟然敢给广成子找麻烦。帮助武王是上天的意愿。你们无权阻止他。"徒弟们都低下了头，没有再说什么。大师说，"你现在可以离开了。不要管他们。"

广成子向大师磕头，很快回到了他在九仙山的山洞。

等他离开后，通天教主和他的徒弟们谈话。他说，"三个宗教都同意商朝必须结束，周朝必须开始。火灵圣母的死是她自己的错，不是别人的错。你们不能再去阻止广成子。"

---

[1] 蚯蚓　　　qiūyǐn – earthworm

[2] Here, the poet tells us that everything is written and happens according to the will of heaven, so all the actions of humans, all the bloodshed and tears, are in vain.

"可是师父，"多宝仙人说，"广成子侮辱了你，侮辱了我们，侮辱了我们的宗教。"

"为什么这么说？"

"对不起，我不得不告诉你这个。他说过，我们的宗教一点都没有用。他说，你的徒弟是从蛋里生出来的，全身都是毛、角和羽毛。"

"广成子总是说真话。他不会说那样的话。"

但是所有的徒弟都发出同一个声音说，他们听见广成子说过这些话。

通天教主生气了。"他真是个畜生，竟然说这些话。多宝，你去房间里，把四把杀仙剑给我拿来。把它们挂在宫殿的前门上。它们会挡住任何邪恶的仙人进入。然后，去界牌关，安排杀仙陷阱。我们看看谁敢进去。"

姜子牙回到了周营地。他告诉他的将军们发生的事情。周军队失去了五千名士兵，但他们赢了战斗。他们举行了大宴来庆祝[1]他们的胜利，然后他们回到了佳梦关。

在商营地里，指挥官不知道该怎么办。"我们打算向姜子牙投降，"他说，"但后来火灵圣母来了。她打赢了几场战斗，但现在她已经死了。我们该怎么办？"

"我们应该投降，就像我们之前计划的那样，"他的将军们说。

指挥官同意了。他给姜子牙送信，说他们准备投降。姜子牙以为他说的是真话，于是他告诉送信人，必须第二天就投降。

第二天，周军队向佳梦关走近。他们看到商旗帜又被周旗帜代替了。指挥官出来和姜子牙问好。他说，"我想投降，但我哥哥不允许。然后我又试了一次，但被火灵圣母阻止了。我们请求你原谅我们的罪行。"

---

[1] 庆祝　　　qìngzhù – to celebrate

姜子牙回答说，"你投降只是因为你的将军们都死了。你太容易改变主意了。我们不能相信你。"他命令他的人砍下指挥官的头。他任命了自己的一位将军来做佳梦关的指挥官。然后他回到了主营地，把发生的一切告诉了武王。

接下来是青龙关的战斗，黄飞虎带着十万士兵去了那里。关口的指挥官邱引看到了他们。他说，"敌人来了。我们必须打败这些叛乱分子！"

"我们将战斗到死！"他的将军们喊道。

周军队的将军们一个接一个地骑马出来。首先是邓九公。他与一位商将军战斗并杀死了他。接下来是黄天祥，他只有十七岁，但他就像小牛在老虎面前那样勇敢。他与另一位商将军战斗，刺穿了他的心脏。

邱引对失去两名将军感到愤怒，他骑着马冲了出去，手里拿着长枪，戴着银色的头盔，穿着盔甲。他的两个将军一边一个，和他一起骑马出去。黄天祥马上就杀死了两位将军。然后他刺了邱引的腿。指挥官受了重伤，不得不在失败中回到要塞[1]。

邱引不是一个真的人。他是一条变成人样子的蚯蚓，他有很强大的魔法。他用魔法治疗了腿上的伤。

三天后，受伤的地方完全好了。邱引再次骑马出去和黄天祥战斗。年轻人看到指挥官胸前戴着一个像镜子的东西。知道自己在和巫师战斗，黄天祥用银棒打在了他的胸口。它打碎了保护巫师心脏的镜子。血从邱引的嘴里流了出来，他几乎从马上掉下来。但他还是想办法骑马回到了要塞。

现在指挥官受伤了，他的几个将军都死了，邓九公决定是时候攻击了。周军队攻打要塞。但是要塞被深沟[2]和高墙保护着，士兵们没有办法进入要塞。黄飞虎命令军队退回。

---

[1] 要塞　　　　yàosài – fortress
[2] 沟　　　　　gōu – ditch

邱引觉得现在的情况对自己的军队有好处。他让几千名飞虎士兵出去攻打周营地，抓住邓九公。那是一场伟大的战斗。邓九公勇敢地战斗着，邱引却从嘴里吐出一些黄烟。邓九公吸进了一些。他倒在地上并被抓住。

当邓九公被带到邱引面前时，他说，"你不是一个勇敢的战士。你用邪恶的魔法抓住了我。来吧，杀了我。我活着不能吃你的肉，但我死后会找到你，杀了你！"邱引命令他的人砍下邓九公的头。

当邓九公死亡的消息传到周营地时，许多将军都想出去为他报仇。黄飞虎选了他的三个儿子，黄天禄、黄天爵、黄天祥。他们三人都骑马出去与商军队战斗。

第 74 章
青龙关战斗

两位大将军在关口见面，
决定胜利或失败
用五行，
一万人的生命走到今天

黄烟使将军倒下，
白光能抓住敌人
最伟大的魔法也没有办法改变命运，
因为你的生命正在流走[1]

〓〓〓

商指挥官让他的一位将军出去战斗，他是名叫陈奇的巫师。黄家三兄弟围住了陈奇。其中一人刺伤了他的右腿。道士腿伤了，但仍然能战斗。他挥动着杖。飞虎士兵发起攻击，黄色的光从他们的肚子里射出。他们抓住了黄天禄，把他关了起来。

陈奇用他的丹药治疗好了腿。第二天，他出来报仇。他手拿长枪，骑马向周营地跑去，大喊着让黄天祥出来和他战斗。

经过不长的战斗，他抓住了黄天祥，并将他带回了要塞。但年轻人不跪下。他说，"你这个恶魔！你用魔法而不是像一个真正的男人一样战斗。我想用我的长矛刺你，刺碎你的灵魂，用箭射你的心。但我没有能力这样做。所以，来吧，杀了我。我会变成鬼，回来杀你。"邱引非常生气，命令砍下年轻人的头，将他的尸体挂在墙上的一根柱子上。

黄飞虎看到儿子的尸体，哭了起来。他念了这首诗，

---

[1] The poet reminds us yet again that everything happens according to heaven's will.

他的生命给了他的国家

他的心像太阳一样明亮

他经历过许多战斗，打过很多敌人

却掉入邪恶巫师的手中

然后他让送信人去见姜子牙，要求更多的士兵。当消息到了那里，邓婵玉说，"指挥官，请让我去，为我父亲报仇。"姜子牙同意了，让哪吒跟她一起去。邓婵玉飞快地骑着马，哪吒用他的风火轮，只用了几秒钟就来到了青龙关。

第二天，哪吒看到墙上挂着的黄天祥尸体。他很愤怒，大喊着让陈奇出来和他战斗。几分钟后，商将军走了出来，说，"哦，这是哪吒吗？"

哪吒回答说，"你这个妖怪！你为什么要杀黄天祥？我会把你变成碎块！"然后他发起了攻击。他们的两匹马撞在一起，他们的长矛碰在一起。陈奇骑马离去，哪吒追了上去。

陈奇从头顶发出白光，一颗红色大珍珠出现。"看我的宝贝！"他喊道。

但哪吒的身体不是骨肉做的，他只是笑着说，"这只是一块小红石。你为什么要给我看？"他用乾坤圈砸在陈奇的肩上，将他从马上撞了下来。巫师逃回要塞，哪吒回到了周营地。

土行孙听说他的岳父被杀了。他请求姜子牙允许他报仇。半夜的时候，他进入商要塞的地下。他看到太鸾和黄天禄被关在那里，他让他们知道，他们很快就会被放出去。然后他抓起黄天祥的尸体，带回了周营地。

当黄飞虎知道他的四个儿子中有两个已经死了、另一个被抓的时候，他哭了。他让自己最后一个儿子黄天爵，把黄天祥的尸体带回西岐。这是他保护最后一个活着的儿子安全的方法。

第二天，土行孙和他的妻子邓婵玉一起出门，为她的父亲报仇。当他们看到陈奇时，土行孙喊道，"你杀了我的岳父。我是来抓你，为他报仇的！"

巫师只是笑了笑，回答说，"你们这些人什么都不是，只是干死的木头。如果我杀了你，只会让我的手变脏。"

陈奇想要砍那小矮人，却没有办法碰到他。他让他的飞虎士兵参加战斗。然后他从嘴里吐出一些黄色的烟。土行孙倒在地上并被抓住。

但巫师没有看到邓婵玉。她扔了一块石头，砸在了他的嘴上。它打掉了他的一些牙齿，使他流了很多血。他想要逃跑，但她又扔了一块石头，打中了他的背，砸碎了他戴着的魔镜子。

在商的要塞中，邱引命令将土行孙带到他面前。他看着犯人说，"这个小矮人对我们没用。砍下他的头。"但土行孙的脚刚碰到地面，就消失在了地下。"那是一个很奇怪的人，"邱引说。"我们必须小心。日夜守卫关口。"

那天晚些时候，郑伦带着食物和用的东西来到了周营地。土行孙对他说，"我的朋友，有一位商将军，名叫陈奇。他有和你一样的能力。他可以从嘴里发出黄色的气，就像你能从嘴里发出白色的气一样。"

"这很有意思，"郑伦回答。"我的老师告诉我，整个国家中没有其他人有这种能力。我一定要见见他！"

第二天，郑伦带着他的三千乌鸦士兵骑马出去。他们看到了陈奇。"你是谁？"郑伦问道。

"我是陈奇。我是将军，为守卫这个关口的军队带来食物和用的东西。你是谁？"

"我是郑伦。我和你有相同的工作，但我是为周军队。"他冲上前去，挥动着杖，两人打了起来。真是一场战斗！

两位将军在战斗的地方见面

谁都不会跑，谁都想赢

一个是从山上来的狮子

另一个像愤怒大叫的老虎

一个想给世界带来秩序[1]

另一个想救国王

今天，上天让这两个人见面

他们的剑在战斗中碰在一起

周将军们都出去看他们的战斗。乌鸦军队像黑蛇一样前进，向飞虎军队攻击。郑伦从鼻子里射出两道白光，而陈奇从鼻子里射出两道黄光。他们俩都从马上掉了下来。他们的军队不敢抓住敌人的将军，但他们都抓起自己的将军，退回到自己的营地。

土行孙和其他将军都笑了起来。但郑伦却说，"这世界上有这样的人，真是奇怪。明天我必须再和他战斗。"

第二天见面时，陈奇说，"不需要用魔法。让我们只用我们的战斗能力进行一对一的战斗。你同意吗？"

郑伦同意了。他们打了一整天，但谁都没能赢。那天的战斗结束后，哪吒对其他的周将军说，"这是我们攻击的好时候。今天晚上，土行孙应该去地下，并放了犯人。我会打开要塞的大门。"

天黑时，土行孙穿越地下，来到商的要塞内，放了两名犯人。哪吒用金砖打倒了侍卫，然后他砸碎了锁，打开了大门。周军队冲进去，拿下了这座城市。人们到处逃命。

黑暗中，邱引发现自己被几位周将军包围。土行孙撞上了他的马，把他撞倒在地。但还没来得及刺他一刀，邱引就化为一团尘土飞走了。

---

[1] 秩序　　　zhìxù – order

陈奇运气就没那么好了。他被哪吒的乾坤圈打中。当他倒在地上时，他自己的剑刺中了他的胸，他死了。

青龙关的战斗结束了。姜子牙听到这个消息，任命了一位新的关口指挥官。他为他的军队赢了这场战斗感到高兴，但对邓九公和黄天祥的死感到非常不高兴。他说，"可惜这些伟大的战士没有办法看到周王朝的诞生。"

下一场战斗是在汜水关。那个关口的指挥官韩荣听说另外两个关口被周军队拿下了。这时，一个送信人带着姜子牙的信来了，

　　汜水关的指挥官，

　　商王是邪恶的暴君，人们在受苦。上天不快乐。服从上天的意愿是我们的责任。无论我们走到哪里，人们都会向我们问好，商军队投降了。两个关口已经投降。现在你必须决定是战斗还是投降。我等着你的回答。

　　姜子牙，周军队指挥官

韩荣读了信。他在信的下面写道，"我们将在战斗中和你见面"，并将这封信给了送信人。

第二天他们在战斗的地方见面，韩荣说，"姜指挥官，你怎么能带着叛乱分子攻打我们的国王？"

姜子牙回答说，"将军，上天爱仁慈的国王，让他留在王位上。但你肯定知道，很久以前，夏朝的桀王成了暴君，被商朝的第一位国王汤王赶下了王位。你们的王比桀王更差。每个侯爵都反对他。所以我们才来惩罚他。"

韩荣的一名将军冲上前去，却被哪吒杀死。韩荣骑马回到关口。周军队紧追着他。

就在这时，余化来到了商的要塞。人们叫他"七头将军"。他有一张金色的脸，红色的头发和胡子，还有金色的眼睛。他盔甲里穿着虎皮

长衣，戴着玉腰带。他说，"几年前，我在战斗中被<u>哪吒</u>打败了。我向师父要一件魔武器。他造了<u>化血神刀</u>，并把它给了我。这武器非常强大，可以毁掉整个军队。"

第二天出门时，他的敌人<u>哪吒</u>正在等着他。<u>余化</u>拿出了那把<u>化血神刀</u>。它动得很快，让<u>哪吒</u>都看不见它。他死不了，但他受了重伤。他没有办法骑他的<u>风火轮</u>。他的士兵把他带回了<u>周</u>营地。他们叫他的名字，但他没有说话。

第 75 章
小矮人偷骆驼

余化强大，却丢了生命，
师父你为什么还要浪费你的力量？
烧死小矮人带来了麻烦，
让惧留孙愤怒

从北海逃出来，
余元怎么会再次被抓住？
余元在封神榜上，
不要想着去理解命运[1]

＝＝＝＝

胜利后，余化第二天再次出去，准备战斗。雷震子出去见他。"你是余化吗？"他问那个黄脸红胡子的男人。

"叛徒！"余化喊道。"你不认识我了？"

雷震子跳到空中，用他那重得像泰山的金杖砍了下去。余化用他那把快得像飞龙一样的长枪打回去。余化马上拿出他的化血神刀去砍雷震子的翅膀。但是那翅膀是用两个仙杏做的，所以伤得不严重。余化被打败，回到了营地。

姜子牙一边挂上停战的牌子，一边想要决定下一步该怎么做。杨戬来见他。"已经快要有十个月了，但我们没有前进一寸。请取下停战牌子，让我看看会发生什么。"

---

[1] This poem touches on several events in the chapter. First, Yu Hua is captured, placed in an iron box, and dropped into the North Sea. He escapes and continues to cause trouble. Next, Earth Traveler Sun is nearly burned alive but is rescued by Krakucchanda. And finally, Yu Yuan is killed by Lu Ya.

在他们讨论这个问题的时候，一个年轻的道士走了进来。他说，"我是太乙真人的徒弟。他让我把哪吒带回去治疗。他病得很重。"姜子牙看着哪吒，见他脸发白。

"当然，"姜子牙回答。年轻的道士带着哪吒离开了。

当停战牌被拿下时，余化就骑马出了商要塞，准备战斗。杨戬骑马出来见他，说，"余化！我是姜指挥官的侄子！"两人开始战斗。余化用他的魔刀攻击。

杨戬让自己的肩被刺伤，然后飞到玉泉山去见他的师父玉鼎。他说，"师父，商的一位将军有一把奇怪的刀。他用它砍了哪吒，现在哪吒病得很重。他也砍伤了我，不过还好你教了我，我没有受重伤。你能看看受伤的地方，告诉我它是什么毒吗？"

玉鼎看了看受伤的地方。他说，"我知道这种毒。它会马上让人死亡。哪吒是仙人，你被我训练得很好，所以你们俩都还活着。"

"我们怎样才能治疗这种毒？"

"我没有办法治疗它。这把刀来自蓬莱岛的余元仙人。在制造刀时，他还做了三颗丹药。只有那些丹药才能救你。"

杨戬飞到蓬莱岛，变了他的样子，让他看上去像七头将军余化。这岛被大片的海包围着，大浪拍打着大石头。龙精推动着风，凤凰和麒麟穿行在树林里，鹤和其他各种颜色的鸟在空中飞。地上开满了各种颜色的花，还有绿草。

见到余元后，他鞠躬说，"师父命令我守卫汜水关，姜子牙的军队到了。我打伤了哪吒和雷震子。但后来杨戬和我打了起来。他用魔刀和我战斗，刀刺伤了我的肩。我请求你的帮助。"

余元回答说，"什么？在我制造这把刀时，我用火来分龙和虎、阴和阳。那时我还做了三颗丹药。它们现在对我也没有用，所以你可以把它们拿走。"

长得像余化的神仙鞠躬离开了岛，回到了周营地。在他离开后不久，余元就开始对刚才看到的事感到困惑。他用手指占卜，才知道自己被杨戬骗了。他很愤怒，骑着金眼骆驼追了上去。杨戬回头一看，只见大师追了上来。他放出了他的天狗。狗用它像钢[1]剑一样尖的牙，咬住了余元的颈。余元受了重伤，不得不回蓬莱岛。但他说，"杨戬，我会回来惩罚你的！"

在周营地里，姜子牙用了一些丹药治疗雷震子。他把剩下的送到乾元山去给哪吒治疗。

第二天，杨戬出去又要和余化战斗。他喊道，"余化，你昨天用刀砍伤了我。但我有丹药，所以你的刀不能伤害到我。"

他们又开始战斗。这时，雷震子已经完全治疗好了。他冲了出去，加入了战斗。两位周神仙一起打败了余化。杨戬用剑杀了他。

韩荣听到余化死了，非常不高兴。但就在这时，余元来了。他身高七尺左右，蓝脸、红发和长牙。韩荣出去见他，说，"先生，你是谁，是从哪座有名的山来的？"

客人回答说，"我是蓬莱岛的余元。杨戬这次太过分[2]了。他偷走了我的丹药，还杀死了我的徒弟。我是来报仇的。"

韩荣给客人送了食物和酒。第二天，他出去对姜子牙喊道，"指挥官！叫杨戬出来见我！"

"对不起，"姜子牙回答说，"他不在这里。他正忙着为我们的军队收取食物和用的东西。先生，从成汤坐上王位到现在已经六百年了[3]。商王做了邪恶的事情，引起上天的愤怒。现在是新的周王朝开始的时候了。你怎么能违反上天的意愿呢？加入我们，否则就去死！"

---

[1] 钢　　　　　gāng – steel
[2] 过分　　　　guòfèn – to go too far
[3] The Shang Dynasty was founded around 1600 BCE by a virtuous man named Cheng Tang, who overthrew the evil king of the Xia Dynasty.

"如果我不结束你的生命，我们就没有办法阻止这些问题！"余元回答说，他骑着他的五云骆驼向前攻击。姜子牙用剑挡住了攻击。另外两名周将军也加入了战斗。余元扔出他的金光锉。姜子牙用他的杏黄旗挡住了它。然后他用魔杖打中了余元，这让余元口中的神火射出十丈。另一名将军刺中了余元的腿。余元受了重伤，骑着骆驼离开了。

土行孙看到余元骑着骆驼走了。他喜欢骆驼，想把它拿来，成为自己的骆驼。他的妻子邓婵玉告诉他刚刚在战斗中发生的事情。土行孙决定晚上出去偷骆驼。

二更的时候，他通过地下去氾水关。他在地下等着，注意着余元的情况。但余元占卜了一下，就知道发生了什么事。他故意像睡着了一样，呼吸声音像雷声一样响。

土行孙很高兴听到他的敌人睡着了。他从地上爬出来，放出骆驼，站在一块大石头上爬到骆驼的背上。然后他下来，走到余元身边，用铁棒打他的头。余元没有动。土行孙再次打了他。那人还是没有动。"哦，好吧，"土行孙说。他回到骆驼上，开始飞走。但是骆驼没有办法飞出墙。

余元跳了起来，抓住了土行孙的头发。他喊道，"我抓住小偷[1]了！"

他把犯人带到了韩荣面前。"我不能放他下来，"他说。"如果他碰到地面，他就会消失。"

"我们该怎么解决他呢？"韩荣问道。

"我们把他放在一个袋子里。我们要在他身体下点火，把他烧死。"韩荣对这表示同意。

---

[1] 小偷　　　xiǎotōu – thief

土行孙开始被火烧着。他大叫。在很远的地方，惧留孙听到了他的叫声。他冲到汜水关，从火中抓起袋子。他拿着袋子飞走了，余元喊道，"惧留孙，该死的，我明天就会抓住你！"

惧留孙将土行孙带回了周营地，将他放在姜子牙的面前。指挥官非常生气。他想砍下小矮人的头，但惧留孙请求他对土行孙仁慈。姜子牙同意了。

第二天，余元来到周营地，大喊要和惧留孙战斗。但惧留孙用他的魔绳子抓住了他，并将他带回了营地。姜子牙命令杀了他，但士兵们没有办法砍下他的头。他们的剑只是从他的颈上震开。余元笑着说，

"我已经得了道，我是不死的

五行听我的命令

我去过世界每个地方

我知道黄金和玉石的秘密

仙火在我的炉子里燃烧

你们现在不能杀我

从古到现在，一剑还一剑

你们所有的话都没有用。"

"我们该怎么办？"姜子牙问。

惧留孙说，"做一个铁盒子。把他放进去，扔进海里。"

他们把他放在一个铁盒子里，把它带到北海。他们把它扔进了水里。盒子向下到了海底。但余元却用了五行中的金属和水，从盒子里逃了出来。他飞到他师父金灵圣母住的山上。当她知道发生的事时，她很生气。她飞去见通天教主。

通天教主很生气，但就像古人说的那样，'圣人不能表示出愤怒。'于是他只是挥了挥手，余元身上的绳子就掉了下来。然后他告诉余元，"去找惧留孙。带他回来见我，但不要伤害他。"

余元回到了汜水关。他走出去，大声喊着让惧留孙来见他。惧留孙看到道士站在那里。他对姜子牙说，"我不知道他怎么能从那个铁盒子里逃出来。他一定有一些新的、强大的武器。你应该去见见他。我会在他不注意的时候抓住他。"

姜子牙走了出去。余元喊道，"姜子牙，这是见真相的时候，你的命运就在今天决定！"他骑着骆驼向前攻击，但没有看到惧留孙，惧留孙用他的魔绳子再次抓住了他。

但周不知道该怎么解决他。"我们怎样能杀了他？"姜子牙问。

但就在这时，陆压来了。余元看到他很害怕。他的脸变黄了。"陆兄弟，"他说，"请可怜我吧！我学习道已经有一千年了。只要你对我仁慈，我就不会再给周找麻烦了。"

但陆压却说，"你违反了上天的意愿，你的名字在封神榜上。我必须惩罚你。"他烧香，向昆仑山鞠躬。他拿出一个小葫芦放在桌子上。他打开盖子。一道白光从葫芦里面出来。光顶上是一把刀，有眼睛和翅膀。"转！"陆压说。刀转了三圈。然后它飞向余元，砍下了他的头。他的灵魂飞向了封神台。

姜子牙想把他的头挂在营地的墙上，陆压却说，"请不要那样做。余元是神仙。把他的头拿出来给人看是不对的。把他的尸体埋了吧。"然后，惧留孙和陆压离开了，回到了他们的山上。

韩荣叫将军们一起来开会。"我们有麻烦了。余元死了，我们没有人可以和周魔法师战斗。我们左右两边的关口都被周拿下了。我们赢不了，但我不会投降。我们能做些什么？"

"是时候向朝歌磕头，然后离开这地方了，"将军们说道。韩荣同意了。他们收拾了他们所有的东西，将它们放在车上。然后他们准备离开关口，进入山里。

可就在他们都准备离开的时候，韩荣的两个儿子却听说了这件事。他们冲进去见他们的父亲。

第 76 章
<u>周军队拿下汜水关</u>

挡不住千把刀和千辆战斗的车

如果你的旗帜被烧毁，

你的将军和士兵都将面对灾难

白天都保护不了一半的军队，

那晚上呢？

两个儿子遇到负责送食物的将军就死了[1]

≡≡≡

当他的两个儿子来到<u>韩荣</u>面前时，他们说，"父亲，你为什么要放弃这个关口？"

他回答说，"你们俩太年轻了，没有办法理解。收拾好你们的东西。我们必须远离战争。"

大儿子<u>韩升</u>说，"父亲，你刚才说的话，别让任何人听到！你在高位，拿很多钱。你穿着紫色的衣服，戴着金色的腰带。这就是你报答你的国王和你的国家的方法吗？我们不怕。我们从小就受到神仙训练。我们准备为我们的国家战斗到死！"

他们的父亲回答说，"你们很忠诚。我理解。可是我们的王又笨又邪恶，<u>周军队</u>有很多强大的魔法师。我必须去山上救人。你们应该跟我一起去。"

"我这个没有用的孩子会为他的国家放弃自己的生命。我给你看一样东西。"<u>韩升</u>进了里面的房间，拿了一个小玩具[2]回来了。它看起来

---

[1] Zheng Lun is in charge of supplies for the Zhou army, along with Earth Traveler Sun and Yang Jian. But he is also a powerful magician and a fierce fighter who kills the two sons of Han Rong, the commander of Sishui Pass.

[2] 玩具　　　　wánjù – toy

像一个风车[1]。它中间有一张可以转动的纸。纸的四个角上有四面小旗帜，上面写着"地"、"水"、"火"、"风"。

<u>韩荣</u>看着它。"这只是一个小孩子的玩具。"

"不，父亲。跟我去看看。"他们把他带到院子里。两个男孩把头发披在肩上。他们说了一些魔语。空气中马上充满了云和雾。强大的风带着火吹过院子。千万把飞剑在风中飞。

<u>韩荣</u>吓坏了。"这是谁教你们的？"他问。

"几年前，我们在<u>朝歌</u>。我们在家门口玩。一个陌生的和尚来要食物。我们给了他一些食物。走之前，他说，'<u>姜子牙</u>会来攻打你父亲的关口。这是用来解决他的武器。'然后他给我们看怎样用这种武器。现在，我们可以打赢这场战争，抓住<u>姜子牙</u>。"

<u>韩荣</u>想了想。说，"你们需要多少士兵去打<u>周</u>？"

"我们只需要三千名骑马的士兵。这就可以打败六十万的<u>周</u>军队。"

<u>韩荣</u>给儿子们送去了三千士兵。他们训练了士兵二十七天。然后<u>韩荣</u>和他的儿子们带他们出关口去战斗。

<u>姜子牙</u>命令他的将军们出去等着他们的敌人。"你是谁？"他的一位将军问道。

一个年轻人回答说，"我是<u>韩升</u>，<u>韩荣</u>的大儿子。你今天就会死！"他挥了挥手，三千名士兵骑着马向前走去。他们的头发披在肩上，脚上没有穿鞋。当他们骑马向前时，<u>韩升</u>挥动着他的剑。厚厚的雾过来，空气变得黑暗，火随风而行。<u>周</u>士兵什么也看不见。三千万剑像一团云一样向前飞去，攻击<u>周</u>军队。八千多名<u>周</u>士兵和将军死了。剩下的人退回到他们的营地。

---

[1] 风车　　　　fēngchē – windmill

这时在汜水关，韩荣说，"这是一场伟大的胜利。但是我们现在不能在白天打败整个周军队。今天晚上我们将攻击他们。"

一更的时候，韩升带三千名士兵开始了突然攻击。大风来了，把天空变黑。火来了，空气中都是烟。攻击的人没有灯，只有刀和剑。他们像大浪一样进入了周营地。没有什么能阻止他们。就是神仙的武器，也没有办法阻止攻击人的飞剑。血把营地的绿草变成红色。许多士兵死了。

武王在几位将军的保护下逃走了。剩下的军队在姜子牙魔旗的保护下也逃走了。他们用最快的速度骑马向金鸡山跑去。当他们来到山上时，他们看到了一支大军队。姜子牙看到那是郑伦的乌鸦军队，非常高兴。

郑伦是一个非常强大的魔法师。他带着士兵回到商军队。他从鼻子里发出两道明亮的白光。韩家兄弟倒在地上，很轻松地被乌鸦士兵抓住。

兄弟俩被抓住后，他们的三千名士兵就失去了他们的魔力量。他们扔下武器逃走了。

郑伦命令将两兄弟绑起来，带到姜子牙面前。姜子牙骑马来到汜水关的城墙下，喊道，"韩荣！你骗了我一次，但现在我们来这里拿下关口。你的两个儿子在我们这里。"

韩荣看见了他的两个儿子。他们被绑了起来，没有穿鞋，很脏。他说，"指挥官，如果你把我的儿子还给我，我就把汜水关给你。"

但他的儿子韩升却喊道，"不，父亲！不要放弃关口！等着更多的士兵从朝歌赶来。然后你可以抓住姜子牙，把他切成一千块。我们很高兴为我们的国王而死。"

姜子牙挥了挥手。南宫适走上前去，挥动了两下弯刀。两个儿子的头被砍了下来。韩荣见这，大叫一声，从墙上跳下，死了。

后来，这首诗是这样写的，

> 河水日夜流
>
> 韩荣与国家同死亡
>
> 父亲在做大臣时，孤单的猴子流泪
>
> 儿子忠诚老鹤伤心
>
> 以死报答国家
>
> 三个灵魂以国王为骄傲
>
> 我现在没有后悔
>
> 但我记得与我妻子和孩子们一起笑的时候

周军队进城。人们打开城门，欢迎他们。武王命令为韩荣和他的儿子举行正式的葬礼。军队休息了三天。

在很远的山顶上，太乙真人让哪吒去见他。他说，"哪吒，你的伤已经好了。回到你的军队。我不久也会去，为你打破杀仙陷阱。"然后他给哪吒倒了三杯酒，又给了他三颗火枣[1]。哪吒喝了酒，吃了枣子。

他转身离开。突然，一声轰响，一只手臂从他的左肩上长了出来。"那是什么？"哪吒喊道。又是一声轰响，另一只手臂出现了。更多的轰响，更多的手臂，直到他有八只手臂而不是两只。然后他又长出了两个头。

他跑回去见太乙真人，太乙真人笑着说，"太好了！"

哪吒挥动着所有的手臂，说，"我要这些手臂和头做什么？我看起来像一棵很难看的树。"

"哪吒，你们的军队中有很多有魔法的神仙。有些可以飞，有些可以在地下走，有些可以改变他们的样子。现在你也有一些特别的能力。你可以任何时候从你本来的样子变成这个样子。"

---

[1] 枣　　　　zǎo – date (fruit)

哪吒用五只手拿起了五件武器，乾坤圈、混天绫、金砖和两把火尖枪。在另外三只手上，他的师父给了他九龙神火罩和阴阳剑。哪吒谢了师父，骑马回了汜水关。

在关口，姜子牙正在想着怎样解决杀仙陷阱。就在这时，黄龙真人走了过来，说道，"兄弟，小心点。暂时不要攻击陷阱。等神仙和佛祖来帮忙。为他们准备一个亭子。"

姜子牙让他的两个将军南宫适和武吉去为他们的客人准备亭子。

哪吒回来了。他很难进入营地，因为守卫没有认出有八只手臂和三个头的他。但李靖来了，哪吒向父亲解释了发生的事。

第二天，亭子准备好了。姜子牙、武王和所有的将军走了四十里路到亭子里等着他们的客人。很快，客人开始到来。接下来的两天时间里，十二位大仙都集合在亭子里。

最后到来的是燃灯。他坐下来，问道，"你们有谁见过这个陷阱？"

"没有，"他们回答说，"我们没有见过它。"

"那朵红云呢？"

他们都转头去看。在很远的地方，他们可以看到天空中有一朵很大的红云。一位神仙拍手。把红云推开了，他们都看到了陷阱。它被灰色的云、雾和冷风包围着。黄龙说，"嗯，那里就是陷阱。我们去看看吧。"

但燃灯说，"记住古人说过的话，'好地方看千次，邪恶的地方一次都不要看。'"但其他神仙想去看看。燃灯没有办法阻止他们。

第 77 章
<u>老子</u>带来三仙人

三神来自一口气，
强大魔法来自<u>须弥</u>山
移动一根木头，从中诞生，
不要让他们走丢

杀死神可以看见根是多么的浅
上天决定兴衰[1]，
<u>截</u>的努力是没用的[2]

≡≡≡≡

<u>十二神仙</u>走近<u>杀仙</u>陷阱。他们看到四把剑挂在那里，东、南、西、北各一把。他们听见有人在唱歌，

当我们用剑战斗时，我们会因为不容易躲开而杀死神仙
心中的感情引起无名的火
我很难过，因为生与死由我决定
<u>玉虚宫</u>带来的只有麻烦
当我回头看时，我发现过去已经被毁坏
危险已经走近，你怎么能逃掉？
靠你自己的才能，你的最后一天很快就会到来！

<u>燃灯</u>听到了这首歌。他说，"你们听见他的话了吗？这不是一个好人。我们还是等着，看看师父怎么说。"

---

[1] 兴衰　　　　xīngshuāi – to rise and fall

[2] This poem is about the battle between Laozi and Grand Master of Heaven. In this chapter, Laozi removes his hat to release his aura and summon the Three Pure Ones. They are the highest gods in Daoism, associated with the underworld, earth and sky. "Shallow roots" refers to a lack of commitment to the Dao, as discussed by Heavenly Primogenitor in this chapter. "A piece of wood" is an insignificant thing, so moving it means performing an easy task.

就在这时，一个叫多宝的神仙从陷阱中冲了出来。他是早些时候被通天教主送来建陷阱的，是为了向广成子报仇。他喊道，"广成子，你要去哪里？你离死的日子不远了！"

两位神仙开始战斗，这时一阵强风吹起了尘土和沙子。广成子扔出了他的番天印。它打中了多宝的背。他受了重伤，跑回了陷阱里。

神仙们回到了亭子里。他们听到空中传来音乐声，他们知道元始将要到来。几分钟后，大仙在他的九龙马车中从天上下来。

通天教主在半夜的时候来到陷阱的地方。多宝欢迎了他。他坐下来，向在他周围的徒弟们问好。

第二天，战斗开始了。元始让他的徒弟，一次两个，走向陷阱。通天教主从陷阱中走出来。他鞠躬，说，"兄弟，你好吗？"

"亲爱的兄弟，"元始说，"你为什么要建造这个邪恶的陷阱？你和我都在写封神榜的会议上。你知道有三个级别。那些根深的人将成为神，根不是很深的人会得到天道，那些根很浅的人将留在人间经历生与死。你为什么现在要违反上天的意愿？"

"兄弟，别问我。问广成子。"

元始不明白这一点。他看着广成子，说，"告诉我，发生了什么事。"广成子说了他与通天教主见面的事，以及通天教主的徒弟们说的谎。

通天教主对广成子说，"你怎么能说我们的徒弟有羽毛和角呢？难道你不知道这三种宗教来自同一个地方吗？我们都有同一个师父。我们真的就是同一个宗教。如果我是一只长着羽毛和角的野兽，那么你也是！"

元始说，"兄弟，你的徒弟中有很多人说话像人，但做的事情却像野兽。你让他们制造麻烦。你怎么对这还感觉很好呢？"

通天教主生气了。"你的徒弟从来不找麻烦吗？看得出来，你不认为我是你的兄弟。那好吧。陷阱已经为你准备好了。试着去打破它！"

元始坐在马车里。四个神仙把它抬起，每个人都抬着马车的一条腿。光包围着它，千万朵莲花从中长了出来。当他们走进大门的时候，通天教主用他的手发出了雷一样的轰响声。一把剑掉了下来。它砍下了元始头顶附近的一朵莲花，但神仙没有受伤。

元始看完了陷阱。他回到其他神仙面前说，"我一个人没有办法打破这个陷阱。我必须等我的哥哥。啊，他来了。"

他们抬起头，看到一个人骑着一头青牛。是老子。所有的神仙都向他鞠躬。老子说，"通天教主是我们的弟弟。他为什么要给周军队建这个陷阱？"

元始回答说，"我们不知道。我已经看过陷阱，但我还没有试过打破它。"

老子说，"明天我们就打破这个陷阱。如果通天教主请求原谅，我们会放他走。否则的话，我们就带他去紫霄宫见我们的师父。"

那天晚上他们都休息了。红色的云朵充满了天空。第二天早上，老子骑着他的青牛向陷阱走去。通天教主在那里等着他，说，"你好，亲爱的哥哥。"

老子回答说，"亲爱的弟弟，我们三人写出了封神榜，要让在这场战争中死去的人成为神。我们大家都同意这一点。你为什么现在要阻止周军队？"

"广成子三次进入我的宫殿。他侮辱了我，还对我们的宗教说了一些坏话。你如果想解决这个问题，就把广成子送到我的宫殿，让我来解决他。"

"广成子不会说那样的话。为什么你会相信你徒弟骗人的话？即使他真的说了那些话，这也不是解决的方法。不要违反上天的意愿。你必须马上除掉这陷阱。如果你不做，我就带你去<u>紫霄宫</u>见我们师父。他会把你变成一个普通人，把你放在<u>生死轮</u>上。"

<u>通天教主</u>很生气。他的脸变得很红，眼睛里射出烟。"<u>老子</u>，你怎么能这样侮辱我！你以为我比不上你吗？我敢说你不敢来打破这个陷阱！"

<u>老子</u>回答说，"没问题。准备好陷阱。我很快就会进去。"<u>通天教主</u>转身进入了陷阱。

过了一会儿，<u>老子</u>骑着他的青牛向西门走去。紫色和红色的云朵充满在空中。白光从牛脚射出。他拿出他的魔地图，把它打开，变成一座桥。他过了桥，进了大门。<u>通天教主</u>手中放出雷，飞出一把魔剑，<u>老子</u>却只是笑了笑。"亲爱的弟弟，"他说，"你什么都不懂。小心我的杖。"

他用棒打了<u>通天教主</u>。<u>通天教主</u>用剑打了回去。两个宗教首领战斗了一个多小时。那是什么样子？

风在尖叫，天地在摇动，雷动山河
闪电穿过云
雾盖住日月
沙尘盖满世界
老虎和狮子躲在森林里
雾使树木消失
雷使地面破碎
闪电使仙人困惑
雾使他们失去方向
风吹动岩石，吹倒树木
烟雾盖满了<u>九重天</u>

<u>通天教主</u>的一些徒弟也加入了战斗，但<u>老子</u>用金塔很轻松地将他们挡住了。

老子对自己说，"他懂一点道教魔法，却没有学过道。我要给他看一些新东西！"

突然，老子从敌人身边跳开。他把帽子推到一边。三柱烟雾从他的头顶升起。变成了道教中最伟大的三清神[1]。

通天教主看着他们。他对其中一人说，"你是谁？"

第一个是上清道人。他戴着九云冠，身穿红长衣，骑着一匹白马。他用剑攻击通天教主，说道，

> "开始的时候，道是一
>
> 有东西，但也没有东西
>
> 来自东方的紫气穿过函关
>
> 这是五千年来的第一次。"

第二个是玉清道人。他留着长胡子，穿着黄长衣。他说，

> "我是截道教的祖师
>
> 我从函关来到昆仑山
>
> 我长生不老，就像天地一样
>
> 即使须弭山倒下，我也能活下去。"

第三位是太清道人。他穿着紫长衣，手里拿着一把龙须扇。他骑着一头狮子。他说，

> "从我的生命开始到现在，我不知道有多少年了
>
> 我是第一个被鸿蒙分开的人[2]
>
> 我知道天地的所有
>
> 你可以通过门看。"

---

[1] In Daoism, the three Pure Ones are manifestations of pure *qi*, the primordial celestial energy. They are formless but are often represented as elderly men. The first is heavenly qi, the second is human qi, and the third is earth qi.

[2] Hongmeng (鸿蒙), literally "vast mist," is the primeval chaos that existed in the world before Pangu created the world and separated heaven and earth.

通天教主很困惑。他不知道这三个道士是谁，但现在他正受到四面攻击。他的徒弟看了这场战斗，但没有参加。

第 78 章
破陷阱

陷阱有四扇门，

烟、风、火和雷

<u>通天教主</u>像风中的羽毛一样消失了

剑可以杀死神，

现在却只留下黑烟

如果这是见大首领的时候，

那么强大的魔法将没有办法帮助你[1]

陷阱内的<u>三清</u>是用气变成的，不是真的人。他们不能伤害<u>通天教主</u>，但他们可以让他困惑。<u>老子</u>敲响了钟，让三仙人消失不见。然后他用杖敲了<u>通天教主</u>三下。<u>多宝</u>想要帮助他的师父，但他被<u>老子</u>的精灵抓住了。精灵把他从陷阱里抓出来，放进了桃花园。

<u>老子</u>离开了陷阱。"陷阱里发生了什么事？"<u>老子</u>回来后，<u>元始</u>问道。

"陷阱有四扇门，"他回答。"你和我可以打破其中的两扇。但是我们的徒弟还不够强大去打破另外两扇。"

就在这时，<u>准提</u>从西方赶来。<u>老子</u>向她问好，感谢她及时赶来。"兄弟们，"她说，"我住在西方，那里开着许多花，人们很快乐。最近我看到这里出现一些红光，所以我来看看你们是不是需要我的帮助。我看到附近的那个陷阱里挂着四把剑。它们是什么？"

---

[1] This poem is about the battle at the Immortal Killing Trap, where Laozi defeats Grand Master of Heaven. The four swords in the trap can kill gods (literally, "swallow gods' bones"), but against these great ones they can only leave a harmless trail of smoke.

老子回答说，“很久以前，我们师父把那四把剑送给了通天教主。要他用剑来和妖怪和恶魔战斗，但命运决定他会用剑给我们找麻烦。现在他用那些剑建了一个陷阱。我们必须打破这个陷阱。我们需要一个更强大的人来帮助我们。”

“我去邀请西方的宗教首领。然后，三个宗教将一起努力去分出是玉还是石。我们将打破这个陷阱。”

准提飞去见西方佛祖。她告诉佛祖，“我看到东南方向有几百道红光。我去了那里看看发生了什么事。我发现了一个非常危险的陷阱。它有四扇门。需要四个强大的仙人来打破陷阱。我们有三个，但还需要一个。我这个可怜的道人请你帮帮我们。”

佛祖回答说，“我的朋友，我对人间知道的很少。我可能会做出不正确的事情。”

“别担心，”准提说。“我们将一起做这件事。”

当准提和佛祖赶到时，元始和老子在陷阱附近等着。老子让玉鼎、道行天尊、广成子、赤精子伸出手。他在他们每个人的手上都写了一个魔语。他说，“等着直到你们看到天上的火，听到陷阱里的雷声。然后冲向大门。你们每个人都必须拿下一把剑。然后等我。”他对燃灯说，“你在陷阱的上空等着。如果有必要，请用你的魔珍珠。”

第二天很早，四位宗教首领就赶到了陷阱，大声喊道，“通天教主，快出来！”

通天教主出来了。他看着准提和元始，说，“你们两个应该在西方幸福地生活。我们住在东方。我们就像火和水，不能同时在同一个地方。你们为什么来这里找麻烦？你们不能伤害我。我在世界的开始时出生，我懂五行。”

准提笑了笑，说，“兄弟，你不该这样说大话。道像海那样深，我们不能随便地谈它。现在是你打破这个陷阱的时候了。”

通天教主只是说，"我们看看谁更厉害，"然后他又回到了陷阱里。

四位大师骑马向四扇门走去。通天教主从他手中发出了一声雷响。元始头顶的剑掉下，但一团花和珍珠保护着神仙的头，他过了大门。

另一把剑向佛祖掉下，但三颗佛舍利[1]从他的头顶射出，将剑推到了一面墙上。他也进入了陷阱。

老子用他的金塔保护自己不受掉下来的剑的伤害。剑挂在空中，老子顺利进入陷阱。

准提举起她的小莲花枝，挡住了掉下的剑。她进入了陷阱，等着其他人。

当四个人都进入陷阱时，老子喊道，"兄弟，你现在要做什么？"他到处放出黄雾。准提变成了一个有二十四个头和十八条手臂的生物。她手里拿着许多武器。通天教主攻击他们，而四位神仙包围了他，用魔武器打了回去。

通天教主没有办法赢这场战斗。老子一拳打在他的背后，打灭了他的魔火。准提用棒打他，他从牛上掉了下来。他想要飞走，但燃灯在等着他，并用魔珍珠打中了他。他倒在地上。

这时，其他四位神仙跑进了陷阱，拿下了四把剑，打破了陷阱。战斗结束了。

通天教主逃走了。他受了重伤，失去了四把魔剑。他不想面对他的徒弟。他自己一人去了附近的一座山。在那里，他建造了一个高台。他还做了一根高高的旗杆，并在上面放了一面大旗。旗帜上有六条尾巴。尾巴上写着名字，有佛祖、准提、老子、元始、武王和姜子牙。他每天都在他们的名字上写下魔语，摇晃它们，想要毁掉六个人的灵魂。他还打算以后在另一个陷阱中用这旗帜，叫它为万仙陷阱。

---

[1] 舍利　　　　shèlì – relic

四位宗教首领回到了自己的家。走之前，老子告诉姜子牙，他现在可以攻打界牌关了。

界牌关的指挥官是一个叫徐盖的人。当他知道陷阱被毁掉时，他写了一封信，并让送信人把它送给商王，请求帮助。

当信到了朝歌后，一位大臣把它带到了国王面前。国王读了它。他说，"朕不知道姜子牙在叛乱，在攻打五关。我们必须阻止他。"

大臣回答说，"陛下，姜子牙和武王现在有六十万士兵。他们已经拿下了三个关口。我求求你，请你别再喝酒了，救救王国吧。"

妲己和妃子胡喜媚问国王为什么不高兴。"王后，"他对妲己说，"姜子牙的军队已经拿下了三个关口。这是一个严重的问题。朕担心这个王国和我们古老的寺庙。"

妲己笑了笑，说，"亲爱的，别担心。关口的那些将军只想要钱。他们在说谎，希望你能送更多的人和食物给他们。他们只是在骗你。"

"王后，朕该怎么办？"

"砍下送信人的头。这将给他们一个信息，让他们知道你是聪明的，不会被他们骗。"

国王命令杀死送信人，并将他的头挂在城墙上。他的一些大臣冲进来问他为什么要杀送信人。"别担心！"国王说。"姜子牙只是一个算命老人。我们还有四个强大的关口，我们有黄河和孟津。那个老人什么都做不了。"大臣们伤心地离开了，心里想着王朝的结束很快就会到来。

姜子牙去见武王。他告诉国王，他正准备攻击汜水关东面的下一个关口界牌关。军队走进到界牌关，姜子牙选了一名将军出去对商军队提出战斗。

徐盖刚刚听说他的送信人被国王杀死了。他很不高兴，不想为国王战斗。但是他的一位将军，一位名叫彭遵的魔法师说，"我们都是国王的臣民。我们吃他的食物，住在他的土地上。我们现在怎么能离开他呢？我愿意做狗做马，报答国王的仁慈。"他骑马走出山口准备战斗。

彭遵与周将军战斗。彭遵不能打赢将军，转身骑马走了。但是当他骑马离开时，他把一个东西扔在地上。一个小陷阱出现了。彭遵消失在陷阱中。雷声轰响，周将军死了，变成了黑烟。

第二天，雷震子出门对彭遵提出战斗。彭遵开始攻击，却不知道雷震子会飞。雷震子飞到空中，想要将彭遵从马上撞下来。彭遵转身骑马离开。雷震子想起了前一天发生的事情，所以他知道彭遵想要做什么。彭遵还没来得及用他的魔法，雷震子就用金棒将他从马上打了下来，然后砍下了他的头。

第 79 章
四将军被抓

过了一个关口，又是一个关口，
魔宝贝带来危险
法戒的灵魂已经是过去，
龙安吉的骨头带来大乱

许多危险，
但西岐仍然有上天祝愿
徐芳是个傻瓜去和他们战斗[1]

≡≡ ≡≡

关口指挥官徐盖看到彭遵在战斗中死了，非常不高兴。他正在考虑怎样向姜子牙投降，这样可以不让更多的人被杀。但就在这时，一位道士来见他。

道士说，"指挥官，我叫法戒。我是蓬莱山的穷道士。我的徒弟彭遵在战斗中被雷震子杀死。我是来报仇的。"

"我的朋友，"徐盖说，"这恐怕很难。姜子牙很厉害。他已经拿下了三个关口和五座山。我不认为我们能打败他。"

"我们当然可以。我会把姜子牙抓来给你。"

徐盖给道士吃了一顿素食，一个睡觉的地方。第二天，法戒自己一个人走出了关口。他头上戴着一个明亮的金环，穿着一件黑长衣，上面画着一只白鹤，抬头看着天空中的云。他叫雷震子出来和他战斗。

---

[1] This poem mentions three of Shang's fighters: Fa Jie, a Daoist monk; Long Anji, a general at Chuanyun Pass; and Xu Fang, the commander of Chuanyun Pass.

雷震子用风雷翅膀飞出了周营地。他们打了几个来回。然后法戒挥动旗帜。雷震子倒在地上。商士兵抓住他，把他绑了起来，他成了他们的犯人。

哪吒看到了这。他喊道，"你竟然敢用魔法来抓我的兄弟！"他跑出去战斗。法戒挥动着旗帜，但这一点也没有影响到哪吒。哪吒扔出他的乾坤圈。它把法戒撞倒在地，但他却在一团尘土中逃走了。

当他回到关口时，徐盖问他发生了什么事。他回答说，"我伤害不了哪吒，因为他没有灵魂。"他非常生气，于是命令士兵砍下雷震子的头。

徐盖不想看到这样的事情发生，因为他还是想向周那边投降。所以他说，"不，我们不应该杀他。等我们打赢了，我们就把他带到朝歌那里，让国王决定怎么对他。"

第二天，法戒出去和姜子牙打了起来。他没能打败姜子牙，但他确实成功地拿了他的杖。然后更多的周将军加入了战斗。李靖用剑，土行孙用铁棒。郑伦和杨也攻击他。法戒没有办法赢四个仙人。他倒在地上，被士兵抓住。他们把他带到姜子牙面前。

法戒见到姜子牙，就喊道，"姜子牙！你不需要对我说什么。我今天运气不好。古人说，'海上风浪强，我却被小魔法抓住了。'这是我的命运。做你该做的事吧。"

姜子牙正要命令杀了那人，忽然有佛祖来见他。是准提。她唱了这首歌，

> 请忘记什么是好的，什么是坏的
> 不要担心钱或名
> 饿了就吃
> 渴了就喝
> 静坐冥想[1]

---

[1] 冥想　　　　míngxiǎng – to meditate

魔鬼可能会来找你
如果你有邪恶的想法
在这个世界上你会死在剑下

然后她说，"姜子牙，不要杀这个人！他不在封神榜上。他的命运就是成为佛教徒。"

姜子牙笑了笑，说，"我不敢反对你！"他命令他的士兵放了法戒。准提拉着法戒的手，带着他离开，她唱道，

年轻人，跟我去西方吧
明亮的月亮，甜甜的空气，软软的风
白云在天空中跳舞
水从山上流下
七宝美好地
八德静池塘
佛舍利到处明亮
昆仑山有很多好东西
但在西方，我们的东西更好！

法戒跟着准提西行，成了佛教徒。许多年后，他回到中国，帮助将佛教传给人们[1]。

现在徐盖可以投降了。他离开了关口，向周营地走去。他在门外等着。过了一会儿，姜子牙邀请他进来见他和武王。他们俩都欢迎他来到他们这边。周军队向关口走去，没有战斗就拿下了它。

东边的下一个关口是穿云关，离这里大约八十里。姜子牙像饿虎一样带着他的军队向东前进。

---

[1] It's not clear who Fa Jie (法戒, literally "dharma law") is, as his name does not appear in the historical records. This character might be inspired by Dharmaratna, an Indian Buddhist monk who introduced Buddhism to China in the 1st century A.D.

穿云关的指挥官是一个叫徐芳的人。他是徐盖的弟弟。当他听说他的哥哥投降时，他气得鼻子里生烟。他对他的将军们说，"我的哥哥是个傻瓜！他不关心父母、妻子和孩子的安全。现在我们全家可能都会被杀死，他将成为叛徒一千年。我们必须用最大努力抓住叛乱分子，然后我们会请求陛下原谅我们。"

他的一位将军龙安吉喊道，"大人，放心吧。我们将打败周军队，将他们的首领抓住，并带到朝歌。这将向国王表示你对他的忠诚。"

当周军队来到关口时，徐盖告诉姜子牙，不需要战斗。他只要去和他弟弟谈谈。姜子牙回答说，"如果你能做到，你的名子将被记住一千年。"

徐盖走近大门，喊道，"开门！"但是他刚进门，他弟弟的侍卫就抓住了他，把他绑了起来。

"你这个傻瓜！"徐芳说。"你是一个不忠诚的大臣。你侮辱了我们家。今天我们的祖先[1]把你带到这里，就是为了让我救我们一家人。"

"你是傻瓜，"徐盖回答。"难道你没有看到整个王国都加入了周吗？要想看到忠诚的大臣，看看苏护，看看黄飞虎，看看邓九公。他们都对国家忠诚。"

徐芳把他的哥哥关了起来。

第二天，哪吒骑着风火轮打了第一场战斗。商将军从嘴里吐出一团黑烟。但哪吒只是飞上了天空。他晃了一下身体，变成了三个头、八条手臂和一张蓝脸的样子。商将军吓坏了。哪吒将他的九龙神火罩扔到将军身上，将他烧成了灰。

第三天，黄飞虎骑着神牛出门了。龙安吉骑马出关，大声喊着，"黄飞虎！你是个叛乱分子，找了太多麻烦。我今天就把你抓住！"

---

[1] 祖先　　　　zǔxiān – ancestor

他们两个打了很久，有五十个来回。<u>龙安吉</u>从丝绸袋里拿出一个小东西，扔到空中。它发出像小钟一样的声音。他喊道，"<u>黄飞虎</u>！看看我的宝贝！"<u>黄飞虎</u>很笨地抬起头。他的肌肉[1]变得虚弱。他从马上掉下来，被<u>商</u>士兵抓住。<u>徐芳</u>命令他的士兵把他和<u>徐盖</u>关在一起。

第四天，<u>洪锦</u>骑马从<u>周</u>营地出来。<u>龙安吉</u>在等他。许多年前，<u>洪锦</u>是指挥官，<u>龙安吉</u>是他的将军。这时他喊道，"<u>龙安吉</u>，好久不见了！请从马上下来，向你的老主人投降！"

"你话太多了，"<u>龙安吉</u>回答。

<u>洪锦</u>用剑和斧头战斗。<u>龙安吉</u>向空中扔出两个环。它们互相缠绕转圈，像阴和阳一样。它们叫<u>四肢酥环</u>，因为任何看到它们的人都会失去肌肉的作用。<u>洪锦</u>看了它们，马上就倒在了地上。他和其他犯人一起被关了起来。

第五天，<u>南宫适</u>出去战斗。他和其他人一样被抓住。

<u>哪吒</u>说，"我们必须停止这一切，我们失去了太多的将军。我要看看这到底是什么魔法。"

---

[1] 肌肉　　　　jīròu – muscle

第 80 章
打破瘟疫陷阱

瘟疫伞用的是黑暗魔法，
它们可以杀死世界上的每一个人
陷阱很难打破，
人们害怕极了

它进入每家并带来死亡
子牙将遇到更多的灾难，
他一定会在穿云关受苦[1]

≡ ≡ ≡

哪吒骑着马向关口走去，大声喊道，"左边的你！右边的你！告诉龙安吉出来和我战斗！"

龙安吉骑马出门见哪吒。他先是想要用长矛刺哪吒。然后他把四肢酥环扔向空中，大喊道，"哪吒，看看我的宝贝！"

哪吒看了看阴阳两环。他一点都没有受到它们的伤害，因为他是用莲花叶而不是肉和骨头做成的。环掉在了地上。

哪吒变成了八条手臂和三个头的样子。他把他的乾坤圈扔到空中，说，"你的环没有我的好！"龙安吉没有办法阻止乾坤圈。它打中了他的头。他倒下了，哪吒杀了他。

关口指挥官徐芳看着自己的将军被打败。他没有更多的将军可以送去战斗。他不知道该怎么办，只能再给国王写信请求帮助。

就在这时，一个道士前来见他。正是吕岳，一个强大的魔法师。他有三只眼睛，一张蓝脸和红发，嘴里长着长长的尖牙。他说，"我是九

---

[1] The trap they encounter in this chapter has 21 plague umbrellas used to spread smallpox through the Zhou camp. Jiang Ziya is caught in the trap because he is fated to suffer there for 100 days.

龙岛的吕岳。姜子牙杀了我的四个徒弟。我是来报仇的！”徐芳给了
他吃的喝的，两人聊到深夜。

第二天，吕岳要求见姜子牙。姜子牙出来了。他一见到吕岳就笑了。
“我的朋友，你不知道什么时候进，什么时候退。你已经活着逃走
了，为什么现在还要来找死？”

吕岳飞到空中，用剑砍向姜子牙。姜子牙的几位将军前来帮他。他们
包围了他，与他战斗。真是一场战斗！大地在震动，海浪在上下翻滚
[1]，河流在跳舞。

雷震子在战斗中受伤，不得不回营地。但其他人继续战斗。吕岳没有
办法挡住他们，转身骑马回了关口。他对徐芳说，“那是一场困难的
战斗。现在我必须等我的朋友来帮我。”

三天后，一个道士来到了关口，吕岳对指挥官说，“请见见我弟弟陈
庚。我们要一起打败周，抓住他们的国王。”

第二天早上，吕岳带着陈庚和三千士兵的军队从关口出来。他喊道，
“姜子牙！你和我不能生活在同一个天空下。我建了一个陷阱。让我
们看看你能不能活下来！”

姜子牙说，“朋友，没有一个仁慈的道士会建这样邪恶的陷阱。但既
然你不怕麻烦地建了它，我很愿意看看它。我们进去看它的时候，请
不要用任何藏着的武器。”

“当然不会，我肯定不会做这样的事情。”

姜子牙和他的几个将军走进了陷阱。他们看了周围一会儿，然后又出
去了。“嗯？”吕岳问道。“你们怎么看？”

---

[1] 翻滚　　　　fāngǔn – to roll up and down, to boil

杨戬笑着回答，"没什么可以担心的。它里面有一点道教的魔法。它看起来像一种瘟疫陷阱。但你还没有完成它。等你完成后告诉我们，我们会再看一看。"

吕岳听到了这些话。它们就像扔进海里的石头。他什么也说不出来。他只是安静地回了关口。

周营地中，姜子牙对杨戬说的话很满意。但他又加了一句，"我们对这个陷阱了解不多。我们必须小心。"

云中子走进了房间。他说，"我是来帮你打破这个瘟疫陷阱的。这不是一个强大的陷阱，但你仍然要受苦一百天。然后有人能打破它。请让我暂时做你们军队的指挥官。"

"当然可以，"姜子牙说，他把自己的印章和剑交给了云中子。

吕岳和陈庚继续造着陷阱。他们加了二十一把瘟疫伞，按照九宫八卦[1]来放[2]。中间是一个由土做成的平台。

就在他们造陷阱的时候，吕岳的朋友李平进来了。吕岳说，"太好了！你可以帮我们建陷阱。"

"不，"李平说。"我听说你在建造这个陷阱，希望你停止建造它。你知道商王是邪恶的，整个国家都起来反对他。但武王是个好人，和尧、舜一样好。请听我说。别再制造这个陷阱了。让武王和姜子牙拿下关口。与周一起，帮助救我们的国家。"

但吕岳却不听朋友的话。他继续在陷阱里工作。李平说，"兄弟，听我说。姜子牙已经破了十个陷阱。你知道古人怎么说的，'前面的车翻了，后面的车要从其中学习。'"

---

[1] 卦　　　　guà – trigram
[2] This is a famous arrangement, said to be invented by the legendary emperor Fu Xi who lived around 1500 B.C. Each trigram consists of three stacked lines, each line solid or broken, taken from the I Ching. The eight trigrams are arranged in a circle, with a ninth trigram placed in the center.

尽管这样，吕岳还是继续造陷阱。李平五次想要让他的朋友停下来，但都没有效果。陷阱完成后，吕岳给姜子牙发了这封信，

"九龙岛的道士吕岳把这事告诉姜子牙指挥官。如果你违反了上天的意愿，你会受到惩罚。现在上天很生气。它要求我建这个陷阱。你现在加入我们并支持你的国王还不晚。如果你不这样做，那么你很快就会求着去死。"

姜子牙看了信，只是说，"现在是我打破这个陷阱的时候了。"云中子在他的胸、背和头上放上了符咒，并在他的衬衫里放了一颗丹药。姜子牙骑着大马走了出来，大喊道，"吕岳！我是来打破你的邪恶陷阱的！"武王和所有的大臣和将军都在营地墙后面看着。

吕岳骑着金眼骆驼，挥动着剑走了出来。姜子牙见了他。他们打了几个来回，然后吕岳转身骑马进入了陷阱。姜子牙跟着他走了进去。

陷阱是什么样子的？

空气是邪恶的，伤心的风包围着你
黑暗中充满了鬼的哭声
天空中充满了雷和闪电
太冷了，你没有办法呼吸空气
太冷了，你不能让风吹到你的脸上
远看，它像飞沙和飞石
近看，它像翻滚的雾和云
瘟疫来了，水和火也来了
神仙们都害怕了

吕岳走到平台前，拿起一把瘟疫伞。他打开了它。空气变暗，雾气翻滚而来，瘟疫包围着姜子牙。他举着他的杏黄旗，慢慢地向前走去。

吕岳冲到外面喊道，"姜子牙死了！"

但云中子却对其他人说，"吕岳不明白。姜子牙必须在陷阱里受苦一百天。别担心他。"

周将军们很生气。他们冲上前去，用了所有的魔武器和他们的力量，向吕岳和陈庚发起了攻击。商将军们打不赢那么多强大的神仙，于是骑马回了关口。

一百天慢慢地过去了。对武王来说，每一天都好像是一年。云中子对他说，"陛下，请你放心。你还记得之前有一次，姜子牙被困在一个陷阱里很久吗？受到上天祝愿的人不会受到任何伤害。"

吕岳一天里进陷阱三次。每次他都向姜子牙挥动着瘟疫伞，想要让他生病。每次，姜子牙都用杏黄旗保护自己。

徐芳很担心。他对吕岳说，"我觉得我们应该把四个犯人带回朝歌。我们应该请求国王原谅，我们可以向他请求要更多的士兵。"吕岳不喜欢这个主意，但徐芳却是关口的指挥官。他把四位周将军放在一辆马车上，让他的士兵把他们带到大约有八十里远的朝歌。

就在这时，那位名叫清虚道德真君的神仙正在青峰山的青云上冥想。他叫来徒弟杨任，说，"你应该去穿云关了。你一定要救出姜子牙和四位大将军。"

"可是师父，"杨任说，"我是大臣，不是战士。我对武器或战斗都不懂。"

师父笑了笑，说，"那不是问题。如果你想学习怎样用武器，你可以学习。但如果你不想学习，你就没有办法用它。"然后他教杨任怎样用飞雷枪。他说，"这把武器很尖，完全可以刺穿盔甲和骨头。它可以杀死一只老虎，打败一条龙。它把男人的力量和女人的力量连在一起。它能飞，能打，能帮你救周指挥官和他的将军。现在我让你看看怎样用它。"

师父还给了杨任一只飞兽和一把五火神焰扇。然后他让杨任飞去穿云关。

杨任低头看，在离关口大约三十里的地方，他看到那些被抓住的犯人和一些士兵。他走到士兵面前说，"你们要去哪里？"

士兵们看着杨任。他的样子很奇怪。他的两个眼眶里长出了两只小手，手心里有两只眼睛。杨任继续说，"我是大臣。这个国家已经是新国王的了。你没有必要违反上天的意愿。"

杨任不是战士，声音很轻。商指挥官以为他不强大，于是大喊，"你这个叛乱分子，尝尝我的长枪！"然后冲上前去。

杨任拿出他的五火神焰扇，对着商将军挥了挥。将军和他的马马上都化为灰。一阵强风吹来，吹走了灰。商士兵吓坏了，转身向各个方向跑去。

杨任走到关犯人的车前。他说，"我叫杨任。我以前是商王的大臣。当国王开始建造鹿台时，我告诉他这是一个坏主意。他生气了，把我的眼睛挖了出来。清虚道德真君看到了这。他把长生不老药放进我的眼眶里，救了我的命。"

他放了四位将军。他们都回到了穿云关附近的周营地。他把自己的故事告诉了武王。国王说，"你来得正是时候。姜子牙已经在陷阱里九十七天了。再等三天，你就可以救他了。"

三天后，杨任向陷阱走去。吕岳冲出来见他。"你是谁？"他喊道。

"我是杨任，清虚道德真君的徒弟。我来这里是为了打破你的陷阱，毁掉你的军队。"

"你只是一个小婴儿！"吕岳回答。他攻击了杨任，然后转身跑进了陷阱。杨任跟着他跑了进去。

第 81 章
瘟疫之神

天花[1]是一种可怕的病，

比其他伤害严重得多

紫痘[2]可以救生命，但也可以让人死亡

没有人可以旅行，

每家都受苦难

如果没有武王的祝愿，

军队就会被灭[3]

＝＝　＝＝

吕岳进了陷阱，飞快地跑着，躲开了杨任。很快，他抓起了一把瘟疫伞。但杨任挥动着扇子。伞突然燃烧起来，烧成了灰。随着杨任继续挥动着扇子，所有的瘟疫伞都被烧毁。

吕岳想要灭火，但那是五行生出的魔火，所以他什么都做不了。他想要逃跑。杨任再次挥动着扇子。吕岳的身体发热，然后开始燃烧起来。他死了，他的灵魂飞到了封神台。

姜子牙还在陷阱里。他把杏黄旗包在身上来保护自己。他的脸是浅金色，他非常虚弱。武古小心地将他抱起来，带回了周营地。

当他们回到营地时，云中子在姜子牙的嘴里倒了一些丹药。指挥官张开眼睛说，"谢谢你们救了我的命！"

---

[1] 天花　　　　tiānhuā – smallpox
[2] 痘　　　　　dòu – a pustule
[3] Smallpox was probably introduced into China around 49 A.D., when soldiers fighting barbarians came down with the disease. Since the Chinese did not know about viruses, it was believed to be caused by excessive heat in the internal organs. There were many treatments but no cures. However, by 1022 A.D. a method was developed to inoculate against the disease by inserting powdered pox scabs (the "purple pox" mentioned in the poem) into the nose.

云中子说，"你必须休息几天。我现在必须走了。但等你们遇到万仙陷阱的时候，我会再回来。"然后他飞回了他在山上的家。

杨任说，"我们四位将军已经被救了，我们已经破了陷阱。这是攻打关口的好时候！"

姜子牙同意了。他命令他所有的将军和整个军队从两边攻打关口。雷震子飞向守卫关口的楼，他用棒砸碎了它。哪吒打破了大门上的锁。周军队冲了进去，包围了关口的指挥官徐芳。其中一位将军想要用剑杀死徐芳，但剑却砍下了徐芳的马的头，把他扔到了地上。

姜子牙带军队进了要塞。他对人们讲话，告诉他们，他们不需要害怕周军队。然后士兵们拖着徐芳上前，站在姜子牙面前。

徐芳不鞠躬。姜子牙对他说，"你抓了自己的兄弟，把他关了起来。你怎么敢对你的家人做这样的事情！"他对士兵们说，"这不是人，这是野兽。把他拉出去，砍下他的头。"

武王举行了宴会，庆祝伟大的胜利。第二天，周军队走了大约八十里路，来到潼关。他们建了营地，并开了炮，告诉要塞里的士兵，他们已经到了。

关口的指挥官是一个叫余化龙的人。他有五个儿子。从大到小，他们的名字是余达、余兆、余光、余先、余德。他们都听到了炮声。指挥官担心将要到来的战斗。但儿子们都说，"父亲，别担心。这个指挥官不怎么聪明。他不能打败我们，所以他不能拿下关口。"

第二天，周军队的太鸾要求打第一场战斗。他走到外面，看到一个骑着大银马的将军。将军穿着银色盔甲，红色长衣。"谁出来见我？"太鸾喊道。

"我是余达，余指挥官的大儿子，"回答传来。"我们听说过很多关于你们指挥官的故事。我们听说他是一个叛乱分子，忘记了他是国王的大臣的责任。你现在竟然敢和我们战斗！"

太鸾回答说，"我的指挥官是上天送来的。他已经拿下了几个关口。你不能和我们战斗。你最好现在投降。如果你不这样做，你会非常后悔的。"

余达攻击了。太鸾是个好战士，但他没有办法赢余达。他看到自己正在输掉这场战斗，于是他转身想要骑马离开。但余达用他的撞心杵打中了他，杀死了他。余达砍下了他的头，把它带回要塞，交给了父亲。

苏护看到了这。生气了，请求姜子牙允许他去战斗。姜子牙同意了。苏护骑着马出去。他看到有人骑在马上，喊道，"你是谁？"

回答传来，"我是余兆，余指挥官的二儿子。你是谁？"

"我是冀州侯爵苏护。"

"老人，你是国王的岳父，你应该为保护我们的国王而战斗。但你忘记了对国王的责任，变成了一个叛乱分子。很快，武王就要被抓住并杀死。现在就放弃吧，救救你自己！"

苏护很愤怒。他攻击了这个年轻人。但余兆却拿出了一面黄旗。挥动着旗帜，他和他的马都消失在一道金光中。苏护看不见他。突然，余兆向他的肋下刺了一刀。苏护从马上掉下来，死了。余兆把他的头砍下，带回去交给了父亲。

苏全忠看到父亲死了，请求姜子牙让他出去，为父亲的死报仇。他骑马向要塞走去。他看到一个年轻人出来了。他喊道，"你是余兆吗？出来受死吧！"

年轻人说，"不，我是指挥官的三儿子余光。"

"不管你是谁，我都要杀了你！"苏全忠喊道。他们开始战斗。二十个来回后，余光拿出一把标枪，打了苏全忠三下，几乎把他打下马。苏全忠抓住马，骑回了周营地。

余化龙对这三场胜利感到很满意。第二天，除了最小的儿子，他和其他四个儿子骑马出了关口，叫着让姜子牙出来。

姜子牙想让敌人感到害怕，于是开了周的大炮，骑马出了营地。他所有的将军都围在他的左右两边。他说，"对不起，我不能向你鞠躬。我穿了太多的盔甲。上天让我来惩罚邪恶的国王。我们打赢了很多战斗，很多指挥官都过来加入我们。你以前有三次运气都很好，但你的好运气不会永远继续下去。在与我们战斗之前，请先想想。"

余化龙笑了笑，说，"我看你什么都不懂，更不懂天地。你在背叛你的国王。你想要用你邪恶的话来骗人们。今天你会死，没有人为你埋尸体。"然后他转向他的儿子们，喊道，"左边的你，右边的你，谁能帮我打败这个傻瓜？"

指挥官和他的儿子们骑马向前。他们遇到了四位周将军。两支军队像两股海浪一样冲在一起。矛对着矛，刀对着刀。天变暗，鬼在哭，神在叫喊。尸体倒在地上，草因为血而变成了红色。

商指挥官和他的一个儿子受了重伤。第二天，最小的儿子余德骑马出去报复姜子牙。他穿着道士长衣和草鞋。他喊道，"昨天我父亲被狗攻击了，我哥哥被一个圈打中了。今天我要报仇！"他很快就被周的几位将军包围了。他与他们战斗。然后杨戬扔出一个金球，砸在了他的头上。他痛苦地叫喊着，骑马离开了。

姜子牙说，"我记得师父跟我说过，'小心达、兆、光、先、德。'现在我知道他在说什么了！"

余德比以前更生气了。他告诉他的兄弟们，他要灭了周军队。"今天晚上洗个澡，"他告诉他们。"明天我将用魔法来和我们的敌人战斗。我们不需要用剑或箭。在七天内，他们都会死。"

兄弟们都洗了澡，穿上了干净的衣服。余德拿出绿、黄、红、白、黑五种颜色的手帕，。他把它们放在地上。然后，他给了每个兄弟一个小葫芦，里面装满了一种奇怪的液体。他让他们把葫芦倒过来，在手帕上放上一点液体，然后站在上面。他围着它们走，说着魔语。一阵强风过来。它非常的强大，大树都倒在了地上。

那天晚上，余德拿起五块手帕，飞上了周营地上空。他挥了挥手帕，奇怪的液体像雨点一样掉在地上。很快，所有六十万人都生病了，马也生病了。他们中的一些人皮肤变成黑色。其他人的皮肤变成绿色、黄色、红色或白色。只有哪吒没有生病，因为他是莲花做的，还有早些时候离开营地的杨戬也没有生病。

大哥余达见周营地里没人动。他想攻击。但余德却说，"大哥，现在不用跟他们打。让我们等几天。他们都会死，我们不需要动一根手指。"

如果他们那天攻击的话，周的叛乱就结束了。但商军队却在等。

黄龙真人和玉鼎来到了周营地。他们让杨戬马上飞到火云洞去请求帮忙。

当他来到山洞时，他看到了什么？

> 绿色的松树，像凤凰尾巴一样的高大竹子
>
> 软软的绿草和龙须[1]
>
> 大石像卧[2]虎
>
> 树上的老藤[3]像褐[4]色的蛇
>
> 红墙上的金色影子[5]
>
> 小溪水流中的莲花
>
> 大雾盖满了青山
>
> 天上没有比这个地方更美丽了
>
> 火云洞比玄都更好

---

[1] 须　　　　xū – whisker, beard
[2] 卧　　　　wò – to crouch, to lie down
[3] 藤　　　　téng – vine
[4] 褐　　　　hè – brown
[5] 影(子)　　yǐng (zi) – shadow

一名徒弟带着<u>杨戬</u>进了山洞。<u>伏羲大帝</u>[1]坐在那里。<u>杨戬</u>对他深深一拜，说，"您的徒弟祝您万岁！"

然后他给了<u>伏羲</u>一封信。信中说，<u>周</u>军队被巫师<u>余德</u>攻击以及毒害。要求<u>伏羲</u>可怜他们，救救他们。

"<u>武王</u>是下一个国王，是上天选上的，"<u>伏羲</u>看完信后说。"他命里要受苦，但我认为我们应该帮助他。兄弟，你怎么看？"

<u>神农大帝</u>就站在旁边[2]。他说，"哥哥，你说得对。"他给了<u>杨戬</u>三颗丹药，说，"一颗给<u>武王</u>，一颗给<u>姜子牙</u>。把最后一颗放在营地提供水的地方。这将救人们的生命。"

"这是什么瘟疫？"<u>杨戬</u>问道。"如果它再次出现，我们该怎么办？"

"这种瘟疫被叫为天花。我会告诉你怎样治疗它。"他带着<u>杨戬</u>走出了山洞。他们在周围走着，低头看着地面。<u>神农</u>伸手拿起一枝草药给<u>杨戬</u>。"当你回去时，告诉你们那里的人们，用这个来治疗天花[3]。"

<u>杨戬</u>鞠躬向两位皇帝说谢谢。然后他飞回营地，将草药交给了<u>黄龙真人</u>和<u>玉鼎</u>。他们按照皇帝说的去做了。

第二天，每个人的瘟疫都被治疗好了，尽管许多人身上都留有伤疤[4]。<u>姜子牙</u>说，"我们今天必须攻打关口。在我们打败他们之前，我们不会停下来。"

---

[1] Fuxi is known in Chinese mythology as the "original god," born around 2600 BC. He and his sister Nuwa created humanity and invented music, hunting, fishing, cooking, and domestication of animals. He is sometimes shown as a snake-like creature, or a man clothed in animal skins.

[2] Emperor Shen Nong is another mythical Chinese emperor. He came to power after the reign of Fuxi. He invented the plow, the hoe, the axe, and established the first farmer's market.

[3] The herb is *cimicifuga foetida,* known as black cohosh or in China as 黑升麻 (hēi shēngmá). It's used by Native Americans and in traditional Chinese medicine to treat several disorders, including smallpox and monkeypox.

[4] 疤　　　bā – scar

第 82 章
最后的陷阱

进入邪恶的陷阱，

冷风吹在他们的脸上

光盖住了天空，

死气充满在心里

现在你可以分出龙和鱼，

玉和石

多年的学习已经过去，

但现在有一条通向西方的路[1]

☰☰

在潼关，指挥官和他的儿子们等了七天，希望周营地的人都因为瘟疫死了。他们一边喝酒聊天，一边等着。第八天，他们爬到城墙顶上，向远看周营地。让他们吃惊的是，他们看到千万名士兵在忙着工作和准备战斗。余达对他的兄弟们说，"你们应该听我的，在周那里的人生病的时候攻击他们。现在可能已经太晚了。"

余德回答说，"他们还是很虚弱。让我们今天就攻击吧。"他们都冲出了关口，跑近周营地。攻击就像大风和大雨一样到来，士兵们大声喊叫，挥动着武器。

周看到他们来了。他们冲出去和他们战斗，哪吒首先攻击。这是一场可怕的战斗。六名周将军包围了余化龙，与他战斗。余家四个儿子一个接一个地被杀死。剩下最小的儿子余德尖叫着冲向姜子牙。但李靖却赶在前面，将他刺死了。

---

[1] This poem is about Black Cloud, who was originally a turtle. At the end of the battle, the Buddha Zhunti could "tell dragon from fish" (that is, see his true nature) and "tell jade from stone" (that is, the valuable from the worthless), and he brings Black Cloud to the Pure Land of the western region.

余化龙看着自己的儿子都死了，他的军队也被打败了。他抬头看着天空说，"我的国王，我很对不起，不能打败这些叛乱分子。我愿意用我的生命来报答你给我的一切。"然后他切断了自己的喉咙[1]，死了。

战斗结束了。姜子牙进入关口，他告诉人们，不用怕周。接着，他命令为余化龙和他的儿子们举行正式的葬礼。两边受伤的士兵都得到了治疗。

黄龙真人和玉鼎对姜子牙说，"只剩下一个陷阱了。这就是万仙陷阱。这个陷阱非常危险，所以武王应该远离它。许多神仙将一起毁掉这个陷阱。当神仙来的时候，为他们建造一个亭子。这是我们在这个世界上最后一次杀人。"

当亭子建好后，黄龙真人说道，"所有的徒弟都跟我去亭子里吧。剩下的将军应该留在这里。"

所有的阐[2]道士仙人都从山上下来了。他们一个接一个地到来，并进入亭子：广成子、赤精子、文殊广法天尊、普贤真人、慈航、清虚道德真君、太乙真人、道行大尊、惧留孙、云中子，最后是燃灯。姜子牙也加入了他们，他们谈着怎样毁掉最后一个陷阱。

黄龙真人对其他人说，"最近，截道士一直在向强盗和小偷教他们的宗教。他们是傻瓜，他们命里不能留在重生轮上，这太可惜了。"他们开始向陷阱走去。

在陷阱的地方，金灵圣母看到阐道士仙人来了。她用风和雷，推开了包围陷阱的雾。

---

[1] 喉咙　　　　　háulóng – throat

[2] The Shang are supported by immortals of the Jie (截) sect which favors spiritual cultivation, while the Zhou side are supported by the Chan (阐) sect which favors charms and incantations. According to the scholar Shi Changyu, the friction between the fictional Jie and Chan sects is based on conflict between the Quanzhen and Zhengyi sects during the Ming Dynasty.

一个叫马遂的截道士从陷阱中走出来。他说，"啊，你们是来看我的陷阱的吗？走近一点！"

黄龙真人回答说，"马遂，你没有什么能力。我们现在不会进入你的陷阱。我们会等我们的首领到来，然后我们会回来打破你的陷阱。"当他转身离开时，马遂在仙人的头上扔了一个金圈。圈使黄龙真人感到非常痛，但其他人把他抬回了亭子里。

当他抱着很痛的头坐在亭子里时，元始天尊来了。他只是用手指了指金圈，它就掉在了地上。他对所有的神仙说，"我们将打破这个陷阱。但之后，你们都必须回到你们的山洞。你们一定要努力放弃你们的欲望，以后你们再不可以在人间找麻烦。"

他们都听到了从天上下来的好听的音乐。抬头看，只见老子也下来了。他们都出去见他。老子说，"我又来人间了，是为了帮助周王朝的诞生。即使是佛祖和神仙，也很难躲开命运。"

在陷阱的地方，更多的截道士来到这里。通天教主带着他的徒弟们来到了这里。他给阐道士写了一封信，并告诉他的一个徒弟把它带到老子那里。

老子读了这封信。他对那个徒弟说，"我们明天在陷阱见。"

第二天是最后一个陷阱大战斗的日子。老子和元始天尊向陷阱走去。陷阱的后面是两个截仙人和他们的三千名徒弟。

空气中充满着雾气，冷风吹着。雾中有许多颜色的光。前后有道士，北门、南门、东门、西门有其他神仙。各种颜色的旗帜在陷阱的房顶[1]上飘。空气中充满着金钟和玉钟的钟声。

通天教主骑着一头大牛从陷阱中走出来见他们。他说，"兄弟们，你们好吗？"

---

[1] 房顶　　　fángdǐng – roof

老子生气地说，"兄弟，你不羞愧吗？你怎么能成为截道教的首领？在你建造了杀仙陷阱之后，你应该请求原谅。但相反，你建造了另一个陷阱来杀死更多的人。你怎么可以这么邪恶？"

"别以为你比我好！"回答传来。"我们是连在一起的。当准提佛祖用棒打我时，你不觉得痛吗？当我真的是你的时候，你怎么能对我这么生气？"

老子对其他阐神仙说，"这个陷阱不难破。谁来帮我打破它？"

赤精子走了出来。他走向陷阱。一个留着黑色长胡子的道士从陷阱中走了出来。赤精子说，"我认识你。你是乌云。你会死在这里！"

他们开始战斗。乌云用魔锤将赤精子打倒在地上。但在他杀死他之前，广成子跑了过来，加入了战斗。乌云挥动着魔锤，但广成子转身就跑。乌云追了上去。就在他将要抓住他的时候，准提走上前去。

准提笑了笑，说，"乌云，你今天怎么样？"

乌云愤怒地喊道，"准提佛祖！你伤害过我的师父一次。你今天怎么还敢阻止我！"他用剑砍向准提。

但准提却张开了嘴。一朵绿色的莲花从她的嘴里射出，挡住了剑。她说，"我们命中是要成为朋友的。跟我去西方吧。你会成为佛教徒[1]。"

"你这该死的佛祖！你这次做得太过分了！"

准提用手指一指，一朵白莲花就出来了。"我的朋友，你没看到这朵莲花就可以很轻松地挡住你的剑吗？跟我去西方吧！"

这让乌云更生气。他把剑挥向准提，但她只是用手挥开了剑。

---

[1] This story takes place about a thousand years before Buddhism comes to China. So, there are several places in the story, like this, where a Buddha comes from the western region (presumably India) to stop the killing of someone who is fated to become a Buddhist later.

“我的徒弟在哪里？”她喊道。一个年轻人出现了，手里拿着一根钓鱼竹杆。

第 83 章
狮子、大象和老虎

新月变成半月，
天空中有三颗星星
狮子和大象站在一起，
仁慈的慈航骑着老虎

贪婪、愤怒和害怕
会阻止你得到智慧
无论你是穿皮毛还是戴牛角，
你都会找到和平[1]

≡≡≡≡

准提佛祖对乌云说，"让我们看看你本来的样子！"

乌云摇了一下头。他变成了一只长着金色胡子的大乌龟。他抬起头，咬住了钓鱼杆上的钩子。年轻人爬上乌龟的背，骑着它去了八德池。

通天教主看到乌云遇到的事情。他喊道，"准提，来我的陷阱。你永远逃不掉！"

但准提回答说，"乌云现在很开心。他生活在西方，不受人间的烦恼。"

另一位叫龙头的神仙跑出了陷阱，准备攻击准提。准提却叫道，"文殊广法天尊，请你解决这个人。他是你的了！"然后她指着文殊广法天尊的头，为他盖上一层吉祥的光。

---

[1] This poem is about two of the three defeated Jie fighters who are revealed to be animals: Dragon Head, a lion ridden by Outstanding Culture, and Spiritual Teeth, an elephant ridden by Merciful Navigation. The third, Black Cloud, is revealed to be a turtle and is ridden by one of Zhunti's disciples.

两人开始战斗。<u>龙头</u>看到自己就要输掉这场战斗了。他跑回陷阱内，用几千把在陷阱空中飞行的剑包围着自己。<u>文殊广法</u>挥动着魔旗挡住了飞剑。然后他用魔绳子抓住了<u>龙头</u>，把他拖出了陷阱。

<u>南极仙翁</u>在那里等着。他喊道，"变到你本来的样子！"<u>龙头</u>摇了两次头。他变成了一头青毛狮子。<u>文殊广法</u>爬上狮子的背，骑着它在陷阱前来回跑。

<u>老子</u>见这，笑了。他大声喊道，"<u>通天教主</u>，你说你是大师，但你的徒弟只是一些动物！"

又有一位神仙冲出了陷阱。这是<u>灵牙仙</u>。他有一张紫色的脸和长长的尖牙。他攻击了<u>普贤真人</u>，然后跑回了陷阱里。<u>普贤真人</u>跟着他进入了陷阱。他改变了自己的样子，让他有三个头，六只手臂，骑在莲花上。他扔出一根魔绳，将<u>灵牙仙</u>绑了起来。然后他命令他的精灵将仙人拖出陷阱。<u>老子</u>让仙人变回原来的样子。仙人马上变成了一头白象。<u>普贤真人</u>爬上大象，骑着它在陷阱前跑。

另有一位仙人在陷阱里等着。这是<u>金光仙</u>。他跑出了陷阱，遇到了<u>慈航</u>。和之前一样，仙人又跑回了陷阱。<u>慈航</u>跟着他，在吉祥的云和金乌龟的保护下。他抓住了仙人，把他拖了出去。他命令仙人变回原来的样子。<u>金光仙</u>变成了一只金色的老虎。<u>慈航</u>爬上它的背，骑着他在周围跑。

在陷阱里，<u>通天教主</u>听到他后面有一个声音说，"亲爱的，不要生气。我在这里！"他转身，看到那是他的一个徒弟，一个名叫<u>龟灵圣母</u>的女神。她攻击了<u>惧留孙</u>。他与她战斗，打败了她，并命令她变回原来的样子。她变成了一只很大的雌乌龟。<u>惧留孙</u>的一个年轻徒弟骑着她回到了亭子里。

471

再也没有仙人从陷阱里出来了。<u>准提</u>和其他<u>阐</u>仙人回到了亭子里。就在他们来到亭子的时候，天空中出现了一大群蚊子[1]。太多了，天空都变黑了。蚊子攻击了乌龟，吸她的血。这首诗说，

> 它们的声音像雷声一样
> 它们的嘴像针一样
> 它们非常想要血，攻击身体
> 热浪变得更强大
> 冷风变得更伤命
> <u>龟灵圣母</u>死了
> 当这些蚊子在一起的时候

很快，乌龟只剩下干的骨头和一个外壳[2]。当魔蚊子吃完乌龟后，它们飞到西方，在那里，它们吃掉了三个池塘里的莲花。

<u>通天教主</u>非常生气。他看到<u>准提</u>、<u>老子</u>和<u>元始</u>站在一起。他叫喊着说，"你们以前打破过我的陷阱，现在你们又要这样做。我会让你们看看你们能有多厉害！"

他用剑攻击<u>准提</u>，<u>准提</u>只是挥了挥手，用头上的三颗佛舍利挡住了这攻击。舍利在空中跳舞，发出金色的光。

然后他用渔鼓[3]攻击<u>准提</u>，但<u>准提</u>用一朵金莲花轻松挡住了。

<u>老子</u>转身对另外两人说道，"兄弟们，我想我们今天就到这里吧。我们回亭子里休息一会儿吧。"

当他们回到亭子时，<u>元始</u>说，"我们明天必须回去杀死这些生物。"

---

[1] 蚊子　　　　wénzi – mosquito
[2] 壳　　　　　ké – shell
[3] A fishing drum (鱼鼓) is a percussion instrument used in traditional music. It consists of a long bamboo tube with a dried fish skin stretched over one end. The character 渔 is a verb, meaning "to fish."

准提回答说，“是的，那个陷阱里邪恶的人多，好人少。我不能违反上天的意愿。”

元始天尊对其他阐神仙说，“明天，找一座升到天空中的宝塔。到时候，用这些剑把他们都毁掉。”然后，他给出了几把剑，这些剑是之前从界牌关的杀仙陷阱中拿出来的。

阐神仙和将军们对将要到来的战斗感到很兴奋。龙吉公主和她的丈夫洪锦也想加入战斗。他们问武王，武王同意了，说他们可以去。他们和国王喝了一杯酒，然后离开去了关口。

第二天，元始天尊让徒弟敲响金钟和玉钟，让大家知道，打破陷阱的时候到了。

陷阱里，通天教主命令挥动六魂旗。他喊道，“我要和你们战斗到底！”

龙吉和洪锦冲上前去。姜子牙看着他们离去。看到他们离开，他感到很伤心，因为他知道他们命里是要死在陷阱里。

他们两人骑着马进入陷阱，挥动着剑。他们杀死杀伤了几名截徒弟。金灵圣母看到了这。她冲了过去，开始和龙吉战斗。几个来回后，金灵圣母刺中了公主的颈，马上杀死了她。

洪锦看到自己妻子被杀。他尖叫着冲向金灵圣母。她向他扔出了玉龙虎武器。它打中并砸碎了他的头。他们两人的灵魂一起飞向了封神台。

现在是让二十八个星宿[1]从陷阱里出来，为截而战斗的时候了[2]。他们都是通天教主的徒弟，他们将来的命运都是要成为二十八星宿的神。

---

[1] 星宿　　　　　xīngxiù – constellation
[2] These are 28 of Grand Master's disciples, each fated to be transformed into one of the Twenty-Eight Mansions (二十八宿, èrshíbā xiù), similar to the zodiac constellations in Western astronomy.

四个将来的星宿出来了。他们挥动着一面绿旗，穿着绿衣。他们是木虫、木龙、木狼和木鹿。

又出来了四个将来的星宿。他们挥动着一面红旗，穿着红衣。他们是火虎、火猪、火蛇和火猴。

又出来了四个将来的星宿。他们挥动着白旗，穿着白衣，他们是金牛、金羊、金狗和金龙。

通天教主用剑指向四个方向。又有四个将来的星宿出来了。他们是水豹、水猿、水虫和水狸。

元始天尊叹气说，"可惜这些人都不懂道。他们都会失去生命。"

又出来了四个将来的星宿。他们挥动着一面黑旗，穿着黑衣。他们是土蝠、土雉、土鹿和土豸。

老子看着他们，说，"你看他们！他们叫自己为仙人，但他们对道一点都不懂。"

陷阱再次打开，又有四个星宿出来。他们是日马、日鸡、日鼠和日兔。

终于，最后四个将来的星宿在一面白旗下出来了。他们是月鸦、月燕、月狐和月鹿。

通天教主让将来二十八个星宿在他的周围站成一圈。到处都是红色的雾气，紫色的闪电和绿色的光。天空中充满着死亡的空气。

第 84 章
两个宗教走到一起

猴子在六魂旗下流泪，
士兵们敲响了鼓
黑雾来了，灵魂逃跑了，星星变暗了

用煮饭锅敲响胜利的钟声
英雄倒在带血的刀下，
城墙上长满了草[1]

☰☰☰

老子看了看通天教主身边的二十八个将来的星宿。他说，"今天有一万仙人受苦，而你是造成苦难的人。"通天教主没有回答。他只是在等着攻击。

元始天尊对他的徒弟们喊道，"今天是最后战斗的日子。今天你们可以教万仙了。不要失败！"

听到这句话，周军队的神仙们都冲进了陷阱。战斗开始了。陷阱里盖满了黑云。几百个截仙人被飞剑和魔武器砍杀而死。

三位阐神仙，文殊广法天尊，普贤真人，慈航，变为多头多臂的奇怪样子，围着金灵圣母。他们的身体上满是明亮的光、金色的灯笼、白色的花和各种颜色的项链。金灵圣母想要与他们三人战斗。她的金冠掉下，头发乱飞。燃灯加入了战斗，将他的魔珍珠扔到她的头上，她死了。

通天教主与老子和元始战斗。看到他徒弟们在他的身边倒下，他对着长耳仙叫道，"快，把六魂旗给我！"

---

[1] The Six Soul Flag is a powerful weapon that Grand Master of Heaven plans to use against his enemies. The third line speaks of a copper cooking pot, called a *diaodou*. In ancient times, sentries would carry a *diaodou* and strike it softly to warn each other at night.

长耳仙看着周围激烈[1]的战斗。他看到阐神仙比自己的截兄弟强大得多。他抓起六魂旗，却没有把它交给他的师父。他把它包在自己身上，跑出陷阱，跑到亭子里。

通天教主喊道，"我的旗帜在哪里？"当他看到长耳仙带着它逃跑时，他很生气。他也想过逃跑，但他不想让他的徒弟看到他被害怕打败。于是，他继续战斗。

老子用一根大棒打他。通天教主躲开了棒，将紫色的锤子扔向了老子。老子看到锤子向他打来。一座美丽的宝塔从他的头上升起，挡住了锤子。通天教主看着这，却没有看到元始天尊在他身后走过来。元始天尊用棒打了他，几乎把他从牛身上打下来。

这时，准提佛祖也加入了战斗。她打开了包，收了三千名截徒弟，准备把他们带到西方。然后她改变了她的样子。现在她有二十四个头和十八只手。通天教主想要用剑攻击她，但准提只是挥动着一根树枝挡住了它。看到没有办法打赢这场战斗，通天教主骑着牛很快离开了。

在亭子里，老子看到了长耳仙。他说，"你是截道士。你在这里做什么？"

长耳仙磕头回答道，"叔叔，我师父做这面旗帜，是为了伤害你、武王、姜子牙和其他一些人。我觉得这样做不对，所以我就没有把这给他。"

元始天尊笑了笑，说，"你虽然是截道士，但你懂道。你可以留在我们这里。现在，让我们看看这面旗帜能做什么。"

他让长耳仙打开旗帜。长耳仙以为这面旗帜会杀死神仙，但他还是打开了它。但它没有任何影响。吉祥的云飘在元始的头顶上，一座宝塔在老子的头顶上，三颗佛舍利保护着准提。长耳仙见这，跪倒在地上，磕头，请求加入阐道教。

---

[1] 激烈　　　　jīliè – fierce

战斗马上要结束了。一些仙人死了，他们的灵魂飞到了<u>封神台</u>。有些人成为佛教徒。有些人逃跑了。有些人死了，却没有飞到<u>封神台</u>。<u>申公豹</u>见战斗失败了，就跑了。<u>通天教主</u>带着两百名神仙，骑马去了一座山上。他说，"我必须去见我的师父。然后我就知道该怎么做了。"

就在这时，他抬起头，看到一位老道士向他走来。有一首关于这的诗，

> 睡在<u>九重天</u>
>
> 在草床上找真相
>
> 在黑黄的天空和大地之上
>
> 我被认为是<u>道</u>的大师
>
> 道教分两路
>
> 我是所有首领中的首领

<u>通天教主</u>见老道士是他的师父<u>鸿钧</u>。他磕头说，"师父，我不知道您要来。愿您万岁！"

<u>鸿钧</u>很生气。他问道，"徒弟，你为什么要建造这个陷阱，造成这么多的痛苦？"

"我的<u>阐</u>兄弟说了我的坏话。他们想要毁掉我们的宗教，杀死我的徒弟。请给我一点仁慈！"

"你骗人。你是造成这一切痛苦的人，都是因为你，为了这么小的事情生气。这些兄弟对你没有做任何事。还好我今天来到这里，否则这场战斗会一直继续下去。"

<u>鸿钧</u>让其他神仙进入自己的山洞，不再引起更多的麻烦。然后他对<u>通天教主</u>说，"现在我们一起去亭子里见其他人。"

<u>通天教主</u>心里想，"我做了这些事情，还怎么能站在他们面前呢？"但他不敢反对。于是，他和<u>鸿钧</u>向着亭子走去。

亭子里，哪吒和其他一些人正在谈着这场战斗。他们看到通天教主向他们走来。和他在一起的是一位拿杖的老道士。他们听到通天教主喊道，"叫老子和元始来见我师父！"

哪吒跑去告诉老子和元始有客人的事情。老子说，"我知道。鸿钧是为阐和截的和平来的。"

老子和元始去见鸿钧。他们向他鞠躬，但鸿钧说，"你们不需要向我鞠躬。我们之间不用太害怕。现在，我必须告诉你们。没想到通天教主会找了这么大的麻烦。这不是你们的错。"

"你说得对，"准提说。

"我们之间不能再有愤怒了。许多人受了苦，但这种情况必须结束。姜子牙有重要的工作要做。你们必须继续学道。"

然后他把手伸进袖子里，拿出一个小葫芦。他把它倒过来，三颗小丹药掉了出来。他说，"吃这药。它不会带来健康或长生不老，但它会帮助你们和平地住在一起。如果你们决定互相战斗，它就会在你们的肚子里变成毒药，让你们马上死去。"

老子、元始、通天教主都向鸿钧鞠躬。他们每人吃了一粒丹药。

鸿钧站起来准备离开。他说，"通天教主，请跟我来。"他离开了。准提和元始天尊也离开了。老子准备离开时，姜子牙跪下说，"谢谢你帮助我和我的军队。我不知道接下来会发生什么。"

老子说，"这里有一首诗可以帮助你理解，

  我们经历了许多危险
  不需要问将来
  八百名侯爵在看
  他们等神仙们唱歌。"

老子离开了。广成子和其他神仙也说了再见，离开了，回到了自己的山上。

陆压对姜子牙说，"前面还有很多危险。如果你需要，很多人会帮助你。现在，请拿着这个宝贝。你会需要它。"他给了姜子牙一个小葫芦。葫芦里是一把小飞刀。

申公豹躲在附近的山里。元始骑着马车向他飞来。他说，"申公豹！你承诺过，如果你再找麻烦，你就会被扔进北海。现在是你付出代价的时候了！"

申公豹只是低着头，什么也没说。元始让他的精灵把他绑起来，扔进北海。申公豹就这样死了。

等神仙们走了之后，姜子牙带军队前进八十里，在临潼关外建营地。那里的指挥官是一个叫欧阳淳的人。指挥官看到周的大军队，就让送信人到国王那里要求更多的士兵和食物。

临潼关会发生什么？姜子牙会不会和八百侯爵见面，然后向朝歌前进？商王和他那被恶魔进入身体的王后妲己会怎样？你必须阅读最后一本书才能找到答案。

第 85 章
两位将军的叛乱

太阳下西山，
一根棒顶着一座巨[1]楼
卞吉白白死去，
欧阳的热血盖住了粉红色的天空

暴君毁了人们的生活，
邪恶生长，王国动摇[2]，
成汤开始了一个伟大的王朝，
但现在它已经被历史的发展带入过去[3]

☰☰☰

姜子牙对他的徒弟们说，"截道士和阐道士的战斗，现在已经结束了。鸿钧大师来了。他跟我、元始天尊和通天教主说话。他告诉我们停止战斗，一起工作。然后他让我们每个人都吃下一颗药丸，并告诉我们，如果我们再次开始互相战斗，药丸就会在我们身体内变成毒药。现在是我们共同努力打败商国王、为我们的国家带来和平的时候了。"

他带着他的军队走了八十里路，在临潼关外建营地。那里的指挥官是一个叫欧阳淳的人。他看到了周军队，就让送信人向国王请求更多的士兵和食物。他知道从朝歌那里得到帮助需要时间，所以他只能让他的将军们一次一个地与周将军们战斗，赢得时间。

第一天，他让他的一个将军出去。黄飞虎从周营地里出来。他们打了三十个来回，然后黄飞虎用剑砍下了将军的头。

---

[1] 巨（大）　　jù (dà) – huge
[2] 动摇　　dòngyáo – to shake
[3] Cheng Tang (成汤) was the founder of the Shang Dynasty. Bian Ji (卞吉), the son of a slain Shang general, and Ouyang Chun (欧阳纯), the commander of Lintong Pass, both die in this chapter.

将军的家人听说了这件事。他的儿子，一个叫卜吉的年轻人，生气了，问道，"谁杀了我的父亲？"

"是黄飞虎，"指挥官回答。

"那我就出去报仇！"卜吉喊道。第二天，他冲出要塞，叫黄飞虎来和他战斗。可是大将军南宫适却出来了。

"你只是个小孩子，"南宫适说。"你打不赢我。"

卜吉喊道，"你竟然敢这么跟我说话！我会让你活下去，但你必须叫黄飞虎出来和我战斗！"

这让南宫适很生气。他用弯刀攻击。卜吉骑着马走了。当南宫适跟在他身后时，那个男孩在一面五十多尺长的大旗帜下跑。南宫适在旗帜下骑着马。突然，他晕倒了，从马上掉了下来。商士兵抓住了他，把他带到了欧阳淳面前。

欧阳淳想砍下犯人的头。但他的将军们说，"指挥官，还是把他关在这里比较好。我们听说国王已经杀死了送往朝歌的送信人。我们先打败周军队，然后把这个人和其他将军带回朝歌。这将向国王表示我们的忠诚。"欧阳淳对这表示同意。

第二天，卜吉又从要塞里出来，叫黄飞虎和他战斗。当黄飞虎出来时，男孩大喊道，"我要把你切成十万块，为我父亲的死报仇！"

他们开始战斗。男孩再次骑马离开。当黄飞虎在旗帜下时，也从马上掉了下来，被抓住了。卜吉想砍下黄飞虎的头，但指挥官再次拒绝，说他想把周犯人全部送回朝歌。卜吉转过身去，不让指挥官看到他的眼泪。

姜子牙对失去他的两个最好的将军感到担心。他让一个魔法师出去仔细看看那旗帜。魔法师回来说，"我看到了那旗帜。魔法师们叫它为白骨旗，因为它是由人的骨头做成的。它被黑烟和冷雾包围。每根骨头上都有用朱砂写的魔语。如果人在旗帜下，就会晕倒，可能会被抓住。”

关口指挥官欧阳淳想见姜子牙，和他面对面谈谈。指挥官骑马出去，很小心地不要离旗帜太近。姜子牙看见了他。他骑马上前，问道，“你是这个关口的指挥官吗？”

“是的，”欧阳淳回答。

“我的兄弟，你不明白上天的意愿吗？这是我们走向朝歌前的最后一关。你和我们战斗是不可能守卫住它的。”

这让指挥官很生气。“谁会帮我抓住这个傻瓜？”他喊道。卞吉骑马上前去攻击姜子牙，却被雷震子挡住了。雷震子想要砸坏旗杆，拿下旗帜，但当他靠近旗杆时，他也晕倒了，被抓住了。

哪吒冲上前去，让敌人看他的三头八臂。他用他的魔环打中了卞吉。男孩在战斗中受伤，不得不回要塞。

姜子牙决定是时候结束这场战斗了。他命令他的人敲响战斗的鼓。他所有的将军都冲上前去。他们把欧阳淳围成一个圆圈[1]。但指挥官想办法冲出了那个圆圈，逃回了要塞。他马上给商国王写了一封信，要求增加士兵。

国王正在和他的妃子喝酒，这时一个送信人把信带到了他面前。他非常吃惊，叫来了大臣们讨论这情况。他告诉他们，“姜子牙的军队现在在临潼关。我们怎么才能阻止他呢？”

他的一位大臣回答说，“陛下，我知道有几个人可以解决这种情况。可是他们不会帮助你，因为你已经很久没有帮助他们和这个王国了。我只能想到两个人，他们可能有能力做这份工作，而且他们也愿意做。他们就是邓昆和芮吉。”

国王同意了。他命令这两个人到国王的宫殿来。他们接到命令，谢了

---

[1] Everything in this chapter up to this point was in Chapter 84 in the original novel. We rearranged things slightly by moving this material to Chapter 85, in order to have a better ending for Book 5 of this series.

国王，第二天就离开前往临潼关。

国王并不知道邓昆是黄飞虎的亲戚[1]。

就在这个时候，土行孙带着给军队的东西来到了周营地。他听到了事情的经过，马上去看了白骨旗。他靠得太近，晕倒了，也被抓住了。

当他被带到指挥官面前时，欧阳淳说，"小矮人，你是谁？"

"我看到地上有一根金棒，"土行孙笑着回答。"我想把它带回家玩。"

这让指挥官很生气。他命令他的人砍下土行孙的头，但这个小个子的脚碰到地上后就很轻松地逃走了，他消失在了地下。

第二天，国王送来的新商将军们从朝歌赶来了。他们问欧阳是什么情况。指挥官告诉他们，他们已经用白骨旗抓住了南宫适、黄飞虎和雷震子。

"黄飞虎是周军队的将军吗？"邓昆问道。

"是的，"欧阳淳回答。他也不知道邓昆和黄飞虎是亲戚。

第二天，两位新将军带着商军队出了关口。他们骑马向周营地走去，躲开白骨旗。他们叫姜子牙和武王出来。

"姜子牙！"邓昆大声喊道。"你是个罪人。这是国王的国家。你怎么能反对他呢？"

姜子牙笑着说，"你们两个是仆人，却不认识你们的主人。现在是你们离开黑暗、走向光明的时候。加入我们！"

打了一会儿，邓昆被哪吒打得吓坏了，让军队回了关口。

那天晚上吃过晚饭后，邓昆坐在自己的房间里想，"武王是个伟大的人。他像龙或凤凰一样，像太阳一样明亮。他应该成为我们的新国

---

[1] Huang Feihu is Deng Kun's mother's sister's husband, so he is Deng Kun's maternal uncle.

王。而<u>姜子牙</u>是他军队中一位优秀的首领。我想加入他们，但是<u>芮吉</u>呢？"他决定和<u>芮吉</u>谈谈，于是他让他的人去请他过来喝一杯。

<u>邓昆</u>告诉他，"我们只有几个人，但<u>姜子牙</u>有一支很大的军队。我们该怎么办？"

<u>芮吉</u>回答说，"我们还有<u>白骨旗</u>。我不知道<u>姜子牙</u>的军队有什么办法可以从它下面过去。"

"我的朋友，让我们互相说真话吧。你认为将来会是什么样子？谁会兴起[1]，谁会倒下？"

"亲爱的兄弟，我想告诉你我的想法。我不敢随便地对你说我的想法，但我也不想半真半假的说谎。"

"你的话不会离开这个房间。请告诉我你的想法。"

<u>芮吉</u>说，"好吧。我相信我们这样做是违反上天意愿的。我们的国王是个暴君，现在每个候爵都反对他。每个人都想要一个好的统治者。<u>武王</u>是个好人，可以成为一个伟大的国王。对我们来说，我们必须为我们的国家服务[2]到最后。"

"是啊，太可惜了，我们出生在这个时间，不能侍奉一个好主人。我们应该做好在<u>商</u>国王最后一天到来时死去的准备。"

<u>芮吉</u>笑了笑。"我看得出来，你想加入<u>周</u>。我也有一样的想法。如果你去了，我会跟着你，即使我必须成为你的侍从，跟在你后面跑。"

<u>邓昆</u>站起来，说，"古人说，'二人一心像一把剑，能砍金属。'让我们谈谈怎么加入<u>周</u>。"

当他们说话的时候，<u>土行孙</u>就在地下听着。<u>姜子牙</u>让他去看看犯人，但由于那里有<u>商</u>士兵，他不能进入关犯人的地方。于是他决定去<u>邓</u>的

---

[1] 兴起　　　xīngqǐ – to rise
[2] 服务　　　fúwù – to serve

房间听听。

当他听到这话时，他从地里跳了出来，说，"你们好！不要害怕。我是土行孙，我是姜子牙军队里的一名官员。我知道你们想加入我们这边。如果你们同意的话，我会和我的指挥官谈谈，告诉他你们说的话。他是个好人，会张开双臂欢迎你们的。快，写一封信。我会把它带给姜子牙。"

邓昆和芮吉马上写了一封短信。土行孙将它拿在手中，转动着他的身体，消失在地里。两位将军看着他离去。

土行孙将信带到姜子牙面前，姜子牙说，"做得好。陛下会很高兴的。"

第二天，邓昆和芮吉带商军队出了关口。当他们来到白骨旗面前时，他们停了下来。"卞吉将军，"他们说，"请把那面旗帜移开。"

"可是，如果我们这么做，周军队就能拿下关口了！"卞吉回答说。

邓昆说，"我们是国王送来的将军。我们不得不躲开旗帜骑马，而你却直接在旗帜下骑马，这对我们来说是不尊敬。"

卞吉想了想。然后他说，"我们不需要移动旗帜。跟我来。我会给你们一些东西来保护你们不受到它的魔法影响。"他们回到了要塞。卞吉在三张纸上写下了魔字。他给了邓昆一个，芮吉一个，欧阳淳一个。他告诉他们把纸放在头盔下面。现在他们能安全地直接在旗帜下骑马走过。

姜子牙看到三位将军骑在旗帜下。他告诉土行孙晚上回到商要塞，看看这三位将军是怎么做到的。

土行孙在邓昆的房间里从地里出来。邓昆向他讲了纸上那些魔字。他把其中一张纸交给了土行孙，土行孙把它带回了周营地。

姜子牙看了那张纸，很快就明白了其中的魔力。他用毛笔和朱砂做成墨水，开始一遍又一遍地写着这些字，为将要到来的战斗做准备。

第 86 章
将军和王爷之死

渑池不大，但保护了商，
它的将军是英雄
马吐出黑烟，
在地下行走真的很厉害

两个年轻王爷为这而死，
五座大山也为你而死
聪明的杨用他的变身魔法
杀死了老母亲[1]

＝＝＝

姜子牙举行了所有将军的会议。他给了他们每个人一张纸，上面写着魔字，并告诉他们这将保护他们不受到白骨旗的伤害。然后他们都冲了出去，围住了卞吉。

卞吉骑在旗帜下。他想到周将军们会像小虫一样掉在他的脚下。但他看到旗帜对他们没有任何影响。他吓坏了，马上回到了商要塞。

关口指挥官欧阳淳问他抓住了多少将军。当卞吉回答说他没有抓住任何将军时，邓昆非常生气。他说，"我很清楚，卞吉从周军队那里逃跑了，他拒绝战斗。没有一个好士兵或将军会这样做。把他带到外面，砍下他的头。"

还没等卞吉说什么，士兵们就把他绑了起来，带到外面，砍下了他的头。

---

[1] This poem talks about three kinds of magic. Zhang Kui's horse, Black Smoke Single Horned Beast, has magic powers and kills two younger brothers of King Wu. Zhang Kui himself travels underground in the following chapter. And Yang Jian used his transforming magic to kill Zhang Kui's beast and elderly mother. The "five great mountains" are the five Zhou generals who are killed and later deified as Gods of the Five Mountains.

欧阳淳很吃惊。他喊道，"你做了什么？"

邓昆回答说，"我必须告诉你真相。我们正看着商朝的结束。所有的侯爵都加入了周，除了这个关口，所有的关口都被拿下了。让我们加入周，一起攻打暴君吧。"

欧阳淳抬头看天空，大声喊道，"陛下！你为什么把这两个叛徒送到我这里来？"然后他举起剑，想要杀死邓昆和芮吉。但他没有办法同时与他们俩战斗。他被芮吉杀死了。

两位将军命令放了犯人。将军们出去见了姜子牙，姜子牙说，"你们加入我们是聪明的。好大臣总是能找到一个好主人。"

周军队进入关口。人们都挥动着旗帜，大声喊着向士兵们问好。武王为将军们举行了大宴会，并为所有士兵准备了礼物。

周军队在关口里住了几天。然后他们向靠近朝歌的渑池[1]走去。关口的指挥官是一个名叫张奎的人。他告诉他的将军们，"周军队已经拿下了所有五个关口，并且正在接近朝歌。他们和城市之间只有河流了。不过别担心，我会在这里阻止他们。"

第一个战斗，南宫适出去与商的一位将军战斗。只有二十个来回，他就杀死了商将军，用剑将他砍成两半。第二天，黄飞虎出去战斗，将敌人刺死。

张奎很担心。他和妻子谈起了这件事，但她告诉他不要担心，因为他是一位优秀的魔法师，骑着一种叫做独角黑烟兽的极好动物。

就在这时，他听到了鼓声、大炮声和大喊大叫的人声。他冲到城墙前，看到周军队正在攻打城墙。军队的中间是姜子牙，周围是他的将军。

姜子牙骑着马向前走去。他说，"张将军，你好！上天的意愿和我们在一起。看看这五个关口发生了什么。你赢不了我们。一块石头没有

---

[1] Mianchi County is in the northwest of Henan province, about 350 miles from Zhaoge.

办法顶起一座将要倒下的大楼。考虑一下。现在就加入我们吧。"

张奎生气了。他骑马向前，攻击姜子牙。武王的两个弟弟挡住了他，他们三个人开始打了起来。兄弟俩转身骑马离去，希望张奎能追上他们。但他们对独角黑烟兽并不了解。野兽跑得像闪电一样快。两位王爷甚至还没来得及转身战斗，就被张奎砍死了。

姜子牙见这，就让他的人退回。他正在和将军们商量这件事情的时候，北方大侯爵崇黑虎来了。他说，"我们在陈塘关打赢了一场战斗，然后在孟津建营地。我们已经等了几个月了。我们想和你一起攻打暴君。"

第二天，张奎又出来了。姜子牙请崇黑虎与他战斗。崇黑虎、黄飞虎和另外三位将军骑马出去，把张奎围住。

即使他们有五个人，也没有办法打败张奎。突然，崇黑虎骑马离开，开始放出他的鹰。但还没等他放开鹰，张奎就骑着他的独角黑烟兽追上了他。他用弯刀将崇黑虎砍成两半。

战斗还在继续。一位女将军出现了。那是张奎的妻子。她从长衣里拿出一个红葫芦，取出四十九根太阳针。她把它们扔到空中。阳光太亮了，周将军们什么也看不见。张奎用他的弯刀轻松地杀死了他们。

张奎杀了五位周将军。他们的灵魂飞向封神台，后来成为了中国五大山的神[1]。

姜子牙不知道该怎么和这种魔法战斗。但是杨戬来了，带来了军队用的东西。他说，"我给军队送食物已经很久了。我真的很想战斗！"

就在这时，张奎又从城里出来，想要战斗。黄飞彪请求他的指挥官让他战斗。为他哥哥的死报仇。姜子牙同意了，但还是让杨戬跟他一起去。

---

[1] The Five Great Mountains of China (五岳) are Tàishān (泰山) in the east, Huàshān (华山) in the west, Héngshān (衡山) in the south, another mountain also called Héngshān (恒山) in the north, and Sōngshān (嵩山) in the center.

黄飞彪与张奎战斗，但他很快就累了，被杀了。

杨戬看到了张奎骑着的野兽，知道那只野兽才是真正的敌人。"你这个畜生！"他喊道，"你杀了我们的将军，我要把你砍成十万块！"

他们开始战斗。杨戬让自己被他们抓住。士兵们把他带进城里，砍下了他的头。张奎命令把他的头挂在城墙外的一根柱子上。

但就在这时，张奎的侍从跑了进来，说，"先生，野兽的头刚刚掉到了地上。独角黑烟兽死了！"

张奎不知道发生了什么事。但后来有人告诉他，杨戬就站在城墙外。"他骗了我！"指挥官喊道。他找了一匹马，骑马出去和杨戬战斗。

他们第二次战斗，杨戬又一次让自己被抓住。张奎对妻子说，"我又抓住了他，但我不知道该怎么解决他。"

他的妻子回答说，"我知道该怎么做。杀死一只黑公鸡[1]和一只黑狗。将它们的血与人的尿[2]和粪[3]混合。然后把犯人绑起来，在他的身上写下魔字，然后把混合的脏东西倒在他的头上和身上。他就逃不掉了，你真的就可以砍下他的头。"

张奎让他的人去做这些事。一名士兵举起剑，砍下了杨戬的头。指挥官和他的妻子都笑了，然后回到了他们的家。

就在这时，一个仆人跑到他们面前说，"将军，可怕的消息！你的妈妈刚刚在家里休息。突然，血、尿和粪像雨点一样掉在她身上。她的头掉了下来，马上就死了。"

张奎跪下哭了。"先是我的魔兽，然后是我亲爱的母亲。两个都死了！"然后他跑出城外，对着周营地喊叫，说他想要战斗。

---

¹ 公鸡　　　gōngjī – rooster
² 尿　　　　niào – urine
³ 粪　　　　fèn – manure, feces

第 87 章
土行孙和邓婵玉之死

能地下行走，

谁知道张奎还能做得更好？

在山前，野兽已经死了，

在渑池城下，妻子也死了

那么多的成功，有什么用？那么大的名声，

难道都是一场空？

历史书上为他留下了两行字，

但上天已经写下了一切[1]

＝＝＝

当张奎发起战斗时，哪吒出来和他战斗。他们开始战斗。哪吒将他的九龙神火罩扔到了敌人和他的马身上，然后用手拍它，使它下面开始发出火。张奎的马被烧成了灰，但张奎却可以进入地下。哪吒没有看到他逃跑。

张奎回到城里，把事情的经过告诉了妻子。她告诉他，"不要担心与所有那些将军的战斗。只要进入周营地内，杀了武王。这场战争就结束了。"

张奎很喜欢这个主意。那天晚上，他拿起短剑，在地下走进了周营地。杨任手中有一双魔眼睛，能看到一切，所以他看到了地下的张奎。他对守卫喊道，"小心！营地里有刺客[2]！"每个守卫都拿出剑，所有的灯都亮了起来。

张奎见自己杀不了武王，也杀不了其他任何人，就回城里去了。杨任

---

[1] A recurring theme in this story is fate. Everything has already been written; all you can do is live, but with the knowledge that the end of your story is already foretold by heaven.

[2] 刺客　　　　cìkè – assassin

用他的魔眼睛看着他离开。

第二天，杨戬骑马出去与张奎战斗。张奎大喊，"你这个畜生！你杀了我母亲！我不能和你住在同一片天空下。你必须死！"

他们开始战斗。当杨戬放出他的天狗时，张奎跳入地下消失了。杨戬见这，向姜子牙报告。他说，"他可以像土行孙一样在地下行走！"

张奎开始觉得他没有办法赢周。但他的妻子说，"让我看看我能做些什么。"第二天，她骑马出城，遇到了邓婵玉。

"我是高兰英，"她说，"张奎的妻子。你是谁？"

"我是邓婵玉，土行孙的妻子。"

"国王命令你父亲攻打周，你却与他们中的一个结了婚！你怎么能这样？"

邓婵玉愤怒地喊了一声，用她的两把弯刀攻击。然后她逃跑了。高兰英追了上去。邓转身扔了一块小石头，打在了高的脸上。血从她受伤的地方流出。她双手放在脸上，跑回城里。

不久之后，土行孙带着给军队的东西来到了营地。他告诉姜子牙，他想战斗，而不只是带东西。哪吒告诉他张奎能在地下行走。

"我师父告诉我，世界上只有我一个人能做到这一点，"他说。他请求姜子牙让他去和张奎战斗。指挥官同意了。

第二天，土行孙走出了营地。他的妻子邓婵玉和他在一起，还有杨戬和哪吒。

张奎看见他，说，"小矮人，你是谁？"

"我是土行孙，"他回答说，他们开始战斗。张奎跳下马，进入地下。土行孙跟着他。他们在地下战斗，手对手，剑对剑。土行孙更小更快。很快，张奎就累了，只能退回城里。

土行孙回到营地，把事情的经过告诉了姜子牙。姜子牙说，"还记得你师父用变土为钢的办法抓住你吗？也许你也能做到这一点。"

土行孙马上离开，去他师父住的山洞。可是他并不知道，张奎已经赶在他前面，正在地下等着他。当土行孙来到他师父的山洞时，张奎从一块石头后面跳了出来。他挥动着弯刀，砍下了土行孙的头。

土行孙的头被带回城，挂在一根柱子上。邓婵玉看到丈夫死了，伤心流泪。她请求姜子牙允许她去和张奎战斗。他同意了。她骑马走出营地，哭着喊道，"张奎，出来死吧！"

出来的却是高兰英。她一只手拿着弯刀，另一只手拿着一个红葫芦。当邓婵玉走近时，高兰英向空中扔了四十九根太阳针。它们太亮了，邓婵玉什么也看不见。高兰英轻松地砍下她的头。

姜子牙听到两人都被杀后，哭了。他决定让他的整个军队攻打这座城市来结束这场战斗。周士兵用大炮毁掉城墙，用梯子爬过城墙。但即使过了两天，他们也没有办法拿下这座城市。

就在这时，张奎的送信人到了朝歌，向国王交了一封信，请求增加士兵。国王在和他的王后、妃子们一起喝酒。当他听说周军队只有五百里远时，他开始担心起来。"朕自己去和他们战斗！"他喊道。

但他的大臣们说，"陛下，有四百名侯爵在孟津等着。如果你去渑池，他们会让你过去，然后他们会阻止你退回。你将受到来自各个方面的攻击。"

"你们觉得朕应该怎么做？"

"给大奖赏，让将军和士兵们去为你战斗。"

国王同意了。很快，许多人站出来说他们想去战斗。其中有三个其实是妖怪。一个是猴妖怪，一个是蜈蚣妖怪，一个是蛇妖怪。三个妖怪去见国王。

"你们要怎样打败姜子牙？"国王问道。

"我们不需要打败整个周军队，"名叫袁洪的猴妖怪说。"我们只需要抓住姜子牙。然后你就可以原谅侯爵们，并让他们回到你的身边。战争就将会结束。"

国王同意了，并告诉袁洪做好战斗的准备。其他将军都看出，袁洪不懂怎么做将军，更不懂战争。他们决定仔细地看着他。

"你会怎么做？"国王问。

袁洪说，"在渑池攻打周军队，实在是太难了。相反，我们应该攻击孟津。它离得更近，军队比较小。如果我们在那里赢了，周军队就会被挡住，没有办法去攻打朝歌。"

国王同意了，并给了袁洪二十万士兵。

第 88 章
过黄河

白鱼表示周家将有好事

八百侯爵赞美[1]他们，

将军和大臣将为他们服务一千年

三行六排做好战斗准备

人们在下雨的季节欢迎主人，

成汤建立的天下已经消失[2]

≡≡≡

渑池的商军队指挥官张奎又吃惊又担心。他发现国王没有给他送来任何士兵。相反，国王让一位新将军袁洪，带着二十万名士兵前往孟津。他说，"如果国王不送来更多的士兵，我们怎么能守卫这座城市呢？周军队来了，带着四百侯爵。国王已经放弃我们了吗？"

由于没有增加的士兵，他决定不攻打周军队。他和他的妻子会留下来保护渑池。

周营地中，一位年轻的道士来见姜子牙。他带来了一封惧留孙的信。信中写道，

土行孙的命运是被张奎杀死。我帮不了他。我为他流泪。现在是你们打败张奎的时候了，但要拿下他很难。这里有一些魔语。把它们交给杨戬，让他在黄河边等。你是必须骗老虎离开山的人。当张奎离开渑池时，你的军队应该攻击。你将赢得一场伟大的胜利。

---

[1] 赞美　　　　zànměi　–　to praise

[2] King Wu arrives after he crosses the Yellow River and an auspicious white fish jumps into his boat. His army is arranged in a majestic array, and the people welcome him, knowing that the dynasty founded long ago by Cheng Tang is coming to an end.

那天晚上，姜子牙命令所有大炮开火。他的军队攻击了渑池，但他们没有办法越过城墙。他命令军队退回。

第二天，姜子牙试了一些不同的办法。他自己一个人和武王出去。两人骑马靠近城墙。他们讨论了攻击这座城市的不同方法。张奎见这，非常生气。他说，"他们怎么敢这么做！他们做得好像他们是这个地方的主人！我要下去杀了他们俩。"

他冲出城去攻击姜子牙和武王，大喊道，"你们两个今天逃不掉死亡！"国王和指挥官骑马离开了。张奎向西追了他们二十里。突然，他听到了大炮声、锣声和鼓声。他才发现周军队已经开始向城市发起攻击。

高兰英带着全城的守卫。哪吒飞过城墙，攻击了她。她用两把弯刀打了回去。在她战斗的时候，雷震子用他的金棒砸碎了城门，让周军队进入。

高兰英想要用她的太阳针，但它对哪吒没有作用。他刺了她，她马上死了，她的灵魂飞向了封神台。诗中说，

> 守卫着一座孤单的城市直到死亡
> 可惜今天她死了
> 她的名字永远不会消失
> 她将被赞美千百年

商士兵们看着她倒下。他们都放下武器投降了。战斗结束了。哪吒骑着他的风火轮向西冲去，去追张奎。

在黄河边，姜子牙大喊，"张奎，你的城没了。现在投降吧！"

张奎想要回到城中，却被哪吒挡住了。他们打了大约二十个来回。哪吒扔出他的九龙神火罩，张奎却跳进地下，消失不见。他在地下跑回了城里。他跑得像风和闪电一样快。当他来到那里时，他看到这座城市已经在周的手里。他转身跑回地下，去了黄河。

张奎在地下跑时，杨任用他的魔眼看着他，紧紧地跟在他身后。张奎右转，杨任也右转。张奎左转，杨任也左转。张奎刚到黄河，杨任就对杨戬大喊，杨戬用惧留孙的魔语，把张奎面前的大地变成了钢。他被困住了。他想要转身，但他身后的大地变成了铁。韦护将他的魔棒扔向空中。它砸在钢地上，把张奎化为尘土。他的灵魂飞向了封神台。

战斗结束了。周军队拿下了渑池。姜子牙命令军队休息两天。然后他们向黄河岸边前行。那是一个很冷的冬天，

> 叶子上满是厚厚的冰
>
> 松树上挂着冰冻的铃[1]
>
> 大地因为太冷而断开
>
> 池塘因为冰而变平
>
> 抓鱼船空空，寺庙里无人
>
> 士兵的胡子像铁，诗人的笔像冷水
>
> 老和尚僵硬[2]在床上，行人吓坏了灵魂
>
> 不要被冷骗了，军队的命令像雷声

他们付给当地人每人五个银币，用他们的船过河。

武王和姜子牙在一只大龙船上。风大，浪高，龙船前后摇动得厉害。突然，一条大白鱼从浪中跳出，掉在船上。它在船上跳来跳去，想要回到水中。

"陛下，"姜子牙说，"这很吉祥！这意思是商王的日子不多了。告诉厨师[3]把这条鱼煮了吃。"

"哦，不！"武王回答说。"这条鱼没有做错任何事。把它扔回去！"

---

[1] 铃　　　　líng – bell
[2] 僵硬　　　jiāngyìng – stiff
[3] 厨师　　　chúshī – chef

"它已经在这里了。你知道古人说的话吗，‘不要不重视上天的礼物。'"厨师准备了鱼，姜子牙请所有的将军们来到龙船上，与国王一起吃饭。

风雨过后，所有的船都来到了河的西岸。姜子牙带他们在孟津城外建营地。四百名侯爵都来欢迎他们。姜子牙要求他们不要讨论任何攻打商王的计划，他们同意了。他还要求他们在与武王说话时不要叫他"陛下"。

武王进了营地。所有的大侯爵和侯爵都欢迎他。他们说，"谢谢你来到这里。你很聪明，人们爱你。请救救我们离开苦难。"

他回答说，"我的朋友们，我不是首领，只是一个可怜的仆人。我来这里是为了更好地了解我们首都正在发生的事情。"

"求求你，请你惩罚那个暴君。如果你这样做的话，上天会很高兴的！"

"我们的国王一直在听坏大臣的话。如果我们除掉他们，我们可以帮助国王回到正确的道上。"

但他们说，"记住尧和舜[1]的故事。尧没有好儿子，就把王位给了舜。舜也没有好儿子，就任命禹为下一个国王。就这样一直到桀，最后一个皇帝，一个邪恶的人。天地都反对他，他的王朝被商朝第一位统治者汤灭了。现在我们又多了一个邪恶的国王。你必须惩罚他！"

武王不知道该怎么回答这个问题。姜子牙说，"朋友们，请你们不要谈这种事。我们以后到了朝歌后再讨论。"

第二天早上，姜子牙带军队向孟津前行。他穿着道士长衣，骑在军队的最前面。武王和六百名侯爵与他一起前行。

袁洪在等他，头戴银色头盔，身穿白色盔甲，手里拿着剑。"你是姜

---

[1] This refers to rulers of the Xia Dynasty, which preceded the Shang.

子牙</u>吗？"当军队靠近<u>孟津</u>城墙时，他喊道。

"我是。<u>周</u>军队拿下了每一个关口，每一座城市。所有的侯爵都与我们在一起，人民也与我们在一起。如果你想要阻止我们，你就会像要用一杯水灭一座燃烧的楼那样。马上投降！"

"<u>姜子牙</u>！你只不过是一个可怜的钓鱼人。你可以在小溪里钓鱼，但你不知道这里的水有多少深。你的话没有用！"然后，他转向他的将军们，问道，"谁帮我杀了这个傻瓜？"

蛇妖怪<u>常昊</u>大喊一声，"我愿意！"并向前冲去。

他骑马冲向<u>姜子牙</u>。<u>周</u>的一位将军骑马过来，挥动着他的斧头，喊道，"来吧，我在这里！"两匹马相遇，战斗开始了。

<u>周</u>将军太强了，所以<u>常昊</u>转身骑马走了，看起来他太累了，不能再打下去了。

第 89 章
国王切开怀孕的妇人

没有哪个国王像纣王一样邪恶，
他爱酒、性和富贵[1]生活
怀孕妇人被邪恶杀死，
行走的人遇到自己的死亡

历史书上说他是残忍的暴君，
人们都知道他是一个邪恶的国王很难理解上天，
和美丽的仆人一起喝酒更容易[2]

☰ ☰

常昊看到周将军追他，就制造出一团黑烟，黑烟太浓[3]了，使将军看不见他。然后他变成了一条巨[4]蛇。他从嘴里吐出毒气。周将军从马上掉下来，被蛇咬死。

另一名周将军冲了出来，大喊道，"你竟然敢！"那个叫吴龙的蜈蚣妖怪与他战斗。六百名侯爵看了这场战斗。将军和妖怪打了几个来回，然后吴龙变成了一条巨大的蜈蚣，他的周围都是黑云和风。将军晕倒了，吴龙用剑杀了他。

哪吒看到了这。他变成三头八臂的样子，骑着风火轮攻击吴龙。他将自己的九龙神火罩扔向了妖怪，但妖怪却变成一道青光，消失了。

---

[1] 富贵　　　　　fùguì – wealth
[2] This chapter tells of how the King of Shang carelessly tortured and killed his subjects. The king's name in his lifetime was Di Xin (帝辛). After his death he was mockingly referred to as King Zhou (纣王), because Zhòu (纣) is Chinese for "crupper," the rear strap on a saddle that goes under the horse's tail and is most likely to be soiled by the horse. For this reason, many translations refer to him as King Zhou. Note that the king's posthumous name Zhou (纣, Zhòu) is not the same as the Zhou (周, Zhōu) Dynasty that succeeded Shang.
[3] 浓　　　　　nóng – dense, heavy
[4] 巨(大)　　　jù (dà) – huge

哪吒转身与蛇妖怪常昊战斗。但妖怪变成了一道红光，也消失了。

袁洪大喊道，"姜子牙，现在让我们看看谁会赢！"他冲上前去。杨任见了他，想要用他的魔扇子烧死他，但指挥官逃跑了，留下他的马被烧死。

"够了！"姜子牙看到自己的将军们没有办法赢妖怪，就大声喊道。他让他的军队退回。

商营地里，袁洪心情不错。他给朝歌送了一份报告。一个送信人把它带到了国王面前。国王非常高兴。他说，"朕要给袁洪一件漂亮的长衣、黄金、珍珠、一百匹丝绸、一万钱币。给他酒和肉，让他与他的将军和士兵一起吃。告诉他，杀了所有的叛乱分子。"

妲己在听着。她说，"陛下，这是一次伟大的胜利。战争很快就会结束。我们一起去鹿台喝酒吧。"

国王同意了，并命令举行一个大的九龙宴。他与妲己和两个妃子坐在鹿台上，吃着喝着。那是冬天。开始下大雪了。"亲爱的，"国王说，"你是一位极好的歌舞家[1]。你能给朕唱一首有关雪花飞舞的歌吗？朕要敬你三杯酒。"

妲己开始唱起一首好听的歌。音乐从鹿台上飘出。她唱道：

> 鸟儿飞过大地，飞过城门外
> 它们飞过玉桥，停留在空中
> 它们带着天地之玉
> 冰河中，鱼沉[2]下，鹅[3]消失
> 空空的森林中，老虎在咆哮，猴子在流泪
> 六朵花掉下，它们堆在白色的玉道上
> 宫殿很冷，但暖和的阳光在头顶上

---

[1] 家 usually means home or family, but it means "one who does this" (-er or -ian or -ist) when used after a noun. So here, 歌舞家 means "singer and dancer."
[2] 沉　　　chén – to sink
[3] 鹅　　　é – goose

黑云飞走，蓝色的天空出现

吉祥之气和吉祥之光出来

国王笑着喝了三杯酒。雪停了，太阳从云后面出来了。

国王和妲己从鹿台上看向外面。在远处有一条沟，是建造鹿台时留下的。它很深，很难越过。他们看到一个老人来到沟边。虽然他年龄大了，但他很强。他没穿鞋，只穿了一点点衣服，很轻松地就越过了沟。跟在他后面的是一个年轻人。他穿着很厚的衣服，走得很慢。他没有办法越过沟，只能由老人帮助。

"真奇怪！"国王说。"老人很快就越过了沟，但年轻人却有困难。"

"陛下，"狐狸妖怪王后回答说，"你看不见吗？这位老人出生时，他的父母年轻，身体又很好。父亲的精子[1]很强，他们做爱时充满热情。这就是为什么他的骨头很满。但是这个年轻人出生时，他的父母又老又累。他父亲的精子虚弱。这就是为什么即使他很年轻，他的骨头也很空。"

"亲爱的，每个人年轻时身体都很好，老的时候都很虚弱。这个老人怎么会比年轻人更强呢？"

"命令你的守卫把他们带到这里来，"她回答。"你可以自己看看。"

国王让他的守卫把这两个人带到鹿台上。他们喊道，"不要抓我们！我们没有做错任何事！"

守卫说，"别担心。你们将会见到国王。也许他会给你们一些礼物。"两个人跟着守卫来到鹿台上，国王和妲己等在那里。

国王对守卫说，"砍下他们的腿，把它们带到朕这里来。"当腿被带到他面前时，国王看了看它们，发现两个人的骨头是不同的。他对妲

---

[1] 精子　　　　jīngzǐ – sperm

己说，"亲爱的，你就像女神一样。你什么都知道！"

她说，"我只是一个女人，但我知道阴阳，我能看到一切。其实，我可以告诉你还没有出生的婴儿是男的还是女的，以及他们在母亲的子宫[1]里朝着哪个方向。"

国王觉得这很有趣。他让他的守卫把这两个人的尸体带走，然后找一些怀孕妇人，把她们带到鹿台上。侍卫在朝歌找了，发现了三名怀孕妇人。他们把这些女人拖到宫殿里。她们哭得很伤心，她们的丈夫和孩子想要拖住他们，但这都没有用。

一群大臣在宫殿里坐着聊天，当他们看到那些女人被拖过去时。其中一位名叫箕子的人问那些女人发生了什么事。"我们住在朝歌，"她们说。"我们没有做错任何事。我们为什么在这里？您是大臣，我们请求您救救我们！"

箕子问守卫官这是什么情况，守卫官告诉了他。箕子变得非常生气。他和其他大臣到鹿台上去见国王。箕子跪在地上，大声喊道，"陛下！你怎么能让王朝在二十代[2]后就结束了呢？你做得就像一个罪人。你怎么能面对你在天上的祖先呢？"

国王解释说，"战争快结束了。我们已经杀死了他们许多将军和士兵，胜利很快就会到来。朕的女王说，她可以分出没有出生婴儿在母亲子宫中的性别[3]和方向位子。朕想自己看看这个。朕会切开她们的肚子，看看女王是不是正确。你敢跟朕争论！"

"陛下！"箕子喊道，"你是国王，是人们的父亲。你怎么能让你的人民受苦呢？这就是人们起来反对你的原因。难道你不知道孟津集合了八百名侯爵，还有一支很大的军队吗？如果他们来到朝歌，就不需要战斗了。人们会打开城门，让他们进来！"

---

[1] 子宫　　　zǐgōng – womb
[2] 代　　　　dài – generation
[3] 性别　　　xìngbié – gender

国王愤怒了。"把他带出去，打死他！"他对守卫喊道。

其他大臣跑上前去，跪倒在地。他们说，"陛下，箕子是一位忠诚的大臣。许多年来，他一直很好地为你做事。我们请求你考虑一下这一点。你已经切了比干的心脏。你怎么能杀死另一个忠诚的大臣？请原谅他。"

"好吧，"国王说。"朕会让他活下去。他不再是一个大臣，只是一个普通人。"

妲己听到了这话。她说，"哦，不，你不能那样做！如果你让他活着，他以后会制造麻烦的。"

"那朕该怎么解决他呢？"

"剃掉他的头发，让他在狱里度过[1]一生。"国王同意了。其他大臣走了出去。他们决定将所有二十代统治者的灵台从大寺庙中移走，藏在很远的地方。他们住在山洞里，再也没有回到朝歌。

国王转向妲己说，"现在，亲爱的，告诉朕关于这些没有出生的婴儿的事情。"

妲己指着其中一个人说，"她有一个男孩，面向左边。"她指着另一个人，"她也有一个男孩，面向右边。"她指着第三个人，"她有一个女孩，面向后面。"

国王让他的守卫切开她们的肚子，杀死了这些妇人，并让大家看了她们子宫内没有出生的婴儿。一切都像妲己说的那样。"亲爱的王后，你真是太厉害了！"国王说，他又向狐狸妖怪敬酒[2]。但外面，天空变得黑暗，太阳和月亮失去了光。

几天后，两个妖怪来到了朝歌。一个叫高明，蓝脸，两只金眼睛像灯一样大，宽嘴，长牙，大块肌肉。另一个叫高觉，红皮肤，脸像瓜，

---

[1]度过　　　dùguò – to spend (time)
[2] 敬酒　　　jìngjiǔ – to make a toast

牙像剑，头上长着两只角。

他们来到王宫，说，"我们听说姜子牙拿下了我们的关口和土地。我们想为我们的国王战斗。我们不关心级别和钱。"

国王很喜欢他们，认为他们看起来像真正的战士。他任命他们俩为将军，并把他们送到孟津。他们带了一大桶[1]酒，送给那里的将军和士兵。

---

[1]桶　　　tǒng – barrel

第 90 章
打败两个妖怪

他们眼明耳尖，

能到千里

计划已经决定，但马上就被听到，

没有秘密，一切都是空忙

轩辕寺被鬼魂接管[1]，

棋盘山到处都是美丽的桃树

他们的名字都在封神榜上，

没办法躲开魔武器[2]

≡≡≡≡

高明和高觉来到孟津，带来了商王的礼物。指挥官袁洪见了他们。指挥官知道这两个人真的是来自棋盘山的桃妖怪和柳妖怪。他自己真的是一只白猴妖怪。于是三个妖怪有笑有说，玩得很开心。

几天后，桃妖怪和柳妖怪出门去了周营地。他们高喊，"姜子牙！出来见我们吧！"姜子牙让哪吒去见他们。

"你们是谁？"哪吒站在他的风火轮上喊道。

"我们是高明和高觉。商王命令我们来这里抓版乱首领。还敢挡我们！"

"你们这些邪恶的野兽！"哪吒喊道。他变成了三头八臂的样子。两个妖怪与他战斗。哪吒将其中一个妖怪砸碎，然后把他的九龙神火罩扔在了另一个妖怪身上。看起来两人都死了。哪吒回到营地，向姜子

---

[1] 接管　　　jiēguǎn – to take over

[2] This poem describes the two demons Gao Ming and Gao Jue who can hear and see over a distance of a thousand *li*, eavesdropping on the Zhou plans. It then contrasts the fox demon nest at Xuanyuan Temple with the lovely peach groves of Chessboard Mountain (Mount Qi). The weapon in the last line is Wei Hu's Demon Subduing Pestle.

牙报告。

但第二天，两个妖怪又回来了，要求见姜子牙。"这是什么情况？"姜子牙问。

哪吒回答说，"他们一定懂一点魔法。今天请跟我们走一次，也许你们能告诉我发生了什么。"

第二天，姜子牙出了门，周围有几十名周将军围着。三个妖怪都在那里，因为袁洪已经加入了另外两个妖怪。高明笑着说，"姜子牙，你从来没有见过像我们这样的人。"又是一场大战斗。诗中说，

> 将军们在孟津战斗
>
> 谁是真的，谁是人、神或鬼？
>
> 灾难总是由上天决定
>
> 即使是最好的计划也可能失败
>
> 冷风起，邪气到来
>
> 白猴用的是铁棒，降魔棒很强大
>
> 用自己的生命来保护世界，为和平而战斗

杨任用了他的魔扇，但其中一个妖怪变成一道黑光消失了。李靖扔出了他的金塔，但另一个妖怪也消失了。雷震子打中了袁洪的头，但袁洪却变成一道白光，消失不见了。三个妖怪都消失了。

姜子牙吹响号角[1]，命令周将军们回营地。他告诉他们，"我们不能用我们的力量打败这些妖怪。我们必须想出更好的方法。"他让他的四位将军在四个地方放上柱子，在上面放上狗血，写上魔字。然后他让韦护用黑鸡血、黑狗血、女人的尿和粪做一种特别的毒药，准备在妖怪进入陷阱时扔向他们。

可惜的是，高明和高觉在商营地里，用他们的魔眼和魔耳，听着每一个字。他们笑话姜子牙，说，"真是个傻瓜！你叫自己为伟大的将军，但你只是一个普通人。为什么要玩鸡血和狗血？等到明天，你就

---

[1] 号角　　　　　hàojiǎo – horn, bugle

会看到我们有多么强大！”

第二天，<u>姜子牙</u>被将军们围着出了门。妖怪们出来对他说，“<u>姜子牙</u>，你是个傻瓜。因为你是读书人，你应该知道怎么和我们战斗。然而，你却建了一个陷阱。但我们并不害怕你低级别的陷阱和你的破魔法。”

战斗开始了。<u>周</u>将军们围住了妖怪。<u>姜子牙</u>故意打败骑马离去，希望妖怪会跟着他进入陷阱。但妖怪们只是笑笑，变成一道道青光，然后消失了。

<u>姜子牙</u>生气了。“我们营地里肯定有间谍[1]！”

但<u>杨戬</u>回答说，“我不这么认为。我们的将军和士兵与我们一起经历了许多战斗，许多人已经死了。没有人会告诉敌人我们的计划。请让我调查一下看看发生了什么事情。”

“好的。你要怎么做？”

“对不起，敌人正在听我们说的每一句话。我不能告诉你，”<u>杨戬</u>说。然后他飞向他师父<u>玉鼎</u>的山洞。他跪在师父面前，告诉他发生了什么事。

<u>玉鼎</u>说，“我认识那两个人。他们是来自<u>棋盘</u>山的桃妖怪和柳妖怪。他们俩在地下都有很深的根，有三十里长。几千年来，他们一直在收取天地、日月之气。他们现在非常强大。

“<u>棋盘</u>山的寺庙里有两尊泥[2]雕像。一个是<u>千里眼</u>，另一个是<u>顺风耳</u>。两个妖怪可以用这些雕像来看到和听到一千里远。超出一千里，他们就看不到也听不到任何东西。

“告诉<u>姜子牙</u>让人去<u>棋盘</u>山。他们必须挖出树根并烧掉它们。然后他们必须去寺庙毁掉那两尊雕像。”

---

[1] 间谍　　　jiàndié – spy
[2] 泥　　　　ní – clay, mud

"最后，一定要用雾盖住你们的营地，这样妖怪就不会知道你们在做什么。"

杨戬回到营地，却没有把自己的打算告诉姜子牙。他命令两千名士兵挥动红旗。他让另外一千名士兵把鼓敲得很响，使大地都在震动。当旗帜飘起、鼓声震响时，他在姜子牙耳边喊道，"红旗使高明看不见我们，鼓声使高觉听不到我们。"然后他把自己的计划告诉了姜子牙。

姜子牙把士兵送到棋盘山，挖开了两棵树，砸碎了庙里的雕像。诗中说，

> 老虎在深山中与龙战斗
> 聪明人能看到邪恶的计划
> 如果没有神仙大师的帮助
> 很难把那两股鬼风灭掉

士兵们把寺庙烧成了灰。他们回来后，将事情的经过告诉了姜子牙。

就在这时，东方大侯爵郑伦来了。

商营地里，袁洪已经没有耐心再等了。他命令在那天晚上发起突然攻击。姜子牙注意到营地里吹来一阵奇怪的风。他做了占卜，看到了敌人在计划什么。他叫来他的将军们，告诉他们做好战斗准备。他告诉他们去建另一个陷阱。然后他洗澡，洗干净他的身体和他的心。他走到高台上等着攻击。

攻击在太阳下山时开始。在第一次攻击中，高明和高觉砸碎了周营地的大门，带着几千名士兵冲了进来。姜子牙在等他们。他的头发披在肩上，手里拿着一把剑。他看着天空，祈祷它带来云、风和雾。

第 91 章
巨兽攻击

他力气很大，
一只手移山拖树
在地上推船，他怎么做到的？打败敌人，
还有谁能这样？

他抓虎吃牛使他变得有名
血白白地流，上天一直与周在一起[1]

===

战斗开始了。黑云和浓雾盖满了天空。四周雷声和闪电。鼓声震响。两位高先发起攻击，很快就被十几名周将军包围。姜子牙走上前来，用他的打神鞭打在他们的头上。他们俩马上就死了。

另外三个妖怪，猴妖怪袁洪、蜈蚣妖怪吴龙和蛇妖怪常昊遇见哪吒和韦护。蜈蚣妖怪和蛇妖怪见他们赢不了，就变成光消失不见了。可是袁洪却躲在了一道白光后面。然后他出来砸向杨任的头，杀死了他。

天亮时，姜子牙吹响号角，叫他的军队回营地。他对前大臣杨任的死感到非常不开心。"我们需要了解这些妖怪是什么，"他说。"杨戬，你去终南山见云中了。从他那里拿到照妖镜。"

杨戬飞去，很快就来到了师父的山洞。他低低地鞠躬，说道，"师父，我是来请求用你的魔镜的。我们的军队被一些妖怪挡住了，我们需要知道他们是什么。"

云中子把镜子给了他。杨戬马上回到周营地。

他们不用等很长时间就用了镜子。第二天早上，袁洪和他的妖怪们骑

---

[1] This poem describes the giant Wu Wenhua, who has great size, strength, and fame, but his efforts are all in vain because heaven supports the Zhou.

马离开了他们的营地。姜子牙大声喊道，"将军，你要知道，上天支持周。你怎么能和我们打？现在投降，否则就是死。"

袁洪笑道，"向你投降？你只不过是一个普通的钓鱼人。"然后，他转向常昊，说道，"把他拿下！"

常昊骑着马冲上前去。杨戬冲上前去见他。他们开始战斗。杨戬转过身来，看向魔镜。他看到他正在与一条巨大的白蛇战斗。他很快就变成了一只巨大的蜈蚣。他的翅膀像云一样翻动[1]，他黑色的身体和黄色的脚像火一样。他飞到蛇的颈上，咬掉了它的头。蛇在地上打滚。然后杨戬又变回了人的样子。他用剑把蛇砍成碎片。最后，他从天上带来闪电，将蛇烧成灰。

袁洪和吴龙都冲上去帮助蛇妖怪。哪吒和他们战斗。袁洪逃回了自己的营地，但吴龙却用两把弯刀攻击了哪吒。杨戬通过魔镜看了这场战斗，看到吴龙是一只蜈蚣。他变成了一只巨大的五色公鸡，用嘴把蜈蚣咬成碎片。

战斗结束后，袁洪对他的将军们说，"我不知道那两个人是妖怪。"

他的将军回答说，"古人说，'口渴了再挖井就来不及了。'我们应该退回到朝歌，守卫首都。"

"不行，"袁洪回答说。"我们的国王告诉我们要保卫这个地方。如果我们退回到朝歌，我们将在自己家门口与敌人战斗。我的朋友，要有耐心。姜子牙的军队离家门口很远。很快他们就会没有食物。然后他们就会变得虚弱，我们就能打败他们。"

将军们离开了袁洪的帐篷。其中一人说，"我们都看到了现在的情况。我们的国家很快将是西岐的了。如果我们以邪魔为将军，我们怎么能成功呢？但是我们怎么能不对我们的国家忠诚呢？如果我们死了，就死在朝歌吧。我们不能在这里与邪魔一起死去。还是去朝歌，

---

[1] 翻动　　　　fāndòng – to flip

即使我们会死在那里。”

<u>袁洪</u>的军队也快要没有东西吃了。他们的食物只够吃五天。他让送信人去见<u>商王</u>，要食物。

就在这时，一个巨人来到了<u>朝歌</u>。他那么巨大，一顿饭就能吃掉一只牛。他可以用一只手拿起一堆树，然后把它们用来做武器。他可以轻松地把船推到岸上。他叫<u>邬文化</u>，他想帮助<u>商王</u>。国王的大臣送他去见<u>袁洪</u>。

“将军，”<u>袁洪</u>说，“我很高兴见到你。你有打败我们敌人的计划吗？”

“没有，先生，”巨人说。“我是一个简单的人。我没有计划。我很愿意服从你的命令。”

“好的。出去和<u>周</u>战斗。”

巨人向<u>周</u>营地走去，身后拖着一棵有着金属尖刺的树。他的胡子有十尺长，他的脚像小船一样大。他大声喊道，“<u>姜子牙</u>！洗个澡，准备去死吧！”

<u>龙须虎</u>出去见巨人。“这只小虾[1]是什么？”巨人笑着说。“你看起来不像人。”

“你这个傻瓜！告诉我你的名字，这样我杀了你以后就可以把它写下来。”

“我叫<u>邬文化</u>。而你什么都不是，只是一只愚蠢[2]的小野兽。走开，让<u>姜子牙</u>出来。”

<u>龙须虎</u>向他扔了一块石头，打在了他的腿上。巨人举起他的树干，想要打老虎，但他没有打到。武器上的一根尖刺刺入地面三尺。<u>龙须虎</u>

---

[1] 虾　　　　xiā – shrimp
[2] 愚蠢　　　yúchǔn – foolish

一个接一个地扔石头，砸在巨人的腿和裆[1]上。巨人非常痛苦，他不得不逃跑。他跑了二十里，然后他坐下来，等着痛消失。然后他才回到了袁洪那里。

袁洪对这个巨人并不满意。但邬文化说，"放心，指挥官。今天晚上让我去攻击敌人的营地。我要把他们都砸碎。"

"好！"袁洪说。"我会用一点魔法来帮助你。"

那天晚上二更时，邬文化一边喊叫一边挥动着他的树干武器，冲向周营地。没有人知道他要来。袁洪送出一团妖云盖住周营地，使那里黑得看不见。巨人打破了前门，跳过了四个木栏杆，开始左右砸士兵。他们的血流到地上，把地面变成红色。

姜子牙跳上马，逃出了营地。武王也在四位将军的保护下逃走了。其他几位将军也逃走了。

巨人走向放食物的楼。杨戬看到了他。他很快把一些草扔到空中，说了一句魔语。草变成了一座山那么大的巨人。它的头伸向了天上。它的眼睛像水壶一样大，它的门牙像竹杆一样长，它的头像城门一样大。金色的光从它的口中发出。它喊道，"邬文化，来跟我战斗！"

邬文化抬头看那个巨人，比他大了很多。"我父亲来了！"他喊道，然后用最快的速度跑开了。杨戬和他的巨人追了上去，却没能追上他。

战斗结束时，已有二十万周的人死亡，其中包括三十四位将军。姜子牙说，"都是我的错。我应该对那个巨人更小心。"

杨戬骑着马去了所有孟津城外的村庄。他在两座大山之间发现了一条深山沟。住在那里的人们叫它为蟠龙，因为它的样子看起来像一条龙。他回到营地，把自己的计划告诉了姜子牙。

姜子牙命令两千名战士前往蟠龙，在两边躲藏起来。他让他们准备好

---

[1]裆　　　　　dāng – crotch

干草和烧火的木头，然后等着。

于是<u>姜子牙</u>和<u>武</u>王骑着马出门，在城外到处看看。<u>袁洪</u>命令巨人出去攻击他们。巨人一出现，<u>姜子牙</u>和<u>武</u>王就骑马向西南方向走去。巨人紧跟在他们后面。"哦，伟大的战士，"<u>姜子牙</u>喊道，"请让我们回家吧。我们不会再给你找麻烦了！"这只会让巨人更生气。但他是走路，追不上那两个骑马的人。他累了，慢了下来。<u>姜子牙</u>转过身来，对他喊道，"<u>邬文化</u>，你不敢跟我打吗？"巨人又开始追他们。

当他们来到<u>蟠龙</u>时，<u>姜子牙</u>和<u>武</u>王骑马进入了山沟。"哈[1]！"巨人说。"现在他们就像鱼在锅里游泳一样！"

---

[1] 哈　　　hā – ha

第 92 章
杨戬打败妖怪

梅山七妖怪挡住周军队，
他们觉得他们不能输
狗妖怪很厉害，但他死了，
牛妖怪很邪恶，会带来自己的死亡

猪妖怪丢掉了头，
羊妖怪失去了生命
愚蠢的白猴妖怪找麻烦，
失去千年学到的东西[1]

≡ ≡ ≡

巨人跑进了山沟。他停下脚，看了四周。他没有见到姜子牙，也没有见到武王。就在他准备离开的时候，他听到了炮声和士兵们的喊叫声。他看到他没有办法离开山沟了，因为它被一大堆大石头和木头挡住了。

在上面，山边的士兵将燃烧的箭和炮弹[2]射入山沟。四周开始起火。然后士兵们把干草和干树枝扔进火里。空气中都是黑烟。诗中说，

大火燃烧，烟雾滚滚
山倒下，雷声闪电
绿树变成红色
再宽的河也会变干
来自燃烧的大石和液体的金属

---

[1] The seven monsters of Meishan are the snake demon Chang Hao, the centipede demon Wu Long, the pig demon Zhu Zizhen, the dog demon Dai Li, the goat demon Yang Xian, the buffalo demon Jin Dasheng (not named in this chapter), and their leader, the thousand-year-old white monkey demon Yuan Hong.

[2] 炮弹　　　pàodàn – cannonball

风展示[1]它的力量，火带着愤怒而战斗
不只是邬文化的身体
所有山中的生物都会死去

周军队在地下埋了地雷[2]。当火变得足够热时，地雷爆炸[3]了。大石砸在巨人身上。他被砸死，他的身体被烧成灰。

将军和士兵们回到了周营地。姜子牙说，"巨人死了，我很高兴。但是我们该怎么解决袁洪呢？"

杨戬回答说，"现在我们知道他是白猴妖怪了。他有很大的力量。我不知道该怎么办。让我们看看会发生什么。"

第二天，一位新的战士从商营地出来了。他最近刚来，是来帮助商的。他有一张黑脸，短胡子，大耳朵，还有像太阳一样发光的眼睛。他穿着黑色的衣服，他的四周发出一股冷空气。

姜子牙出来面对他。"和尚，你是谁，你为什么在这里找死？"他问道。

那人回答说，"我叫朱子真。现在投降吧，否则我就把你砍成一千块。"不等回答，他就冲向了姜子牙。其中一位周将军跑上前去挡住他。他们打了二十个来回，然后朱子真转身就跑。他比任何一匹马都快。将军追了上去。突然，朱子真转过身来，吐出一团黑烟。将军从马上掉下来死了。

杨戬看魔镜，看到了这场战斗。他看得出来，朱子真真的是一只大猪。他向猪人跑去。朱子真张口，吃下了杨戬。然后他回到营地，指挥官袁洪在那里给了他吃的和喝的。

当他们吃喝时，一个陌生人走进了营地。他有一张白脸，留着长长的胡子，还有两个角。"我叫杨显，"他说。袁洪认识他，知道他是羊

---

¹ 展示　　　 zhǎnshì – to show
² 地雷　　　 dìléi – explosive mine
³ 爆炸　　　 bàozhà – to explode

妖怪，却故意不认识他。他给羊妖怪吃的和喝的。

就在这时，一个声音从朱子真的肚子里传来。它说，"你好！我是杨戬。我现在在你的肚子里。我知道你杀了很多人，吃了很多人。现在是你还的时候了。我要抓你的心和肝[1]。"然后他挤压[2]猪妖怪的心和肝，使他感到非常痛苦。

"哦，请停下！"猪妖怪喊道。

"如果你想活下去，就变成猪的样子，去周营地，跪在前门。如果你不这样做，我会挤压你的心，直到你死去。"

猪妖怪没有其他选择。他慢慢走到周营地门口，跪在尘土中。南宫适很紧张。他以为那只是一头从农田里跑出来的猪。这时，一个声音从猪里面传来。"南宫将军！"它说，"去告诉姜子牙，这就是猪妖怪。它吃下了我，现在我在它的肚子里。"

南宫适去告诉姜子牙。他们俩回来，看到猪跪在地上。杨戬从猪里面喊道，"在这猪造出更大的麻烦前，马上把它杀了！"南宫适举起剑，砍下了猪的头。杨戬在猪颈上流出的血中游了出来。

袁洪看着这，非常生气。"我们不能让姜子牙活下去！"他喊道。就在这时，又一个奇怪的人走进了他的营地。这是戴礼，一只狗妖怪。他是袁洪和其他妖怪的朋友，但他故意不认识他们。

不久之后，戴礼就出门战斗了。哪吒去和他战斗。在战斗中，狗妖怪吐出了一颗红色大珍珠。它打中了哪吒的脸，让他鼻子流了血。哪吒不得不离开战斗。杨戬骑着马向前走去。他放出他的天狗攻打戴礼。天狗咬了狗妖怪。然后杨戬砍下了妖怪的头。

下一个进入商营地的陌生人是一个很高大的人。他身高十六尺，身体非常强。他是一只水牛[3]妖怪，也是其他妖怪的好朋友。他出去和郑

---

[1] 肝　　　gān – liver
[2] 挤压　　jǐ yā – to squeeze
[3] 水牛　　shuǐniú – buffalo

伦战斗。水牛妖怪吐出一只巨大的毛球，打在了郑伦的脸上。将军从马上掉下来，水牛妖怪杀死了他。

杨戬见这。他冲上前去与水牛妖怪战斗。妖怪吐出另一只毛球，几乎打到了他的头。他转身很快骑马离开。当他骑马离开时，他看到了各种颜色的云，闻到了花香。他看了四周，看到四个可爱的女孩举着黄色的旗帜。"杨戬，跟我们来！"她们喊道。

他跟着她们。不久，他就看到一个美丽的女人骑着一只青凤凰。他向她鞠躬。

"杨戬，"她说，"我是女娲。几年前，商王侮辱了我，所以我决定打倒他的王朝，让新的周王朝兴起。现在我要帮助你打败那些想要阻止你的妖怪。"她转向其中一个女孩说，"请把那只野兽带到我这里来。"

女孩走到水牛妖怪面前说，"女娲夫人命令我抓你。跟我来。"水牛妖怪举起剑想攻击她，但她把一根魔绳扔在他的头上，用铜锤打他的头三次。他停止了攻击。女孩带着他回到了女娲身边。

"杨戬，"女娲说，"把这个妖怪带回你的营地，解决他。等一会儿，我会帮你打败白猴妖怪。"

杨戬带着水牛妖怪回到了周营地。南宫适杀了这个犯人。

姜子牙说，"现在，除了白猴妖怪，我们已经杀了所有的妖怪。今天晚上我们将发起攻击。杨戬，你和哪吒必须追打妖怪。"

那天晚上，周军队发起攻击。两百名侯爵带军队，向商营地的左、右、中攻击。周军队很快打败了商军队，杀了几千名士兵。

杨戬和哪吒与白猴妖怪战斗。妖怪升上天空，想要用棒砸杨戬。杨戬变成一道金光逃走，然后想要用弯刀攻击妖怪。妖怪用一道白光挡住了它。

他们战斗了一整夜，但都没有赢。天亮的时候，袁洪决定逃回自己的山上。他在一道光中飞走了。杨戬骑着马追了上去。袁洪马上变成路边的一块石头。杨戬用自己的魔眼，看清了这。他造了一把锤子，砸碎了那大石，但袁洪却又变成一阵凉风，向他的山上飞去。

杨戬追着他往山上去。在那里，他被几千只小猴子攻击，每只猴子都拿着一根小棒。杨戬没有办法和所有的猴子打。他转身，在一道金光中逃走了。

杨戬骑马离去的时候，看到了女娲。他向她磕头。

她对他说，"你是玉鼎的徒弟，但你的力量还不够强大，没有办法打败猴妖怪。我会给你这把武器。这是一张王国的魔地图。它会帮助你。你必须把它挂在一棵大树上。"

杨戬按照她说的做了。然后他去找袁洪。他找到了猴妖怪。他说，"袁洪，今天你活不了多久了！"

猴妖怪愤怒极了，冲向杨戬，杨戬骑马离开。猴妖怪跟在他后面。杨戬骑马走上一条山路，妖怪也跟着他。但那条路不是真的，那座山也不是真的。两个都是由魔地图造出来的。袁洪看了四周，却看不见杨戬，也看不到走出山沟的任何路。他被困在地图内，没有办法逃离。

第 93 章
金吒拿下关口

≡ ≡ ≡ ≡

袁洪在魔地图中走丢了。他心里很困惑，他周围的世界变得像一个梦。如果他想到什么，它就会出现。他想到一条河，一条河就出现了。他想到一座山，它就在那里。如果他想到过去，他就看到了过去。如果他想到将来，他就看到了将来。

在梦里，他忘记了自己应该是人的样子，于是他变回到一只白猴。他看到附近有一棵桃树。树枝上有一只大红桃。他能闻到它甜甜的味道。他爬上去，抓起桃子吃了起来。然后他坐在一块大石上休息。

过了一会儿，他抬起头，看到杨戬向他走来，手里拿着剑。他想要站起来战斗，但他没有力气。红桃已经带走了他所有的力气。

杨戬用魔绳将他绑了起来。他向南跪下，感谢女娲的帮助。然后他带着猴回到了周营地。

姜子牙看到猴，就说，"这个妖怪找了太多的麻烦，伤了太多的人。马上砍下他的头。"杨戬举起弯刀，砍下了猴的头。但是没有血流出

---

[1] When the handle of the Big Dipper faces east in the spring, it heralds the beginning of a new era.

来，只有青烟。一朵白花长在了头的地方，然后花变成了一个新的
头。杨戬把它砍掉了，却又长回去了。他又把它砍掉了，但它又长回
去了。

"这是什么情况？"他问。

姜子牙回答说，"这只猴有太多天地、日月之气。不过别担心，我有
陆压的武器，飞刀。他告诉我，有一天我需要用到它。它可以打败任
何妖怪。看。"

姜子牙拿起一个红葫芦，放在香桌上。他打开盖子。一道三十尺高的
白光从葫芦中升起。他鞠躬说，"宝贝，请出来！"一个奇怪的东西
出现了，长七寸半，有眉毛和眼睛。两道白光从眼睛里射出，把白猴
推到墙上。姜子牙再次鞠躬，说，"宝贝，请转过身来！"武器在空
中转了两、三圈，白猴的头掉在了地上。到处都是血。袁洪死了。

两个送信人骑马前往朝歌，去见国王。他们告诉他，"陛下，我们所
有的妖怪现在都死了，这些妖怪是蛇妖怪、蜈蚣妖怪、猪妖怪、狗妖
怪、羊妖怪、水牛妖怪和白猴妖怪。我们的士兵几乎都死了。周军队
与所有侯爵一起在孟津，不久他们将来朝歌。请做点什么来帮助我
们！"

国王开了一个会议，问他的大臣们他应该怎么做。其中一人对国王
说，"我们有个将军叫鲁仁杰，也许能帮忙。把你剩下的军队给他。
让他保护朝歌。不要攻击敌人。只要等到他们吃完了食物，我们就可
以打败他们。"国王没有别的主意，就把自己的军队交给了鲁仁杰，
让他去守卫首都。

现在，周军队和首都之间只有一个关口。它叫游魂关。指挥官是一个
名叫窦荣的人。姜子牙命令哪吒的两个兄弟金吒、木吒想办法在关口
打败商军队。他们决定打扮成道士的样子，与指挥官见面，骗他打开
关口的大门。他们飞到关口附近，然后走到大门前。他们要求见指挥
官。

"亲爱的道士，"窦荣说，"我能为你们做些什么？"

金吒回答说，"先生，我们是东海的两位隐士。我们知道，东大侯爵正带一部分的周军队在这里，准备攻打国王和首都。我们想帮助你。如果你打败了周军队，国王会很高兴，并会重重地奖赏你。"

窦荣什么也没说，他的一个将军却大声喊道，"指挥官，不要相信他！姜子牙让他们来骗你。如果你相信他们，你就会掉进他们的陷阱。"

金吒听后，笑了起来。他对指挥官说，"你小心是对的。在这种时候，龙蛇混合在一起，很难分出对还是错。但这是真相。我们的师父死了，在万仙陷阱中被姜子牙杀死。我们要报仇。但如果你不需要我们的帮助，那也没关系，我们会离开。"金吒和木吒走了出去。

窦荣让人追他们，请他们回来。但金吒说，他们被指挥官侮辱了，不可能回去。"求求你们，跟我们回去吧！"其中一个士兵说，抓住了金吒的手臂。"如果你们不这样做，我们的指挥官会惩罚我们的！"

金吒和木吒同意了。他们回到了指挥官住的地方。窦荣说，"对不起。请留下来帮帮我们。"他命令为他们举行一个大宴会，但金吒拒绝了，说他们只吃素食，不能吃肉，不能喝酒。他们走进大殿，坐下，整晚都在冥想。

第二天早上，周的一位将军出来要和他们战斗。他很高大，穿着红色长衣，金色盔甲。"道士，出来吧，试试我的剑！"他喊道。

"我们现在该怎么办？"窦荣问道。

"我要出去和他战斗，"金吒说。他走出去，对将军喊道，"我是来自东海的道士。如果你放下武器，我就让你活下去。否则，我就把你砸成灰。"

周将军攻击了他。他们打了二十个来回。然后金吒用他的遁龙桩抓住了将军。窦荣见这，让自己的军队攻击。他们打败了周军队。

随后，士兵们将周将军带到了窦荣面前。将军拒绝下跪。他喊道，
"你用邪恶的魔法抓住了我。我为什么要跪在狗和猪面前？如果你想
杀我就杀了我吧。我没关系。"

窦荣命令杀了那人，金吒却举起了手。他说，"不，等一等。让我们
抓住东大侯爵。然后我们可以把他们两个带到朝歌的国王面前，让他
看看我们做了什么。"窦荣同意了。

第二天，东大侯爵，一个名叫姜文焕的人，出来要和商军队战斗。他
是前东大侯爵姜桓楚的儿子。他也是被商王杀死的姜王后的弟弟。

金吒和木吒仍然打扮成道士的样子，跑出来欢迎他。

"你们是谁，邪恶的巫师？"姜文焕喊道。

"你不需要知道我们的名字。我们是来自东海的隐士，在这里帮助我
们的国王。你怎么能反对你自己的国王呢？"

"你们是妖怪！"姜文焕回答说。"我要把你们砍成碎片！"他们开
始战斗。只有几个来回，姜文焕就转身，骑着马很快地走了。金吒和
木吒紧跟在他后面。金吒轻声说道，"亲爱的大侯爵，今天晚上二更
攻击。我们将全力为你打开大门。"

姜文焕转身向金吒射出一箭，金吒用剑将箭挡下。金吒喊道，"你竟
然敢杀我！我明天就把你抓起来！"然后他和他的弟弟转身骑马回到
关口。

那天晚上，窦荣叫来了他的将军们商量事情。他的妻子窦夫人参加了
会议。她指着金吒和木吒问她的丈夫，"那两个道士是谁？"

"他们是来自东海的隐士，来这里是为了帮助我们。他们已经抓住了
一位周将军，并赶走了另一位。"

"我亲爱的老丈夫，小心点。他们可能不是他们说的那样。"

金吒笑着说，"尊敬的将军，你的夫人可能说的是真话。我们会离

开，不会再麻烦你。"

指挥官回答说，"亲爱的道士，请原谅我。我的妻子只是一个女人，但她学过战争，很聪明。她不知道你们对我们国王的忠诚。请留下来帮助我们。当我们打败了敌人时，我会重重奖赏你们。"

"好吧，"金吒说。"我们今天晚上会留下来。明天，当我们打败你的敌人时，我们会让你看到我们的忠诚。"

二更时，空气中突然充满着大炮、锣鼓的轰响声和士兵攻击的喊声。那是姜文焕的军队用大炮和长梯子攻击关口。

窦荣和窦夫人爬上墙与他们战斗。金吒告诉他们，他和他的弟弟会到外面进行地面战斗。窦夫人对丈夫说，"我不相信那两个人！"于是窦荣决定和他们一起出去。他们三人带军队出城门，与周战斗。

这是一场伟大的战斗，周和商的战士们进行了激烈的战斗。虽然是夜里，但天空却被火把、灯笼和火照亮了。在战斗进行到一半时，金吒扔出了自己的遁龙桩，抓住了窦荣。

第 94 章
送信人之死

军队行近城市而侯爵们在谈和平，

他们怎么能阻止这些武器呢？

<u>汤</u>的伟大工作现在已经完成，

<u>武王</u>的工作现在已经被传到四海

巨塔将倒，谁能阻止它？伤口将打开，

谁能治疗它？

到底什么是邪恶？它到不了任何地方，

向东流入大海[1]

≡≡≡

<u>窦荣</u>是<u>商</u>王的忠诚仆人。他守卫关口二十年，打过几百场战斗，现在却被<u>金吒</u>的魔绳抓住了。他什么也做不了。<u>姜文焕</u>走到他面前，用剑将他砍成两半。

<u>窦</u>夫人就站在旁边。<u>木吒</u>将他的魔剑扔向空中，说道，"宝贝，请转过身来！"剑转了三圈，砍下了<u>窦</u>夫人的头。

战斗结束了。<u>木吒</u>在城墙顶喊道，"按照<u>姜子牙</u>将军的命令，我们现在控制了这关口。现在就投降，否则就死。"所有剩下的士兵都跪下来投降。<u>木吒</u>让士兵去打开前门。主力军队进入关口。他们放了被关起来的将军，检查了放宝贝的房子，安慰[2]了人们。

<u>金吒</u>和<u>木吒</u>跟<u>姜文焕</u>说了再见，骑在尘团上回到了主力军队。几天后，<u>姜文焕</u>也来了，带着所有来自东方的侯爵。现在主力军队有一百六十多万士兵和八百名侯爵。<u>姜子牙</u>和<u>武王</u>用了一些时间向神祈祷，

---

[1] The third and fourth lines compare the passing of the great Shang Dynasty (founded by Cheng Tang) with the benevolence and kindness of King Wu. In the fourth line, "flowing into the ocean" is equivalent to "going down the drain."

[2] 安慰　　　ānwèi – comfort

然后他们开始向朝歌前行。诗中说，

> 战争的云盖住了远方山谷[1]
> 死亡的灵魂摇动着远方大地
> 剑和矛像雪山
> 剑和刀像冰山
> 旗帜盖满绿色野地
> 锣鼓震动着空树林
> 军队像大雨一样前进
> 马像一群狼一样飞跑

送信人赶到商王那里，告诉他情况。国王爬到城墙顶，向外看去。他看到一支巨大的军队在城外建营地。它是那样的大，使他看不到它的另一边。他见了他的大臣们，说，"亲爱的大臣们，全国所有的侯爵都在朕的家门口。敌人的军队包围了朕。谁有打败周的计划？"

负责保卫朝歌的将军鲁仁杰说，"陛下，你知道，如果房子要倒，一根木头是顶不住它的。我们放宝贝的房空了，人民不开心，我们的士兵不想战斗。我们赢不了。我觉得我们应该送人去跟姜子牙谈谈，让他退回他的军队。"

国王听了后什么也没说。过了一分钟，另一位大臣站起来说，"陛下，现在不是害怕的时候。古人说，'当有巨大的奖赏时，勇敢的英雄就会出现。'你可以要求英雄来帮助救这座城市。我们仍然有十万名士兵和足够的食物。我们不能不战斗就放弃！"

国王喜欢这个计划。

城外大约三十里的地方住着三个隐士。其中一人名叫丁策，听说了周军队包围了城市。他说，"许多侯爵从国王那里得到了奖赏，但现在他们背叛了他。为什么他们现在不帮助国王？我想帮助国王，但我只有一个人。一根木头没有办法顶起整个楼！"

---

[1] 谷　　　　　gǔ – valley

就在这时，另一个隐士郭宸来看他。他说，"兄弟，我听说我们的国王正在找英雄来与敌人战斗。你对战争非常了解，我认为你可以在这场战斗中帮助国王。如果我们赢了，你就会变得很有钱！"

丁策笑了笑，说，"兄弟，国王没有普通人的心。我们能做什么？我们可以只用一杯水灭一座燃烧的楼吗？我们不能希望打赢像姜子牙那样的英雄。"

"不，兄弟，我们必须帮助我们的国王，即使我们死了。我们的血是热的，现在是为我们的国王和国家战斗的时候了！"

第三个隐士走了进来，是一个高个子男人，名叫董忠。他说，"兄弟们，我听说国王正在找英雄来救这座城市。我已经告诉他的一位大臣，我们将按照他的要求去做。大臣让我们明天去见国王陛下。古人说，'当你知道关于战争的一切时，就该侍奉你的国王了。'我们不能坐着看着我们的国王死去。"

"什么？"丁策说。"你不先问过我们吗？"

董忠回答说，"你们不是那种坐在树下等兔子的人[1]，所以我就直接行动了，没有先和你们说。"

丁策没有办法。他给了他的两个结拜兄弟食物和酒，他们整个晚上吃着、喝着、说着话。第二天早上，他们去见国王。他们在他面前磕头。国王问他们是不是有打败周军队的计划。

丁策说，"这个王国就像一堆鸡蛋，任何时候都有可能掉下破碎。我们没有其他选择，我们必须保卫我们的国王和我们的国家。"

这并不是一个计划，但愚蠢的国王喜欢听到这样的话。他任命这三个人为商将军，并给他们丝绸长衣和玉腰带。然后他就让他们去见鲁仁

---

[1] 守株待兔 (shǒu zhū dài tù) is a Chinese chengyu (four-character idiom) that literally means "guarding a tree stump, waiting for a rabbit." It refers to anyone who waits idly for an unlikely opportunity or windfall, or who seeks gain without effort. The idiom can also imply that waiting for a rare opportunity can cause someone to miss out on other opportunities.

杰。他们一起带军队出城，在城墙外建营地。

他们看见姜子牙骑着他那匹奇怪的马。"你好，姜子牙！"鲁仁杰喊道。"我是鲁仁杰，陛下军队的指挥官。你竟然敢攻击自己的国王？他是一个仁慈的人。他会让你的军队退回，这样你就可以过和平的生活。如果你不这样做，我们就会像石头砸鸡蛋一样砸碎你。"

姜子牙大笑。"你为什么要违反上天的意愿做事？"他问道。"你的军队又小又不强。你能和我们打多久？"

三个隐士都挥动着长矛冲上前去。郭宸和南宫适战斗。丁策和武吉战斗。董忠和南大侯爵战斗。其他将军从两边冲进来。士兵们敲响战斗的锣鼓。在短短几分钟内，三个隐士都死在战斗的地方。

商王听到三个隐士被杀的消息后很不高兴。他的一位将军殷破败说，他要去见姜子牙。国王同意了。将军出去对姜子牙喊道，"指挥官，我们好久不见了。我很高兴看到你现在是这支军队的首领和侯爵的首领。我可以和你谈谈吗？"

"当然，"姜子牙说。

殷破败坐了下来。他说，"我们都知道，'国王的荣耀[1]高高在上。'任何攻击国王的人都是叛乱分子，必须被杀死。任何策划反对国王的大臣都是叛徒，必须和他的全家一起被杀死。你知道这一点，但你却背叛了他。人们会叫你叛徒一万年。求陛下原谅你吧，这样你就可以活下去了。"

姜子牙笑着说，"将军，你说错了。一个王国不是国王的，它是所有人的。上天永远会帮助有德的人。现在上天已经离开了你的国王。我们有责任按照上天的意愿做事。"

"将军，你的心太小了。想想吧。如果一个统治者或父亲做错了什么，大臣或儿子应该与他谈，并要把他带到正确的道上。一个忠诚的

---

[1] 荣耀　　　róngyào – honor, glory

大臣永远不会攻击他的国王，就像一个孝顺的儿子永远不会攻击他的父亲一样。你还记得，姬昌在羑里被关了七年，从来没有说过一句反对我们国王的话。但你在这里，背叛你的国王，成为了你国家的叛徒。"

周将军们听了这话，越来越生气。终于，其中一人冲上前去，用剑指着殷破败。他大声喊道，"如果你是这样一位好大臣，为什么你没有把你自己的国王带上正确的道呢？你比猪和狗还低！快走，否则我就杀了你。"

姜子牙走到他们中间，说，"我的朋友，当两个国家战斗时，送信人总是受到尊重。我们不应该威胁这个人。"

但现在殷破败却越来越生气了。他对将军大喊，"来吧，杀了我！我要变成鬼，拖你进地狱！"

将军举起剑，将殷破败砍成两半。其他将军见这都很高兴，但姜子牙却很生气。他说，"殷破败被送到这里来谈和平。我们不应该杀了他。好吧，我们现在对这也没有什么办法。"他命令人很尊敬正式地把殷破败埋了。

第 95 章
国王十罪

<u>纣</u>王和<u>穷奇</u>一样邪恶，
他的十罪被传了几世纪
他断骨切子宫让人们受苦，
他用蛇坑和火柱子让神伤心悼念

黑鸟在夜风中唱歌，
<u>布谷</u>在夜雨中哭
过去带来了巨大的痛苦，即使在今天，
历史书也没有办法把它藏起来[1]

≡≡≡

埋了<u>殷破败</u>后，<u>姜子牙</u>命令他的将军们准备再次攻打首都。当他与将军们见面时，一个年轻人冲进了房间。是<u>殷破败</u>的大儿子。

年轻人喊道，"你竟然敢杀我父亲！他是国王的送信人。法律规定，送信人受到保护，不应受到伤害。我不能和杀他的人生活在同一片天空下！我必须把你砍成一千块。"然后他冲向<u>姜文焕</u>。他们打了很久，战斗持续[2]了三十多个来回。但最后，<u>姜文焕</u>还是用弯刀砍向了年轻人，马上杀死了他。

很快，<u>周</u>军队就到了首都的四个城门下。他们看到城市由<u>鲁仁杰</u>和许多士兵守卫，<u>姜子牙</u>就命令他的军队退回。"我们该怎么办？"他问他的将军们。

"让我们用魔法进城吧，"其中一人说。"这样，我们就可以在城市

---

[1] The Qionqi (literally, "thoroughly odd") is one of the Four Perils in Chinese mythology, a malevolent creature that instigates wars and enjoys human suffering. The beginning of the second paragraph paints a picture of the end of an empire: the Xuan bird (玄鸟), a type of swallow, once sang to give life to the people of Shang, while the cry of the cuckoo (布谷) is associated with sadness.

[2] 持续　　　chíxù – to last, to continue

里面进行战斗。那会更容易。"

"不，"姜子牙回答说。"那里的人太多了。如果我们在城里战斗，会有太多城里的人死去。他们已经经历了太多的苦。我们是来救他们的，而不是来伤害他们的。"

"我们该怎么办？"

"我认为我们应该告诉人们我们来这里是为了救他们。我们可以写纸条，把它们放在箭上，然后把箭射进城里。人们会读纸条，并起来反对暴君。"

每个人都认为这是个好主意。姜子牙写了这样一张纸条，

"上天命令我们攻打暴君，救朝歌的人民。你们的国王是邪恶和残忍的。他与妖怪做爱，他不尊重法律，他杀忠诚的大臣，对人动刑，让人和神都愤怒。他切掉人的腿，切开女人的肚子，吃男孩的肾[1]。太可悲了！现在上天命令我这个周军队的指挥官，去惩罚这个暴君。我想攻打这座城市，但我担心一切都会被毁掉。这对人们没有帮助。因此，我请求你们马上交出首都，躲开死亡和痛苦。请快点这样做。"

他命令管文书的官员将这张纸条复印几百份。然后他的士兵把纸条绑在箭上，然后射进了城里。这些纸条掉在墙、楼和街道上。许多人读了纸条。那天晚上，人们冲向城门，把城门打开。他们大声喊道，"进来救我们！"

姜子牙看到了这。他命令一支五万人的小军队进入这座城市。他告诉他们，不允许杀人和偷东西，任何伤害人的士兵都会被杀死。军队从所有四个城门慢慢进入城市。他们来到宫门口，在那里建营地。他们放炮，敲鼓，喊着让国王出来。

商王听到这个消息时，正在和他的妃子们喝酒。他穿上金盔甲，戴上

---

[1]肾　　　　shèn – kidney

金头盔，骑着马出了王宫。士兵们骑在他面前，举着龙凤旗。<u>鲁仁杰</u>和其他将军骑在他旁边，他们都被皇家侍卫围着。

<u>周</u>军队出来见他。<u>姜子牙</u>在最前面，坐在一辆有大红伞的四马车上。在他身后是四位大侯爵，然后是几十名将军和徒弟，然后是几十万士兵。

<u>周</u>军队停了下来。<u>姜子牙</u>慢慢前行。他说，"陛下，你好。很对不起，我穿着盔甲，没有办法向你鞠躬。"

"你是<u>姜商</u>，又叫<u>姜子牙</u>吗？"国王问。

"我是。"

"朕记得你是朕的大臣。然后你逃到<u>西岐</u>，成了叛乱分子。现在你杀死了朕的送信人，攻击了朕的城市。在朕得到你的头之前，朕不会离开。"

"你不是一个合适的统治者。我们为什么要尊敬你为我们的国王呢？"

"朕没有做错任何事。告诉朕，朕犯了什么罪？"

<u>姜子牙</u>提高了他的声音，让所有人都能听到他。"侯爵们，将军们，徒弟们，士兵们，听我说！这些都是<u>商</u>王的罪行。"

"第一，国王应该是人民的父母。但是你把所有的时间都用在了喝酒、和女人玩。你不尊重上天，伤害忠诚的大臣，对你国王的工作不负责。你说过，'我讨厌人民。'从古到今，你是最邪恶的国王。这是你的第一罪。

"第二，王后是国家之母亲。然而，你却听了<u>妲己</u>的谎话。你挖了王后的眼睛，烧了她的手，然后杀了她。你怎么能让<u>妲己</u>做你的王后，日日夜夜与她做爱呢？这是你的第二罪。

"第三，太子是坐在王位上的下一个人。人民爱他，但你听了有关他的谎话。你让两个人去杀了太子和他的兄弟。这是你的第三罪。

"第四，忠诚的大臣是国家的树干和树枝，但你对他们不好。你把他们烧死在烧红的柱子上，或者让他们成为奴才[1]。当大臣们想要给你好的建议时，你对他们比对动物还要不好。这是你的第四罪。

"第五，国王必须一直对人们说真话。但是你对大候爵说谎，让他们来找你，这样你就可以杀了他们。你听了妲己和她的人的话，尽管你知道他们在说谎。这是你的第五罪。

"第六，国王必须永远不违反法律，仁慈对人。但你没有这样做。你建造了火柱子，残忍地杀了你的忠诚大臣。你挖了一个大坑，用毒蛇装满了它。然后你把女仆人扔进坑里喂蛇，不管她们的求救。这是你的第六罪。

"第七，国王必须管好王国的宝贝，不能将它们用在愚蠢的事情上。但是你建造了高塔和楼台。你建造了一个装满酒的池，还有一片肉林。你允许你的邪恶大臣崇侯虎从人民那里偷钱。现在偷东西在朝歌很普遍，因为人们没有足够的钱买食物。这是你的第七罪。

"第八，国王永远不可以与不想要做爱的女人做爱。但你骗黄飞虎的妻子来到摘星楼，然后你想要与她做爱。为了逃离你，她跳楼死亡。这时黄贵妃上来，你却把她从楼台上扔下去，杀了她。这是你的第八罪。

"第九，国王必须对人民仁慈。但是你为了自己的快乐杀了很多人。你砍掉人的腿，你切开怀孕妇人的肚子。这些人为什么要为你的快乐而死？这是你的第九罪。

"第十，国王要记住自己的责任，不能把所有的时间都用在找快乐上。但是你用了太多时间喝酒，和妖怪妲己、胡喜媚做爱。你甚至喝用年轻男人的肾做成的汤，让你做爱的欲望更强。这是你的第十罪。

---

[1] 奴才　　　　núcái – minion, slave

"用一句话说[1]，你造成了几百万人的死亡。现在，按照上天的命令，我们来惩罚你。"

商王听了这话，越来越生气。这时姜文焕冲向了国王。他身穿金色盔甲和红色长衣，骑着一匹白马。他喊道，"你杀了我父亲。你挖了我姐姐王后的眼睛。我要用你的死来惩罚你！"

南大侯爵也冲上前去，大喊道，"你杀了我的父亲！上天怎么能让你再活一天呢？"

两人都向商王发起了攻击，但商王却激烈地打了回去。武王痛苦地看着这。他对姜子牙说，"啊，陛下做得这么不好，太可惜了。现在一切都乱了。就好像一个人头上穿鞋、脚上戴帽一样。大侯爵们为什么要和他战斗？他们应该帮助他回到正确的道上。"

姜子牙回答说，"你没听我讲国王的十罪吗？他是一个暴君。上天已经站在他对面。"然后他喊道，"敲鼓！"战斗的鼓声敲响了。五十名侯爵冲上前去，将商王围成一个大圈。

---

[1] 用一句话说 is an idiom, similar in meaning to "in a nutshell."

第 96 章
<u>妲己</u>逃走

她的笑可以推倒一座宫殿，

她的爱可以拿下一个国王

她的细腰会要了你的命，

她可爱的身体会带走你的灵魂

野鸡对着月亮唱歌，

玉琵琶不去管鼓声

她们已经打倒了<u>商</u>，

但她们死时全身是血[1]

≡≡≡

几十名<u>周</u>将军和侯爵围住了<u>商</u>王，全都挥动着剑，对他大喊大叫。国王打了回去，用剑砍杀。<u>鲁仁杰</u>冲上前去帮他，其他<u>商</u>将军也加入了进来。

真是一场战斗！这首诗里讲了这一切，

空气中都是尘土，山上都是浓烟

八百侯爵在这里，大地晃动

鼓声像雷，国王的侍卫们挥动着旗帜

徒弟们像虎，<u>商</u>王被灭

侯爵到处都是，天空中都是剑

<u>姜文焕</u>很强，南大侯爵像虎

东方的青旗下，侯爵们像石

西方的白旗下，将军们像冰

南方的红旗下，徒弟们像火

---

[1] This poem is about the three fox demons. The first paragraph describes Daji's uncanny power over humans. The beginning of the second paragraph is about the pheasant fox demon Hu Ximei and the jade lute demon Concubine Wang.

北方的黑旗下，守卫们像云

右边的雷凤凰挡住了左边

左边的雷凤凰保护着右边

国王的将军们前后攻击

武器像冰，他们的剑像蛇

能听到的只有叮当叮当

用剑砍杀，灵魂左右来回

国王像春天的草一样强

他在战斗中变得更强大

侯爵们的愤怒像雷声一样，他们大喊大杀

国王很强，但现在他累了

为了国家我们为什么一定要坚持活着？

为了名声我们为什么一定要爱生命？

侯爵们喊着，"抓！"

将军们喊着，"打！"

国王的剑像飞龙

他砍将军，伤士兵

他像爱玩的孩子一样砍杀侯爵

他杀将军，让鬼流泪

杨戬愤怒，他大喊，"不要逃！"

哭声震天地，战士们的眼中充满了泪

英雄为他们的国家而死，大地上流着红色的血

流泪的将军们跑来跑去，扔掉破碎的鼓

许多受伤的战士被拖走

国王还在战斗，将军们都吓坏了

国王是邪恶的，他的国家被毁了

雪化了，春天带来很急的流水

风吹大地满地红

经过长时间的战斗，姜文焕用很重的杖打在商王的背上，几乎将他从马上打下来。国王转身，很快骑马回到王宫。他的人在他身后关上了

大门。

周将军和侯爵二十六人在战斗中死亡，其中就南大侯爵。武王伤心地说，"今天，国王和大臣关系破碎。这让我很痛苦。"

姜文焕回答说，"不，陛下！上天和人们都讨厌商王。甚至死亡对他来说也太好了。"

宫中，商王脱下盔甲，坐下休息。他说，"朕应该听朕忠诚的大臣们的意见。现在他们都没了，朕也受伤了。朕怎么才能再战斗？"

"放心吧，陛下，"国王的手下飞廉说。"胜利和失败在战争中都是常见的。你应该休息几天，然后我们就可以再和他们战斗。"

但然后飞廉转向他的朋友恶来，低声说，"我们不可能赢得这场战斗。让我们拿到国家印章。当敌人进宫时，我们把印章给他们。他们会奖赏我们，我们就可以活下去！"他们俩都笑了。

商王没有听到这话。他慢慢地走进了内宫。他见了他的三个狐狸妖怪情人，妲己、胡喜媚和王妃。他伤心地说，"朕从来没有想过，姜子牙能把所有的侯爵集合在一起，战斗起来像一个人。商朝已经持续了二十八代。现在一切都失去了。朕死后怎么面对地下的祖先？"

三个狐狸妖怪跪在他的脚前流泪，说，"我们永远不会忘记你的爱！你会去哪里？你要做什么？"

"朕不知道，"他回答说。"妲己，请为朕唱歌吧。"然后他写了这首诗，妲己为他歌舞，而他又喝了几杯酒。

我们在鹿台上唱歌跳舞
谁知道姜子牙会带着他的军队过来
今天，我们像鸟儿一样分开，我们互相之间可能再也见不到了
我们的英雄化为灰，新大臣取得权力
这杯酒帮助朕忘记
当朕醒来时，世界将是全新的

然后妲己说，"陛下，不要伤心。我出生在一个将军家庭。我可以战斗。胡喜媚和王妃懂一些魔法。让我们为你战斗！"

"那就太好了，"国王回答说。

三个狐狸妖怪穿上盔甲，拿起武器。国王觉得她们的打扮看起来很可爱。

那天晚上，三只狐狸妖怪攻击了周营地。妲己拿着两把弯刀，胡喜媚拿着两把剑，王妃拿着一把有凤凰的长刀。她们冲过守卫，开始在营地里杀士兵。

姜子牙听到喊叫声就醒了。他马上让他的徒弟们打回去。哪吒、金吒、木吒、杨戬、雷震子向妖怪攻击。姜子牙在帐篷里念着祈祷。雷声和闪电打在士兵们的四周。

看到不可能赢得战斗，三妖怪变成三股风，飞回了王宫。她们告诉国王发生了什么事。他可惜地说，"完了。我们赢不了。我们应该各走各的路，这样我们就不会一起死去。"然后他转身走上了摘星楼。

妲己对其他妖怪说，"陛下要杀了他自己。我们离开这里吧。"她们马上飞向了自己的老家，轩辕帝墓地前的山洞。

但是姜子牙占卜了一下，知道了她们的计划。他让杨戬、雷震子、韦护等在轩辕帝墓地的上空。当三个妖怪来到时，他们冲下来攻击她们。

胡喜媚看到他们来了。她说，"你们为什么攻击我们？我们已经用了最大努力来毁灭商朝。你们应该感谢我们！"

"闭嘴！"杨戬回答道。"按照姜子牙的命令，我们是来这里抓你们的。"

野鸡妖怪胡喜媚与杨戬战斗。长着九条尾巴的狐狸妲己与雷震子战斗。而玉琵琶妖怪王妃与韦护战斗。但只有几个来回后，她们就在妖光上飞走了。三个徒弟追了上去。

三个徒弟追着三个妖怪几里路。然后突然，天空中出现了两面巨大的黄色旗帜，空气中充满着甜甜的香味。

第 97 章
暴君之死

<u>商</u>王残忍，他玩女人，

而人民却在受苦

他喝美酒，

而人民的血却流干了

他像妖怪一样，把仆人扔进蛇坑里，

烧死忠诚的大臣

他的惩罚将在光明中到来，

它被写在<u>启明星</u>上[1]

═ ═ ═ ═

<u>杨戬</u>正在追野鸡妖怪，就看到了眼前的两面黄色旗帜。左右两边站着美丽的年轻女人。中间是<u>女娲</u>，骑着一只青凤凰。

三个狐狸妖怪一见到<u>女娲</u>，就停下了脚。她们不敢从她身边逃跑。她们跪下来向女神问好。"亲爱的夫人，"她们说，"请救救我们的生命。<u>杨戬</u>他们正在追我们。他们想杀了我们。"

<u>女娲</u>让她的仆人<u>碧云童子</u>，用捆妖怪魔绳将她们绑起来，交给<u>杨戬</u>。

"亲爱的夫人！"妖怪喊道，"我们只是做了你要求我们做的事。你让我们勾引<u>商</u>王，把他的王国带向毁灭。我们做到了。我们给了他我们能想到的一切快乐。我们杀死了他所有忠诚的大臣。现在<u>周</u>军队要杀我们！请救救我们的生命。"

---

[1] In the first line in the second paragraph we call the king a monster, but the original poem refers to him as a tiger salamander (虎鲵), a huge creature known for its ferocity. The second-to-last line talks about divine retribution which will come "in bright light" (昭昭), that is, as plain as day. This Chinese concept of retribution is similar to the Hindu idea of karma. Even before Buddhism arrived in China, the people believed that good deeds are rewarded and bad deeds punished by the invisible hand of fate. Thus, the king's punishment is "written in the morning star."

女娲回答说，"是的，我命令你们帮商王丢掉他的王国。但我没有命令你们杀人和给人动刑，或者残忍。你们怎么能把王国的宝贝浪费在像鹿台这样愚蠢的事情上呢？上天不能原谅你们。你们必须付出生命的代价。"然后她对杨戬说，"把这三个人带到你的营地，让姜子牙杀了她们。今天，周王朝将取得胜利，世界将再次和平。现在就去。"

杨戬和其他徒弟将狐狸妖怪带到了周营地，把她们带到了姜子牙的面前。妲己说，"指挥官，你认识我。我是苏护的女儿。我对这个世界的事情什么都不知道。我被送到王宫做国王的妃子。当王后死后，国王陛下仁慈地选择了我做新的王后。国王和他的大臣们做了所有的决定。我是一个女人，一直在忙着打扫，管理女仆人，并给陛下带去快乐。我是一个普通的女人，怎么能告诉陛下怎么统治他的王国呢？求你把我送回我在冀州的家，这样我就可以安静地度过剩下的时间。"

姜子牙笑了笑。他说，"你骗人。你不是苏护的女儿。你是九尾狐狸妖怪。你杀了妲己，用她的身体勾引了国王。你告诉他要造肉林、蛇坑和火柱子。我已经告诉了国王他的十罪，但所有这些罪行都是你造成的。"然后他转身对他的徒弟说，"杨戬，杀了野鸡妖怪。雷震子，杀了狐狸妖怪。韦护，杀了琵琶妖怪。"

妲己跪在地上，被魔绳绑着。但她却像春天的花一样美丽。她抬头看了看包围她的士兵。她的脸像露水[1]一样可爱，她的眼睛像秋水，她的牙齿像玉一样明亮。她用像甜美的歌一样的声音说，"我没有做错任何事。请让我活下去。"

士兵们的骨头和肌肉变得虚弱，他们的眼睛张得大大的，他们失去了说话的能力。他们没有办法移动，更不用说拿起武器了。"士兵们，杀了她！"雷震子一遍又一遍地喊道，但士兵们却动不了。

杨戬和韦护杀死了另外两个妖怪，但雷震子的士兵没有办法杀死妲

---

[1] 露水　　　　　lùshuǐ – dew

540

已。他回去见姜子牙。

"狐狸精的头在哪里？"姜子牙问道。

"她跟士兵们说了话，然后他们就杀不了她了，"雷震子回答说。

"那就砍掉他们的头，再找新的杀手[1]！"姜子牙喊道。但当一群新的士兵被带到妲己面前时，他们看到了这个美丽的女人，就没有办法杀死她。他们静静地站着，像泥雕像一样。

"这件事我会自己解决，"姜子牙生气地说。他命令士兵离开。他让侍从放上香桌。然后他拿出陆压的葫芦，放在桌子上，取下盖子。一道白光升起。一个长着眉毛、眼睛、翅膀和脚的生物出现了。它在白光中慢慢转动。姜子牙鞠躬说，"请转过身来，我的宝贝！"这个生物转了三圈。妲己的头掉进了尘土中，血弄得满地都是。这就是千年狐狸妖怪的死。

在王宫里，国王的侍从告诉他，周营地外挂着三个女人的头。他冲到宫墙前，看到那是他的三个情人。他的心碎了，泪水沿着脸流下来。他写了这首诗，

> 多么可悲
> 玉碎了，美人没了
> 你美丽的脸挂在那里
> 你美好的歌舞现在在哪里？
> 我们的爱永远消失
> 就这样，一万年的爱情消失了

国王知道他的生命将要结束了。他走到了摘星楼顶。他感到一阵奇怪的冷风。他往下看，见蛇坑里全是鬼。它们的脸很脏，眼睛空空。它们抓住国王，大声喊道，"把我们的生命还给我们！"前大臣梅伯大喊，"暴君！今天你就下地狱吧！"

---

[1] 杀手　　　　shāshǒu – executioner

姜王后的鬼魂出现了。她抓住他的手臂说，"你这个暴君！你杀了你的妻子和儿子。你毁了王朝。你将怎么面对你的祖先？"

黄妃的鬼魂向他走来。她的身上满是血。她说，"暴君！你把我从楼台上扔死。你怎么能这么残忍？你死了，天地也会高兴。"

贾夫人的鬼魂打在他的脸上，说，"为了阻止你碰我的身体，我不得不从楼台上跳下去。今天我要报仇！"

过了一会儿，鬼魂消失了。国王叫来他的侍卫首领。他说，"朕没有办法赢得这场战争。朕不会被抓走。如果朕用剑杀了自己，敌人就会带走朕的尸体。朕必须把自己烧成灰。拿烧火的木头来，把它们堆起来。烧了王宫，朕留在里面。"

侍卫首领哭着说，"陛下，我怎么能这样做呢？"

"很久以前，姬昌就说过，朕会被火烧死。这是上天的意愿。去做吧。"

侍卫首领伤心地走了，去拿烧火木头。国王把自己包在长衣里，戴上珍珠和玉。然后他坐下，手里拿着一块绿玉。侍卫首领进来，向国王磕头。然后他点了火。很快，王宫里就充满了浓浓的黑烟。鬼魂在流泪，神在喊叫。女仆人们跑到外面，害怕地大喊大叫。风越来越大，火越来越大，越来越热。侍卫首领大喊，"陛下，我愿意为你付出生命！"然后跳进了火堆里。

有人在看着火烧，这是他们看到的，

烟雾缠绕，金光飞过天空
火从云中来，强风像雨一样吹来。
如果一切都化为灰，为什么要造一座高高入云的塔楼呢？
如果塔楼变成尘土，谁会管雨和云？
现在珍珠和玉都像泥土一样，谁知道它们的代价？
六宫三殿被烧毁，柱子倒下
八位妃子的头被烧毁

所有的女仆人都受苦了，所有的恶太监都死了

这商朝皇帝啊！

不再谈美好的衣服和食物

金碗和祭坛[1]都变成了激烈的洪水

他没有办法谈他美丽的眉毛，清亮的声音，白白的牙齿

一切都变成了死亡和梦

国王化为灰，国家在火海中

姜子牙看到了大火。很快，他就带着武王和侯爵骑马来到了王宫。在火堆中，坐着一个人。他身穿黄色龙长衣，头戴王冠，手里拿着一块玉。

武王看不下去。他用手盖住了脸。

火更大、更热。很快，火就烧到了摘星楼顶。柱子倒了，整座楼都倒在了商王身上，杀死了他。他的灵魂飞向了封神台。

姜子牙命令灭火。宫门打开，武王坐着皇家马车进来。王宫里的侍卫、侍从和女仆人都来欢迎他。他们在他脚下烧香、扔花。

---

[1] 祭坛　　　jìtán – altar

第 98 章
新国王发食物

≡≡≡

姜子牙的第一个命令就是灭火。武王听了这话，说道，"让你的人小心周围的女仆人。她们已经受了太多的痛苦。任何伤害她们的士兵都必须受到惩罚。"姜子牙同意了，下了命令。

火灭了后，姜子牙和武王在王宫里走走。"那些是什么？"国王看着铜柱子问道。

"那些是商王和妲己用来烧活人的，"姜子牙回答。

国王回答说，"哦，我的心碎了！"

姜子牙带着他四周走走。他带国王看了摘星楼、满是白骨的蛇坑、以及许多女仆人被杀的酒池和肉林。

---

[1] Jie (桀) was the 17th and last emperor of the Xia Dynasty, ousted by Cheng Tang of Shang around 1600 B.C. He was a corrupt man lacking in virtue, and infatuated by his concubine Mo Xi, who convinced the king to give her a lake filled with wine and naked men and women. She ordered 3,000 men to drink the lake dry, then laughed when they all drowned. This is a clear parallel to the King of Shang (called Zhou here instead of his real name Di Xin). The rest of the poem refers to King Wu arriving and distributing stored grain and treasure to the common people.

"太可怕了，"武王说。"商王失去了所有的人心。"

他们看着摘星楼的灰，那里有许多女仆人在大火中死亡。武王命令把她们正式地埋了。他命令将商王的尸体埋了，并为他举行正式的葬礼。

他们走过鹿台，看着雕刻的玉栏杆、金色的梁和柱子、银、玉和其他宝石。武王说，"多么愚蠢。如果他用宝贝来建造这个，他怎么能保护王国呢？"

姜子牙回答说，"一直都是这样。当国王把宝贝拿空时，王朝就会倒。古人告诉我们，'永远尊重德而不是玉。'"

武王同意了，并命令开放粮仓，把食物发给所有受饿的人。

就在这时，一些士兵跑过来，说他们发现了和妃子藏在一起的商王儿子武庚。姜子牙说，"把他带到这里来！"

当这个男孩被带到他们面前时，一些侯爵说，"商王是邪恶的。我们应该杀了他的儿子，让天地高兴。"

但武王说，"哦，不。即使是像比干这样的大臣，也没有办法阻止国王做邪恶的事情。一个小男孩能做什么呢？法律规定，有罪人的家人是无罪的，不应该受到惩罚。给他土地和房子，这样他就可以过上安静的生活。"

姜文焕对武王说，"陛下，我们需要一位新的国王。每个人都知道你有大德。人民和侯爵们都希望你成为我们的国王。你应该坐在宝座上。"

"不，"武王说。"你们应该选择一个比我更有德的人。我必须回到西岐，用我最大的努力去做一个好大臣。"

"陛下，没有人比你更有德了！"

"我有什么美德啊？你一定要找比我更好的人。"

"但请记住，凤凰在岐山上唱歌，向我们表示这是上天的意愿。你的德就像禹和汤的德一样。"

武王笑了笑，回答道，"大侯爵，你是有德的人，也许你应该坐上宝座。"

这时，所有的侯爵们一起喊道，"陛下，你为什么还拒绝？我们希望这个国家和平。如果你不坐上王位，国家会再次有麻烦。"

姜子牙走上前说，"朋友们，请大家冷静。我会和陛下谈谈这件事。"然后他说，"让我们建一个楼台，向上天写一篇祈祷文书，请求陛下坐上王位。"

每个人都认为这是个好主意。在很短的时间内，楼台就完成了。它有三层楼高，样子像代表天、地和人的八卦图。中间是天、地的位子。外面是山神、河神、地神的位子。十二面旗帜为十二生命之神，十面旗帜为十天干，季节四神的四个位子。那里有一张长桌，上面放满了各种吃的和喝的。烧着香，花瓶里插着花。

姜子牙让武王来到楼台顶。八百名侯爵看着他。一位大臣读了这篇祈祷文书，

> 大周第一年一月三日，姬发向天地神灵[1]祈祷：只有上天会为人们造幸福，只有上天会被服从。商朝结束了。我姬发接受上天意愿，将改变商朝犯下的罪。我日夜都害怕坐在前英雄的位子上。但是，侯爵、士兵和普通人一次又一次要求我这样做，我不能反对他们。我听了他们的建议，选择了一个吉祥的日子。今天，我同意接受王位。我希望你能祝福[2]我，安慰人们。

烧了更多的香，甜甜的味道飘在人群中。朝歌的人民都在高兴喊叫。武王接过皇家印章，坐上王位，成为国王陛下。侯爵们走上前来，每

---

[1] 神灵　　　shénlíng – spiritual
[2] 祝福　　　zhùfú – to bless

人拿着一块象牙[1]，说，"我们的新国王万岁！"

武王命令放了王国中的所有犯人。然后他命令举行大宴会，他们都吃喝到深夜。

第二天，武王命令将鹿台的宝贝分给人们。他命令大侯爵和侯爵回他们自己的家，并保证他们的人学习五德，拜他们的祖先，过上美好的生活。

他放了所有在战争中用的动物，让它们在桃林中度过剩下的生命，以向人们表示不会再有战争了。

武王在朝歌住了十个月。人们幸福，青草生长，凤凰出现。姜子牙告诉他，"我们应该任命一位指挥官来守卫朝歌。我觉得应该是武庚。"武王同意了，并任命自己的两个弟弟帮助武庚完成新的工作。

这时他知道，是时候回西岐了。几千人走上街道为他高兴地大喊，请求他留在朝歌。

他们来到孟津，坐龙船过河。国王记得一年前过同一条河时，一条巨大的白鱼跳进了他的船。他们到了岸的另一边，继续过五个山口。

就在他们快要到金鸡山的时候，出现了两名道士。姜子牙认识他们，是商王的两个叔叔伯夷和叔齐[2]。

"我们能为你们做些什么？"他问那两个人。

"我们很高兴看到你们的军队回到你们的国家，"他们回答说。"但是我们可以问一下，我们的侄子国王怎么了？"

姜子牙回答说，"老国王是邪恶的，全世界都反对他。我的军队进入

---

[1] 象牙　　　　xiàngyá – ivory
[2] These two, Boyi and Shuqi, are first mentioned in Chapter 68, when they grab the reins of Ji Fa's chariot to try to prevent him from riding against the Shang king. According to legend, after the fall of the Shang dynasty they retreated to the wilderness of Shouyang Mountain, where they tried to survive by only eating fiddlehead ferns. Someone reminded them that these ferns also belonged to the Zhou. They stopped eating the ferns, and starved to death soon after.

了五关，取得了胜利。我们一边流血一边向北行进[1]。商王把他自己烧死了，现在天下和平。我的主人武王已经放弃了鹿台的所有宝贝，分了食物，为国家带来了和平。所有的侯爵都很高兴，并尊敬武王为新国王。商朝已经没了。"

伯夷和叔齐大喊，"太可悲了！太可悲了！用更多的邪恶来代替邪恶？这不是我们要的！"他们转身进入山中，在那里他们写下了一首"摘野菜"的诗。他们拒绝吃周朝种的食物，七天后都饿死了。

经过长路行进，武王来到了西岐。他进入王宫，向他的母亲和祖母[2]问好。然后，他命令为所有的大臣和将军们举行大宴会。

第二天早上，武王与他的大臣、将军们开了一个会议。"有人有话要说吗？"他问。

姜子牙走上前来。"陛下，"他说道，"按照你的命令，这位老大臣带军队杀了商王，建了周王朝。现在我们有了和平。但那些死去的人还没有变成神。我请求你让我回昆仑山，和我的师父商量这件事。"

"当然，你可以去，"武王回答说。"请快些回到朕身边。"

在我们了解姜子牙在昆仑山上发生的事情之前，先要说说马夫人的事情。她是姜子牙的妻子，但她认为他是个没有用的丈夫，与他离婚，和村庄里的另一个男人结了婚。但现在，她村庄里的人都知道了姜子牙是怎么带周军队取得胜利的故事。

有一天，她的邻居来看她。她说，"你难道不知道你以前的丈夫现在是个有名的人吗？他是丞相和军队指挥官。你完全不应该和他离婚！现在，你不再享受钱和权，而是像我们其他人一样穷。"

马夫人对自己很生气。她想，"当他是我丈夫时，为什么我看不到他的伟大呢？我的眼睛有什么用？我受不了[3]这样的笨和穷。我应该杀

---

[1] 行进　　　xíngjìn – to march
[2] 祖母　　　zǔmǔ – grandmother
[3] 受不了 shòu bùliǎo – can't stand it

死我自己。"但后来她想，"等一等。如果还有另一个人也叫姜子牙呢？在这没有肯定之前，我不应该杀了自己。"那天晚上，她向她的丈夫问了这件事。

"哦，是的，"他告诉她，"姜子牙现在是一位大首领！我正在考虑去见他，要求找一份低级别官员的工作。但我怕他，所以我什么也没做。不管怎样，现在已经太晚了。他已经回到了西岐。"

这让马夫人更不高兴了。那天晚上晚些时候，她让她的丈夫先上床睡觉。当他睡着时，她在天花板的梁上上吊了。她的灵魂飞向了封神台。

第 99 章
封神

雾离去，各种颜色的云出现，

街道上到处都是唱着和平歌的人们

祝愿幸福的光从北方来，

紫色的云从南方来

今天各位神结束了他们的旅途，

圣人们回到了天上

烧香的烟飘向很远，从现在起，

愿国家永远清静干净！[1]

＝＝＝＝

姜子牙飞到昆仑山，在殿外等着，直到有徒弟来带他进去。他跪在元始面前说，"愿你活一万年！现在是我在封神台上给所有灵魂封神的时候了。我来求你把玉符和金字给我。"

元始回答说，"当然。请回去等我。"姜子牙马上磕头，回到西岐。

几天后，几名送信人来到西岐，带来了玉符和金字。姜子牙接过了它们。他向昆仑山鞠躬，然后飞向封神台。他把玉符和金字放在祭坛上。他命令南宫适和武吉在四周放上旗帜，挡住邪精。他命令三千名士兵守卫封神台。

当这些事情完成后，他就去洗澡，穿上了一件干净的长衣。他烧香，倒酒，围着封神台走了三圈。然后他大声读了金字上的话，其中包括，

"我已经让姜子牙按照你们的能力封你们为神。你们将管理天上的每一个部分，认真关心世界上的好和恶，并报告三界发生的事情。从现

---

[1] This poem paints a picture of the day when 365 souls are deified on the Terrace of Creation. Purple clouds are considered a blessing from heaven.

在开始，你们可以从生死轮中离开。你们必须按照重大规定做事，永远不要为了你们自己的好处而做事。我现在给你们这个命令！”

现在是时候开始了。姜子牙把金字放在桌上，拿起杏黄旗，大声喊道，“柏鉴！挂起封神榜！让所有的灵魂过来，一次一个。”

柏鉴把名单挂在墙上。所有的灵魂都冲上去读名单。名单上的第一个名字是柏鉴他自己。

“按照元始的命令，”姜子牙说，“我封你为清福神。”柏鉴磕头，离开了封神台。

“黄天化！你把你的生命给了你的国家。我封你为三山神。”

“黄飞虎，我封你为东岳泰山神。你将成为五山的主神，管理十八层地狱。所有死去的灵魂都在你的指挥之下。”黄天化和黄飞虎磕头，离开了封神台。

“让山神们上来吧。崇黑虎，我封你为南岳衡山神。闻聘，你是中岳嵩山神。崔英，你是北岳恒山神。蒋雄，你是西岳华山神。”他们都磕头，离开了封神台。

“让雷神们上来吧。”他们向他走来，但闻太师拒绝下跪。姜子牙大喊道，“大家跪下，听昆仑山的命令！”闻太师跪下了。

“闻仲，我封你为九天雷神。你要为人们带来云、造雨、生长谷物。你将指挥二十四位神。他们是邓忠、辛环、张节、陶荣、庞洪、刘甫、苟章、毕环、秦完、赵江、董全、袁角、李德、孙良、柏礼、王变、姚斌、张绍、黄庚、金素、吉立、余庆、金光圣母、菡芝仙。你们都被封为雷神。”二十五人都磕头，离开了封神台。

“让六位火神到我面前来。罗宣，我封你为火神之首领。你必须照顾好人们，管好人们好的或恶的行为[1]。你手下的五个神是朱招、高震、方贵、王蛟、刘环。现在你们全都是火神。”他们都磕头，离开

---

[1] 行为　　　　xíngwéi – deed

了封神台。

"请把瘟疫神带到封神台上来！吕岳，我封你为瘟疫神之首领。你手下的六位神是，

周信，东方瘟疫神
李奇，南方瘟疫神
朱天麟，西方瘟疫神
杨文辉，北方瘟疫神
陈庚，劝善大师
李平，灭瘟疫神

"让星宿神到封神台上来！"柏鉴带着金灵圣母和其他一些人来到了封神台上。他们跪下。"金灵圣母，你现在是北斗天后神，八万四千颗星星都听你指挥。你是星宿的首领。你手下的神是，

苏护、金奎、赵丙、姬叔明：东斗星宿神
黄天禄、龙环、孙子羽、胡升、胡云鹏：西斗星宿神
鲁仁杰、晁雷，姬叔升：中斗星宿神
伯邑考：北极神大帝
周纪、胡雷、高贵、余成、孙宝、雷鹍：南斗星宿神
黄天祥、比干、窦荣、韩升、韩变、苏全忠、鄂顺、郭宸、董忠：北斗星宿神

"这些是星神，

邓九公：青龙星神
殷成秀：白虎星神
马方：朱雀星神
徐坤：玄武星神
雷鹏：勾陈星神
张山：滕蛇星神
徐盖：太阳星神
姜王后：太阴女神

商容：玉堂星神

姬叔乾：天贵星神

洪锦：龙德星神

龙吉公主：红凤凰女神

帝辛王：天喜星神

梅伯：天德星神

夏招：月德星神

赵启：天赦星神

贾夫人：貌端星女神

萧臻：金府星神

邓华：木府星神

余元：水府星神

火灵圣母：火府星神

土行孙：土府星神

邓婵玉：六合星女神

杜元铣：博士星神

邬文化：力士星神

胶鬲：奏书星神

黄飞彪：河魁星神

切地夫人：月魁星神

姜桓楚：帝车星神

黄飞豹：天嗣星神

丁策：帝辂星神

鄂崇禹：天马星神

李锦：皇恩星神

钱保：天医星神

黄妃：地后星女神

姬树德：宅龙星神

黄明：伏龙星神

雷开：驿马星神

魏贲：黄旗神

吴谦：豹尾星神

张桂芳：丧命星神

风林：吊客星神

费仲：勾绞星神

尤浑：卷舌星神

彭遵：罗睺星神

王豹：计都星神

姬叔坤：飞廉星神

崇侯虎：大耗星神

殷破败：小耗星神

丘引：贯索星神

龙安吉：栏杆星神

太鸾：披头星神

邓秀：五鬼星神

赵升：羊刃星神

孙焰红：血光星神

方义真：官符星神

余化：孤辰星神

季康：天狗星神

王佐：病符星神

张凤：钻骨星神

卞金龙：死符星神

柏显忠：天败星神

郑桩：浮沉星神

卞吉：天杀星神

陈庚：岁杀星神

徐芳：岁刑星神

晁田：岁破星神

姬叔义：烛火星神

马忠：血光星神

欧阳淳：亡神星神

王虎：<u>月破星神</u>

石矶娘娘：<u>月游星女神</u>

陈季贞：<u>死气星神</u>

徐忠：<u>咸池星神</u>

姚忠：<u>月厌星神</u>

陈梧：<u>月刑星神</u>

高继能：<u>黑杀星神</u>

张奎：<u>七杀星神</u>

殷洪：<u>五谷星神</u>

余忠：<u>除杀星神</u>

欧阳天禄：<u>天刑星神</u>

陈桐：<u>天罗星神</u>

姬叔吉：<u>地网星神</u>

梅武：<u>天空星神</u>

敖丙：<u>华盖星神</u>

周信：<u>十恶星神</u>

黄元济：<u>蚕畜星女神</u>

高兰英：<u>桃花星女神</u>

马夫人：<u>扫帚星女神</u>

李艮：<u>大祸星神</u>

韩容：<u>狼藉星神</u>

林善：<u>披麻星神</u>

龙须虎：<u>九丑星神</u>

撒坚、撒强、撒勇：<u>三尸星神</u>

金成：<u>阴错星神</u>

马成龙：<u>阳差星神</u>

公孙铎：<u>忍杀星神</u>

袁洪：<u>四废星神</u>

孙合：<u>五穷星神</u>

梅德：<u>地空星神</u>

杨贵妃：<u>红艳星女神</u>

武荣：流霞星

朱升：寡宿星

金大升：天瘟星

戴礼：荒芜星

姬叔礼：胎神星

朱子真：伏断星

杨显：反吟星

姚庶良：伏吟星

常昊：刀砧星

房景元：灭没星

彭祖寿：岁厌星

吴龙：破碎星

"接下来是二十八星宿宫的神[1]。东方青龙的七神是，

柏林：角木蛟

李道通：亢金龙

高丙：氐土貉

姚公伯：房日兔

苏元：心月狐

朱招：尾火虎

杨真：箕水豹

"北方玄武的七神是，

杨信：斗木獬

李泓：牛金牛

郑元：女土蝠

周宝：虚日鼠

侯太乙：危月燕

高震：室火猪

---

[1] 星宿宫 is a constellation; it literally means "star palace" or "mansion"

方吉清：壁水貐

"西方白虎的七神是，

李雄：奎木狼

张雄：娄金狗

宋庚：胃土雉

黄仓：昴日鸡

金绳阳：毕月乌

方贵：觜火猴

孙祥：参水猿

"南方朱雀的七神是，

沈庚：井木犴

赵白高：鬼金羊

吴坤：柳土獐

吕能：星日马

薛定：張月鹿

王蛟：翼火蛇

胡道元：轸水蚓

"天罡星神的三十六神是，

高衍：天魁星神

黄真：天罡星神

芦昌：天机星神

纪丙：天闲星神

姚公孝：天勇星神

施桧：天雄星神

孙乙：天猛星神

李豹：天威星神

朱义：天英星神

陈坎：天贵星神

黎仙：<u>天富星神</u>

方保：<u>天满星神</u>

詹秀：<u>天孤星神</u>

李洪仁：<u>天伤星神</u>

王龙茂：<u>天玄星神</u>

邓玉：<u>天健星神</u>

李新：<u>天暗星神</u>

徐正道：<u>天佑星神</u>

典通：<u>天空星神</u>

吴旭：<u>天速星神</u>

吕自成：<u>天异星神</u>

任来聘：<u>天煞星神</u>

龚清：<u>天微星神</u>

单百招：<u>天究星神</u>

高可：<u>天退星神</u>

戚成：<u>天寿星神</u>

王虎：<u>天剑星神</u>

卜同：<u>天平星神</u>

姚公：<u>天罪星神</u>

唐天正：<u>天损星神</u>

申礼：<u>天败星神</u>

闻杰：<u>天牢星神</u>

张智雄：<u>天慧星神</u>

毕德：<u>天暴星神</u>

刘达：<u>天哭星神</u>

程三益：<u>天巧星神</u>

"<u>斗部地煞星</u>的七十二神是，

陈继真：<u>地魁星神</u>

黄景元：<u>地煞星神</u>

贾成：<u>地勇星神</u>

呼百颜：地杰星神

鲁修德：地雄星神

须成：地威星神

孙祥：地英星神

王平：地奇星神

柏有患：地猛星神

革高：地文星神

考鬲：地正星神

李燧：地辟星神

刘衡：地阖星神

夏祥：地强星神

余惠：地暗星神

鲍龙：地辅星神

鲁芝：地会星神

黄丙庆：地佐星神

张奇：地佑星神

郭巳：地灵星神

金南道：地兽星神

陈元：地微星神

车坤：地慧星神

桑成道：地暴星神

周庚：地默星神

齐公：地猖星神

霍之元：地狂星神

叶中：地飞星神

顾宗：地走星神

李昌：地巧星神

方吉：地明星神

徐吉：地进星神

樊焕：地退星神

桌公：地满星神

孔成：地遂星神

姚金秀：地周星神

甯三益：地隐星神

余知：地异星神

童贞：地理星神

袁鼎相：地俊星神

汪祥：地乐星神

耿颜：地捷星神

邢三鸾：地速星神

姜忠：地镇星神

孔天兆：地羁星神

李跃：地魔星神

龚倩：地妖星神

段清：地幽星神

门道正：地伏星神

祖林：地僻星神

萧电：地空星神

吴四玉：地孤星神

匡玉：地全星神

蔡公：地短星神

蓝虎：地角星神

宋禄：地囚星神

关斌：地藏星神

龙成：地平星神

黄鸟：地损星神

孔道灵：地奴星神

张焕：地察星神

李信：地恶星神

徐山：地魂星神

葛方：地数星神

焦龙：地阴星神

秦祥：地刑星神

武衍公：地壮星神

范斌：地劣星神

叶景昌：地健星神

姚烨：地耗星神

孙吉：地贼星神

陈梦庚：地狗星神

"这些是斗部九曜星官的名字，

崇应彪：九曜星神

高系平：九曜星神

韩鹏：九曜星神

李济：九曜星神

王封：九曜星神

刘禁：九曜星神

王储：九曜星神

彭九元：九曜星神

李三益：九曜星神

"鲁雄，你是北斗五气水德星神。你手下的四位神是，

杨真：箕水豹星宿神

方吉清：壁水貐星宿神

孙祥：参水猿星宿神

胡道元：轸水蚓星宿神

"现在，把值年太岁神请到封神台上来！我封殷郊为执年岁君太岁
神。你的责任是看管发生的一切，无论是好是坏。而杨任，你是甲子
太岁神。你手下的十神是，

温良：日游神

乔坤：夜游神

561

韩毒龙：增福神

薛恶虎：损福神

方弼：显道神

方相：开路神

李丙：年神

黄承乙：月神

周登：日神

刘洪：时神

"接下来，我封王魔、杨森、高体乾、李兴霸为神，封你们为镇守灵霄宝殿神。你们将成为大圣元帅，帮助守卫神灵世界。

"赵公明，我封你为龙虎玄坛真君神。你已经跟随了道，进入了仙地，但你仍然被困在幻觉[1]世界里。如果你掉入邪恶，你就没有办法回到好的行为。你手下的四神是，

萧升：招宝神

曹宝：纳珍神

陈九公：招财使者

姚少司：利市仙官

"现在，我请四位魔将军。请上前来。我封你们为伟大的天王。你们将守卫西方的佛教，用土、水、火、风守卫国家。你们新的称号[2]是，

魔礼青：增长天王。你拿着青光剑，管风。

魔礼红：广目天王。你拿着绿玉琵琶，也管风。

魔礼海：多文天王。你拿着魔伞，管雨。

魔礼寿：持国天王。你拿着貂[3]，你也管雨。

"现在，郑伦和陈奇，因为你们强大的力量，我封你们为哼神和哈

---

[1] 幻觉　　huànjué – delusion
[2] 称号　　chēnghào – title
[3] 貂　　　diāo – mink, ermine

神。你们要守卫西佛祖山门。

"余化龙，我封你为主痘碧霞元君神。封你的妻子金夫人为卫房圣母元君。你手下的五神是，

余达：东方主痘正神

余兆：西方主痘正神

余光：南方主痘正神

余仙：北方主痘正神

余德：中央主痘正神

"云霄、琼霄、碧霄，你们的罪行很严重，但你们今天在这里被原谅，被封神了。你们都将被封为混元金斗女神。每个出生的人都必须先经过金斗[1]。仔细做好你们的工作！

"申公豹，现在是你了。你以前是阐道士，但你违反了你的宗教。因为你的罪行，你被困在北海。但我们原谅了你。你被封为东海分水神。你必须一年一年地看着太阳从东边升起，从西边掉下。你应该感激这份礼物，并认真做好你的工作。"

申公豹是最后一位被封的神。他磕头，离开了封神台。所有的新神都离开了岐山，开始了他们的工作。姜子牙命令各位大臣、将军第二天去见他。

第二天早上，姜子牙命令将两名犯人带到他面前。侍卫们把飞廉和恶来带了进来。姜子牙说，"你们两个骗皇帝去找麻烦。你们造成了许多忠诚大臣的死亡，你们努力去毁灭王国。可是当老国王死了，你们就来这里给我们宝贝，希望能救你们的命，过有安全有钱的生活。我们怎么能让你们活着，找更多的麻烦呢？"他命令，"把他们拉出去，砍下他们的头！"

---

[1] 斗 is a cup or dipper, and 金 is gold. Here, Jiang Ziya is saying that every newborn, no matter what their wealth or rank, should begin life with 金斗, a golden cup. This is similar to the saying, said to originate in 18th century England, that a rich person is born with silver spoon in their mouth.

第 100 章
武王送礼物

周开始了它的王朝，
国王把土地分给许多参加战争的人
任命了三位皇帝，
奖赏了五个级别的侯爵

铜契约[1]和金书被收起来，
旗帜缠绕在石头上
从现在开始，侯爵们将像星星一样离开，
去保护国家，人们重新回到了生活中[2]

＝＝＝

侍卫们砍下了飞廉和恶来的头，他们的灵魂飞向了封神台。姜子牙回到了封神台。他走到他的桌前，大声喊道，"柏鉴在哪里？把飞廉和恶来的灵魂带过来！"

两个灵魂被带到了姜子牙面前。他说，"这两个人从他们出生起就是奴才。他们骗了国王，伤害了他和国家。然而，这一切都是命运造成的。我现在把他们俩都封为化冰神。"两个已经是神的奴才磕头，离开了封神台。姜子牙离开了封神台，回到了西岐。

第二天在王宫里，到了第一次与新国王见面的时候了。空气中都是香雾，天空中阳光明亮。钟声响了三遍，大家高喊，"陛下万岁！"

武王坐在宝座上，问道，"谁有什么要报告的？"

---

[1] 契约　　　qìyuē – contract
[2] The third line refers to the three ranks in a new hereditary system established by King Wu. The new king also established five ranks: duke, marquis, earl, viscount, and baron. The first line of the second paragraph refers to 金书铁券 (in the poem it is reversed to 铁券金书), an iron credential or coupon given by emperors to someone who made a major contribution to the nation. One who held this enjoyed privileges, such as immunity from punishment or death for generations. In folk language, this is called 免死牌, the "get out of death card."

姜子牙走上前来。他说，"陛下，按照我主人的命令，我为三百六十五个在战争中死亡的大臣、将军、好人和坏人的灵魂封了神。然而，还有许多其他人还活着，他们在战争中勇敢地战斗。他们应该得到奖赏。"

武王回答说，"朕同意。朕一直在等，等到封神完成。现在你可以按照你的意思去奖赏这些人。"

接下来，七位仙人走上前来：哪吒、金吒、木吒、李靖、杨戬、韦护和雷震子。他们告诉国王，他们离开山里的家是为了帮助周，但现在国家和平了，他们都想回到自己的家过安静的生活。他们不想要名声或钱。

国王说，"谢谢你们，太阳再次明亮。人们和王国都很感激。你们现在怎么能离开朕，回到山上去呢？"

"我们请求你允许我们回去，"他们回答说。

"好吧。但请让朕明天为你们举行一场大宴会。"他们同意了。

第二天，国王在西岐城几里外举行了大宴会。七仙人由姜子牙、武王以及各位大臣和将军陪着，穿过城市街道，走到城门前。一大群人看着他们，大声问好。

当他们都来到宴会的地方时，国王抓着他们的手，告诉他们，"你们回到山上的家后，就不再受朕的统治了。不过，现在，让我们一起吃喝吧！"宴会结束后，神仙们向武王、姜子牙和大臣们说再见。他们回到山上，再也没有参加过人间的事情。

第二天，国王将土地和称号给了几百名参加这场大战争的人。国王的父亲、祖父[1]和曾祖父[2]都被封皇帝。

国王的礼物还没送完。他把土地给了七十二人，并封他们为侯爵。他

---

[1] 祖父　　　　zǔfù – grandfather
[2] 曾祖父　　　zēngzǔfù – great grandfather

打开了王国放宝贝的房子，送出了金、银和珠宝[1]。

国王决定将首都搬到镐京。它就在长安北边，靠近王国的中部[2]。他命令他的大臣们将首都从西岐搬到到镐京。

几个月后，国王对姜子牙说，"丞相，你老了。如果继续在朝廷上为朕服务让你感到不舒服，你可能会更喜欢在家里轻松一下。"姜子牙谢过他，接受了礼物，前往齐国，在那里他被封为大侯爵。他在那里度过了他剩下的时间。他和一个名叫申姜的女人结了婚，生了十三个儿子和一个女儿。他的女儿邑姜和武王结婚，生了两个孩子，其中一个是周成王。

姜子牙想起了他的结拜兄弟宋异人，早年他第一次离开昆仑山，来朝歌的时候，宋异人就帮助过他。他让送信人带一千金币送给宋异人。他收到信说，宋异人和他的妻子已经死了，但他的儿子已经接管了他们家的生意，做得还不错。

姜子牙死后，他的儿子和孙子接位成为齐国的统治者，一直到周朝的春秋。

在首都，武王是一位优秀的统治者。人们幸福，王国和平。他死后，成王接王位。用一句话说，从姜子牙与商朝最后一个国王战斗并取得胜利的那一天起，周王朝持续了八百年。

---

[1] 珠宝　　　　　zhūbǎo – jewelry
[2] Historically, King Wen (also known as Ji Chang), moved the capital east to Fengjing during his reign 1099-1056 B.C. His son King Wu (Ji Fa) relocated it across the river to Haojing during his reign 1046-1034 B.C. Today the city is called Fenghao. It is near Chang'an, now called Xi'an, in Xianyang County.

Original Poems

Each chapter in this story begins with a short poem that gives a preview of the events that are about to occur in that chapter. The format for each of the poems (except for the very long one that starts Chapter 1 and a minor difference in Chapter 2) is exactly the same: four lines, with each line consisting of two seven-character phrases.

It is quite difficult for non-native speakers to understand Chinese poetry, due mostly to its very concise use of language and the lack of all the little helpful words that exist in English. To make things even more difficult, the poems in this story were written in the 16th century and include Chinese words and cultural references that are unfamiliar to modern readers.

We've decided not to just skip the poems entirely, as others have usually done when translating this story. Instead, we've reimagined the poems completely. We have rewritten them to use, as much as possible, words that are already part of the working vocabulary of this series. We have also abandoned the 4x2x7 meter of the original poems to give us the flexibility to make the language as clear as possible.

The result of all this is that the poems have changed, sometimes quite a bit. If you are interested in seeing the original, unmodified poems, here they are. The poems shown below are written in Simplified Chinese characters but otherwise unchanged. We invite you to try your hand at reading them and coming up with your own interpretation. Don't be surprised if your English translations will be quite different from ours! That's part of the fun of translating Chinese.

If you want to compare your translations to ours, you'll find ours at the start of each chapter.

Chapter	Original Poem
1	混沌初分盘古先，太极两仪四象悬。 子天丑地人寅出，避除兽患有巢贤。 燧人取火免鲜食，伏羲画卦阴阳前。 神农治世尝百草，轩辕礼乐婚姻联。 少昊五帝民物阜，禹王治水洪波蠲。 承平享国至四百，桀王无道乾坤颠， 日纵妹喜荒酒色，成汤造亳洗腥膻，

	放桀南巢拯暴虐，云霓如愿后苏全。 三十一世传殷纣，商家脉络如断弦： 紊乱朝纲绝伦纪，杀妻诛子信谗言， 秽污宫闱宠妲己，虿盆炮烙忠贞冤， 鹿台聚敛万姓苦，愁声怨气应障天， 直谏剖心尽焚炙，孕妇刳剔朝涉歼， 崇信奸回弃朝政，屏逐师保性何偏， 郊社不修宗庙废，奇技淫巧尽心研， 昵此罪人乃罔畏，沉酗肆虐如鹯鸢。 西伯朝商囚羑里，微子抱器走风湮。 皇天震怒降灾毒，若涉大海无渊边。 天下荒荒万民怨，子牙出世人中仙， 终日垂丝钓人主，飞熊入梦猎岐田， 共载归周辅朝政，三分有二日相沿。 文考未集大勋没，武王善述日干干。 孟津大会八百国，取彼凶残伐罪愆。 甲子昧爽会牧野，前徒倒戈反回旋。 若崩厥角齐稽首，血流漂杵脂如泉。 戒衣甫着天下定，更于成汤增光妍。 牧马华山示偃武，开我周家八百年。 太白旗悬独夫死，战亡将士幽魂潜。 天挺人贤号尚父，封神坛上列花笺， 大小英灵尊位次，商周演义古今传
2	丞相金銮直谏君，忠肝义胆孰能群。 早知侯伯来朝觐，空费倾葵纸上文。 话说纣王听奏大喜，即时还宫。 一宵经过。次日早朝，聚两班文武朝贺毕。
3	崇君奉敕伐诸侯，智浅谋庸枉怨尤。 白昼调兵输战策；黄昏劫寨失前筹。 从来女色多亡国；自古权奸不到头。 岂是纣王求妲己，应知天意属东周。
4	天下荒荒起战场，致生谗佞乱家邦。 忠言不听商容谏，逆语惟知费仲良。 色纳狐狸友琴瑟，政由豺虎逐鸾凰。

	甘心亡国为污下，赢得人间一捏香。
5	白云飞雨过南山，碧落萧疏春色闲。 楼阁金辉来紫雾；交梨玉液驻朱颜。 花迎白鹤歌仙曲；柳拂青鸾舞翠鬟。 此是仙凡多隔世，妖氛一派透天关。
6	纣王无道杀忠贤，酷惨奇冤触上天。 侠烈尽随灰烬灭；妖氛偏向禁宫旋。 朝歌艳曲飞檀板；暮宿龙涎吐碧烟。 取次催残黄耇散，孤魂无计返家园。
7	纣王无道乐温柔，日夜宣淫兴未休。 月光已西重进酒；清歌才罢奏箜篌。 养成暴虐三纲绝；酿就酗戕万姓愁。 讽谏难回下流性，至今余恨锁西楼。
8	美人祸国万民灾，驱逐忠良若草莱。 擅宠诛妻夫道绝；听谗杀子国储灰。 英雄弃主多亡去；俊彦怀才尽隐埋。 可笑纣王孤注立，纷纷兵甲起尘埃。
9	忠臣直谏岂沽名，只欲君明国政清。 不愿此身成笡是，忍教今日祸将盈？ 报储一念坚金石，诛佞孤忠贯玉京。 大志未酬先碎首，令人睹此泪如倾。
10	燕山此际瑞烟笼，雷起东南助晓风。 霹雳声中惊蝶梦，电光影里发尘蒙。 三分有二开岐业，百子名全应镐酆。 卜世卜年龙虎将，兴周灭纣建奇功。
11	君虐臣奸国事非，如何信口泄天机。 若非丹陛忠心谏，已见藁街血肉飞。 羑里七年沾化雨，伏羲八卦阐精微。 从来世运归明主，漫道岐山日正辉。
12	金光洞里有奇珍，降落尘寰辅至仁。 周室已生佳气色；商家应自灭精神。 从来泰运多梁栋，自古昌期有劫燐。 戊午时中逢甲子，漫嗟朝野尽沉沦。

13	天然顽石得机先，结就灵胎已万年。 吸月餐星探地窟，填离取坎复天干。 漫跨步雾兴云术，且听吟龙啸虎仙。 劫火运逢难措手，须知邪正有偏全。
14	仙家法力纱难量，起死回生有异方。 一粒丹砂归命宝；几根荷叶续魂汤。 超凡不用肮脏骨，入圣须寻返魄香。 从此开疆归圣主，岐周事业借匡襄。
15	子牙此际落凡尘，白首牢骚类野人。 几度策身成老拙；三番涉世反相嗔。 磻溪未入飞熊梦，渭水安知有瑞林。 世际风云开帝业，享年八百庆长春。
16	子牙此际落凡尘，白首牢骚类野人。 几度策身成老拙；三番涉世反相嗔。 磻溪未入飞熊梦，渭水安知有瑞林。 世际风云开帝业，享年八百庆长春。
17	虿盆极恶已满天，宫女无辜血肉腌。 媚骨己无埋玉处，芳魂犹带秽腥膻。 故园有梦空歌月，此地沉冤未息肩。 怨气漫漫天应惨，周家世业更安然。
18	渭水潺潺日夜流，子牙从比独垂钩。 当时未入飞熊梦，几向斜阳叹白头。
19	忠臣孝子死无辜，只为殷商有怪狐。 淫乱不羞先荐耻，贞诚岂畏后来诛。 宁甘万刃留青白，不受千娇学独夫。 史册不污千载恨，令人屈指泪如珠。
20	自古权奸止爱钱，构成机毂害忠贤。 不无黄白开生路，也要青蚨入锦缠。 成己不知遗国恨，遗灾那问有家延。 孰知反复原无定，悔却吴钩错倒捻。
21	黄公恩义救岐主，令箭铜符出帝疆。 尤费谗谋追圣主，云中显化济慈航。 从来德大难容世，自此龙飞兆瑞祥。

	留有吐儿名誉在，至今齿角有余芳。
22	忍耻归来意可怜，只因食子泪难干。 非求度难伤天性，不为成忠贼爱缘。 天数凑来谁个是，劫灰聚处若为忿。 从来莫道人间事，自古分离总在天。
23	文王守节尽臣忠，仁德兼施造大工。 民力不教胼胝碎，役钱常赐锦缠红。 西岐社稷如磐石，纣王江山若浪从。 谩道孟津天意合，飞熊入梦已先通。
24	别却朝歌隐此间，喜观绿水绕青山。 「黄庭」两卷消长昼，金鲤三条了笑颜。 柳内莺声来呖呖，岸傍溜响听潺潺。 满天华露开祥瑞，赢得文王仙驾扳。
25	鹿台只望接神仙，岂料妖狐降绮筵。 浊骨不能超浊世，凡心怎得出凡筌。 希徒弄巧欺明哲，孰意招尤翦秽膻。 惟有昏君殷纣拙，反听苏氏杀先贤。
26	朔风一夜碎琼瑶，丞相乘机进锦貂， 只望回心除恶孽，孰知触忌作君妖。 刳心已定千秋业，宠妒难羞万载谣。 可惜成汤贤圣业，化为流水逐春潮。
27	天运循环有替隆，任他胜算总无功。 方才少进和平策，又道提兵欲破戎。 数定岂容人力转，期逢自与鬼神同。 从来逆孽终归尽，纵有回天手亦穷。
28	太师兵回奏凯还，岂知国内事多奸。 君王失政乾坤乱，海宇分崩国政艰。 十道条陈安社稷，九重金阙削奸顽。 山河旺气该如此，总用心机只等闲。
29	崇虎贪残气更枭，剥民膏髓自肥饶。 逢君欲作千年调，买窟惟知百计要。 奉命督工人力尽，乘机起衅帝图消。 子牙有道征无道，国败人亡事事凋。

30	君戏臣妻自不良，纲常污蔑枉成王。 只知苏后妖言惑，不信黄妃直谏匡。 烈妇清贞成个是，昏君愚昧落场殃。 今朝逼反擎天柱，稳助周家世世昌。
31	忠良去国运将灰，水旱频仍万姓灾。 贤圣太师旋斗柄，奸谗妖孽丧盐梅。 三关漫道能留銮，四径纷纭唱草莱。 空把追兵迷白日，彼苍定数莫相猜。
32	五道玄功妙莫量，随风化气涉沧茫， 须臾历遍阎浮世，顷刻遨游泰岳邙。 救父岂辞劳顿苦，诛谗不怕勇心狼。 潼关父子相逢日，尽是岐周美栋梁。
33	百难千灾苦不禁，奸臣贼子枉痴心， 漫夸幻术能多获，不道邪谋可易侵。 余化图功成画饼，韩荣封拜有差参。 总然天意安排定，说到封神泪满襟。
34	左道傍门乱似麻，只因昏主起波查。 贪淫不避彝伦序，乱政谁知国事差。 将相自应归圣主，韩荣何故阻行车。 中途得遇灵珠子，砖打伤残枉怨嗟。
35	黄家出寨若飞鸢，盼至西岐拟到天， 兵过五关人寂寂，将来几次血涓涓。 子牙妙算安周室，闻仲无谋改纣愆。 纵有雄师皆离德，晁田空自涉风烟。
36	奉诏西征剖玉符，幡幢飘扬映长途。 惊看画戟翻钱豹，更羡冰花佛剑凫。 张桂擒军称号异，风林打将仗珠殊， 纵然智巧皆亡败，无奈天心恶独夫。
37	子牙初返玉京来，遥见琼楼香雾开， 绿水流残人世梦，青山消尽帝王才。 军民有难干戈动，将士多灾异术催。 无奈封神天意定，岐山方去筑新台。
38	王道从来先是仁，妄加征伐自沉沦。

	趋名战士如奔浪，逐劫神仙断燐。 异术奇珍谁个是，争强图霸孰为真。 不如闭目深山坐，乐守天真养自身。
39	四圣无端欲逆天，仗他异术弄狂颠。 西来有分封神客，北伐方知证果仙。 几许雄才消此地，无边恶孽造前愆。 雪飞七月冰千尺，尤费颠连丧九泉。
40	魔家四将号天王，惟有青云剑异常。 弹动琵琶人已绝，撑开珠伞日无光。 莫言烈焰能焚毙，且说花狐善食强。 纵有几多希世宝，丙灵一遇命先亡。
41	太师行兵出故商，西风飒飒送斜阳。 君因乱政民多难，臣为摅忠命尽伤。 惟知去日宁知返，只识兴时那识亡。 四将亦随征进没，令人几度忆成汤。
42	劫数相逢亦异常，诸天神部涉疆场。 任他奇术俱遭败，那怕仙凡尽带伤。 周室兴隆时共泰，成汤丧乱日偕亡。 黄花山下收强将，总向岐山土内藏。
43	黑夜交兵实可伤，抛盔弃甲未披裳。 冒烟突火寻归路，失志丢魂觅去乡。 多少英雄茫昧死，几许壮士梦中亡。 谁知吉立多饶舌，又送天君入北邙。
44	左道妖魔事更偏，咒诅魇魅古今传。 伤人不用飞神剑，索魄何须取命笺。 多少英雄皆弃世，任他豪杰尽遍泉。 谁知天意俱前定，一脉游魂去复连。
45	"天绝阵"中多猛烈，若逢"地烈"更离堪。 秦完凑数皆天定，袁角遭诛是性贪。 雷火烧残今已两，捆仙缚去不成三。 区区十阵成何济，赢得"封神榜"上谈。
46	仙佛从来少怨尤，只因烦恼惹闲愁， 恃强自弃千年业，用暴须拼万劫修。

	几度看来悲往事，从前思省为谁雠， 可怜羽化封神日，俱作南柯梦里游。
47	异宝虽多莫炫奇，须知盈满有参差。 西山此际多夸胜，狭路应思失意悲。 跨虎有成终属幻，降龙无术转当时。 堪嗟纣日西山近，无奈匡君欠所思。
48	周家开国应天符，何怕区区定海珠。 陆压有书能射影；公明无计庇头颅。 应知幻化多奇士，谁信凶残活独夫。 闻仲扭天原为主，忠肝留向在龙图。
49	一煞真元万事休，无为无作更无忧。 心中白璧人难会，世上黄金我不求。 石畔溪声谈梵语，涧边山色咽寒流。 有时七里滩头坐，新月垂江作钓钩。
50	黄河恶阵按三才，此劫神仙尽受灾。 九九曲中藏造化，三三湾内隐风雷。 谩言阆苑修真客，谁道灵台结圣胎。 遇此总教重换骨，方知左道不堪媒。
51	昔日行兵夸首相，今逢时数念应差。 风雷阵设如奔浪，龙虎营排似落花。 纵有「黄河」成个事，其如苍赤更堪嗟。 劝君莫待临龙地，同向灵台玩物华。
52	几回奏捷建奇功，纣主荒淫幸女红。 入国已无封谏表，到山应有泪江枫。 岂知魂梦烽烟绝，且听哀猿夜月空。 纵有丹心成往事，年年杜宇泣东风。
53	渭水滔滔日夜流，西岐征战几时休。 漫言虎豹才离穴，又见貔貅树敌楼。 修德每愁糜白骨，荒淫反自咏金瓯。 岂知天意多颠倒，取次干戈不断头。

54	征西将士有奇才，缩地能令浊土开。 劫寨偷营如掣电，飞书走檄若轰雷。 贪趋相府几亡命，恐失佳期被所媒。 缡是君明天自爱，英谋奇略尽成灰。
55	藏身匿影总无良，水到渠成为什忙。 背却天真贪爱欲，有违师训逐疆场。 百千伎俩终归正，八九元功自异常。 两国始终成好合，认由月老定鸾凰。
56	姻缘前定果天然，须信红丝足下牵。 敌国不妨成好合，仇雠应自得翩联。 子牙妙计真难及，鸾使奇谋枉用偏。 总是天机离预料，纣王无福镇乾坤。
57	苏侯有意欲归周，纣主江山似浪浮。 红日已随山后卸，落花空逐水东流。 人情久欲投明圣，世局翻为急浪舟。 贵戚亲臣皆已散，独夫犹自卧红楼。
58	疫痢瘟瘟几遍灾，子牙端是有奇才。 匡扶社稷开基域，保护黔黎脱祸胎。 劫运方来神鬼哭，兵戈时至士民哀。 何年得遂清平日，祥霭氤氲万岁台。
59	纣工极恶已无恩，安得延绵及子孙， 非是申公能反国，只因天意绝商门。 收来四将皆逢劫，自遇三灾若返魂。 涂炭一场成简事，封神台上泣啼痕。
60	玄门久炼紫真宫，暴虐无端性更残。 五厌贪痴成恶孽，三花善果属欺谩。 纣王帝业桑林晚，周武军威瑞雪寒。 堪叹马元成佛去，西岐犹自怯心剜。

61	太极图中造化奇，仙凡迥隔少人知。 移来幻化真玄妙，忏过前非亦浪思。 弟子悔盟师莫救，苍天留意地难私。 当时纣恶彰弥极，一木安能挽阿谁。
62	抢攘兵戈日不宁，生民涂炭自零星。 甘驱苍赤填沟壑，忍令脂膏实羽翎。 战士有心勤国主，彼苍无意固皇扃。 只因大劫人多难，致使西岐杀戮腥。
63	公豹存心至不良，纣王两子丧疆场。 当初致使殷洪反，今日仍教太岁亡。 长舌惹非成个事，巧言招祸作何忙。 虽然天意应如此，何必区区话短长！
64	离宫原是火之精，配合干支在丙丁。 烈石焚山情更恶，流金烁海势偏横。 在天烈曜人君畏，入地藏形万姓惊。 不是罗宣能作难，只因西土降仙卿。
65	鼙鼓频催日已西，殷郊此日受犁锄。 翻天有印皆沦落，离地无旗孰可栖。 空负肝肠空自费，浪留名节浪为题。 可怜二子俱如誓，气化清风魂伴泥。
66	奇门遁术阵前开，斩将搴旗亦壮哉。 黑焰引魂遮白日，青幡掷地画尘埃。 三山关上多英俊，五气崖前有异才。 不是仙娃能幻化，只因月老作新媒。
67	金台拜将若飞仙，斗大黄金肘后悬。 梦入熊罴方实地，年登耄耋始朝天。 延绵周室承先业，树列齐封启后贤。 福寿两端人罕及，帝王师相古今传。

68	首阳芳躅为纲常，欲树千秋叛逆防。 数语唤回人世梦，一身表率死生光。 求仁自是求仁得，义士还从义士扬。 读罢史文犹自泪，空留齿颊有余香。
69	伐罪吊民诛独夫，西周原应玉虚符。 自无血战成功易，岂有纷争立业殊。 孔雀逆天皆孟浪，金鸡阻路尽支吾。 休言伎俩参玄妙，总有西方接引徒
70	准提菩萨产西方，道德根深妙莫量。 荷叶有风生色相，莲花无雨立津梁。 金弓银戟非防患，宝杵鱼肠另有方。 漫道孔宣能变化，婆娑树下号明王。
71	丞相兴兵列战车，虎贲将士实堪夸。 诸侯鼓舞皆忘我，黎庶歌讴尽弃家。 剑戟森罗飞瑞彩，旌旗掩映舞朝霞。 须知天意归仁圣，纵有征诛若浪沙。
72	三叩玄关礼大仙，贝宫珠阙自天然： 翔鸾对舞瑶阶下，驯鹿呦游碧槛前。 无限干戈从此肇，若多诛戮自今先。 周家旺气承新命，又有西方正觉缘。
73	流水滔滔日夜磨，不知乌兔若奔梭。 才看苦海成平陆，又见苍桑化碧波。 熊虎将军餐白刃，英雄俊杰饮干戈。 迟蚤只因天数定，空教血泪滴婆娑。
74	二将相逢各有名，青龙关遇定输赢。 五行道术皆堪并，万劫轮回共此生。 黄气无声能覆将，白光有影更擒兵。 须知妙法无先后，大难来时命自倾。

75	余化特强自丧身，师尊何苦费精神。 因烧土行反招祸，为惹惧留致起嗔。 <u>北</u>海初沉方脱难，捆仙再缚岂能狗！ 从来数定应难解，已是封神榜内人。
76	万刃车凶势莫当，风狂火聚助强梁。 旗幡若焰皆逢劫，将士遭殃尽带伤。 白昼已难遮半壁，黄昏安可护三乡。 谁知督运能催命，二子逢之刻下亡。
77	一气三清势更奇，壶中妙法贯须弥。 移来一木还生我，运去分身莫浪疑。 诛戮散仙根行浅，完全正果道无私。 须知顺逆皆天定，截教门人枉自痴。
78	诛仙恶阵四门排，黄雾狂风雷火偕。 遇劫黄冠遭劫运，堕尘羽士尽尘埋。 剑光徒有吞神骨，符印空劳吐黑霾。 纵有通天无上法，时逢圣主应多乖。
79	一关已过一关逢，法宝多端势更凶。 法戒引魂成往事，龙安酥骨有来讧。 几多险处仍须吉，若许能时总是空。 堪笑徐芳徒逆命，枉劳心思竟何从！
80	瘟瘟伞盖属邪巫，疫疠阎浮尽若屠。 列阵凶顽非易破，着人狂躁岂能苏。 须臾偏染家家尽，顷刻传尸户户殂。 只为子牙灾未满，穿云关下受崎岖。
81	痘疹恶疾胜疮疡，不信人间有异力。 疱紫毒生追命药，浆清气绝索魂汤。 时行户户应多难，传染人人尽着伤。 不是武王多福荫，枉教军士丧疆场。

82	万仙恶阵列出隈，飒飒寒风劈面催。 片片祥光笼斗柄，纷纷杀气透灵台。 鱼龙此际分真伪，玉石从今尽脱胎。 多少修持遭此劫，三尸斩去五云开。
83	一钩明月半轮秋，三点如星仔细求。 狮象有名缘相立，慈航无着借形修。 朝元最忌贪嗔败，脱骨须知罣礙雠。 总为诸仙逢杀劫，披毛带角尽皆休。
84	幽魂幡下夜猿啼，壮士纷纷急鼓鼙。 黑雾弥漫人魄散，妖氛笼罩将星低。 只知战胜歌刁斗，不认奸邪悔噬脐。 屈死英雄遭血刃，至今城下草萋萋。
85	西山日落景寥寥，大厦将倾借小条。 卞吉无辜遭屈死，欧阳热血染霞绡。 奸邪用事民生丧，妖孽频兴社稷摇。 可惜成汤先世业，轻轻送入往来潮。
86	渑池小县亦屏商，主将英雄却异常。 吐雾神驹真鲜得，地行妙术更难量。 二王年少因他死，五岳奇谋为尔亡。 惟有智多杨督运，腾挪先杀老萱堂。
87	地行妙术法应玄，谁识张奎更占先。 猛兽崖前身已死，渑池城下妇归泉。 许多功业成何用，几度勋名亦枉然。 留得两行青史在，后来成败总由天。
88	白鱼吉兆喜非常，预肇周家应瑞昌。 八百诸侯称硕德，千年师帅颂匡襄。 堂堂阵演三三叠，正正旗门六六行。 时雨师临民甚悦，成汤基业已消亡。

89	纣王酷虐古今无，淫酗贪婪听美姝。 孕妇无辜遭恶劫，行人有难罹凶途。 遗讥简册称残贼，留与人间骂独夫。 天道悠悠难究竟，且将浊酒对花奴。
90	眼有明兮耳有聪，能于千里决雌雄。 神机才动情先泄，密计方行事已空。 轩庙借灵凭鬼使，棋山毓秀仗桃丛。 谁知名载封神榜，难免降魔杵下红。
91	力大排山气吐虹，手拖扒木快如风。 行舟陆地谁堪及，破敌营门孰敢同。 擒虎英名成往事，食牛全气化崆峒。 总来天意归周主，空作蟠龙岭下红。
92	梅山七怪阻周兵，逞异夸能苦战争。 狗宝虽凶谁独死，牛黄纵恶自戕生。 朱贞伏地先无项；杨显纵横后亦薨。 堪笑白猿多惹事，千年道行等闲倾。
93	斗柄看看又向东，窦荣枉自逞英风。 金吒设智开周业，彻地多谋弄女红。 总为浮云遮晓日，故教杀气锁崆峒。 须知王霸终归主，枉使生灵泣路穷。
94	兵马临城却讲和，诸侯岂肯罢干戈。 殷汤德业八荒尽；周武仁风四海歌。 大厦将倾谁可负，溃痈已破孰能荷！ 荒淫到底成何事，尽付东流入海波。
95	纣王无道类穷奇，十罪传闻万世知。 敲骨剖胎黎庶惨，虿盆炮烙鬼神悲。 西风夜吼啼玄鸟，暮雨朝垂泣子规。 无限伤心题往事，至今青史不容私。

96	从来巧笑号倾城，狐媚君王浪用情。 袅娜腰肢催命剑，轻盈体态引魂兵。 雉鸡有意能歌月，玉石无心解鼓声。 断送殷汤成个事，依然都带血痕薨。
97	纣王暴虐害黔黎，国事纷纷日夜迷。 良饮不知民血尽，荒淫那顾鬼神凄。 蛋盆宫女真残贼，焚炙忠良类虎鲵。 报应昭昭须不爽，旗悬太白古今题。
98	纣王聚敛吸民脂，不信当年放桀时。 积粟已无千载计，盈财岂有百年期。 须知世运逢真主，却笑贪淫有阿痴。 今日还归民社去，从来天意岂容私！
99	蒙蒙香霭彩云生，满道讴歌贺太平。 北极祥光笼兑地，南来紫气绕金城。 群仙此日皆登果，列圣明朝尽返贞。 万古崇呼禋祀远，从今让国永澄清。
100	周室开基立帝图，分茅列土报功殊。 制田世禄惟三等，品爵官人树五途。 铁券金书藏石室，高牙大纛拥铜符。 从今藩镇如星布，倡化宣猷万姓苏。

About the Authors

Jeff Pepper (author) is President and CEO of Imagin8 Press, and has written dozens of books about Chinese language and culture. Over his career he has founded and led several successful computer software firms, including one that became a publicly traded company. He's authored two software related books and was awarded three U.S. patents.

Dr. Xiao Hui Wang (translator) has an M.S. in Information Science, an M.D. in Medicine, a Ph.D. in Neurobiology and Neuroscience, and decades of years experience in academic and clinical research. She has taught Chinese and has extensive experience in translating Chinese to English and English to Chinese.

www.ingramcontent.com/pod-product-compliance
Lightning Source LLC
Chambersburg PA
CBHW060422310726
48977CB00001B/10